1984—2013
《当代作家评论》
30年文选

诗人讲坛

林建法◎主编

辽宁人民出版社

© 林建法　2014

图书在版编目（CIP）数据

诗人讲坛 / 林建法主编. —沈阳：辽宁人民出版
社，2014.1
（《当代作家评论》三十年文选）
ISBN 978-7-205-07723-5

Ⅰ. ①诗… Ⅱ. ①林… Ⅲ. ①诗歌评论—中国—
当代—文集 Ⅳ. ①I207.22-53

中国版本图书馆CIP数据核字（2013）第210317号

出版发行：辽宁人民出版社
　　　　　地址：沈阳市和平区十一纬路25号　邮编：110003
　　　　　电话：024-23284321（邮　购）　024-23284324（发行部）
　　　　　传真：024-23284191（发行部）　024-23284304（办公室）
　　　　　http://www.lnpph.com.cn
印　　刷：朝阳铁路印务有限公司
幅面尺寸：170mm×240mm
印　　张：32
字　　数：564千字
出版时间：2014年1月第1版
印刷时间：2014年1月第1次印刷
责任编辑：时祥选
装帧设计：丁末末
责任校对：周　健
书　　号：ISBN 978-7-205-07723-5
定　　价：60.00元

序 言

林建法

　　《当代作家评论》创刊三十年前夕，几位朋友相约在常熟举办了一场座谈会，其中有的朋友几乎是给《当代作家评论》写了三十年的稿子。在这之前，我对是否办这样的活动颇为踌躇。我大学毕业后的职业生涯几乎都是在以杂志为平台研究别人，现在突然由别人来讨论我主编的《当代作家评论》，感觉不适应。但转念之间，又觉得《当代作家评论》并非我个人的事业，换一个位置聆听朋友们的教诲，于我于杂志都大有裨益。出席座谈会的朋友有批评家、作家，再加上我这个编辑，形成了一个关于文学与批评杂志的对话空间。如果忽略那些对于杂志和我的溢美之词，朋友们在座谈会上的发言，其实并不局限于《当代作家评论》，涉及到批评与创作、杂志与作品的经典化等诸多问题，这本杂志以及我本人只是近三十年文学生产中的一个环节或者个案。

　　二十世纪八十年代是文学的时代。这个时代在我们这一代人身上留下了太深的印记。在文学发生革命性变化的时期，一九八四年一月《当代作家评论》在辽宁创刊。其时，我在福建编辑另一本评论杂志《当代文艺探索》。两年以后，我从南方的福州到北方的沈阳，成为《当代作家评论》的编辑，在这个编辑部度过了我的青年、中年时期，又在退休后延聘至今。在某种意义上说，我最好的时光都是在杂志社度过的。尽管这么多年来有这样那样的艰辛和困难，但比起这本杂志的价值，这些都可以忽略不计。如果说这个编辑部也曾经有这样那样的故事，而我则把自己的所有都编辑在这本杂志的字里行间。我在一九八七年一月担任杂志副主编，二〇〇一年担任主编，协助其他主编或独立主编杂志。在《当代作家评论》创刊三十年时，我想起为这本杂志作过贡献的历任主编思基、陈言、张松魁、晓凡和陈巨昌几位先生，特别缅怀在晚年仍然关心杂志的陈言先生。用自己的生命和信仰呵护这本杂志，在我和我前辈们是一以贯之的，虽然办刊的思路并不完全一致。

从九十年代开始，特别是新世纪以来，文学和文学的语境都发生了剧烈的变化。这一变化首先是文学不再处于中心位置，也即所谓的边缘化现象。但这并不意味着文学的消失甚至死亡，恰恰相反，文学一直以自身的方式生长，优秀的作品始终是一本批评杂志发展的基础。在这样的语境中，如何以新的办刊方式应对新的文化秩序，确实是一个很大的难题。另一个变化是市场的兴起和发展，消费主义意识形态对任何一家杂志的影响都是不可低估的。我不能说自己没有困惑和犹豫，特别是在受到一些人为的干扰时；但是，我觉得我和杂志的同仁方寸未乱。无论人事、语境等有了怎样的变化，文学、文学批评以及以此为中心的批评杂志，其意义就在于超越现实的困扰，坚持文学的理想，严格批评的尺度，坚守敬畏文字的立场。这几个方面把持住了，杂志就不会随波逐流。可以说，正是在应对新的危机中，《当代作家评论》完成了历史转型，既传承了曾经的特点，但更多地呈现了新的风貌，而我个人的办刊风格也是在这个时期逐渐成熟。就像有许多人肯定我一样，不可避免地有另外一些人不赞成我的办刊风格，我觉得这都不重要。一份杂志不可能不留下主编的个人印记，重要的是它留下了几代人观察和思考中国当代文学的痕迹。

在这次座谈会上，王尧兄建议我编辑一套《当代作家评论》三十年文选，以学术的方式纪念曾经的岁月。这是个非常好的建议。从二〇一二年九月，我便着手这一工作，几乎重读了三十年的《当代作家评论》。现在呈现给读者的这套文选有十种：《百年中国文学纪事》，收录的论文侧重二十世纪中国文学史研究，包括文学史著作的撰写等问题；《三十年三十部长篇》收录了关于三十部长篇小说的文论，以及讨论"茅盾文学奖"的文章；《小说家讲坛》以小说家在苏州大学的讲演为主，还收录了部分小说家的讲演或文论；《诗人讲坛》收录了关于诗歌研究的论文，诗歌研究是本刊近几年来重点编发的内容，试图改变目前以小说研究为中心的状况；《想象中国的方法》是关于作家、学者的谈话录，从中可以管窥作家、学者或批评家用写作想象中国的方法；《讲故事的人》是关于莫言研究的专辑，《当代作家评论》自创刊以来发表研究莫言的论文一百余篇，这本书收录了小部分相关论文；《信仰是面不倒的旗》是研究贾平凹、张炜、张承志、韩少功、李锐、尤凤伟、王安忆、铁凝、范小青、阿城、刘恒、叶兆言、刘震云、王朔和史铁生的合集；《先锋的皈依》和前两卷一样，同样是收录了反映《当代作家评论》主要特征之一的作家论，涉及到的作家有阎连科、余华、格非、阿来、残雪、林白、陈染、李洱、毕飞宇、孙甘露、北村、吕新、艾伟、劳马、马原、刁斗和王小波；重视辽宁和东北作家研究也是本刊的特色和使命，《新生活从这里开始》大致反映了当代辽宁作家的研究状况；《华语文学印象》侧重收录了研究港澳台作家及海外华人作家的论文。

所谓"挂一漏万"的说辞同样适合这套书。尽管有十卷的篇幅，但相对三十年《当代作家评论》发表的论文，仍然有很大的局限。我以分类的方式来编选论文，难免疏漏掉一些无法归类的论文。因此，这十本书虽然大致反映了《当代作家评论》三十年的面貌，但研究者不必受此限制。

在文选付梓之际，我要特别感谢辽宁省委常委、宣传部长张江同志。张江同志对处于困难中的《当代作家评论》如何办刊给予了很多指导性的意见，并且给予了经费支持。张江同志爱文学、懂文学、重批评，给我和国内的同行留下了深刻的印象。我还要向出版文选的辽宁人民出版社、协助我编选的李桂玲以及关心文选出版的朋友致谢。

目　录
★
CONTENTS

目 录

忆冯至吾师

——重读《十四行集》

郑　敏

　　近读姚可昆先生的《我与冯至》，深为感动，其中关于年青时期及在德求学时的冯至是我所不知道的，读后，对于自己在昆明读书时的冯至有了更深的了解。那时冯先生才步入中年，虽然按照当时的习惯穿着长衫和用一支手杖，走起来确是一位年青的教授，但他在课堂上言谈的真挚诚恳却充满了未入世的青年人的气质。但冯先生是很少闲谈的，虽然总是笑容可掬，因此没有和学生闲聊的习惯。不过联大的铁皮课室和教授学生杂居在这西南小城里的处境，和"跑警报"的日常活动也使得师生在课外相遇的机会加多。在知识传播和教学方面存在课内和课外两个大学。我就曾在某晚去冯至先生在钱局街的寓所，直坐到很晚，谈些什么已记不清了，只记得姚可昆先生、冯至先生和我坐在一张方桌前，姚先生在一盏油灯下不停地织毛衣，时不时请冯先生套头试穿，冯先生略显犹豫，但总是很认真地"遵命"了。至于汪曾祺与沈从文先生的过往想必就更亲密了。生活使得师生之间关系比平时要亲近得多。当时青老间的师生关系无形中带上不少亲情的色彩，我还曾携小冯姚平去某树林散步，拾落在林里的鸟羽。但由于那时我的智力还有些混沌未开，只隐隐觉得冯先生有些不同一般的超越气质，却并不能提出什么想法和他切磋。但是这种不平凡的超越气质对我的潜移默化却是不可估量的，几乎是我的《诗集一九四二～一九四七》的基调，当时我们精神营养主要来自几个渠道，文学上以冯先生所译的里尔克信札和教授的歌德的诗与《浮士德》为主，此外自己大量地阅读了二十世纪初的英国意识流小说，哲学方面受益最多的是冯友兰先生、汤用彤、郑昕诸师。

这些都使我追随冯至先生以哲学作为诗歌的底蕴，而以人文的感情为诗歌的经纬。这是我和其他九叶诗人很大的不同起点。在我大学三年时，某次在德文课后，我将一本窄窄的抄有我的诗作的纸本在教室外递上请冯先生指教。第二天德文课后先生嘱我在室外等他，片刻后先生站在微风中，衣襟飘飘，一手扶着手杖，一手将我的诗稿小册递还给我，用先生特有的和蔼而真诚的声音说："这里面有诗，可以写下去，但这却是一条充满坎坷的道路。"我听了以后，久久不能平静，直到先生走远了，我仍木然地站在原地，大概就是在那一刻，铸定了我和诗歌的不解之缘。当然，这里我还必须提到另一位是我们四十年代那批青年诗人必须感激良深的中国了不起的作家和出版编辑大人物，那就是巴金先生，若不是他对于年青诗人的关爱，我和好几位其他所谓"九叶"诗人的诗就不可能留下痕迹，今天中国诗史上也就不会有"九叶诗派"一说了。巴金先生身为伟大的作家，却亲自编选了我的诗集《诗集一九四二～一九四七》，而且那是一本字迹多么凌乱的诗稿！巴金先生对年青诗人的支持和关怀，情谊如海，而我始终没有能向他老人家道一声真诚的谢谢，常为此感到内疚。

冯至先生在昆明时，据姚可昆先生在《我与冯至》中所记载，生活十分拮据清苦，但却写下了《十四行集》这样中国新诗里程碑式的巨著，虽说全集只有十四行诗二十七首，但却融会了先生全部的人文思想，这种很有特色的人文思想，在意蕴上是通过痛苦看到崇高和希望。在十四行第二十三首，先生描写了新生的小狗如何穿过阴雨获得光明：

接连落了半月的雨

你们自从降生以来

就只知道潮湿阴郁

一天雨云忽然散开

太阳光照满了墙壁

我看见你们的母亲

把你们衔到阳光里

让你们用你们全身

第一次领受光和暖
等到太阳落后，它又
衔你们回去。你们没有

记忆，但这一幕经验
会融入将来的吠声
你们在深夜吠出光明。

全诗在前十行朴实的叙述后，忽然以一种不动声色的力量带来了像定音鼓的有力的结尾。谁是"母亲"？这是人们会在朦胧中感受到而又不敢言传的诗之关键，而在黑暗中"吠出光明"却是一个既现实又永恒的主题，不但四十年代如此，任何时代，任何人都会面临这种挑战。

可以说，耐心的读者在这二十七首十四行诗中处处都会找到上述这类现实而又永恒的智慧，它们会突然从冯至式的质朴的语言中破土而出，直逼读者的心灵之感应，使你不得不停下来思索，这才是"沉思"的诗的本质，沉着而玄远，近在每个人生活的身边，远在冥冥宇宙之中。但是在这个有崇尚浪漫主义和革命现实主义的强烈倾向的国家，百年来受颂扬的诗家多是以气势为长，或者以辞藻取胜，对冯至先生这种充满内在智慧，外观朴实的诗有所忽视。世间是浮躁喧嚣的，闪光刺目者在短时间内总是首先吸引镜头，这是常情，不足为怪。自从近一个世纪以来，对古典诗词的冷落，造成以"洋"为范，古典诗词中深沉、玄远的境界为一般诗歌读者所忽略。而冯至先生的十四行诗的基调恰是我国古典诗词中超越凡俗，天地人共存于宇宙中的情怀，虽非浩然荡然，却有一种隽永的气质。这与冯先生对杜甫诗的体会和对歌德、里尔克的欣赏很有关系。在《我与冯至》中姚先生写道："冯至青年时对于杜甫只知道他是伟大的诗人，但好像与他无缘，他'敬而远之'。在战争期间，身受颠沛流离之苦，亲眼看见'丧乱死多门'，才感到杜甫诗与他所处的时代和人民血肉相连，休戚与共，越读越感到亲切，再也不'敬而远之'，转而'近而敬之'了。"这段话说明冯至先生对于诗的要求非但重艺术，更重心灵和境界，是在这一点上他的诗里深深地融会了杜甫的情、歌德的智和里尔克的"玄"。这自然与诗人本身的学养、经历有关，说到底诗品与人品之间，在追求智、情、美上有着千丝万缕的联系。诗歌以它神奇的力量抵制和暴露虚伪和造作，诗无邪，是诗的本质，并非诗一定都是美和善的，但它拥有一种揭露强加于它的任何虚伪、造作和邪气的本能。"真诚"是冯至先生《十四行集》的一个重要特点，没有丝毫诗人容易有的张扬，夸大，狂傲。

中国新诗从古典的格律走出后，面临一次剧烈挑战的并非内容，而是寻找那新的内容所必需的新的形式。自由诗是一种最高的不自由，而不是廉价草率的自由，因为它比格律更不允许露出不自由，是最高的"艺术的不自由"。一些诗人误以为自由诗就是爱怎么写就只管怎么写，"和说话一样就是自由体"，殊不知自由诗一样不可缺少音乐，而音乐总是来自艺术的不自由，惟其它的不自由不允许露出痕迹，也就更高级了。读《十四行集》除了行数和尾韵是有规定之外，汉语，由于其非拼音文字，是无法套用西方十四行关于每行音节的规定的，而汉语本身的音乐是由什么组成的呢？白话诗能和古典格律诗分享的语言音乐，不在话语字数的规定（如七言、五言）而在于词语组的字数的均衡，或一字、或二字、或三字，或由两组二字组成的四字，或由二字与三字组成的五字。这些词组的均衡、交替、穿插、参差，形成节奏，也即所谓的"顿"。古典诗词五言多是"二、三"（床前·明月光），七言多为"二、二、三"（锦瑟·无端·五十弦），词则常穿插有一、三、六以取得一种参差的节奏感。这些是汉语特色的诗的音乐感，至于抑扬的声调部分则由平仄来管。十四行集的诗行在顿错的节奏感上达到很高级的不自由之自由，以一、二、三、四为词组的基调：

　　　　有多少 / 面容 / ，有多少 / 语声
　　　　在我们 / 梦里 / 是这般 / 真切
　　　　不管是 / 亲密的 / 还是 / 陌生
　　　　是我 / 自己的 / 生命的 / 分裂（第二十）

　　　　这里 / 几千 / 年前
　　　　处处 / 好像 / 已经
　　　　有我们的 / 生命；
　　　　我们 / 未降生前

一个歌声 / 已经

从变幻的 / 天空

从绿草 / 和青松

唱我们 / 的运命（第二十四）

　　这类的词组搭配的例子在《十四行集》中比比皆是。朗读时就会感到一种参差的节奏美，既与古典格律诗的绝对对称整齐不同，但又同出于汉语词组的特色，因此有千万种的相似的音乐美，足为探讨白话新诗音乐美的诗人和读者提供一个范例。有些新诗虽注意到尾韵，或行数、字数的规律，但却忽视了行内、行间的音乐性的呼应对答；冯至先生的诗歌语言融会了白话书面语，古典诗语的某些韵味和汉语特有的以词组（非音节）为节奏性的音乐感，不能不算是新诗诗语方面的创新。他提醒我们新诗诗语是不应当放弃音乐感的。所谓自由诗其实是最难写的，因为它的自由需要更复杂的不着痕迹的音乐性。十四行集舍弃了西方拼音语言的音步规定，而创造了汉语的词的结合与顿的音乐美，能不算作新诗的一个里程碑吗？

　　前面说过，从内容讲，《十四行集》融会了东西方文化：杜甫的敦厚沉雄，歌德的高瞻远瞩，和里尔克特有的生命哲学的玄远。由于它不是慷慨激昂，声泪俱下的轰动性的浪漫主义诗歌，它的煽动力不是表面的，而更是一个深处沸浆滚滚的火山。它的力量是潜藏的，带有强烈的文化与哲学的韵味，感受到这类诗歌的威力是需要读者方面心理的调整，不能浮躁，在文化素养方面也要求更深厚，因此冯至先生的诗在今天相比之下可算曲高和寡。虽然《十四行集》中有多少关于生命、时代、宇宙丰富的、充满睿智的观察和感慨，却没有获得应有的、足够的注意，仍是一颗深藏的明珠。也许对于今天读者的平均欣赏能力而言，冯至的诗仍是属于明天的吧？

　　深深的真情是《十四行集》感人至深的特点，无论是情诗还是哲学诗。这种真情绝不是浮泛在水面上的萍叶，但也许是静静卧在湖底如一些色彩斑斓的卵石。从《我与冯至》一书中我们知道冯、姚两位虽是两个在这世界上相遇的个人，却有一种深深相融、分享此生、甚至前生的真挚爱情，这种感情成了他们两人共同的生命感。从十六首到二十一首，二十四首到二十六首，如果允许我解读的话，我认为它们是一种很特殊的"情诗"。说它"特殊",因为它没有一般情诗那种溢于言表的浪漫热情,或剪不断理还乱的爱的痛苦,而更像面对生命挑战,紧紧相依相靠的亚当和夏娃之间的深情。第二十一首写的是在一个暴风雨的夜晚,诗人和他的伴侣相依为命,共同渡过生命的难关:

> 我们听着狂风里的暴雨,
> 我们在灯光下这样孤单,
> 我们在这小小的茅屋里
> 就是和我们用具的中间
>
> 也有了千里万里的距离:
> 铜炉在向往深山的矿苗
> 瓷壶在向往江边的陶泥,
> 它们都像风雨中的飞鸟
>
> 各自东西。我们紧紧抱住,
> 好像自身也都不能自主。
> 狂风把一切都吹入高空,
>
> 暴雨把一切又淋入泥土,
> 只剩下这点微弱的灯红
> 在证实我们生命的暂住。

这显然讲的不只是一次自然的暴风雨,而是即将被赶出乐园的亚当和夏娃,在紧紧的拥抱中迎接命运的挑战。颇令人想起弥尔顿的描述和一些西方古典画中的场景。诗人冯至正是这样将普通的世间的感情提到超越的、人类命运与人与宇宙的关系上来感受,大大地加强了所叙述的事物的震撼力。这种很有特色的艺术手法是有它的哲学基础的,这就是万物无不相通共存,万物又存于一,一来自"无"。但是当人将自己的生命看成独立于一切时,他的自我意识使他脱离自然而感到寂寞,因此在这首情诗和一些其他的诗中诗人常常写到这种生之寂寞："狂风把一切都吹入高空，／暴雨把一切又淋入泥土，／只剩下这点微弱的灯红／在证实我们生命的暂住。"

和生命的寂寞相反的是人与万物息息相关的"属于感"。第二十首写的正是这种生命互相间的"属于感"：梦里的音容笑貌"不管是亲密的还是陌生：／是我自己的生命的分裂"。但这生命又属于大千世界："我们不知已经有多少回／被映在一个辽远的天空，／给船夫或沙漠里的行人／添了些新鲜的梦的养分。"冯至的"沉思"常常是紧紧围绕着个人的生命与大宇宙的关系。因此他经常从身边的喜、怒、哀、乐推向人类所赖以生存的大宇宙、自然界、天地之间的大空间。这才如前所说从小狗接触阳光的温暖而想到"你们在深夜吠出光明"。表层的阅读常常会忽视这种深埋在普通身边琐事和质朴的语言后的大义。这也是在这匆匆的时代里冯至的诗的深意没有被完全感受到的原因。当人们大量阅读以耸人听闻、强刺激及搞笑类闲话为特点的报刊后，哪有耐心去体会这种拥有超越的智慧的诗作呢？无怪乎在某些所谓的"排行榜"里，冯至和一些严肃的诗人竟被列在一些诗歌偶像的后面，在喧嚣的文坛俱乐部里冯至先生是被无意地遗忘了。在如此缺少好诗的世纪，这实在令人感叹。

从《我与冯至》一书里我们读到在森林里散步是冯先生和他心爱的人共享真情的一种重要方式，在德国如此，在昆明也如此。《十四行集》中有不少关于这种心灵的散步的记载。第二十四首是一首极美的爱情诗。"这里几千年前／处处好像已经／有我们的生命；／我们未降生前／一个歌声已经从变幻的天空，从绿草和青松／唱我们的运命。"虽然爱的缘分天长地久，但生活是多磨难的，因此诗人问道："我们忧患重重，／这里怎么竟会／听到这样歌声？"回答仍是：回到大的宇宙中，小小的生命也自能不断地获得新生的力量。真情就这样在艰难中接受了考验。爱情不总是花前月下，生活的窘困暴力的迫害和摧残是爱情这颗钻石的真正考验。在《我与冯至》一书中作者记录了他们几十年家庭生活所经受的战乱、流离、疾病、人际关系的纷争等等磨难，令人读后对两位学者对创作、教学、科研、翻译的成就惊叹不已，这样执著的追求只有最有良心的知识分子才做得到。稍有疏忽松怠就会一事无成，其中甘苦何尝为人所知！而这一切又只蕴藏在几十首诗的朴素的诗语的后面，比起那些滔滔不绝的对人民的空虚许诺，世间的事真不可只见其表啊。记得一次在昆明见到姚先生时，向她问候，她只轻轻地叹了一口气，说"劳燕分飞"，那时她只身在澄江中山大学教书，冯先生则留在昆明联大。对于我们这些天真的学生，我们只看到老师们一丝不苟的教书，哪里会想到他们下课后的生活的凄苦和烦恼呢。

在《十四行集》中常提到田野上的小径和林间的小路，对于诗人这些小径上布满不可见的行人的足迹，历史就是从这些小径走过来的。在冯至先生的世界里不可见的各种生命的踪迹是非常真实的存在，在一间生疏的房间里度过一个亲密的夜晚对诗人有着一种强烈的和生命的宝贵瞬间相遇的感觉："我们深深度过一个亲密的夜／在一间生疏的房里，""闭上眼睛吧！让那些亲密的夜／和生疏的地方织在我们心里：／我们的生命像那窗外的原野，"最具冯至特点的是诗的结尾：

> 我们在朦胧的原野上认出来
> 一棵树、一闪湖光、它一望无际
> 藏着忘却的过去、隐约的将来。

不经心的读者也许在读完前面的诗行就认为这首诗大致已经完成了。但若只是那样，没有这结尾的三行，这将是一首一般的情诗。"我们的生命像那窗外的原野"只是一句含混的比喻，虽然也拓展了些空间，却没有达到特殊的高度；而冯至的最后三行却是全诗的飓风眼，它一下子将人间的爱情与宇宙间永恒的存在——一棵树、一闪湖光——在情人们心灵里的启示衔接起来，使得世俗的爱情获得一种超越的圣洁和高度，在这永恒的存在里"藏着忘却的过去、隐约的将来"，这就是那人类无法真正掌握的宇宙，情人们在它的面前，既虔诚，又充满礼拜伟大崇尚的造物者的情怀，这使得他们的爱情更深刻更美丽。从十四行诗的艺术形式的要求来讲，那结尾的几行应当使全诗跃入一个新的高度，所以从诗歌艺术的角度，这首诗在诗艺的掌握上也令人钦佩。

第十九首又是一首了不起的情诗。在读了《我与冯至》后，更能体会到诗中的情怀。中国古典诗词在写别离时对别情离绪的描述可算达到艺术的至境。无论柳永的《雨霖铃》还是像杜甫那样雄浑的诗人也都留下令人无法遗忘的诗句。但从境界来说写恋情思念的古典诗词总无法与"大江东去"或"不尽长江滚滚来"那样诗句在气势、深度、重量上相比。尤其是能将别离看成动力，将两个个人的分离看成两个同等追求事业成就的人必需的代价，更不是男尊女卑的时代所能有的精神境界。在冯至先生与妻子姚可昆女士之间的爱情里却饱含这种互勉的知音之情。离别是凄凉的，但互勉之情又使得别离的生活充满信心和力量。而且作为两个独立的个人，别离未始不是一种发挥个性的良好时机，时时刻刻厮守对于现代男人和女人都会成为一种对个性和创造性的约束。现代生活中的女性和男性同样有发展自己个性的觉醒，不会再陷入那种终日以泪洗面的感情依赖式的离别情景。第十九首十四行写的正是这种男人女人作为平等独立的两个现代情人的别离：

> 我们招一招手，随着别离
> 我们的世界便分成两个
> 身边感到冷，眼前忽然辽阔，
> 像刚刚产生的两个婴儿

离别虽然是寒冷的，但也带来新的生机。因为在离别后两个人又满怀激情地各自投身于工作：

> 把冷的变成暖，生的变成熟
> 各自把个人的世界耘耕

如果不考虑现代人（男人，女人）个性的独立和对工作的激情，而站在古时男主外、女主内的思维，这种"离情"几乎是难以理解的。当女人只将自己看成依附大树的"袅罗"时，在别离中又怎能产生这种积极的情绪？这种积极的感情与古时的离情别绪无人倾诉的风情，真有天壤之别。这里又遇到冯至式特有的"超越"。离别时的一切努力是为了使重逢有特殊的意义：

> 为了再见，好像初次相逢
> 怀着感谢的情怀想过去，
> 像初晤面时忽然感到前生。

重逢时的强烈的新生感强烈得如恋人初逢，依稀有着对前生的记忆，而感谢上苍，这是多么深刻的感情，远远超过了一般的恋情。而诗的最后结尾又进一步将别离与重逢看成一生里的春和冬，对于一切生命都是年轮形成的力量，远远超过"人间规定的年龄"。这结尾三行又将人生的相聚相离带到大自然轮转的高度，自然也使人间的离情带有通天地的超越高度。

诗人的个人生活和他的诗作之间有着不等程度的密切联系，有的是具体的，有的是心态和感情的。在《十四行集》中对于诗人最亲密的朋友和亲人，最敬爱的诗人、画家以及"伟人"都有专诗，因此这本诗集是一本很"实"的感情思想的记录，在理解方面如能参考作者其他传记资料当有更好的效果。姚可昆先生的《我与冯至》自然是必读的极具史实价值和生活色彩的一本传记。新诗在注解上比古典诗词差，如果在题下有小注，文本又有详注，就可能对读者的理解和提高都有帮助。如第二十二首开头有这样的诗行：

深夜又是深山
听着夜雨沉沉

这是不是写在他在昆明郊外山下的小屋？姚先生在《我与冯至》的九十页对十四行诗的背景提到一些。我在读《杜诗详注》时常从注解、题解中得到对诗的文本本身理解的极大帮助，大大地拓宽、加深了我对诗本身的欣赏。这些注解使得该诗的创作过程和当时的生活氛围，诗人的心态情思——活现在读者的眼前，以及该诗在辞藻、境界方面与其他诗歌的文本间的互相联系也都得到丝缕的剖析，以至一首写在十二个世纪以前的诗也能无时空阻隔地得到我们今天的心灵的回应，可见注解之功不应等闲视之。可惜今天的研究往往轻视这种功夫，对新诗歌的研究很少开展这种注释。新诗如果要建立自己的传统，在研究上不能只写理论文章，而忽视详注，其实详注是应当比理论先行的。这样才有利于引导广大读者鉴赏新诗，并且避免论文流于空泛议论，脱离了创作本身的背景和它的整个文化的脉络关系。像冯至的《十四行集》这样里程碑的新诗著作，我们的研究可能还有不少可做的事吧。

二〇〇〇年九月

《当代作家评论》二〇〇二第三期

学院空间、社会现实和自我内外
——西南联大的现代主义诗群

张新颖

一

我希望下面将要作出的描述和阐释，能够引领着认识到达这样的地方：西南联大现代主义诗群的崛起，显示了中国新文学发展至此日日明朗起来的一个新现象，即学院讲授的文学——主要是近现代的西洋文学——对创作界产生了相当大的影响，推动新文学发生了深刻的变化。其实这一新现象的端倪早就出现（下文将略有述及），只不过要等到西南联大时期，这一现象才变得集中、突出、强烈，因而拓展出较大的探讨空间。

要达到这样的认识也许是一件不太困难的事，不过，认识到达了这样的地方，也就同时濒临着危险的情境。这个危险就是，认识跌落进早已存在的陷阱，认为现代主义的文学是学院的产物，是学院相对封闭的空间保证和促成了现代主义创作的繁盛。特别是，对比于当时中国抗日战争的大背景，对比于在这一大背景之下涌现出来的力图直接服务于抗战的大量文学创作，这一认识就会得到加强。这篇文章同样强调战争这一巨大的背景，而且特别要强调，西南联大这一学院空间，本身就是战争的产物，不仅不可能把战争这一大背景封闭在外，而且深刻地感受着战争所带来的种种信息，并对这种种信息进行了学院形式的转化。本文试图说明，正是经历了战争，在全民族的灾难和单个人的精神磨难之间，在共同的压力下和个人独特的生命感受之间，在异域的文学启迪和中国自身的现实境遇之间，崛起了西南联大的现代主义诗群。通过这一事实，我们对现代主义文学本身，也许能够加强一种感性认识：它与艰苦的磨难、巨大的创伤，甚至是深刻的危机紧密相连，而不是躲避在象牙塔内的文字制作。同时，对西南联大的现代主义诗歌创作，也许也能够加强一种感性认识：它是异域的文学启迪与中国自身的、个人自身的现实境遇和精神状况相激发、相摩擦而产生的，而它的成就，在很大的程度上就取决于互相激发和互相摩擦的程度。

如果认识能够同时到达以上所说的这两个地方，认识也许就到达了西南联大现代主义诗群的核心。到达了这个核心之后，我们就会发现，原来上面所说的这两个地方，其实是同一个地方。

二

在第一次世界大战之后的一九二二年，T. S. 艾略特的《荒原》发表。耐人寻味的是，这首轰动西方文坛的长诗，中译本是抗日战争即将爆发之时出版的，这首诗在现代中国影响最大的时期也恰恰就在抗战时期。这种影响不全是通过中译本产生的，在西南联大，课堂讲授和直接阅读原文是更主要的渠道。对于中译者赵萝蕤来说，她也是在学院里接触和翻译这首诗的。一九三六年底，赵萝蕤在清华大学外国文学研究所读研究生的最后一年，戴望舒听说她曾试译过《荒原》的第一节，就约她把全诗译出，由上海新诗社出版。在此之前，她已经听过美籍教授温德（Robert Winter）老师详细地讲解过这首诗，所以她的译者注基本就采用了温德的讲解。她还请青年教授叶公超老师写了一篇序，序言显示叶公超对作品及其作品的影响有着超出一般水平的理解，其中还说了这样一句话："他的影响之大竟令人感觉，也许将来他的诗本身的价值还不及他的影响的价值呢。"在卢沟桥事变前一个月，赵萝蕤在北京收到样书。这本书计印行简装三百本，豪华五十本。①

其实早在为赵萝蕤的译本作序之前三年，叶公超就写过一篇相当深入的评论，题为

---

① 见赵萝蕤《我与艾略特》、《怀念叶公超老师》、《艾略特与〈荒原〉》、《我的读书生涯》等文，均收入《我的读书生涯》，北京，北京大学出版社，1996。

《爱略特的诗》，发表于一九三四年四月出版的《清华学报》第九卷第二期。叶公超对现代主义作品和文艺理论的兴趣和见识确实超出了当时的一般水平，他翻译过弗吉尼亚·伍尔芙的名作《墙上一点痕迹》（*The Mark on the Wall*），并写了"译者识"，发表于一九三二年一月的《新月》第四卷第一期；他还特别津津乐道"新批评"理论奠基者瑞恰慈（I. A. Richards）的文学主张，为曹葆华译瑞恰慈著作《科学与诗》作序时，强调说："我相信国内现在最缺乏的，不是浪漫主义，不是写实主义，不是象征主义，而是这种分析文学作品的理论。"①

三十年代现代主义诗歌创作的代表诗人卞之琳，也曾经谈到过他在北京大学上学时所受到的课堂影响。一九三一年，叶公超代替遇难的徐志摩上英诗课，使那时正"借鉴以法国为主的象征派诗"的卞之琳发现了另外一个世界："是叶师第一个使我重开了新眼界，开始初识英国三十年代"左倾"诗人奥顿之流以及已属现代主义范畴的叶慈晚期诗。我特别记得他在堂上津津有味教我们《在学童中间》一诗，俨然自充诗中已成'头面人物'的叶慈督学，把我们当学童，在我们中间寻找变成当年幼小的女孩子茆德·甘（Maud Gonne）一副稚气的面貌而感慨系之。"叶公超接编《新月》杂志，发表了卞之琳《魏尔伦与象征主义》、《恶之华拾零》等译文和译诗，"后来他特嘱我为《学文》创刊号专译托·斯·艾略特著名论文《传统与个人的才能》，亲自为我校订，为我译出文前一句拉丁文 motto，这不仅多少影响了我自己在三十年代的诗风，而且大致对三四十年代一部分较能经得起时间考验的新诗篇的产生起过一定的作用"。②

从赵萝蕤和卞之琳各自的初始接触现代主义作品、接受其影响从而进行研究、翻译或创作的个人经验，我们多少可以遥想一下当时清华和北大讲授西洋近现代文学的情形。后来，这样的情形就渐成气候，它把尚嫌孤立、微弱的个人经验连接起来，唤起一群青年互相呼应的现代感受和文学表达。这一时期，就是这两所学校和南开大学合并成西南联大的时期，叶公超仍然是这一氛围中令人注目的人物，卞之琳已经从当年的学生变为联大的教师。赵萝蕤虽然和陈梦家一起到了昆明，但由于夫妇不同校的规定，她就

---

① 叶公超：《曹葆华译〈科学与诗〉序》，原载《科学与诗》，商务印书馆，1937年4月第1版，此处引自《叶公超批评文集》，第148页，珠海，珠海出版社，1998。

② 卞之琳：《赤子心与自我戏剧化：追念叶公超》，引自《地图在动》，第286、287页，珠海，珠海出版社，1997。

只好成为一个烧锅时腿上放着一本英文书的家庭主妇。在那时的教师中，对学生的文学创作予以较大支持和推动作用的，有闻一多、朱自清、李广田等，而其影响深入渗透到青年学生的现代感受和文学表达之中的，在讲授传播西方现代主义文学方面特别应该提到英籍讲师燕卜荪（William Empson）的《当代英诗》课，在创作方面特别应该提到也在联大任教的冯至所写的《十四行集》诗组，它本身就是西南联大现代主义诗歌创作中最重要的作品。

燕卜荪（一九〇六～一九八四）是新锐的批评家和诗人，来中国之前已经以他的诗和一九三〇年出版的《七类晦涩》建立了他在诗坛和文学批评界的地位。他一九三七年初来中国，不久就跟着临时大学，到长沙，南岳，蒙自，昆明，同中国师生相处融洽。他当时写了一首题为《南岳之秋》（Autumn In Nanyue）的长诗，共二百三十四行，是他一生最长的诗作。这首诗抒写的是"同北平来的流亡大学在一起"的经验，其中有这样几句：

> 哪些珀伽索斯应该培养，/ 就看谁中你的心意。/ 版本的异同不妨讨论，/ 我们讲诗，诗随讲而长成整体。①

珀伽索斯是希腊神话中的双翼飞马，足踩过的地方就会泉水涌出，诗人饮了能够获得灵感。燕卜荪用在这里，特指那些共处的有文学才华的青年学生。诗中所描述的这种情形，到了云南的西南联大时期发展得更为充分。一方面，"一个出现在中国校园中的英国现代诗人本身就是任何书本所不能代替的影响"，另一方面，燕卜荪讲课的方式也特别值得注意，"他只是阐释词句，就诗论诗，而很少像一些学院派大师那样溯源流，论影响，几乎完全不征引任何第二手的批评见解"。这样做的结果，就逼迫他的学生们"不得不集中精力阅读原诗。许多诗很不好懂，但是认真阅读原诗，而且是在那样一位知内情、有慧眼的向导的指引之下，总使我们对于英国现代派诗和现代派诗人所推崇的十七世纪英国诗剧和玄学派诗等等有了新的认识"。②联大的青年诗人们，如其中的王佐良后

---

① 此处用王佐良译文，引自《西南联大现代诗钞》，第85页，北京，中国文学出版社，1997。
② 王佐良：《怀燕卜荪先生》，引自《语言之间的恩怨》，第108、107页，天津，天津人民出版社，1998。

来回忆的那样，"跟着燕卜荪读艾略特的《普鲁弗洛克》，读奥登的《西班牙》和写于中国战场的十四行，又读狄仑·托玛斯的'神启式'诗，他们的眼睛打开了——原来可以有这样的新题材和新写法！"① "他的那门《当代英诗》课……从霍甫金斯一直讲到奥登……所选的诗人中，有不少是燕卜荪的同辈诗友，因此他的讲解也非一般学院派的一套，而是书上找不到的内情，实况，加上他对于语言的精细分析。" "当时我们都喜欢艾略特——除了《荒原》等诗，他的文论和他所主编的《标准》季刊也对我们有影响。但是我们更喜欢奥登，原因是：他更好懂，他的掺和了文学才气和当代敏感的警句更容易欣赏，何况我们又知道，他在政治上不同于艾略特，是一个"左派"，曾在西班牙内战战场上开过救护车，还来过中国抗日战场，写下了若干首颇令我们心折的十四行诗。"② 周珏良也回忆道："记得我们两人（另一人指穆旦——引者）都喜欢叶芝的诗，他当时的创作很受叶芝的影响。我也记得我们从燕卜荪先生处借到威尔逊（Edmund Wilson）的《爱克斯尔的城堡》和艾略特的文集《圣木》（The Sa—cred Wood），才知道什么叫现代派，大开眼界，时常一起谈论。他特别对艾略特著名文章《传统和个人的才能》有兴趣，很推崇里面表现的思想。当时他的诗创作已表现出现代派的影响。"③

当时的气氛，其自身的内部，似乎就存在着一种强烈的反差。一方面是战争期间的困难，另一方面则是初始接触现代主义文学时青年人那种特有的兴奋和沉迷。"联大的屋顶是低的，学者们的外表褴褛，有些人形同流民，然而却一直有着那点对于心智上事物的兴奋。在战争的初期，图书馆比后来的更小，然而仅有的几本书，尤其是从外国刚运来的珍宝似的新书，是用着一种无礼貌的饥饿吞下了的。这些书现在大概还躺在昆明师范学院的书架上吧：最后，纸边都卷如狗耳，到处都被叠了，而且往往失去了封面。但是这些联大的年青诗人们并没有白读了他们的艾里奥脱与奥登。也许西方会吃惊地感到它对于文化东方的无知，以及这无知的可耻，当我们告诉它，如何地带着怎样的狂热，以怎样梦寐的眼睛，有人在遥远的中国读着这两个诗人。在许多下午，饮着普通的中国

① 王佐良：《谈穆旦的诗》，引自《中楼集》，第183页，沈阳，辽宁教育出版社，1995。

② 王佐良：《穆旦的由来与归宿》，引自《王佐良文集》，第466页，北京，外语教学与研究出版社，1997。

③ 周珏良：《穆旦的诗和译诗》，引自《一个民族已经起来》，第20页，南京，江苏人民出版社，1987。

茶，置身于乡下来的农民和小商人的嘈杂之中，这些年轻作家迫切地热烈地讨论着技术的细节。高声的辩论有时直至夜晚：那时候，他们离开小茶馆，而围着校园一圈又一圈地激动地不知休止地走着。"①当时出现了好几个诗社和文艺社，最早是蒙自分校的南湖诗社，到昆明联大的时候有南湖诗社扩大后改名的高原社，包括校外社员的南荒社、冬青文艺社、新诗社、耕耘社以及叙永分校的布谷社等。校园师生的创作，除了经常出现在大后方和香港等地的报刊上之外，还有一个最集中、最重要的聚集地：以昆明西南联大文聚社名义出版的《文聚》。

《文聚》一九四二年二月创刊，初为半月刊，后改为月刊，再改为不定期丛刊，又改为《独立周报》的副刊，一直出版到一九四六年。创刊号的风格，基本上就是以后《文聚》的一贯风格。创刊号的头题就是现在可被视为中国新诗经典之作的穆旦的《赞美》，刊出后就受到赞美；其他的诗有杜运燮的《滇缅公路》、罗寄一的《一月一日》和《角度》、陈时的散文诗《悲剧的金字塔》和《地球仪》，都明显接受西方现代诗风的影响，所写却是切身的中国当下的现实和个人的精神境况。这一期的小说是汪曾祺的《待车》和林元的《王孙——大学生类型之二》，汪曾祺的这篇小说是他尝试意识流手法的试验之作。这一期的评论文章是佩弦（朱自清）的《新诗杂话》，散文包括李广田的《青城枝叶》、马尔俄的《怀远三章》和上官碧（沈从文）的《新废邮存底》。从创刊号也可以看出，我们不能说《文聚》是一个纯粹现代主义风格的杂志，可是毕竟能够感觉出中国式现代主义的倾向和分量。这从所发表的不同作家作品的数量也可以得到一点说明：据统计，由始至终的《文聚》，老师当中发表诗文最多的是冯至，学生当中发表最多的是穆旦。冯至除了发表散文、小说、诗之外，还有译诗，分别为《里尔克诗十二首》（二卷一期）和《译尼采诗七首》（二卷二期）。在现代主义性质的诗文作者和译者当中，还有这样一些名字十分引人注目：卞之琳、王佐良、杨周翰、郑敏等等。文聚社还计划出版"文聚丛书"，一九四三年《文聚》一卷五、六期合刊上登出广告，共有以下十种：小说类有沈从文的《长河》（长篇）、冯至的《楚国的亡臣》（中篇）、刘北汜的《阴湿》（短篇集）、林元的《大牛》（短篇集）、马尔俄的《飓风》（短篇集），散文集包括李广田的《日

---

① 王佐良：《一个中国诗人》，此文原载英国伦敦 *Life and Letters* 1946 年 6 月号，后又刊于北京《文学杂志》1947 年 8 月号。此处引自《蛇的诱惑》，第 2 页，珠海，珠海出版社，1997。

边集》、赵萝蕤的《象牙的故事》、方敬的《记忆的弦》，诗集是穆旦的《探险队》，还有卞之琳的译诗集《〈亨利第三〉与〈旗手〉》。到抗战胜利，出版了其中的三种：《〈亨利第三〉与〈旗手〉》、《探险队》和《长河》。特别应该注意的是，《探险队》是穆旦的第一本诗集。经过时间的磨洗，我们今天显然更有充分的自信说，这三种和《楚国的亡臣》（后来改名《伍子胥》由上海文化生活出版社一九四七年出版）正是其中最重要的。抗战胜利后，"文聚丛书"和《文聚》杂志也随着作者、编者离开昆明而停止了出版。①

三

在感受到一种强烈的现代主义氛围，并且阅读了一代青年诗人的现代主义诗歌创作的实际成果之后，我们要问的是，为什么这一群诗人会和异域的现代主义文学相当迅速、相当强烈地产生出超乎寻常的亲近，甚至是心心相印的感觉？进一步要问的是，为什么这样密切的关系，对于尚处在创作初期的学生诗人来说，导致的结果就整体而言不是简单的模仿、生硬的照搬、横向的移植，而是绽开了中国自己的诗歌奇葩，造成了中国新诗史上光彩夺目的情景？

像通常我们可能会说的那样，是西方现代主义诗歌一下子打开了他们的眼界。可是，为什么他们一接触就觉得打开了眼界，而不是产生出别的反应？举一个相反的例子来说，早在这群青年诗人之前，徐志摩也接触过 T. S. 艾略特的作品，并且还写过一首诗，题目下标明拟这位英语现代诗人，其实二者间的精神距离相差很大。② 为什么 T. S. 艾略特没有打开徐志摩的眼界？除了性格、气质、学养等个人性的因素之外，有没有更重大、更深刻的原因呢？西南联大的现代诗创作汇聚成群体性的气候，除了像燕卜苏的课堂讲授这一类带有一定偶然性的因素外，显然存在着超出个人性选择之外的原因。

---

① 关于《文聚》杂志及其相关的情况，请见《文聚》的负责人之一林元的文章《一枝四十年代文学之花——回忆昆明〈文聚〉杂志》，《新文学史料》1986年第3期。

② 徐志摩的这首诗题为《西窗》，副标题就是"仿 T. S. 艾略特"，载《新月》第一卷第四期，1928年6月10日出版。

从中国新诗的发展来说，到这一时期，正走到了一个转折点上。当年的局中人王佐良就说过，"西南联大的青年诗人们不满足于'新月派'那样的缺乏灵魂上大起大落的后浪漫主义"。[1]这句话透露出否定和渴望新生的信息。其实对中国新诗的不满早就在滋生着，而且相当普遍。一九四〇年赵萝蕤在昆明应宗白华之约为重庆《时事新报》"学灯"版撰文《艾略特与〈荒原〉》，其中就有这样清醒的自问："我为什么要译这首冗长艰难而晦涩的怪诗？为什么我对于艾略特最初就生了好奇的心？"她的回答是艾略特和前人不同，"但是单是不同，还不足以使我好奇到肯下苦功夫，乃是使我感觉到这种不同不但有其本身上的重要意义，而且使我大大地感触到我们中国新诗的过去和将来的境遇和盼望。正如一个垂危的病夫在懊丧、懈怠、皮骨黄瘦、色情秽念趋于灭亡之时，看见了一个健壮英明而坚实的青年一样"。她急切地点明，"艾略特的处境和我们近数十年来新诗的处境颇有略同之处"。接着历数艾略特之前的诗人诗作，用"浮滑虚空"四个字直陈其弊病。赵萝蕤身受"切肤之痛"，在这篇文章的末尾两段，她迫切要表达的其实正是中国的现实情境和对于中国新诗再生的呼唤："《荒原》究竟是怎么回事，艾略特究竟在浑说些什么？这是一片大的人类物质的精神的大荒原。其中的男女正在烈火中受种种不堪的磨炼，全诗的最末一节不妨是诗人热切的盼望，'要把他放在烈火里烧炼他们'，也许我们再能变为燕子，无边的平安再来照顾我们。""我翻译《荒原》曾有一种类似的盼望：我们生活在一个不平常的大时代里，这其中的喜怒哀乐，失望与盼望，悲观与信仰，能有谁将活的语言来一泻数百年来我们这民族的灵魂里至痛至深的创伤与不变不屈的信心。因此我在译这首艰难而冗长的长诗时，时时为这种盼望所鼓舞，愿他早与读者相见。"[2]

我们应该能够充分地感受到，从中国新诗发展的本身来说已经面临的转折和求变，因为现实的强烈刺激而变得格外迫切和必须，战争把现实强行推到了每一个人的面前，一般总是习惯于隔着一定距离看待和体会现实的知识者和青年学生，现在却不能不承受着和现实发生剧烈摩擦的切肤之痛。这种时刻忍受着的切肤之痛，使得身受者自觉到以前的思想、意识乃至文学的"浮滑空虚"。而"浮滑到什么程度，空虚到什么程度，必需

---

① 王佐良：《谈穆旦的诗》，引自《中楼集》，第183页。

② 《艾略特与〈荒原〉》，原载《时事新报》"学灯"版，1940年5月14日，此处引自《我的读书生涯》，第7、8页。

那身知切肤之痛，正面做过人的人才能辨得出深浅"。① 也就是说，对于现实的意识深入到了文学意识的内部，它和文学发展的自身要求融为一体，成为促成诗歌写作转折和变化的根本原因。

恰恰是在这样的时候，西方现代主义诗歌击中了他们的切肤之痛，并且磨砺着他们对于当下现实的敏感，启发着他们把压抑着、郁积着的对于现实的感受，充分、深刻地表达出来。也许我们可以这样说，对于那些青年诗人而言，真实发生的情形并不是西方现代主义手法和中国现实内容的"结合"，却可能是这样的过程：他们在新诗创作上求变的心理和对于中国自身现实的感受，在艾略特、奥登等西方现代诗人那里获得了出乎意料的认同，进一步，那些西方现代主义诗歌使得他们本来已有的对于现实的观察和感受更加深入和丰富起来，简而言之，西方现代主义诗歌使他们的现实感更加强化，而不是削弱；同时，西方现代主义诗歌自然地包含着把现实感向文学转化的方式，从而引发出他们自己的诗歌创作。

我无意把上面的观点推向极端，以为战争必然引发出西南联大的现代主义诗群，因为面对同样的现实，也即时地涌现出了直接、简单地应对战争，甚至是服务于战争的文学创作。但后面这一种不容否认的事实，同样也不能推导出战争必然引发简单化、公式化、口号化创作的结论。不同形态的文学创作和现实之间的不同方式、不同程度的关系，提醒我们注意现实本身的复杂性、人的现实意识的复杂性以及现实转化入文学的复杂性。在诸多的复杂性之中，一个同时具有清醒的现实意识和自觉的文学意识的作家和诗人，将作出怎样的更有意义和价值的选择和努力呢？西南联大的诗人们，以他们实际的诗歌写作作了回答。

这是一种什么性质的回答呢？我想借助于奥登的诗来弄明白这个问题。也许，我们读懂了他们喜爱的奥登的诗，就多少能够明白这是什么样的回答。奥登一九三八年春天和依修午德一起访问过中国的抗日战场，他的《战时》十四行诗组的第十八首，写的是一个普通中国士兵的死亡，他以感人的诗句让这种卑微人物的死亡在广阔的时代和历史中产生出意义："他不知善，不择善，却教育了我们 / 并且像逗点一样加添上意义 / 他在

---

① 《艾略特与〈荒原〉》，原载《时事新报》"学灯"版，1940年5月14日，此处引自《我的读书生涯》，第18页。

中国变为泥土，以便在他日／我们的女儿得以热爱这人间……"有意思的是，据奥登和依修午德两人合著的《战地行》(Journey to War)一书说，奥登在武汉的文艺界招待会上朗诵这首诗，第二句翻译不敢直译，私自作了篡改。原诗的前两句是："他被使用在远离文化中心的地方／又被他的将军和虱子所遗弃"，① 翻译把第二句改成："穷人与富人联合起来抗战"。奥登的原诗和翻译的修改，可以为我们在上面所说的现实本质的复杂性、人的现实意识的复杂性以及现实转化入文学的复杂性，下一个很好的注脚。但要明白西南联大现代主义诗群的选择和意义，我们更应该读奥登的另一首诗：《"当所有用以报告消息的工具……"》，《战时》十四行诗组第二十三首。就我个人而言，我在第一次阅读这首诗的时候，十分震惊诗中的陡转：本来在说战局、"暴行"、"邪恶"和人的沮丧、绝望、对恶劣时代的抱怨，突然出现了这样的诗句："今夜在中国让我来追念一个人"(To-night in China let me think of one)。这个被追念的诗人就是里尔克，他从一九一三年起沉默了十年之后，终于在瑞士缪佐的一个古堡里写下了他一生最伟大的作品《杜依诺哀歌》，以诗担负起了诗人的命运。在战乱时代，在现实的困苦和生存的压力之下，在绝望与信念、历史与个人之间，西南联大的那群师生，为什么要抱紧诗歌，孜孜于现代诗的创作呢？奥登的这首诗就是一个根本性的回答。他们试图以诗担负起他们作为诗人的命运，以诗担负起时代和现实的重量。也正是在这命运和重量的压力下，在这恶劣的时局中，他们的诗迸发出灿烂的光辉——这也正是在中国的现实和文学的关系中，令人十分震惊欣喜的陡转。

四

"今夜在中国让我来追念一个人"——那个时期在中国，在西南联大，确实有一个人常常追念德语伟大的诗人里尔克，而且像里尔克曾经经受的那样正经受着长时间的沉默。这个人即将爆发出来的诗章也将和里尔克的名字联在一起。这个人是冯至。

鲁迅在一九三五年称冯至"是中国最为杰出的抒情诗人"，② 这一判断基于的是冯至

---

① 本文引用的这首诗的中译，采用的是穆旦的译文。

② 《〈中国新文学大系〉小说二集序》，《鲁迅全集》第六卷，第243页，北京，人民文学出版社，1981。

一九二七年出版的《昨日之歌》和一九二九年出版的《北游及其它》两个诗集里的作品，特别是后一种。而从一九三〇到一九四〇年间，冯至几乎没有诗作。在三十年代前半段，他在德国学习，"听雅斯丕斯讲存在主义哲学，读基尔克戈尔特和尼采的著作，欣赏梵诃和高甘的绘画，以极大的兴趣诵读里尔克的诗歌，而自己却一首像样子的诗也写不出来"。一九三五年回国后，感受着中国混乱困苦的现实，"'写不出来'的情况依然继续着，我与文学好像已经失掉了关系"。[①] 到一九四一年，这个沉默期突然被打破，偶然写出一首变体的十四行，接下来就顺势而发。"这开端是偶然的，但是自己的内心里渐渐感到一个责任：有些体验，永远在我的脑海里再现，有些人物，我不断地从他们那里吸收养分，有些自然现象，它们给我许多启示：我为什么不给他们留下一些感谢的纪念呢？由于这个念头，于是从历史上不朽的精神到无名的村童农妇，从远方的千古的名城到山坡上的飞虫小草，从个人的一小段生活到许多人共同的遭遇，凡是和我的生命发生深切的关连的，对于每件事物我都写出一首诗：有时一天写出两三首，有时写出半首便搁浅了，过了一长久的时间才能完成。这样一共写了二十七首。到秋天生了一场大病，病后孑然一身，好像一无所有，但等到体力渐渐恢复，取出这二十七首诗重复整理誊录时，精神上感到一阵轻松，因为我完成了一个责任。"[②]

也许就是在这长长的沉默期内，冯至完成了蜕变和转化，其实质就如以歌德为对象的第十三首最后两句所说："万物都在享用你的那句名言，／它道破一切生的意义：'死和变。'"其情形恰如咏鼠曲草的第二首所说："一切的形容、一切喧嚣／到你身边，有的就凋落，／有的化成了你的静默：／／这是你伟大的骄傲／却在你的否定里完成。"《十四行集》就是脱落旧皮、新生长出来的诗的躯体。多年来随时打开来读的里尔克的作品，逐渐地引领着冯至的诗，从早期的浪漫主义的情绪表露，蜕化为现代主义的沉思、凝想和对于世界的自觉担当。

《十四行集》里的叙述主体，是一个孤孤单单的个人，甚至孤单到如此的程度：在暴风雨夜的孤灯下，"我们在这小小的茅屋里／就是和我们用具的中间／／也有了千里万里

---

① 《自传》，《冯至选集》第二卷，第502页，成都，四川人民出版社，1985。

② 《〈十四行集〉序》，原载上海文化生活出版社1949年版《十四行集》。《十四行集》的初版本是1942年桂林明日社出版的，本文以下所引《十四行集》里的诗句，依据的是上海文化生活出版社的版本。

的距离"（第二十一首）。可是这个个人不仅维护着自己的孤独，而且孜孜深化着自己的孤独。这种孤独，弥散着独自存在着、独自去成就的勇气和高贵。用他自己在别处的话来说，就是，"人之可贵，不在于任情地哭笑，而在于怎样能加深自己的快乐，担当自己的痛苦"。[①] 然而，正像我们在里尔克身上所看到的那样，我们在《十四行集》里再次看到，这种生命体验的深刻的孤独，不是因为隔绝造成的（隔绝也没有能力造成生命体验的深刻孤独），因而这种孤独的主体也就不会有意把自身隔绝开来，恰恰相反，他所要做的却是最大限度地把自身敞开，自身向世界敞开，世界把自身充满。诗人把这样的存在意愿凝结成简洁然而恢宏的诗句："给我狭窄的心 / 一个大的宇宙！"（第二十二首）在这样的祈求里面，既包含着独与天地相往还的宽阔、深邃的境界，也蕴蓄着"孑然一身担当着一个大宇宙"[②] 的责任和勇气。这样的人生态度必然渗透到诗艺，冯至也自然地从里尔克那里承接了一种可称之为敞开的诗艺，他说："'选择和拒绝'是许多诗人的态度，我们常听人说，这不是诗的材料，这不能入诗，但是里尔克回答，没有一事一物不能入诗，只要它是真实的存在者；一般人说，诗需要的是情感，但是里尔克说，情感是我们早已有了的，我们需要的是经验：这样的经验，像是佛家弟子，化身万物，尝遍众生的苦恼一般。"[③]

化身万物的经验，在第十六首里得到了相当质朴的呈现："我们随着风吹，随着水流， / 化成平原上交错的蹊径， / 化成蹊径上行人的生命。"而人与人、人与物、人与自然宇宙的交流、融合、关联、渗透、呼应，这一切之所以能够进行，能够被敏锐地感受着，那是因为这个人的自身敞开着，只有处于敞开的状态，他才可以说："我们准备着深深地领受， / 那些意想不到的奇迹。"

这是第一首的开头两句。在总计二十七首诗当中，这一首不是最早写出来的，却放在开篇的位置，实在是非常恰当的安排。对诗组自身，它像一个序幕，又暗含着对紧接在后面的诗章的统领性的力量；对于诗人自身，它是一种自我状态的揭示，又是对延续着过去而来的目下的状态趋于深广的期许；对于读者，它是一种提示、启发，又是不容思索地降临到你面前的一个"奇迹"。接下来，随着诗章的逐一展开，我们承受着这样那

---

① 《忘形》，《冯至选集》第二卷，第85页。

② 《一个消逝了的山村》，《昨日之歌》，第205页。

③ 《里尔克——为十周年祭日作》，《冯至选集》第二卷，第158页。

样的经验和事体，心灵和思想送往迎来，最后终于迎来了自身的成熟和意义。诗组的最后一首带有总结的性质，但更重要的是它呈现出了自身敞开所获得的各种经验化合后而成就的提升和开阔，几乎可以说，这是趋向于无限崇高的提升和无限旷远的开阔——

> 从一片泛滥无形的水里／取水人取来椭圆的一瓶，／这点水就得到一个定形；／看，在秋风里飘扬的风旗，／／它把住些把不住的事体，／让远方的光、远方的黑夜／和些远方的草木的荣谢，／还有个奔向无穷的心意，／／都保留一些在这面旗上。／我们空空听过一夜风声，／空看了一天的草黄叶红，／／向何处安排我们的思想？／但愿这些诗像一面风旗／把住一些把不住的事体。

这个比喻后来还真的为人所取，称誉冯至的《十四行集》是"一面中国现代主义诗胜利的旗帜"，"影响了正在崛起的新一代诗人"。袁可嘉描述了当时他所身受的震撼："一九四二年我在昆明西南联大新校舍垒泥为墙、铁皮护顶的教室里读到《十四行集》，心情振奋，仿佛目睹了一颗彗星的突现。"[①]毫无疑问，在当时西南联大现代主义思潮和诗潮的热烈气氛中，《十四行集》的出现是件大事。

不过，要把《十四行集》的影响具体到诗风上来考察，却是一件很令人为难的事。这其间存在着这样一个巨大的差异：从影响源来讲，冯至所浸淫的主要是来自德语系统的哲学思想、文学观念和诗歌风格，而西南联大的大学才子式青年诗人，他们中的大多数是外文系学生，当时所热衷的是英美二三十年代的现代诗和文论。基于影响源的不同，思想、观念、风格的差异，冯至的诗和学生诗人诗作之间的不同相当明显。要说相近和相通，在那一群学生诗人当中，大概可以举郑敏作为个别的例子。这跟郑敏是哲学系的学生有关系，她保持着沉思的习性，而且也像冯至一样嗜读歌德和里尔克。她的观物方式显然受益于里尔克，《金黄的稻束》这一类的作品也确实证明她和冯至接受过同源性的影响。话再说回来，如果说《十四行集》的出现是件重要的事情，其重要性主要还是体现为自身的成就而不是对青年诗人的具体可考的普遍性影响的话，那么这也恰好说明冯至在中国现代诗史上的独特不群。中国新诗所受西方现代主义的影响，大致上可以

---

① 《"给我狭窄的心／一个大的宇宙"——〈冯至诗文选〉序》，《昨日之歌》，第7页。

说主要来自于法、英、德三个语言系统，法国的象征主义之于中国的二三十年代的象征派，英美的现代派之于中国三四十年代的现代主义，都有相当可观的受影响者，可以开列出不少诗人的名字；与此相对照，承受德语系统现代诗影响而成就自身诗创作的，几乎没有几个人，可谓相当寂寥，冯至则是从这寂寥情形中突出来的一个。

五

在西南联大的现代主义诗群中，我们以冯至作为教师诗人的特殊个例；而在那群年青的学生诗人——马逢华、王佐良、叶华、沈季平、杜运燮、何达、杨周翰、陈时、周定一、罗寄一、郑敏、林蒲、赵瑞蕻、俞铭传、袁可嘉、秦泥、缪弘、穆旦等[①]——当中，最杰出的就要数穆旦了。在穆旦的诗中，其实也能够感受到里尔克的影响，特别是在那些凝重、深思的品格比较强的诗作里，这种感受就更加明显。不过，构成影响主要成分的，还是英美现代诗。穆旦相当有意识地排斥传统、陈旧的意象、语言和诗风，自觉追求现代意识对于写作的完全融入，王佐良当时就在《一个中国诗人》的文章中指出，"他的最好的品质却全然是非中国的"，"穆旦的胜利却在他对于古代经典的彻底的无知"；然而，与此相对，"最好的英国诗人就在穆旦的手指尖上，但他没有模仿，而且从来不借别人的声音歌唱"。他以"非中国"的形式和品质，表达的却是中国自身的现实和痛苦，他"最善于表达中国知识分子的受折磨又折磨人的心情"。这种奇异的对照构成了穆旦的"真正的谜"。[②]

穆旦的第一个诗集《探险队》收了一首题为《还原作用》的短诗，在七十年代中期与一个学诗的青年的通信中，他对这首年轻时代的作品作了简明的解释："青年人如陷入泥坑中的猪，（而又自认为天鹅），必须忍住厌恶之感来谋生活，处处忍耐，把自己的理想都磨完了，由幻想是花园而变为一片荒原。"问题是，这样的现实感受和思想怎么以诗来表现呢？穆旦坦言是受了外国现代派的影响写成的，"其中没有'风花雪月'，不用陈旧的形象或浪漫而模糊的意境来写它，而是用了'非诗意的'辞句写成诗。这种诗的难处，就是它没有现成的材料使用，每一首诗的思想，都得要作者去现找一种形象来表

---

① 这些青年诗人的作品可见《西南联大现代诗钞》。
② 《一个中国诗人》，此处引自《蛇的诱惑》，第7、4页。

达；这样表达出的思想，比较新鲜而刺人"。①"非诗意的"性质不仅是辞句层面的问题，常常贯彻了一首诗的里外。从根本上讲，这是源于自身经验的"非诗意"性。诗人在转达和呈现种种"非诗意的"现实经验的时候，是力求忠实于切身的个人经验，还是存心贴近或归顺于诗的传统与规范，这之间的分野必然导致相当不同的诗的品性。穆旦的追求，正是从他个人和他那一代人的实际经验出发，形成了他对于诗的观念并实践于创作中。他后来这样概括过他的这种自觉意识："奥登说他要写他那一代人的历史经验，就是前人所未遇到过的独特经验。我由此引申一下，就是，诗应该写出'发现底惊异'。你对生活有特别的发现，这发现使你大吃一惊，（因为不同于一般流行的看法，或出乎自己过去的意料之外），于是你把这种惊异之处写出来，其中或痛苦或喜悦，但写出之后，你心中如释重负，摆脱了生活给你的重压之感，这样，你就写成了一首有血肉的诗，而不是一首不关痛痒的人云亦云的诗。所以，在搜求诗的内容时，必须追究自己的生活，看其中有什么特别尖锐的感觉，一吐为快的。"②

"追究自己的生活"，忠实于"非诗意的"经验，写出"发现底惊异"，从这一类的立场和取向来看，我们觉察到，诗的书写者力求把自我扩大成一个具有相当涵盖力和包容性的概念，自我充分敞开着，却又一直保持着独特的取舍标准和一己的感受性。经验居于诗的中心，成为诗的主体，因而必然导致诗的叙述成分大于抒情成分，甚至很多时候，抒情几乎完全被放逐了。以自我为中心的、封闭的抒情在现实经验面前一下子暴露出它的苍白、无力和可笑。也许并非完全出于无意，穆旦把一首明明放逐了传统抒情的诗称为抒情诗，它的完整标题是：《防空洞里的抒情诗》。这首诗描述了人们逃避飞机轰炸躲在防空洞里的种种琐碎的细节，特别以零星的对话推进，诗作者透过散漫、空洞的对话，仿佛窥见了精神和现实中的某种隐秘。对话之中，夹诗作者的观察和感受："寂静。他们像觉到了氧气的缺乏。／虽然地下是安全的。互相观望着：／黑色的脸，黑色的身子，黑色的手！／这时候我听见大风在阳光里／附在每个人的耳边吹出细细的呼唤，／从他的屋檐，从他的书页，从他的血里。"

在零碎、断续、无意义的细节和对话中，竟然出现了相当戏剧化的情景：那个看报

---

① 《致郭保卫的信（四）》，《蛇的诱惑》，第228、229页。

② 《致郭保卫的信（二）》，《蛇的诱惑》，第224页。

纸消遣的人"拉住我","这是不是你的好友,／她在上海的饭店里结了婚,看看这启事!"而最突兀的还不是这种外在事实的戏剧化,相比之下,精神世界里的生死巨变更令人触目惊心,这首诗就是这样结束的——

　　　胜利了,他说,打下几架敌机?／我笑,是我。／当人们回到家里,弹去青草和泥土,／从他们头上所编织的大网里,／我是独自走上了被炸毁的楼,／而发现我自己死在那儿／僵硬的,满脸上是欢笑,眼泪,和叹息。

　　在穆旦的诗中,我们特别容易感受到个人经验和时代内容的血肉交融、难扯难分,不仅是那些写战时一个民族共同经历的艰难困苦生活的诗作,而且在另外一些他特别擅长表现的以知识者个人精神历程的变化和内心挣扎为核心的诗作里,如《从空虚到充实》、《蛇的诱惑》、《玫瑰之歌》等,我们也特别能够强烈体会到属于一个时代的普遍的状况和特征。穆旦的老师燕卜荪结合自己的创作实践,对诗发表过这样的看法:"诗人应该写那些真正使他烦恼的事,烦恼得几乎叫他发疯。……我的几首较好的诗都是以一个未解决的冲突为基础的。"[1] 在相当大的程度上,穆旦的诗也可以作如是观。而且,使个人烦恼得几乎发疯的事和未解决的冲突,往往也正是使一个民族和一个时代烦恼得发疯的事和未解决的冲突。而就从个人之于普遍的状况之间的联系这一点,又让我们想到艾略特著名的《阿尔弗瑞德·普鲁弗洛克的情歌》,穆旦后来不仅翻译过这首诗,还翻译了美国批评家克里恒斯·布鲁克斯和罗伯特·华伦合著的《了解诗歌》一书中对于这首诗的详细阐释,他们关于这首诗达成了这样的认识:"是否这首诗只是一个性格素描,一个神经质'患者'的自嘲的暴露?或者它还有更多的含意?……归根到底这篇诗不是讲可怜的普鲁弗洛克的。他不过是普遍存在的一种病态的象征……"[2] 那么,由个人经验到时代的普遍象征,这个过渡是怎样完成的呢?对这个复杂的过程穆旦作过十分简要的提示:"首先要把自己扩充到时代那么大,然后再写自我,这样写出的作品就成了时代的作品。

---

① 转引自王佐良著《英诗的境界》,第169页,北京,生活·读书·新知三联书店,1991。
② 引自《外国现代派作品选》第一册(上),第87页,上海,上海文艺出版社,1980。

这作品和恩格斯所批评的'时代的传声筒'不同，因为它是具体的，有血有肉的了。"①

穆旦是一个早慧的诗人，在西南联大，二十几岁的几年间，是他一生中创作最丰盛的时期，仅凭这一时期的诗作，就足以确立他在中国现代诗史上的突出位置。穆旦的诗提供了许多值得单独深入探讨的空间，譬如对于语言和经验之间的难以重合的现代敏感："静静地，我们拥抱在／用言语所能照明的世界里，／而那未形成的黑暗是可怕的，／那可能和不可能的使我们沉迷。"（《诗八首》之四）再如个人认知对时代集体性叙述的破坏及其之间错综复杂的关系，等等。而特别突出的，就是穆旦的诗深切地描述了敏感着现代经验的现代自我的种种不适、焦虑、折磨、分裂，这样一个现代自我的艰难的诞生和苦苦支撑，成就了穆旦诗的独特魅力和独特贡献。到一九四七年，他才三十岁，以一首《三十诞辰有感》总结自我生命的历程，我们也许会为其中这样的画像而深受震动——

　　　　在过去和未来两大黑暗间，以不断熄灭的／现在，举起了泥土，思想和荣耀，／你和我，和这可憎的一切的分野。

西南联大另一位重要的诗人郑敏，在许多年后，在纪念穆旦去世十周年的论文里，谈到过这首诗："设想一个人走在钢索上，从青年到暮年。在索的一端是过去的黑暗，另一端是未来的黑暗……黑暗也许是邪恶的，但未来的黑暗是未知数，因此孕育希望、幻想、猜疑，充满了忐忑的心跳……关键在于现在的'不断熄灭'，包含着不断再燃，否则，怎么能不断举起？这就是诗人的道路，走在熄灭和再燃的钢索上。绝望是深沉的：'而在每一刻的崩溃上，看见一个敌视的我，／枉然的挚爱和守卫，只有跟着向下碎落，／没有钢铁和巨石不在它的手里化为纤粉。'然而诗人毕竟走了下去，在这条充满危险和不安的钢索上，直到颓然倒下（一九七七年），遗憾的是，他并没有走近未来，未来对于他将永远是迷人的'黑暗'。"②

《当代作家评论》二○○一年第一期

---

　① 《致郭保卫的信（三）》，《蛇的诱惑》，第227页。

　② 郑敏：《诗人与矛盾》，引自《一个民族已经起来》，第31页。

郑敏：攀登不息的诗人

孙玉石

她的眼睛永远在寻找

整整五十年前的时候，在人才辈出的西南联大校园里，二十二岁的郑敏以她充满才华的歌声走上诗坛。她那些富于智性美的创造，由于加入了"严肃的星辰们"对于现代主义诗歌自觉探索的行列，一开始就闪着引人注目的光彩。多少人全神贯注地倾听着她和她的诗友们的歌声。诗人也带着创造者的快乐，勤奋地耕耘。短短几年后，她献出了自己的第一颗果实：《诗集一九四二～一九四七》，[①]唱出了那个时代最美的声音。这部灌注了青年诗人郑敏全部心血的诗集，当时就被称为"一种偶然的奇迹，一颗奇异的种子"，而诗人郑敏，则被称为西南联大"三诗人"（另两位为穆旦、杜运燮）中"最丰厚，也最丰富"[②]的一位。由于时代动乱的脚步的匆遽和艺术理论流行的褊狭，这朵奇异的花几乎成为被遗忘和被诅咒的"恶之花"。以后，诗人的笔沉默了。沉默了三十年。但诗人的心没有衰老。七十年代末，在那个烦闷的夏季过后的成熟的季节里，诗人郑敏又找回了自己的诗神。她像秋天池塘里晚开的一株晓荷：

---

① 该书由巴金列入他主编的《文学丛刊》第10辑，1949年由上海文化生活出版社出版。
② 唐湜：《郑敏静夜里的祈祷》，引自《新意度集》，北京，生活·读书·新知三联书店，1989。

荷花

仍在慢慢地伸展

悠悠地打开

仿佛说

让每个生命完成自己的历程，

这就是美。

——《晓荷》

时代不同了。摆脱了一切精神束缚的诗人郑敏，以仍然年轻的姿态和声音，重又唱出了新的更为成熟的歌。她的被埋没的过去的歌声和重新唱出的新的歌声，由于雕塑了人们心灵的美丽，一起引起了许多熟悉的和陌生的人们的热爱。人们爱读她的诗，甚于那些新来者的声音。郑敏在她诗的新的爆发期，勤奋创造产生的为数甚多的美的果实，远远超过了我们的期待。先是《九叶集》那些至今仍富魅力的过去的歌声，为人们爱不释手；不久，是《八叶集》（一九八四，香港三联书店）中二十余首崭新的歌唱，引起了海内外读者的倾心；此后，诗人相继送出了《寻觅集》（一九八六，四川文艺出版社）、《心象》（一九九一年二月，人民文学出版社）、《早晨，我在雨里摘花》（一九九一年七月香港突破出版社）。这些诗集虽然有的收了部分四十年代的作品，有些又是对前此创作的精选结集，有些诗作至今仍未被作者收入而珍藏于自己手中，但其中近十余年二百余首新作已经证明：诗人的心没有苍老，诗人心中的精神没有苍老。她那塑造人民心灵美的笔在更高的层次上闪光。她自觉地探索中国现代主义诗歌之路的顽强的灵魂，在什么情况下都没有垂下自己高昂的头颅。她用那坚硬而深情的笔，雕塑着自己的灵魂，雕塑着民族的灵魂，使世界人民倾听到了来自华夏儿女发自肺腑的最动人的声音。郑敏的诗作走进了世界最优秀的诗歌之林，她把中国现代主义诗歌的艺术推进到一个引人注目的水平。中国新诗骄傲于自己有了多元发展中一个新的坐标：郑敏的高度。中国新诗自豪于自己有了丰富创造中一个独特的领域：郑敏诗美的魅力。为此，在诗人创作生涯五十周年的时候，她有理由毫无愧色地接受朋友和人民对她的一份敬意和祝贺、感激和期待。人民的期待是诗人最高的幸福。诗人会回答的："历史不打呵欠"。

歌颂夏天的繁茂，秋天的丰富吧

然而每一株松树都有过冬季的黑夜，

每一个果子都有过长生的痛苦。

鸟儿的翅膀为什么不沉重？

它的身躯为什么不知疲劳？

它没有浸在欢乐里，它的眼睛永远在寻找。

——《寻找》

沉思与美的结晶体

与郑敏先生接触，你就会感到她是一个内心世界十分丰富的人，一个善于在沉思中捕捉生活真理的人。她入西南联大读的是哲学系，这养成了她思辨的习惯和对宇宙生命奥义追寻的精神。她创作的起步又深受当时正于西南联大任教的诗人冯至、卞之琳的影响。两位诗国哲人的艺术道路与美学趣味自然感染了郑敏这个"新生代"的艺术追求。对西方现代派诗人 T. S. 艾略特、里尔克那些"过于绚烂，过于成熟的现代欧洲人思想的移植"[①]和吸收，又使郑敏与她的诗友们一样，把诗的眼光更多地移向内在世界的静思与开掘，郑敏这位沉思型的诗人，以自己卓越的创造，开辟现代哲理诗的新的天地，就是她自然而独特的贡献了。

郑敏的诗里蕴含哲学，但并不是说明哲学：她总是把自己生命的体验和哲理沉思，有机地巧妙地渗进各种自然或生活的物象，这些物象不是被重新发现，就是被艺术变形，赋予了诗人富于个性的思考和情感，成为一个有深刻蕴涵的艺术本体，自然以及诗人笔下的客观物，与诗人的哲理思考融成一个美的结晶体了。早年读书时，她经常走过昆明郊区的稻田，在被割过的稻田和矗立的稻束中，诗人于心中默化出深刻的哲理：伟大的收获必须付出伟大的疲倦。这思考又被融化在这样一幅美的画面中——

---

① 唐湜：《郑敏静夜里的祈祷》。

> 肩荷着那伟大的疲倦，你们
>
> 在这伸向远远的一片
>
> 秋天的田里低首沉思
>
> 静默。静默。历史也不过是
>
> 脚下一条流去的小河
>
> 而你们，站在那儿
>
> 将成了人类的一个思想。

这幅金黄稻束的沉思图，未尝不可以作为诗人不倦的艺术创造精神的象征。她永远站在时代与生活的激流里沉思。她的笔下流露了多少引人深思的"人类的思想"。张大千先生的一幅墨荷图，普通人只赞叹它的美和技艺，郑敏却从那盛开的荷花、不急于舒展的稚叶中，读出了"载着人们忘言的永恒"、"在纯洁的心里保藏了期望"这些独特的含义，然而诗人的哲学沉思未到此止住，她在自己的品味中惊人地发掘了一个令人更为震撼的主题：

> 但，什么才是那真正的主题
>
> 在这一场痛苦的演奏里？这弯着的
>
> 一枝荷梗，把花朵深深垂向
>
> 你们的根里，不是说风的吹打
>
> 雨的痕迹，却因为它从创造者的
>
> 手里承受了更多的生，这严肃的负担。

诗人的很多的诗篇思考着人生的历史责任，生命在时代中的意义和价值、美的创造者的命运、动乱时代里如何保持高尚的心灵与情操。《山与海——记青城山之游》，说随着年龄的增长，爱海已成昨天的记忆。如今自己不再怕高山这"严峻的老人""这本艰涩的哲学"。诗人写道：

我的骨架呼唤着

远山的脊背，

它用沉寂、沉寂

说出那些无声的思想。

诗人在一些极为普通和常见的事物中，往往说出许多"无声的思想"，给人灵魂的启迪与美感的享受。郑敏《寻觅集》中第二辑《沉思的时候》的二十余首短诗，《心象》中的《心象》组诗和写于八十年代的近五十首短诗，都表现了这种深沉的哲理与优美的意象相结合的现代诗的特征。作者的思考更加开阔，体悟的内涵也更加深沉。如《梵高的画船不见了》说失去了追求"彼岸"的仪态，也就失去了美，然而真正的美是永恒的，这"不存在的存在"，"不管在那里，我总是遗失的一部分"。一幅当代荷兰画《两把空了的椅子》启发人们想到："那不在了的存在，比存在着的空虚，更触动画家的神经。"《白杨的眼睛》，面对白杨树的伤疤长成的"眼睛"对"心灵"的拷问，使自己在那混乱的年代里找回了内心的纯洁与坚贞的做人的道路。诗人有极高的生活穿透力和艺术创造力，即使在那些最无诗意的事物中，她也能化腐朽为神奇，将自己的哲学思考给以完美的赋形。在新疆参观古尸展览后写的两首《古尸》，读了令人震惊和深思。诗人的丰富的想象和具体的描写，将古尸当年的生机与美丽与今天的干瘪与丑陋对比描述，阐述什么是世间"纯净的真实"和"永恒的美"这样的哲学命题。诗中写道：

如今都被火焰山的烈日

烘干，古铜色的皮囊

美人和丑女还原了，也都成

一具具干瘪的古尸

你才是不凋谢的花瓣，土地曾让

书本把你的青春压成枯黄的叶片，长存。

诗人总是在沉思中升华，在沉思中创造，使沉思与美达到了真正的契合。她的智性与情感常能达到和谐与一致。四十年代的诗论家说："她仿佛是朵开放在暴风雨前历史性的宁静里的时间之花，时时在微笑里倾听那在她心头流过的思想的音乐，时时任自己的生命化入一幅画面，一个雕像，或一个意象，让思想之流涌现出一个个图案，一种默想的象征，一种观念的辩证法，丰富、跳荡，却又显出了一种玄秘的凝静。""在她的诗中，思想的脉络与感情的肌肉常能很自然和谐地相互应和，……她虽常不自觉地沉潜于一片深情，但她的那种超然物外的观赏态度，那种哲人的感喟却常跃然而出，歌颂着至高的理性。"① 在五十年的创作历程中，把象征、情感、哲理熔于一炉，达到炉火纯青的地步，进入很高的美的境界，而且至今创造不息，不断送出成熟的果实者，除郑敏之外，在年迈的诗人中是很难再找到的！

在雕塑中流出声音

郑敏开始写诗，通过她的老师冯至，直接受到了里尔克沉思与静观刻画风格的影响。她从里尔克诗中学习到了怎样去观看种种事物，怎样经过思考和了解，最后让意象在心中渐渐形成，走进事物的本质。如冯至先生评价里尔克说的："他使音乐的变为雕刻的，流动的变为结晶的，从浩无涯涘的海洋转向凝重的山岳。"② 郑敏借鉴这些艺术原则，又融入了自己的思考，使冷静的雕刻与音乐的流动感实现了很好的结合，创造了富有自己个性的艺术世界。郑敏在八十年代写的《两座雕像》诗前题语中写道："雕塑的无声正因为它凝聚了最强烈的声音，人们只能用眼睛去听。"③ 正说明郑敏在接受里尔克的原则时，进行了充满辩证法的理解。"在雕塑中流出声音"，这是郑敏的原则。

四十年代的许多诗篇，如《金黄的稻束》、《树》、《舞蹈》、《春天》、《小漆匠》、《鹰》、《荷花》、《马》、《Renoir少女的画像》、《濯足》等诗，无论是写画，无论是写人，无论是写自然，都在静态刻画中充满了流动的美感。客观的宁静中融入了作者潜深的热情，成为主观与客观高度结合的艺术精品。在客观的描绘与雕刻方面，《小漆匠》是最充

---

① ② 唐湜：《郑敏静夜里的祈祷》。

③ 见《心象·裸露》。

分表现作者的艺术追求了：

他从围绕的灰暗里浮现
好像灰色天空的一片亮光
头微微向手倾斜，手
那宁静而勤谨的涂下辉煌
的色彩，为了幸福的人们。

他的注意深深流向内心，
像寂静的海，当没有潮汐。
他不抛给自己的以外一瞥
阳光也不曾温暖过他的世界。

这使我记起一只永恒的手
它没有遗落，没有间歇
的绘着人物，原野
森林、阳光和风雪。

我怀疑它没有让欢喜
也在这个画幅上微微染下一笔了
一天他回答我的问题
将那天真的眼睛抬起。

那里没有欢喜，也没有忧虑
只像一片无知的淡漠的绿野，
点缀了几颗希望的露珠
它的纯洁的光更增加了我的痛楚。

诗人在这个塑像里，从一开始就带着很深的感情色彩，第三节诗又由静的雕塑转入动的想象。最后两节诗人的痛楚的同情与小漆匠闪着泪花的纯洁的眼睛交织刻画，就使主观的情感更深地渗入雕像的营造中。郑敏从来就是一个富于情感的诗人。但她不把自己的情感随意挥霍和过分的外露，她的情感总是隐藏在象征的意象的背后，或倾注于自己宁静的雕刀或画笔之中。在她的诗里，每一线条，每一色彩，每一凝固的意象，都充满了自己的激情，自己的爱憎。

八十年代，郑敏的诗由于对人生、时代、生死、悲剧的命运等问题的深刻反思，思想深沉了，艺术更成熟了。她的雕刀显出更大的力度。一种更加沉重的思绪与流动的语言，显示了她诗作固有的特色中又增添了新的成分。著名的《心象》组诗，就是用更新的意象和更有力度的语言，捕捉到自己"坚实而又虚幻"的"变幻不定的心态"。具象的象征与抽象思 辨语言的交织，使这些心灵的雕像具有更多的理性色彩。《"门"》里人们读到那通往诗神之门是怎样存在虚无之中，又在心灵中处处闪现。《云》在白云与乌云的变幻中，写出在"爱与恨之间"生命的创造始于搏斗。《根》在潮湿、温暖的屋子和泥地中，诗人想着自己创作生命的须根："不要剃去我的须根，不要剪去参僧的白发，啊！那唯一的光穿过门缝，带给我一杯消渴的酒／带给我土壤的湿润／那里我埋下我的双脚。"是雕塑中流出音乐，还是在音乐中完成雕塑，已经很难找到其间的界限。郑敏在凝固音乐、流动的心态、情感并使之定形，给人以完美的整体方面，具有惊人的才华。她那支神奇的笔会带给人们无数凝重优美的意象。一段迷人的歌声在她笔下变得如此可以把握感知了：

> 她的声音从热带的深谷里升出
>
> 在瑞士的雪峰上化为云雾
>
> 她的堂皇的肢体早已无法辨认
>
> 深情都凝聚在昙花的硕大的白瓣中
>
> 当黄金的花蕊吐出时
>
> 预告着这黑夜的结束
>
> 在那边，是另一个浓香的黑夜
>
> ——《卡拉斯的歌声》

一位被为誉五十年代"欧美歌剧之后"的希腊籍女歌唱家，英年早逝。她的歌声，她的深情，她那永不凋谢的艺术生命，郑敏用几行诗，用一组意象，就如立体雕塑般展现于永恒的时空中。郑敏深深懂得艺术的坚硬与流动的辩证法。她如那专注于创造艺术世界的"小漆匠"，用那只"永恒的手"，只有造化具有的那只手，"宁静而勤谨的涂下辉煌的色彩，为了幸福的人们"。

奇异的组合与交响

> 只有花还在开
> 那被刀割过的令箭
> 在六月的黑夜里
> 喷出暗红的血，花朵
> 带来沙漠的愤怒

这是郑敏的一首诗《流血的令箭荷花》中的前几行。被割过的花，暗红的血，花朵带来沙漠的愤怒，这些意味深长的心象进化的意象，放在一起，似乎不那么顺畅自然；却又是那么奇异的和谐，产生了一种震惊人心的审美效果。由这里我们看出郑敏诗歌语言传达方面所追求的一个秘密：将不属于人们同一感官的词语，故意放在一起，构成一种新的综合效果。在这种奇异错杂的交响里表现一种审美境界中更高的和谐。"人们倾听着，倾听着，用他们的心终于在一切身体之外，寻到一个完美的身体，一切灵魂之外，寻到一个至高的灵魂。"（《舞蹈》）郑敏的诗是必须用我们的心去倾听的"至高的灵魂的声音"。

人们常常提及的，如讲到春天来到时的树，郑敏说："它的每一只强壮的手臂里埋藏着千百个啼状的婴儿"（《树》），讲到早春里村落的欢乐气息，郑敏说："当我们看见／树梢上，每一个夜晚添多几面／绿色的希望的旗帜"（《村落的早晨》）。这些传达方式，仿佛类似戴望舒讲的诗是"全感官的和超感官的"现代艺术追求的实践。不甚合理的语言嫁接产生了艺术陌生化的效果。征服了陌生也就获取了美感。到八十年代，郑敏不断在超越自己。她不是局部的语言嫁接，而是整体结构上的交错，造成诗的内蕴的更大的隐藏性。她反对流于习惯和传统的束缚，极力进行新的综合。《圆》这首诗所表达的就是一种更高层次美的追求的观念：她要打破象征完美、封闭和窒息的圆：

> 每一条自圆心出发的力量
>
> 咬破、冲破、剪破、突破
>
> 无数层懒惰的围墙
>
> 与相切的墙外力量结合
>
> 在磨炼中熔化了铜墙
>
> 解放了的精灵从缺口飞出
>
> 却又凝固成一颗新星
>
> 在宇宙中开始自己的圆！

每一次新的突破，就是一次新的艺术追求的建设。而自己不能窒息自己。郑敏八十年代的诗已经突破了过去的"圆"，进行了超越性的重建，她的综合、交响已经达到了一种新的境界。这里我想谈一首她《心象》组诗中的作品，题目叫做《渴望：一只雄狮》：

> 在我的身体里有一张张得大大的嘴
>
> 它像一只吼叫的雄狮
>
> 它冲到大江的桥头
>
> 看着桥下的湍流。
>
> 那静静滑过桥洞的轮船
>
> 它听见，时代在吼叫
>
> 好像森林里象在吼叫
>
> 它回头看着我
>
> 又走回我身体的笼子里
>
> 那狮子的金毛像日光

那象的吼声像鼓鸣

开花样的活力回到我的体内

狮子带我去桥头

那里，我去赴一个约会

在这里找不到个别诗行的"爆发式"的交错与嫁接。我们读到的是一个全新的整体的"圆"的交响。作者把沉默过久之后艺术创作的渴望，寄托在一组象征的画面中。那只吼叫的雄狮，就是这一渴望的象征。它冲到时间的桥头，看着生活奔腾的"湍流"，听见"时代的吼叫"与呼唤，于是自己产生了强烈的创作的冲动，产生了无限生命的"活力"，这样，便走到生活中去，开始了灵感与生活的契合："我去赴一个约会"。雄狮、大江桥头、湍流、桥洞的轮船、森林里的象、体内的活力，这些，都是构成这场"渴望"变奏与交响的意象群。诗人为了隐藏，用了"去赴一个约会"的词语。这样更曲幽了，但又是一种自由，一种艺术创造的权利。没想到这一点自由的创造，却引来了一种令人啼笑皆非的误解。一本鉴赏辞典堂而皇之把这首《渴望》当做爱情诗收入，而且大加发挥："渴望"是指爱的渴望，渴望异性之爱的情欲。诗人说它像一只雄狮，是它的冲动勃发，而狮子又回到身体的笼子里，便是"情欲被压制住了"。二十世纪八十年代的人，冲破封建主义的束缚，"在中国这块古老的土地上，也响起了不可遏止的人的解放的'鼓鸣'。雄狮在咆哮，时代在吼叫，内外呼应，'我'终于冲破牢笼，满足狮的要求：'去赴一个约会'"。[1]读了这篇鉴赏文字，我真诚地产生了一种悲哀，我们的诗人最富于个性的艺术追求，竟这样地被亵渎了。没有走进现代诗的世界会对现代诗美的果实产生多么深的误解。李健吾先生几十年前说的话至今仍然那么真切而实在："我敢说旧诗人不了解新诗人，便是新诗人也不见其了解这少数前线诗人。我更敢说，新诗人了解旧诗人，或将甚于了解这批应运而生的青年。"[2]郑敏先生的诗从四十年代到八十年代，遭受过两种误解：一种是过分狭隘的理论家们蛮横的批评，视现代主义为艺术歧途；一种是对现代

---

① 《中外爱情诗鉴赏辞典》，第546页，南京，江苏教育出版社，1989。

② 刘西谓：《鱼目集——卞之琳先生》，《咀华集》，第134—135页，上海，上海文化生活出版社，1936。

主义艺术的隔膜与陌生，将美的创造横加肢解。除了偏见之外，这两种误解均来自对现代主义诗歌所追求的"现实、象征、玄想"的新的综合传统所带来表现方法特殊性的困惑或难于把握。为此现代诗人的寂寞未尝不是探索中的幸福。郑敏唱道："我在口袋里揣着／成熟的寂寞／走在世界，一个托钵僧。"（《成熟的寂寞》）我完全能体味诗人的心境。

郑敏诗中追求的综合与交响，是建立在高度诗的敏感和高度象征意象的创造基础上的。在她的感觉中、一棵树、一幅画、一池水、一个舞蹈的姿态、一曲音乐的回旋、一朵黑牡丹花、一片落叶的惊颤、一排白杨树身上的疤痕、一次和海的幽会……都能在她的感觉世界中唤起丰富辽远的沉思和遐想。声音、色彩、触觉、味觉，以及整体象征的感悟，使每个诗的构成都变为富于生命充满繁复交响的世界。郑敏的一首《快乐》就透露了读着这类诗的感觉：

> 难道不是许多个一闪？
> 当阳光从不同的角度落在河面
> 风从动的树叶间吹在头发上
> 晚霞从云块里泛出
> 记住的不是哪一片水
> 哪一丛书，哪一个落日
> 而是那化在无形中
> 不断释放震波的
> 一闪欢乐、美和幸福。

真正进入了郑敏诗的世界，就会在无形的震波中领略那些欢乐、美和幸福。郑敏沉思的宇宙是一个充满力度与柔和、坚韧与和谐、凝固而流动、声音与色彩、时间与空间玄妙交响的世界。早在一九四八年，诗人袁可嘉就这样描述道："郑敏诗中的力不是通常意义为重量级拳击手所代表的力，却来自沉潜、明澈的流水般的柔和，在在使人心折。"[①]

一九八三年，诗人郑敏写了《登山》一诗。消息是偶然读到的：最近在珠穆朗玛峰

---

① 袁可嘉：《诗的新方向》，《新路周刊》1948年第1期。

找到本世纪初某女登山队员的尸体。一件普通的事迹，触发了诗人想象的世界，诗人感慨："她在那里安睡了将近一个世纪"，想象山的隆起，海的沉陷，想到在朔风里的人们和雪化成一个整体，想到多少逝去的登山者被冷静的高峰托起在母亲的膝上长眠。但诗人更想到无数后来的登山者：

> 当最后的熄灯号吹过，
> 沉寂就是唯一的乐曲，
> 人们的梦织成
> 华丽的壁毯和赋格曲。
>
> 等待红日染赤了峰巅
> 又有一些登山者
> 送来他们的先遣队
> 　和：跳着的心
> 　　　灼热的泪。

诗人极善于在自然物象中悟出象征的内涵。在珠穆朗玛峰上沉睡了一个世纪的女登山者的形象，启动了诗人创造的悟性，于是一个超出原有事物的更深广的象性意义被渗入了。诗人想象的是人类历史的延伸，人类不屈不挠精神的高扬，是在艺术高峰的攀登中多少后来者的意志和品格：那些人们跳着的心和灼热的泪。

郑敏先生五十年的创作生涯，就是一种无止境的攀登。他懂得艺术发展的辩证法。她不断打破自身的平衡，追求自我超越，努力在新的和谐里实现艺术创造的突进。"移动的时间，不会停留在同一个姿态里，平衡的结束往往是新生的开始"（《辩证的世界；辩证的诗》之一《叶》）。我们是幸福者。我们在郑敏那"跳着的心，灼热的泪"中读到了她半个世纪的足迹，也期待着她唱出更多更美的歌……

一九九二年七月二十二日于北大畅春园

《当代作家评论》一九九二年第五期

新中国的穆旦

宋炳辉

穆旦的选择与矛盾

一九五三年初，在美国留学三年半的穆旦，放弃了去台湾，也没有接受印度新德里大学任教的聘请，几经周折而回到祖国。他是在新中国诞生的前夕从南京经上海赴美留学的，当时的宁沪地区还在国民党政府的统治之下，三年半后来到这里时，已经是生气勃勃的新气象了。

作为一个在四十年代就已经立足新诗坛，在政治倾向上属于自由知识分子的诗人穆旦，归国是他人生中一个极为重要的选择，而在这一举动中，实际上隐含了穆旦的一系列的选择，其中包括作为一个知识分子、一个诗人将在什么样的国度、什么样的政治和社会制度、什么样的文化环境中生存，这些是被诗人当时意识到的，但也包含了他当时还无法意料到的选择，即他事实上已经为自己选择了一种什么样的苦难以及对苦难的承担方式。

穆旦的回国是他经过郑重考虑的一个人生抉择。促使他作出这一选择有着多方面的原因。早在一九五〇年他刚刚来到美国芝加哥大学攻读英美文学硕士时，就有意识地选修了俄国文学课程，并在俄文学习中又一次显示了他的顽强毅力和语言天赋。[1] 而在他学

---

[1] 在抗战期间，穆旦随西南联大向后方撤时，曾在三千五百华里的步行途中背下过一本英文词典，在美国留学期间学习俄文时，又背下了一本俄文词典。参见周与良《怀念良铮》，收入《一个民族已经起来》，南京，江苏人民出版社，1987。

习俄文的背后，其实已经隐约包含了他对政治文化的选择，他对刚刚独立的新中国抱着热烈的希望，积极而兴奋地关注着来自祖国的消息。[①]同时促使他作出选择的，也有当时中美关系紧张而带来的因素。穆旦虽然身在国外，但五十年代初的中美朝鲜战争毕竟发生在这两个国家之间，一个是自己刚刚独立的祖国，一个是他身处的美国，这使他更容易看清这个西方民主国家的另一面，因此他有意识地接触美国下层社会，并对美国社会保持一种清醒的批判眼光。在一九五一年他写下了《美国怎样教育下一代》、《感恩节——可耻的债》等批判美国社会不平等的诗作。但更重要的原因是，他显然不满意这些作品，认为"在异国他乡，是写不出好诗，不可能有成就的"。

另一方面，在逐渐作出回国决定的同时，他也正为回国的事业做进一步的调整和准备，这可以从回国初他对自己所做的工作新安排中反映出来。在巴金萧珊夫妇为刚刚回国的穆旦举行的宴会上，他便说起自己翻译和介绍俄苏文学的计划。而他一开始所翻译的，并不是某一个俄苏作家的作品，而是代表了当时苏联文学主流的文艺理论家季摩菲耶夫的《文学原理》，尽管文学理论并非穆旦的特长，但还是选择它作为翻译工作的开始，事实上他在美国期间就已经为这部理论书做了许多翻译笔记。这与他对英美文学特别是后期象征主义诗人的深刻领悟和投契相比，显然更多地带有理智的成分，他想通过此书的翻译来调整自己，了解和熟悉现实主义的文学观念和创作方法，学习这一与新的文化环境相适应的文学话语方式。这也就意味着：尽管穆旦对自己所面临的全新的文化环境有所预料、有所准备，也有心甘情愿投身于这一新生的民族国家的建设，并愿意调整自己，以贡献作为一个诗人知识分子的才华，但他的这一转变与他原有的艺术经验和兴趣有着明显的距离，而弥补理智与情感、已有的个人经验与现实需要之间的缝隙，也许并不如他预料的容易，事实上，这两股力量间的矛盾始终困扰着穆旦的后半生。

在穆旦回国初期的一段时间内，他并没有诗歌作品问世。这有忙于应付南开大学的教学工作的原因，但主要是由于对新的文化环境，和在这一环境下自己应该采取的表达姿态的不熟悉、不适应。而他在主观上对适应这一新环境所做的努力，进一步反映在他

---

① 据穆旦夫人周与良回忆，那时"他时刻关心新中国的情况，就是在撰写学位论文的紧张阶段，还一次次阅读毛泽东的《新民主主义论》等文章"。转引自李方编《穆旦（查良铮）年谱简编》，收入《穆旦诗全编》，北京，中国文学出版社，1996。

对翻译对象的选择的变化上。从回国的第二年起，他便开始了普希金诗歌的翻译，这一转变的意味值得注意。它表明穆旦的主要翻译兴趣从文学理论回到文学作品；又从苏联文学转到传统的俄罗斯文学。虽然译介活动本身并不说明译者文学观念与翻译对象间的必然联系，但其中还多少隐含着穆旦在特定历史条件下向浪漫主义经典作品的回归，尤其当我们结合穆旦在四十年代对英美现代诗歌的谙熟和钟爱，以及在现代主义诗歌创作实践中的贡献时，这样的"回归"就更显得意味深长，这至少与当时越来越高涨的对苏联文学的时代热情不完全吻合。它意味着穆旦的翻译选择在现实文化需要和个人艺术兴趣两端之间，开始向后者倾斜。之后，他又从十九世纪俄罗斯文学扩大到同一时期的英国浪漫主义文学，翻译了大量拜伦、朗费罗、布莱克、雪莱等浪漫主义诗人的抒情作品。

在之后的几年里，诗人的心境、遭遇有着很大的变化，翻译的心境也会绝然不同。刚回国后的前两年，是他翻译诗的黄金时代，他热情高涨，"年富力强，精力过人"，成果累累，短短的时间内，相继以"查良铮"本名出版了普希金的《波尔塔瓦》、《青铜骑士》、《高加索的俘虏》、《欧根·奥涅金》和《普希金抒情诗集》（均由上海平明出版社出版）等译作，似乎有意在四十年代的诗人"穆旦"之外，塑造了一个俄国诗歌翻译者的形象。

但此时他的命运却突然出现了转折，一九五四年底，穆旦因历史问题[①]被列为"肃反对象"。这给满腔热情的诗人带来极大的精神刺激，于是，他一下子变得"少言寡语……几乎把每个晚上和节假日都用于翻译工作，从没有晚上两点以前睡觉"。[②]这种对自己近乎残酷的工作方式，用沉浸于译诗的艺术境界是无法完全解释的，它显然也包含了穆旦借拼命的翻译工作而排遣苦闷的意思。第二年，他又有普希金的《加甫利颂》和《拜伦抒情诗选》等译著出版，并重译了普希金的《欧根·奥涅金》，这也是他"重译"工作的开始。按穆旦夫人后来的回忆，说他在此间"自己的诗歌创作也几乎停止"，的确是几乎——然而没有完全停止，因为对于诗人来说，诗歌创作毕竟是内心世界最好的表达方式。

---

① 当时穆旦是因为曾参加国民党赴缅甸远征军而被列为"肃反对象"。抗战时期的1942年2月，时任西南联大外文系助教的穆旦参加由杜聿明指挥的中国远征军，任司令部随军翻译，出征缅甸战场一年，九死一生。他在归国后向南开大学校方说明过这段历史。

② 见周与良《怀念良铮》。

　　一九五六年的某一天，穆旦写下了题为《妖女的歌》的诗作。诗中写一妖女用歌声迷惑人们，向人们"索要自由、安宁、财富"，于是"我们"为了"爱情"和"梦想"而去找她，翻越了"已知和未知的险峻"，甘愿"一把又一把地献出，／丧失的越多，她的歌声越是婉转，／终至'丧失'变成了我们的幸福"，结果是"我们的脚步留下了一片野火，／山下的居民仰望而感到心悸"，"而妖女的歌已在山后沉寂"了。显然，诗中的"妖女"是已经越出了"爱情和梦想"的范畴，复数叙述者"我们"则明白地表示这不仅是一种作者个人体验，这种近乎绝望的情绪，当然无法在当时将其公之于人，就是在一九五七年初"双百方针"提出期间相对宽松的文化环境里，一些刊物主动向他约稿时，他宁可只发表那些表达内心矛盾和困惑、意蕴复杂的《葬歌》、《问》和带有现实讽刺意味的几首诗歌。[①]

　　写作并发表于一九五七年的《葬歌》一诗，是穆旦五十年代中期内心分裂、矛盾、疑惑和反思的典型体现。一方面，面对新时代的巨大社会变迁，诗人在理智上意识到并且努力想与自己的过去告别，"历史打开了巨大的一页，／多少人在天安门写下誓语，／我在那儿也举起手来：／洪水淹没了孤寂的岛屿"，所以"我"决计埋葬旧我，"让我以眼泪洗身，／先感到忏悔的喜欢"；而另一方面，诗人又对这种"自我"的不断丧失，提出了尖锐的质疑：

　　　　……
　　　　"希望"是不是骗我？
　　　　我怎能把一切抛下？
　　　　要是把"我"也失掉了
　　　　哪儿去找温暖的家？

　　所以，作为一个诗人，尽管"这时代不知写出了多少篇英雄史诗，／而我呢，这贫穷的心！只有自己的葬歌"。在《问》一诗中，作者又感叹道，"生活呵，你握紧我这支

---

　　① 此类诗歌有《去学习会》、《"也许"和"一定"》，《人民文学》1957年第7期；《九十九家争鸣记》，《人民日报》1957年5月7日。

笔／一直倾泻着你的悲哀，／可是如今，那婉转的夜莺／已经飞离了你的胸怀。／／在晨曦下，你打开门窗，／室中流动着原野的风，／唉，叫我这支尖细的笔／怎样聚敛起空中的笑声？"尽管由于在"肃反运动"中受到过冲击，因而对"双百时代"的"整风"、"鸣放"持谨慎态度，但穆旦还是禁不住一九五七年上半年"早春天气"的"诱惑"，而在《诗刊》、《人民文学》和《人民日报》等报刊接连发表了包括上述两篇在内的九首诗歌，这是他自一九四八年发表《诗四首》以来，经过八年多的沉寂后重新在新诗坛亮相，也是第一次在新中国发表诗歌创作。当然，他很快要为自己的"不谨慎"而付出代价。从一九五七年九月开始，穆旦的诗歌相继在《诗刊》、《人民文学》等刊物受到批判，[①]并不得已在《人民日报》发表了《我上了一课》，对在该报所发表的《九十九家争鸣记》一诗予以检讨。但在此期间，穆旦的译诗工作一直没有停止，在一九五七、一九五八两年里，穆旦相继翻译出版了《朗费罗诗十首》（《译文》一九五七年第二期）、《布莱克诗选》（与袁可嘉等合译，人民文学出版社一九五七年八月）、《普希金抒情诗二集》（上海新文艺出版社一九五七年十月）、[②]《济慈诗选》、雪莱的《云雀》、《雪莱抒情诗选》（人民文学出版社一九五八年）等，仅从数量看，这两年还是他翻译"黄金时代"的继续，只是在如此的心境下，诗歌翻译对穆旦来说似乎又有另外一种意味了。

诗歌翻译：在沉默中寻找新的表达途径

命运对诗人的戏弄到一九五七年为止显然还没有结束。在一九五八年的"反右倾运动"和一九六六年的"文化大革命"中，穆旦所经受的打击一次比一次严厉，一次比一次残酷，但一旦条件允许，他又都会再一次以诗歌翻译活动来抵御时代现实加诸于自身的灾难，从而兑现了他的"为中国新诗做一点事"的夙愿。在苦难接踵而至的时代里，诗人穆旦以此承担起时代现实的苦难和个人的命运。

---

① 见李树学《穆旦的"葬歌"埋葬了什么？》，《诗刊》1957年第9期；《人民文学》1957年第10期"编者的话"及《诗刊》1958年第8期《读者对去年本刊部分作品的意见》等。

② 上海新文艺出版社还相继出版了查译《波尔塔瓦》、《欧根·奥涅金》、《普希金抒情诗集》（1957）和《高加索的俘虏》、《加甫利颂》（1958）等作品，这些旧译的再版，穆旦都不同程度地进行认真修订。

一九五八年十二月，在南开大学的"反右倾运动"中，法院宣布"查良铮为历史反革命"，他被逐出课堂，"受机关管制"，到学校图书馆监督劳动，这对穆旦来说几乎是一种"致命打击"。在此后的三年里，不论是翻译家查良铮还是诗人穆旦，都沉默了，"除了去图书馆劳动外，晚间回家一言不发，只是写交代材料，看报看书，很少和我和孩子们谈话。他变得痛苦沉默，一句话也不愿意说"。① 甚至完全停止了译著，中断了与友人的书信往来。在极度痛苦、愤怒和绝望中，沉默是最好的表达。他对厄运缄口不言，不愿牵连他人，也不愿受他人的怜悯，因为"多少人的痛苦都随身而没，／从未开花、结果、变为诗歌。……设想这火热的熔岩的苦痛／伏在灰尘下变得冷而又冷……／又何必追求破纸上的永生，／沉默是痛苦的至高见证"（《诗》一九七六年四月），在这样的现实境遇中，与所有直抒胸臆的或曲折隐晦的情感表达相比，沉默岂不是最深沉、最有力的一种表达，最好的一首诗？三年后，他被解除管制，降薪留用，仍在学校图书馆"监督使用"，从事繁重的资料工作和体力劳动。就在这恶劣的环境和抑郁的心情中，穆旦又开始了他的诗歌翻译，在三年内先后译出了《丘特切夫诗选》和拜伦的叙事长诗《唐璜》初稿。

和"文革"期间全民族大动乱中穆旦的遭遇相比，他在一九五九年至一九六一年的磨难就"相形见绌"了。一九六六年"文革"爆发，穆旦首当其冲地被批斗、抄家，关入"牛棚"劳改。抄家时许多书籍被红卫兵付之一炬。万幸的是《唐璜》译稿尚存。一九七二年劳改结束回到南开继续他的图书馆职员工作，直至"文革"结束因大腿骨折在医院治疗时突发心脏病去世。从一九七二年劳改回校至一九七七年住院治疗前的近五年的时间内，穆旦又完成了《英国现代诗选》的翻译，重新修订了《唐璜》、《拜伦抒情诗选》、《欧根·奥涅金》和《普希金抒情诗》等的译稿，即使出版无望，翻译仍是他的一项极为重要的工作。

如果说，从一九五四年到一九五八年间，尽管穆旦也受到不同程度的两次政治冲击，但他的翻译活动仍得以开展，并与五十年代初期的"黄金时代"相比，有着同样丰厚的成果，而一九五八年后的翻译活动，对穆旦却有着非同寻常的意义。

与前期翻译相比，穆旦的后期翻译在对象选择上有了进一步的变化。前期翻译所选

---

① 见周与良《怀念良铮》。

的对象，多为俄国和英美的浪漫派诗人的作品，且以抒情诗和叙事诗为主。这些作家作品大多是欧美十九世纪文学中的浪漫主义经典，也都是当时（至少是在"十七年"期间）的政治文化环境所能够接受的。而在后期翻译中，不仅有《唐璜》这样的浪漫主义巨著，还出现了丘特切夫这样的俄国早期象征派诗人，在经历了"文革"灾难高潮之后的七十年代初，穆旦还翻译了包括艾略特、奥登、叶芝在内的后期象征主义诗人的作品，这种选择明显与当时的主流意识形态相左，这样的翻译选择和翻译实践本身，包含着作者对时代现实、对诗歌发展的独立的富于个性的看法。

同时，译者所译对象之间的相融相契的程度也与前期翻译有了较大的差异。穆旦对这一时期的翻译所倾注的热情和精力是空前的，这是在时代剥夺了所有政治权利的时候，他的唯一一种情感寄托和表达方式。作为一个富于良知的知识分子和优秀的诗人，穆旦以他的诗歌翻译，担当起时代的苦难，担当起一个诗人的职责。要知道，他在进行后期翻译的时候，都是在南开大学图书馆监督劳动，每天必须完成繁重的任务。不过这种担当并不总是显现为痛苦，相反常常表现为一种沉浸和陶醉，在翻译长诗《唐璜》的过程中，穆旦常常为拜伦诗境的优美所折服，情不自禁时，会高兴地给家人朗读起来。初稿翻译整整用了四年时间（一九六二～一九六五），就在他修改誊清准备寄给出版社时，"文革"爆发，译稿差一点被抄家的红卫兵付之一炬。一九七二年译稿从被抄没的书籍中找回，到一九七三年中完成第三次修订，并做了大量的注释。[①] 这部工程巨大的译稿传奇般的经历，本身就是时代苦难的缩影。

至于俄国早期象征主义诗人丘特切夫（一八〇三～一八七三）和后期英美象征主义诗人的创作，作为在三四十年代就以现代诗创作为诗坛所瞩目的诗人，穆旦更是在艺术精神上与之投契了，这与他对欧美现代主义诗歌特别是后期象征主义诗歌的钟爱有关。就在六十年代初期开始翻译《唐璜》的同时，穆旦用很短的时间翻译了俄国早期象征诗人丘特切夫的诗选。穆旦翻译一般不写长篇序跋，但这次却止不住写下洋洋二万五千言的译后记，来介绍丘特切夫的生平、创作概况，仔细分析诗歌艺术特征，并高度评价其在俄国文学史上的地位，而且径自将译稿连同译后记寄往人民文学出版社，就连家人也

---

① 穆旦的《唐璜》翻译手稿封页上记有："1972年8月7日起三次修改，距初译约11年矣。"又，《唐璜》由人民文学出版社出版时，大量注释未被采用。见周与良《永恒的思念》。

不告诉，他与这位俄国诗人的投契在这种急迫之中也可见一斑，这种投契或许能从穆旦与丘特切夫作为一个诗人的相似遭遇和诗歌艺术上的亲缘关系中找到解释。丘特切夫一生才高少作，生前曾享誉一时又长期被冷落，直到他去世三十年后的世纪之交时，才被俄国象征主义诗人奉为鼻祖。而其诗歌创作中的自然哲理和象征意味更与穆旦的诗作有着相通之处。

不过，即使撇开译者当时政治处境的因素不说，在六十年代初期时代气氛中出版这样一位外国诗人的作品就不大可能。事实上象征主义思潮和创作早在三十年代的左翼文学阵营中就被否定，而这一传统在新中国得到了延续并强化，因此即使译者有意无意间采用了某种译介策略，①但还是无法使翻译对象与主流意识形态相协调。

与穆旦前期翻译相比，后期翻译还有一个明显的不同。前期翻译的作品都能及时得以出版，这在客观上是对译者的一种肯定，但后期翻译则事实上成为一种"潜在翻译"，直到译者去世后，在开放的时代文化背景中才得以问世并受到肯定。这在穆旦身上必定会产生某种精神影响，这种影响的一个具体表现就是，"潜在"反而使穆旦在翻译中更便于体现个人的艺术经验和艺术兴趣，这从他后期翻译对象中出现的丘特切夫及后期象征派诗人可以看出。从穆旦的艺术个性来看，他最倾心的无疑是以欧美后期象征主义为代表的现代主义诗歌，而对于浪漫主义诗歌总体上评价不高，尽管他对具体的浪漫主义诗人不无赞誉（他早期创作中有一定的痕迹），但他认为在深刻性方面，现代诗歌比传统诗歌已进了一层。②有论者认为，穆旦是将浪漫主义作为文学遗产来介绍的，译介"浪漫主义诗歌是他的职业，而创作现代派诗歌是他的生命体验"。③但当创作无法进行时，对现代派诗歌的译介也就成为唤起和表达个人生命体验的一种方式。

---

① 穆旦在《译后记》的介绍中使用了一系列策略手段，包括引用列宁、托尔斯泰等经典作家的赞美性评价，将丘特切夫的诗歌作现实主义化的阐释等。见《丘特切夫诗选》，第169页，北京，外国文学出版社，1985。

② 穆旦对普希金的评价高于雪莱，他认为"普希金诗歌的最大特点是温柔敦厚……不像有的诗人写起哀歌来呼天抢地地恸哭，仿佛写完诗后真会死去一般。从这一点上看，雪莱就不能和普希金相比"。见孙志鸣《诗田里的一位辛勤耕耘者》，收入《一个民族已经起来》，南京，江苏人民出版社，1987。

③ 见蓝棣之《论穆旦诗的演变轨迹及其特征》，收入《一个民族已经起来》。

这样，穆旦后期翻译活动更加凝聚了他痛苦的心灵律动。对于处于接连不断打击和精神磨难之中的穆旦来说，翻译不仅是一种全身心的享受，它还像是茫茫长夜中的一支小蜡烛，给人以光和热的慰藉。他在晚年的诗作《停电之后》（一九七六）中写到："……原来一夜之间，／有许多阵风都要它抵挡。／于是我感激地把它拿开，／默念这可敬的小小坟场。"而若是将它放在六七十年代的时代背景下看，穆旦的翻译活动更有着特别的价值，这种"潜在翻译"实际和"潜在写作"①一样，它同样曲折地体现了知识分子在时代灾难中的独立思考，同时也孕育着个性化表达的欲望，一旦条件许可，这种强烈的表达欲望就会喷薄而起了。当然，这种在时代压抑下的独特的翻译活动对穆旦的深刻影响，也会在他晚年的诗歌创作中反映出来，并与其创作实践一起对中国新诗的发展体现出独特的贡献。

诗人最后的迸发

在生命的最后一段时间里，年近花甲的穆旦再次迸发出诗歌创作的激情，而这也是他的翻译工作计划大致趋于完成的时候。据《穆旦诗全编》所收的作品看，在一九七五和一九七六两年时间里，穆旦写作了近三十首诗作（包括未完稿），其实除一九七五年的一首《苍蝇》外，都是集中在一九七六年一年中写成的，去除两个断章不算，也有二十五首，与他早年最多产的一九四五年持平，而若是结合数量和质量两个因素看，这一年无疑是诗人一生中的创作高峰，是诗人历经劫难和压抑后的最后迸发。

到底是什么因素再次促发了诗人的创造热情，穆旦没有留下直接的说明。一九七五年间，他一方面完成了英美现代派诗歌的翻译，继续普希金诗歌的重译和修订工作，并等待着人民文学出版社的《唐璜》译稿的出版消息，同时思考着"新诗与传统诗的结合之路"。但他显然已经敏锐感知时代气氛的变化，感受到了变革前夜的骚动。他在鲁迅文集《热风》的扉页上写下："有一分热，发一分光，就像萤火虫一般，也可以在黑暗里发一点光，不必等候炬火。"显然，对于诗人来说，翻译毕竟是一种转述，是一种等待，一种迸发前的准备，现在，他又感到了一种迸发前的内心冲动。一九七五年间写下的《苍

---

① 见陈思和主编《中国当代文学史教程》，上海，复旦大学出版社，1999。

蝇》一诗中，可以看出长期的压抑并没有窒息诗人的灵魂，在"苍蝇"的意象中，穆旦出人意料地翻出新意，在这被人厌恶的生命中寄予深切的同情："也不管人们的厌腻，／我们掩鼻的地方／对你有香甜的蜜。／自居为平等的生命，／你也来歌唱夏季；／是一种幻觉，理想，／把你吸引到这里，／飞进门，又爬进窗，／来承受猛烈的拍击！"强有力的抗议通过极其卑微的生命姿态发出，同样给人以震撼。

和其后写作的诗篇一样，此诗是在穆旦身后才发表的，当时则属于一种潜在性创作文本。从这些晚年作品的主题、语言风格和艺术手法的运用等方面看，它们体现了穆旦诗歌创作旋律的一种变奏。一方面它们仍然回荡着诗人三四十年代的诗歌的主旋律，同时其情感基调和表达方式又有新的因素。而这种变化的出现，除了穆旦丰富复杂的生命体验因素的加入之外，来自翻译的影响也不容忽视。

穆旦的诗歌创作在三四十年代就达到了成熟状态，形成了他的诗思和诗艺的个人特色。他最擅长的便是表现知识分子在时代风暴和变革中的内心矛盾和压抑的痛苦，在诗歌中呈现出主题的分裂、变形和软弱无力以及奋力的反抗。他通过自己的人生体验和独立思考，在对于理想主义、浪漫主义的怀疑和拷问、对于未来至善世界的质疑、对于主体怀疑权利的坚守等方面，在精神的深度上接近了鲁迅，是对鲁迅精神传统的一种继承和延伸。晚年的穆旦，虽然历经劫难，但在诗歌创作中，不仅诗艺更趋精湛，而且诗思仍然保持了这一种精神的力度和厚度，保持了对现实、对世界、对自我的那种怀疑、超越的穿透力。不过人生磨难和岁月沧桑也给穆旦的诗作留下了深深的印记，难怪诗人郑敏曾有这样的感叹："一个能爱、能恨，能诅咒而又常常自责的敏感的心灵在晚期的作品里显得凄凉而驯服了。这是好事，还是……"①但这种判断似乎过于强调了沧桑印记的因素，事实上，穆旦晚年诗歌主题仍然围绕主体的矛盾和压抑的痛苦，只是带着一股理想被挫败后的深重的苦涩、凝重和悲剧感，从思想的深度和广度来说，他的这些主题在理智上或许早在三四十年代的诗歌中就已抵达，比如对理想的质疑、对未来的追问、对主体分裂和矛盾的逼视等等，矛盾的各个方面也早已在四十年代的诗歌中展开，但五十至七十年代的悲剧性经验毕竟更充实了他的诗思，这是一种悲剧式的充实，一种宿命般的

① 引自郑敏《诗人与矛盾》，见《诗歌与哲学是近邻——结构—解构诗论》，第48页，北京，北京大学出版社，1999。

应验，它包含着一种无言的震惊和顽强的抗争，因此与四十年代的诗作相比，穆旦晚年的诗思虽然并没有被"驯服"，但更带有一种特有的沧桑和沉郁，字里行间到底透露出一股逼人的凄凉来。

这种沧桑和沉郁也体现在诗歌主题的展开方式上。在这最后的迸发中，穆旦似乎要对一些集中了个体人生和生命体验的诗歌主题包括理想、爱情、友谊、劳作、生命和死亡、情感和理智、实践和思考等等做一个总结，于是便有了《理想》、《爱情》、《友谊》、《冥想》、《情感与理智》等诗作，这一类诗歌占穆旦晚年诗作的大多数，体现了他一贯的沉思内敛的诗思倾向，但与此同时，也有一些直接指向现实的讽刺和批判之作，如《退稿信》和《黑笔杆颂》等。而《智慧之歌》可谓是这两者的集中体现。诗人以一片树林作为自我主体的象征对应物，这时的"我已走到了幻想的尽头"，对于"青春的爱情"、"喧腾的友谊"和"迷人的理想"都已有了曾经沧海的超越后的审视，但"只有痛苦还在，它是日常生活／每天在惩罚自己过去的傲慢"，于是，诗人一方面将诗思指向现实，发出了"那绚烂的天空都受到谴责，／还有什么色彩留在这片荒原？"的质问；另一方面又转向对自身命运的确认："但唯有智慧之树不凋"，"它以我的苦汁为营养，／它的碧绿是对我无情的嘲弄，／我诅咒它每一片叶的滋长。"在对坎坷命运的清醒意识中，包含着对知识分子职责的坚守。而更重要的是，他的这种批判意识，并没有因为漫长的苦难经历而趋于凝定，相反仍然充满了流动多变的不确定性质。穆旦晚年作品中的诗歌主体，在对历史和个人体验的回顾和超越中仍充满了对主客体世界包括历史和人性的多种可能性的揭示、探问和质疑，而决不凝固、停滞、粘连于某种固定的视角和判断，这种不确定并不仅仅局限于对历史怪异荒诞的指责，"仿佛在疯女的睡眠中"／一个怪梦闪一闪就沉没；／她醒来看见了明朗的世界，／但那荒诞的梦钉住了我"（《好梦》），这些苦难结晶式的意象蕴涵，我们在艾青的"鱼化石"、曾卓的"悬崖边的树"、牛汉的"早熟的枣子"等意象中都一再见到过，而是一方面有"穿着一件破衣衫出门"，"在我深心的旷野中"，"高唱出真正的自我之歌"，坚定豪放，同时又不断地警醒和质问"不知那是否确是我自己"（《自己》），"唾弃地狱"、"追求天堂"又不为"天堂的绝望所拘留"（《问》），在"天堂"与"地狱"间的旷野中不断浪迹、求索。

穆旦晚年的诗作恢复了四十年代对意象方式的敏感，我们甚至从中仍然可以看出他早年的"扭曲，多节，内涵几乎要突破文字，满载到几乎超越"①的风格特征，但与四十年代相比，那种复杂的诗意、频繁的转折似乎隐藏得更深了，而在语言表达上反而显现了一种相对的流畅，这或许是经过人生的磨砺，思想和语言都趋于澄明、凝练的缘故，但也与他长期从事浪漫派诗歌的翻译有关，尽管在翻译的当时，他与浪漫派诗作的诗意和表达方式有一定的距离，②但主体与对象之间在转述过程中的不断摩擦、砥砺，毕竟给穆旦的诗歌语言带来了一定的影响。

穆旦晚期诗歌中另一种变化是对于自然意象的集中采用，这与他在三四十年代诗歌的意象选取方式有了明显的不同。他的早期诗歌受英国诗人奥顿的影响，多从现代生活特别是都市生活中选取语汇和意象，造成诗意显现中特殊的惊愕效果，典型的如《防空洞里是抒情诗》、《蛇的诱惑》、《城市之舞》等篇章。诗人虽然也常常采用自然景物作为诗歌意象，但大自然的人格化倾向往往十分明显，而且也没有形成总体象征效果。但晚期作品中却大量地采用了自然意象，而且已经超越了细节意义上的象征，在总体象征的意义上采用自然意象，这显然与他对浪漫派诗歌特别是早期象征主义诗人丘特切夫诗歌的熟悉和翻译有关。对大自然的关注本来就是浪漫主义的重要内涵之一，而丘特切夫作为十九世纪俄国的早期象征派诗人，更是善于"歌唱自然之隐秘本质"，融哲学思想于自然风景之中，创造了俄国诗歌史上独特的自然哲学诗，开创了哲理抒情诗的传统。穆旦后期的诗歌创作很自然地从丘特切夫那里吸取了借助自然意象的哲理表达——表达作者对生存体验的感受和思考。

穆旦的诗歌中的自然意象，不是对具体时空中自然景象的描绘，也不是像他的某些早期作品那样在季节氛围的烘托中展开对主体内部情绪和矛盾的描述，而是借助抽象化、概括性的描绘，在整体象征中传达一种思想哲理，这种抽象的表述，特别表现在对自然的季节特征及其所蕴含象征意味的发掘上。穆旦分别在一九七六年的五月、六月、九月和十二月，写有一组以四季为题的诗歌《春》、《夏》、《秋》、《冬》（它们的写作时间

---

① 引自郑敏《诗人与矛盾》。

② 诗人唐湜的感受可以作为一种参照："他的译诗是贴切而流畅的，可读性很高，只是没原作那么委婉，云雀或夜莺样娓娓动听。要四十多岁的成熟的穆旦去代替二十多岁的雪莱、济慈吟唱，那么'年幼儿'地吟唱可不是容易的事！"引自《忆诗人穆旦》，收入《一个民族已经起来》。

正好分布于四季，这也算是最低层次上的"写实"吧），诗人以自然季节作为象喻背景展开形象的思辨，在大自然的时序轮换和人生求索体验之间，建立了一种节律上的象喻关联，表达作者对生命的感悟。尤其是《冬》一诗，大约是穆旦生前的最后一首诗作，也凝聚和概括了诗人晚年的人生感受和思考。在北方寒冷的冬季里，经受着精神和肉体的痛苦，[①] 诗人反复吟诵："人生本来是一个严酷的冬天"。[②] 寒冷使心灵变得枯瘦，就连梦也经不起寒风的嘶吼，唯有友谊和亲情聊可慰藉，惟有工作可以抵御它的侵袭，最后一节尤其有一种朴实的震撼人心的力量。诗人以平实朴素的笔调，想象着冬夜旷野里一群粗犷旅人，在简陋的土屋里经过短暂的歇息后，又跨进扑面而来的寒夜，走上漫漫长旅，在"枯燥的原野上枯燥的事物"的广漠背景上，这些粗犷人群的身影使人怦然心动，这表明，在生命的最后时刻，在绝望的边缘里，诗人仍然不放弃生存、抗争和追问的努力。

一九九九年十月至十二月于上海

《当代作家评论》二〇〇〇年第二期

---

① 是年1月，穆旦因骑车不慎摔倒，股骨骨折，他的最后岁月便一直在伤痛折磨中度过。

② 在《冬》一诗的初稿中，第一章各节的最后一句均为"人生本来是一个严酷的冬天"，后因友人杜运燮认为这样"太悲观"才改为不同的四句，笔者认为修改稿固然仍是一首好诗，与穆旦对命运所采取的一贯抗争姿态也并不矛盾，但初稿毕竟真切地表达了诗人的原初感受。

严酷年代的精神证词
——"文革"时期牛汉的诗歌写作

何言宏

> 他的思想感情和精神世界证明,他清醒地感觉到、认识到了作为一个诗人的神圣的历史职责。
>
> ——牛汉《荆棘和血液》

"历史之果"的"反抗诗学"

一九四九年以后,不断的思想整肃运动紧紧追逼着中国知识分子,五十年代对于"胡风派"知识分子和对"右派分子"的打击,特别是后来的"文化大革命",使得知识分子的苦难无以复加,然而,正是这种苦难,促使着他们的精神蜕变,使得他们的精神人格在与受"整"以前相比,既有着无悔的坚持,更有了决然的抛舍。本文所谈论的牛汉,作为"胡风派"知识分子的重要成员,于一九五五年的五月十四日,"在全国范围内因'胡风反革命集团'一案第一个遭到拘捕",[①] 自此开始了长达二十余年的苦难生涯,也正是在苦难之中,通过他的诗歌写作,表征了自己精神人格的蜕变与再生。

在"文化大革命"时期的一九七〇年至一九七六年间,牛汉在其接受"思想改造"的湖北省咸宁地区文化部"五七干校"写下了大量的文学作品,除了我们所熟知的《华

---

① 史佳:《牛汉生平与创作年表简编》,《牛汉诗选》,北京,人民文学出版社,1998。

南虎》和《悼念一棵枫树》以外，还有六十余首诗歌、三部长诗以及一些散文作品，[①] 其中，有的已经发表，有的还尚未整理面世。"文化大革命"结束后的一九八三年，绿原在为牛汉的主要收录了这些诗歌的诗集《温泉》所作的序中指出："这些新诗大都写在一个最没有诗意的时期，一个最没有诗意的地点，当时当地，几乎人人都以为诗神咽了气，想不到牛汉竟然从没有停过笔。"越来越多的材料证明，在那样一个严酷而荒诞的年代里，包括作家和诗人在内的中国知识分子并未彻底终止自己的言说与思考，正是它们，为我们留下了那个年代以及其中中国知识分子精神世界的独特证词。

"文化大革命"时期牛汉的诗歌创作，得到了诗人特别的珍爱，认为在其"迄今的作品中仍然是属于最好的"。[②] 在牛汉迄今为止的诗歌写作中，他的"文革"诗作确实具有相当独特的意义，它们不仅凝结了他本人的命运与痛苦，表征了特定年代诗人的精神世界，而且还代表了牛汉个人诗艺历程之中极为重要，同时也是富于转折意义的重要阶段。

"文革"时期牛汉的诗歌写作，一方面延续着、也更加集中和鲜明地体现了他在一九四九年以前的诗歌写作中便已具有的战斗的或反抗的诗学特点，即以较少修饰而坚实有力的诗句和充满着生命的紧张与热烈的诗歌情绪，表现诗人对于不义或艰危的社会情境的反抗和对理想情境与生命状态的向往；所不同者，一九四九年以前牛汉诗作的带有强烈的意识形态色彩的"社会反抗"已经为个体的"生命反抗"所取代。当然，作为一种"社会象征行为"，"文革"中的牛汉回避主流话语、不图发表的写作行为本身便已经是一种相当顽强的"社会反抗"。但就文本实际来看，他的"文革"诗作确实不具鲜明的社会色彩，或者说，"社会反抗"的诗学立场只是以一种相当潜隐的"象征化"的或弱化的方式而存在，而且在这一时期，其反抗的诗学立场更加带有着丰富复杂的生命况味，严酷时代个体生命的悲凄与无奈（《在深夜……》）、隐忍与悲愤（《雪峰同志和斗笠》）、紧韧与昂奋（《鹰的诞生》）……构成了反抗者不屈的生命交响，而在这种丰富的生命交响之中，由不屈反抗的个体生命所蒸腾而出和由火焰所塑造的汗血之气和激情呐喊却是最为基本的诗学基调。对于此点，牛汉在很多场合均曾有过明确的表白，[③] 这种诗学特

① 牛汉：《诗与我相依为命一生》，见牛汉《散文随笔》，太原，北岳文艺出版社，1999。
② 晓渡：《历史结出的果子——牛汉访谈录》，《诗刊》，1996年第10期。
③ 牛汉：《诗与我相依为命一生》、《谈谈我的汗血气》，见牛汉《散文随笔》。

点在其"文革"后的诗歌写作中仍然有着一以贯之的坚持，只不过在后来，由于时代环境以及诗人主体境况等方面的变化，他的一些色彩明亮的诗歌小品（如《柑桔与阳光》等）使得这一诗歌基调略有冲淡。但是，他的更多的关于"创伤记忆"的抒写仍然体现了这一特点，这也是其"文革"后的诗歌创作最有价值之所在。

在一九四九年以后的"潜在写作"之中，"七月派"诗人是一个引人注目的写作群体。在那样一个严酷的年代之中，已遭摧毁的"胡风集团"实际上以一种特殊方式形成了新的"精神集结"，对于这种"集结"的研究无疑是一个相当重要的精神史和思想史课题，在潜在的诗歌写作的层面上，共同的命运使得他们的诗学立场和话语特征表现出诸多共同的方面，"他们常常从个人人生的苦难体验，去把握苦难时代的历史进程；而个人的曲折遭遇，实际上也反映着历史的一部分曲折"，[①]但在这种共同命运之下，也有着明显的内在差异。一九五五年以后，"胡风集团"的核心人物胡风以旧体诗的方式所从事的"牢狱写作"，表现出痛切的反思、冤愤、强刚和对理想的无比忠诚；身陷囹圄的曾卓固执地寻找着童心（《给少年写的诗》）、吟唱着苦难之中的爱情与温暖（《有赠》、《雪》），并以"嘶哑的喉咙"抒发着对于飞翔的向往（《呵，有一只鹰……》、《悬崖边的树》），具有着浓厚的抒情气息；而绿原的"潜在写作"则往往在人类历史与荒诞的社会现实及个人处境的对照之中从事着对于现实的批判与谴责（《又一名哥伦布》、《重读（圣经）》），带有着明显的思辨、自嘲和反讽的色彩（如《自己救自己》、《面壁而立》和《好不容易》等）；牛汉的"文革"诗作，除了其突出的喷发着汗血之气和生命之火的"反抗诗学"之外，在其相应的诗艺特征上，则往往在绘写诗歌客体形象的同时，以一种凝望、体察、谛视或推测与想象的主体姿态，注意描写或营造诗歌客体的所处情境（包括"自然情境"和"社会情境"），并将诗人的生命体验投射或"内嵌"于客体形象之中，从而在这完成深远的寄托与象征的同时创造诗歌情境。而他的部分诗作，在以生命体验"嵌入"客体对象的同时，诗人也会常常地出于其外，进行情感的直接抒发或者是灵魂的自我审视，最典型者，莫过于他的著名诗作《华南虎》。

作为诗人的"我"与"老虎"，是《华南虎》中最为重要的两个诗歌形象："在桂林／小小的动物园里／我见到一只老虎"。"我"与"老虎"以两个分离的形象首先出现于

---

① 洪子诚、刘登翰：《中国当代新诗史》，第312页，北京，人民文学出版社，1993。

诗歌之中，他们之间，完全是一种"看"与"被看"的主/客体关系，诗歌语调平淡而冷漠，初始出现的"我"，不过是"五四"时期的启蒙主义写作便已痛切批判的平庸而麻木的"看客"中的一员，而随着"我"的不断"观看"与深入"体察"，"华南虎"的困厄处境以及它的内心"屈辱"和对自由的不绝念想与在特定处境中的诗人发生了"命运的邂逅"，共同的命运遭际使得牛汉将自己的生命体验完全地"内嵌"于起初作为客体出现的"老虎"之中，从而也使他们的精神息息相通而几近合二为一。于是紧接着，"我"的诗情被"华南虎""凝结着浓浓的鲜血"的"破碎"的趾爪和在"灰灰的水泥墙壁上"的"血淋淋的沟壑"所彻底"点爆"，[①]诗作以令人震惊的笔触刻画了老虎的不屈反抗，在这里，诗歌情绪达到了悲愤的顶点，一个崇高的作为反抗者的生命形象已经基本上塑造完成。而恰在这时，"我"却从对"老虎"的"内嵌"之中突然抽身，诗歌情绪突显低回，诗人以"我"的羞愧与震惊，表现了自己的幡然自省和对拼死反抗的"华南虎"伟大灵魂的仰望，冷峻的自省，燃烧的诗情和咆哮而去的崇高灵魂营造了阔大沉雄的诗意空间，灵魂的对话与撞击和反抗者的咆哮回荡其中，使得诗作爆发出极为巨大的生命震撼力。

牛汉曾经指出，他的"文革"写作属于艾吕雅所说的"情境诗"，[②]"是历史大传的一个微小细节，是历史结出的一枚果子"，[③]认为"如果把它们从生活情境中剥离出来，把它们看作是一般性的自然诗，就很难以理解那些诗的意象的暗示性与针对性，很难理解到产生那些情绪的生活境遇"。[④]既然如此，我们将这些诗歌文本还原至"文化大革命"的历史情境之中进行深入的解读，便有着特别重要的意义。以下的考察将主要集中于：一、通过"文化大革命"时期的诗歌写作，诗人所突显的身份形象，特别是与其一九四九年以前的"革命"形象相比，具有怎样的特点？二、这一具有新的身份特点的"诗人"又有怎样的精神世界或话语言说？

---

① 牛汉：《我与华南虎》，《萤火集》，北京，中国华侨出版社，1994。

②④ 牛汉：《对于人生和诗的点滴回顾和断想·关于情境诗》，《学诗手记》，北京，生活·读书·新知三联书店，1986。

③ 晓渡：《历史结出的果子——牛汉访谈录》。

"诗人"与"鹰"：苦难催逼的"诞生"

作为"七月诗派"的重要成员，牛汉的诗歌写作开始于四十年代，并且在那时发表了《鄂尔多斯草原》、《彩色的生活》和《智慧的悲哀》（诗剧）等重要作品，形成了他的第一个创作高峰。一九九八年，诗人在回顾自己的诗歌生涯时，曾经指出："回忆起来，有两段时间我与诗患难相交，真正到了狂热的地步，诗成为我的第二生命"。这两段时间，一是指"一九四一年和一九四二年，想奔赴陕北未成"所经历的"一段死寂而又躁动不安的生活"；"另一段时间是'文革'后期一九七一年至一九七四年"。① 很显然，牛汉的"诗人"身份正是在这两个时期得到了鲜明的突显并为其所珍视。他也在很多场合对于自己在这两个时期作为"诗人"的生存状态及精神世界有过真切细致的描述。在题为《危难和抗争》的札记中，牛汉曾经这样描述过他的第一次与诗歌的"患难相交"：

> 一九四〇年至一九四二年，我完完全全被诗迷住了，不写诗就烦闷得活不下去。也就是这两年，整个大后方笼罩着白色恐怖。我和几个朋友陷入了苦恼与烦躁之中，时刻想从窒息心灵的囹圄冲出去，但经过几番密谋都未能去成陕北。这时只有诗能把现实和理想之间的距离消除，我沉浸在自己创造的一个个美丽而凄切的情境中。理想和诗给我的生活带来极大的勇气和安慰……正是这两年，我的心情最烦闷最动荡的时候，诗却写的最多。学校校舍是在山腰，我常常独自跑到山头，从早晨到黄昏，坐在古墓的一片丛林中看诗写诗……我写了好几册诗稿。生活境遇的危险和心灵的抑郁不舒，更能激发一个人对命运抗争的力量，而诗就是在这种抗争中萌生的。

在这里，"诗人"所对峙着的严酷的现实，无疑是"整个大后方笼罩着"的"白色恐怖"，牛汉的"诗人"身份的完成，正是出于对现实的反抗和对作为理想的"陕北"的向往，在"诗人"的精神世界之中，所有的"苦恼"、"烦躁"与"抑郁不舒"，所有的"勇

---

① 牛汉：《诗与我相依为命一生》。

气"、"安慰"以及"抗争",无不出于理想与现实之间的高度紧张。牛汉在四十年代所曾遭遇与目睹的现实苦难催逼着他的写作,从而也实现了"诗人"的第一次"诞生",这些,在其四十年代的诗歌写作中亦有着突出的表现。

挣扎于理想与现实之间并且歌唱着反抗现实、奔赴理想的"诗人"形象,经常出现于牛汉四十年代的诗歌作品中。歌唱在"……啼泣的 / 喑哑的大地上"(《走向山野的》)"诗人",虽然是"赤裸着脚丫 / 走在满布陷阱的 / 坎坷的路上",而且"两只紫红的写诗的手 / 被敌人的眼睛 / 像绳网绞捆着……"(《眸子,我的手杖》),但是"一个不屈的 / 敢于犯罪的意志"(《在牢狱》)使得"诗人"即便是身陷牢狱,也要写作那"不会欺骗土地 / ……不会欺骗我们的历史"的"正直的诗"、"暴动的诗"(《长剑,留给我们》)。"诗人"的意志之所以有着如此的热烈、勇猛与强顽,显然来自于他在精神深处的强烈的政治及意识形态的现实指归,这便是《鄂尔多斯草原》所期盼、坚信与歌颂的"火红的太阳"以及"赶着太阳的 / 车夫":"明天 / 草原上会滚来 / 一轮火红的太阳","虽然 / 草原的夜, / ——黑色的梦的山谷 / 是漫长而寒冷的, / 但,他们还马不停蹄地 / 在黑夜里奔走, / 他们从山边来, / 他们是 / 赶着太阳的 / 车夫呵!"写于一九四一年十二月的诗剧《智慧的悲哀》,更是书写了"诗人"受到亲友的阻挠没有去成陕北的失望与悲愤的情绪"。①其时,由于诗人的理想有着相当切实的"革命"内容(即当时的"革命圣地"),所以,即使是那些包蕴着诗人自身主体生命的生灵与物事如"鹰"与"云雀"、"飞鸟"、"火车头"和"种子",也有着切实而乐观的理想主义及意识形态冲动。在《山城与鹰》中,"鹰旋飞着,歌唱着: / '自由飞翔才是生活呵……'","山城在鹰的歌声的哺育下 / 复活了……"而《给我们轨道》中的"火车头"也渴望着"轨道"并希望沿此"开拔到远方 / 到远方 / 卸下我们的快要爆炸的生命"。可以说,四十年代牛汉的"诗人"身份以及他的话语言说有着明显的"革命"内容,这也使他当之无愧地属于当时的"革命知识分子",而且事实上,早在一九三八年,他便已加入中共的地下组织并且积极投入了艰苦的革命斗争。然而,这样一种极为重要的"革命"特点,在突显于"文化大革命"时期的"诗人"身份之中,却遭到了明显的"剥离"。

对于和诗歌的第二次"患难相交",诗人有过这样的描述:

---

① 牛汉:《对于人生和诗的点滴回顾和断想·诗剧〈智慧的悲哀〉》,《学诗手记》。

"文革"后期一九七一年至一九七四年。管制放松了，成天幽灵般游荡在日渐空茫的文化部干校附近的山林湖泊，咀嚼苦难，反刍人生，诗突然从心中觉醒和冲动上来。①

那阶段写诗最单纯。我与每一首诗相依为命。没有读者，也没有上帝；既不想发表，更不想讨好谁，自己写给自己读。往往是吃了晚饭独自在湖边山丘上的枫林里，边乘凉边打腹稿。身边牛在反刍，我也在反刍。②

正是由于不断的"反刍"，诗人才自觉地发现了他与诗歌的两次颇为相似的"患难相交"之间既有着一定的联系，又有明显的区别。一方面，牛汉自认为这两段时间的"生活状况和心情有不少相似之处：孤独、郁闷、期待，生命的四周出现了非常空旷的地带，活得很单纯、自在"；另一方面，他也认为"'文革'后期的这种自在和单纯，是经历过几十年的苦难生涯才到达的境界。这自在和单纯与四十年代初的单纯有本质的差别……当时的单纯跟简单相差不了多少，是近似原生的那种单纯的生命状态。经过三十年的苦练，对人生、历史、世界以及诗，有了比较透彻的理解和感悟，才获得了净化之后的透明般的单纯"。③多年的苦难催逼着牛汉，使他在"文化大革命"的后期"对人、对诗有了个整体的历史的彻悟"，"真正觉得告别了过去的人生和过去的诗"，导致了他的"与过去决裂"。④那么，在历史的"苦练"与深刻的"反刍"之后，牛汉所"告别"与"决裂"的，究竟是什么？"文革"时期牛汉的诗歌写作显然将为我们的探究提供一个切实而有效的途径。

如果说，牛汉在四十年代的诗歌作品中的"诗人"形象更多地带有反抗现实而义无反顾地奔赴"革命"理想的特点，那么，他的"文革"诗作中的"诗人"形象却有着明显的不同。在牛汉的"文革"诗作中，"诗人"形象主要出现于《在深夜……》、《蝴蝶梦》、《反刍》和《改不掉的习惯》等作品。在那样一个不仅具有与四十年代的一样的严酷，而且还更加荒诞的年代里，"诗人"的写作表现出浓重的悲凄与无奈，然而，在这种

---

① ③ 牛汉：《诗与我相依为命一生》。
② ④ 晓渡：《历史结出的果子——牛汉访谈录》。

悲凄与无奈之中，地火，依然在运行："有时候 / 在深夜 / 平静的黑暗中 / 我用手指 / 使劲地在胸膛上 / 写着，划着 / 一些不留痕迹的 / 思念和愿望 / 不成句 / 不成行 / 象形的字 / 一笔构成的图像 / 一个，一个 / 沉重的，火辣辣的 / 久久地在胸肌上燃烧 / 我觉得它们 / 透过坚硬的弧形的肋骨 / 一直落在跳动的心上 / 是无法投寄的信 / 是结绳记事年代的日记 / 是古洞穴岩壁上的图腾 / 是一粒粒发胀的诗的种子"（《在深夜……》）。严酷年代的诗歌表达虽然丧失了最为基本的自由，仿佛是回到了结绳记事的蒙昧时代，但是，"一粒粒发胀的诗的种子"，仍在萌发："那些年 / 多半在静静的黎明 / 我默默地写着诗 / 又默默地撕了 / 撕成小小的小小的碎片 / （谁也无法把它复原）/ 一首诗变成数不清的蝴蝶 / 每一只都带有一点诗的斑纹 / （谁也无法把它破译）/ 它们乘着风 / 翩翩地飞到了远方"（《蝴蝶梦》）。这些诗作虽然都主要表现了"诗人"的自我形象，书写了"诗人"的写作活动，却不作直接的情感抒发，而是通过将自我形象的客体化，以一种缓慢、低沉的节奏，在情感的"节制"与压抑之中包蕴着内在的悲愤与坚决。"诗人"和诗歌饱受着伤戕，但却有着独立的世界以及"谁也无法把它破译"的"秘密"，通过无奈的"隐忍"与"自伤"，"诗人"以其作为独立的精神世界之象征的诗的"秘密"卫护着诗歌、卫护着人，从而也以一种特殊的方式实施着"对那段黑暗历史的有力控诉与反击"。[①]《蝴蝶梦》中出现了"黎明"，出现了"远方"，但是它们却又那样的"莫名"，与四十年代的诗人对于切实的"革命"理想的急切奔赴相比，这里对"远方"的期待显然缺少切实的"革命"内涵，而且还缺少此前的峻急与豪迈，"文革"时期诗人的"理想主义"，已经不再是某种切实的"意义话语"，而完全是一种理想主义的"精神品性"，并且，是一种"悲凄的理想主义"。[②] 开始于五十年代的苦难催逼着诗人，使他在"反刍"之后，实现了新的"诞生"。

对于"鹰"的酷爱，贯穿着牛汉整个的诗歌写作，但在不同时期，他对"鹰"的表现却又有着不同的特点，这些不同，突出地反映了历史中的诗人在精神世界方面所发生的深刻变化。在四十年代的诗人笔下，"鹰"是"衰老"了的"山城"的"前哨"，"鹰旋飞着，歌唱着"，"山城在鹰的歌声哺育下 / 复活了"（《山城和鹰》），这里的"鹰"，和

①　晓渡：《历史结出的果子——牛汉访谈录》。
②　牛汉：《对于人生和诗的点滴回顾和断想·关于情境诗》。

当时其他诗作中的"云雀"、"飞鸟"等诗人的自我形象的化身一样，对于现实的勇敢反抗和对理想的热切向往是与对作为"他者"的"山城"（《山城和鹰》）、"池沼"（《池沼》）的"解放"（带来"歌声"）紧密地联系在一起的。四十年代牛汉的诗歌创作显然有着自觉的政治和意识形态的承担，寒郁的土地（《走向山野》、《谁不想飞》、《春天》、《地下的声音》）、苦难的祖国（《锤炼》、《彩色的生活》）与人民（《鄂尔多斯草原》）是诗人最为重要的精神关切。然而在"文革"诗作中，"鹰"的反抗与歌唱也已不再具有明显的意识形态指归。

牛汉的最新出版，而且也是迄今为止收录其诗歌作品最为全面的诗集《牛汉诗选》中的第二辑专门收录了他在"文革"时期的"潜在写作"，他将《鹰的诞生》列为首篇，应该说是极富深意的。某种程度上，《鹰的诞生》和他的另外一首诗作《坠空》不仅象征了诗人悲剧性的命运和他对严酷现实的殉命反抗，而且更重要的，它们还喻示了"文化大革命"时期诗人的"蜕变"和新的"诞生"。《坠空》所表现的，是"老鹰"的悲壮"坠落"：击落于雷霆的"老鹰，浑身乌黑／像一块没有烧透的焦炭，／翅羽翎毛被风暴撕成褴褛，／爪子还铁锚似的紧攥着，／发亮的眼睛／痴痴地望着湛蓝湛蓝的天空……"焦黑的尸身、发亮的眼睛和湛蓝的天空，构成了色彩鲜明而又情感浓烈的诗意空间，而紧攥的鹰爪和痴望的鹰眼，却正体现了不死的生命意志和相当执顽的生命强力，由于贯注了诗人强烈的生命体验，坠落的老鹰不仅没有死亡，而且还得到了新的复活。

钟情"苍鹰"的牛汉，在"文革"时期写过鹰的坠落，也写过鹰的诞生，而在"文化大革命"以后，还写过鹰的归宿（《鹰的归宿》）。作为一种非常能够体现诗人生命寄托的诗歌形象，牛汉反复书写着鹰的生死与反抗，不断的抗争、死亡与涅槃，正是其笔下的"雄鹰"最为典型的生命情状，因此，我们完全可以认为《鹰的诞生》中的"雏鹰"正是《坠空》中的"老鹰"的再生与涅槃。诞生于狂风暴雨中的"雏鹰"，无疑是继承了整个"鹰类"或其前生的精神质素，仿佛是天然地酷爱着险境，它昂然地引领风暴并以其"激越而悠长的歌声"歌唱于"雷鸣电闪的交响乐中"，"鹰群在云层上面飞翔，／当人间沉在昏黑之中，／它们那黑亮的翅膀上，／镀着金色的阳光／啊，鹰就是这样诞生的"。诗人震慑于"雄鹰"的极为壮烈的诞生，更为其对理想的不息追寻而发出由衷的感叹与赞美。然而，与四十年代的《山城与鹰》相比，这里的"鹰"已经没有了对于"他者"的"解放"承担，当然，它与同一时期的《蝴蝶梦》和《在深夜……》中的"诗人"形象相比，"鹰"的形象仍然体现了较为强烈的理想主义色彩，但是，这里的理想主义仍然不过是一种强顽的"精神品性"，个体生命的呐喊与抗争以及对于它的卫护，成了最为突出的主题话语，这也是牛汉所不断抒写的雄鹰的生命谱系所具有的新的特点。抗战时期便已开始的对于"革命"的苦苦追寻竟成吊诡，造成了诗人几十年的磨难，然而正是这种磨难，成就了"鹰"与"诗人"的第二次"诞生"，也使诗人的精神与言说抛舍了"革命"的传统内涵，出现了新的特点。

"枫树"与"虎"：受戮的生命与不屈的灵魂

由在四十年代的"为祖国而歌"转而为"文革"时期的"为生命而歌"，正是"文革"时期牛汉的诗歌写作所突出体现的话语转型。一九四九年以后，与国民党当局的国家意识形态严重对峙的"革命话语"变成了新的国家意识形态，"文化大革命"时期，这种意识形态的偏执发展及其所导致的话语专制暴露出罕见的残暴与狰狞，大部分知识分子，包括像牛汉一样的曾以不同的方式参与过其话语建构的"革命知识分子"均都遭到了残酷的迫害。迫害导致了幻灭以及幻灭之后的反省，于是，一部分知识分子开始逸出国家意识形态的话语体系，在"潜在写作"之中从事着新的话语言说。牛汉的切身体验使得他的话语言说不再轻率地指向某种意识形态及其许诺的未来图景，而是从自己独特的生命体验出发，将其最大的精神关切置放于"生命"本身，伤痛于生命的受戮并且为生命的尊严而呐喊。

在牛汉这里，每一种生命都有其不可让渡的权利与价值，在他看来，即便是"野花"，"也有母性的温柔／在分娩的前夕／它们的生命也流溢着／欢乐与甜蜜"，它们在"行将凋谢的时候／都突然地散发出一些／甜滋滋的／像奶汁般的气息"，所以他对这一小小的生命充满着"喜欢"与"珍爱"："我喜欢／打开窗户／深深地呼吸／野花野草的气息／不仅肺叶需要／还由于心灵的热爱"（《野花》），即使是在"劳改"的时刻，他的沉重的脚步，也会躲闪着它们（《有这么一条路》）。诗人对平凡的"生命"充满了敬重，所以，他讴歌那些"默默地没在脚印里"的"车前草"（《车前草》），并且，甚至希望在"粗大的脉管里"注进生命里"只有一滴两滴血"然而却是"默默地／在地下耕耘一生"的蚯蚓的血,"哪怕只是一滴"(《蚯蚓的血》)。

在诗人的笔下,虽然"生命"是如此的可喜与可敬,然而却时刻处于危险之中。在《鹰的诞生》里,"鹰的巢,/筑在最险峻的悬崖峭壁","雏鹰",也是诞生于风雨雷霆之中。而他的《麂子》,则更以急切的呼告于步入险境的生命发出提醒:"远远的/远远的/一只棕黄色的麂子/在望不到边的/金黄的麦海里/一蹿一蹿地/似飞似飘/朝这里奔跑//四面八方的人/都看见了它/用惊喜的目光/用赞叹的目光/用担忧的目光//麂子/远方来的麂子/你为什么生得这么灵巧美丽/你为什么这么天真无邪/你为什么莽撞地离开高高的山林//五六个猎人/正伏在丛草里/正伏在山丘上/枪口全盯着你/哦,麂子/不要朝这里奔跑"。戴望舒所译《洛尔迦诗抄》①是牛汉在咸宁干校时不多的几部书籍之一,诗人也曾自陈《麂子》一诗所受的洛尔迦影响。②我们发现,牛汉的《麂子》与《洛尔迦诗抄》中的《猎人》虽然有着一定的可比性,③但与后者相比,《麂子》一诗通过对"麂子"的"天真无邪"和人们的"惊喜"、"赞叹"以及"担忧"情绪的渲染,使得诗歌的情境更加充满着高度的紧张,充满着不祥与凶险。《猎人》之中,诗人有着明显的冷静与超然,然而《麂子》,却有着诗人主体对于正在逼近的危险的极度焦虑与严重关切,也许,这种区别,正是来自于其时的牛汉对于凶险的世界所具有的更加深刻的"被害"体验。

主要表现为生命的"冻结"与"囚禁"的"困厄意识",也许是牛汉更为独特的生命体验,这一特点,鲜明地体现于著名的《华南虎》与《冻结》之中。"暴风雨过后。/荒凉的湖边,/一排小船/像时间的脚印/冻结在厚厚的冰里;/连同桨,/连同舵,/连同牢牢地/拴着它们的铁链。"(《冻结》)这里所传达的思想意识,显然与《华南虎》一样,相当准确地表现了"文革"后期滞留于干校的诗人牛汉的真实心态。在谈到《华南虎》的创作时,牛汉曾经说过:"当时,我在湖北咸宁文化部干校,绝大部分学员都已回京或分配到别的城市,我是少数不能入京的'分子'之一。不待说,情绪是异常

①《洛尔迦诗抄》是戴望舒生前未完成的译作,后由施蛰存编辑,北京,人民文学出版社,1956。后亦收入《戴望舒诗全编》,杭州,浙江文艺出版社,1989。
② 晓渡:《历史结出的果子——牛汉访谈录》。
③《猎人》的全诗为"在松林上,/四只鸽子在空中飞翔。//四只鸽子/在盘旋,在飞翔。/掉下四个影子,/都受了伤。//在松林里,/四只鸽子躺在地上。"

沉重的。"① 自由的生命遭受"囚禁"自然会有难以排解的沉重，但是除了沉重，在《华南虎》中，更有着触目惊心的伤害以及对于这种伤害的不屈反抗，也正是在这一点上，牛汉的"华南虎"与里尔克笔下著名的"豹"表现出了明显的区别。在里尔克的《豹》里，"豹"的处境只是被监禁，虽然它仍然具有"伟大的意志"，它的"无声地撩起"的"眼帘"仍将会引起人们的惊恐，但在总体上，"豹"的"疲倦"与"静寂"却喻示了作为存在者的人的自由的本体性困境。"千条的铁栏后便没有宇宙"，实际上"豹"所面对的"铁栏"，正是构成了人的外部处境的"宇宙"或"世界"本身，具有着极为浓重的象征意味，所以说，自由的严重以至于永恒的"被禁"，正是存在者无以突围的本然处境。"自由"与无往而不在的"限禁"的冲突，成了里尔克最为重要的精神关切，这也使诗歌具有了更加鲜明的抽象意味。而牛汉的"华南虎"，除了自由的严重"被禁"，更有着残酷的肉体伤戮（"……每个趾爪／全都是破碎的，／凝结着浓浓的鲜血／……你的牙齿是被钢锯锯掉的"）和精神折磨（"……叽叽喳喳的人群中／……有人用石块砸它／有人向它厉声呵斥／有人还苦苦劝诱"），"华南虎"的现实处境，显然要更加严酷。里尔克的"豹"，喻示了对于存在的深刻绝望，而牛汉的"华南虎"，却有着它所远难相比的更加尖锐的生命的痛楚和对"困境"与"伤戮"的绝命般的反抗与突围。

在"文革"时期牛汉的诗歌写作中，《华南虎》有着极为重要的原型意义。"生命"的高贵与尊严，以及它对伤戮与困境的坚韧反抗，无疑是牛汉的"文革"诗作相当突出的话语主题。除了《雪峰同志和斗笠》等不多的篇什以外，牛汉大多数的"文革"诗作均都取材于自然。特殊的个人气质、命运遭际与诗学观念，使得诗人"更容易被那种辽阔与壮美的境界和大自然中某些能够引人震惊的、在困境中坚毅不屈的现象或生态所感动"，② 而且，即便是写人，诗的焦点住往也集中于"伤痕"③ 以及伤戮中的坚韧反抗。所以，他才赞美"在深深的地下，／穿透坚硬的黄土"而坚韧地寻找着生命之水的"毛竹的根"，赞美那些饱受伤戮的灌木与大树下"巨大"而"坚硬"的"根块"（《巨大的根块》、《伤疤》）。在那样一个严酷的年代里，"屈辱的处境、自恃高洁的人生理想"使

---

① ② 牛汉：《我与华南虎》。

③ 如《雪峰同志和斗笠》和《关于脚》便在展示冯雪峰"踝骨和脚背上／留着铁镣啃的伤痕"和"他的胸骨上"在"集中营留下的创伤"的同时，揭示了现实与历史的酷似。

得诗人从"根的品性、姿态、苦难,获得了难以衡量的精神力量",从而产生了值得珍贵的"命运的邂逅"。①实际上,这种"邂逅"不仅发生于诗人与"根"之间,而且还发生在我们所曾述及的"鹰"与"虎"以及"大树"("枫树"、"半棵树")那里。绿原先生曾经通过对牛汉的《悼念一棵枫树》与美国诗人洛威尔(Lowell, JamesRussell,一八一九~一八九一)的《枫树》的比较,揭示出牛汉笔下的"枫树"("一个与大地相连的生命")惊心动魄的受戮以及它的芬芳与伟岸。②通过比较,我们同样可以发现牛汉的"鹰"所具有的独特性。无论是在《坠空》,还是在《鹰的诞生》中,"鹰"都像其笔下的"华南虎"一样,领受着世界的残暴,而与此相反,在同样以对"鹰"的写作著称于世的特德·休斯(Ted Hughes,一九三〇~)那里,"鹰"却是万物的"施戮者",它统驭着这个世界并对众生具有着"分配死亡"的权力(《栖息着的鹰》)。专注于生命的受戮,自然导因于牛汉特殊的"屈辱的处境",但他在揭示生命的受戮与屈辱的同时,同样书写了"华南虎"一样的悲壮反抗,实际上,正是在残暴的"伤戮"与无畏的"反抗"之间,"生命"才充分显示出高贵与尊严(《半棵树》),③并且烤炼出它的奔放不羁的伟大灵魂(《华南虎》、《鹰的诞生》),从而,这也从一个侧面,充分揭示了"文化大革命"时期中国知识分子的艰危处境以及他们坚韧不屈的精神反抗。

《当代作家评论》二〇〇〇年第二期

---

① 牛汉:《我与草木的根》,见牛汉《学诗手记》。

② 绿原:《活的诗》,牛汉诗选《温泉》"代序",上海,上海文艺出版社,1984。

③ 牛汉的《半棵树》也是其"文革"写作的一个代表性作品,对于它的深入解读,请参看陈思和主编的《中国当代文学史教程》第9章第3节,上海,复旦大学出版社,1999。

曾卓的潜在写作：
一九五五～一九七六

何向阳

一九五五年至一九七六年这二十年在中国当代文学史上讳莫如深，空白说构成着一段文学史的结论，支撑史论的证据当然是公开发表的文学作品的事实，它的多寡和优劣。这是不错的。我注意到即使九十年代新近出版不同版本的文学史虽较八十年代我读大学时有所改观，甚至从观念思想到角度写法都变化巨大，但这一结论基本趋同。有的文学史为免除尴尬，干脆将这二十年空白不写，或恰好将六七十年代台港文学章节放在这里补充，无论如何，这段文学史因文学与政治的胶着关系而最具当代性，了解当代中国社会史或对当代中国知识分子坎坷命运寄以稍稍关注的人都知道，"胡风案"的一九五五年是一批人（这批人大多从旧中国而来却是抱着歌颂新中国的希望的）创作的终结，"反右"的一九五七年是又一批人（这批人是在新中国走上创作道路或在新中国成熟于创作而抱有对国家对党进一步发展热诚提出建议和意见的）的创作终结，或者再到一九六二年（右派第一次局部平反）有次创作回潮，这一时期创作上虽有回复，但整体上文学史的书写是低调的。可以看出叙述的艰难。编撰者可以不同，但这一时期文学价值的结论大致明确，总结为：由于政治上的"左"的原因与干涉，文学的实绩大打折扣。特别是后十年，闻名于世的十年动乱开始，一九六六年，让更大一批人（这批人的范围波及新中国至少三代作家）卷入并彻底终结其创作，人事颠转面目全非者，何止一个文艺界。然而也大约正是文艺创作界几乎人人有或牛棚或劳改或下放的经历——若干年后，

067

此种经历被说成或自诉是某种于创作而言的财富矿藏，然而，正是这笔矿藏，掠走了他们最好的时光、灵感，并继续干扰着他们未来的创作过程与文学观念，这是肉眼看不见的，然而在文学中它却处处留有形迹。一九五六年，或许更早一年一九五五年开始到一九七六年"文革"结束，这二十年不能不说是政治对文学的改写所造成的文学史的文学缺席，以致影响到文学史观念，影响到在总结文学发展延承或断裂时不能不使用的那种带有非文学性的倾向与原则，甚至影响到文学史写作中概括上的文学表述的理论失语——它不得不拿来社会政治学的语言来阐述文学已然发生的一切。

二十世纪中叶以后，学者与政治、文运与国运之间恩怨相缠的关系，以上确是就近拿来的一例。

文学史的书写证明着此种纠葛，九十年代仍然不免。

遗恨难消?!

然而能否有别样的眼光，从政治的缝隙中看去，或许文学有越出的部分，具有超越性的文学在理论上要求着这样去看。于是有"地下文学"①的研究，有"潜在写作"②的命题，待细细做。在已成定语一览无余的史的空白处寻访查勘，在一面光硬枯寂的冷墙上叩击试探，希冀找到异数与另类来，以史实史料为凭依，同时抱有某种类近考古的认真执拗与痴拗情，破一破当代文学史有关这一阶段似成定局的悲观书写，这一工作，大有意思和价值。重写只是在这重涵义上，而不是随着解释的改写和翻案。虽则实质上，它确有这样的效果。所以结论不是故作惊人语，不只在切实接近某种文学与心灵的矿脉时，会发出会心的一笑，或者触到沉埋已久层层积沙下面仍然不失光泽色彩绚烂岁月久远却毫发无损的瓷器时，那手指会有一阵轻微如赞叹的颤抖。

---

① 地下文学：概念见杨健《文化大革命中的地下文学》。北京，朝华出版社，1993。特指"文革"中"地下"创作未公开发表与当时主流文学观念在精神上格格不入带有一定反叛性的文学。

② 潜在写作：概念见陈恩和《中国当代文学史教程》。上海，复旦大学出版社，1999。详见"前言"第12页，即指"许多被剥夺了正常写作权力的作家在哑声时代里，依然保持着对文学的挚爱和创作的热情，他们写作了许多在当时客观环境下不能公开发表的文学作品。这些作品可以分为两种，一种是作家自觉的创作……另一种是作家在非常时期不自觉的写作，如日记、书信、读书笔记等……'潜在写作'的相对概念是公开发表的文学作品，在那些公开发表的创作相当贫乏的时代里，不能否认这些潜在写作实际上标志了一个时代的真正的文学水平。潜在写作与公开发表的创作一起构成了时代文学的整体，使当代文学史的传统观念得以改变"。

事关这段史书每每艰涩于言的二十年文学史中一位诗人的创作，带来的正是这样一段心情。曾卓，或许他为我们提供了不同于"空白"结语的文学史的另一种创作个案。或许他的创作和其他更多值得今天深思研究的那一时期的潜在写作会充实和丰富现有的历史总结与文学断言。

一

一九五五年的曾卓三十三岁。

一九七六年的曾卓五十四岁。

一九五五年至一九七六年这二十年间，据现存资料统计，曾卓共写有四十六首诗、九篇文章；当然实际写下的比这要多一些。作者本人也说，"就是在六七十年代中写出的一些未能发表的原稿，在'文革'横扫劫难中，也遗失不少了"。[①]当然未保留下来的不仅有诗、文，收入《曾卓文集》的自撰《小传》最后，还列举了两部戏剧——多幕话剧《清江壮歌》、多幕儿童话剧《谁打破了花瓶》，剧目后面，都标有"'文革'中遗失"字样。对于历史，对于历史中的那一段心迹，已经很难保留全整的面目，文字的，记忆的。就是这可留下记载的五十五篇诗、文，对于一个作家的二十年虽是一个小数目，然而对于那具体历史阶段的二十年，对于一个不能公开发表作品被剥夺了写作权利——此后写《小传》，曾卓回忆起一九五五年因胡风案被单独监禁时有一段话："当时难以得到纸和笔，大都是口占，后来才找到机会抄下的"，就是这后来抄下的，也"都没有能够全部保留下来"——的作家而言，却已是一个不可小视的记录。这是对于那四十六首诗而言；对于集中所收多为七十年代所作的九篇文章，曾卓的话是，"在'文革'后期，当我在家养病时，还写了一些散文、读书札记和数篇回忆性质的文章。在这些作品中，表达了我的痛苦、渴望和追求。当时完全没有想到这些东西可能发表"。[②]本文要讨论的正是这些当时不能发表、写作时不是为了发表而也没有想到此后可能发表的这种"潜在写作"状态下产生的作品，希冀通过对这部分作品和这种特殊历史下的特别创作状态的研

① 《后记》，《曾卓文集》第三卷，第574页，武汉，长江文艺出版社，1994。

② 《小传》，《曾卓文集》第三卷，第571页。

究，深入到一位作家精神生活的内部深层，从而探索文学与个人之间、文学与时代之间、文学与精神之间的复杂关系，从而更丰富完整准确地为看中国文学当代史的实绩提供一个与"一九五六年至一九七六年间二十年无纯粹意义文学"的已成定论的大概念，或"文革"时期无文学的以偏概全的概括里，对个案文本个人的不认真所下的中国作家精神人格缺欠的某种性急结论不同的视点。

负此使命，但愿我能够说好它。

一九五五年至一九七六年的曾卓度过了他生命中再不可重来的三十三岁至五十四岁。其物质生命中最美好的时光与精神生命中的最困厄的时光纠缠在这一个重叠的时间段里。①

距一九七六年十八年后，一九九四年曾卓在他文集后记中这么总结，"我写得较集中的主要是两段时间：一是起步后的那五六年间，当时我还是一个学生；另外就是这十多年，而我已逐步进入老年了"。少年到老年的过程当然不是一蹴而就的，时光总是慢慢侵蚀，并在关节处打上几个钉子，留待一个人成为老人的岁月里慢慢淘洗，"从这中间"，诗人看到自我的成长过程："青少年时，投身于民族救亡的浪潮中，对未来有着纯真、朦胧的向往，又夹杂着一些小知识分子的浪漫的情怀。渐渐在生活中受到磨炼，感受到生活中沉重的、严峻的一面。终于迎来了长久盼望和追求的'明朗的天'，却遭受了生命中一次致命的打击，因而有着巨大的痛苦和困惑。然而，那一点信念依然保持着，并凭着对旧己作为一个'人'的要求，度过了那漫长的艰难岁月。即将跨进老年的门槛时，也跨进了一个新的时期，又可以站在窗口唱自己的歌，虽然个中也还激荡着当年的热情，却已有些嘶哑了"，②同时也对自我"艺术上探路的过程"进行了一句话式的总结，"以诗来说，我最贴心的还是在最艰难的岁月中所写的东西，因为，在那样的处境中，能比较

---

① 以年代分会发现，曾卓的诗贯穿了他各个时代的创作。他写诗很早，早在1936年他还是个初中二年级的十四岁少年时就已在一家报纸副刊发表诗作《生活》，从那时的读书会到1940年在重庆与几位青年同仁一起办《诗垦地》，1936年至1947年可划作他诗创作的第一时期；此后1947年至1956年大约十年间诗的创作处于空白阶段，故第二时期的诗创作开始于1956年，1956年至1976年为第二时期；1977年至1992年为第三时期，1992年这年恰是诗人七十岁；1993年以后的创作岁月大致可视作诗人诗创作的第四时期。

② 《后记》，《曾卓文集》第三卷，第577页。

更为深切地感受生活，也更为全身心地在创作中去寻求慰藉和倾泻，在艺术与生活中找到了一个血肉相联的契合点"。他接着讲到诗与生活与主体的关系，"生活当然是文艺创作的起点，但没有对生活的真实的感受和激情，也就没有真正的诗"，① 这种领悟是与"战士和诗人是一个神的两个化身"（胡风语）所体现的现实主义的主观战斗精神是一致的，是与当时创作或思潮中文艺单纯是生活的反映，诗被看做单纯口号的观念不同的。

对于一九五五年至一九七六年之间写下的而未公开发表的作品，曾卓是情有独钟的。他几乎每篇回顾自己创作的文章中都会提到这些诗。《小传》中说，"在一九五五年被单独监禁后，为了减轻孤独和寂寞的痛苦，也为了能在自己身上找到一点力量，我决定写一本给少年们的诗。用了最大的努力，陆陆续续写了三十多首。当时难以得到纸笔，大都是口占，后来才找机会抄下的。同时我也不能遏制地写了一些抒发自己感情的诗。这是我的诗创作的又一个阶段。无论是给少年们的诗，还是那些抒情诗，都没有能够全部保留下来。在'文革'后期，当我在家养病时，还写了一些散文、读书札记和数篇回忆性质的文章。在这些作品中，表达了我的痛苦、渴望和追求"。② 在一九七六年三月写下的《从诗想起的……》这篇长文里，诗人逐一回顾了自己各个时期的创作，对一九五五年、一九五七年、一九六〇年、一九六二年构成的经历与心境有着具体真实的书写，并以代表他心境的诗作着文辞外的注解说明，这里面，少年诗、情感诗与励志诗都被提及，并且他说，"一个人的诗的道路也反映着他的生活的道路，反映着他的人格和他的人格成长"——别忘了这是在一九七六年写下的文字，"人格"标尺之下，诗人自省于诗的弱点与人的弱点的一致性，"真诚"的衡器下，他对自我的苛责与要求同样严格，"我写过一些不能算是诗的'诗'，因为我急于去适应某种政治要求和政治观念，而我的感情事实上还没有达到燃烧点的高度；我写过一些感情浮泛的诗，因为我还没有爱得那么深切和恨得那么强烈；我写过一些有着真情实感，有追求、有搏击的诗，然而在那里也常常暴露了我的软弱和温情"。一九七六年春天，五十四岁的诗人回顾生命中刚刚过去的壮年时代，说，"过去的二十年来，正是我能够和应该好好做一点事的时候，却在一种

---

① 《后记》，《曾卓文集》第三卷，第577页。
② 《曾卓文集》第三卷第571页。

深深的寂寞的心情中荒废了"，"当我真正懂得人生的严肃和诗的庄严时，却几乎无力歌唱了。这是我的悲哀"。①而在此后，大约八九十年代诗人重回文坛后写下《生命炼狱边的小花》一文，这二十年尤其前十年即五六十年代写下当时未发表也不可能获得发表的诗被单独提了出来，诗人自己在一种复杂的人生境遇之后要给它们一个位置："那种冰冻到内心深处的孤独感，那种积压在胸腔而不能出声的长啸，那种困在笼中受伤的野兽般的呻吟，那种在无望和绝望中的期望，那些单调、寂寞的白日和惨淡的黄昏，那些无眠的长夜……"是这些现存我们看到的四十多首诗——它们对于一个诗人的二十年而言当然在量上讲不是一个大数字，但正是它们——使诗人的生活不致黯淡空虚，使他内心平静，获得安慰、激励与支撑，一天天一步步"度过了漫长的灾难岁月"。诗是与人长在一起的，曾卓多次用不同的语言表达这一思想，如上经历是他思想诞生的土壤，如上话语或也是他对这组诗珍爱异常的原因。所以他这样回答友人的提问：

"对每个时期所写的诗，都有一两首是自己喜爱的。而最能激发我的感情的是在经受厄难的那二十多年中所写下的一些小诗，我将他看做是'闪耀在生命炼狱中的光点，开在生命炼狱边的小花'。"……"我年轻时和最近十多年来终于又回到文坛以后，也写过一些诗……但我还是更偏爱这些小诗，因为她们是与我一生中最艰难的日子联系在一起，是更为赤裸地展露我的内心和灵魂的，她们是我生命的一部分"。②

关于一九五五年胡风事件给中国知识人带来的生活转变，李辉在其长篇历史纪实《文坛悲歌——胡风集团冤案始末》中多有记录，而针对曾卓一人此后文中屡屡提到的"一个巨大的波折"，"一场意外的风暴"，李辉书中第九章《在被捕的日子里》的第十五节也是这章的最后一节叙述详尽，是放在北京、上海、杭州、南京、天津之后的，这段文字这样开始："武汉，五月十六日，曾卓——"，书中记载了一九八六年十一月六日作者与曾卓的一段谈话中曾卓作为被访问者倒出的关于自己此后命运波折动移开始的那个线头："五月十六日晚上十二点，有人敲门……通知我到社长李致的房间去……我被留在……那里开始反省，家也不能回了……六月十日，通知我……搬到报社宿舍去……搬到宿舍住下，晚上……还没有入睡，有人敲门了，这时是十二点。门一打开，进来几个

①②见《曾卓文集》第一卷，第388—406，379、381页。

陌生人，说：'曾卓，你被捕了。'"① 注意这里用了两次"有人敲门"，而且两次都在子夜"十二点"。李辉在自己这部有关历史与知识分子的书中也用了一句颇含深意的话："历史从一九五五年出发，通向一九五七年，一九五八年，一九六六年。"② 正是在这条越走越远的线路上，曾卓被从一个诗人（一九五五年时任《长江日报》副社长、武汉文联副主席）置换为一个真正的囚徒。关进狱中一年多后，"一九五七年三月二十七日曾卓由于身体有病，被保外就医"；"曾卓在一九五八年要求下放农村，到武汉郊区的花山人民公社劳动，先后在小卖部当售货员，放牛，看管仓库。一九六一年秋天回城，分到武汉人民艺术剧院当编剧"。③ 对应于这史料的是诗人自己作为被访者的前十年——一九七六年的一次记述："一九五五年五月十六日——我特别记得这一日期，因为这天正是武汉解放六周年。我曾以巨大的热情和欢乐迎接了这个大城的解放。我没有想到，六年后的这一天，我的生活发生了一个巨大的波折。突然地我失去了一切，单人住在一间小房里。一方面是痛苦的煎熬，……另一方面，是孤独折磨，没有自由，而又没有书报（一年后才有了），甚至没有纸笔，对于我这样一向无羁的性格，这比死亡要可怕得多——"④ 由此，他本人捋出的人生线索是：

> 一九五五年五月十六日……我因牵涉到"胡风集团"问题，被隔离反省；
> 同年六月十日被捕，接受严格的审查。
> 在监狱中关了约两年后，因病被保释。
> 休养了两年，下放到农村劳动。
> 一九六一年十月被分配到武汉话剧院任编剧；
> 一九六二年春，上演了我的一个剧本《江姐》，剧作者的名字用的是我的原名曾庆冠。接着我又写了一个剧本，但那时"千万不要忘记阶级斗争"的号召已经发出……剧本没有能演出，而且也不再让我写剧本了，被闲置在一边。
> 一九六六年开始了"文化大革命"。最初我被下放到农村改造，后被关进"牛

① ② ③ 李辉：《文坛悲歌》，第281—282、312、346页，广州，花城出版社，1998。
④ 曾卓：《从诗想起的……》，《曾卓文集》第一卷，第397页。

棚",在挨过一次专场批斗后,被送到"甄别教育所"关过半年。

我在一九七五年初得过一场大病。手术后在家休养。

在一九七九年四月,徐迟同志主编《外国文学研究》发表了我的文章《阴影中的凯旋门》,这是阔别文坛二十多年后第一次发表作品。

同年九月,《诗刊》发表了我六首诗。

这一年十二月,我的问题得到了平反……正式分配到武汉市文联工作……①

绕行一周,回到原地,却用了生命里的二十多年,青春与壮年的大部,逝水之上,回转身来已是过了中年步入老年的人了。

沧海曾经。

就是后来者在这样的史料与自述中穿行也不轻松,何况当事者本人。这个历程是一点诗意也没有的。何况对于一个诗人来讲!作为这段岁月的阅读者——间接目击证人来看,却有一点重重地让人放不下,那一个细节令今天的阅读有过目不忘的心动。那是六月十日曾卓接到通知从李致房间搬到报社宿舍去,李辉访谈中有一节曾卓的回忆——"我不肯搬……我提出两个条件:一,背后不能有人跟着。那时还是有点顾面子的。二,让我带一批书。"②这个条件大约是一个知识分子最底限的自尊了。尊严(不能有人跟着)与知识(带一批书)在困厄处境中也未敢忘——当然它们再被暂时满足之后的当夜就被命运的那声"敲门"击得粉碎——,但是曾卓那时理直气壮地要求着作为一个人一个知识人的最起码的权利。这一点,也许是我们读懂一个诗人作品的一个基本点,立足于此,我以为,才能对一个走过了这样道路的人慎重发言。

当然,比起一九五五年逮捕的胡风集团九十二人中最后正式判刑的胡风、阿垅、贾植芳三人,比起各在狱中七至十一年的绿原、谢韬、徐放、耿庸们,比起自杀的方然、病逝的卢甸、受尽精神病折磨的路翎,曾卓仍是"幸运"的,可是,一九五五年、一九五七年、一九六六年历次运动他全被卷入,从监禁到下放到牛棚,他无一例外经历始终,这种反复折磨微火熏烤的滋味,与其他卷入风暴失却自由的无辜人的处境实质是一

① 《小传》,《曾卓文集》,第570页,为重点标明时间,此处引文分行。
② 见李辉《文坛悲歌》,第282页。

样的，研磨之痛、划痕之深本是无异的，面对的一样是世事沧桑陵谷变迁微茫黯淡，近读吴继路《"五五悟吾屋"札记》一种《沧桑瞬间》，知道这一事件的中心人胡风在狱中写下了给妻儿的《长情赞》、《诚赞》、《善赞》、《梦赞》诸诗，可以作为长久以来——二十多年——而且是生命里最好的二十年"他们靠什么而活下来"的困惑解答之一种。诗作为这批具有着真正诗人气质的知识者们的最后拯救者，作为他们生命的另一种延伸与体现形式，这在世界文学史上是一个最奇异的现象。

一九五五年的某个深夜，被卷入风暴中心的人数，一九八○年七月二十一日《关于"胡风反革命集团"案件的复查报告》中列为"触及了二千一百人，逮捕九十二人，隔离六十二人，停职反省七十三人"。一九五六年后，"正式定为'胡风反革命集团'分子的七十八人（内党员三十二人），其中划为骨干分子的二十三人。"一九八○年九月中央对这一案件予以彻底平反。然而一九八○年，一九五五年，已是二十五年又四个月过去了，人生百年，它是一个能活到一百岁的人生命的四分之一多的时间。

一九五五年刺一样长在当事人们的肉里。也许时光迁移会淡去创痕，但正如曾卓所说，当命运的利爪松开时，"自己已是一个白发苍苍的老人了"。我忘不了抚读到他一九五五年的那个深夜从书桌前起身开门走到门边的有些迟疑"这么晚了，谁来呢？"当时的心疼。他接着说："我被卷入了一场风暴。……更意外的是我竟也被卷入了风暴的中心。当我发现自己是在铁窗下时，我恍恍惚惚地以为是处于一场噩梦中"。[1]然而就是在这来势猛烈猝不及防的噩梦中，在小窗口狱卒窥探的目光中，在孤独无靠前途未卜的痛苦不解与忧心焦虑中——

诗神莅临了。

二

诗人说，"——不，应该说，回到了我的生活中"。[2]诗，在这个时刻续接上了曾卓一九四七年的艺术生命。

---

①② 曾卓：《生命炼狱边的小花》，《曾卓文集》第一卷，第379页。

愿用洁净的泉水为我沐浴的

是谁呢?

愿用带露的草叶医治我的伤痛的

是谁呢?

在狂风暴雨的鞭打中,仍紧紧地握住我的手,愿和我一同在泥泞中跋涉的

是谁呢?

当我在人群的沙漠中飘泊,感到饥渴困顿,而又无告无助,四顾茫然,愿和我分食最后一片面包,同饮最后一杯水的

是谁呢?

当我被钉在十字架上,受尽众人的嘲笑凌辱,而仍不舍弃我,用含着泪、充满爱的眼凝望我,并为我祝福的

是谁呢?

这一连串的问构筑的整首诗题名还是一句问话《是谁呢?》。这是一九五六年即我们看到的、曾卓回到近十年前中断的创作中的第一首诗。它确实是当时心境的忠实笔录。初读令人想起距当时十六年前的一九四〇年一首《病中》,然而没有当初"爱我者呢 / 恨我者呢 / 一齐来吧"的呼号,或者"艰辛地痛苦地 / 然而是快乐地前行"的达观,这里伤痛的、鞭打的、沙漠中的、十字架上的"我"所需要的只是一份温情的理解与分担,只在这一点它与在书籍零乱的房里静静躺着的十八岁时的主人公取得呼应:

有谁来么

给我倒一点稀饭

不然　一点凉水也成

有谁来么

而窗外

秋风秋雨同时起了

好冷的天气

谁给我关一关窗

> 好么 谁？①

这也是一连串的"谁"。然而有一点却不同，《病中》的"我"虽要求进步，但现实中仍是一个心怀革命而身居后方并未实际投身于剧烈革命洪流中的旁观者，当然这个旁观没有消极意，十八岁的诗人笔下的战争仍是从前方的友人们那里听说来的，他没有亲见它的残酷，所以诗里会有"用花瓣为我擦血的女郎"这样的唯美的句子写着死亡，还是概念，尽管他全身心地拥戴革命，然而并不深入，这可能就是日后老年时诗人自己总结的"一个旁观者的浅薄"，暴露出的"思想上、感情上的疮疤"，也正是这个意义上他要求自己"至善至强的人才能有至善至强的诗"；②所以"我怎么能够长久地躺在床上呢／我应该将脚步伸进历史巨大的鞋套／夹在浩浩荡荡的歌唱人群中"的病中的"我"的真诚也不免有些空洞，不如"谁给我关一关窗"这样的句子来得体贴真实具象。而这一瑕疵在《是谁呢?》中是荡然无存的，这一个对"谁"追问与向往着的"我"是真实的，这一次不是旁观，也做不到旁观，而是一确确实实的体验者。身置其中，真正是被钉在了众人嘲笑的十字架上，正因如此，"我"要求的不再是病中的一杯水一口饭，不再是单纯情感上的关心照料，而是在种种摔打与伤痛的命运尽头，有一双精神意义的含泪凝望的眼睛。然而，"是谁呢?"在厄运连绵一步步地深入发展而批判也步步升级的年代，这是连诗人都对自己呼唤的可能性发生动摇怀疑的。《有赠》集中，不足十首诗作，如果分为三个十年，每阶段都可选出一首代表的诗来的。一九六一年的《有赠》，一九七一年的《感激》所倾诉的大约是一个对象；那个"你"是诗人呼唤的"谁"么?!

> 我是从感情的沙漠上来的旅客，
> 我饥渴、劳累、困顿。
> 我远远地就看到你窗前的光亮，
> 它在招引我——我的生命的灯。

---

① 曾卓:《病中》。
② 曾卓:《从诗想起的……》。

我轻轻地叩门，如同心跳。
你为我开门。
你默默地凝视着我
（那闪耀着的是泪光么？）

你为我引路、掌着灯。
我怀着不安的心情走进你洁净的小屋，
我赤着脚走得很慢，很轻，
但每一步还是留下了灰土和血印。

你让我在舒适的靠椅上坐下。
你微现慌张地为我倒茶，送水。
我眯着眼，因为不能习惯光亮。
也不能习惯你母亲样温存的眼睛。

这是一连串奔波劳碌的动作，"我"赶路，"我"叩门，"我"赤脚拖着灰土和血印，"我"坐在你面前，不能习惯人生劳顿无望旅途上的你的温存。对应于"你窗前的光亮"、"你为我开门"、"你默默地凝视"、"你为我引路、掌着灯"、"你让我在舒适的靠椅上坐下"、"你微现慌张地为我倒茶，送水"一系列的"你"的热情的，是这个行囊小而背负重，"头发斑白"、"背脊佝偻"了的疲倦旅人。

一捧水就可以解救我的口渴，
一口酒就使我醉了，
一点温暖就使我全身灼热，
那么，我能有力量承担你如此的好意和温情么？

我全身颤栗，当你的手轻轻地握着我的。
我忍不住啜泣，当你的眼泪滴在我的手背。

你愿这样握着我的手走向人生的长途么？
你敢这样握着我的手穿过蔑视的人群么？

这个放在提问前的自问是负责任的，在那一瞬时，一无所有的诗人还向内要求着自身的承担，这一点是见品格的，这种已身陷穷困却仍要对自己爱人负责，仍要在有限的持有中给她幸福的爱的道德，在与这首《有赠》同年创作的《我能给你的》中表述清晰，"我能给你的只是一个小巢"，"我一口一口地到处为你衔草"直至"我愿献出一切／只要你要，只要我有"，这里"被爱"化作了"爱"的动力与热能，它燃烧着诗人，使他升华了。当一瞬间闪过了一生，当"一切过去的已经过去，终于过去"，当从你那里获求了力量、信心与勇气，这个结束也是开始的时刻确乎神圣：

你的含泪微笑着的眼睛是一座炼狱。
你的晶莹的泪光焚冶着我的灵魂。
我将在彩云般的烈焰中飞腾，
口中喷出痛苦而又欢乐的歌声。

可谓句句真切，字字掷地有声。一九七一年的《感激》也是这种将我"巨大的痛苦"与你"亲切的目光"放在一起的，"即使道路坎坷，遍地荆棘"，有你的关怀，我仍是能大步向前的，当然那不说出的感激在心底，暖着人，使人获得着超常的勇气：

即使在炼狱的烈火中，我也决不呻吟
因为耳边响着你的一句话：我愿随你永不超生

呵，不，我不要你因为我而受到一点损害
如果那样，那就真正伤了我的心了

我要的是——仅仅是你的一句不必兑现的诺言
让它培润我有时枯萎的勇气

爱情在这里是生死契阔，至情不渝的。而且彼此可以生命交换。这样的情感在平常岁月里都罕见，何况动乱年代；然而也正是动乱考验出了人的真情，这份诗人当时岁月——一个社会零余者或说边缘人得到了它，正是它使诗人感激，也正是它，是撕破了围在仍是一个人的他周边重重黑幔的光芒——他在她那里受到的是人的待遇，使他领略到那个时代几乎不可能但却发生在自己生活中了的奇迹的诗意。诗所以写得矛盾、激情，也因之罩上一层宗教性。它是重的，是耐敲打的，是拆不散的，是铸铁一般的。甚至是高过物质生命本身而使自己活下去的对人对人类的精神性信仰。这样说是一点不夸张的，在一个人受到命运重压以致生命扭曲以致沉入底层时，那种挣扎着向上的生命的本能就会以与命运沉入深渊的同样力量长出来，这组诗中诸多的意象可以证明，"空旷的田野"、"荒芜的树枝"、"灰色的瓦扉"、"失散的小船"、"破损的船舷"、"惊涛骇浪的齿痕"、"狂风暴雨的黑夜"、"大海的漩涡"、"绝望的寻找"、"沙漠"、"灰土和血印"，无言痛苦又两眼含泪的主人公在这些被命运剪碎的意象中穿行不止；这里，曾卓仍是幸运的，他不是一个人，这位诗人，遇到了另一位诗人的诗境——"永恒之女性，引我们上升"，歌德的诗还原为一个具体的爱人，当呼唤的理想终于在现实中出现，当那个隐藏在内心的期望的人竟降临在对面，最困厄的时候仍拥有一份霍乱时期的爱情的人怎能不在精神的意义上成为一位诗人。后来诗人回忆起——一九六一年的十一月，那个他去看她的晚上，六年多的不知彼此的消息，六年多的充满风暴泥泞的道路，六年多的阔别，终于可以相见时的那一份慌乱与盼望混杂一起的复杂心情，"我的命运是在她的手中了"……"好容易才举起了手轻轻地叩门。我屏住了呼吸等待着。没有反应，我又叩门，又等待了一会。门轻轻地开了，她默默地微笑着（那闪耀着是泪光么）站在我的面前……"①新的生活，巨大的幸福由此扯掉了已经厚到足以窒息诗人的帷幕。"只有经历过巨大的悲痛和几乎是绝望的心情的人，才能感受到这样巨大的幸福"这句话其实是包含在诗里的。但是再仔细些的话，会从这三首贯穿五十、六十、七十不同年代的诗中读到一位超出了诗人回忆中的具体某个女性的一种诗中的女性形象，当然她不是整体的，"她"仍然具体到是一个个体，一个"你"，但是这个"你"所代表的世界却是诗性诗意

①曾卓：《从诗想起的……》。

的，与他正经历的物质世界不同，性质、格调、品质，"她"的出现改变着那个他正经历的世界，并同时构建了另一个精神的世界，这个新建的世界又通过一个个体的人而伸手可触成为真实，而不只是心灵的幻觉或精神的海市蜃楼；诗人在与"她"的对话中找到自己漂泊灵魂的安身之处，同时自我与世界的关系，也通过"她"得以完成。这个"她"，在这里已不具体为一个有姓名的女性，而就是"女性"本身，这个词语的背后，有诗意、神性、人性、善良、完美、道义、爱情，有苦难的辉光，有里尔克诸多的写女性至灵性和神性境界的每一行诗句，有十二月党人与他们甘愿陪同自己一起流放到西伯利亚严寒中的长长的妻子队伍，有歌德沿着理想路线追寻初衷上下求索直到在"美"的面前仆倒，有走着漫漫的长路总不放弃诗意真理的屈原吟出的芳冽至纯的"美人兰草"，很难说曾卓在受着谁的影响，如果没有他亲身的处境经历，他的诗终究不会是这个模样，也难以找到源头。知识分子的内心大概就是与这样一种不同于男性—政治的"女性—诗情"有着天生的同构。政治是男性的，它讲征服，诗却不同，它讲包容，理解和温情，是女性的。诗人可以是战士，是特别年代也能拿起刀枪搏杀的勇士，然而诗人不是政治家，他可以单纯直面一对一地与可见的敌人斗争，却不大可能喜欢陷入到一种复杂难辨混乱的场景中自得其乐不能自拔。先是那非美的外表物相就已是他排斥的了。所以能不能说，诗人在本真意义上是女性的，他带有女性的重要的精神品质。上述诸多诗人诗中的女性形象、女性意象或可拿来作这段猜想的某种证明。决非巧合，一定是有某种类近"格式塔"式的心理意象、一种知识精神的内结构冥冥中主宰着，曾卓有幸在自己生命中最不幸的阶段被它抓住，或者反过来，他无意中抓住了它。

曾卓在一九七五年一篇名为《永远的春天》的读书札记中写读匈牙利作家巴基小说《秋天里的春天》流下的眼泪时，引用了原作者序言中"关于温和的悒郁的遇合的故事"、"编织幻梦的心儿的含泪的微笑"等字眼，对于十八岁的亚当十六岁的夏娃两个"拾得的孩子"的爱情，对于怀抱了希望却"生活掷来的不过是肿脸的玩偶"的巨大落差，对于以"小小的、卑微的梦想"对抗严酷现实的这个可能时时发生或者不定哪天遭遇到的小故事，曾卓评价它"温柔而凄凉"，"不是果戈理似的辛辣，也不是契诃夫似的沉重"，"这一朵美丽的、凄艳的小花，开在秋天的心境上"。这后一句话，未尝不说着已过了中年的五十三岁的诗人自己。已到了生命的秋天，更觉春天的可贵，展卷刹那，作者在风雨如晦的时刻不忘对贫困纯真少年男女祝福的"温柔、爱美、向善的心"引起诗人共鸣，他把它提到"珍惜和尊重"——爱、青春的权利、人的权利的高度，指出真正的出路和春天不是外在给的，大多在自己的赢得，"不管面对的是萧瑟的秋日还是凛寒的冬季，只要你心中保持着春的温暖和春的希望，只要你——'抬起头来！'"主体的东西在这里流露出来；但最让人感念的还不在此，而在他对温情的解释——他感动于此，流了眼泪，却不因自己的流泪而羞愧，反高兴于秋天里的心仍与少年相通，过分的温情、软弱也罢，帽子不管，他钟情于这种喜悦，"我面对过惨淡的人生和淋漓的鲜血，也见到了剑的寒光和火的烈焰"。接着他说出了如若公开发表会让那个时代的观念发生地震的话——"健壮的心不一定就不能有一点纯真的柔情"——这在阶级斗争的文学观念里无疑小布尔乔亚，然而曾卓坚定于此，他论述说"真实的憎恨和真实的追求必须要以真实的爱为基础……真正的强者也应该能够柔和地爱的"——这在当时无异于泛爱论，然而曾卓接着说到了"我"，"我不满于自己的不够坚强，但却不必因为自己多少保留着少年时期纯真的感情而羞愧"①——这无异于当时看来是与资产阶级人道主义人性论划不开界线。时代真有意思。现实另种样子。诗人坚持自己认为对的东西，以一己实践，虽然那个时代已没有发言的权利，但至少有保留自己的发言的权利，如果连这也没有，起码还有使自己成为诗的权利；诗，那时确是向内的，是不对别人要求而向自己要求的，它不是原则，标准，或者理论，主义，非要人们照此做，而是品质，是一个写下它的人的自我要求，和水准，没有人衡量它，一个哑声时代，它自身就是衡定。"凄凉而温柔"，一半现实，一半心境，是女性的，诗化的，也同时是诗的资质，温柔、柔弱，对抗动移不易磐石一般的现实，可能恰恰是诗的，它的浪漫主义，然而也是种人生态度，它无惧于磐石般寒彻冷硬的石化物，而非要以一种以卵击石的勇敢介入进去，以一种知其不可而为之，知其可而不为的态度对待哪怕是硬化为原则的不公，这种意态本身就是诗的，你可以嘲笑它不现实，不识时务，有些老夫子之迂，之顽，却是无法否定它内里的对完美对公道的冀求，这种力量也大得可以，足以在某个时候移了绊石的。此种个人的精神的力从未被重视过，尽管我们的诗歌强调着战斗，却只是针对具体阶级、敌人的，战士题下所诠释的诗人也单面到无有个人无有人情无动于衷，非如此不足以刻描坚强。长期以来我们的英雄观念也养成了一种集体代言的英雄，个人人格的英雄被打着个人主义语焉

---

① 此自然段引文均出自《永远的春天》，《曾卓文集》第二卷，第7—10页。

不详的印迹，以至钢铁的保尔会说，我原以为英雄就是为了更多人的幸福而放弃一切个人的幸福，后来我知道我错了。他对丽达的表白决不仅是一个个例。更多的人的幸福与个人的幸福割裂对立的结果，就是容不下那把它与坚强对立起来的温柔，诗因之向一面倒，成为火，成为枪炮，并且只是火，只是枪炮。曾卓不反对真正的人，在他诗中个人意志的比重仍是强的，"我愿献出一切"、"我用嘶哑的喉咙唱着自己的歌"，如果不是这样，是无法从那狂风暴雨惊涛骇浪中走出的。然而正如胡风所说战士与诗人是一个神的两面，战士的曾卓同时也是位诗人，虽然时代把他从诗人的位置上拉了下来，但谁又能将他从诗神那里拉开呢？诗人的这一面使这位诗人不是单面的，使那已被诸多文学史认定是无文学时代的诗也不是单面的，而且，它要求着修史的人重新视待那个时代里的另一种文字，它们的存在，标识了另种声音，虽然低如梦呓，却切实地与生命连在一起，是一个或一代人在生活给他的最低限度现实里面对诗意的护卫，同时也是对自己作为一个知识分子的不同于众议的某种信念的护卫。曾卓做到了。虽然一切出于无心，只是本能而动，虽然这位诗人没有现今诗论家们成套的作为生命原则要遵从之的系统理论。

这也是诗的。

女性意象，补充一句，在曾卓前期诗中分化为四种意向。在一九三九年那首著名的《别》中，是"也许我将跟上你的足迹，／看一身军服把你装扮得英勇"，这是抗战时期长江边送别一位想往到延安去的女同学；另首同年写下的《门》则代表了与之相反的女性意象，那是写给一位曾是读书会中的女朋友却嫁给了迫害同志的国民党党棍反过来又渴求同志们友谊的女性的："莫正视一眼／对那向我们哭泣而来的女郎，……让她在门外哭泣，／我们的门／不为叛逆者开！"而他关于女性最倾注心血的还是长诗《母亲》，一九七四年曾卓写过一篇长文《母亲》，其中叙述到一九四一年这首长诗，另外还说到一九四五年也写过一首同题的诗的开头，"我的母亲，是一个没有名字的女人。／坐在阴暗的小窗前的／中国的可怜的母亲们／是没有名字的。"在一九四一年重庆落雨的夜里写下的那首《母亲》中表达的是同一种意思："母亲！／只是因为深深地爱您，／深深地爱着这一代／如您一样的／被时代的车轮／轧伤了的母亲们……"而那篇同题长文的开头是"当我为了练练笔，立意写几篇往事回忆的时候，想到的第一个题目是：《母亲》"。这里，与诗中的具体的生母与融合了许多女性形象的母亲不同，这一次，作者讲的是他个人的母亲，小时候对她的一切记忆涌上来，一点一滴，一针一线，非常感人，"我的确不知道母亲的名字"，在妹、娃、大丫头、孩子他娘、某某氏之间，"我的母亲，是这样广大的妇女中的一个"。然而她又是自己独一无二的母亲，是会为我的一点伤而昏倒，为我的一些受伤而俯身查看悉心包扎，为我的一点委屈而全身战栗，为我的一点挫折会憔悴失神的母亲，这一点谁人能够代替?! 流亡途中，母亲重病，那一幕是日后转述听到的——"她摸出一个金戒指要叔父带给我。母亲身边留下的唯一的东西就是我中学讲演得到的那件奖品：七星剑。她倚坐在一座破屋的墙边，扶着七星剑，望着叔父、婶娘等人在人群的洪流中渐渐走远。那地点，是在贵州都匀附近。"这里作者用了一个"竟是这样的"句子! 言不尽意，我写下这些文字都感到难过战栗。这是母亲呵。由此出发，甚至可以大胆地拟想，那首以女性作为对象的诗最末一段何尝不含有这样的哀婉，"倒下了，倒下了，／泥潭做了她的摇床。／没有一个人走近她，没有一个人。／只有风雨，和风雨带来的／沉重的夜色、盖在她渐渐僵冷的身上……"甚至《倾听》，《女孩，母亲和城》，在那个一座旧矮庙前颓落墙边沉入了永恒睡眠的似又像倾听着什么的约摸五六岁女孩子的面影里，我们也会发现诗人对母亲的另一种语言的怀念。第四种意象在《恋歌》、《雨天》等诗里这是一个成长中的青年对爱情的一种渴盼，与《雨天》中的林薇直呼其名不同，《恋歌》中的女性是不出场的，然而又时时隐显于诗人的对面：

> 说一个仆仆风尘的江湖客
> 第一次在柔情前垂头了。
> 说一个在年轻中老了的流浪人
> 他的最后的眼泪与爱情。
> ……

还有题下的《感激》：

> ……
> 一个流浪人坐在一个少女面前
> 他的忧郁的眼睛中，流出
> 他的没有文字的感情

当然那时的表情达意还嫌苍白，没有后来更其深刻经历与对痛苦真切体验，还有些强说愁。所以四种女性形象在诗人笔下仍是对象化的描绘，多是平视的，没有五十、六十、七十年代《有赠》辑中那三首代表诗中的某种精神性，也没有因拯救而神化了的超越于现实之上的某种宗教性，这是这些诗与诗人自己对比的以往写到女性的诗不同的地方。但这样纵看仍给我们启示，女友、母亲、女孩在曾卓诗中占有不容忽计的比例，她们，既是柔弱者，又是保护神，她们对应的作者自我，就既是护佑者，又是被保护者，诗人的同时二分的身份如若前期诗中还不明显，那么第二时期即一九五六年至一九七六年的创作则经纬可见。

三

与《有赠》几乎同期写作的《凝望》一辑，可称为诗人在母性群体所代表的护卫拯救精神下的自我成长的过程见证。只一九五七年一年，便存留有四首诗，不是标语口号，也不可能是，那时的曾卓刚刚出狱，是去下放农村前在家养病那段时期。这个时期诗的主人公多是"我"（而不是"我们"），那么，对应于"我们"这个庞大的复数，什么是已被社会抛到边缘"我"这个单数的所思所想呢？

> 我总是有所期待，
> 我常常侧耳倾听。
> 我不知道我期待的是什么，
> 我不知道我寻求的是什么声音。

在家庭青春友谊爱情这一切之后，还有一种东西让"我""将嘴唇咬得出血，挣扎着前进，／为了不被孤独的风暴压倒"；让"我""必须像对敌人那样／对自己进行决死的斗争"。

> 我的身体让急雨鞭打，

> 我的灵魂让烈日曝晒，
>
> 在烈火熊熊的熔炉中，
>
> 我将取得第二次生命——真正的生命。

这首题为《我期待，我寻求……》的诗实际是向诗人意识到的将他作为遗弃者的神圣的集体、伟大的事业发出呼吁呼唤，"我是你的期待呼唤的浪子，我是你的寻求战旗的士兵"，这个"我"仍想回到"我们"中去，为此他不惜与自我作战，荡涤个人身上的不洁向往集体事业的崇高，诗中真实记录了那一时代被置于时代零余者位置的知识者的苦痛心理，他们初期还未清醒到认识运动的实质，还是以磨难的形式追求着理解接纳与认同。《凝望》是同一个主题，他们"向往着考验海燕暴风雨／向往雄鹰在天空和海洋上水手的歌声"，为了配得上他们理想中的一切，他们暂放下对现实的迷惘不解，而向自己寻求答案，并检讨涤除着自身存在的有碍前行诸如虚浮骄妄等一切缺点——"对人民只看到了一个朦胧的背影，／对理想还缺乏坚贞的爱情"，这只能是知识分子能够总结出来苛求自己的；而对于"孤独地躺在乱石、荆棘和自己的血泊中"的"我"仍有自问：

> 也许我老了么?! 而且灵魂负伤。
>
> 我失去了最珍贵的赖以生活的一切。
>
> 在浮华欢乐中飘泊，在痛苦的烈焰中成熟，
>
> 我仅有的财富是：用全部青春换回的昂贵的教训。
>
> 但是，听呵，在我的内心
>
> 青春的歌声仍像当年一样轰鸣。
>
> 她烧灼着我的胸口，激情地呼唤我：
>
> 勇敢，奋斗，再前进！

一九六〇年的《醒来》延续着拷问，这是一次夜间的湖边散步，星空旷野的明澈宁静却无法平定下诗人雷掣电闪的思想，他要说出和倾诉，他寻求的仍然是那个时代无法给他的理解：

> 我有着真实的追求，真实的渴望
>
> 我用真实的眼泪沐浴自己的灵魂
>
> 一切痛苦都带来多少好处
>
> 斗争用她苦辣的乳汁哺育着我的生命

同年，诗人写下了《希望》，当一切都失去，当还是不被理解，诗人转而向内索求，"我失去了一切，是的，一切，／但你从没有离开我，／我也从没有失去你呵——／希望!"希望在这里又是被喻作母亲的，这位女性从未抛开过他，并眼见他的成长。"怀着真正的鹰的心"，诗人在一首诗里写，然而并没有谁来过问和理睬，哪怕明的攻击，哪怕暗的同情。历史所还原的文字也只能这样了，无法苛责其中仍然在困厄之时所要求进入现实队伍（并不以一个边缘人自认）的愿望，"我"仍要成为"我们"中的"我"，而不是"我们"之外的，这一点合理而正常，也谈不上什么苛责，如果理解了那些问，便会理解其中原因。一九四二年四月二十四日曾卓曾写过一首题名为《爱》的诗，读过这诗的人自然会知晓答案：

> 是什么？那沉重地叩动我的心弦
>
>   掀起我的胸海万丈波涛的
>
> 是什么？那使我暴烈的憎恨与愤怒如火山口一样喷发而出的
>
>   是什么？那使我振起稚嫩的翅翼从狭的笼飞向暴风雨的
>
> 是什么？那使我坐守在漫漫的酷寒的冬夜间
>
>   或是卧倒在荒凉的滴满血迹的旷野上
>
>   对着世纪哭泣的
>
> 是什么？

对应于五问的是曾卓也是一代诗人知识分子的回答：

> 只是因为对光明的殷切的希望
>
> 只是因为对自由的热烈的渴求

只是因为对明天的美好的憧憬

只是因为对生育我的土地的眷恋

……

只是因为对这一切的

不能遏止的深深的爱呵!

　　这就是中国知识分子,有着这样的精神底色,一九六○年的《希望》读着才不游离,"当我受伤在地"、"当我在长长的隧道中摸索"、"当我难以忍耐寂寞、孤独"、"当我在旷野中迷失,彷徨",仍然是九死不悔的,那个信仰,不具体到对个人的得失,而是对光明、自由、明天、土地的不可遏止的深深的爱,这里的"你"也不具象到某一个人,而是希望的化身,"你总是与我的呼吸一道呼吸,/与我的心一道跳动/像我的影子一样守候在我的身旁"。这样的知识分子是不可能不对自己有所要求的,他们要磨炼自己以配得上这一知识者的身份所赋予的使命,就是在被暂时剥夺了这身份的权利,以致投入牢狱和"牛棚",作为那使命已化为生命的知识者仍不会放弃这如生命一般重量的信仰,他们是希望的自觉承递者与传播者,哑声时代被剥夺了发言权利后,他们仍能将自己作为承递与传播的对象,为自己打气鼓劲,相信着;这就是为什么我们在翻开这二十年历史时仍能触到深切感人的文学(尽管当时它们是名符其实的"抽屉文学")的原因,那颗心没有变,它是热的。当然思索与锻造在继续,某种程度上这代诗人似乎"得益"于这种边缘——如果苦难不计算在内(这当然不可能),在外界的各种烦难与物质世界的一切喧嚣归于沉寂后,沉入乡村折身民间回到内心可能更利于诗的生长,当然这是以付出诗人的身份、家庭、安定、幸福等为代价的;但是不妨回过头看,正是这批诗人,包括绿原、牛汉,正是他们写出了与那一时代的浮躁之声不同的诗篇,为那个包括我们习学文学在内的多数人都认定的动乱年代无文学的观念注入了反证,也为那个至少两代以上的中国知识分子遭遇的特殊年代留下了真实的心迹记载。改造外在着,作用于肉身,是被动于运动的结果,而另一方面,中国知识分子因对自我所负使命的看重而从未放弃过对自我的精神冶炼,这后一点,是自觉主动的,不管外在的什么运动也未能动摇的。两种磨炼放在一起,在那同一个历史时段里相交叠纠缠,于是巨大的象征诞生了:

不知道是什么奇异的风

将一棵树吹到了那边——

平原的尽头

临近深谷的悬崖上

它倾听远处森林的喧哗

和深谷中小溪的歌唱

它孤独地站在那里

显得寂寞而又倔强

它的弯曲的身体

留下了风的形状

它似乎即将倾跌进深谷里

却又像是要展翅飞翔……

　　这首八十年代公开发表后被诗坛广为传诵的《悬崖边的树》写于一九七〇年。同年一篇《野草》读后的《希望与绝望》文里，以这样的句子写下来，"有时搏战，有时哀歌，甚至搏战着同时哀歌着"，而"现实主义的战斗精神是最有力的抗毒素"一句几可视作这棵悬崖树所背负庞大象征的人的精神的所有内涵，一九七〇年顶着胡风骨干分子帽子的诗人曾卓仍然写下了"现实主义的战斗精神"这几个在他生命与诗里同样具有力度（"最有力的抗毒素"）且就是他精神生命与创造力获得支撑的字句，信仰抱定，无缘于改或悔。同时期还有几首诗刻描着生命的韧度。一九七〇年写于单人"牛棚"的《无题》即为其一："我不是拿破仑／却也有我的厄尔巴——／一座小小的孤岛／外面：人的喧嚣，海的波涛／我渴望冲破黑夜／在浓雾中扬帆远出／去将我的'百日'寻找／我倒下了，但动摇了一个封建王朝。"这诗的意境与绿原一九五九年写于秦城监狱的《又一个哥伦布》异曲同工——"这个哥伦布形销骨立／蓬头垢面／手捧一部'雅歌中的雅歌'／凝视着天花板／漂流在时间的海洋上／他凭着爱因斯坦的常识／坚信前面就是'印度'——／即使终于到达不了印度／他也会发现一个新大陆"。诗人这时已对自己的命运有了清醒的认识，就是这认识到的现实也未能改变他们自身信仰也是性格的韧度，一样"现实的背谬和生存的苦难",一样"庄严的苦涩和难言的隐痛",一样的"冷凝而苍凉"①,都是将诗情付于超越了现实一己处境的思绪与想象,在孤独与绝望中做着固执坚忍的抵抗。曾卓同类的诗还有一九七〇年的《火与风》,一九七五年的《生命》,前者短短四行,却把"微火"与"烈焰"做了质的区分,烈焰狂风,那意境正代表了感性的诗人气质,对于灾难他是迎脸向前的,而"生命"的真谛在诗人笔下也是——"在黑暗中发光/在痛苦中歌唱/在烈焰中飞翔",所以较之绿原的理性沉峻,曾卓则强烈生动,如果说绿原的诗更像是代表一代人沉思说话,那么曾卓则更像自己个人化的发言,它真诚、单纯、刚健、明快,当然内里也沉郁深厚、温润绵长。在曾卓一九五五年至一九七六年间写下的抒情诗中,有一首应当引起我们的注意,它揭示了诗人心口一致的写作,对诗对人生的一致而认真的态度,这是《我有两支歌》,诗不长,写于一九七五年,大意是"一支歌在口中,一支歌在心中",然而关节点是:

      我口中的歌

      就是我心中的歌

      我的口中有时停止了歌唱

      我心中的歌声永远嘹亮……

这是我们了解一位诗人与诗关系的最主要部分。

四

一九五五年至一九五七年,曾卓还写有三十多首给少年们的诗,因为大多口占,因为时光荏苒,因为居无定所,存留下来的不足这一数目。但从存留下来的诗看,其中的单纯坚定的气质是与同期的抒情诗相通的,比如"就是在烈火中我也要唱着壮歌飞翔"这样的句子;比如"我爱各种颜色,/而我最爱/红色!/如果我只能有一种颜色,/我选择红色!"的《红》;而在《哪个季节你最喜爱》与《门》中则透拓出诗人当时当事

---

① 陈思和主编:《中国当代文学史教程》,第105页,上海,复旦大学出版社,1999。

的两种心境，前者有"我欢喜一家人围坐在炉边／谈天说地，摆龙门阵"，后者是"我将勇敢地／去闯开我必须经过的／每一道门／不管守候在门后的是／哪一位命运之神"；写少年诗并不轻松到回到童年，那心境里仍然有现实处境的影子，毕竟那时，作者是在狱中，身、心的反差太大，一方面受着磨难，一方面又要在诗中不带一缕阴影，让少年们的世界阳光灿烂，尽管诗人在努力做，仍然有些痕迹带出来，不经意间打上个人烙印。比如《我是大伙儿中的一个》，那种回到集体的渴望，《呼唤》则将之转换为"一个人，多孤单／大伙儿一道多好玩……一个人，多寂寞／大伙儿一道多快乐"，以及《我有许多好朋友》都可视作这种心境的寄托，毕竟是一九五五年至一九五七年的单人监禁，那时好多思想尚未整理，更未能水落石出，诗人虽不解苦闷，但仍是激情的，对生活对未来的憧憬寄寓于孩子身上，在对后代的成长的关切里回顾自己的少年青春，这种方式，在那个时代不是没有，丰子恺一九六二年《缘缘堂新笔》、一九七一～一九七三年《缘缘堂续笔》就是一例，但是确为少见，而且，曾卓的少年诗不只是单纯回忆，其中身世心境随处可见，心声亦可闻，这一组诗，就是在曾卓自己的整体创作中都是一个例外，此前此后他很少在这个主题下再写少年。

我会想，为什么？为什么在曾卓创作中，而恰恰是一九五五年至一九五七年的狱中会"突然"产生了这样一组诗？在身陷囹圄自身不保的时刻，什么是支持他有给孩子文字礼物这一最初的动机，那心境又如何调配得尽量不露伤迹呢？怎么能做到？仍是《从诗想起的……》，曾卓记述的初衷是"因为我常常怀念我的孩子，我想为她们，也为她们一样的孩子们做一点事情"，于是决定，于是开始。但是诗人自己都感到了难——"我已有十余年不写诗了，又远离少年时期，而要为少年们写诗，特别需要一种单纯、明洁、欢乐的心情，这在我当时的情况和处境中，是极难达到的"。他接下来的文字里有种深深吸引我的酸辛与沙哑，以及对这般的不乏有力的越过："这是一场艰苦的斗争，一场考验意志的斗争。首先，我必须使自己超越于痛苦之上。我慢慢地发觉痛苦像海潮一样，也有它的规律。它一清早就在心中汹涌，我用任何办法：用理智、用劳动、用歌唱……都无法阻挡它，而到中午就达到了它的高潮，中午的寂静在我最可怕，最难以忍受的。下午我就平静一些，而渐渐地能够自持了。我回想着我的童年时代，回想着我知道的少年们的生活，努力培养诗的心境。有时候，闪光似的，一个题材在我心中掠过，我口中默念着，进行着创作……"——这种痛苦潮涌般的感觉不知道有无现成的创作心理学理论进行解释，此种口念而后有机会的创作形式不知又属哪种纸型中的文学创作形态学，我想此境此景，创作史上也是特例的，狱中回忆录还可见，然而狱中少年诗肯定世界诗史上也是不多的——"每一首诗的写成在我都是极大的快乐，反复地修改，无数次地默念着，这样帮助我度过了许多寂寞、单调的白日、黄昏和黑夜。如果没有它们，我的生活将要痛苦、暗淡得多。我甚至不能想象怎样能够没有它们。而且，这一束诗证明我不是无力的，证明我还能够为人们做一点事情。""为人们做一点事情"，正是这话打动我，身处囹圄的曾卓在那个连身家性命都受到威胁的年代，更多想的不是自己，而是人们，这里"我"与"我们"关系里的侧重使我肃然，大约是一九八八年或一九八九年曾卓从德国参观回国后，曾写下一篇可能是他文字量上最长的一篇长文，题为《"为人类工作"——马克思的生平》。那里面记述了这位导师困苦贫穷以致波折挫难的人生经历，然而"衰弱的老人依然保持着战士的健旺的心"，他一生都如此，直至物质的生命把他从工作台前夺走。"为人们做一点事情"，并不都伴随一种学说的建立而惊天地的，更多时候也是一种只留下十多首诗篇的再不能朴素的襟怀，实质内里，它们相通。诗人说，"由于这一束诗是这样与我最痛苦的日子联系在一起，由于它们是这样地曾给予过我安慰和激励，所以对于它们我是有着一种特殊的感情"，……"在我，这一册诗的完成是超过了诗的好坏本身：这是意味着意志的胜利，一个通过艰苦斗争得来的胜利"。而为什么选择了少年诗作为自己意志斗争的载体，也许还须回到关于感性化或女性化的课题上来，《有赠》《凝望》代表的抒情诗是一个诗人在引我们上升的永恒女性感召下的个体成长过程，《有赠》诗中的主人公是置于女性更可看做母性式的女性的关怀下的某种被保护者的形象，到了《凝望》，则个体的成熟使诗中的主人公成为了一个能以个体人格意志为支撑点实践信念完成信仰的人，他也同时在进行着从被保护者到人更可能到保护者的角色转变。我要说的是，《给少年们的诗》虽写于同期稍前，但已蕴含了此种萌芽，这里的诗人形象中充当着保护人的角色，即自觉于自我的诗人身份——虽然现实中已被剥夺，这个时刻的诗人充当着母性，他是爱的，他用少年诗的创作寄寓了自己对孩子们的想念，寄寓了对后代的关怀，和要做一点事情的愿望，但重要的是，他证明了他还是能爱的，他丧失了一切，但还未丧失爱的能力，只这一点，就是诗的。当然少年诗同时寄托着他回到单纯的愿望，在一个人际复杂到防范的以阶级斗争为主调的恨的时代，这位诗人"闭门"写着爱，一种是爱情之爱（《有赠》），一种是信念之爱（《凝望》），还有一种，是亲子之爱，血缘之爱，或者就叫"母"爱（《给少年们的诗》）。

除此之外，他没有写过一首违背自己心灵原则的诗，而这一切，正发生在一个趋利附势就市应景的年代。

这二十年内的诗篇之外，曾卓还有近十篇文章，创作年代大多集中在一九七四年、一九七五年。《笛声》、《永远的春天》、《胜利者》、《阴影中的〈凯旋门〉》八十年代收入《听笛人手记》一书，大多是读书札记，文集辑中《新的歌》里有《母亲》、《火车》、《无题》三篇，多为生活感受、回忆性的文字，另有写于一九七六年的《从诗想起的……》，是自我创作历程较完整的诗论。还有写于一九七〇年一篇读鲁迅《野草》的短文《希望与绝望》。其中，《笛声》和上面引用过的《永远的春天》恰巧也是写孩子的，《笛声》写对柯罗连科小说《盲音乐家》的读感，那里面的主人公是五岁的盲眼孩子彼得鲁思。这个思路似乎是一九五五年至一九五七年少年诗的延续，却又不同，理性分析的成分在相隔二十年的岁月阅历中加了进去，当然爱是未变的，但是冷凝了许多，包括意绪，包括句式。其中我以为《笛声》、《胜利者》与《阴影中的〈凯旋门〉》三篇可说从不同角度代表了曾卓对于创作与人生更明晰的思索。从钢琴不抵木笛的故事里，诗人悟到真挚情感与表面技巧的质的区分，那一种天然率直、纯洁而非矫揉造作的诗意是乐谱上学不到的，"在艺术的领域里，我们往往为一些表面的技巧，为一些虚张声势、装腔作势的姿态，为一些空洞的叫喊、言不由衷的言词所蒙蔽，所欺骗，而渐渐麻痹了我们的艺术感受力"——这是一九七四年"假大空"行时时说的话，当然就是放在今天也一语中的；由此他引用柯氏对诗意理解"诗意的秘密就是由逝去的'过往'和'永远存在'、永远向人类心灵倾诉的大自然两者之间的微妙联系"之后补充，"诗意产生于……热爱。连苦难的倾诉，深沉的忧郁，事实上也是出于对生活的爱，是对生活的爱的另一种表现"。《胜利者》源于纳吉宾同名小说，在一个三十八岁老将抛却个人荣誉给新人领跑从而输掉了自己最后一场长跑比赛的故事里，曾卓读到了那种精神意志的对自我之赢，恰巧也是这一点使他共鸣，"我感同身受地紧紧跟随着他，我了解他的心情，一如我自己正在受着考验。……我是这样兴奋……我肉体也感到紧张……我也感到内心的空虚和悲哀……我有了眼泪"。这里有一个特别值得记录的细节，曾卓写到主人公斯特列什涅夫——那位老将在战争时代参与三次冲锋失败后连长要求第四次冲锋，一个兵士说"实在没有力气了"，连长回答："你只知道自己的力气，但是除了它，你身上还有一点儿别的东西哩！"阵地终于被占领了。曾卓写"我懂得了'这一点儿别的东西'就是对真理的爱，对祖国的爱，对集体的爱；而且，也是对作为一个完美的人、一个真正的人、一个无愧于大写的'人'的爱"。他强调说，"真理、理想、正义……这些都不是空洞的字眼"。是的，对于真正据之实践的人，它们从来不只是文辞概念。《阴影中的〈凯旋门〉》评述中虽有阶级论的划痕，但却借着一个二战时期的故事说出了对现实的思索——这种直面在曾卓以主观战斗精神，以意志力的主体个人为主人公形象的浪漫主义作品中并不多见，文中他直言，"善良、正直、勇敢的人受到迫害，这是可悲的。在受到迫害以后，找不到自己的道路，只是依靠个人的奋斗和反抗、愤世嫉俗、得过且过地活着，这是更可悲的"。后半句仍然是个警觉，是个鞭策。从中可以看出曾卓这一时期（七十年代）创作较前十年转向了理性思辨，此后即一九八〇年以后写下的这一系列有关卢森堡《狱中书简》、伏契克《绞刑架下的报告》等阅读篇什里可以看出他选择中也许是无意的"狱中情结"，这也是打着思想烙印的东西，正如他俩同时选择不幸而坚强、用痛苦换欢乐的贝多芬，选择杰克·伦敦《荒野的呼唤》、海明威《老人与海》、托马斯·曼《沉重的时刻》一样，他选择的是一个人在命运里可以遭遇各种各样的挫折、生存的艰难严酷、打击、磨难、不公，这多数是个人不可选择的，然而在这个大命运下，仍有个体对抗命运的方式，是每前行一步都要进行的斗争，甚至付出血的代价，是命运重压下的优雅风度，是"一个人并不是生来要被打败的。你尽可以把他消灭掉，可就是打不败他"的这种主体的战斗精神，这种贯彻自己意志进入命运并最终改变命运的朴素的英雄主义，敌人有时是自然的力量，有时是自我的软弱，生活变换着沙场，然而真正的战士是敢于蔑视不幸命运的人，是敢于在无诗的年代以自己一己态度作为生存原则的存在创造美的人，单纯、明净。诗人未因污浊的现实和不断抛给他肿脸玩偶的厄运而把自己的心境也玷污了，他始终维护着它，相信美的仍然存在，即使全部黑掉的历史中，即便只在一个人心的这样一个小小的位置。

一九七五年曾卓写下的《美的寻求者》，有段引用巴乌斯托夫斯基的话，其实也在说曾卓自己，"祝福造成你的生命的一切，祝福你所接触到的一切，或是一切你接触到的东西，祝福使你欢乐的一切，以及一切使你沉思的东西"。[①]这里，历史、生命都不只是功

---

① 《曾卓文集》第二卷，124页，此节有关1974年至1976年曾卓文章引文均出自文集二卷。

利的阶段性的东西，种种际遇，放在这里，对于它们的总结也不只是历史学、社会学乃至文学史的一部分，而是，揭开那也许已被各种印花和线条涂抹了的幕布，你会发现还会有些角落空白着，有待说明，它们也许并不适合被涂抹上文辞图画多做解释，因为说到底，集体的历史之外有个人的部分，理性的总括也无法全然框定那可能并不尖锐也不代表全部真理然而却是真理中动人的感性部分。

曾卓是这样的一个诗人。一九五七年左右写下的诗是与那个时代的知识分子命运呈现反差的，然而作为一个诗人，他寻到了生活中仍有的藏在底层的美、爱和温润；比较同期一九五九年写下《望星空》的郭小川的相对男性化的理性叙事，比起仍在前台未被掠去歌唱权利的诗人的想融入社会又在知识分子的思索中透出内在矛盾的相对男性化的诗，曾卓的诗是女性化或说感性化的，是道情，而非说理；就是与同处于囹圄的一九五九年的绿原《又一个哥伦布》的哲思式的男人化同时也是以男人作主人公形象的诗相比，曾卓的诗仍然没有那么多属男性的坚硬非常的历史感（但愿比喻不会引起女权主义者的误读），曾卓的诗多在生活中不易发现倍遭忽略的边边角角的地方发现诗意、肯认美感，就像他日后写到的"那一簇不知名的淡蓝小花"——狱中他无力救活它，而在文字上他做到了还生命于它们使之永生，因而曾卓的诗是温润的，真情的，是体验式的。可以这么说，真正地读懂它是非要有善的、诚挚的、可体会的心放进去不可的。这后一点，大概正是它不流行的原因。多说一句，曾卓一九五五年至一九七六年的诗文多发表于七十年代末八十年代初，而一九七九年作为新时期文学复兴期的重要一年，当时的诗歌是最为活跃的文学样式，一九七九年的诗歌状况如若作一个轮廓式的回头看，大约有两个方面可以涵盖那一时代的文学精神：一方面是直面现实弊端诗人主体直接承担批判主体的政治抒情诗，与传统意义的歌颂不同，它们承担着拨乱反正介入社会的使命，有着强烈的现实批判精神，如叶文福的《将军，不能那样做》、骆耕野的《不满》、熊召政的《请举起森林一般的手，制止》等，其间忧患现实、以诗入世的社会关怀正与当时的时代社会对文学文化的要求相吻合；另一方面是来自于现代主义的探索，今天看来其理想主义的热情与人文关怀是其内核，只是借助了相对于传统诗歌不同的形式表述，一时间被称为朦胧诗，并引发了一场越过诗界波及文化的争论。它的代表人物有北岛、舒婷、郭路生（食指）等人，这也曾是一批一九七六年前的地下诗人。新时期开始后，他们于一九七九年各自发表了《回答》、《致橡树》等诗，并在一九七八年北岛、芒克创办的《今天》杂志基础上形成了一股新生的创作潮流。他们的诗风多是反思性的，在对现实的关切中推而及于更深广的历史，对"文革"中人性扭曲的批判与追问知识分子良知结合一起，试图在一个大的文化背景下确立自我精神存在的基点，所以某种程度上它的现代性非常之强，与其诗风的怀疑、冷峻、独立恰取统一。代表作是北岛的《回答》，"卑鄙是卑鄙者的通行证，／高尚是高尚者的墓志铭。／看吧，在镀金的天空中，／飘满了死者弯曲的倒影"。对于这个世界，他喊出了"我——不——相——信！""我不相信天是蓝的；／我不相信雷的回声；／我不相信梦是假的；／我不相信死无报应。"舒婷《一代人的呼声》要表达的也是一种砸碎枷锁、推翻定义的反叛精神，这种要做旧有的传统秩序的"第一千零一名挑战者"的姿态是与当时人们对现实对可能在这现实历史中起主要责任的传统不满反叛心找到契合的，再加上它异于传统诗歌的富于表现力的传达形式，一时间，诗越界文学，不胫而走，诗在这时承担着清理历史反思传统更是关怀现实的诸多使命，它是社会理想的某种来自于知识群体的发声，当然关键还在它强烈的现实性。这后一点是这两种诗——现实一派与现代一派成为人们瞩目的热点。诗也正是在这时成为街谈巷议，人性、人道的追索使诗重新聚合，不是单个个人的，而成为一代人、一群落的呼声；也正是在此时，诗再度聚而成为公共表述，成为集体关怀的传达，人性人情人道在这里就不可能不是理性的产物。因此它们所体现出的诗风不可能不犷厉尖锐，哪怕道情中也是偏重理性的陈述，如《致橡树》。这样探索继续走就易使本应个人化个性化的现代性变异为新的公众意识，新的观念权威。个性化乃至更人文诗化的个人表达很易被淹没在一片社会化的和声之中。——当然，其时《在新的崛起面前》的谢冕、《新的美学原则在崛起》的孙绍振还不可能看到这隐含的另一层来自艺术本身的危机，而这一点渐渐为时间所验证。曾卓五十至七十年代也是他生命中最应是诗的青壮年时期的写作正发表在这个社会文化检索轰烈热闹的年代，他的诗在那样一个求同的氛围里显然不合时宜，远离着炙手可热的焦点，在那样一个检索恨的历史化的"男性化"的理性诗歌年代，在一个人人反思犹恨不深彻的对悲剧历史重新认识，对民族集体无意识包括对知识分子本身都列入检索范围重新把握重新审定的"审判"的年代，曾卓的诗竟说着最困厄命运中的"爱"与"被爱"，他得到的，与他付出的，这里竟是如此的取代着他失掉的，这在那样一个文化氛围里显得多么不可思议。当然也正是这一点，让我们再次看到了那个诗的曾卓，他从来是个人的，当然他的这个个人并不是脱离了社会时代人生的，而是更真实地贴近，他的诗从来是感受的，从心灵流出，而不是某种哪怕是极正确观念的容器。这里也有一个"时间差"，不是一种主义流派的。这一回，它独属于这一个人，那些诗篇"在生长时期无法被社会所接纳，当然不能及时地为社会所认识；而当它们可以在社会正常传播时，它们已成了'近代化石'，那个时代也'沉入了历史的地层'"，①而现在回过头看，孙绍振说新诗崛起群落的原则观念似也正可作曾卓一九五五年至一九七六年诗作的评语——

> ……常常表现出一种不驯服的姿态。他们不屑于作时代精神的号筒，也不屑于表现自我感情世界以外的丰功伟绩。他们甚至回避去写那些我们习惯了的人物经历、英勇的斗争和忘我的劳动场景。他们和我们五十年代的颂歌传统和六十年代的战歌传统有所不同，不是直接去赞美生活，而是追求生活溶解在心灵中的秘密。②

也许诗就是如此，好诗在本质上有一点是一致的，就是追求生活溶解在心灵中的秘密。曾卓一直这么做着。在五十年代颂歌时代，他是例外，六十年代战歌时代，也是例外，就是七八十年代的反思时代他仍例外着。好像从来没有置身于诗给他带来的荣誉与光环中心，这个人，虽受着种种处境的钳制，却使诗赢得在时代的圈索之外，但如孙氏慧眼的诗论家关注的大多是时代中诗的和声部分，独唱往往忽略不计，难道这不是一场正被他们反思的历史的常性命运?! 所以寂寞的命运会时时找到他，时间老成了硬骨头，愿晴的人所剩无几，何况它们写的是爱——对于理论奇怪的是爱从来没有恨有说头——真是奇怪然却"正常"到熟视无睹地存在!? 曾卓在这样的新的公众意识成型中的文化夹缝中，一笔一画地写着诗，那些与一个人生命相叠相印相互注释一起长成的字句，还会被更深地压进历史的折皱中么? 我不相信。在这个意义上的重读，可能不仅给了我们一种回看的思路，而且也时时让我们做史论做论理的人警觉于自己为文的目的、初衷，对于我，论的意义还不在阐明一件事的起末，还原它的真相，说明一种真理，而是，始终

---

① 孟繁华：《1978：激情岁月》，第178页，济南，山东教育出版社，1998。原用来说现代主义的，此处拿来说曾卓个人似正合适。

② 孙绍振：《新的美学原则在崛起》，《诗刊》1981年第3期。

是，它首先是爱的，是我们用心体贴地去在另一个人心中发现包括人类的自己。

正是在这个意义上，我理解一九七四年《火车》中曾卓病休时对龚自珍诗"胸中海岳梦中飞"心境的体会；我喜欢一九七六年《无题》中他把"人不是神，不能够承受这样严酷的考验。不，人应该成为神，必须承受这样严酷的考验"，与"呵，我的年纪，我的年纪，还有我的这颗孩子似的心！"两句话写在一起的意味；我选择感性的叙述而回避学理的框围筑文，去接近一个血肉可感的诗人，一个受尽磨难仍然有澄明心境的人。这样的诗，不能说伟大，但自有它不可替代处，并且，较之喧嚷的时代，那不可替代的或许更其长久。

不长久又若何？

> 希望的顶点是含笑的坟
> 振动旷野的群众的歌声是弥撒
> 我的诗是我的碑

诗人早做好了准备，书写内心对爱的渴求和感激，哪怕另种命运也准备好了，在那里，他也不会动移，哪怕纯洁的寂寞，天鹅的寂寞，歌唱的人也不会放弃。

二〇〇〇年三月十三至二十五日

《当代作家评论》二〇〇〇年第四期

聂绀弩在诗中隐现

王观泉

"大自由主义者"行状

聂绀弩,一九〇三年生,湖北京山人氏。其人之命穷而硬,一九一四年"剋"生父;一九一九年"剋"养父;同年,受五四运动感召,从此,这石硬的命开始"剋"社会。这里既有穷人窘迫于生活的终极选择,一如他一九五八年发配到北大荒劳改时,某夜去田间送饭碰上饿狼,这个时年五十五岁无缚鸡之力的老人竟然一手捂住饭桶一手高举扁担"吾刀首肯畀君尝,见余挥杖仓惶遁",生死存亡之间求生的本能战胜了"狞牙巨口向人张"欲噬肉吮血的恶兽,当然也有红色风暴初起时血性青年欲战胜强暴追求民主自由的觉醒,成为不折不扣的反对反革命的革命者,有"天上九头鸟"之称的湖北人老聂从此飞出并永别京山,在一位革命党人的支持下首途远行到南洋或任教员或当报社编辑,边求生边磨砺自己,返国后数度出入穗闽投门孙中山麾下的"讨贼军",后考入黄埔军校,为二期生,与政治部主任周恩来相识相交,参加著名的第一次东征,给周恩来留下了"大自由主义者"的印象。在嗣后的悠悠岁月中,这个大自由主义者付出了沉重的代价。黄埔毕业后,聂绀弩于一九二五年末考入莫斯科中山大学,其时他已有三年国民党党龄,也在彭湃领导的海丰农民运动讲习所任教官而与共产党人交好的经历。在中山大学,他与从法国转学入中大的邓小平及从国内选送入中大的伍修权等共产党人同学,又与蒋经国、康泽等国民党人交好。一九二七年国共分裂,聂绀弩归国入国民党中央党部宣传部任职，但他的思想已被"四一二"、"七一五"国共分裂的枪声惊醒而裂变，从国民党员靠近共产党，复又从"党外布"而成为共产党人，这个经历应当说是颇具仕途佳境的。聂绀弩的悲剧可以说始于武夫转化为文人，服膺的又是鲁迅，敬崇迅翁"晚熏马列翻天地，早乳豺狼噬祖先"的毅力魅力和恒久的膂力。

　　新中国成立之后，这位既能放枪更能挥毫的老革命从香港"回归"大陆，到了北京，发现全部官爵已被延安下山者占满，其实曾经当过不小的军官的聂绀弩从来未想到官爵，但总得有个"吃供给"的地儿吧。这个"供给"是冯雪峰给的。四十年后，夏衍说了几句公道话："以他既是黄埔毕业，又是留苏学生的资格，以他多年参加革命工作的经历，解放后……对于安排他到人民文学出版社担任副总编兼古典文学部主管，他毫无意见，尽管有人为他感到大材小用位子低。"然而就在他"毫无意见"地在低位子上兢兢业业时，也没有得到低价位的安宁，有的是人在背后暗算着这位服膺鲁迅，所作杂文被誉为"鲁迅之后第一人"的老人……一九五六年诬陷他在胡风问题上"丧失阶级立场"而"留党察看"又加撤职，次年被打成右派"双开除"发配北大荒成为流民……大自由主义者异化为流民，似乎乃情理之中。我，就是在此期间，认识的聂绀弩，认识的流民不止他一个，但给我印象深，深到刻骨铭心的，只有聂绀弩。"文革"结束我们都得到了来之不易的自由后，聂绀弩长期埋藏在心头的诗终于出土，后来又得到出版。在第一版的《散宜生诗》（一九八二，人民文学出版社）中收有他数十首记忆中的北大荒旧诗，其中有赠我的七律一首，不妨先引说几句："投荒垂老一尘轻，走石飞沙塞上行，何日同寻青冢好，此身亲见黄河清。我从滟滪堆边至，君在蓬莱顶上行。……"我对颈联两句大为不满。三年后诗集再版，聂绀弩自己写了一个注："所谓海外三神山，一曰方丈，言其狭窄；一曰瀛洲，言其卑湿；一曰蓬莱，言其荒芜，此我自解，此处即此义，与蓬莱宫阙之类义殊。"原来如此，就明朗而释然。既然谈起不满，我只不满一首，而聂绀弩自己对一九八二年版的《散宜生诗》不满，甚至大为不满，因为这一版中删掉了他的一首得意之作，就是《赠周婆（二首）》中的第一首。诗题"周婆"是他的老伴周颖。周颖毕生从事工人运动，与聂绀弩无同甘只有共苦。在日本与绀弩双双被投入监狱，解放后又受牵连瓜葛终也成了右派，绀弩一直认为愧对周婆，就在从"流民"好转为"散人"之后，曾多次吟诗赠之，其中有一首得意之作，被删的正是这一首：

> 添煤打水汗干时，人进青梅酒一卮。
> 今世曹刘君与妾，古之梁孟案齐眉。
> 自由平等遮羞布，民主集中打劫棋。
> 岁暮郊山逢此乐，当早腾手助妻炊。

不必多言，被删的原因正在于"自由平等……民主集中……"这一联句。据说老聂拿到第一版的《散宜生诗》不见赠周婆第一首，他气得把诗甩在地上，还曾愤愤地对人说早知如此不如不出。其实，"自由平等遮羞布，民主集中打劫棋"是绀弩杂文秉性的自然流露。写的是家事，想的是国忧。这首诗，构思并写于一九七六年十月从临汾监狱里放出迁入京郊一新村居住时期，与倾诉愧对周婆所作同时，聂绀弩还写了令人读了并了解了底细之后能哭出血来的又一首赠周颖老伴诗《惊闻海燕之变后赠》：

> 愿君越老越年轻，路越崎岖越坦平。
> 膝下全虚空母爱，心中不痛岂人情。
> 方今世面多风雨，何止一家损罐瓶。
> 稀古姬翁相慰乐，非鳏未寡且偕行。

海燕，是聂绀弩和周颖的掌上"孤"珠，生于一九三六年，是个天真活泼的舞蹈演员，就在横空霹雳的政治风暴的最后一声雷击之下实在承受不了啦……终于在一九七六年九月"四人帮"垮台前夕自杀身亡。也正是在仅仅一个月之隔，共产党人聂绀弩以"国民党县团级战犯"身份，通关节出狱。瞒了老聂将近一个月之后，周婆终于将此噩耗直白地告诉了他。老聂熬住了巨大的悲痛，冷静到极点之后反倒安抚起周婆"稀古姬翁相慰乐，非鳏未寡且偕行"。是安抚是自慰，还是如他自己所言"有点Q霸气"，死了独生女儿，"膝下全虚"，还在诗的自注中说明："'不打烂坛坛罐罐'王明语"。对亲朋说："有什么必要瞒着我的呢？陈帅、贺帅们的死不是比海燕重要千万倍吗。"据说老人讲完这些话就默默地把自己关在卧室里，第二天周婆进屋，老聂还睡着，枕上有明显的泪湿，桌上的烟盒空了，"笔筒压着一张薛涛笺纸，纸上是一首七律"，就是这首可以称之为三赠周婆的诗。话再说回去，三年后，政治略为昌明，"民主自由遮羞布……"收入再版本，但是我收到的却是周颖题签本，因为聂绀弩已经死了。很可惜仅距一九八六年六月出书三个月，聂绀弩死于一九八六年三月二十六日下午四点二十五分。自此周颖过了三年多没有稀古妪翁相慰乐的生活，脱离了苦海。

聂绀弩在赠周婆的某首诗中有一句"斜日辉光美一生"，改一个字，就是这位杂文大师而鲜为人知地写过解析《中国土地法大纲》标志着中国新民主主义革命胜利的长篇政论《血书》的老人的一生，就是——斜日辉光苦一生。

此去定难窗再铁？

先读一首诗：

> 龙江打水虎林樵，龙虎风云一担挑。
> 疏雪飞争双鬓白，密山拱让两峰高。
> 周旋草棘无余事，叱咤寒风入六朝。
> 老妫风流君莫笑，好诗端在夕阳锹。

此诗题为《豪忆龙江》，是流民时期的聂绀弩所作的一二百首感时应制诗中可以准确考出时间的少数之一。后来题《柬周婆》收入《北荒草》时改写颔颈两联："遝矣双鬟梁上燕，苍然一树雪中樵。大风背草穷荒径，细雨推车上小桥。"改得更切《柬周婆》（又题《柬内》）的悱恻之情，但却失去了"豪"气和史乘意义：聂绀弩一九五七年发配到北大荒虎林密山劳动改造。当时也是右派的老伴周颖为何赶到虎林呢？是不是夫妻两地分居法定每年探亲度假相夫？聂绀弩无此风骚，流民的身份也根本无此可能。

一九五七年全国打了五十多万右派，押送到各边远不毛之地劳动改造。一时之间"万家墨面没蒿莱"成为最令人毛骨悚然的风景线。北大荒是接纳首善之区中央直属各机关右派的重地，聂绀弩分配到八五〇农场五分场四队，因为他年老体衰，无法上大地与"移民"即转业军人共担沉重劳动，留在队里做零活，当时正值大跃进狂热开始，除了生产放卫星，亩产成千上万惊人地翻番，还得下指标，规定每人每天要写多少首诗，甚至规定要出多少个李白、杜甫。写诗自然难不倒老聂，后来他曾回忆此情此景，说是当时

"我已经五六十岁了，虽然参加过军队生活，却从来没有劳动过。劳动现场的一切，对我都是陌生的，尽管我天天劳累不堪，有时还不免因劳累而怨天尤人，但这新事物是我想写或能写的。领导上不叫写，还想偷偷地写。何况强迫要写。于是这一夜，我第一次写劳动，也是第一次正式写旧诗。大概大半夜，我写了一首七言古体长诗。第二天领导上宣布我作了三十二首——以四句为一首，记得这首古风，有三十二个四句。我就是这样做旧诗的。"老聂愕然之余很高兴，因为受表扬了："超额百分之二百，乍听疑是说他人。支书竖拇夸豪迈，连长拍肩慰苦辛。梁颢老登龙虎榜，孔丘难化溺沮身。……"他还写了几十首表现劳动或赠同伙的七律，强记于心而保存了下来，就是一九七八年油印的《北荒草》。聂绀弩真不愧为逆境中闪烁着乐观情绪和具有点铁成金的创意功能。看看题目：《搓草绳》、《锄草》、《刨冻粪》、《削土豆种伤手》、《推磨》、《地里烧开水》……简直难以想象这些竟然是诗，而且是格律严谨的旧诗，引几句听听："冷水浸盆捣杵歌，掌心膝上正翻搓。一双两好缠绵久，万转千回缱绻多。""何处有苗无有草，每回锄草总伤苗。培苗常恨草相混，锄草又怜苗太娇。""白菜隆冬冻出奇，明珰翠羽碧琉璃。故宫盆景嵌珍宝，元夜长灯下陇畦。千朵锄刨飞玉屑，一手兜捧吻冰姿。方思寄予旁人赏，堕地惊成破碗瓷。"写景抒情浮想鲜活。古诗咏劳动怜悯劳动者，诗人皆作观者语，聂绀弩是忍受刺面之辱，捧出一颗真心吟咏劳动，且无大跃进时代的浮躁和夸张，尤其是几首描绘一九五八年冬上山伐木的诗，引几句就够味的："千年古树啥人栽，万叠蓬山我辈开。……四手一心同一锯，你拉我扯去还来。"受诗者刘尊棋（一九一一～一九九三）曾是国家出版总署副局长，外文出版社社长，《人民中国》英文版主编，一九三一年的老兵，出生入死于新闻、外事、地下工作，落实政策后出任中国大百科全书出版社社长，《简明不列颠百科全书》中美联合编审委员会中方主席等职，老聂这首题作《伐木赠尊棋》的诗是他苦役于北大荒的唯一历史见证，"斧锯何关天下计"，此话怎解？"乾坤须有出群材"，"群材"却在深山老林里拉锯！这就是一九五八年的中国！

再不能引唱下去了，因为厄运已降到老聂头上。伐木归来他被分配为新建宿舍烧炕，老眼昏花燃点干柴烈火，一不慎发生火灾，被扭送虎林监狱，于是就引出周婆千里探监的故事。经陈毅等吁请王震部属北大荒农垦局示知司法当局网开一面，相信曾是老革命的右派还不至于去纵火。如是，老聂被判了一年扣除羁押期余皆作缓刑回了农场，临别前除写了本节首引外，老聂还写了如下一首明显表示希望有个好结局的企盼诗《周婆来探后回家》：

行李一肩强自挑，日光如水水如刀。

请看天上九头鸟，化作田间三脚猫。

此去定难窗再铁，何时重以鹊为桥？

携将冰雪回京去，老了十年为探牢。

大概不必作任何解析，铁窗生活使大自由主义者也不免心有余悸，并忧心忡忡，抖抖地盼望并安抚老伴回去吧，再也不会受缧绁之罪了，真能如此吗？

一九六二年初，他好不容易返回北京摘掉帽子，躲在西城区半壁街"三金水红楼"甘当"散人"，在政协文史委吃供给，从记忆搜索北大荒生活诗篇，一场更大的风暴正等着他。一九六六年四月十日，全国各大报刊发表《林彪同志委托江青同志召开的部队文艺工作座谈会纪要》，他自知自己难以逃脱"窗再铁"的命运，对挚友有所嘱托。他后来有首《没字碑》记下了他当年读《纪要》后的愤恨之心：

天后陵前没字碑，荡妇妄题一句诗：

"暗照则天而则之"。

东施效颦人尽嗤，岂汝称孤道寡时。

骑虎难下终需下，君问归期未有期。

"荡妇"指谁不言自明。一九六五年夏，我在北京与丁聪兄一道受绀弩之邀饮酒。那天他刚从政协取了俸禄，走进莫斯科餐厅，顺手把一个手帕包放在桌上，说，点菜，点多点儿，这包工资可以全吃光它！这是"文革"前我最后一次见老聂，讲了些什么已不记得，不外是"小五界"已成热锅上蚂蚁之类的牢骚话。没有想到两年后老聂二进宫，而且是"君问归期未有期"。有诗评家说，此诗"仅写了七句即戛然而止，虽缺斤少两却小节难拘，行止有节地止于不可不止"，是为"反常合道，锐意创新，惊世骇俗之作"（刘坦宾语），评得太绝了，我怎么想不到呢？因为我看到此诗时，只是瞪大了眼珠定位在"归期未有期"上啦！此诗作于一九七六年十月出狱之后。

一九六七年一月二十五日，聂绀弩被捕，经北京市中级人民法院起诉、审判等司法程序判处无期徒刑。或者换一种说法，聂绀弩是根据最高指示"砸烂公检法"之前最后判处重刑的囚徒，什么讨贼军、北伐军、黄埔出身，留苏经历，什么杂文使敌人胆战心惊……统统一扫光。活该！大自由主义者。这里引一首写于从一个监狱押向另一个监狱的经历的诗：

> 牛鬼蛇神第几车，屡同回首望京华。
>
> 曾经沧海难为泪，便到长城岂是家？
>
> 上有天公知道否，下无人溺死灰耶？
>
> 相依相铐相狼狈，掣肘偕行一笑"哈……"

诗题作《解晋途中与包于轨同铐，戏赠》。聂绀弩被捕后先关在北京功德林第二监狱，后押往半步桥看守所，一九六九年十月某日押往山西稷山监狱。押运途中一副手铐连铐二人，同铐人就是包于轨（曾是北京市政协委员、中央工艺美术学院书法教师），由于包于轨已于一九七一年七月病故于监狱（聂挥泪作诗送行），因此这首诗是"窗再铁"后托同狱某青年偷带出的以及熟记于心的一批诗中可以准确考出日期的诗，"戏赠"既有傲气、刚毅气，也有阿Q临刑的无所谓，但决无麻木的神经质和泄气！"上有天公知道否？"否！正是"天公"下的诏书发动的"文化大革命"吆，老聂啊！

关了九年又八个月，辗转铐迁了四个监狱，期间四次通读《资本论》第一卷，后三卷亦各读一二遍，其代价之大，收获之丰，没有蹲过牢或没有通读过《资本论》的人是不能望其项背的。写至此，使我记起陈独秀的《研究室与监狱》："我们青年要立志出了研究室就入监狱，出了监狱就入研究室……从这两处发生的文明，才是有生命有价值的文明。"一九六七年入狱的聂绀弩已是时年六十四岁的老人，不应该去这种不明不白的地方的。

字改一个 含量无穷

在聂绀弩二进宫期间（一九六七～一九七六）吃了不少皮肉之苦，那些愚忠的狱卒或守卫战士都在这老反动身上表示了"无限忠于"的阶级感情，但使老聂受不了的是他所熟悉和钦佩的，决定中国命运的革命元老元勋凋零了好几位。他作了不少歌哭挽逝的诗。在《挽陈毅》（七律三首）中他留下了不灭的印象："噩耗传来难掩耳，楚囚偷写吊诗来"。聂与陈帅有深交，一九三九年初，聂绀弩在武汉受周恩来之嘱去新四军军部工作，受到陈毅礼待，"枪十万枝笔一枝，上鞍杀敌下鞍诗"。钦佩这位留法学贯中西的诗人将军。陈毅与张茜喜结良缘是聂绀弩和丘东平搭的鹊桥，因此聂挽陈诗中留下了"东风暮雨周郎便，打打吹吹娶小乔"，古典今用，真是哭出了笑声，苦涩回忆中的一丝甜蜜。但，《挽贺龙》沉重又愤怒，最后四句如下："是谁仇敌谁朋友，不死沙场死铁窗。安得菜刀千百把，迎头砍向噬人帮。"从反右到"文革"，"不死沙场死铁窗"的自己人有多少？向谁去讨回公道，几把菜刀起家的贺龙元帅能再得到"菜刀"千百把向使其入铁窗的仇人报仇雪恨吗？"四人帮"改成"噬人帮"，四、噬同音而义殊，四是量词，限定在王张江姚四人上，而噬字则泛指一切"文革"罪人了。可任君捧取可放手填补。有明者笺注"是谁仇敌谁朋友"句，是毛泽东《中国社会各阶级分析》一文第一句话："谁是我们的敌人？谁是我们的朋友？这个问题是革命的首要问题"的诗化。字面上可以作如是解，但关在大牢里歌哭贺龙死于大牢的诗人，大概不至于作如此解，尤其是联系下一句"不死战场死铁窗"，就更不应该作字面上解释，"文化大革命"终极的错误是颠倒了敌人与朋友的性质，认敌为友，置友于死地。"四人帮"改成"噬人帮"，则是诗人示意谁有权处置元帅级的生与死？一字之改是聂绀弩吃了豹子胆作诗，是诗人秉性在诗中隐现而得的神来之笔，留下的千古一绝，你还能把无期徒刑者怎么样！

杂文入诗　悲剧升华

人们几乎众口一说：聂绀弩作诗是被迫息笔了几十年的杂文写作的继续，是杂文的诗化，是杂文入诗。在几百首看来悠闲的诗中却不时出现感事骘评犀利警句，"昔日朋友今时帝，你占朝廷我占山。"（《钓台》）"肺腑忠言都郁勃，江山间气有盘陀。"（《代周婆答》）"未谙水性水中泅，捻转陀螺却倒抽。"（《六十寄周婆》）"不许诙谐唇舌省，无须思考脑筋磨。"（《往事》）"尔身虽在尔头亡，老作刑天梦一场。哀莫大于心不死，名曾羞于鬼争光。"（《血压》写赠胡风）这些摘句不必解释就可明白其意境之深邃，一如鲁迅打油诗《自嘲》中忽而出现显出本性令人倾倒的"横眉冷对千夫指，俯首甘为孺子牛"。写下这诗的人心甘"躲进小楼成一统"吗？聂绀弩在被判无期徒刑之后，曾经要求上诉，后来被两个女性检察官问得昏头涨脑，被迫当场请求撤回上诉，从此他铁了心

"十载班房《资本论》"，为什么？是为了关死之前弄个明白，还是为了企盼有朝一日出狱，使批判的武器得以"迎头砍向噬人帮"，解放生产力，揭掉罩在自由平等上的那块遮羞布？楚囚仍想有所作为啊。

读聂诗引得

鲁迅曾有诗道："忍看朋辈成新鬼，怒向刀丛觅小诗"，正在望八之年的绀弩在欣喜诗集出版时却心情沉重："半个多世纪以来，目睹前辈和友辈，英才硕学，呕尽心肝。志士仁人，成仁取义。英雄豪杰，转战沙场。高明之家，人鬼均嫉。往往或二十几岁便死，如柔石、白莽，或三十来岁便死，如萧红、东平。命稍长者亦不过四五十岁，如瞿秋白、鲁迅……有时悲从中来。"读来确实不禁悲从中来。可见这位"散人"是极严肃地对待人、岁月、生活的。在先他而走的前辈友辈们的不幸中，苦苦地煎熬着自己。他的一位历数十年的至友说绀弩是"十年坐牢，十年病废，其余岁月，也三灾六难，如临深渊。"但总算熬了过来。八十岁的一九八四年，老聂深感应当有个总结了便写下几首《八十》自寿诗，其中有一首：

> 子曰学而时习之，至今七十几年痴。
> 南洋群岛波翻笔，北大荒原雪压诗。
> 犹是太公垂钓日，早非亚子献章时。
> 平生自省无他短，短在庸凡老始知。

从天上九头鸟到田里三脚猫的一生，尽在这七律之中，真有原子浓缩铀的爆发力。末句"短在庸凡老始知"，我以为应当作为"十载班房《资本论》"的一个完整的注脚，谁能从中汲取教训，谁就能达到无为的彼岸。如今的问题是在于谁最应该在聂诗中汲取教训，从故书堆的灰尘中走出来，读读《资本论》，读者心中明白得很。也算是我认识老聂四十年，翻读聂诗三十年的一点引得——写得脊背冰凉，就此停笔罢。

写于一九九九年十一月二十七日午夜

《当代作家评论》二〇〇〇年第一期

如水的旅程

——论一九五八至一九七六年唐湜的"潜在写作"

刘志荣

五十至七十年代，随着越来越频繁的政治运动，一批批在新文学史①上有着不可或缺的地位的作家被剥夺了发表的权利，陷入沉默之中。他们有着辉煌的早年，也有着丰硕的晚年，中间的一段却仿佛电影断了片，是十年甚至更长的空白。自然，即使在"文化大革命"中，也有一些坚韧的作家进行"潜在写作"，但在身陷逆境的十几年中一直创作不断并取得了丰硕成就的作家，"九叶派"诗人唐湜如果不是唯一的一个，也至少属于最值得注意的之列。从早年的先锋与幻美，到晚年古典式的平静，唐湜经历了一个漫长的过程，这就是他一九五八年至一九七六年的"潜在写作"。②

---

① 本文所引唐湜诗歌据以下诗集：《海陵王》（江苏人民出版社，1980）、《泪瀑》（人民文学出版社，1985）、《春江花月夜》（中国文联出版公司，1993）、《霞楼梦笛》（人民文学出版社，1993）、《蓝色的十四行》（北京燕山出版社，1995），所引唐湜有关诗论据《新意度集》（生活·读书·新知三联书店，1989），所述唐湜生平、创作概况据《我的诗艺探索历程》唐湜手定稿（该文曾较完整地刊于《新文学史料》1994年第2期）。引文不再一一注明。

② "潜在写作"这个概念由陈思和提出，按照他的阐述，这个概念"是为了说明当代文学创作的复杂性，即有许多被剥夺了正常写作权力的作家，在哑声的时代里，依然保持着对文学的挚爱和创作的热情，他们写了许多在当时客观环境下不能公开发表的文学作品。""'潜在写作'的对立概念是公开发表的文学作品，在那些公开发表的创作相当贫乏的时代里，不能否认这些潜在写作实际上标志了一个时代的真正的文学水平。潜在写作与公开发表的创作一起构成了时代的文学，使原来的当代文学史的传统观念得以改变。这也是时代的'多层次'文学的具体内涵"。按照这种理

1. 潜隐民间^①的歌者

哎，你们闪光的星辰们，

我在向你们的真挚致敬！

你们吞下了可怕的棘刺，

面对着什么经与剑的放恣，

却能在诗的欢乐的祭坛前，

燃起圣洁的献祭的火焰！

——《遐思：诗与美》

反右斗争开始后，唐湜也被卷入这场可悲的风暴之中。为了使自己不致于精神崩溃，他开始了南方风土故事诗《划手周鹿之歌》的写作。这是他的第一次"潜在写作"，属于他所说的"南方风土故事诗"之列。在这以后的颠沛困悫之中，他写了不少这类长诗，如《泪瀑》、《魔童》、《明月与蛮奴》、《白莲教某》等。除此之外，还有相当多的历史叙事诗与抒情诗。

在反右运动后，唐湜被流放到北方荒原渡过了"严峻沉默"的三年，三年后回到故乡，他开始了生平第一次的江湖生涯："随着些昆剧艺人在浙东沿海的一些山村、水乡、

论，唐湜一九五八至一九七六年的创作显然属于当代文学中"潜在写作"的重要内容。参阅《中国当代文学史绪论》，该文刊于《文学评论丛刊》1998年创刊号。

① 参见陈思和在《民间的浮沉：从抗战到文革文学史的一个解释》中为民间文化形态下的定义，该文收入《陈思和自选集》（广西师大出版社，1998）。在本文中，我们不仅把"民间"当作一种文化形态，而且把之当作一块远离权力中心的文化空间，在这种相对自由的空间中，作家面向"民间"的写作立场、价值取向、审美风格等等才有可能得到不受权威意识形态干扰的较充分的发展。这在比较唐湜等人带有浓厚民间色彩的"潜在写作"与五十至六十年代同样带有浓厚民间色彩的柳青、闻捷等人的"公开文学"时差别尤其明显，由于离"权力中心"太近，公开文学中的民间意识与权威意识形态合流，只有在符合后者的叙事框架时才能得到较充分的发挥，否则就只能以扭曲的方式出现，成为作品中"落后分子"的思想意识，并被当时的主流意识形态视为改造、批判的对象，如《创业史》中的"梁三老汉"，《锻炼锻炼》中的"吃不饱"与"小腿疼"。

渔港之间做着富于浪漫意味的漫游"。他此后的诗歌中充满了民间的气息与历史的意象，显然与之不无联系。两年的浪游后，他在"纯洁文艺队伍"时被赶回家，随着十年"文化大革命"开始，更是坠入了漫漫长夜。让人感佩的是，无论在颠沛流离之中，还是在身处险境之时，唐湜都没有再放弃对诗与美的追求。也许，在这个几乎被剥夺了一切的时候，诗歌不但成了他的精神寄托，而且是在窘境之中唯一能做的事情，这段时间反而成了他最高产的时候，"就在城中武斗枪声紧密，一家逃奔乡间时，也写了《海陵王》这样近百首变体的十四行组成的历史叙事诗"。诗歌真正化入了他的生命，成为不可或缺的一部分。

虽然身处逆境，但唐湜仍然保留了对人间与友情的热爱。民间的朴素的爱和友情，成了他这个时候的精神支柱。所以不难理解，为什么他这时期的写作，带上了相当浓重的民间色彩，最典型的如他的"南方风土故事诗"。与当时一般的以主流话语为原则来改编民间文学的作品不同，唐湜的"南方风土故事诗"，是把自己的非常个人化的想象与感受，与在逆境中备受压抑的激情，融入了对民间传说的改写之中。这几首诗都有着民间传说的基础。"周鹿"与"魔童"可以说是他的家乡朴素而充满原始意味的"爱神"与"水神"。在这些人物身上，充满了原始的蛮暴的活力，所有的等级秩序都不在他们的眼里，他们所看重的只是自己的生命力的冲动，这种生命力往往以"爱情"作为其体现者，唐湜祛除了这些故事原来可能具有的蛮暴之气，而将之处理成类似于《罗密欧与朱丽叶》那样的纯洁忠贞、一清如水的爱情故事。但它仍然带着强烈的民间色彩，尤其当这种爱情受阻时，它爆发出非常大的力量，使得山水海洋也为之撼动，宇宙间充满了这种原始的生命力的呼喊与震颤。唐湜以前的诗歌从来没有达到过这种力度，只有在回到家乡与民间的原始活力与想象发生共振后，才出现了这个飞跃。这一类诗可以说是他的潜在写作的精华。

这些长诗的优秀之处在于，在叙述故事时能够把牧歌的质朴单纯与传说的神秘奇幻几近完美地结合起来，从而创造出一种深沉而又透明的叙事与抒情风格。为了达到这种风格，唐湜对这些民间故事做了一些选择与改动，不过这些选择与改动其主要依据是他个人的审美偏好，而非如五十至六十年代流行的以权威意识形态为标准的对民间故事的改编。唐湜有一种对"纯洁"与"浪漫"的偏好，所以他剔除了民间传说中含义暧昧的因素。例如，在传说中周鹿的爱情导致死亡，显然有一些唐·璜那样的邪气在内，可是作者把他处理成一个纯洁忠贞的爱者，只"挑了他的单纯的爱与为了爱的悲剧的死来描绘"。"魔童"的故事其实也像"白娘子水漫金山"那样，既有其为爱情抗争世俗的权威秩序的合理性，也有一种代表原始生命力的妖气。唐湜显然偏爱这个"爱捣乱的江湖小水神"，所以他把魔童描绘为一个惹人喜爱的自由自在的小精灵，把他与龙王的冲突设计为颟顸强暴的现实秩序的代表者与自由自在的生命力的冲突，而代表自由自在的民间原始生命力的魔童是最后的胜利者。在一个万马齐喑的年代，民间的那种蔑视权威、无拘无束、自由自在的精神恰恰也是唐湜自己所向往的境界，作为一个带有浪漫主义色彩的诗人，他在周鹿、魔童、泪瀑的传说中发现了这种精神，而他自己所向往的那种纯洁的境界，使得他一方面本能地与权威意识形态对民间精神的改写划清界限，另一方面又本能地剔除了民间传说中暧昧的因素，而增添了精致、优雅的文人趣味。

除了这些"南方风土故事诗"，唐湜这时候还有为数不少的历史叙事诗，如《边城》、《海陵王》、《桐琴歌》、《春江花月夜》、《萨保与摩敦》、《敕勒人，悲歌的一代》等。在这里，民间的思想与个人的艺术冲动同样排除了历来相传的各种各样的意识形态对历史的解释。他的潜在写作中还包括一千多首抒情诗。例如颇为受人注意的十四行连缀的长诗《幻美之旅》与《遐思：诗与美》。不过，唐湜的抒情长诗中真正的优秀之作是不大受人注意的《默想》，它记录了作者面对灾难与死亡的威胁时对生命的沉思。在被迫流离于民间以后，唐湜也写了相当多的"山海巡礼"式的抒情诗。不过这些为数甚多的"山海巡礼"性的诗篇，记录的仅仅是直接的经验与情感，因为缺乏意象的沉淀与凝定显得有些浮在表面，而那些将山海作为背景的叙事诗以及对直接经验做过反思与过滤的沉思性的哲理抒情诗篇，反而更能得"山海"之灵气。自然的意象，历史的追忆，人生的经验，哲理的沉思，融合在一起，代表着他的抒情诗达到的最高成就。它们最后达到了一种幻美而澄澈的程度，慢慢地浪漫主义的冲动被升华了，达到了一种古典式的宁静。

2. 水的诗人

> 随着世界的寒冷变硬变僵，
> 随着空间的广阔铸成山谷、大江，
> 丰富的是那透明的时序，

一粒沙里有一个完整的宇宙，
生命的盈盈水流永不会停留！
——《交错集·坠落的天使》

一般情况下，唐湜的"南方风土故事诗"，其诗境是纯洁到透明的程度的。在表现那种淳朴的爱情时，这一点尤其明显。《划手周鹿之歌》中周鹿与小孤女一见钟情的场景犹如闪光的梦幻，使得这种境界中的爱情，也带上了纯洁的梦幻那样的色彩。可是当这种爱情遇到波折与阻挠时，故事就带上了神秘的色彩。这种神秘色彩在当代文学中很少见到，值得佩服的还不是"幻化"的情节，而是作者的描述确实能传达出那种神秘和氛围。这种氛围主要是通过对人物心理的渲染传达出来的，如小孤女在幽愤之中化为一只小翠鸟去寻找自己的在远方的爱人时，诗中有一长段对小孤女化为翠鸟以后在空中飞行时恍惚心态的描绘，她仿佛看到了周鹿在砍树的情景，听到了树木倒地时的呻吟，闻到了倒地后的树木的芳香……这种恍惚的心理在作者笔下表达得很为出色，甚至诗歌的韵律也带上了跳跃与迷离恍惚的色彩。再看诗中对周鹿与小孤女赴死的描绘，在作者的笔下，死亡被描绘得神秘莫测、迷离恍惚、恐怖而又美丽，"爱"与"死"这种传统的浪漫主义的主题，在他的笔下得到了颇具中国的地方色彩的处理。在伴随着祭神的喧闹的鼓声中，周鹿与他的爱人乘着美丽的龙舟沉入深深的海底，在一片热闹而美丽的景象中迎接死亡。唐湜自述，他要在这首诗中追求一种"彩画"般的效果。就这首诗而言，这种彩画的效果是通过颇具地方特色的意象表现出来的；南方海滨的"水"的特点浸润了这首长诗，"水"的意象与长诗要表现的各种情绪融合得亲密无间。从我们上举各例中可以看出长诗中不论是"纯洁安静"的牧歌情调还是"神秘奇幻"的想象境界，都离不开对"水"这一意象的各个方面——或平静透明、或幽深虚幻的发掘而表现出来，"水"的狂暴激烈也与作者的激情紧紧地融合在一起，从而为全诗的牧歌情调增加了一种激情奋发的抒情风格。我们看周鹿与小孤女在赴死时的景象——狂暴的大海、热烈的鼓点与主人公心中的沸腾的激情融会在一起（诗歌的节奏在这里也类似于波浪与鼓点的声音），只有这样的热烈的气氛才能表现出那种为爱而死的庄严境界：

呵，我们的周鹿拿他的生命的画笔／要给我们画出最浓艳的一笔！他的最后最

112

浓烈的一笔，／他的最后最壮烈的一击！……呵海洋，我生命的故乡，／我要奔向你无比辽阔的胸怀！你给我的童年孕育过金色的想象，／你欢乐的水涡也叫我舒展过自己的臂膀；……这忽而，我可要在你的胸怀上／唱出我最后的一支歌，欢乐之歌；我要唱出我青春的怀恋，／拿我的爱，我的生命！我要唱出最初一次燃烧的恋情，／拿我的爱，我的生命！我要唱出最后一次燃烧的搏斗，／拿我的爱，我的生命！……风忽忽地在海上飞奔，／轰雷追着闪电，岸然向海上轰来；疯狂的风暴，深沉强大的奔流，／合成一片山峦样突兀的九级浪；白鲸似的巨浪一个个涌来，／怒吼着，张开大口吞下了龙舟，……

在这里，诗人的激情与周鹿的激情合而为一喷发出来，唱出了这首诗歌中最高昂的乐章。更为可贵的是：作为一曲对青春与爱情的颂歌，长诗并没有因为主人公的命运的不幸而沉入一种悲观的氛围，而是像莎士比亚的《罗密欧与朱丽叶》一样充满着青春纯洁、激情与生命力，彩画般的意象与生命力的喷发形成了一幅幻美的图画。考虑到作者在创作这首长诗时正处于遭受严重的不公平而颠沛流离的时期，这种情形就显得更为难能可贵。我们不妨设想，作者把自己的备受压抑的激情融入了诗中，所以才会写出这样激情饱满的诗篇，可是这样的情况在许多人身上都会出现，唐湜的优秀之处在于他的激情整体上有一种纯洁、健康的因素在里面，而没有陷入阴沉狞厉的疯狂境界，其中的原因何在，非常值得思索。也许除了作者一贯的对"美"的执著追求而外，置身于底层之后，他更能体会到中国民间那种活泼泼的生命气象，从而在民间文学的营养中找到了一种流动健朗、生生不息的生命力？

这并不是无稽之谈。我们可看到："水"的意象充溢了唐湜的南方风土故事诗——以"水"的意象为代表的南方自然风物，与唐湜自己个人化的对明丽纯净的境界的追求，以及民间的流动不息的生命力，达成了一种非常成功的融合。"水"的意象显示出潜隐到民间的唐湜，确实得到了南方海滨的地气；他不再仅仅是一个歌唱着自己的小小的世界的烦恼喜悦的诗人，而是一个自然、民间、历史的广大的歌者；但他也不是一个简单的自然的描摹者与民间的传声筒，而是经过了自己的心灵的过滤，他的描摹，他的传唱，本身就包含了深深的激情。自然——个人——民间这三个层次的融合，而归结为"水"的象征，使得唐湜在某种意义上可以称得上是一个"水的诗人"。"水"的各象：明丽纯净、神秘奇幻、变幻莫测、危险恐怖、澎湃汹涌与诗歌的主人公以及诗人自己的各种感情状态打成一片，形成了一种富有中国风格的叙事、抒情境界。

这种境界不仅仅表现在《划手周鹿之歌》中，在《泪瀑》、《明月与蛮奴》、《魔童》、《白莲教某》这些诗歌中也有着非常充分的表现。如果说《划手周鹿之歌》中"水"的意象表现了一种明丽纯净、神秘奇幻的境界，《泪瀑》中"水"的意象，却增添了变幻莫测、危险恐怖的因素，大海的形象人格化为海公主的爱，既瑰丽奇幻，又可怕恐怖。海公主在引诱渔人时，诗歌中以一连串的意象表现出一种瑰丽奇幻境界，从而传达出一种难以抵挡的魅惑力，唐湜在这里表现出高超的语言造型能力，仿佛能够以语言来绘出一幅绚丽的画似的。当代文学中很少出现这样美的境界。然而这不过仅仅是对海洋的可怕的爱的一个铺衬，年轻的渔人不理会海公主，"小龙女一气，尾巴一掸，就把渔郎的小船儿打翻"。渔郎沉入千年的黑夜，沉入大海可怕的爱，可他却"一直漂流往来，／奔突着，对抗那浪涛的迫害"，绝望地抗争着，企图反抗那奇伟的大海，回到自己陆地上的故乡，回到自己的妻子身边……然而这种反抗却是徒劳的，海公主发出一串串恶毒的预言："你有力的四肢要变成一片／海底的树林，叫鱼儿来穿游／／就是你的肉身消溶在海底，／你灵魂幻灭在海的震撼里，／你火红的骨骼也要变成片／珊瑚枝，燃起一朵朵火焰！"面对宏伟的海洋，人显得多么渺小；人道面对天道，是多么的不可类比。唐湜是一个浪漫主义者，所以他让人的灵魂仍然没有屈服于凶暴的自然，而且把这自然化为一个可怕而幻美的境界。这里的海洋不同于西方文学中的荒凉凶蛮的大海，象征着残酷的命运；人与海的关系也不完全是敌对的、征服与被征服的关系，而幻化为一种既诱人而又可怕的爱的关系，天道无情而又有情。这是一种海滨土生土长的人对海洋的理解，而又有着古中国"天人相亲"的传统的影子。一直到这里，大海都是人格化的，她像凡人一样有爱有妒，有愧有恼，完全是一个蛮暴而不讲理的小女子的形象，所以她的爱虽然可怕，虽然恐怖，但仍不失其美。不过在诗的最后一节，浪漫主义者唐湜再也控制不住自己的激情，他让渔人的妻子对着海洋发出一串串毒咒："拿沸腾的热泪去煮海，／煮熬得东海日夜翻滚／海里的鱼龙们没一刻安静。"海洋在这时也脱去了幻美的面纱，完全化为一种凶暴可怕的自然力，吞没了渔妇。可是她仍不屈服，对着阴沉的天穹，汹涌的大海，发出最凄厉的诅咒，她的愤怒化作了一个火山，而她的怨恨化作了奔泻的泪瀑，一直到千百年后，这个泪瀑仍然汹汹倾泻，诉说着她的怨恨，她的不幸，她的痛苦，她的悲酸。诉说着天道的不公，也诉说着世界的残忍。这种悲愤是几千年来积郁在民间的悲愤，从"时日曷丧，予与汝偕亡"一直到《窦娥冤》中窦娥悲愤的呼天问地，这种民间的悲愤从来就没有停息过。它针对着人世间一切不公，也针对着天地无情。一个最古老的伦理学的质疑，为什么"恶"可以在人间横行霸道，而"善"却总是无藏身之地？中国民间对这一个问题的最朴素的追问就是"呼天问地"，而这种最朴素的追问却是最基本的伦理问题。这也不仅仅是中国人所追问的问题，在西方自从《约伯记》以后，类似的追问也从来没有间断过。事实上这是一个无法回答的问题，它仅仅是以追问的形式表达了人类自古以来所面对的悲剧处境，这是所有的悲剧的来源，也是悲剧的最朴素然而又最深沉的本质。在《泪瀑》的最后，唐湜牺牲了自己的幻美透明的风格，却成全了更为深沉奔放的悲剧。

事实上，《泪瀑》中的悲愤也可以做更为实在的解释。唐湜创作这些叙事诗的年代，正是当代中国历史上最黑暗的时期：无数无辜的人突然陆沉，被以"革命"的名义掷于黑暗的深渊。潜流在民间的怨愤的眼泪，决不会弱于"泪瀑"的奔涌。只是这种怨愤，还要等几个年头，才像火山爆发一样喷涌而出，造成了新的时势，潜藏在民间的诗人唐湜，在写作这首诗的时候对这些不一定具有清醒的意识，可是以诗人的敏感，他不可能不感到民间的愤忧，而以无辜流放之身，他自己也不可能对这种黑暗、荒谬的年代处之泰然。那种民间自古以来的怨尤，流淌在时代底层的怨恨，与诗人自己的意识与潜意识合流，终于奏出一曲高昂的控诉的乐章。不是说诗人自己一定是有意识地表达这种情绪。可是在表达那种民间永恒的原始的对不义的怒愤时，他还是不能摆脱时代底层的情绪。诗人自己说得好：那奔泻的泪瀑，"像是拿她心儿上的痛苦、悲酸／诉说着那黑暗年代的灾难！"

唐湜的叙事诗，离不开"水"的意象作为背景。这不但在他的"南方风土故事诗"中可以见出，即使在他的历史叙事诗中也不例外。譬如以北朝的故事为题材的《萨保与摩敦》、《敕勒人，悲歌的一代》，虽然用了一些现代诗的手法，离开了"水"的意象，它们却不能不显得干枯。而较成功的《海陵王》中，滔滔的长江是实际上的主人公，还是离不开"水"的意象。《海陵王》是二十世纪中国叙事诗上罕有的巨制，其罕见不仅仅来源于它的以近百首十四行诗连缀的体制，也不仅仅因为它选取的是历史上被描述为荒淫残暴之尤的海陵王作为长诗的主人公，而是来源于它一泻千里的气势，来源于它所设置的采石一战的背景：那种浩浩大雾笼罩着浩浩大江所形成的神秘雄浑的境界。这垂江大雾既是海陵王博大无边的野心与豪气的象征，也是使他一败涂地的原因，从而也象征了命运的神秘不测。人物的性格、命运与浩浩的江雾融为一体，传达出一片神秘而博大的境界。海陵王的草原猎人雄豪原始的性格，通过这浩浩大雾而有了一个"客观对应物"，他一方面觉得"这片浩荡的大雾不就是／打我心胸里吐出来的豪气"，吞灭了"河朔、幽冀"，意犹未尽，还要来吞灭这"南国半壁"，另一方面心中又有一种预感："葬送自己的许就是这雾海"。

> 可就是拿这样壮丽的奇观／来结束自己壮丽的梦幻，／埋葬自己的梦幻里的飞霞，／也算不了什么，有什么可怕？／／这么壮阔的垂江大雾，／这么弥漫着的一片雾彩呵，／就作为生命最后的茔墓，／也该是可以自豪、骄傲的，／有什么可怕，有什么可悲呢？／／多么壮阔的送葬行列，／多么奇美的送葬的彩旌呵，／把整个大地／整个世界都掩盖起来，吞下去了，／自己不早就有这样的预感么；……

唐湜在这里写出了海陵王雄豪原始的性格中的神秘感来，仿佛这雄伟的景象是天然地作为自己的墓葬似的，他的不祥的预感中竟然有一些向往，希望自己能在这雄伟奇幻的景象中死去。在雄豪原始中竟然有一些唯美神秘，一些挥洒自如。根据一些记载，历史上的海陵王见柳永词中描写杭州"有三秋桂子，十里荷花"，遂兴南下之思，可见唐湜这样塑造海陵王的性格，也并非无因。不过当他使得海陵王的性格中增添了那么多的唯美与潇洒时，更多反映的却是作者自己一贯的对幻美境界的追求。海陵王在众叛亲离的情况下毫无悔意，自杀前反而说出一段更加雄豪的话来："打泥土来，要归入泥土，／死亡，就是个黑沉沉的乡土，／我们的豪气压不倒大江，／就该来结束这生命的旅途，／叫匆促的一生更显得悲壮！"这里有一些猎人的豪气，赌徒的潇洒，野心家的沉雄，却更多唯美主义者面对死亡与自然的神秘时的挥洒自如。

事实上，唐湜叙事诗中写到死亡时情景，总是写得非常崇高而且幻美。周鹿的死有一种回家、返回原初的向往、兴奋与安宁之情；以悲剧为基调的《泪瀑》，写到渔人的死亡时，也非常地奇幻美丽，与海陵王死亡前漫天江雾所形成的壮美景象相似。死亡在这里没有一点阴暗可怖的气息，而被描绘为一种幻美的境界，而且竟幽幽然显出一种奇特的吸引力。事实上，这种境界也可以与唐湜的抒情诗相参证。在十四行组诗《海狸之歌》中他借海狸的口说道："——可生命的航行为了什么？／人为了什么要默默地活着？／我就想去海上奋自一跃，／哪怕一刹间就沉溺于浩渺，／沉溺于浩渺的风涛，／一片火焰样飞扬的狂飙！"在另一首长诗《海之恋》中他自己更直接地说："你是拿闪电的奔驰吸引我，／叫我离开了那心灵的水涡，／……呵，我忧郁的蓝色血液，／会融入你的心，如一滴水"。参照这些抒情诗，我们可以理解他为什么一写到死亡，总是把之与壮阔的景象联系起来；为什么死亡在他的笔下，一般都被描述得非常幻美，甚至人物意识或者潜意识中向往着这种死亡。在这里死亡象征着与一种更为广阔壮丽的存在的融合。沸腾的生命奔涌着，企图挣脱一切的羁绊，一切世俗的羁绊，一切现实的拘束，而融入更广大的存在的海洋，并在这种广大的存在中扩张了自己，使自己更为广大，也使自己融入了一种永恒的存在，从而在这种永恒的存在中获得了永恒——也许唐湜的诗还没有完全达到这种境界，但它却保持了为了达到这种境界而努力的精神向度，并使自己处于一种扩张的姿态之中。值得注意的是：这里的生命力的扩张，其指向不同于"文化大革命"中流行的与"革命"理想的融合，这里的"自然"、"大海"即使有象征色彩，所指涉的也是某种更为广阔、也更为模糊的存在，它们所指向的只是一种朦胧而抽象的精神向度。这是一种真正的浪漫主义激情，在与自然的融会中，人企图挣脱各种各样的拘束与羁绊——自然也包括"时代"所人为设置的外在樊篱与人自己心灵中阴沉的旋涡——使自己的精神得到解放，得以提升。恐怖的时代可以造成种种逆境，设置种种障碍，然而精神还是奔涌着，反抗着，奔突而出，不但超越了时代，而且超越了自身，甚至超越了生命，而走向某种更为广阔深远的境界……

唐湜很追慕冯至的《蚕马》、《帷幔》与孙毓棠的《宝马》，不过与冯至相比，他的叙事诗的神秘感仍不脱明丽的影子，达不到冯至那种分说不清的原始的神秘；与孙毓棠相比，他又缺少后者的崇高、壮阔与铺排的气势；但是南国的诗人唐湜自有自己的纯净的风格，他的明丽，他的幻美，都是以前的叙事诗很少见的风格。学习冯至与孙毓棠而能自成一家，唐湜叙事诗的成就是二十世纪新诗史所不应忽略的收获。而这种成就是在这样的背景下取得的：一九四九年后，新的叙事诗的高潮成了主流意识形态的重要参与者，在今天看来仍然能够站住脚的作品实在是少之又少，唐湜的叙事诗的成就更是在反右以后自己处于颠沛流离的处境中，尤其是朝不保夕的"文化大革命"中达到的，这就更让人觉得可贵。何况这些诗歌是一点没有沾染上动乱年代的暴戾之气的明丽清澈、珠圆玉润的杰作，这真让关注这个年代的文学的研究者有一种意外之喜——这种喜悦来自于一种发现：新文学的传统在这个年代并没有完全中辍，而是流入了地下，与底层间的精神合流，造成了一片新的文学景象。老子说："上善若水。水善利万物而不争，处众人之所恶，故几于道。""水"的诗人唐湜仿佛得到了"水"的哲学的精华，在一个黑暗的年代，在一种艰难的处境中，他不但没有被黑暗所吞噬，反而以流动不息的精神接通了民间的源头活水，并像水一样奔涌着，在逆境险滩间断的迂回后，磅礴而下，达成一种生命的升华，创造出另一种诗的境界，仿佛是一个预言。诗人早年的一首诗的结句说："生命的盈盈水流永不会停留！"

3. 月光下的追忆与沉思

> 呵，孤独常叫人深思，
> 要是人间没有了寂寞，
> 哪儿又能有灵感的飞驰？
> 孤寂的探求者可能先把捉
> 未来的脉搏，在时间的峰顶上
> 向一片片早晨的飞霞探望！
> ——《孤独常叫人深思》

一个人在面对普遍而又突如其来的灾难时，不可能排除心中充溢的对时代与命运的怨恨，以及理想破灭的怅惘之情。诗人唐湜也有他对时代的反应，只是与一般的直接表达自己情感的抒情诗人不同，他只有在情感有依托的对象或者最初的情感冲动得到理智的反思过滤之后，才达到了自己最好的抒情状态。

在中国抒情传统中，"水"与"月"向来是两个互相联系的意象。"水"的流动性有赖于朦胧的"月光"而得到了一个大致确定的形式，仿佛得到了一种确定性。但由于月色的"朦胧柔和"的性质，"水"的变幻莫测的性质却仍旧没有改变，甚至因之而得到一种"神秘感"。置身于月光之下也是沉思的时候，但月光下的沉思也带上了月光的"朦胧"、"柔和"、"幻美"的性质。月光之下，思接千载，浮想联翩，难免"有情"，这可能不适合于理性化的哲学，却天然是哲理诗尤其是中国哲理诗的内容。如果以他在《春江花月夜》中借宋之问之口对刘希夷与张若虚的品评为依据，唐湜自己的潜在写作中最好的抒情诗可以分为两类：一类诗"能霎时间感悟／永恒的变幻"，另一类诗则"像参悟了宇宙的寥廓、深沉"，引着人进入"爽朗的幽夜"、"月光下无比的宁静"。在这里，时间是共同吟咏的主题，只是一类更注重于其流动变幻性，另一类则仿佛"纵浪大化外，不喜亦不惧"，以沉静的心态关照与沉思变幻的哲理。

在第一类诗中，"追忆"是共同的姿态。"追忆"的力量在于：它能使得千载融于一时，因而见出个人与世界的广大变换，而这变动不息的世界本身，在追忆之中幻美而苍凉，使人起怅惘之感。英国作家佩特曾说："最高级的诗剧的理想境地在示给我们一类有深远的意义而且全然具体的瞬间——无论如何悠久的历史所有的一切动因，一切结果的关系都凝结这瞬间内，仿佛吸收了过去和未来于当前紧张的意识中。"刹那间的时辰里集中了永恒，渺小的一点地方集中了无限，这自然只是一种理想，对于个人来说，事实上是无法达到的境地。可是在一瞬间，融会过去与未来的多种可能性却并非不可能的，甚至是常常在意识中出现的。敏感的诗人的特点是能够抓住这特有的瞬间，于是时序的更迭，世间的变幻，刹那间融会于眼底。

"追忆"首先是对个人经历的追忆。我们看他的一首《闻笛》：

> 正徘徊在梦的迷径之中，／忽东山头起一片凄凉笛声，／把我从迷离之中摇醒，／呵，朗月仍照临着疏林！／／忆一夜在长安城望凄然关塞，／也曾闻幽燕少年横长笛／吹落那万里浩瀚的沙尘，／这忽儿哪儿寻这湖海豪气？／／乃披衣步上山下小弓桥，／望水榭旁一片月色凄迷，／独自在水风中悄然凝立，／觉千里风烟奔骤于眼底！

如果人生可以比作一次旅程，那么这次旅程是变幻无常的。"追忆"导致的就是这样一种感悟。在这里，"追忆"显出了时空的剧烈变换，已经失去的时间的片段因为一种偶然的机缘而得以显现，然而不仅隔着千里的距离，而且隔着更加难以跨越的时间的距离。因为这难以跨越的间隔，更加显出风烟变幻的无常。失去的少年时候的清辉不再返回，空有凄迷与怅惘，时序的变幻引起个人的迷思。同样是追忆，对于不同的个人来说，可能具有并不完全相同的意义。唐湜的追忆，不像普鲁斯特那样是在感觉中重现过去，企图使过去复活，对于他这样的中国诗人来说，"变幻"是更重要的因素，过去的意义并不在它本身，而是在一种与现在的对照中显出世间的变幻无常，并因之产生一种对世界空幻的感喟。在另一首《感怀》中更是感觉不仅世事变幻，而且自己也变幻无常，这里有对人生的反讽，却更多的是无奈的哀伤。"生涯犹水中月，镜里虹霓，／一声君然，许就敲碎／一池琉璃，一地幽碧；"显然有着个人对自己的悲剧处境的感悟在里面，不过在这里唐湜能够超脱对自己的悲剧生涯的直接的感情反映，而将之上升为一种普遍的人生感喟。

不仅对个人的追忆显出时间的无常变幻的性质，对历史的追忆也何尝不是如此。在《春草池》一诗中，诗人吟咏昔日的春草池已是满池圆荷，而当初吟出"池塘生春草"的名句的诗人也早已逝去。"早就没有了春草萋萋，诗人／死去千多年，这一片波心／在清晨还一样艳丽、澄明，／晴光下静谧地映现着浮云，／有蝉声在四面轻轻儿奏鸣，／圆荷上闪亮着露珠如水银！"这里的感慨要比"物是人非"更深一层，不但"人非昔人"，而且"物非昔物"。时间的变幻空使人感觉无限的惨伤，"风物非殊，举目有江山之异"，是一种饱经忧患而又心系世运的感慨；"人世几回伤往事，江山依旧枕寒流"，则更见世间法的变幻无常。唐湜的怀古兼有二者的特点，是一种从个体生命的角度对时间变换的体悟，而又化去了个人感伤的痕迹，融入了一种更广大的感喟。《生命的列车》一诗追忆古今中外乱世的文豪，却归结为对自己的生涯乃至人类的生涯的哀伤："谁能知道生命的列车／到哪儿会悄然无声地停歇，／……我们都只凭欢然的憧憬／拿每日的忙碌来堵满生命！"在《淳于棼》一诗中，更直接把历史上的故事与自己个人的生命感受融合起来，个人经历的追忆与历史的追忆在这儿合而为一：

三十个年华水一样过去了，／淳于棼从梦中的槐安国惊醒，／夕阳的足迹才移动了几寸，惆怅的微醺里，不觉失落了／胸中的豪情，他不想再追涉／那槐树下蚁穴里梦中的旅程；／上街买醉去，他拉着友人，／忽天末有飞扬的尘沙四合，／一片阴暗，夕阳不见了，／熟稔的城市觉苍老了三十年，／熟稔的人们像是在打哆嗦，／戴上了三十年风尘的脸壳，／他恍然似进入了庄生的寓言：／"我梦蝴蝶呢？蝴蝶梦我？"

"追忆"在这里不是一种姿态，不是对中国传统诗歌中的"怀古诗"的简单摹拟，它有着更为实在的本质。历史的变幻在个体的生命中得到了印证，所以其感喟既是个人的，也是全人类的。面对广垠无限的时空，每一代人都会产生一种浮生若梦、时不我待的感觉。而优秀的诗人面对这种永恒的感喟，不是再一次重复这种感伤，而是用自己的生命为这种感喟增添新的内容。在唐湜感喟生命的徒劳的以及人生恍然若梦、梦中的豪情徒然对照着世界的灰暗空虚里，显然听得出灰暗的时代在他的生命中的回响，而这些诗里又留下了很多的空白，每一个人都可以用自己的生命体验去填充。历史与现实的叠合，使得唐湜超脱了简单的个人的感伤，而上升到一种普遍的哲理性的内容。因为这种面对永恒的哀伤以及面对人生的不可测的悲叹不仅仅是中国诗人的，而且是全人类的。晚年唐湜在一首诗中感到我们是以波涛为家，飘荡在时间之河里，只能惊悸地眺望着过去的风烟，却永远不能再回头倒流，而在前面闪烁的未来，也是不可测的，要我们再一次去水上漂泊才能体悟，这似乎是在饱经忧患之后对人生变幻莫测的可悲的一面的一个总结。

"追忆"有悲哀的一面，也有欢乐的一面。例如下面的一首诗：

> 你可记得长安街的葱茏古槐，／有一叶飘落就知秋意渐浓？／风起处有阵灰蒙蒙的尘埃卷来，／笼清月，笼着宫柳，笼着不老松！／／你可记得琼岛上的古昔妆台？／阳光早冲散了千年沉沉的雾，／哪儿找萧后霸幽州的风采？／飘着旗，飘着纸鸢，飘着云树？／／呵，我的亲爱的古怪孩子，／你可会忆起往事如一片云烟？／华表上有回归辽海的白鹤垂翅，唤向云，／唤向秋水，唤向遥遥天！／／哎，会有人弯弓，向纯洁的白羽／射去千年的系念里永恒的欢愉！
>
> ——《你可记得……》

不仅仅是发思古之幽情，在往事如云烟的怅惘中有着"系念里永恒的欢愉"，对历史"低徊留之，不忍去云"，其实正是在"追忆"里验证现实的存在。喧嚣的时代正在尽力消灭这种怀古的幽情："文化大革命"企图毁去一切历史的遗留，以一种可笑的"创世纪"的姿态宣称以前的历史为虚妄;"文化大革命"也企图消灭历史上的"幻想"与"梦",而以一种干瘪的"革命"理想取而代之。在这种背景下,我们发现还有人不仅对历史怀着真挚的怀恋,而且对"丁令威化鹤"的美丽幻想恋恋于心,不能不有一种深深的感动。"追忆"在这里说明了,至少在历史上还有过另一种生活,不仅是雄豪的,而且是美丽的,而且这种往昔的"美丽"在现实中化为了心灵中的存在,从一个角度说明了历史如何延续到现在——这里没有直接对现实的批判,却深于一切批判。

而对广垠的时空,从其变者而观之,万物皆动,从其不变者而观之,万物皆静,仅仅见于一面,则不免一偏之蔽。注意于时间变幻的一面的唐湜,也发现了"静"的哲理与诗意,并将之化入了自己对生命意义的追寻。《读古画卷》两首借助于古画卷的意象,显示出这种"静"的样态。可以说这里有对生命被迫凝滞于世界之外的悲怆,但隐隐然也对那种主动的"离开那风涛澎湃的海/遗落于历史的潮汐之外",有一种向往。被迫处于历史之外自然是可悲的,可是当现实的历史的脉动是肮脏的时,任谁都会产生这种遗世独立的向往。如果世界是冰冷、阴暗、丑恶的,至少在孤独中可以保持自己的心灵成为一块温暖、明亮而美丽的地方。所以诗人有时向往着孤独:

> 黎明,谷中涌起了一片雾,/人在无边的雾海里望不见/蓝天、树林,/陷入了一片/奔涌的波涛,完全的孤独;//一草一木都完全孤独,/谁也见不到别人的眉眼,/浩荡的大江多空阔无边,/可就消失了白帆的追逐;//我在雾海里悄悄儿散步,/渴望在孤独里静静地思索,/呵,孤寂的时日,我就爱/远离着人类喧嚣的海,/豁达地品味着生之惋悒,/蝉似的蜕去了一切牵挂。

——《雾》

这宛如一代人的命运的一个象征,突然而降的漫天大雾使得他们陷入了孤独,却并没有毁掉他们,而是给他们提供了一个机会,沉思变幻莫测的世界的哲理。与注意于世界变幻的一面相比,这是一种静观的态度,它们似乎是相反的,其实也是相成的:正因为经历了世界的变幻,才更能看出这变幻的虚妄,从而能够以一种不动心的态度来观照这世界,获得对于生命的感悟。

在这种观照中,诗人仿佛得到了庄子的旷达的智慧。这在诗人的包括十六首"十四行"的组诗《默想》中，表现得尤其明显。这是诗人接近于生命的极境，在外来灾难的威胁下对生命的沉思。在这样的背景下，诗人一方面看清了自己生命的悲剧性，悲叹着"我最好的船舰，最美的年华，／我整个庞大的舰队，只一下／都在怕人的风暴里沉没了，／就有些折断的残破的帆樯，／无尽的悔恨呵，漂浮在水上！"同时，也祈求"伟大的遗忘"，"不要叫可悲的沉沦的记忆。／来搅乱睡眠里无梦的安静"而最后归结为对生命之谜的参透：

> 生命就是个神秘的谜，／到时候，谜底就要给猜透，／我们应该学习旷达的庄周，／把生与死，苦恼与欢喜，都一样看作是生之旅程里／相依的环节，没什么可怨尤／要没有苦难的悲剧，哪儿有／可贵的欢愉？没火焰的灭熄，那知道生之庄严的幻梦／是什么光辉，一闪过就湮没？

仍然有悲愤，可是悲愤得到了理性的节制，因而能够安静地面对逆境安时顺变。这是一种自然主义的哲学，它豁达地面对着世界的"死"和"变"，所以能够超越绝望，而归结为生命的重新振作。

生命在孤独之中，有悲哀，也有欢乐，有沉思，也有奋飞；生命在与人世间隔之后，却在自然之中获得了更广大的融合；生命在深渊之中，也企图欢欣地飞翔，"再一次呼喊，再一次闪耀"，而且"决不沉默，决不躲闪！"也许经历了严峻的气候，这些快乐的呼喊里带上了悲苦的声音，却具有不可替代的力度：

> 呵，我们有凄楚的回忆，／就能感受到你纯洁的欢腾，／就在你嘹亮的欢乐之歌里，／也听得出深渊中悲苦的呼声，／要没有哀痛里凝结的幻望，／你怎么能这么欢欣地飞翔？

——《季候鸟》

是的，即使在逆境之中诗人仍然没有忘记自己的"鹏鸟梦"，在幻想中高飞远举，俯瞰广阔的世界，万事万物尽收眼底，生命力冲破了现实的阻碍，刹那间看透了世间的变幻，哲理的感悟化为了激情，冲破了心中的郁结与现实的封锁，企图飞往一个高远的世界……

如果对照唐湜的叙事诗与抒情诗，你会发现他的生命力的两种冲动：一种是企图超越现实的一切束缚，与一种更宏伟的存在融合，这是一种"动"的哲学，仿佛水的流动永不止息；另一种是超脱于这种运动之外，仿佛月亮一样在高天之上俯瞰人寰，在孤独与静默中观照世间法的变幻无常，感悟人生与世界的存在的哲理。这两种冲动交替着在他的诗歌中出现——如果生命不能在一瞬间的爆发中发出彗星一样璀璨的光辉，那就在静静的流动中经历自己应该经历的流程，在静默中体会"动"的哲理。朗照的"月光"赋予"水"以形式，追忆与沉思使得情感沉淀定型并普遍化，慢慢地通向晚年的古典的安静与明澈。

结语：幻美之旅

> 庄严的历史会给予一切人
> 严肃的裁决：对诗与美的
> 虔诚的追求，应该得到尊敬。
> ——《幻美之旅》

"奥斯威辛之后若还有诗，就是野蛮。"可是我们不应忘记诗与美本身就是对野蛮的反抗。仅仅因为时代是丑恶的，艺术也就必须是丑恶的吗？我们需要无畏的反抗与粗粝的呐喊，可是却也不应忘记文明几千年来所取得的可怜的进展，其中的一方面就是美与想象力的发展，而一个极端野蛮的社会正是从开始取消对美的个人想象开始的。六十至七十年代，唐湜虽然被迫回家乡一隅，在一个狭隘的环境中生存，但他对诗与美的追求却从来没有中断过。在一个野蛮的时代，唐湜等人的"潜在写作"不仅是延续了新文学的传统，而且在一定程度上，也是对人类文明的一个承传。它不必经后人的称誉才能估定其价值，作为一种存亡绝续、薪尽火传的努力，它们的存在本身就决定了自己的意义。

《当代作家评论》一九九九年第三期

人格的界碑：北岛的位置

丁宗皓

在没有英雄的时代里他只想做一个人，而这时代却偏偏让他当英雄

北岛。

中国的评论家应该写写北岛了！应该重新地全面地且不含任何偏见地去认识并评价北岛这一代人了！新时期诗歌创作在风雨之中又步履维艰地走过了十个春秋，尤其是今日诗坛，已经形成了令人震撼的艺术的灵魂的格局：主体意识的觉醒，人性的解放自我意识的增强，艺术个性的多样化及生命体验的广阔性。这宏大的艺术潮流呈多元化向前发展着，不管其未来如何，但有一点倾向是令人惊喜的，那就是我们的诗人正在努力使自己变成大写的人，他们的心灵一天比一天需要自由，一天比一天渴望灵魂有个永恒而优美的归宿，并且同时正在努力地进行这种痛苦的灵魂探险。正是因为这种原因，我们才越来越感到北岛这一代人的意义，感到这一代人用自己的痛苦开辟了诗歌的新境界，也就是开辟了一个新时代，尤其是他们从封建蒙昧的宗教情感警醒而来的人格力量启蒙了一代诗人。尽管因为自尊心的缘故，好多后来者不承认这一点甚至提出要打倒北岛，这种决定是勇敢的，而行为却是幼稚的，我的意思是谁也无法阻断新时期诗歌发展过程中那种特殊的氛围。北岛曾说过："除了天空和大地，为生存证明的只有时间。"也许他过分悲观地估计了人们的观察力和人们主体意识觉醒的程度。而实际情况是，越来越多的有理性有良知的心灵越来越清醒地认识到他的价值，他的苦痛给诗造成的深远影响。

也许这不是北岛一个人的功绩，然而他却是这代人中最出色的诗人，最有个性最有典型意义的诗人。

历史在选择人的时候人也在选择历史，刻意成为英雄的人必须有战场，然后再有一个比自己坚强的对手，北岛的出现是必然的。恩格斯说过："当十八世纪的农民和手工场工人走上大工业的劳动行列之后，他们就改变了自己的整个生活方式，而完全成为另一种人。"这是个简单的结论，我们不可以用它来解释中国社会历史的变迁。

这是个封建意识浓厚得让人连气都喘不过来的却又妄自尊大的民族，从来都闭关锁国。鸦片战争敲碎了封建主义的梦境，半封建半殖民地社会的秩序就直接笼罩了这个民族的生活。二十世纪二十年代以马克思主义为指导思想的中国革命取得了重大的胜利，尽管灾难深重的中华民族获得了新生，但是这种社会生产方式的变革却也孕育了新的悲剧的种子。

不言自明，我们是带着浓厚的封建观念走进新的社会秩序。革命破坏的只是一个社会的结构，却没有彻底清除人们头脑中那些占统治地位的、由旧的生产方式带来的封建意识与原始的惰性，他们仍然是没有进入自觉意识阶段的人，他们的思想远远地落后于中国革命的历史进程，这种不协调性就蕴藏了一种深刻的内在危机。从普遍意义上，人们还没有来得及对马克思主义进行认真的思索就被它带来的空前胜利所征服，习惯了寻找偶像的人们便把这种学说与某个人联系起来塑成新的偶像来朝拜，这种新的个人崇拜是封建君位礼仪的重演，这种个人崇拜是以牺牲个人的自我价值与人性为基础的，这是一种现代宗教、一种现代枷锁。人们在寻找解放时，他们的人性自觉的人性却被轻易地裹蔽了。

十年动乱，这种宗教迷狂像瘟疫一样侵入了政治文化经济等领域，它最初表现为局部的混乱进而发展成全民族的大骚动，惨绝人寰的大屠杀。人性扭曲达到了空前的程度，为了一种主义的互相践踏与残杀使人丧失了最后的理性，人已经不复为人。鲜血已经成河，多少生灵含冤九泉。整个社会即将崩塌的时候，人们才从恶梦中醒来。我是谁？我在哪里？我该怎样？这些疑问深深地敲击这个世界从怀疑开始，人们懂得了思考人生的意义与人的命运，人觉醒了。

一九七六年，中国历史的新开端，从这儿开始，文学这种艺术家探索灵魂出路的工具从内容到形式发生了根本性的变化。人的觉醒带来了文学的觉醒与自觉，而觉醒的文学又促进了人的觉醒。

人要为自己负责也要为历史负责，为了生存，我必须强大，为了自由为找到自己找到出路，人就必须领受历史的孤独。北岛出现于此时孤独于此时，他用自己独特的眼光构筑了一个新的世界，一个理性而人性的世界。

英雄是孤独的。在没成为英雄之前，他先把时代变成了自己的对手

伴随一声低低而痛切的呼喊，北岛出现了，他的灵魂里也就注满了这个时代的大喜大悲。背后是昨天，是疯狂的丧失理智而为历史嘲弄的昨天，是丧失人性而又愚昧的昨天，是被历史愚弄欺骗侮辱的昨天，而现在"我打碎了一道道定义／我砸碎一层层枷锁／心中只剩下一片触目的废墟／但是，我站起来了／站在广阔的地平线上／再没有人、没有任何手段／能把我重新推下去／"（舒婷）"这是一代人共同的心理。"我复归了，强烈的自我意识出现了，一种警觉笼罩了生命，正是在这个意义上，北岛开始起步，开始了不平坦的人生体验。

1 愤怒的心情源于被欺骗被掠夺了生活的历史

承继了"五四"文学那种强悍的批判精神和力量，面对的是一种荒谬的社会秩序，从怀疑开始，北岛对十年的生活进行了彻底的否定。越来越清楚地他认识到了自己被扭曲的程度，一种自尊、一种空前的耻辱感就占有了诗人的灵魂。那么接着就是否定。

把《回答》这首震荡人心的作品放回到历史去考察，就会发现它概括了诗人这一阶段的特有的情绪。"卑鄙是卑鄙者的通行证／高尚是高尚者的墓志铭／看吧，在镀金的天空中／飘满了死者弯曲的侧影"，这就是诗人眼里的现实，它的异化已经多么严重，卑鄙在行动着，而高尚只是对死者的盖棺论定。这不能不使人发问：为什么"四人帮"粉碎了，人们还在互相践踏还在互相争夺与冲突？这种情况下诗人自然会得出这样的结论："告诉你吧，世界／我不相信／纵使你脚下有一千名挑战者／那就把我算作第一千零一名"，紧接着就是一种全面的怀疑："我不相信天是蓝的／我不相信雷的回声／我不相信梦是假的／我不相信死无报应"。

无论如何，这首诗应在当代文学史上留下重重的一笔。

"我不相信"在这里被响亮地提了出来。诗人以幽愤而痛苦的笔调表达了对不正常的

动荡的社会生活的遗憾，表现出一种强烈的不信任感与异己感。而更加细致地渲染这种情绪的是《一切》。"一切都是命运／一切都是烟云／一切都是没有结局的开始／一切都是稍纵即逝的追寻"，短短的十四行诗，诗人眼中浸满的却是铺天盖地的失望与悲哀。诗人对觉醒的人类有一种极大的信心，于是希望的越多，失望的也就越多，就难免产生这样沉痛的绝望：一切是那么虚妄而荒唐！北岛对生活的态度实在太认真了，在这一点上他超过任何一个诗人，几乎达到了残酷的程度，他绝不会轻易地相信什么，相信了，就会随时有被欺骗的可能。而他不同于别人的地方更在于他的思考从来不带有什么理想主义色彩，用一种虚妄的理想来安慰或欺骗自己是他绝对不能接受的。因此，他所面对的世界是更加使人恐惧的，他比别人走得更远的地方在于他面对现实，从不回避内心深处的绝望与痛苦，因此他成了最真实而严峻的风景。

有人指出：北岛诗中有一种强烈的悲观主义情绪。然而，这种悲观的背后却显示了诗人的坚强，显示了诗人对生活更高意义上的要求与执着的精神，正因为这样，诗人才歌唱正义批判黑暗，诅咒扭曲并扼杀人性的生活，要求人的尊严，要求自己的自由的权力。

"也许是最后的时刻到了／我没有留下遗嘱只留下了笔／给我的母亲／我不是英雄／在没有英雄的年代里／我只想做一个人"。还有："我只能选择天空／决不跪在地上／以显示刽子手的高大／好阻挡自由的风"，我把这首诗当成是这一代人的共同心境，看成一个特殊的时代中的人权宣言。多么令人痛心的渴望与要求，多么可怜的处境与呼声。不是诗人没有信心，也不是诗人精神脆弱，是黑暗掠夺了一个人只想做一个人的微小的权利。这种感情进一步地舒展就成了另一首诗《结局或开始》，更加深切地喊出了生活的声音"我是人／我需要爱／我渴望在要求正常情人眼睛中度过每个宁静的黄昏／在摇篮的晃动中／等待着儿子的第一声呼唤这普普通通的愿望／如今却成了做人的全部／……代价"，在这种愤怒的背后，蕴藏的是诗人一种坚强、一种斗士的形象，"决不跪在地上／以显出刽子手们的高大"到"我站在这儿／代替另一个被杀害的人！"诗人在追求正义，寻找着真理，在他眼中历史是公正的，只有历史能证明价值，我们是否可以这样说，这是北岛这一时期精神上的支点。

从人的觉醒意义上说，对自由人性的追求，对个性的寻找，北岛从这里开始走上了对社会批判的道路。他的孤独是空前的而骚动不安是激烈的，但同时他又是理智的老成的。虽然对世界充满了不满和敌意，但他没走向彻底的悲观主义也没遁入犬儒主义，他的生活依然审慎得冷静得出奇，他属于思索，因此他与玩世不恭无缘。他深刻地认识到人与现实的关系，他的每一首都不是无的放矢，他的批判总能击中要害。愤怒而能节制，悲哀而不沉沦，坚强而不盲目，北岛展示了这一代人的对命运对自身的思索，这种思索是成年人理性的思索。

这种精神源于一代人的使命感和英雄意识。

2　孤寂的心情的出现，仅仅因为醒来而无路可走或者到处都是路，不知哪儿有什么样的绿洲

从愤怒中平静过来，诗人没有也不会变得多云转晴。当需要正视前方的时候，诗人必然陷入空前的困顿。

北岛生活在中国最辉煌的时代，接受的却是虚伪近似于蒙昧主义的教育。他们没有人生 观没有人生哲学没有对生活的认识，即使有也是别人强加给他们的武装给他们的也是混乱而荒诞的。当信仰被乱七八糟的时代生活否定之后，伴随它倒下的还有一代人天真而诚挚热切的理想。人觉醒了，醒来才觉得自己一贫如洗，没有任何财富，周围是触目的废墟，一种空茫一种惶惑沉重地压在诗人的心头。

醒是醒了，却不知路该怎么走，走是走了，却不知走向哪里。"走吧/落叶吹进深谷/歌声却没有归宿/……走吧/我们没有失去记忆/我们去寻找生命的湖"。北岛相信自己不会被压垮，反而从自己的伤口中站起来去寻找生命的真谛，然而整个诗却给人一种萧条感与凄楚感，这受伤的人捂着伤口的歌唱。但是，他感到了，本能地感到了有一种东西出现了，尽管这种东西是什么他依然弄不清楚，总之那是一种希望的微光，于是就有了这样的诗句："沿着鸽子的哨音/我寻找你/高高的森林挡住了天空/……在微微摇晃的侧影中/我找到了你/深不可测的眼睛"，这便是北岛诗朦胧的一个重要原因，也是一代朦胧诗人的作品指向性不明确的原因，因为他们的思想和许多意念有许多是可感而不可言的，他们的思想需要努力生活也许才能澄清，而这是需要时间的，然而北岛依然坚信有一种前景，于是他深切地告慰姑娘："在被黑暗碾碎的沙滩/当浪花从睫毛上退落时/后面的海水却茫茫无边/可我还要说/等着吧，姑娘/等待那只运载风的红帆船"。

当十年生活之后，人们都该走向正常的生活了，然而北岛却沿着觉醒的路更加严苛地走下去，积极地寻找自己的位置和人生的意义。《彗星》和《走向冬天》更加深刻地了

表现这种企图。"我们绝不回去／装饰那些漆成绿色的叶子／'也'不在绿色的淫荡中堕落／随遇而安不去重复雷电的咒语"。这是一代人破釜沉舟的勇气和力量，这是对人格和自由的捍卫。然而所有这一切还属于一种展望或一种计划，这一切的背后埋藏的是诗人灵魂的巨大的孤寂。《习惯》是首爱情诗，渗透着灵魂孤独的低语，清冷中夹杂一丝哀伤和亲切。"她"在烫伤黑夜，而"我"依然不能彻底地欢乐。《雨夜》中展示的是对爱情的珍视也充盈着孤寂感。从《走吧》到《迷途》再到《走向冬天》写出的仅仅是清晰的决定，而基调依然是怀疑。应该走向哪里？我们的终极归宿是什么？实际诗人没有走进生活，心中装满的仅仅是一张蓝图。那么诗人最真实的是《日子》所展开的深刻的寂寞以及《和弦》所展开的空旷而茫然的感受，以至到最后诗人索性直接唱起了"他没有船票／又怎能登上甲板／铁锚的链条哗哗作响／也惊动这里的夜晚／……岁月没有从此中断／沉船正在生火待发"。然而最关键的一句话在于他反复说的："他没有船票"。

那么，什么是"船票"？那无疑是一种人生动力人生哲学一种科学的方法论一种使人不再上当的信仰。然而此时的北岛此时的这一代人的警惕性已达到极致，一句"我不相信"就使怀疑持续了许久，使这种寂寞纠缠不休。

3　焦灼的心情的出现，是因为他超越了十年生活的狭窄空间，重新地再一次地否定了外部世界否定了自己

我每每感觉到北岛对人的领悟是极其深远的，因而敏感而又机智，这种敏感促使他时刻捍卫自由寻找自由。因此，如果说北岛从前的思想是停留在对十年生活的反思上，那么现在，他的后期不为大多数人注意的作品中展示的却是他对人类命运、现实、人生的宏观的思考；如果说北岛从前仅仅对十年生活及十年生活给人造成的心灵苦难产生怀疑进而批判，而对人类自身、对"我"还能坚信的话，那么现在，他对整个世界产生了摧毁性的怀疑之后，"我"这个最后可以驻足的陆地开始动摇。

不消说，诗人本能地感到了危机，感到了比十年的阴影还要严重的压力，那是一种生命本身的困惑，尽管这种困惑的基因来自那十年生活，然而，最重要的是我们不能仅从动机上判断诗，其实关键是看诗再现了一个什么样的结论。如果说他前两段的诗虽然冷峻、深沉具有强烈的反叛性，但是情绪仍然是完整而单纯的，那么，在我将要提及的这些作品中，那些极不和谐的情绪却为人们提供了另一种思维空间。它表现为：形象及音乐性不协调，突兀跳动使人难以把握。形象跨度加大，情绪躁动而又不安，更强调直觉的意义，这是由诗人那种特殊的情绪造成的。

我们可以比较一下《一切》和《可疑之处》的差异，前者抒写的是因希望而获得的失望，后者抒写的是失望之后更深刻的绝望。如果说前者强调的是对外部环境以及人被扭曲的程度的绝望的话，那么后者也许是不再坚信任何东西了。"历史的浮光掠影／女人捉摸不定的笑容／……可疑的是小旅馆／红铁皮的屋顶／可疑的是门下／我们的双脚／可疑的是我们的爱情"。也许至此，北岛的焦虑真正开始了。

世界荒诞，这是焦灼的第一个感受。

"我曾正步地走过广场／剃光脑袋／是为了更好地寻找阳光……／一夜之间／我赌输了腰带，又赤条条地回到世上"。这也是十年生活的反思，但这里已不是单纯的愤怒，而更强烈地充盈着无可奈何的自嘲，充盈着无法把握历史的一种戏谑。而诗人曾经坚信过的价值观念似乎也随着这种历史观的变化而变化了。从前他呼唤的是人性而自由的生活，然而："很多年过去了／云母／在泥沙里闪着光芒／又邪恶、又明亮……或许只有墓地改变这里的荒凉／组成了市镇／自由不过是猎人与猎物之间的距离"，那么基于这种感情基础上的世界无疑是混乱的，纷杂的，丧失了统一感的，在北岛的许多作品中这种感觉极其突出的："这杯中盛满了夜晚／没有灯光，房子在其中沉浮／……夏天过去了，红高粱／从一顶顶浮动的草帽上走来"，在这种沉浮静止的语调下面接上一句冷淡的"夜色多么温柔，谁／又能阻止两辆雾中对开的列车／在此刻相撞"。其他的东西诸如《峭壁上的窗户》、《陌生人》、《主人》、《雨中纪事》都在一定程度为荒诞这一主题在不同方面予以了痛切的揭示，现实与历史与人生的荒诞不仅导致了诗人情感重心的转移，也导致了诗人在荒谬的背景上寻找自己判断自己认识自己。

人的局限性的发现，是北岛焦灼的又一原因。

也许最初的怨怨是因为诗人认为自己是清白与无辜的，而在《履历》中，他没有把自己划在历史之外，而是把自己看成是历史的一部分，他觉得不仅是历史欺骗了他，实际上自己也是一个赌徒，在被历史玩弄的同时也在玩弄历史和自己，于是他说："我们不是无辜的／早已和镜中的历史成为同谋"。这绝不是悲观而是一种更加残忍的清醒。而比《履历》再进一层，诗人直接说出了从前不愿承认的话："欲望的广场展开了／无字的历史一个盲人摸索着走来，我的手在白纸上移动／没有留下什么／我在移动我是那盲人"从前的坚定与自信消失了，诗人感到了自己的有限和渺小，相对于现实他感到了自己的无能为力，尤其是对现实抱有的统一感丧失之后，这种认识就变得更加深切，那么诗人体验到的将是更加复杂多变的情绪世界。

首先是孤独，比绝望更可怕的孤独。"死去的英雄被遗忘／他们寂寞、他们在人海里穿行／……借助梯子／他们再也不能预言什么"。这种孤独是与世界分离的孤独，是局外人的孤独。

其次是冷漠与隔膜，而这更重要的是它产生于特殊时代的人际关系，这种冷漠感与孤独感具有东方特征。"许多种言语／在这世界上飞行／碰撞产生了火星／有时是仇恨／但是语言的产生／并不能增加或减轻人类沉默的痛苦。"更具有实感的体验是"楼房／把窗户开向四方／我们生活在其中"，更可怕的是："孩子学会了与墙对话／这城市的历史被老人封存在心里"。还有《很多年》、《回声》也表现了这种倾向。

再次是空茫感、孤立感与不能自主的压抑感。《空白》提供的是人站在荒原上的感受，一切都是空白。甚至"失望"、"胜利"、"厌恶"、"时间"、"历史"都是一片空白，还包括那种证明诗人人格的"背叛"，他说那也是空白。《青年诗人的肖像》则写出了诗人悲剧性落魄的生活，这时的诗人形象已不再是斗士和英雄，而是一个令人痛心的普通人。《寓言》展示的是诗人对自身处境的认识，他被一种巨大的外部力量左右着控制着，生活往往是不能自主身不由己的。

意义最重大的却是那种危机感，它来自这一代人对使命与责任清醒认识，来自他自负未来的救世意识。因此，在绝望中奋起的他首先体验到的是自身的危机。"雨打黄昏那些不明国籍的鲨鱼／搁浅、战时的消息／依旧是新闻／你带着量杯走向海程……／坐在喧嚣中心／于是你聋了／你听见了呼救信号"，但是"屋顶上的帆没有升起／木纹展开了大海的形态"，而我们终于只能像"孩子围坐在／环行山谷上／不知道下面是什么"！

《空间》是我们见到的北岛后期的作品。从《我不相信》到此，北岛的灵魂曲曲折折地经历了这样的历程：愤怒——觉醒之后，被欺骗引起的反抗情绪，表现为对十年生活的否定。寂寞——人醒了，却无路可走。焦灼——对外部世界与自我的全面否定，人生的焦急。这三个历程中，北岛写满了他灵魂的徘徊与前进的足迹，这是一个否定之否定的过程。

需要强调的是，北岛所经历的两个怀疑阶段。第一个阶段是为十年生活的怀疑，第二个阶段却是觉醒的具有强烈的独立意识的人对外部世界的怀疑，这种怀疑是二十世纪世界文学的一种主要基调，也是二十世纪哲学的一个主题，那就是人的问题人的生存状态的问题。我觉得北岛不是有人说得那么狭隘，相反他从民族问题的思索转而走向对人类命运的关注，他的心胸日益开阔了，这就是为什么北岛的作品至今能唤醒更多灵魂的原因。

他划开了两种生命境界，塑造了自己的人格与其相联系的感觉世界

这就是北岛在新时期的诗歌创作中向读者展示的主要情绪。从人到诗也许这些就足够了，足以确立自己的特殊性，足以将当代文学从此断然划开，一个新的诗歌时代也因此宣布到来。这是一个全新的人格的出现，全新的品质的出现，仅仅因为这样，他和他这一代人开辟了一个新的天地且取得了界碑的意义。

4　从子民意识到英雄意识，从奴性人格到独立人格

马克思在《手稿》中，指出了共产主义原理，指出了人类社会发展的规律，即：动物（非人）→人（原始的人）→非人（奴隶、封建社会）→假人（资本主义）→复归到人。我们可以补充说，人类发展过程不过是人的本质充分表现的过程是觉悟的过程也是人性一天天发展丰富自由的过程。十年动乱后，中国开始的自主意识的觉醒是人的一丝希望的光芒，能不能说，这个民族开始从被动走向主动，从被束缚走向解放，人的独立成为时代最显著的特征。

北岛的价值恰恰在于他用生命体验真实地抒写这段民族灵魂解放的历史。

孤独而忧郁激烈的北岛是觉醒的一员，他时刻呼唤一种正常人的符合人性的生活，他渴望自由渴望得到普通人应该得到的尊重与幸福，渴望实现自我价值。他不再是一个没有独立思考能力的俯首听命的封建社会下的"子民"，他不再以别人为中心去考虑自己生存的意义，他活着不是作为奴隶而活着的，而是作为一个有独立性有自尊心的人存在于世上，他们把世界的重心转移了，"我"成为一切的主宰，外部世界是我的参照物。他不盲从而善怀疑，他愿思考而不偏激。他是个英雄，具有独立人格的英雄，尽管时代与个人的局限使这种称号蒙上一层悲剧色彩。而且这种人格不是奴性的，也不是君王的，而是平民英雄的。通过分析，我们可以清晰地观察出北岛的思想轨迹，从人道主义到存在主义经历了这个过程，他真实地再现这个社会的内部生活。北岛是真诚的而苛刻

的，他独立性极强，冷峻而又深沉，即使在后一时期，那么沉重的灵魂上的压力也没有使他躲进个人的小圈子也没有躲进宗教里去，相反，在新的偶像塌掉后，他再寻找更新的思想基础来认识生活，他寻找的是人的真实的出路和归宿，这个地方必须是理性而正义的地方。说到底，他寻找一种人生哲学。因此，他的焦虑是一种哲学意义上的焦虑，这是一种患难意识，一种诗人所特有的人生感受。

5　从虚伪的群体到真实的个人，从共性的诗到个性的诗

如果一种人格不走向诗，不完全地通过固定的诗歌形式再现出来，那么也是悲哀的。然而北岛与别的诗人不同，他真诚，因此他把人格与诗完美地结合在一起、统一在一起，使他的诗成为了一种个性的艺术。也就是人的自觉带来了诗的自觉，文为其人，诗如其人，诗歌第一次酣畅而坦荡地唱出了诗人的心灵之音。

而在这之前，政治的因素及诗人自身的因素导致了诗成为一种异化的产品。诗是诗人探索人类灵魂的工具，诗应该是独立的个性的。"诗是自由的使者，永远忠实地给人类以慰勉，在人类心里播撒对于自由的渴望与坚信的种子"。"一首诗是一个人格。""愈是生活的，越是完美的，愈是人性的，越是美的。""诗应该是民主精神的大胆迈进。"这是一些早已被诗人提出并印证的真知灼见，这是诗人们很高的理想与愿望。

然而事实上当代诗歌从一开始就走向了另一条路，那时是颂歌的时代，艺术成为政治的工具成为传声筒的时代，极端的功利主义掠夺了诗人正常的观照自心观照生活的权利，甚至是迷惘的权利。于是狂热的口号铺天盖地，诗人在中国失去了最后的王国。许多诗人有意无意地变得目光短浅势利，巨大的功利目的使他们只为眼前的利益鼓噪不已，趋炎附势，歌功颂德，于是说教诗出现了，虚伪的繁荣出现了。我不敢怀疑这些人的真诚，但这种真诚是否是人类主流的情感，是否是人的本质的再现，是否建立在人独立的思考之上，而今天再回头看去，我们所触目惊心的只是谎言和荒凉。

独立思考与独立人格的消失，诗的个性及生命力就完全丧失了。诗人不敢也不会用自己的口吻去说话，也不再说自己的心里话，他们常常以"人民"的面目出现，成为一个群体的代言人，共性淹没了个性，诗变得意外的单纯而明了，仿佛诗人灵魂的型号是一样的，感受是相同的，区别仅在于语言方式和地域性差异上。我们看不到诗人自己的面目看不到诗人的本质。

而北岛喊出的却是属于自己的内心的声音，无论悲哀与否，它对于诗人自己是真实的是美的，那么对于与诗人在同一个社会中生活的有良知的人亦然。上述我们对诗的分析已经足够说明这一点了。我想提及的是围绕"大我"与"小我"，文坛上曾好热闹地争论过一阵儿，习惯了虚伪地假大空地写诗的诗坛上有影响的人对北岛的写自我的诗大加指责与抨击，然而今天事实无数次证明了那种观念的陈旧与可怜，也证明了北岛诗这种开创的意义。

北岛的"自我"是他个人的体验，然而却是民族的，因为他灵魂的深处所拥有的东西不是他个人的。中国哲学首先考虑的是人与人的关系，现实人生问题占据哲学的中心。它所构筑的双重结构的异化现实，自觉的人在其中必然找不到出路从而体验到强烈的忧患意识。北岛继承了中国优秀知识分子所必备的忧患意识，而他又恰恰处在特殊的历史阶段，一代青年的悲剧又使这种忧患意识渗透了强烈的悲剧感与失落感。

我们不再一一举例，总之在北岛的诗中随处可见充满痛苦的对人类命运与处境的思索，即使在平静的生活中，那种忧患仍然以忧郁、冷漠、怀疑、愤怒等方式互相交织着凝成了诗。这是充满忧患的诗人的灵魂的真切的声音，这是一种反抗意味十足的声音，说到底，是忧患感使北岛的诗充满了批判现实主义精神。

6 从单纯描摹到感觉世界的构筑，从附属到独立的艺术天国

北岛的情绪属于瞬间。

与传统的现实主义表现方式相悖，在北岛诗中，没有时间与空间的流逝与前行，他截断了方向和时间，也舍弃了时空造成的某种因果关系。

"在被遗忘的土地上／岁月，和马轭上的铃铛纠缠／彻夜作响、路也摇晃／重负下的喘息改编成歌曲／被人们到处传唱／女人们的项链在咒语中／应验似地升入夜空／……"。我们在这种诗中看不到在时间与空间上这些意象到底有什么联系，但是，这些繁复的意象却构成了饱满的艺术空间，又让你感到了时间的存在而他获得的却是一个高度浓缩的情绪化的境界。这是一种瞬间的感应，瞬间存在于艺术当中，它包括主客观两个方面，它是自然与生活表现在一刹那间给人的印象以及由此产生的感触与情绪，因此，情节被省略，环境被省略，只剩下一群单纯的意象，只是情感的流程。

而这种瞬间感受往往是诗人对生活的高度忠实，它可以充分地表现出人的复杂情感，折射社会复杂的内涵。这是北岛诗在艺术上的最大特征，也是北岛诗结构的主要方式与途径。而为了表现这种瞬间情绪并与此相适应，在诗的形式上北岛也做了一些相应

的探索，隐喻、象征、电影蒙太奇这些手法交替使用，造成了意象的撞击和转换、大跨度的跳跃，开阔了诗的更广阔艺术空间。

在美学上，北岛显示出了直觉主义的美学特征。他对瞬间感受、潜意识的注意和表现是与克罗齐的思想有相似之处。而经过直觉建筑起来的艺术世界，有了独立的审美价值，这是对传统的表现方式的一个决定性的背叛。

北岛，作为第一代人已经过去了，更多的后来者继续着他的清醒的人生思考打开了又一个天地，不管怎样，时间一天天地验证了他的价值、他的意义和地位，也许时间越长他就会越醒目，他作为一块界碑就会更为人们引为文学尤其是新时期诗歌的话题，这是明摆着的事情。谨以此为本文的结束语。

一九八六年五月第一稿

一九八八年六月改毕

《当代作家评论》一九八八年第四期

北岛，或关于一代人的
"成长小说"

张　闳

一

首先，让我们来听一段录音：

一九四九年十月一日。北京。天安门城楼。毛泽东：（声音）……

也许是因为当时的录音技术尚较原始，这声音听起来显得扁平、尖利，还带着明显的颤抖。在每一停顿之处，我们还可以听出有一段较长的余音：这是声音在天安门广场所形成的回声。

天安门城楼，众所周知，是一个古老帝国的皇宫的主要门楼之一，它显示着君主权力的神秘和威严。而天安门广场，同样，它也不是一般意义上的广场（如近代城市中作为自由贸易之集市的或市民狂欢庆典之场所的那种广场）。天安门广场有其特有的文化政治意义。它是广大的，可以容纳数以百万计的人群聚集和鱼贯而过。甚至让人感到，它几乎能容纳整个民族乃至全人类。然而，它又是窄小的，窄小到哪怕是单独一人也会感到难以穿行。它的空旷带给人的晕眩和恐惧，正与逼仄和窒息相同。

137

从声学角度看，城楼和广场的结合，巧妙地构成了一部完善的音响设备，它能产生最佳的音响效果。城楼上的声音经由这个世界上最空旷、最阔大的场地的共鸣和放大，传向它的国度的四面八方，传到每一个角落。当然，只有据有最高权力的人，才是"城楼上的声音"的声源，而这个国度的每一位子民，都将自己的心房变成一个缩微的广场，一个小小音箱。城楼上的每一次发声，都将在这千千万万的小广场上造成强烈不等的震荡和回响。

与高耸的城楼相比，平坦宽阔的广场似乎显得更温和、更富于平民气息一些。的确，在历史上（从五四时期起），这里总是民主之声的发源地。但是，一旦"城楼上的声音"被确立为唯一的声源，"广场"便常常只能起一种共鸣音箱的作用。"广场上的声音"构成了与"城楼上的声音"的应答关系，正如民众之于君主一样，如果不是崇拜的欢呼，那一定是反叛的呐喊。同样都是应答：附和的或反诘的；喜剧性或悲剧性的。在这样一种应答关系中，声源与回声构成了声音系统的等级秩序，前者是后者的最高形态。因而，可以说，几乎任何一次的广场上的言说活动，都可看做是为了登上城楼一试喉咙而作的实地演习。

值得注意的是，站在城楼上的发言者，被认为同时也是一位诗人。这个人以他自己的诗歌写作活动，赋予汉语诗歌有史以来最高的荣耀和威力。他是诗美与权力完美结合的典范。他达到了历代中国君主从未达到的诗意的境界，也达到了历代中国诗人从未达到的权力的巅峰。他站在城楼上的发言，这本身就是在朗诵他的权力的诗篇。这种朗诵，它的威力、它的诗意、它的声响效果，可以说是登峰造极的。这，对于任何一位汉语诗人来说，该是一种多么巨大的诱惑啊！每一位当代中国的诗人是否也曾在心底里演练过这种朗诵呢？马尔罗曾经说过："诗人总是被一个声音所困扰，他的一切诗句必须与这个声音协调。"生长在权力的阴影之下的中国新一代的诗人，他们所能听到的唯一的最强的"声音"，就是那"城楼上的声音"。并且，他们也只有模仿这个声音的音强和音调，才能让自己的声音被别人听见。

这一说法并非臆断。诗人们确实是如此尝试过至少一次。一九七六年春天，当大批的民众聚集在天安门广场上举行抗议活动的时候，大批的诗人也来到这里。他们并不是来开诗歌朗诵会的。但事实上，这一次却是人类历史上规模最大的一次诗歌朗诵会。诗与广场结合在一起，两者相得益彰。诗使广场隐喻化，赋予它美感（尽管这种美感是与恐怖相随的）。而广场则给诗以最佳的音响效果，赋予诗以巨大的魅惑力和震撼力，甚至使之达到与"城楼上的声音"相抗衡的声学效果。

正是在这场"广场上的诗歌朗诵会"上，我们初次听到了诗人北岛的声音。

二

当一位诗人站在天安门城楼上高诵他一生最伟大的作品时，这个世界的另一角落，一位婴孩呱呱坠地。婴孩的啼哭应和着那位父辈诗人的声音，仿佛他们之间有着某种神秘的感应。没有人知道，这位婴孩在当时是否也听见了那个"城楼上的声音"。但是，那个声音的余响却伴随着这位婴孩及其同时代人的成长，那位诗人，可以说是他们精神上的父亲。

几十年后，这位婴孩长大成人，成为新的一代诗人。但是，他们这些子辈诗人在他们的精神之父面前，总摆脱不了孩子气。

> 我猛地喊了一声，
> "你好，百——花——山——"
> "你好，孩——子——"
> 回音来自遥远的瀑涧。
> ——《你好，百花山》

这是北岛的诗歌在处理声音效果方面的初次尝试。他把来自大自然的回声，想象成长辈的应答和嘉许。这种想象是孩子气的。孩子对于回声现象有着特别浓厚的兴趣，他们总是流连于山谷边、回音壁前，充满惊喜地一遍又一遍地喊叫，并悉心倾听自己声音的回声。从儿童心理学角度来看，这种现象可以理解为儿童的"自我意识"生成的"镜像阶段"（Mirror stage），如果只是如此这般地迷恋于大自然所映出的"自我"的影像，那么，北岛就变成了顾城。但是，我们注意到，在北岛这里，大自然并没有与"主体"同一化，而是异化为一个"他者"的声音，并且，这个"他者"，即是"父辈"。因而，北岛的兴趣并不在山水之间，而在"父辈"的视界中。这样，他必将带着孩子般的寻求回声的动机，来到父辈的"广场"上。

> 我需要广场
> 一片空旷的广场
> 放置一个碗，上把小匙
> 一只风筝孤单的影子
> ——《白日梦》

放置这些"办家家"的小玩意，在顾城看来，只需要一幢小木屋便绰绰有余了。然而，北岛却要求得到一个广场，他的"家家"办得太大了。这位大孩子梦想将父辈权力的广场改造成他自己的游乐场。真正是一场"白日梦"。这不能不引起父辈的警惕。从政治学角度看，这位大孩子的要求似乎体现了一种民主的精神，但从心理学角度看，倒不如说是在撒娇，在向权力的父亲的一次撒娇。可是，梦想撒娇的孩子偏偏遇上了一位不耐烦的父亲，一位不买账的父亲。回答是坚决的：

> 占据广场的人说
> 这不可能
>
> 笼中的鸟需要散步
> 梦游者需要贫血的阳光
>
> 道路撞击在一起
> 需要平等的对话
>
> 人的冲动压缩成
> 铀，存放在可靠的地方
> ——同上

这简直是预言！在今天还活着的每一个中国人，都不得不为如此灵验的预言而感到惊讶。不过，我们暂且不去研究"预言家"北岛，还是先来看看"撒娇者"北岛——他哭了。这是撒娇的最后一招。北岛在这首诗中进一步描述了他们那一代人的在撒娇未遂时的心态：

>……我们是
>迷失在航空港里的儿童
>总想大哭一场
>……
>弱音器弄哑了小号
>忽然响亮地哭喊
>——同上

而这个一代人"啼哭"的秘密的真正充分的披露，则是在北岛的几首近作中。他涉及到了与"父亲"的关系：

>在父亲平坦的想象中
>孩子们固执的叫喊
>终于撞上了高山
>——《无题·在父亲平坦的想象中》

>那时我们还年轻
>……
>汇合着啜泣抬头
>大声叫喊
>被主遗忘
>——《抵达》

这样一个又哭又闹的形象，与我们通常所认识的北岛形象相去甚远。北岛更多地显示着坚定、刚毅和冷峻的风格。至少，当我们第一次在广场上听到他的声音的时候，他已经是一个"愤怒的青年"。他的到来不同寻常。

> 我来到这个世界上，
>
> 只带着纸、绳索和声影。
>
> 为了在审判之前，
>
> 宣读那判决的声音。
>
> 告诉你吧，世界，
>
> 我——不——相——信！
>
> 纵使你脚下有一千名挑战者，
>
> 那就把我算作第一千零一名。
>
> ——《回答》

这已看不到丝毫撒娇痕迹，只有愤怒和反抗挑战之声。新的一代人成熟了。曾经撒娇和哭闹的孩童，如今喊出了独立的、自我的声音。他们在向暴戾的父亲发出了挑战。广场，成了两代人争夺的战略要地。很显然，他们都清楚这块阵地的重要性。而作为一代人成熟的标志，不仅仅是他们已知道审时度势和懂得要害，更重要的是他们拥有了自己的原则和信条，那就是"怀疑"，是说出"我不相信"的勇气和能力。北岛的这些"怀疑主义"的诗歌，标志着一个新的启蒙时代的到来。它的伟大的精神光芒曾经照亮了这个时代的天空。

但是，果真是什么都不相信了吗？也许。"怀疑一切"是理性的根本尺度，是"自我意识"成熟的标志。但是，有一样东西却是毋庸置疑的，那就是自己的声音。世界的空洞化恰好为"自我"的声音提供了"回声"的必要条件。

> 存在的仅仅是声音
>
> 一些简单而细弱的声音，
>
> 就像单性繁殖的生物一样

......

男人的喉咙成熟了

——《白日梦》

对于声音的自足和永恒性的信任，与对于"自我"的成熟性的自信是完全一致的。这一点，也可以从"卑鄙是卑鄙者的通行证／高尚是高尚者的墓志铭"这一著名的诗句中得到印证。这一诗句以逻辑上的循环论证，构成了一个自我封闭而且又充分自足的"自我意识"，它确实"像单性繁殖的生物一样"。由于它的封闭和自足，也就拒绝了父辈的权力对下一代人之"自我"的外在规定性，保证了"自我"的充分独立性。

因而，"我不相信"这样的语句，首先是喊给自己听的，它提醒了一代人注意到自己应有的独立自主的"自我意识"。同时，更主要的是喊给城楼上的父辈听的，它宣告了新一代人的成熟，并表明了自己的反叛性态度。这是一次蓄意的、大胆的挑战。

但是，正如我们通常所见的那样，一位逆子可以用种种方式和手段反叛自己的父亲，甚至，在极端的情况下会杀死父亲，但并不意味着他从此便一劳永逸地摆脱了父亲的影响。随着时间的推移，我们将会看到，这位"弑父者"变得越来越像他的父亲。他的身体、他的姿势、他的举止，甚至他的声调，都逐渐变得与他年老的父亲相似。怀疑的态度和逻辑上的自我循环也许能有效地驱逐父辈的权力阴影，但在发音的姿态和喊叫的方式上，我们却看见父亲的亡灵在徘徊。"我——不——相——信！"与城楼上的"人——民——万——岁！"遥相呼应，构成了奇妙的应答关系。尽管前者是对后者的拒绝和反抗，但两者在表达方式和声调及音强上，却是那样的相似。设若将前者的声音放置到城楼上发出，并加以扩音，将会有怎样的音响效果呢？我相信，它肯定也是扁平、尖利的，肯定也是同样的颤抖。正是从这说话的方式和声调上，我们感到了两代人之间的血缘关系。反叛的子辈不自觉地从内心模仿着城楼上的父辈的腔调。或者，从根本上说，这种夸张的、高音量的、拖长的腔调，本身就是这个权力化国度的"家族性的"遗传。

北岛之后的更年青一代的中国诗人，仍在相当大的程度上承传了这种腔调。一批又一批的诗人在自己的宣言和诗作中，越来越强地夸张自己的音量，追求尽可能大的回声效果。至于民众，他们早已习惯了这种震耳欲聋的呼喊声，于是乎，也就充耳不闻。他们甚至相信，诗歌只有一种发声方式，那就是喊叫。当然，也许会有一种奇迹出现，改变人们这种呼喊与倾听的习惯，那就是在众声喧嚣之中，恰恰出现了一种低沉、迟缓、细腻的灵魂之声，如同夜间的密语，遥远的呼唤，吸引人们的听觉。然而，这种声音又如何能被听见？又有谁拥有这种分辨力？并且，首先是，有谁会有这份耐心？

三

　　卡夫卡在一则随笔中写道一个人有十一个儿子。这十一个儿子分别继承了父亲性格中的某一种特点，并予以发展。从表面看，这十一个人性格各异，但他们是兄弟。七十年代末八十年代初，在中国大陆崛起的青年诗人群体也就像是一个家族中的子辈一样，他们表面上风格纷呈，但他们是兄弟。在这个小字辈诗人集团当中，有的顽皮捣蛋，像个败家子，放肆到要刨掘祖坟，重修宗谱；也有性情温顺、多愁善感的女儿。顾城是兄弟姊妹中最小的一个。这个任性、乖戾、执拗的小兄弟，长年迷恋于嬉戏、唱童谣和想入非非，撒娇便一撒到底（最后，他的把戏玩得过火了，弄得不可收拾）。在这个庞杂的、喧嚣不堪的大家族中，北岛显得像是一位长子。他具有作为长子所特有的品质：严肃、正直、宽厚和富于责任心，甚至，他的外表也是独特的。诗人柏桦在回忆他与北岛的一次会面时，这样写道："北岛的外貌在寒冷的天气和书桌前的幽光下显出一种高贵的气度和隽永的冥想，他清瘦的面部更适宜于冬天……安详冬天在他苍白的脸上清晰地刻下某种道德的遗风，这遗风使他整个形象具有了一种神秘的令人沉醉的魅力。"① 在这里，我们看到的仿佛是一幅哈姆莱特的肖像。然而，丹麦王子也只是在他意识到自己身上不可推卸的作为家族继承人的职责时，才开始变得神情严肃并耽于冥想。而北岛从一开始就自觉地承担起重整乾坤的伟大使命，他总是感到历史的目光在注视：

　　　　新的转机和闪闪的星斗，
　　　　正在缀满没有遮拦的天空
　　　　那是五千年的象形文字，

---

① 柏桦：《日日新》，《今天》1994年第4期，第208—209页，香港，牛津大学出版社。

　　那是未来人们凝视的眼睛。

　　　　　　　　　　——《回答》

　　但是，无论是哈姆莱特还是北岛，他们都处于一个家族的非常时刻。他们的长子继承权并不是被赋予的，而是夺取的。等待着他们的并不是荣耀的冠冕和鲜花，而是残忍的谋杀。父与子的关系在这里与其说是承传的，不如说是对抗的。他们清瘦和苍白的面容，便是这一紧张的家族关系的见证。

　　在中国的历史上，父与子的对抗关系由来已久。二十世纪以来，这一关系空前恶化。二十世纪的中国历史，大体上可视为子辈对父辈反叛的历史，但它同时也是历史自身不断将自己的儿子送上祭坛的历史。对于这一历史真相最早加以披露的是鲁迅。在鲁迅那里，历史关系首先被描述为家族关系，历史过程被描述为象征着父亲权力的文化历史传统对于子辈的吞噬（吃）过程。子辈，首先是长子，要么成为古老而没落的家族的殉葬品（如《家》中的觉新，某种程度上还有《四世同堂》中的瑞宣），要么作为逆子而送上断头台（这些人更多的是政治上的先觉者，如《药》中的夏瑜）。因而，在某种意义上说，长子意识首先就是殉道意识、献祭意识。这种意识也必然地灌注到了北岛的头脑中。

　　　　我站在这里

　　　　代替另一个被杀害的人

　　　　没有别的选择

　　　　在我倒下去的地方

　　　　将会有另一个人站起

　　　　　　——《结局或开始——献给遇罗克》

　　很显然，北岛相信，在"文化大革命"期间的先觉者殉难之后，他是这个民族真正的长子。他已自觉地做好了自我献祭的心理准备。在这位长子面前，暴力，是一笔最丰富的遗产。

　　在暴力司空见惯的家族里，儿童常常会不自觉地模拟父辈的暴力行径，尽管他们首先是受害者。面对家族内部的血腥谋杀，高贵的王子也不得不拔出了腰间的利剑。而在历史的暴力中，诗歌学会了什么？阿谀奉承、俯首乞怜，或者为虎作伥？有谁不甘"默然忍受命运的暴虐的毒剑"？那么，他将学会更加猛烈的腔调，使声音比暴虐者更为高亢。诗人们在自己的诗歌中练习着与历史的暴力相颉颃的"击剑术"。

> 我不得不和历史作战
> 并用刀子与偶像们
> 结成亲属
> ——《履历》

哈姆莱特是用剑与差一点成了亲属的莱欧替斯结成了仇家。北岛在与暴力的对抗中，获得了一种快速、猛烈、招招凶险的"剑术"，表现在诗歌形式上，为节奏急促、音节短促有力、意象奇崛多变，整个地显示出一种激烈、狂暴的风格。这正是时代给北岛的诗打下的烙印。这种风格所显示出来的"崇高美"，反过来给这个平庸的时代带来了荣耀，并唤起了一代年轻人英雄主义的激情。

也正是借助这种狂暴的声音，北岛向上一辈人宣告了他们的历史的终结：

> 历史是一片空白
> 是待续的家谱
> 故去的，才会得到确认
> ——《空白》

这里明显地流露出一种对历史的不满情绪，首先是对"故去的"魂灵的不满。伴随这一不满情绪产生的则是自己进入历史的欲望。正因为亡灵所占据的历史空间不过是一片"空白"，才有必要，也有可能由"生者"（正在生长的一代）去填充。因而，对于父辈历史的终结性的宣判，在北岛一代人那里，同时也是对自己一代人崛起的布告。它表明了一代人的"代"的意识已经觉醒。

> 谁醒了，谁就会知道
>
> 梦将降临大她
>
> 沉淀成早上的寒霜
>
> 代替那些疲倦的星星
>
> 罪恶的时间将要中止
>
> 而冰山连绵不断
>
> 成为一代人的塑像
>
> ——《走向冬天》

"代"的意识在此表达得再明确不过了。它不仅表明一代人已主动进入到历史的运作过程之中，而且，还要以一种对"历史"夸张的模拟（塑像）的方式，强迫历史"确认"这一事实，即非"故去的"才是历史的主体。更为重要的一点还在于：历史在这里并不是子辈对父辈恭顺的承传，相反，它是取而代之，是在父辈历史的废墟之上重塑自己的"塑像"。"代"的概念，在这里首先意味着"代替"、"取代"。由此，我们也可以看出，两代人的历史意识在其根本之处有着极大的同构性，他们都是借助暴力的方式重构与历史的关系。新一代在反抗父辈的历史暴力和进入历史进程的过程中，习得了暴力。在冰山般"连绵不断"的历史进程中，暴力还将成为新一代人的难以拒绝的遗产。

四

对暴力关系的历史承传，并不是北岛一代人的全部经验。现实生存教给他们的东西更多。在这一代人当中，除了少数人（如张承志）对暴力的年代仍怀有持久的留恋和充满快感的想象之外，更多的人则是持一种厌恶的拒绝的态度，他们更愿意投入到"文化—母亲"的怀抱中去寻找乳汁和安抚（如"寻根派"和杨炼等人）。然而，这位"母亲"却因为生育过度，只剩下一个瘦骨嶙峋的胸膛，一对早已干瘪的乳房（如莫言《欢乐》中所写到的母亲）。这些可怜的孩子，这些过早断乳而又饱受暴虐的孩子，他们的绝望将是多么的可怕！

北岛的成熟性则表现在他比较充分地获得了一种独立于文化历史之外的"自我意

识"。这种意识是复杂的，它一方面与历史暴力关系有着千丝万缕的联系，另一方面，它又经常表现为一种更为深刻的历史和文化的虚无意识。正如我们在前文中所看到的，一代人的塑像首先是建立在历史的"废墟"上。诚然，可以说，几乎任何一次"代"的更替，尤其是在一种暴力关系中的更替，都会在一定程度上对上一代人的历史作"空虚化"的处理。但是，在北岛那里，被如此加以处理的不仅仅是上一代人的历史，而是更为长久的历史，甚至，是历史本身。它出自更为广泛意义上的"虚无感"，而不仅仅是阶段性的历史反叛意识。当一个独立而成熟的"自我"的塑像突然矗立在一片废墟之上的一刹那，整个世界奇妙地露出了它的真面目。

> 到处都是残垣断壁
> ……
> 而背后的森林之火
> 不过是尘土飞扬的黄昏
> ——《红帆船》

这使我们想起了鲁迅笔下的世界景观——"我顺着倒败的泥墙走路……微风起来，四面都是尘土。"[1] 还有 T. S. 艾略特笔下的"荒原"。北岛笔下的世界同样也是一片荒凉、破败的风景。到处是异象，恶兆丛生：蛛网密布的古庙，龙和怪鸟，残缺斑驳的石碑，泥土中复活的乌龟……（《古寺》）

> 或许有彗星出现
> 拖曳着废墟中的瓦砾
> 和失败者的名字
> 让它们闪光、燃烧，化为灰烬
> ——《梦星》

---

① 鲁迅：《鲁迅全集》第二卷，第167页，北京，人民文学出版社，1981。

这种种的异象、恶兆，构成了一幅末日的图景。历史之路在这里似乎已到尽头。正如北岛本人所说的：

> 路从这里消失
> 夜从这里开始
>
> ——《岛》

但这不是一般的夜，它是历史的漫漫长夜，似不再有黎明的希望。一切都发生了改变，变得面目全非。

> 历史的浮光掠影
> 女人捉摸不定的笑容
> 是我们的财富
>
> ——《可疑之处》

我们还记得，北岛曾经描述过那星星般的永恒凝视的"眼神"，此刻，它成了"捉摸不定"的可疑之物。凝视有着一幅美杜萨的面孔，它变幻莫测，既令人恐惧，又充满诱惑。它的笑容让面对它的人化作石头。

> 长夜默默地进入石头
>
> ——《关于传统》

> 在黎明的铜镜中
> 呈现的是黎明
> 水手从绝望的耐心里
> 体验到石头的幸福
>
> ——《在黎明的铜镜中》

　　"石头"意识进入到了北岛的头脑中。这是一个危险的信号！从北岛的诗中频频出现的"石头"意象中，我们可以看到，"石头"的性质在逐渐变化。它起初有着坚固、沉重、不易朽烂的性质，这种性质使之成为纪念碑和塑像的最佳材料。一代人的"自我"形象被赋予了如此这般的品质。然而，这座雕像很快便与"石头"融为一体了，并获得"石头"的全部性质；同时也体验到了僵硬、冷漠和无生命的感受。而这一切，又恰恰是这一代人所要反叛的，是上一代人的形象的本质。这一荒谬的现象，令人想到了加缪笔下的西绪福斯，"那张如此贴近石头的面孔已经成了石头了！"[①]北岛一代人在与石头般的历史的搏斗过程中，习得了"石头"的品质。胜利者自身也"石化"了。

> 大理石雕像的眼眶里
>
> 胜利是一片空白
>
> 　　　　——《空白》

　　这是一幅奇妙的景象！在凝视的废墟之上，唯有孤独的胜利者的雕像屹立，就好像复活节岛上的那一尊尊太古时代的石像一般。他们那空洞冷漠的眼眶茫然正对着昏黄的夕阳和荒凉广漠的世界，映照出这个世界空虚的本质。然而，他们自身却与这个世界是那样的相像。从这深不可测的眼洞里，我们也可看出，这永恒的观望者的内心状况——它与面前的世界一样，也充分"空洞化"了。

　　这个冷漠的大理石雕像没有喊出"我不相信"的口号，但我们却能感觉到一种更加深邃的怀疑精神。这一怀疑精神，深入到怀疑者的灵魂深处，就好像射出去的箭，折回来射中了猎手自身。世界的怀疑者被逐渐射出的怀疑之箭所伤，对外部世界以及猎手的怀疑转而成为对历史中的个体——"自我"的本质属性的怀疑。诗人不得不重新思考一代人的"自我"与父辈及其历史之间的关系：

> 当我们回头望去

---

　　① 加缪：《西绪福斯神话》，郭宏安译，《文艺理论译丛》第三辑，第405页，北京，中国文联出版公司，1985。

在父辈们肖像的广阔背景上
蝙蝠划出的圆弧，和黄昏
一起消失
我们不是无辜的
早已和镜子中的历史成为
同谋
　　　　　——《同谋》

　　这也许可视为当时所可能达到的最为深刻的自我反思。对"自我"与历史之间的同谋关系的发现，摧毁了一代人的"自我意识"的神话。在暴力关系中建立起来的新的"自我"的神像，现出了它空虚的真相，成为与历史一样的可疑之物。北岛写道：

我，形迹可疑
……
当你转身的时候
花岗岩崩裂成细细流沙
你用陌生的语调
对空旷说话，不真实
如同你的笑容
　　　　　——《白日梦》

　　我们注意到这个"声音"，它曾经包含着一代人的全部使命感和神圣感，还有成熟男性的自信和尊严，而在这里，它却是那么的空洞、虚假。"自我"分裂成为一个陌生的、异己性的"他者"。同样，我们也会注意到这里的"笑容"。它同样也是不真实的、令人生疑的。这种"笑容"，曾经出现在"历史"那张女人般的、变幻不定的脸上。"自我"与"历史"有着同样的一副面孔。而"石头"、花岗岩，这种坚固不朽的建筑材料，纪念碑和雕像的基座，在这个疑窦丛生的时代，也正在"风化"，析为虚无的尘沙。

　可疑的是我们的爱情

　　　　——《可疑之处》

　　人们只有在某种极端的情形之下，才会怀疑到自己的爱情。这可以说，是怀疑精神的一个极限。怀疑精神在这个极限处，与虚无主义便相去不远了，甚至，它往往就导致虚无主义。哈姆莱特也正是在巨大的虚无感的包围之中，才开始怀疑奥菲莉亚的爱情。这一代人，这不幸的一代人，他们曾经被家庭放逐，被社会放逐，被整个时代的生活放逐，而在他们重新返回到历史的河流的时候，已经不是曾经的河流，他们又被自己的爱情所放逐。世界变得更加空旷、更加虚幻了。

　　进入历史的欲望被遏止。虚无之雾笼罩着他们曾经渴慕占据的地盘之上。此刻，他们学会的是拒绝：拒绝成为荒谬可笑的历史展品和"无用的路标"，也就是说，拒绝承担历史长子的责任。然而，他们还将存在下去。他们将如何重塑自己的形象？——这是一个问题。

五

　　我倾向于认为，在奥菲莉亚死后，哈姆莱特就没有理由再活下去了。然而，他依然无耻地在那个舞台上走来走去，用夸张的口气朗诵着那些陈词滥调。他有一个好借口，那就是他的复仇使命。他依靠仇恨苟活在世上。为此，他总是一而再、再而三地延宕他的复仇行动。因为，一旦完成了复仇使命，他的生命也就随之完结（事实上也正如此）。他最终死于非命，这似乎成全了他的英名，可他的苟活却仍在延续，在另一种意义上延续。那场最后的血腥事件的幸存者霍拉旭仍将存活下去，并以见证人的名义，向后人讲述这段悲惨的故事，传颂哈姆莱特的英名。由于霍拉旭的存在，哈姆莱特的名字和业绩比他本人活得更为长久。但这在卡夫卡看来，不如说是耻辱存在得更长久些①。

　　霍拉旭的形象对于北岛一代人自有其魅力。这一代人经历过血腥而又荒谬的时期，又不幸置身于一个不再造就英雄的时代，哈姆莱特式的重整乾坤的梦想化为泡影，世界

---

① 见卡夫卡《诉讼》的结尾。《卡夫卡小说》，孙坤荣译，北京，人民文学出版社，1994。

呈现为空虚的幻象。然而，他们还活着，还将活下去。"幸存"成了唯一的理由。在全部英雄神话归于破灭之后，"幸存意识"被夸大，虚构成一个新的神话：作为见证人，他们有充分的理由活下去，并且向世人说话。历史要求他们进入未来，并向未来的人们作出告诫。八十年代末期，由部分"今天派"诗人发起组成了"幸存者诗歌俱乐部"。诗人们名正言顺地扮演起霍拉旭的角色来。哈姆莱特死去了。霍拉旭在一代人的想象中复活了。北岛在诗中写道：

> 回声找到了你和人们之间
> 心理上的联系，幸存
> 下去，幸存到明天
> 而连接明天的
> 一线阳光，来自
> 隐藏在你胸中的钻石
> 罪恶的钻石
>
> ——《回声》

他们仍然需要发言，仍然需要倾听者，并且，仍然需要听到"回声"，因为他们是"幸存者"。他们也能够洞见自己内心的"罪恶"。这"罪恶"，也许指的就是自己与荒诞而罪恶的历史之间的"同谋"关系。然而，在幸存者的"炼金术"里，"罪恶"转化为"钻石"，它属于历史之深层的价格昂贵的矿物。这样，也就为"幸存者"的生命存活找到了最堂皇的理由。

幸存者把最后的赌注押给未来。幸存者不相信眼泪，他只相信时间。当时间使记忆渐趋消淡的时候，幸存者的价值才能充分显示出来。作为见证人，同谋就是财富，哪怕是"罪恶"也将作为遗产而被未来的人类备加珍视。因此，北岛才会认为："也许全部困难只是一个时间问题，而时间总是公正的。"[①]

---

① 转引自谢冕《20世纪中国新诗：1978—1989》。《诗探索》第二辑，第25页，北京，中国社会科学出版社，1995。

"幸存者"发现了时间。然而，对于时间的信赖，还因为他们的年龄。与日趋衰朽的父辈相比，"幸存者"一代正值青春。这便是他们的本钱。时间是幸存必胜的保证。这种观念，不仅仅是北岛一代人才具有，甚至，可以说，是任何一代新人都可能抱有的最后的希望（或者说是幻想）。活下去，活得更长久些，就必将胜利——这难道不也是我们这一代人曾经有过的伟大幻想吗？我们就这样理解时间，相信它的公证，相信它是必胜的保证，是一无所有者的最后的护身符。我们还相信，肯定时间，也就是肯定了自身的青春和生命，除此之外，不存在任何更高的存在尺度。一个现代神话诞生了。

在幸存者的神话中，霍拉旭获得了占有时间的权利。然而，在一场血腥的屠杀之后，这位因领承代言使命而幸存的人又能做些什么呢？他将歌吟？他将叙述？他将以什么样的声调和方式开口说话？阿多诺道破了这一秘密。他认为，在奥斯维辛之后再有诗，就是野蛮。这一断言，戳破了幸存者诗歌的迷梦。时间能够为仅仅作为幸存的诗歌提供其存在的根本依据吗？诗歌因为其幸存就能拥有在最后的审判中的豁免权吗？在一个暴虐的时代，诗人作为幸存者见证人的权利具有不可动摇的优先性吗？这一切，都大可怀疑。事实上，我们常常能听到，一些诗歌有着一副作伪证者的虚假而尖锐的嗓门。如果诗人们有勇气真正突入诗之存在的深处，就无须制造任何特殊的庇护所，无须虚构任何自我夸饰的神话。相反，诗应该可以更加坦诚地敞开自己的疆域，接受更加严峻的、针对诗之本身的驳证，包括对幸存者的时间神话的驳证。幸存者依赖于"时间过去"而攫取"时间未来"，同谋充其量只是据有一个死去的时间。然而，对于"时间现在"，在现实生存的背后，同谋什么也没有看见。可在昆德拉看来，诗恰恰要求对"某地背后"的可能性的发现[①]。

在这一方面，北岛显示了他不同一般的意义。在他的诗中，越来越多地呈现出对存在本身的质疑的思考，特别是对"时间"本质的思考。时间被唤醒了，但被唤醒的时间都属于历史。它与历史有着同样的一副面孔：古老而且僵死。在这里，北岛体验到了时间的复杂性。它并不必然指向未来，并不必然地属于青春和个体生命。时间之妖有着两副面孔，一副肯定生命，使生命延续，一副消磨生命，使之衰老、死灭。历史的时间在绵延，可它不属于个体生命。

---

① 昆德拉：《小说的艺术》，第99页，唐晓渡译，北京，作家出版社，1992。

> 几个世纪过去了
>
> 一日尚未开始
>
> ——《白日梦》

而觉醒的生命意识一旦陷入时间之妖的魔阵，便失去了自主性。在北岛笔下，时间经常成为历史的同谋者，它们同样都是不可逆转的，并带有暴力的性质。他们排挤个体生命，并带来衰老的威胁。

> 万岁！我只他妈喊了一声
>
> 胡子就长了出来
>
> 纠缠着，像无数个世纪
>
> ——《履历》

"时间神话"变成了"时间魔术"，而被戏弄的正是时间中的个体的青春生命。在另一首诗中，这种时间体验表现得更为明晰：

> 挂在鹿角上的钟停了
>
> 生活是一次机会
>
> 仅仅一次
>
> 谁校对时间
>
> 谁就会突然衰老
>
> ——《无题·"永远如此……"》

出于对衰老的恐惧，北岛拒绝了时间，在想象中使时间停止在某一瞬，并企图在一瞬间充分展开自己的生命。这仿佛是一次赌博，只有输光了的赌徒，才会这样孤注一掷。北岛似乎是很熟悉这样一种经验：

一夜之间，我赌输了

腰带，又赤条条地回到世上

——《履历》

赌博者的意识处于麻醉状态，正如本雅明所说的那样，它麻醉了全部的经验，使人回到赤裸裸的生命本能状态之中。而麻醉，"首先是针对时间的"，[①] 时间神话在此化为泡影。

一代人的精神历程告一段落。这是他们学习的历史，也是他们遭抛弃的历史。他们被"父辈"抛弃，被历史抛弃，被爱情抛弃，也被时间抛弃，最终他们被抛弃在道路上，像弃儿一样。一位歌手唱出了他们的处境——一无所有。而这一无所有的一代人，在日后又变化为各式各样的角色，流浪汉、顽主、唯美主义者、天国幻想狂、道德原教旨主义者、自封的"绛洞花主"、半真半假的"西门庆"……他们构成了八十年代末及九十年代中国文学中的主角。

作者该文原稿包括两个部分，第一部分为《北岛的学习时代》，第二部分为《北岛的漫游时代》。经征求作者意见，本刊现在只发表该文的第一部分。

《当代作家评论》一九九八年第六期

---

① 本雅明：《发达资本主义时代的抒情诗人》，第171页之"注十二"，张旭东、巍文生译，北京，生活·读书·新知三联书店，1989。

芒克：一个人和他的诗

唐晓渡

一九七一年夏季的某一天对我来说可能是个重要的日子。芒克拿来一首诗，岳重的反应让我大吃一惊，"那暴风雪蓝色的火焰"……他复诵着芒克的诗句，像吃了什么甜东西。

以上文字摘自多多一九八八年写的一篇文章，题为《被埋葬的中国诗人》。提请读者注意一下它所指明的时间或许并不多余。一九七一年是"文革"的第五个年头。在经历了一系列剧烈的混乱和动荡之后，形势不但没有如发动者所预期的那样，"一派大好，越来越好"，反而进一步失去了控制，变得更为严峻。就在岳重读到芒克诗的同时，一场新的政治风暴正在紧张的孕育之中：广播报刊上正在如火如荼地"批陈整风"；毛泽东正在准备进行他神秘的南巡；而林彪精心策划的"五七一工程"也即将进入关键的实施阶段……当然，无论政治斗争如何风云变幻，都不会影响"无产阶级在上层建筑，包括思想文化各个领域内"的"全面专政"。

所有这些尽管表面上和芒克没有任何直接关系，暗中却构成了他命运的一部分，更重要的是构成了他起步写作的历史语境；同样，芒克的诗尽管从一开始就具有浓重的个人化色彩，但仍然可以看做他对此作出的应答。我无意给他的诗强加上一层额外的意识形态色彩，我的意思仅仅是说，在一个没有诗，似乎也不可能有诗的年代，一个此前并没有"妄动过诗的念头"（多多语）的人却选择了诗，这本身就足以说明问题。

按照艾兹拉·庞德的说法，一个人如果要成为诗人，他首先应该做的事就是：在十六岁以前把所有可能读到的好诗读完，以培养开阔的视野、良好的趣味和正确的判断力。这在庞德很大程度上是经验之谈，可是对大多数中国诗人，尤其是一九四九年前后出生的一代诗人来说，却不啻是一种讽刺。确实，当芒克开始写诗时，他的头脑中甚至说不上有什么完整的"好诗"概念。此前他的全部文学阅历加起来不超过一打人的有限作品，其中值得一提的除了同学们私下所谓的三本"必读书"——《欧根·奥涅金》、《当代英雄》、《红楼梦》——以及其他一些普希金、莱蒙托夫的诗歌译作外，就是戴望舒译的《洛尔迦诗抄》和不多的几本泰戈尔的小诗集了。当然，这份短短的书目后面还应该再加上几本"供内部批判用"的"黄皮书"，如《麦田守望者》、《娘子谷及其他》等，那是七十年代初他作为"高知"子弟在一个小圈子里所能享受到的唯一特权。但即使如此，情况也好不了多少。用今天的眼光看，这点阅历充其量刚够为满足一个文学青年的虚荣心提供助兴的谈资而已；然而在当时，却成了一个诗人赖以成长的主要"营养基"。

庞德所言不仅关涉到通常所谓的文学准备。比知识积累更重要的是创造潜能的激发和催化。自我训练在这里按其本义应理解为原创性自我的转换训练。这种训练使诗人依据创造性的原则在语言和现实／文化之间建立起一种互动的、彼此刺激和生发的关系。奇怪的是，芒克在这方面虽然乏善可陈，却也不为所碍；他似乎直接从本能中获取了这种能力。那首曾经使岳重品味不已的诗今已不存，我们无从得知其全貌；或许它并不高明，会使斯蒂芬·欧文先生又一次"退避三舍"，①但无疑具备另一种（在特定历史语境中的）"得天独厚"的优势。岳重的文学阅历非芒克可比，他的诗才也决不在芒克之下，然而在芒克的诗面前却像着了魔。显然，他从中看到了某种他一时不能接受，却又不由自主地为其魅力所吸引的独特品质，而这种品质对他此前的诗歌成见构成了挑战。几个月后岳重写出了《三月与末日》。这首诗至今看来都称得上是一首杰作，多多对它的反应同样能说明问题：

　　　我记得我是坐在马桶上反反复复看了好几遍，不但不解其义，反而感到这首诗
　深深伤害了我

---

　　① 斯蒂芬·欧文先生此语原针对北岛的一首诗而言。见《何谓世界诗歌》，原载《异乡人》1992年春季号。

——我对它有气！我想我说我不知诗为何物恰恰是我对自己的诗品观念的一种隐瞒：这首诗与我从前读过的所有的诗都不一样（我已读过艾青，并认为他是中国白话文以来的第一诗人），因此，我判岳重的诗为：这不是诗。①

但私下里，多多却把他感到的伤害和气恼转化成了创作的动力，用他的话说："如果没有岳重的诗（或者说没有我对他诗的恨），我是不会去写诗的。"

芒克、岳重和多多是北京三中的同班同学，一九六九年一起插队到白洋淀淀头村。如今人们出于对诗歌秩序的热爱，把他们称为大可质疑的所谓"白洋淀诗派"的"三剑客"；但本文更感兴趣的却是当初他们在诗歌态度上的微妙差异，包括与此有关的小小个人恩怨。从中或许可以发现某种"始基"因素，进而部分地、然而有效地理解，岳重为什么会过早地、令人痛惜地中止了他天才的诗歌生涯；多多的诗为什么一直保持着某种强烈的竞技色彩；而芒克为什么无论从诗歌行为还是语言文本上，都始终体现了一种可以恰当地称之为"自然"的风格。

我是一九七九年上半年第一次读到芒克的诗的。其时我在大学读二年级，正值著名的思想解放运动潮头初平。由于"陪读"的方便（所"陪"对象为外国留学生），可以及时地读到各种"地下"刊物，包括《今天》。《今天》创刊号上的诗对我，以及我们以"二三子"自谓的诗歌小圈子所造成的冲击，犹如一次心理上的地震；而芒克的《天空》和北岛的《回答》是最主要的"震源"。如果说，读《回答》更多地像是经历了一场理性的"定向爆破"的话，那么，读《天空》就更多地像是经历了一场感性的"饱和轰炸"：

      太阳升起来，
      天空血淋淋的
      犹如一块盾牌。

---

① 多多：《被埋葬的中国诗人》，《开拓》1988年第4期。

时至今日，我仍然认为这是新诗有史以来最摄人魂魄、最具打击力的意象之一。由于它，我们在语及"白云"和"飞鸟"时必须斟酌再三，并且不轻言"高飞的鸟／减轻了我们灵魂的重量"。

说来可笑，当时北岛和芒克的诗之所以令我感到震撼，除了文本自身的力量外，还包括诗末签署的日期。读完《天空》后，我的目光久久地停留在"一九七三年"这几个字上，心中不住地反问自己：那时你在干什么，想些什么？如此自问的结果不仅令我刚刚写完的一首"反思诗"（郭小川式的四行一节的长句子，有百十行，自以为够深刻）顿时失色，至多像是在要事后聪明，而且诱发了一种十分有害的神秘感。我觉得一九七三年就写出《天空》那种诗的人真是不可思议：它的冷峻，它的激愤，它深沉的慨叹和成熟的忧思，尤其是它空谷足音般的独白语气。我诧异于多年的"正统"教育和集体的主流话语在其中居然没有留下多少可供辨认的痕迹（哪怕是从反面），这在当时怎么可能？莫非这个人真是先知先觉者不成？

神秘感会导致两种心情，即敬畏和好奇。前者表明了某种可望而不可即的距离，后者则试图消除这种距离。这以后我陆续读到了《十月的献诗》、《太阳落了》、《秋天》等，每一次我的心情都在这二者之间转换不已；直到读了《路上的月亮》（《今天》第六期），才似乎有所协调。我记得那晚和班上一位被戏称为"诗痴"的同学在寝室里为这首诗争论了很久。他反复指出其中显然与酒精有关的色情意味，并认为要不得；我承认他说的有道理，但又竭力强调其中的讽刺和自嘲具有复杂的时代内涵，无可厚非。这场争论最后以我怪腔怪调地引用第五节"生活真是这样美好／睡觉"结束，而就在他大笑出门之际，我忽然隐有所悟。我意识到这个人之所以在当时就能写出那样的诗其实并不足怪，因为他在任何情况下都本能地忠实于自己的直觉、情感和想象。真正可怪的是，在那样一个近乎疯狂的年代里，他竟然如此完整地保存着这种本能，仿佛他天生就是，并且始终不能不是这样的人！

凡被完整地加以保存的，必是至为珍爱的；凡珍爱值得珍爱的，必领受一份属于他的快乐和孤独。

大约三年前，有一次谢冕先生曾征求过我对这样一个问题的看法：为什么芒克和多多那么早就开始写诗，又都写得挺好，多年来在国内却未能像其他"朦胧诗人"那样形成广泛的影响，甚至没有引起必要的关注？

我想了想，说，"大概是因为他们更个人化的缘故吧。"

这是一个相当笼统、含混，以至过于简单化的回答；但我实在想不出有更好的说法了。谢冕先生所提的问题既不涉及什么"社会正义"，也无法被归咎于某几个人的偏见；而如果按照中国人习惯的做法，把它说成是某种命运的话，那么这种命运显然还需要进一步加以诠注。可供选择的有：性格即命运（一句古老的希腊箴言），或改写一下：风格即命运，或：诗有诗的命运（它是一句法国谚语"书有书的命运"的变体）——不管怎么说吧，总而言之，在一个从阅读到评论，到制度化的出版，每一个环节上都充斥着意识形态期待的历史语境中，除了"更加个人化"，我还能找到什么更有力的理由来回答谢冕先生的问题呢？

然而，谢冕先生所提的问题对芒克本人却似乎从未成为过问题。这样说并无道德化的意味：无论在哪种意义上，芒克都和那种超绝人间烟火的"圣贤"无关；同样，他也不是什么"象牙塔"中的遗世独立者，他的诗一直致力于对与他密切相关的现实作出反应。我所谓"从未成为过问题"，一方面是指他心高气傲，从不把在报刊上发表作品，形成或扩大自己的"影响"当回事儿，另一方面是指写诗对他来说只不过是一件喜欢干的工作，和他生活中的其他爱好——譬如说，女人和酒——没什么两样。他从未主动向有关报刊投过稿，也没有向任何出版社提出过出版申请（至于别人越俎代庖，"我管不着"，他说），更没有干过请别人写评论之类的事。他甚至拒绝承认"朦胧诗"这个概念，正如他拒绝承认自己是"朦胧诗人"一样："什么'朦胧诗'、'朦胧诗人'，都是一帮评论家吃饱了撑的，无非是想自己捞好处。有人顺着杆子往上爬，也是想捞好处，诗人就是诗人，没听说过还要分什么'朦胧'不'朦胧'的！"

对他在这类问题上激烈的、毫不妥协的态度，我最初多少有点奇怪，甚至颇不以为然。向公开报刊投稿，或向出版社提出出版申请当然算不上什么美德，但也肯定不是什么缺陷；一个诗人渴望赢得更多的读者有什么不对呢？同样，诗坛的污浊是一回事，"世人皆浊我独清"是另一回事，我不赞成把前者当做后者的口实。我想老芒克是不是把自己看得太重了？

直到听说了他的一段轶闻后我才抛弃了这一想法，并暗叫"惭愧"。那是一九七九年夏天办《今天》时，有一晚他喝酒喝至夜深，大醉之余独自一人晃到东四十字路口，一面当街撒了一泡尿，一面对着空荡荡的街道和不存在的听众发表演讲。他的演讲词至为简单，翻来覆去只有两句话："诗人？中国哪有什么诗人？喂，你们说，中国有诗人吗？"他着了魔似的反复只说这两句话。朋友们闻声赶到，竟无法劝止，只好把他绑在一辆平板车上拉回去完事。

这段轶闻听起来颇具喜剧色彩，但骨子里却充满悲剧意味。我没有追问它的上下文，因为它本身已足够完整。此后接连好几天，我的脑子里总会在不意间浮现出当时的情景：幽暗的夜色。空荡荡的街道。昏黄的路灯。芒克孤零零地站在十字路口，迷离混浊的醉眼如坠虚无。他一边撒尿一边在不倦地问："中国有诗人吗？"——这已经不是一段轶闻，而成为一种象征了。那么它象征着什么呢？诗人的境遇吗？诗的末路吗？我不能肯定；但我至少能肯定一点，就是发问者并没有，也不可能自外于他的发问。换句话说，芒克所真正看重的并不是他自己，而是"诗人"。在最好的情况下，他希望自己能配得上这一称号，而不是相反，僭用这一称号作为安身立命之所，或沽名钓誉之途。

不过，谁要是因此就认为芒克对诗抱有某种宗教情怀，那就错了。同样，我也不想用"信念"什么的来描述他和诗之间的维系。"宗教情怀"、"信念"一类用语把诗视为高于个体生命的存在；后者只有在朝向前者的升华中，或对其孜孜的汲取中，才被赋予生命价值。但芒克的情况显然不是这样。对他来说，诗从来就是个体生命的一部分——最好的、最可珍惜的、像自由一样需要捍卫或本身即意味着自由的、同时又在无情消逝的一部分，是这一部分在语言中的驻足和延伸。此外没有更多、更高的涵义。关于这一点，甚至只需看一看他按编年方式辑录的几部作品的命名，就能得出直观的结论：从《心事》（一九七一～一九七八）到《旧梦》（一九八一）到《昨天与今天》（一九八三），再到《群猿》（一九八六）、《没有时间的时间》（一九八七），恰好呈现了一个个体生命的发散过程。这一过程不是沿着事物显示的方向，而是沿着其消失的方向展开。在这一过程中时间坍塌，而诗人距离通常所谓的"自我"越来越远。

在我所交往的诗人中，芒克属于为数不多的一类：他们很少谈论诗，尤其是自己的诗，仿佛那是一种禁忌。他也从未写过哪怕是只言片语的"诗论"。这对有心研究他作品的人来说不免是个小小的缺憾。我心有不甘，决定单刀直入，正面强攻。当然方式必须是漫不经心的，否则太生硬了，大家都会尴尬。我瞅准了一次喝酒的机会——酒是好东西，它能使上下文变得模糊，再突兀的话题也不失自然——三杯下肚我问芒克："假如让你用一句话概括你对诗的看法，你怎么说？"

他愣了愣，接着不出声地笑了，同时身体往后面斜过去，似乎要拉开一段距离。他说瞧你说的，诗嘛，把句子写漂亮就得了。

此后又曾出现过类似的场景。那是前年夏天，一次他陪食指、黄翔来访，乱谈中食指突然说起芒克刚刚写完的长篇小说《野事》。显然食指觉得他写长篇小说多少有点不可思议，他问芒克："那么长的东西，你是怎么写的？"

芒克哈哈大笑："怎么写？一通写呗。"

没有人会对这样的回答感到满意，因为它等于什么都没说。但仔细想想，你又不得不承认他回答得其实相当巧妙而地道。当他似乎避开了提问的锋芒时，却又反过来示以另一种锋芒。所谓"把句子写漂亮就得了"或"一通写"的潜台词是："别问我，去问我的作品吧。"我不得不"发明"一个术语来为这样的写作态度命名。我称之为"客观行为主义"，其特有的智慧在于：把一切都交给作品。

用"客观行为主义"来指陈芒克的写作还有一层含义，即他对所有具有思辨色彩的抽象的、形而上学的问题统统不感兴趣。如果不幸碰上有这方面爱好的朋友们在一起"过瘾"的场合，芒克通常有两种表现：或者神情沮丧，一副昏昏欲睡的样子；或者面带讥讽顾左右而言他，使事情变得滑稽可笑。倘若他什么时候突然兴高采烈地大叫"精彩"、"挺棒"（这是他表示欣赏或赞同的最高、大概也是唯一的修辞方式），那一定是争论到了白热化阶段，在这个阶段命题本身不再重要，重要的是语言的机锋和细节。同样，倘若什么时候他突然拍着你的肩膀称你为"智者"，那你可千万别暗自得意，因为这种表面的恭维骨子里是一种恶毒的挖苦——在芒克的词典里，"智者"的意思大略近于"书呆子"，至多是聪明的书呆子，他们喜欢为那些无法证实的问题徒费脑筋，大冒傻气。

所谓"客观行为主义"不可当真，说到底只是试图理解芒克的某种角度罢了。"把一切交给作品"在这里也没有丝毫"语言图腾"的意味，不如说芒克始终关注的是如何使个体生命和语言彼此保持着某种秘密的，然而又是最直捷的开放状态，其中蕴藏着诗的"原创性"的魅力渊薮。芒克显然不是一个有着足够广阔的思想背景和文化视野的诗人。朋友圈子中流传的一个笑话说他很少读书，却每日必读《北京日报》；这个笑话搁在谁的头上都是一种贬损，唯独对芒克更像一种赞美：它仿佛认可芒克有不读书的特权。当然这句话本身也是一个笑话；但芒克的诗确实具有某种无可替代，亦无法效仿的自足性。这种自足性来自生命体验、个人才能和语言之间罕见的协调一致。它使芒克几乎是毫不费力地在诗中把天空和大地、灵魂和肉身、现实和梦幻融为一体，并且使"如见其人"这一似乎早已过时了的评论尺度焕发出了新意。因为这些诗有自己的呼吸、体温和表情，即便在堕入虚无时也体现着生命的自由意志。大概很少有人会对芒克的诗使用"深刻"一词；但我要说芒克的诗是深刻的，深刻得足以令人触摸到诗的"根"。这种深刻需要惠特曼的一行诗作为必要的脚注："我发现依附在我骨骼上的脂肪最甘美"。这同样是我所谓"更个人化"的一个必要的脚注。

一九七三年初某日，在大吃了一通冻柿子之后，芒克和号称"艺术疯子"的画家彭刚决定结成一个二人艺术同盟，自称"先锋派"。这大概是"先锋"一词在当代首次被用于艺术命名，但也仅此而已。如今"先锋"往往被当做一块标榜自由的金字招牌；然而在当时，却充其量是地下沙龙中私下进行的某种违禁游戏。说来已近于笑话，岳重和多多只因偷偷听过《天鹅湖》的唱片即遭人举报被拘审，芒克亦受牵连蹲了三天"学习班"。在这种情况下，能指望"先锋派"有什么实质意义呢？

尽管如此，芒克和彭刚的同盟还是采取了一次联合行动，那就是扒火车去外地流浪。稍稍牵强一点，可以将其称为一次"行为艺术"吧。行为艺术的特点之一是随机性，因此两个人谁也没有和家里打招呼，任凭灵机一动，转身翻进北京站的院墙，随便找了趟待发的列车，便上了路。

上了路是因为《在路上》。他们都刚刚读过美国作家凯鲁亚克写的这部名著（也是"黄皮书"之一种），心中不乏"潇洒走一回"的幻觉。彭刚沿途一直在据此设计种种可能的奇遇；芒克也不无期待：一九七〇年他曾独自去山西、内蒙流浪了好几个月，其结果是使他成了一个诗人；那么，这次又会发生什么奇迹呢？

什么奇迹也没有发生。在武昌和信阳他们两度被轰下车。臆想中的艺术同道一个没见着，倒是随身揣着的两元钱很快就花完了。他们不得不变卖了棉袄罩衣；不得不用最后五分钱洗出一张干净脸，以便徒劳地找当地的北京下放干部举债；不得不勒紧裤带在车站过夜；甚至不得不诉诸欧·亨利式的奇想，主动找警察"自首"，要求对他们这两个"盲流"实行临时拘留，条件是让吃顿饱饭……要不是最终碰上一个好心的民政局女干部，他们吃错的这剂药还真不知怎么收场。

十三年后芒克对我说起这段往事时嘴角挂着自嘲的微笑，一副"过来人"的样子。然而不难想象，当时他心里有多沮丧。对生性酷爱冒险的芒克来说，这次夭折的流浪经验倒不致构成什么打击，但它还是造成了某种程度的心理伤害，因为它令人乏味地从另一侧面再次向他提示了生存和艺术的边界，就像那三天"学习班"一样。无论流浪的念头本身是怎样出于一时心血来潮，甚至有点荒唐，但这毕竟是在生命极度匮乏背景下的一次主动选择，是对必然宿命的一次小小的象征性反抗。以这样的结局收场，未免太过分了。狄恩（《在路上》中的主人公）及其伙伴们的旅程与其说是一次精神历险，不如说是一场生命狂欢；可是芒克却不得不回到出发的地方，写下这样悲哀的诗句，以为他（不仅是他）虚掷在路上（不只是某一次旅程）的青春岁月作证：

> 日子像囚徒一样被放逐，
> 没有人来问我，
> 没有人宽恕我。
> ——《天空》

或者：

> 我始终暴露着，
> 只是把耻辱用唾沫盖住。
> ——《天空》

或者：

> 希望，请你不要去得太远，
> 就足以把我欺骗。
> ——《天空》

一九七三年是芒克创作的第一个高峰期，也是他的诗艺开始步向成熟的年头。但其间写下的大部分作品都笼罩着这种挥之不去的生命失败意绪。《秋天》一诗表达得更为集中和充分。秋天是"充满情欲的日子"，是收获的季节，可是它给"我"带来了什么呢？

> 秋天，我的生日过去了。
> 你没有留下别的，
> 也没有留下我。
> ……
> 秋天来了，
> 秋天什么也没有告诉我。

除了空虚和寂寞。问题在于，那促使果子成熟的太阳为什么会"把你弄得那样瘦小"呢？类似的迷惘在今天似乎早已有了明确的答案，但其中的沉痛和忧伤意味却并未因之稍减。事实上它一直是芒克诗中最令人怦然心动的因素之一，而芒克本人也从未从中解脱：它由最初的"青春情结"逐步演变成一种基本的生存经验，最终芒克不得不写下长诗《没有时间的时间》，以求作个暂时了断。

当芒克说"我始终暴露着，／只是把耻辱用唾沫盖住"时，他同时也说出了他写作（或为什么写作）的一半秘密。另一半则存在于其反面。生命在这里显示的逻辑是：哪里有耻辱，有失败，哪里就有反抗！芒克式的反抗首先不应从意识形态的角度，而应从生命和美学的角度来理解。在特定的历史语境中，它赋予了"自然"或"任性率真"这类古老的伦理／美学追求以独特的"反阉割"内涵。和既往社会动乱、暴力肆行时期例如魏晋"竹林七贤"那种表面放浪形骸，实则避祸自保的佯狂假醉，或 M. 考利在《流放者的归来》中对美国教育制度的"除根"实质所做的那种理性反思不同，芒克式的反抗是当下、本真、直指要害的。它在极权政治—文化最为恐惧而又力所不及的个人情感和欲望的领域内绽开诗的花朵。多多说芒克诗中的"我"是"从不穿衣服的，肉感的，野性的"，这或许有点夸张；但至少可以说芒克诗中的"我"从不戴面具；他也从不使用任何意义上的"假嗓子"，尤其是那种被驯化了的，或经过了变性处理的假嗓子。假如我想不避流俗地把芒克的诗，特别是像《心事》、《旧梦》那样（无论是作为广义或狭义）的爱情诗比作"生命的歌唱"的话，那么我要补充说，这是一个生命对另一个生命的歌唱，有时干脆就是生命自身的歌唱——它坦诚得无所禁忌，纯粹得不在乎任何"剧场效果"；那令政客们坐立不安，或假道学先生们耳热心跳的"出格"之处，往往正是其华彩部分：

> 即使你穿上天的衣裳，
>
> 我也要解开那些星星的纽扣。
>
> ——《心事》

重要的是，正如对哲学家来说"我思故我在"一样，对诗人来说，我歌唱，故我在。一个人在激情和想象的临界点上发出的声音，就这样成了"生命在此"的证明。

但是我并不认为所谓"芒克式的反抗"仅仅涉及某一个别诗人在某一特定历史时期的写作态度。在我看来，完全有理由将其进一步引申为更广阔的现代诗本体依据问题。这个问题可以一般地表述为：在一个总的说来与诗越来越格格不入的环境中，一个诗人将如何把握写作的可能性？为了使问题保持住必要的张力，而不致在泛泛而论中被稀释掉，我想着重提及芒克两首正面表现反抗主题的诗。第一首是《太阳落了》，同样写于一九七三年。在这首诗中，主人公被暴力劫持而沉入黑暗。面对这无耻的袭击，他怒不可遏：

> 你的眼睛被遮住了，
>
> 你低沉、愤怒的声音
>
> 在阴森森的黑暗中冲撞：
>
> 放开我！

这是当代诗歌中最早出现的反抗者形象之一。此前涉及这一题旨并可资比较的有黄翔的《野兽》和食指的《鱼儿三部曲》。值得注意的是它们之间的微妙差异。黄翔和食指的诗都以"猎手"和"猎物"构成基本比喻关系不是偶然的，其中隐藏着历来反抗者的某种共同宿命。北岛后来曾以一句顿悟式的诗句指明了这一点。反抗体现着主体对自由

的渴望，而

> 自由不过是
> 猎人和猎物之间的距离
> ——《同谋》

《野兽》的反抗原型是"以恶抗恶"。在这一过程中，"我"和"我的年代"一样，成了一只不惮于撕咬、践踏的野兽。"我"失败的必然性只能通过决绝的复仇意志得到平衡和补偿：

> 即使我仅仅剩下一根骨头
> 我也要哽住我的可憎年代的咽喉

在《鱼儿三部曲》中，鱼儿的反抗更具有古典意义上的悲剧美：

> 虽然每次反扑总是失败，
> 虽然每次弹跃总是碰壁，
> 然而勇敢的鱼儿并不死心，
> 还是积蓄力量作最后的努力。

它终于寻找到了"薄弱环节"，并"弓起腰身弹上去"，从而获得了一个"低垂的首尾凌空跃展"的自由瞬间；然而，它作为一个精心策划的阴谋的牺牲品的命运却早已注定。它的反抗不仅未能丝毫改变这种命运，反而成了某种反证，成了阴谋实现的必要环节和组成部分。

或许芒克并没有对这种反抗的宿命作过认真的理性思考，但这并不妨碍我谈论他于此达到的理性高度。所谓"理性"在这里与谋求胜券无关，它仅仅指涉反抗的本义。芒克似乎直觉地意识到反抗的宿命内部存在着某种结构／同构关系。如果说其彼此对峙的一面使主体的自由意志得以体现的话，其互相依存的一面就隐含着使之成为另一种形式的受役的危险。打一个未必恰当的比方：这种结构／同构关系决定了反抗既是一条自由的通道，又是一个自由的陷阱。很显然，要避免落入这样的陷阱，反抗者就必须同时反抗他的宿命。

问题在于反抗者怎样和据何"同时反抗他的宿命"？换句话说，他怎样更正当和更正确地使用他的自由意志？一句世俗的智慧格言说"退一步海阔天空"，那么，它也同样适用于诗吗？诗当然需要更高的智慧，可是，什么是诗的"退一步"的智慧呢？

对芒克来说，"以恶抗恶"的代价是太大了；同样，他也不想成为任何"渔父"的牺牲品。倘若有必要，他不会回避面对面的战斗；然而他无意在诗中进行这样的战斗，而宁愿"退一步"。《太阳落了》一诗中首尾呼应的"放开我"尽管义正词严，尽管"冲撞"一词使之辐射着肉搏的蛮野热力，但它显然既不是一个斗士的声音，也没有构成全诗基调。这首诗的基调更大程度上取决于第二节呈现的一个全景式末世心象——充满爆炸性的"铁屋中的呐喊"，缘此出人意表地一变而为深挚的挽歌：

> 太阳落了，
> 黑夜爬了上来，
> 放肆地掠夺。
> 这田野将要毁灭，
> 人
> 将不知道往哪儿去了。

十年后芒克在某种意义上重写了这首诗，这就是著名的《阳光中的向日葵》。在这首诗中，芒克借助"太阳"和"向日葵"这两个"文革"中被运用得最广泛的隐喻，再次塑造了他心目中的反抗者形象。那棵向日葵在阳光中"没有低下头"，"而是把头转向身后"：

> 它把头转了过去
> 就好像是为一口咬断
> 那套在它脖子上的

那牵在太阳手中的绳索

以这样的方式，芒克让他笔下已经陨落过的太阳又陨落了一次。如果说，在《太阳落了》一诗中，"太阳"是光明的象征，它的陨落更多引发的是对黑暗的愤怒和恐惧，是自罹大难不知所去的至深忧伤的话，那么，在这首诗中，"太阳"却成了奴役的象征。它的陨落表明一个时代已经结束。这并不矛盾，因为哲人早已说过，纯粹的光明和纯粹的黑暗是一回事。"绳索"在这首诗中是一个双重的隐喻：既隐喻着太阳的奴役，又隐喻着反抗的宿命。"咬断"这根绳索较之"放开我"更为犀利决绝，它意味着反抗者把自由意志彻底收归自身。这样的向日葵形象在诗歌史上肯定是独一无二的，足可与鲁迅先生《野草》中的枣树媲美。它"怒视着太阳"。

它的头几乎已经把太阳遮住
它的头即便是在没有太阳的时候
也依然闪耀着光芒

这是来自它自身的光芒，生命内部的光芒，是反抗者既据以与命运抗衡，又据以反刺其宿命的光芒。它自有其血脉所系。在《太阳落了》中诗人曾为之哀挽的"田野"，在这首诗中以另一种形态再次出现：

你走近它便会发现
它脚下的那片泥土
每抓起一把
都一定会攥出血来

"血"暗喻着苦难和不幸，也暗喻着秘密的燃烧；它和泥土的混合不分则进一步暗喻着生命本原的力量，即大地的力量。不惟这两首诗，事实上与大地的致命关联是芒克全部创作的主要枢机（尽管他也常常"遥望着天空"，并宣称自己"属于天空"）。许多当代诗人讴歌大地是把它当成了意识形态的能指；但芒克对这种意义上的大地从来不感兴趣，就像他对使"反抗"意识形态化，以致沦为一种空洞的艺术名分或姿态从来不感兴趣一样。芒克的大地是本初的大地，原始的大地，具有生命的一切特征，包括死亡（参看《冻土地》、《心事》、《荒野》、《旧梦》、《春天》、《爱人》、《群猿》等诗）。当他着重指出其中的血质时，他实际上把大地液体化、流动化了。因为他在自己内部发现了同一片大地。大地就这样被还原成一种暗中汹涌的生命潮汐，而他的诗不过是这潮汐的呼吸；其每一次涨落，每一个漩涡，每一朵浪花，都是它曾经存在并将继续存在，同时渴望不朽的见证。

这样的大地不仅构成了芒克笔下反抗者的看不见的纵深，也是他"退一步"的所在。这里"退一步"的意思是：回到反抗和活力的双重源头。要做到这一点其实并不需要什么特别的智慧，忠实于诗的良知和本能就已足够。在芒克看来，为反抗而反抗（这是使"反抗"意识形态化的主要征候）是不道德的；他更不能容忍的是强迫诗为此付出代价。作为一个诗人，他宁可相信反抗是人类天性的一部分，是无常的生命之流在寻求实现过程中受阻而做出的自然反应；而诗意的反抗者除了是大地站立起来的形象之外什么都不是。他也必将一再重返他所来自的大地内部。这与其说是他自己的愿望，不如说是大地本身的愿望，正如里尔克在《杜伊诺哀歌》中所吟诵的：

> 大地啊，这不是你所愿望的吗？隐形地
> 在我们的内心复苏？——大地啊！隐形啊！
> 倘若不变形，什么是你迫切的委托？
>
> ——《第九哀歌》，李魁贤译

已故海子痛感"大地本身恢宏的生命力"的丧失（他将其视为现代诗的根本危机）而写下长诗《土地》。他希望在这首诗中呈现的，正是里尔克所谓"隐形的大地"：那些"原始粗糙的感性生命和表情"。芒克多年来其实一直在做同样的事——尽管是以更为直接、朴素和日常的方式，并且有时是在不尽相同的向度上。

我把本文最后的篇幅留给长诗《没有时间的时间》（以下简称《时间》）。我之所以要单独谈论这首诗，除了因为它具有总结意味，是芒克迄今全部诗歌中的扛鼎之作外，还因为它显而易见是一次生命危机的产物。这样的作品无一例外地总是有着特殊的魅力。

生命危机在芒克既往的作品中也留下了持续不断的痕迹，但这一次却来得非同寻常。其区别可如雪上加霜和釜底抽薪。序诗劈头写道：

这里已不再有感情生长
这里是一片光秃秃的时间

这两个全称判断句并不像看上去那样是平行的，它们骨子里以因果关系维系。意识到的"已不再有感情生长"是全诗把时间和死亡主题作同一处理的基本依据，而这正是问题的严重性所在。因为芒克据以对抗、化解既往种种危机的，恰恰就是感情。正如在天国中一个神的死亡意味着所有神的死亡一样，生命中感情的死亡意味着与此有关的一切的死亡。死亡在这里不必是可计量时间的终止或物质肉身的消失；它通过抽空具体生存（时间中的空间形式）的意义和价值内涵得以呈现。

这种死亡当然不是突然发生的，事实上芒克多年来一直为其暗中胁迫并进行着顽强的抗争。从早期作品（最早可追溯到《天空》）起在他诗中一再出现的衰老感肯定与此有关。这种与他的实际年龄极不相称的时间感受只能来自死亡的暗示。同样，这种死亡也不可能是孤立地发生在个别人身上的偶然事件：格外清晰地感受到它的沉重压力以至难以承担源于变化了的语境，而个人内心所发生的同步变化则构成了这语境的一部分。

《时间》写于一九八七年。其时中国从"文革"式的极权政治—文化的禁锢中逐步摆脱出来已历十年，而向现代商品社会转型的热潮正方兴未艾。从意识形态和社会发展的角度看，这确实体现着伟大的历史进步；但如果换成日常生命状态的角度，情况就远非那么美妙。在前一年写成的另一首长诗《群猿》中，芒克花了整整一章的篇幅，以讽刺性的"这是一个好年头"反复引领，淋漓尽致地揭示了此一视野中精神委顿、道德沦丧、是非颠倒、弱肉强食的混乱景象。它既是一场灾难的结果，其本身也足以构成一场灾难。这一章以一个艾略特式的空虚意象作结：

这人间已落叶纷纷
多么可怜的一个季节啊

172

> 它就像一个龙钟的卖艺老人
>
> 在伸手捡着地上的钱

　　《群猿》很大程度上可以视为《时间》的姊妹篇。它同样处理的是时间和死亡主题。时间的空洞化及其死亡意味在这首诗中表现为对人类自身进化的怀疑和否定。全诗以讲述一个经过个人想象改造过了的人类起源故事开始（在这种讲述中作者漫不经心地对从猿到人的进化表示了首肯），中经对充满了诚实的劳动和创造、真正的爱情和冒险的"黄金时代"（它被片断地保存在第二篇一再化用的古代神话中）的集体记忆钩沉而进入对当下颓势的描述，其结构本身就是反进化的。诗的末尾是一个由死亡逸出的灵魂"在高空俯视"的幻象。可是它看到了什么呢？

> 我们的胸膛
>
> 已踏上一只巨兽的爪子
>
> 我们的脑袋
>
> 渐渐地龟缩大地
>
> 而我们的叫声还在四野回荡
>
> 那声音是多么凄厉呵
>
> 仿佛是从那久远年代传过来的
>
> 群猿的哀号

　　仿佛真应了俗话所说的"从哪里来，还回到哪里去"，"原本是什么就是什么"！

　　不能据此就认为芒克是一个悲观的历史循环论者。倒不如说这首诗放大了一个一直令他着迷的人类意义上的本体追问，即人究竟是什么？芒克曾因种种彼此冲突乃至悖谬的观察和体验，首先是对通常所谓"自我"的观察和体验，而对这个问题大惑不解，以至不得不借助浪漫主义的二元对立互补人性模式求得必要的平衡（典型的如《自画像》），并借助时间的意义向度（希望）使"人"趋于分裂的形象保持完整。然而现在天平显然已严重倾斜，"人"的形象亦破碎不堪；而当"人们都在疯狂地扑向日子／好像这里只剩下最后一天"（《时间》，第三篇）时，甚至连"人究竟是什么"的追问都失去了意义。

但这一追问还是构成了《时间》的主要思想背景。所不同的是，它更多地不是在"我们"，而是在"我"的层面上发生作用。芒克从来没有像在这首诗中那样，既执迷于"我"又不断放弃"我"，既峻切地审视"我"又不把"我"当回事儿。这里"我"的绝对性和"我"的丧失是一起到来的，正如"我"的混浊和"我"的纯洁是一起到来的一样。因为

> 在这里，生和死已不存在界线
> ——《序》

体现到诗的结构上，就是一个昏睡的白天和一个不眠的夜晚（白天、黑夜分别对应着生、死）的叙事框架；就是模模糊糊、不辨日月的时间感受（"你们睁开眼睛是白天／你们闭上眼睛是黑夜"）；就是透彻的冥思、胡搅蛮缠的饶舌、片断的记忆和超现实的梦境交替出现的话语方式。生死界线的消失使一切都平面化了。

"我"在很大程度上也被平面化了。所谓"不再有记忆，也不再有思想／不再期待，也不再希望"；所谓既"没有必要去证明我们活着"，也"没有必要去惧怕死亡"（《序》），换一种说法就是浑浑噩噩，不死不活。这在第二篇中经由嗜睡（一种无意识的趋死）、对异性无端的惧怕（不安全感和性无能的暧昧表达）、意识偏执、记忆混乱等，最终被归结为"什么也不想"的"零"状态；在第三篇中被表现为粗暴的性欲满足以及为之辩护的强词夺理；而在第五篇中，则干脆表现为虚脱式的无法支配自己。连续出现的性爱场面在这里是意味深长的。除了第四篇外，它们都丝毫见不出"爱"的流露，惟余"性"而已；而第四篇又显然以第三篇的不忠和强横为背景。于是"我"仅仅成了某种本能欲望的能指。芒克先前最珍惜、最宝贵的爱情王国就这样被从内部摧毁，成了寂静外表下的一堆废墟：

> 这是我衰败的季节
> 我的感情已经枯萎

平面化的"我"乃是时间死亡的活标本。和芒克既往的作品，尤其是另一首具有阶段总结性的长诗《旧梦》（一九八一）相比，它提供了一个综合性的对照。在《旧梦》中，无论"我"的心情怎样在怀想与梦境、温馨和悲伤之间摇摆不定（犹如其抒情角度在第一人称和第二人称之间转换不已），但终未失去意向的深度。这种深度在空间上来自由爱所维系的生命的整体性，在时间上则来自某种自我允诺式的期待：

> 你的心一直是火热的
> 一直在等着爱人的归来

不仅是"爱人"，诸如"天空"、"花朵"、"果园"、"土地"等意象也一样。"深度"在这里的首要涵义是：生命仅存的净土和灵魂最后的栖息地。但是在《时间》中，这一切都荡然无存。"我"无望地面对着它们的消失，就像一个疲惫的旅人自身也成了业已消失的蜃景的一部分。第三、四、五、六诸篇一再把"我"处理成一个"他者"；在场的"我"和不在场的"我"之间既互相窥伺和蠡测，又彼此发难和质疑：

> 我不知它是否看见了我
> 我不知那是不是我
> 在看着自己
> 我骂我
> 我反过来骂我
> 我嘲笑我
> 我反唇相讥
> 我不搭理我
> 我只得不搭理我
>
> ——第五篇

这种分裂的双重乃至多重的自我意识暴露了"平面化"的真相。平面化：个体内部趋于无穷分裂时最后的生命幻象。可怕的还不是分裂本身，而是从根本上丧失了重新整合的可能：

> 我抛弃我
>
> 我被我抛弃
>
> 我现在自己已不再属于自己
>
> 我无法控制我
>
> ……
>
> 因为我对我已没有权力
>
> ——第五篇

《时间》对"我"当下存在的描述、审视和探究基于这样一种常识经验，即置身时间之流中，个体生命其实无法据有真正的主体性，它迟早将随同死亡归入虚无。然而作品所提出的问题却远远超出了上述经验的范畴，因为这里死亡远远走在了生命自然进程的前头。诗中反复写到的对衰老的恐惧非但不能解释"我"的内部解体，恰恰相反，正是因为陷入了内部解体的无政府状态，"我"才如此强烈而集中地感到对衰老的恐惧（芒克始终未能像叶芝那样，独立地发展出他所同样迷恋的"老年主题"，而只能把它处理成死亡主题的一个副产品。除了《时间》，有这方面兴趣的读者不妨再注意一下例如《死后也还会衰老》、《晚年》等）。在另一篇文章中（参看拙作《从死亡的方向看》）我曾把《时间》所表现的那种苍白、空洞、委顿、暧昧、无精打采、模棱两可的独特死亡体验，比喻成"一个需要被焚毁的森林从灰烬中站起来才能回答的问题"，循此可以发现其丰富的社会历史内涵；但本文所想强调的却是问题的另一面，即"我"在这里并不是无辜的。对这一点的意识使"我"的"他者化"过程同时蕴涵着一个自我辨认的过程。第六篇一再指明你—我在彼此眼睛中的相对性，从而要求某种复合的"看"：

> 我现在真想用她的眼睛看看我

而第十篇中突然升腾而起的"大火"无论是否"在梦中"，都只能来自同一种渴望。它在全诗中的结构功能很容易令人想起艾略特《荒原》中的"火诫"，可意旨却毋宁是卢梭《忏悔录》式的。很难说这源于自身而又燃烧自身的火是涤罪之火（至少从表面上看它既非着意惩戒也非着意净化），它当然也不是任何意义上的再生之火（既然"我什么也不想留下"），但同样不是，或者不仅仅如诗中所写的，是焚毁一切的虚无之火。假如这团"火"更像是在暗示一场彻悟生死的内心仪式的话，那么，所谓"我终于消失"就正好意味着另一个"我"的现身；而这个"我"早已在序诗的纷纷大雪中出现过了：

> 我感觉我在这里
> 全身渐渐变得洁白
> 我发现我已不再是我
> 我一点儿都不肮脏

这是一个更本真的"我"吗？抑或只是为了平衡"我"巨大的生命失败感所必需的某种幻觉？我说不清楚。我想包括芒克本人在内，谁都说不清楚。因为正是在这里，隐藏着生命失败既渺小、又伟大的微妙之处。危机仍将继续下去，但衡量存在（生死）与否的尺度已被暗中改变。在第一篇中"我"悲叹"我所有的是无有／我没有的却是所有"；然而当全诗收束，"我"平静地与自己告别（试比较《旧梦》中同样写到的场景）时，他却高傲地宣布：

> 我活着的时候充实而富有
> 我死去的时候两手空空

个体的自由意志最终和死亡打了个平手。

在结束本文前我想再单独提及芒克的一首诗。至少是在同代人的作品中，我很少读到像这样出自深挚、广博的爱，言说得如此诚恳痛切，因而感人至深的诗。我指的是《给孩子们》。

遗憾的是孩子们终究要长大，成为《时间》第十五篇写到的"人群"的一部分。芒克笔下的"人群"是一条滚滚奔流、永不冻结的河，而每个人脸上的表情又组成了一幅内容丰富的画。但这幅画却没有色彩，它"灰蒙蒙的"。奇怪的是，正是这种放眼看去的无差异性使混杂其中的"我"感到孤独，因为他"不知道人人都在想什么"，甚至不知道刚刚同床共枕过的"你"在想什么。致命的隔膜在这里似乎成了"我"的独一无二性的保证。

　　那么，它也会是一个诗人的独一无二性的保证吗？我不知道。我只知道本文试图谈论的绝不仅仅事关某一特定的个人和他的作品，不如说更大程度上是正在生成的当代诗歌传统的一个重要环节和组成部分。一九八七年迄今芒克没有再写过诗，对此有的朋友感到惋惜，更多的则为之困惑。说实话，有时我也会禁不住怀疑：芒克是否真的如他在《时间》中所言，已把自己"挥霍干净"，以致在告别自己的同时也告别了诗？我当然不希望是这样；但即便如此，我以为也不值得大惊小怪。芒克在写作上从不勉强自己。在该开始时开始，在该结束时结束，恰与他一以贯之的自然之道符契。兰波十九岁即已封笔，因为在他看来，他已写完了"属于自己的诗"。我愿意把兰波的自我评价移作对芒克的评价，而只作一点读法上的提示：在任何情况下，这句话该重读的都不是"自己"，而是"诗"。

一九九五年六月　劲松

《当代作家评论》二○○五年第六期

论顾城的幻型世界

陈仲义

"我愿重做一只昆虫"——诗人的力比多情结

人与大自然处于同价地位，是浪漫主义、人本主义一个基本出发点。单就这一精神实质而言，顾城并没有什么异常可论，独异的是，他在自然界的某一生物种属里竟异乎寻常开发了自己灵魂的支点，这一维系着他全部生存，冲动，体验的支点，用日下流行的术语来说——即力比多情结——构成诗人赖以生存与创作冲动的原欲动力竟是：昆虫！"昆虫"？是的，是昆虫几乎成了他创作的喷口与源泉。在所有的书籍被抄走之后，他的手本能地在废纸堆里摸索，没料到这一举动竟决定了诗人一生的走向：

> 就是这本幸存的《昆虫记》使我一夜之间变成了狂热的昆虫爱好者。上百万种昆虫，构成了一个无限神奇的世界——金龟子身上黄金的光辉，知了背上的色泽，瓢虫和蛱蝶身上怪诞的图案，每夜都在我的梦中浮动……

是不是诗人故作姿态，以昆虫的眼光来看人与世界中的一切？不，诗人天性中对弱小者本能怜悯、同情，以及被摧残而引起自卑性反应心理，使他自幼年起自发与弱小的生命、动物相伴为伍，其间又以昆虫为甚，不假思索而又有凭有据可以开列出一长串名单，诸如：瓢虫、黑蚁、蜘蛛、野蜂、蟑螂、知了、粉蝶，等等，等等。仅就生命这一现象而言，诗人确信没有高、低、前、后、左、右、上、下之分，甚至人在某些方面还不如一只昆虫呢！从某种意义上说，它或许比人类生存得更长久更自由，昆虫——这充满原欲动力的意象是诗人的俄狄浦斯情结，是诗人梦牵魂绕的"图腾"。

需要稍加解释的是，我在这里提出的"情结"与弗氏的含义略有不同。弗氏是把它建立在性欲基础上，我主要是指具象的个体心态而言，它主要是受外在力压抑凝结而成的，是人的防卫机制的一种结果。情结凝结着人的生命状态最原初的需求，欲念和想往，而不单指性欲，诗人的力比多情结昆虫这一意象自幼年起实际上就凝集着他对外部现实世界、自身灵魂的种种厮杀、抗争、逃避及对话。

如果说充满童心爱心的泛灵论是诗人创作的温床，那么在这个温床里生长，作用于诗人整个幻型世界的酵母就是那力比多情结，那个具体化的昆虫意象，虽然在诗人千首诗作中到处可以看到植物与动物的意象，但就其数量和质量，五彩缤纷的昆虫意象则显得更为活跃，动人，充满生气："甲虫在细竹管里发出一阵噪响"，"象哲学术语一样的湿知了"，"蚂蚁在花心爬着，细钳还在捕捉夜雨"，"嗡嗡的野蜂"，"图案般的粉蝶"，"带斑点的瓢虫"，飞蛾，蝈蝈，黑天牛，金龟子，蟋蟀，千媚百态，应有尽有。

他的情结实在太突出也太膨胀了，以致成为他人格、灵魂的构成部分，以致使他根本无法面对现实，无法与周围的同类对话，现实狠狠遗弃他，他也狠狠背离现实，这是诗人的悲哀，也是诗人的幸运。"我对自然说，对鸟说，对沉寂的秋天的天地说，可我并不会对人说。我记得有一回我从桥上走过，这些收工的女孩坐在那，我于是看着远处，步子庄严极了，惹得她们笑了半天。"退避与逃离现实是他情结的特有行为方式，他真的坚信有一个法布尔世界，到了那里，就永远不出来。可是强大的现实存在不断粉碎他的幻象，一方面是美好情感意绪的自然涌动，一方面是环境人际的险恶挤压，一方面是幻想天性的自由挥扬，一方面是种种有形无形绳索的束缚，诗人时时处于宁静与病苦，封闭与逃逸，思想与不思想，害怕与自得，陷入与超脱，永远纠缠不清的两难境地。结果是天性郁积的情结以更富诱惑的向心力牢牢吸附他，现实的困厄挤压加剧着这一趋势。《初夏》是他最早以自己独特的"情结方式"来宣泄他的痛苦："我脱去草帽脱去习惯的外壳变成一个淡绿色的知了是的，我要叫了"。

更有趣的是诗人对异化的抗争是以另一种"异化"形式出现，而另一种异化形式仍旧深深涂着"情结"色彩："我是鱼，也是鸟，／长满了纯银的鳞片和羽毛，黄昏临近时

／把琴弦送给河岸把蜜送给花的恋人"(《梦痕》)。

就是到了前中期,诗人所竭力讴歌的生命,仍是充满非人类的,来自生物界的那种气息,那种氛围:"由于蓬松的幸福／我被分散着／变成了／各种颜色,形体,原来／变成了核糖核酸、蛋白／纠缠不清的水藻／轻柔而恐怖的触丝／血和蛙在激动中／渐渐发育的'脊背'／无数形态的潜伏,冬眠／由于追逐和奔逃／所产生的曲线／血的沸热和冷却……"(《大写的"我"》)。

"我老是和一个东西过不去"——诗人异想型人格

单凭本真童心和原初情欲还是难以建构富丽辉煌的幻型世界,犹如只有基石而缺乏顶梁大柱。探寻这座大厦构成,除了准确把握主体诗人的主导心理机制外,还得深入到他的气质中去。

> 我是个偏执的人,喜欢绝对。朋友给我做过心理测验后警告我;小心要发疯。朋友说我有种堂吉诃德式的意念,老向着一个莫名其妙的地方高喊前进。
>
> ——《诗话录》

顾城在同王伟明的谈诗纪要中相当准确剖析自己的气质个性,如果把它概括为异想性型人格,我想应该不致过分偏离。他从母亲那里承嗣某种遗传基因,不能说没有半点"神经质"过敏的可能;后来特别喜欢西班牙文学,那种浪漫诡奇的风情不能说没有继续发酵着原本就由丹麦国导源的幻想素质。这一古怪癖性的核心是"老想跟一个东西过不去",几乎成了他动机行为的无形指南。另外种种生存环境的窘迫,如工作、职业、房子、户口,使诗人在上海生活的那一段特殊时期出现了某种抑郁与躁狂的苗头,说是精神濒临分裂,那是太严重了些,不过日益增多的妄想与幻觉的混合露出神经官能症的若干端倪,无疑又加剧了先前频率很高的异想幅度,以致在墙上,地上,门上,我们随时可见诗人信笔的"即兴"速画表演。

国外有人把异想型的人分类为诸如"巨人型"、"侏儒型"、"太阳型"等。我们发现,在童心与爱心双重铸造下,诗人倒经常以"王子型"的高雅身份出现。"我是一个王子／心是我的王国／哎！王国哎！我的王国／我要在喊垛上边／转动金属的大炮（《小春天的谣曲》）。然而异想也经常教诗人陷入孤独古怪的情态中（例如远离嘈杂的人群独自一人漫无目的行走，几小时一动也不动坐在岸边冥状想，喧闹的招待所里，八点钟就早早拉蚊帐把自己严封起来……）一颗檐下的滴水，蟹状星云，一撮蒲公英的绒毛，一对蜻蜓的复眼，最神秘的与最平凡的，最具体的与最抽象的，都可能在诗人冥冥异想中成为自足的世界。顾城在苦闷封闭的孤独中经常与万物对话，一方面要凭借道家的神秘意识，一方面要充分释放他的异想气质，两者的完全混合，使"超验"成为他的又一个心理特征。

顾城的奇特就在于：特别发达的幻觉和特别张扬的异想双向逆增耦合达到顶峰时，被他凝睇的每一个事物都会发生大大的扭曲，变形，超出一般人的想象之外，并迅速分解，化合成一个自足的幻象世界。如果说《暮年》"一大群石子／拖着尾巴／在磨擦生铁的容器／有一勺锡水／想变成月亮／绝望地向四面溅开／……你的钢盔油亮／你象甲虫一样／拼命用脚拨土／直到凯旋柱'当啷'一响／打翻了国会和菜盆"充满浓郁的梦幻感还容易理解，那么到了实验性作品《布林》则会叫人诧异得目瞪口呆。在《布林》里，现实与超现实，梦幻与臆想，训诫与谵语，正经与荒诞，严肃与滑稽，嘲谑与幽默交织成一团纠缠不清的乱麻。在布林身上，有没有散发着多少躁动不安某种神经质？有没有释放着一以贯之早年延续下来的情结？有没有对现实隐约不满的排遣小巧妙的揶揄？有没有尽情于喜怒哀乐的宣泄夹杂若干隐喻？而这一切都是在不可思议的荒谬中（如同在另一个星球）进行。

诗人放纵心理潜流中的各种潜意识、潜意识，让推向极端的幻想、妄想左右绾结各种缺乏内在关联的意象。自动写法在这里进行一次重大的实验。但不能不指出：艺术也恰恰在这里出现某种失控。极端的妄想狂热在这里成了呓语谵言的发射机；超现实的故事成了一个神经病患者的告白。即使把艺术家视为半个疯子的弗洛伊德也早就预言在先："如果幻想变得过于丰富，过分强烈，神经官能症和神经病发作的条件是成熟了。"（《创作家与白日梦》）

由幻觉（包括幻听幻视）机制引发的幻想异想以及联想想象——在这几种"合力"地基上所兴建的幻型世界，很大程度上是导源于艺术家的"病态心理"，就更具体的动因而言，有人归结于"期望或定势原理"（如美国詹姆士），有人用格式塔的"心理场"来解释（如考夫卡），也有人用"内驱力"来探寻。所谓内驱力，是指未经意识到的一种发自本能的心理能量。

"我醒着，就梦见了一切"——诗人的白日梦

诗人已经完成的一千余首诗作，我敢肯定起码一半与梦有关。或者完全是梦境分厘不差的原始记录，或者是梦后的再加工，或者自一丝梦痕而繁衍，或者是梦象的另一种形式的转换，或者本身就是货真价实的白昼梦，或者是睡意，幻觉，潜意识，出神状态的耦合。信手拈来仅仅以梦为题的也够可观的了：《梦》、《梦痕》、《梦后》、《在梦海边》、《风的梦》、《梦园》、《梦鸟》、《我梦见过鱼》，……而那些隐匿在题目背后与内容紧密关联的梦境，梦幻，梦呓，梦痕，梦思，梦语，梦象、更是五花八门，难以一一整清。

"梦是愿望的达成"。许多人可以对弗氏的这句名言提出质疑，顾城却完全可以进一步改写成"梦，就是我的生存"。只要稍稍闭上眼睑，不，只要少许进入双目凝视的出神状态，梦的游思，乃至整个梦的世界便会频频出现。梦，具有一种非凡的力量，在它荒诞不经的表象后面，往往揭示着人的灵魂颤动，梦是在无意识状态下产生的一种艺术。它曲折地表达人心深处最隐蔽的要求、欲望。生命的各种机制可以在梦中自由勃动，心理图式的各种元素可以在梦中随机化合。在这戏剧性、荒诞性的黑箱舞台上，人的被压抑的能量获得了释放，人的本性在短暂中获得充分自由。顾城无时不在寻找梦，梦无时不在伴随顾城。

"自由的水泡，／从梦海深处升起"（《泡影》），现实中美好的愿望难以实现，他只好到梦中去满足"梦见自己的愿望／象星星一样，在燧石中闪烁／梦见自己在撞击的瞬间挣扎出来，变成火焰"（《闪的梦》）。现实、痛苦、愿望、挣扎、欲求、超越……种种外在的压迫与内心灵魂的格斗，眼前实际利益，市侩习性与乌托邦理想的冲突，奥勃洛莫夫式的慵懒与堂吉诃德式追求的厮杀，丑小鸭的苦恼和白马王子自傲的纠缠……都可以在梦中找到落脚点。多数时候，天性决定他的梦是纯真的透明的，充满未来的憧憬："夏日象一杯浓茶，此刻已经澄清／没有噩梦，没有蜷缩的影子"，而"阳光象木桨一样倾斜，／浸在清凉的梦中"。少数时候，梦才是险恶的。而对强大的暴力，虚假，诗人只得借梦做武器或防空洞："现在，我们去一个梦中避雨"（《梦园》）。有时会变成吁

求："在大风暴来临的时候 / 请把我们的梦，一个个 / 安排在靠近海岸的洞窟里 / 我们的梦 / 也需要一个窝子 / 一个被太阳光烘干的川、小的安全的角落"。诗人是不是过于软弱，过于屈服，他老是在护卫着梦安全着梦，他的退缩，他的封闭，不能视为沉沦逃避，主要是一种期待一种积蓄，以便"飞过玻璃纸一样薄薄的早晨 / 飞过珍珠贝和吞食珍珠贝的海里 / 在一片湛蓝中 / 为信念燃烧"（《在大风暴来临的时候》）。

诗人早期的梦，尽管经过精心的主观变形，组合，梦的生成还带着比较明显的线性思维逻辑——在定向集结的基础上，多是异置的，串联的，且以清新简洁的外化形式最后导向比较明确的主题。它的"叙述"是传统的，浪漫主义式的，它的传达手段常常是我梦、我梦到，我梦想的模式及其相应变奏，直接而明白，通过透明而姣美的意象中介，把读者迅速导向童话境界。

后期的梦则更多介入超现实主义成分：意识流的泛滥，梦幻神秘的氛围，自动写法的尝试使它的"叙述"方式不再呈现早期收敛式，而是隐蔽的发散式，一方面严谨的意象结构过渡到松散的意绪结构："一间房子，离开了楼罩 / 在空中独自行动 / 蓝幽的街在下面游泳…… / 门大大开了 / 门撞在墙上 / 细小的精灵飞舞起来 / 蛾子在产卵后死去 / 外边没有人，一层层屋顶 / 雨在记忆中走着 / 远处的灯把你照耀"（《海的图案》）。另一方面，逐渐确立的意绪结构仍夹带着先前的"象征基因"："你登上了，一艘心将沉没的巨轮 / 它将在大海的呼吸中消失…… / 它空无一人，每扇门都将被打开 / 直到水手舱浮起清凉的火焰"（《方舟》）。

至于前面提到实验性作品《布林》，把它视为一个较长的梦或许更名副其实，就本质而言（效果另当别论），它是一段颇有情节的吃语，颇费心思的谵言，一个"无结构"的白日梦。你能说布林身上不带作者意愿的影子吗？你能说布林与动植物为伍，与强盗拼杀，布林祈祷，布林遗嘱，不曲折地"笺注"作者心灵与潜意识中的某些隐语吗？《布林》堪称作者白日梦的峰顶。

梦对顾城来讲，已经不只是宴席上添加的一道菜，生活的一份奖赏，或一份面包，而是属于他的整个生存。因为他的梦不是偶发的，少量的，而是必然的，长期不断的，大规模批量"生产"的。与其说他的梦是对生活进行了选择，精炼化了的艺术投影，"一个梦幻常常是一幕小小的戏剧，是能知觉的形象"，毋宁说，顾城可制造的梦，连同没有被创造的梦，都是他人格的全部实现。这个断语之所以不算耸人听闻，因为不断得到诗人实践和言论的印证：

> 我所有的花，都从梦中来
> 我所有的梦，都从水里来
>
> ——《来源》

《来源》一语道破他创作的天机，甚至，他干脆就把"白日梦"当做自己创作的圭臬：

> 我醒着，就梦见一切
>
> ——《领取》

说顾城完全生活在一个充满幻象幻影幻型的世界是没有过分的，他自己给自己创造一个既远离现实又多少与现实"藕断丝连"的自足的虚幻的王国。夜间层出不穷的梦境，梦境中每一缕游思都为他的创作提供丰富的契机；白昼中特别亢进的幻觉、幻视、幻听促使他沉浸于出神状态而导向异想妄想的天地，夜间与白昼错杂交织，时缓时疾，充满频频的转换的此种精神恍惚"病态"，长期循环返复，无疑使诗人患上了一种我称之为诗的"梦游症"的疾病。

是否可以这样说：诗人的某种过敏神经质，神经意识，诗人童年积郁的昆虫情结，诗人早期癔病，诗人气质的异想型，及特别亢奋的幻觉机制多少促成了某种分裂、变态的心理架构，使其在现实生活中近乎把现实情境"本能"地等同或转换为梦境，而大批量生产的"梦诗"无论在数量和质量方面都成为中国新诗史上一个颇值得研究的奇观。

"我离开自身、自己"——诗人与世界并行的微型结构

顾城所建构的幻型世界——童贞的纯稚，梦幻的迷离，浪漫的奇诡，其基本构件"材料"——意象，相应显得异常清明、洁净、透剔，意象是诗人主观情思——即原初性感觉印象对客观事象刹那间的胶合，并通过"语言图景"给予外化定型。诗人早期意象的建构能力，趋于单纯走向且具直感："空蛋壳似的月亮／它将在那里等待／离去的幼鸟

归来"（《红卫兵之墓》）。

中期意象则更广泛采用通感和意识流，表象与潜在感知，情绪与刹那的错幻觉，理智与超时空想象在纵横交错中组成广义的全息通感，其意象的生成转换带着更大跳脱性与随机性："时间变得温顺起来／盘旋着爬上我的头顶／太阳困倦得象狮子／许多蝙蝠花的影子／那些只有在黄昏才现出的岩石"（《季节，保存黄昏和早晨》）。

但不管其意象建构采取何种手段：叠加，断裂，脱节，缩结，主体诗人的情思脉络大致明晰可见，因为所有意象组合始终没有逃逸出某种"过程"框架，某种潜在的因果逻辑。究其实质，这种建构方式仍可纳入"以我观物"的范畴，——我对世界的评判，介入，感知，主要是通过童贞的幻觉形式实现，其外化的意象自然带着强烈的主观变形。一九八四年，诗人掌握世界的方式发生了重大变化，他开始削弱自我主观色彩，开始把"我"从自身中抽离出来，让它与客观世界处于平行、游离态——即我离开自身来看世界，在潜意识超验的梦幻氛围里，他尝试在作品中建立与世界并行的微型结构。这种远离自身的观照不太像似朝"天人合一"、"与万物同体"向位趋归，倒是与布莱希特的"离间"论更靠拢些。这种与世界并行的微型结构的特点是：诗不再是主观情思朝外界作对应性投射，也不是自意向去寻求象外之旨，它有意瓦解受理性潜在制约的逻辑框架，不表现或转换，或逆进，或承接的"过程"，而仅仅显示某种关系而已，似乎毫无关联，互不沟通的句子不再是链条，和链条中的环节，而是一个即生即灭的自在"磁场"。主观的，评判的，价值的色彩几近绝迹。我可以远离我来看我，我可以自己成为自己的客观对象，我可以站在一切事物之外，站在外人的角度来看我，这样，有时我会成为"你"，有时也会成为"他"。

这种转变的观照方式，充分调动诗人原先就异常发达的幻觉、错觉、意念、通感、意识流，并同时把其他的神秘意识、悟性、超验推向极端。

所有典型的微型结构作品变成只是一种存在的展示，而存在本身的客观性呈现却具多种功能，早期那种有序的意向结构不只向无序的意绪结构衍化，有时简直就成了"自动语言"。就如作者所表白的像"自然门"武术效果那样："没有任何定势、套路，完全随机所欲心里一动，手脚就已随意完美地达到目的。"

具体地说，它往往是儿时一缕潜意识的记忆与现实显意识某种突发的耦合；往往是早年被覆盖偶露峥嵘的"愿望"与此在"游思"的耦合；往往是罐间的感悟与出神状态引起

186

的幻象的耦合；往往是灵感的流云与神秘超验的瞬合。它是那样零碎，飘忽，游移，断片，跳脱，没有承接，没有过渡，没有转换，没有过程，更没有什么加工修润。有如作者本人酷爱的小小硬币上的饰纹：质朴，简洁，拙稚，其色调是清冷的，其质地是坚硬的。

一九八四年诗人创作的《求画》具有诗风转变的过渡痕迹，尽管开始前几段所描写的少年足迹，从京都到九州无不是一种散文化调子，具有情节感与过程感，但结尾"武士在河岸上分手"，少年在河岸上分手，乌鸦象一摊墨迹"，似乎表明作者有意埋下"自身与自身分手"——即远离自身看自我这一创作转机。《内画》通过明显的题旨，多少隐含着隔着一层玻璃看世界的"观念"。"我们居住的生命，有一个小小瓶口"，隔着一层，看到的虽然有鸟垂直落进海里，有蒲草的籽和玫瑰，但终究还要隔着一层，在这一层里，诗人即把"自我"对象化，物化。它似乎表达这样一层内蕴：人与人之间，人与世界之间，人自身内部，纵然相隔不过一层薄薄的距离，也难以穿越。

那么《狼群》只能抓住它起源于另一种梦幻。因为其间的意象"罐子——光——走廊——披发"毫无内在联系，令人无从把握。这只能归结于潜意识的随机与无序。以前诗人写梦幻，无论从现实进入，还是就梦境展开，至少有一条甬道过渡，现在作者一反惯例，仿佛一下子把自己提升起来，站在某一个山头，远远地，冷冷地俯看"自身"，并力图把它做共时性呈现，而题目又处在与内容根本无关的游离态外。据此，我觉得《狼群》走得太远了，过于干净，过于省略，过于浓缩，只提供闪烁的几个点，甚至比谜面还要"无踪可寻"，笔者也只好对这种偶发的，十分破碎、无序的梦幻表示深深的遗憾。

客观性呈示是微型结构又一主要特点。《下午》写的是游泳，过去采用意象结构少不了要将人的某种特征知觉化，想象化。犹如肌肉骨骼怎样，眼睛象征什么，嘴角显示什么，胸脯如何如何。作者在此仅做一种客观展示："如果要去那儿／就有人在车中发呆／就有人在跳台上看蓝色的水／身体始终那么红／衣袋始终那么白"。不在感觉上想象上进一步展开深入"红"，而只用概括性极强的"红"去描述，是诗人有意放弃特异的"个性"而趋附共性：红可以是面庞，可以是眼睛，可以是游泳衣，可以是全身；同样"白"可以是衣袋，可以是饰物，也可以是身体。有意将客体做客观化抽象和非个性处理，就使对象既成为这种存在，又可能成为那种存在，无须主观变形变意。存在的审美空间因太宽泛的抽象反而增大。在这类结构中，所有形容的、外加的、延伸的都成了不必要的赘物。客观呈示客观对象，就是把握那个存在的"在"，只要尽可能推出那个客体，那就够了。

诗人观照方式的转变，可以追踪到近年的生存观，文化观。生与死，存在与虚无，逃避与超脱诸多困扰越来越强烈笼罩着诗人。他感到最大的痛苦莫过于人自身的分离，自身的矛盾，从前由主观的幻象构成的艺术世界其实无法消弭内在的噪音和不协调，无法达到纯一的宁静，因为它仍旧隶属于一种文化对人的驾驭，控制，乃至压迫。诗人痛感文化使你成为人，成为谋生，成为竞争，成为万物灵长。人类生存实际存在于一个极其狭小单薄的层次里。就生存层这点而言有时竟不如蕨类、人却过高估计自己，结果是酿出许多盲人摸象，一叶障目的悲剧，而文化的核心——价值又往往诱惑你走向非你的反面。一九八五年顾城随江河做了一次东北长白山之行，他躺在冰天雪地里，面对茫茫天床，第一次惊讶发现"我没有见过天，我没有见过星星"，对文化与自身存在发出种种疑窦，进而陷入主体性的深刻反思。他比以往更坚定地回到他最早的起点，重新归宿到童年那个始终梦牵魂绕的情结：

> 我从来就是一个瓢虫，在上帝还没创造人类时，我就存在了，也许将来我会爬过来看人类文化史，那时可能发生奇观，因为瓢虫看人，比人看人更有意思得多。……因此我开始倾向：不用价值思考价值，不用思想衡量思想，不用技巧衡量技巧，不用诗衡量诗，总之不用别人创造的尺度来衡量自身，开始放弃度量式思想或度量式价值观。

生存观文化观的进一步变异使诗人本能地接受生命自在体的诱惑，且不顾任何外在因素的制约：在"非文化"精神的笼罩下，进入近年"无倾向"、"无价值"、"无思想"的状态，大批微型结构关系诗的出现正是此种文化观念、生存状态的产物。

以上我们从诸多侧面描述了诗人在远离现实大地构建他的"幻型大厦"是基于这样的心理台柱：幼年独一无二的昆虫情结，纯真怜爱的本真童心，长年处于梦游症的异常亢奋的幻觉机制，以及因直觉、超验、神秘意识而获致的高频率灵感，它们共同组合为诗人充满幻象的心理架构。倘若哪一根"台柱"动摇了，这座幻型大厦就有立刻倾圮的危险，正是它们相互紧密互为的张力作用，才使它在当代诗坛显出独异的建筑风格。

从精神分裂的方向看
——食指论

张清华

待暴风雨式的生活过去

再给我们留下热情真挚的语言

——食指:《海洋三部曲》

诗人多多和诗论家唐晓渡曾分别有一首诗和一篇诗论题为《从死亡的方向看》。无疑,死亡——我说的是哲学意义上的死亡——构成了当代诗歌,乃至所有时代的诗歌的一个根本性的命题。同样,在当代,由于文化和人的精神的深刻变构,由于社会和时代的种种畸变,由于我们每一个置身于这个生存困境中的人的精神的病状,精神分裂也成了一个同样重要和带有根本的哲学意义的命题。我想,在这样的意义上谈论食指,将不会亵渎这位让我敬重的诗人。在一个世纪业已结束的时候,当人们回首和清理这个时代最重要的精神现象的时候,将无法忽视食指。人们一定会发现,食指已不仅是一个作品不断增值的诗人,而且他的作品中所包含的巨大的精神创痛、生命内涵、文化与美学方面的丰富启示,也已经成了一个时代重要的精神遗产和精神象征。在本文中,我不但要讨论他的诗,而且还要追索这种象征的意义。

一

写下本篇的题目就注定了这篇文字无法仅仅谈论食指个人。因为食指作为一个诗人之所以重要，首先是由于他不同寻常的生命人格实践，他的诗是包含了痛苦而悲壮的生命实践的诗，是包含了真正的抗争、毁灭和牺牲的诗，他对作品的完成不是作品本身，而是他悲剧性的人生，这是一切重要的和优秀的诗人同通常意义上的诗人的根本区别。由于这一非凡的人格实践，他的作品得以被生命之光投射，获得了最后的完成和整体的提升。

这自然首先带来了一个问题：即重要的和优秀的诗歌同其作品的"难度"是否成正比的问题。有人会说，食指的诗歌显然太平易，他的写作方式也太传统。不错，食指的写作是不像近十几年的诗那样结合了太多智力的因素，然而诗人的写作中从来就有两种难度：一是文本本身的复杂性和智力含量，二是人格实践与世俗准则所拉开的距离。对于有的诗人来说，他们的作品的确包含了很多的智力因素，但他们的人生却俗不可耐，他们用两种不同的方式生活和创作——换句话说，作为诗人和作为生活的人，他们的人格是分裂的，他们不是雅斯贝斯所说的那种人格与诗合一的"一次性生存"着的人，这样的人和他们的作品或许可以留下来，但他们注定成不了最令人悲悯和崇敬的伟大诗人。伟大的诗人总是用生命的燃烧去完成写作、"毁灭自己于作品之中"[①]（当然也有少数例外）；而且，伟大的人格实践也不是按照世俗的或正统的标准来看的"成功"的人格实践。相反，他恰恰可能是伟大的失败者，比如屈原，比如李白，比如拜伦，比如普希金，甚至海子；甚至一些重要的诗人，比如王国维，比如朱湘，比如荷尔德林，比如叶赛宁，比如弗吉尼亚·伍尔芙，比如西尔维娅·普拉斯……作为生存着的人，他们大都是以疯狂或自杀为生命结局的，是一些彻头彻尾的失败者，但作为诗人，他们永远是纯洁而不屈的抗争精神的象征。他们的价值就在于此，无可替代。从这个意义上看，食指也是一个非凡的，至少是一个高尚的失败者，因为他所信奉的理想从未与生活妥协，所以

---

① 雅斯贝斯：《斯特林堡和凡·高》，引自《存在主义美学》，第155页，沈阳，辽宁人民出版社，1987。

只有疯狂。因为他坚持生命与诗的合一，不肯使自己的人格陷于分裂，所以只有使精神不堪重负而被撕裂。反过来，也正是他的疯狂反衬和映照了他作品的崇高而悲壮的理想精神，使之具有了感人肺腑、震撼人心的力量。他是一个时代的精神死结和聚焦点，与他同时代的人们从那个时代逃脱出来得以幸存，而他却义无反顾地与这个时代同归于尽，一起沉沦。他是一个真正面对和生存于自己时代的人，他唱着自己时代的歌，宛如泰坦尼克号上的乐师，临危不惧，勇敢地投向毁灭的渊薮。

优秀的诗人和精神分裂症患者之间竟是这样一种关系。雅斯贝斯说过，世俗的人只看见世界的表象与实利，而只有伟大的精神分裂症患者才看见世界的本源。"优秀的艺术家认真地按独自的意志做出的表现，就是类似分裂症的作品"。"在凡·高和荷尔德林那里，主观上的深刻性是和精神病结合在一起的"，[1] 这正是我们现代人生的荒谬性。雅斯贝斯说，"恐怕达到极限的形而上学体验的深刻性，以及关于在超越性东西之感觉中的绝对者、恐怖和最大幸福的意识，无疑是当灵魂残酷地被解体和被破坏时给予的"。[2] 雅斯贝斯给了所有浅薄的偏见以奋力一击。当然，并非所有的精神分裂都会像他所说的这样，将导向其对世界的真理性的认识。然而从哲学和艺术的范畴看，精神分裂的认识角度本身就构成了我们对世俗世界、对现代文明的病态症状的批评的一种比喻，一种精神抗议与抗争的姿态和角度，这正如哈姆莱特以佯疯对付丹麦强大的黑暗，堂吉诃德用疯狂地进击羊群嘲笑他的时代一样。作为世俗世界的挑战者，诗人不可能成为现实中的胜利者，但他会成为艺术和诗歌中的胜利者，并通过其浸透了伟大的悲剧人格实践的作品征服世俗中的人，如今凡·高的每一幅遗作都抵得上一个世俗的人一生的蝇营所值——尽管他们未必看懂了这些作品，却不得不承认它们的价值。

我由此看见一个交相辉映的有趣对比，食指和海子——时间将会凸现这两颗重要的灵魂的光彩，他们是我们这个时代两个令人崇敬的分裂症患者。在海子的死亡鉴定书上曾赫然写着医生的诊断结论："精神分裂症"；而食指现在就住在精神病院里。但他们都是具有很强自制力的人，在海子随身携带着的遗书中写着："我的死与任何人无关"——明明是世俗的力量共同谋杀了这位天才的青年，他却开脱了一切人的罪责；食指为自己

---

① 今道友信：《存在主义美学》，第150、152页。

② 雅斯贝斯：《斯特林堡和凡·高》，引自《存在主义美学》，第155页。

取"食指"这样一个笔名，是用以自嘲，他知道人们会在他的背后指指点点，瞧！这个人是个精神病。但他并没有反唇相讥，他悲愤地写下了《疯狗》这样的诗表达自己的悲愤，但却没有把怒气对准哪一个具体的人。在他的诗中我们看见的是一个善良的弱者、一个在无望中坚韧守望着的灵魂，他们都是天底下最善良的人。当然，食指和海子又有根本的不同，食指内敛，沉重而缓慢，他内心激烈斗争的结果是"化为一片可怕的沉默"（《愤怒》）；而海子则外倾，爆发如闪电雷霆，他灵魂中抑制不住的毁灭主题和伟大想象是"天才和语言背着血红的落日，走向家乡的墓地"（《土地》）。由于这样的区别，所以食指苦度到今天，已走进"生命的秋天"；而海子则如耀眼的彗星，爆响在青春的天空。在食指的诗中，我们看到的是顽强抗争着的清醒和理性；而在海子的诗中，我们则看到天才的狂语与幻梦。在食指的笔下，生命和热血化为内燃的灰烬，每一个字都凝着汗水与泪水的盐分，他是一个头颅深陷在手中的苦吟者；而在海子那里，狂想与激情则闪烁为遥远夜幕中的地光，诡奇而神秘，语言如汹涌的云层翻卷变幻，他是一个双手拥向宇宙的赤子和先知。

我之所以要从精神分裂的方向看食指，是我看到了食指背后一个巨大的背景，一个矛盾的荒唐和分裂的时代撕裂了他，这个时代被暴力扭曲并被幻象诱惑导致疯狂的语言与思维方式撕裂了他，这个时代疯了，而和时代一起疯掉的狂欢者们由于发泄而卸掉了自己的精神包袱，而食指却由于坚守了自己的内心而被无情的飓风摧折。他寻求自己的语言与方式的过程，就是被时代驱逐和追逼的过程；他尝试独立不倚地思想的时候，就是被强大的群体意志及其语言所淹没的时候。他曾一度尝试着屈服于这种语言的威压——在一九六九年以后他曾写过许多红色战歌式的作品，但具有讽刺意味的是，正是他在开始使用这种红色话语的时候罹患了抑郁症，并在为准备写《红旗渠》前往河南采访时遭窃而再次加重了病情。不难想象，在他的内心中一定经历了两种意识与两种语言方式的激烈斗争，这种斗争最后是以个人独立意志的牺牲为结局的。但抗争并未结束，实际上，疯狂不过是这种抗争的一个隐喻，一种平衡生命存在的内心需要。这一点，正如不朽的莎士比亚笔下的哈姆莱特所暗含的深层心理动因一样，疯狂是缓解内心与现实冲突的唯一方式。

之所以要从精神分裂的方向看食指，是因为我还看到另一个巨大的背景：在现代以来的哲学史、艺术史和文学史上许多卓越的名字都与精神分裂连在一起，荷尔德林、尼采、爱伦·坡、斯特林堡、凡·高、叶赛宁、普拉斯……这本身就构成了伟大的启示，人类在自己的途程中，精神越来越陷入自我的矛盾和分裂之中。许多西方的艺术家和知识分子都曾深入研究精神分裂症式的认识方法给人们的哲学启示，从哲学或艺术的角度来批判现代社会的精神危机，以及它对人类自由精神的压制，对本源性认识的排斥与遮蔽。比如许多超现实主义的作家与艺术家，就越出世俗的社会偏见而对精神分裂式的思维方式给予热情的肯定，认为他们虽然丧失了"健全的理智"，但"正因为如此，他们才能全部沉入到潜意识之中，才能毫无顾忌地表现出他们内在的天性"。[1]弗洛伊德基于他长期的观察研究指出，"疯子比我们更知道内心现实的底细，并且可以向我们揭示某些事物，而要是没有他们，这些事物就不会被理解"。[2]当有人说爱伦·坡是个疯子时，他是这样反驳的："人们把我叫做疯子；但是科学还没有告诉我们，疯狂是不是智慧的升华？……一切所谓深刻的东西是不是产生于某种精神病？"[3]超现实主义艺术大师达利也非常推重谵妄症和精神分裂症式的思维所带来的启示意识，他预言，"凭借妄想症积极发展脑力（同时利用无意识活动和其他被动状态）就有可能使混乱条理化，从而有助于彻底推倒现实世界"。[4]在布勒东的代表作《嘉娜》中，他书写了一个"自由的灵魂"被关禁于精神病院的悲剧，在书中布勒东严厉地抨击这种精神统治对人类自由天性的迫害："进过一个精神病院就会知道，人们在那里造就疯子，就像在少年教养院里造就强盗一样。"[5]所有这些，都从另一个方面对我们从世俗精神标准对精神分裂者的歧视进行了有力的批判。然而，食指的写作同西方的作家们所张扬的那种疯狂的宣泄还不同，他的诗中充满了坚定的理性和执著的信念，显现了乐观、健康和积极的生命意志与人生情怀。他的诗中不乏生与死、希望与绝望、坚守与放弃、庄严与荒谬、价值与虚无、和谐与紧张、自信与怀疑、挚爱与悲愤等等内在心灵的激烈冲突，但这种冲突的结果最终却表现为对他"相信未来、热爱生命"的信念的捍卫，这是自我的斗争，食指将巨大的冲突和苦难留给自己，留给世人的却是一首首闪烁着充满希望的生命之光的诗篇。甚至连他诗

---

① ② ③ 引自程晓岚《超现实主义述评》，见《未来主义·超现实主义·魔幻现实主义》，第135—136页，北京，中国社会科学出版社，1987。

④ 布勒东：《什么是超现实主义》，《现代西方文论选》，第177页，上海，上海译文出版社1983。

⑤《未来主义·超现实主义·魔幻现实主义》，第139页。

歌的形式都是整饬、优美、完整和和谐的。或许也可以这样说，食指通过他的诗，他不懈的写作的努力，如同坚守在风暴中的鸟儿，以诗歌那幻丽和坚韧的语言维系着他的生命之巢，证实着他自己生存的价值，当然也照耀了他自己"存在的深渊"。从这个意义看，食指所表现出的巨大的毅力、崇高的理想精神，更应值得世人的理解和尊重。

二

我面前有两张食指的照片，一张是于一九五二年食指四岁时拍下的，左手支着下巴，面露恬静和快乐，在花园中明媚的光线下，托颐遐思，天真烂漫，这张照片形象地记录着食指欢乐幸福的童年，也记录着他的勤思与聪慧；另一张是四十年后的一九九二年，食指在北京第三福利院拍下的，这张照片曾印在漓江出版社一九九三年出版的《食指黑大春现代抒情诗合集》中，后又印在《诗探索金库·食指卷》的封面上。人到中年的食指右手从下巴移上了额头，而饱经磨难的面颊则疲惫低垂，沉思中痛苦的表情刻写着四十年的岁月沧桑。这是两张有着多大反差的照片！它们之间跨越的不仅是四十年的时光，而是两个，不，是三个或者更多的时代。从仰面遐想到低首沉思，青春和热血仿佛一道闪电从瞬间消逝，而苦难、思想、信念和抗争带着岁月的风霜刻上了那张脸——一个时代的记录，一代人灵魂的画像。

可是，对于食指来说，他的命运并不仅源于历史的注定，更重要的是源自他那丰富的和带着统一而又对立的激烈矛盾的心灵，它的外在的顽强和谐从未掩蔽住内部的分离和对抗，这种非同寻常的特征从他今存的第一首诗《海洋三部曲·波浪与海洋》中就已被形象和典范地予以揭示：

喧响的波浪
深沉的海洋

这是食指于一九六五年十七岁时写下的句子，这是大海，也是食指的心灵：它喧响而深沉、明亮而幽晦，外表的生动源于他内在莫测的奥秘与深邃，波浪是它的外形，海洋则掩藏于它的内部，凝重而混沌。这是食指的性格，也是他的一生，它同时也是两张照片的最好的分别注解。大海的两种性格在食指的灵魂中得到回应。他强烈地意识到自己灵魂中这两种力量的守衡和较量，守衡使他和谐安宁，较量使他激动紧张，充满激情与力量。他顽强地维护着两者的统一，保持生命的平衡，但他又必须从两者的对抗分裂中获取灵感与启示，而展开自己的人生中全部的惆怅与宽广、怯懦与坚强、寻常与磅礴、丑陋与明朗的充满诗意的较量。对于世俗人而言，我们可能会掩饰这种冲突和较量，以维护我们脆弱而肤浅的平衡，但对于食指，他却"顽固地"要展示出这种壮观的较量，将自己的生存和精神引向这种冲突，这是导致他长期沉湎于精神痛苦而终被撕裂的一个内在精神基础。在我看来，《海洋三部曲》既是食指最早的作品，也是我们理解食指的入口和起点，它是一种纲领和预言，因为它形象地书写出诗人的起点与终点。其一《波浪与海洋》可以看做是原初的内心结构，它分裂而整一、对抗而和谐；其二《再也掀不起波浪的海》可以看做是起点的逆转或倾覆，它体现为诗人内心平衡被外部力量打破，成为体味现实的挫折与失败的心灵象喻。它是一次精神的倾斜与蜕变，是一次实践、探索、受伤和磨难后的回味，它是前一个逻辑的必然延伸，它已将精神的先验原型转换为生命经验，它预示着诗人内心精神世界将发生失衡后的裂变："可怕地沉默"、"失去了语言的坦白"、"离开这再也掀不起波浪的海"都是这种失衡的形象表现。但是，诗人的理性精神依然在顽强地支撑着，由于它的参与，又增强了诗人内心的力量，也使斗争进一步扩展。其三《给朋友们》意外但又在情理之中地加进了时代政治的因素，在这首诗的前两节里，灵魂的搏斗交混着外部观念力量的参与，这实际上可以看做诗人对精神危机的一种暂时"转嫁"和逃避，借居于社会政治的"风眼"（风暴的中心恰恰是静止的）和混迹于回避思索的芸芸众生之中。但是在这首诗的第三部分中，又重新折回了激烈的对抗之中，"它突然跃进浪谷／沉埋在无底的深渊／在哪儿，在哪儿啊／我所期望的帆船……"诗人强烈地意识到他"精神的船划着意志的桨"，"踏进流着鲜血的战场"，"地狱呢？还是天堂？"在这样的追问中，灵魂的搏斗将一直进行下去。《海洋三部曲》是诗人年轻时代的精神三部曲，同时也预示并形象地注释了食指一生的精神历程。

然而，《海洋三部曲》还有一个非凡的意义，它是一个堪称卓越和特立独行的开端，它注定了食指自此将在他内心的斗争中展开他的写作，因为它所展示的巨大的生命空间与澎湃激荡的生命激情，以及由此诱发的、充满丰富的生存内涵与人生启示的内心生活，为诗人提供了源源不断的动力、材料和灵感，而这正是一个扭曲人性、掩蔽人心的时代最为缺少和宝贵的。基于此，食指从一开始就脱开了"时代"的框定，他的高度个人性的人格形象以及由此产生的独立的语言姿态，使他意外地冲破了这个时代的精神和语言的牢笼，使他的《鱼儿三部曲》、《命运》、《烟》、《希望》、《寒风》、《相信未来》、《这是四点零八分的北京》、《书简（一）、（二）》、《我这样说》等早期作品得以历经时光的淘洗而留传下来，几乎成为上一个时代仅有的"纯诗"。不难看出，食指诗歌特殊的生命力在于它的心灵性。而这种心灵性又带上了特殊的历史时期的特点和特殊的个人性特征，因此其内涵就异常丰富。理想主义时代所赋予食指的一种特有的单纯性、信守理念价值的执著性、坚定性，及其无法兑现也不可能兑现的虚妄性、欺骗性，同他个性中天然的偏执性、悲剧性，其天然的敏感、善良、脆弱、理想主义和感伤主义气质之间，发生了统一又分裂的多重矛盾，由此造成了其作品中深厚而丰富的精神与时代内涵，并形成了他最重要的写作支点——他的面前出现了一个强大的关于"命运"的悲剧理念：在这样一个时代，一个"过去"和"未来"（历史和理想）发生了不可思议的"断裂"的时代，一个纯洁的理想与被篡改过的现实发生了严重错位的时代，一个个体价值与尊严同具有强大摧毁和覆盖力的暴力之间发生了不可能平等和平衡的冲突的时代，一个一切都无法获得令人信服的解释的时代，食指把这一切不可解释的力量都简化为一个东西——命运。将复杂的历史对抗简化为个人与命运之间的对抗。这种简化既是不得已的，同时又是有效的、富有诗性色彩和悲剧美感的，被证明有着丰富的历史潜台词的"简化"。而且，重要的是食指并没有简化个人对命运的抗争的态度与后果，"相信未来"的悲壮信念只是其中的一个方面，更多情况下则是他对内心的苦恼、困惑、迷茫和绝望的真实的暴露和分析。我以为这正是食指诗歌最具有心灵性、悲剧性以及精神与人性深度的最根本的原因。

　　林莽将食指诗中的内心生活描述为"心灵的颤栗"，说"他用血和泪为那个时代定下了永恒的祭文"，① 我以为是准确的。"颤栗"才是这一历史过程中人的真实感受与处境，"燃起的香烟中飘出过未来的幻梦／蓝色的云雾里挣扎过希望的黎明／而今这烟缕却成了我心头的愁绪／汇成了低沉的含雨未落的云层……"（《烟》）希望化为绝望，而绝望唤起对命运的抗争，这成了食指诗歌中普遍的情感三部曲的演变逻辑：绝望将诗境引向深刻和悖论的丰富；抗争则同时包含了信念和牺牲的二元处境，将诗的美感推向悲愤和壮

---

① 《诗探索金库·食指卷·序》，北京，作家出版社，1998。

丽的感人之境。《鱼儿三部曲》终了鱼儿的死亡所唤起的一种悲壮及至神圣的意境与情感，应是最好的说明。另一方面，上述情感逻辑又是循环的，这循环是一次新的唤起和折磨。冰雪下的小草刚刚从雪水下挺起细弱的身躯，满以为会看到温暖的阳光，可谁知它却是"匆匆的夕阳"，因此："带着夜间痛苦的泪痕／草儿微笑在蓝色的黎明／昨天才被暖化的雪水／而今已结成新的冰凌"。食指固执地使自己陷入了一个永不"成熟"的境地，他一遍遍地抒写着这种磨难和挫折，认同和面对这种悲剧与失败的处境，这实际上不仅是对自我内心真实的认真面对和抗争，而且更表明了他对外部现实的面对和宣喻，这使得他能够超越所有掩蔽内心、粉饰现实的虚伪写作，而成为真正的时代歌者。

前期如此，食指后期（八十年代以来）的诗歌仍坚定地延续了他早期的这种情感与人格逻辑。而且，由于悲剧性的人生实践与沧桑岁月的映照，多舛的命运，内心的痛苦、矛盾和绝望，同他人格中的顽强与不屈的意志之间的对抗就更加生发出感人至深的悲剧力量。当食指逐渐步入中年的时候，人生处境的更加黯淡，不能不加剧他内心的焦灼和冲突，但食指并未因此回避这种现实，并且在《致失败者》、《在精神病院》、《人生（一、二、三）》、《秋意》、《受伤的心灵》、《向青春告别》、《人生舞台（一、二、三、四、五）》、《想到死亡》、《归宿》等大量的作品中更加执意和无悔地面对这一现实。他毫不讳言地体味着人生的悲凉和失败，但他对人生更加透彻与深邃的理解却更增强了他的承受力，并把这种承受深化为更加成熟和坚强的内在精神人格。在《致失败者》中他写道："丝丝败迹像挡不住的寒风／吹透了你那单薄的肌肤／一扫你心中希望的余热／直吹进你颤抖的内心深处／／稍稍一大意便葬送了前途／从未像今天这般凄苦——／勇敢些不过再次领略了／命运的捉弄，人世的残酷"。绝望情绪的增长终于使诗人开始试图结束"在路上"、"相信未来"的青春式的抗争，而接近于对人生"归宿"的体味。"失败"、"告别"、"归宿"、"死亡"这些词语开始频繁出现于笔下，食指真实地披露着自己内心的失意与悲凉。但尽管如此，我们在食指诗中所看到的人格形象却并非是一座人生的废墟，相反，他仍是一座坚忍如山的体味者、承受者和思索者的雕像。对于诗人，失败不是命运的回击，而是主动迎来的结局，对人格与生命实践的悲壮完成：

经历了世态炎凉的人生战场
使我深受了难以愈合的内伤

当欢欣和伤感的泪水串成诗句

就有了闪光的字句，精彩的诗章

"的确，我曾奋斗，消沉，探索／像同时代的一个普通人一样／只是我是在诗歌的道路上奔波——／这一切现在已成为最珍贵的宝藏／／今天，我默默地读着这些诗行／发现她现在还那么令人神往——／这时，我只有一个最简单的要求／让我一个人先静静地独自品尝……"对诗歌的收获和收藏的幸福感、满足感使诗人将人生的失败看成了必要的代价。但这也没有使食指变成一个现实的逃避者，而是使他深刻而泰然地领悟了生存和存在的真谛。在《人生舞台》和《归宿》等诗中，食指沉着并不无悲愤地表达了自己返璞归真、用生命余温忠诚地守护诗歌和灵魂的决心："优雅的举止和贫寒的窘迫／曾给了我不少难言的痛楚／但终于我诗行方阵的大军／跨越了精神死亡的峡谷／／埋葬弱者灵魂的坟墓／绝对不是我的归宿"；但另一方面他也深刻地洞悉着死亡："一阵风带来了奶奶的叮嘱／人生一世，草木一秋／孩子，这是你最后的归宿"。

在当代所有的诗人中，最真诚地面对现实、面对生活和面对内心写作的，应首推食指。他启示我们，现实与"生活并不在别处"，就在诗人自身的生命处境与人格实践中。那些遮蔽自己的内心去寻找"火热的生活"的诗人，同时也遮蔽了生活，虚构了现实，他们当然也将为生活所虚构，为艺术所抛弃。而食指却由于对心灵的忠实，由于他对自己心灵现实中全部的冲突、斗争、幻灭和绝望的忠诚面对、诉说与分析，树起了一个真正忠实于时代，折射和承载着时代的人格形象。他的失败是一个时代和一代人精神的失败，然而他的成功也正是他最真实和生动地记录和反映了这种失败——用自己的诗歌和人生。由此他将无愧于一个诗人的殊荣，无愧于人们最终给予他的尊敬。

三

看起来是用某种"陈旧"的形式创造了一个奇迹，食指用非常"正统"的诗体写出了"反正统"的感人诗篇。这说明，形式本身并不是唯一的决定因素——当然，这里的特殊原因在于，食指的写作业已成为历史，即使是他刚问世的作品，人们也会将此与遥远的往事联系起来看待。不可能有第二个食指，也就是说，不可能会再有一个用食指那样的诗体写作、并与食指获得同样的成功的诗人，因为食指属于"唯一"，是"一次性生存（或写作）"的诗人。他的抒情方式的统一性与根源性立足于逝去年代的背景。也就是说，今天诗体的变化是必然的，但食指却可以写作在这个"今天的诗体"之外，因为他整个地属于昨天，他是昨天延伸至今天的一个讲述者，而忠于昨天的诗体就是忠于他对昨天的记忆和思考。食指用他的生命人格实践赢得了这一殊荣，他因此成了上个时代留下来的唯一的抒情诗人。

食指诗歌不同寻常的抒情力量表明，他是一个浪漫主义诗人。这同时也意味着食指是二十世纪诗歌中的特例。海子也属于广义上的浪漫主义诗人，但他的诗中却包含了大量的现代哲学、现代美学因素；而食指的诗歌在根本上则是排斥知识、智力、观念、哲学等等复杂性因素的，它顽固地趋向于简化和单纯，亲和于情感、情绪、意念等等生命本体性的东西。很明显，如果没有食指悲剧的生命实践——如果他后来做了官或成了富翁，甚至成了一个学院和体制意义上的知识分子，一个具有某种"发言权"的权威诗人——他后期的作品将不可能出现，早期的作品（那些"相信未来"的主题）也将在被予以"证实"的同时被证伪。换言之，今天诗人食指的抒情力量在于他的诗与人格的完全合一。而这正是最典范的浪漫主义者如屈原、李白，如拜伦、雪莱、普希金、海子们所实践的人格与写作方式，这种方式在十九世纪曾成为欧洲诗人普遍追寻的共同理想。作为世俗与社会的反抗者，十九世纪的诗人（以及由这种精神所感染的许多作家、知识分子，比如别尔嘉耶夫在他的《俄罗斯思想》[①]一书中所论述的赫尔岑、莱蒙托夫、车尔尼雪夫斯基、陀思妥耶夫斯基、托尔斯泰等"俄罗斯式"的知识分子），都曾以"边缘性"的社会角色作为批判性的写作，并以全部的努力实践他们的艺术与生命理想，因此他们的生活与命运大都是悲剧性的、反正统的。中国二十世纪上半叶的许多浪漫主义诗人也受到这种人格精神的影响，朱湘和闻一多就是两个典型的例证，他们都是正统社会权力的反抗者，只是一个是感情型的，一个是道义（政治）型的。而郭沫若和一批左转的"太阳社"成员则通过介入革命政治（开始也是反正统的）而进入了体制，并最终变成了主流权力的一部分，而在他们进入体制之后，他们的诗人身份也随之消失了。浪漫主义诗歌在二十世纪中国显然没有得到正常的发育，时代政治的洪流迅速地扭曲了它。

---

① 别尔嘉耶夫：《俄罗斯思想》，北京，生活·读书·新知三联书店，1995。

而现代主义诗歌（特别是自瓦莱里、里尔克、艾略特等后期象征主义诗人以来）的发展在二十世纪出现了一个"反抒情"的倾向，也深刻地影响了中国，现代主义使诗歌的本体由情感与生命人格转向了认识论层面，诗歌更多地变成了一种"知识"，与哲学、与认识论观念更加紧密地连在一起，并由此形成了种种稀奇古怪的诗歌现象和一场场风波迭起的艺术运动，而抒情的、唯美的、感伤的古典型"低智力"写作，基本上完全被废除。只是在五六十年代的中国，才由于特殊的政治原因而倡导过通俗易懂的"革命浪漫主义"抒情写作，但这不过徒具形式而已，其抒情的根基不是主体的情感人格，而是虚妄的政治理念。因此，食指在这样的时代背景与历史逻辑中的出现便同时具有了两种依据，一是依托于一个特殊的浪漫型的精神与写作的时代；二是完成了对前代浪漫主义诗人人格精神的继承和对在此基础上的抒情写作的修复。虽然还不能说这样一种"修复"有多大的普遍意义，但食指的确创造了一个纯粹抒情写作的奇迹，重建起一个抒情写作的"传统"。

悲剧性的生命人格实践的折光，是食指诗歌感染力的源泉原因。然而仅有这点是不够的，顾城的人生命运也是悲剧性的，但他的诗却没有生发出如此强大的人格力量，这其中当然有境界的高下，但根本原因还是食指一直在他的诗中执著地倾力于一个富有人性内涵、心灵冲突、善良品性、坚定信仰、敏感情思、顽强意志、悲剧性格的主体形象的表现与塑造，而这一形象内心的丰富性和他多劫多难的命运、悲剧的、自沉式的性格逻辑所焕发出的人格魅力，总是能够触及人性最根部的层面，尤其是抒情主人公所深切地体察和尖锐地揭示的那些失败与挫折的体验，最能激起人们内心的共鸣。从某种意义上，失败是最能打动人的，这正是人们喜爱看悲剧的原因。由于执著于对失败和挫折的认同与表现，使得食指的诗总是直指生命和人性最深在的内核。这在食指早期的写作中就已十分明显，《鱼儿三部曲》中鱼儿最终死在春天到来、冰雪消融的时刻，就充分表明了食指执拗地认同悲剧和失败的内心倾向与性格逻辑。在《寒风》（一九六八）这首小诗中，他将寒风写成了一个真诚地献出了所有、从而使自己变成了遭人遗弃的乞丐的形象，寒风成了诗人自己的一种精神遭遇的比喻，它真诚、慷慨地"撒落了所有的白银"，却因此丢失了自己而痛遭人世的冷遇："紧闭的窗门外，人们听任我 / 在饥饿的晕眩中哀嚎呻吟？我终于明白了，在这地球上 / 比我冷的多的，是人们的心。"只有食指才有如此痛绝的体验角度，才会写出这样的"寒风"。这种悲切而愤懑的角色认同与自我定位，赋予了他的诗歌以令人"怜悯"（亚里士多德所说的"怜悯"）、给人以"净化"的感人的悲剧力量。在另一首《命运》（一九六二）中，食指似已预见了自己的一生："……我的一生是辗转飘零的枯叶／我的未来是抽不出锋芒的青稞／如果命运真是这样的话／我愿为野生的荆棘放声高歌／／哪怕荆棘刺破我的心／火样的血浆火样地燃烧着／挣扎着爬进喧闹的江河／人死了，精神永不沉默……"如果"命运"有什么先验性的话，那这实际上是指的性格逻辑。食指和所有的人一样，不可能安排并预告自己的命运，但他却"顽固地"设定了他悲剧性的性格指向，痛苦成了他抒情的支点，也成了他生命与精神安居的归宿，食指诗歌从整体到局部的感人之处都应在这里。这不禁令我想到莱蒙托夫《帆》中的诗句：

> 下面涌着清澈的碧流
>
> 上面洒着金色的阳光
>
> 不安的帆儿却祈求风暴——
>
> 仿佛风暴里才有，宁静之邦

这是浪漫主义者和理想主义者——那些骨子里燃烧着根深蒂固的自焚自毁自虐的火焰的人的共同的逻辑。

《黎明的海洋》（一九八五）或许可以看做食指的处女作《海洋三部曲》主题的一个重现。因此我以为它对于食指的后期诗作而言应是重要和有象征意义的。作为浪漫主义精神的传承者，"海洋"是食指诗歌核心的象喻之一，它的永不停歇的惊涛骇浪的喧嚣，也生动喻示着诗人的内心情景。因此这首诗无疑可以看做是后期食指精神与心灵的画像。它经历了太多的黑夜的笼罩，经过了巨大的风暴，如今已伤痕累累："……你承受着黑夜的压抑／你深感到黑暗的窒息／你肌肉的每一次抽搐／都是一道寒心的波浪／／……终于醒来了，黑色的海洋／赤裸着肌肉闪光的臂膀／在那天边的海平线上／奋力托起了火红的太阳"——

> 大概大海也受了伤——
>
> 不然怎么会有
>
> 一摊殷红的鲜血
>
> 浮荡在黎明的海上?!

食指悲剧性的抒情并不单化作感人的生命力量，有时还会化作悲愤的社会批判力量。尽管食指从未过度追问过悲剧的外在缘由，而只是执拗地抒写悲剧的承受和体验本身，但这种基于善良的人格的抒情，有时也会生发出对世道人心的抨击和质问。《疯狗》（一九七四）一诗应是最为典型的："受够了无情的戏弄之后／我不再将自己当成人看／仿佛我成了一条疯狗／漫无目地游荡人间／／我还不是一条疯狗／不必为饥寒去冒风险／为此我希望成条疯狗／更深刻地体验生存的艰难／／我还不如一条疯狗／狗急它能跳出墙院／而我只能默默地忍受／我比疯狗有更多的辛酸"——

> 假如我真的成条疯狗
> 就能挣脱这无形的索链
> 那么我将毫不迟疑地
> 放弃所谓神圣的人权

在"文革"结束之时，我们曾看到过大量的揭露"伤痕"和表达"反思"的诗歌作品，但没有哪一首诗可以与这首诗所达到的人性与心灵深度相媲美，它以永不愈合的伤痕标识着一个时代对人性的犯罪。

食指的诗歌将依据它不朽的抒情力量而传世，不只《相信未来》、《热爱生命》、《这是四点零八分的北京》等名篇，他全部的作品已成为一个整体，我想已没有多少人还会怀疑这一点。这是命运在对他分外的苛待之后的报偿。希望、信仰、失败、挫折，这些永恒的主题，经由食指的生命实践而超越了它们通常容易陷入的"小布尔乔亚"式的情感窠臼，而抵达了纯净的生命本体以及由其所昭示的人性与哲学的高度。念及这一点，我们或许都能得到一份安慰；历史和人心，也许终将是公正的。

四

在当代诗歌的历史上，食指的意义还会进一步显现，这一点或许还要留待时间的检验。林莽曾说："经历了现代主义风浪冲击后的中国现代诗坛，应该在食指的诗中再次发掘出一种启示，应该提倡食指这样的创作精神：以纯净的精神质量抗拒那些哗众取宠的花样翻新；以几十年如一日的坚韧人格抗拒那种急功近利的市侩作风；以一丝不苟的严谨创作态度抗拒那些自欺欺人的伪劣作品。"①的确，食指留给我们的启示是很多的，在当代社会历史的不断延伸和当代诗歌的历史脉络与格局的不断延伸调整的过程中，这些启示还会不断产生出新的意义。

首先一个最重要的启示是，历经长久的历史沉埋，人们为什么会重新"发现"食指？食指那些不免带有"旧式"抒情色调和人格倾向的诗歌为什么会再次焕发出强烈的魅力？这实际上也是意味着一个这样的问号：什么样的写作最有生命力？食指当然不是唯一的，但是整体地看，自六十年代后期到八十年代初期的现代性的诗歌写作，包括名噪一时的多家朦胧诗人在内，食指越来越成为一个最富有艺术和精神感染力的诗人。甚至或许可以这样说，如今人们再回读绝大部分朦胧诗时，都已有一种"褪色"的感觉，可食指这种原本很"旧"的写作却反而具有了常读常新的魅力。这里的原因，除了食指悲剧性的人格实践的注入与折光，同时很重要的是食指始终是面对心灵——个体心灵的具体处境——写作的，通过书写心灵而书写"现实"和历史，从而真切地将人们唤回到历史的情境氛围之中，唤起人们强烈的历史感。另一方面，由于撇开了外在历史表象而专注于心灵处境的书写，还使他的作品反而具有了一种超越具体时空的"纯度"——从某种意义上，食指对希望、青春、爱情和挫折的咏叹已经具有了"纯诗"的性质，每位读者在面对他的诗时，都会唤起相似的人生感受。人格和历史，生命的悲剧与意义，同时闪现在食指的诗中。这是他诗歌的征服力、感染力之所在。

在当代中国作家和诗人的精神历史中，食指真诚的"一次性"生命人格实践与写作方式还将成为一种宝贵的精神资源。它构成了对当代作家和诗人写作中普遍的"智性（知识）在场"而"人格缺席"的状况的有力反衬与批评，当代的作家和诗人应从食指的绝对的生命理想与写作姿态中看到自身的欠缺。从某种意义上，食指的抗争是抽象的——重要的不是抗争什么，而是抗争的性格本身，这正是置身于历史与人生实践中知识分子和写作者必要的姿态，它执拗地、执著地指向边缘和非主流化的、个人的写作立场。而这又是他作为一个诗人可以超越历史和时代局限的根本原因。

抒情的匮乏——我指的是真正独立人格意义上的抒情的匮乏，也是我们不得不重视

① 《诗探索金库·食指卷·序》。

203

食指诗歌的一个原因。在五六十年代，抒情虽然构成了这个时代的主调和强音，但这种抒情是主体被假借、抽空和偷换的抒情；而八十年代以来，诗歌的强劲的现代性逻辑指向，又促使诗歌以智性和观念排斥抒情的要素。从情感的假性泛滥，到认识论迷宫的掩蔽，健康的抒情传统一直未真正建立起来。所以回首历史，食指反而成了一个重要的"传统"，他固守了情感、意绪、未经观念化处理的生命体验等这些属于生命本体的东西，而排拒着知识、哲学、观念等智性的认识论的因素，他顽固地坚持了简化的写作原则，但却最终在历史的自然整合中获得了复杂与深刻。这一点在当代诗歌的未来发展中的确有根本性的启示，诗歌究竟是走向智性、还是抒情？还是两者作更好的结合？谁占更重要的分量？从读者的角度考虑，诗歌的确应更接近于抒情，因为诗就其根本的功能而言，它不是考查智能的游戏——尽管它离不开较高的智力。在这个意义上，抒情与诗歌的前途攸关。

诗歌还是一种"声音"，这是食指给我们的另一个启示。自朦胧诗倡扬意象写作以来，诗歌更多地变成了一种"视觉"艺术，甚至其语感上的起伏、回旋、连绵、转换等都变成了某些"视觉效果"，智性因素的过分承重使诗歌难以再直接诉诸人们的听觉，而必须在"延时"的解谜式阅读中琢磨其"迟到"的"延异"的意义。食指的诗几乎每一篇都适合朗诵，富有乐感、语言精确、庄严、典雅、和谐，并在变成"声音"的时候更富有情感的撞击力，产生强烈的语言倾诉与心灵净化作用。另一方面，朗诵还构成了"集体阅读"的效果，而视觉性的阅读却是个人性的体验过程。食指诗歌的生命力也会使我们问一句：当代诗歌还能否再成为"声音"意义上的艺术呢？食指当然不是没有自己局限性的诗人。前文中我曾提及，食指是仍生活在上个时代中的诗人，他或许才真正属于欧阳江河所说的那种"以亡灵的声音发言的诗人"[①]，他的诗体也是上个时代的遗存物，正是在这样一个意义上食指的写作才在今天仍显示出其艺术与精神价值。尽管食指可以提供给我们如上丰富的启示，但在根本上食指的诗体却是不可摹仿的，他将和上个时代一起进入历史，而今天诗人却必须沿着食指的道路，再继续向前延伸。

一九九八年十二月于济南舜耕山下

《当代作家评论》二○○一年第四期

---

① 欧阳江河：《'89以后国内诗歌写作》，《谁去谁留》，长沙，湖南文艺出版社，1997。

中国第一根火柴

——纪念民间刊物《今天》杂志创刊三十年

徐敬亚

假定红日当头的"文革"岁月属于中国人的精神漆黑之夜，那么，在意识黎明中出现的一本民间油印杂志《今天》和以北岛为代表的"今天诗群"，成为点燃数十年中国现代诗热浪的第一缕火光。

锋利如刃的诗，谁给了你翅膀

按结绳记事的时间古法，一九七八年，绝对是中国之绳上的一个特大疙瘩。

那一年末，从北京灰色的天空中飞起了几只俊俏的诗鸟，它们以伤感的翅膀和愤怒的姿态，迅速征服了一代青年，标志"崛起诗群"启动。

在短短几个月内，一本非官方的油印杂志的蔓延和一批诗作的传播历史，近乎神奇！

这些边写诗边推着油墨滚的未来大诗人们，不会想到他们的诗飞得那样快！他们不经意编排出来的一行行汉字，在三十年前中国大学校园里受到了狂热的追捧——我只能提供个人窄小的视角，我经历了《今天》杂志在吉林大学烈火一样传播的全过程。

一九七九年秋，我突然收到从北京寄来的《今天》。是创刊号。

"诗还可以这样写?！"我当时完全被惊呆了——正如在听了邓丽君磁带后感到：歌，还可以这样唱?！正如当年突然看到街头喇叭裤之后顿感：裤子，可以这样美?！

最初，它很秘密地在我们《赤子心》诗社内部传阅。后来，那本珍贵的油印刊物，传到了宿舍。它立刻被一个人传向另一个人，急于阅读的大学生们把它围在桌子中心。最后，我们吉林大学中文系二〇四寝室的十二名同学一致决定，由一个人朗诵大家听。

　　　　　　卑鄙是卑鄙者的通行证，高尚是高尚者的墓志铭。

我至今还能清晰地记得那种精神上的震撼。它是一根最细的针的同时它又是一磅最重的锤……那样的震撼，一生中只能出现一次。

就这样，《今天》从我们的寝室传遍了七七级，传遍了中文系。再后来，传到了东北师大。在此同时，它也传遍了中国各高等院校，当时我与黑龙江大学的曹长青、武汉大学的高伐林、杭州大学的张德强等频繁通信谈论《今天》。我还把它拿给公木先生，年近七十的公木校长读了之后也受到很大震动，后来多次为朦胧诗说话。

"北京东四十四条七十六号刘念春"——对于三十年前《今天》读者，绝对是一组温暖的汉字抚爱。他们不再是地、名，而是一种新时代的灵魂慰藉剂。当年拿出三角钱邮购一本油印杂志的穷学生们都知道，它的营养远远超过一碗红烧肉内部包含的全部味道。

天才的杀伤力有多么大

也许连天才诗人们自己也没有敢想，三十年前他们对人的打击有多么残酷多么巨大。

当一个狂热过后的国家的深处发生了震动，整整一个时代的人们仿佛从一座巨型牢房中集体释放出来，悲伤与恐惧交混，自由与愤怒还来不及生成。脆弱的民族意识似如游魂，任何一个重大事件都可能改变未来的方向。

历史的指针在微微摇晃。正是需要天才的时刻。天才必须应运而生。

正是北岛——充当了这个神奇的角色。他的悲愤和质疑，坚硬而果断。他的象征明朗又暧昧。他的抒情中有伤感起伏的丝绸，他的陈述中有迷人的细节与表情……不管"今天诗群"那雄心勃勃的雁阵中有多少支羽毛曾与他比翼齐飞，不管人们对新天才有多少不平与嫉妒，一只莫名的手指伸出来：就是他！

没办法，历史常常不公平，它只能选择一个人，哪怕这个平凡者只比别人多出一个百分点。

忘不了整个一九七九年的下半年，我始终在一种莫名的兴奋中度过。北岛、江河、方含、食指、齐云、舒婷……一个比一个更惊心动魄的名字，一次次击中了我。

被诗歌子弹击中后的人们总是深陷痴迷，甚至忘记了尊严。他们不知道也不关心诗怎样产生，没有想也不去想作者同样是平凡的、活着的俗人……诗，仿佛是蔚蓝天空送来的一份礼物，它当然只产生于彩云与霞光之间。

在最需要准确击打的时刻，《今天》恰巧加大了诗歌的投放——随着第三期、第八期"诗歌专刊"的连续推出，《今天》带着一种新鲜的美，带着一种时代力度，在全国诗爱者的心中降下一场又一场诗的鹅毛大雪。

正是在一种近于痴迷的阅读沉醉中，我陆续用笔写下了我最原始的一些读后断想，并命名为《奇异的光——今天诗歌读痕》。那是我有生以来第一次写诗歌评论。我没有想到，那篇文章竟成为我后半生的某一种起点。

同样让我意外的是，在我被震蒙之后，我又震蒙了别人——我把文章寄给了"刘念春"后，竟收到了北岛的回信。后来，它被发表在《今天》最后一期——第九期上。这使我意外坐上了最后一班列车，有幸成为《今天》的所谓理论撰稿人。

刚刚，我找出了久藏的全部一至九期《今天》，我重新翻看了一遍我那《奇异的光》—— 一个初出茅庐的大学生，感觉真是原始朴素、大胆放肆啊！三十年前的我，竟以一种老成持重的口吻像模像样地写道："几个年轻人在一起，搞起了文学，这无疑是件好事情……他们是在向诗坛挑战！"更彰显青年徐敬亚狂妄野心的是最后一段："我敢假设：如果让我编写'中国当代文学史'，在诗歌一页上，我要写上几个大字——在七十年代末诗坛上出现了一个文学刊物：《今天》。它放射了奇异的光！"

幸运的是，在后来的年代里，更多的人和我产生了相似的感觉。而在一本本并不是由我编写的诸多"中国当代文学史"中，它真的成了诗歌"主流"。

为什么中国偏偏选中了诗

一九八〇年夏天，我与王小妮在青春诗会上第一次见到了《今天》几乎全部主力。

高瘦、清爽的北岛与芒克，各背着一个黄书包到《诗刊》售卖他们那已经更名为《今天文学研究会·内部交流资料》的伟大杂志。

而永远印入记忆的那个夏夜，我荣幸参加了《今天》杂志的一次文学聚会。北岛带着我与王小妮绕来绕去进了一座灰暗的四合院。我记得小院子里围坐了二三十个文学青年。一位个子不高的女孩，在朦胧的夜色中，用缓慢的声调朗诵了她写的小说。

尽管《今天》一直刊载着不错的小说，但是它根本无法掩盖今天诗歌炫目的光辉。在八十年代文学青年固执的眼中，"今天诗群"那先行者与信号弹一样的历史地位，几乎使这本综合性的民间文学刊物的其他内容形同虚设，而变成了"诗专刊"。

过了这么多年，我常常想：当年的中国热情为什么偏偏选中了诗？

恶毒的手曾在整整十年中把一个民族推进精神的深渊。在她重新复苏之际，可不可以选择戏剧？选择小说？……如果不是《今天》，不是诗，而是一篇又一篇曲折动人的故事……如果当年恰巧出现一批俄罗斯作家群那样卓然兀世的小说家部落……如果恰巧出现一大批像莎士比亚剧作一样悲欢离合的戏剧……历史不是没有这样的可能。一个大悲、大喜、大愤、大恸的荒诞年代，几亿人同感、同情、同命，任何一种文学形式走俏，都具备超额诱人的理由。

也许，中国几千年古老的诗歌传统，是这一仿佛命中注定之路的、唯一固执而强悍的向导。

也许恰巧一批天才偶然聚集起来的尖锐，无理地刺穿并更改了常规的道路与方向。

不能想象，如果没有当年的建筑工人北岛，没有青年工人芒克，没有待业青年顾城，没有纺织女工舒婷，没有曾经的神经病人食指，没有知青方含，没有从白洋淀返回的多多……中国七十年代末涌起的文学社团会不会朝着诗歌主导的方向发展？八十年代风云翻动的诗歌大潮会不会扫荡中国土地？

也许，慈祥的古典诗歌传统，像一位坐在远方的老奶奶，不断把她的絮语讲入了后来者梦中的鼾声；也许，上世纪二三十年代的现代派向他们暗中传递了一种异端的写作权力；而唯一"不也许"的是：它的DNA与离之最近的、半个世纪以来这个国家全部的所谓民歌传统与官方规矩毫不相干。

——当时，中国有上百种常规杂志纷纷复刊。可惜在那些印刷精美的白纸上，排列着的是令人轻蔑的思想与文采。道不同，不相谋——对流行哲学、美学的蔑视，在产生憎恶的同时，无端的尊崇也突然降临——这就是为什么印刷粗糙、字迹模糊的油印民间刊物《今天》当年取得了中国第一把文学小提琴的全部秘密。

人们无端地爱她——爱她那深蓝色的封面……爱她那两个前倾身姿的青年男女……甚至爱她那细线一抹的、高高轻挑的睫毛！那是信号，那是新时代与新生活的感召。

是什么使这些年轻的文豪们像第一个会议溜号者那样从铁政当头的"文革"中溜出来？是什么使他们从几亿顺民的呆板神色中最先超越复苏？

——诗歌的原子弹在北京引爆，有着复杂的时局与文化背景。如果没有早在一九七〇年就开始在京流传的那两本暗含反叛意识的《麦田里的守望者》、《带星星的火车票》，以及传达西方诗智的《娘子谷及其他》、《洛尔珈诗抄》、贝克特的《椅子》、萨特的《厌恶及其他》，及后来复印纸上的《法国象征派诗选》……中国的诗歌可能还在中学生的水准中呻吟。

——而诗的眼睛，恰恰是一点就破的精灵。任何一阵反向的微风，都可能使它顿时改变卑微的方向。而后来的历史证明：它那简短分行的传染病，是一种比白喉还快速，比霍乱还凶猛的意识流行感冒。

五味杂陈的诗歌受虐之地

在纪念《今天》创刊三十年的日子，我偶尔涌起的青春记忆仍然无法抵消内心的沉重。

一根孤独的火柴，曾不可思议地擦亮了中国的夜空。而天光大亮后，真真切切的视野却反而令人备感无聊。

笑嘻嘻的金钱年代，连天才也淹没于滚滚红尘与油腻腻的游戏之中。

我们的车头，已经呼啸冲过了后现代彻底消解价值的冰冷极地，却把包括封建沉沦、资本上升、复兴启蒙等沉重使命留给了慢吞吞的车尾。

这，是我们的无奈与尴尬，也正是我们的骄傲与幸运。

我们的汉字无比丰富，我们的生存五味杂陈——我们正在经历连小国总督也不能体味到的奇特年代——我们脚下，仍是人类最佳的文学受虐之地。

遗憾的是，我们一直在无奈地辜负着这一切。

　　整整三十年，中国现代诗生生不灭，至今似乎已流落于自由、无羁的街头。然而它曾冲击过的那一架沉重的文化机器，仍固若金汤。它，只是偷偷沉默着。它，只要灌注燃油，即会突然启动——整体的、固有的中国文化，其实一直对现代诗冷眼旁观，阴森地保留着长久不散的批判特权。

　　我唯有向时间和火光致敬。

二〇〇八年五月二十九日海南岛
《当代作家评论》二〇〇九年第一期

谢冕：一代人的缩影

——兼论新时期诗歌流向

管卫中

忧患感：与同代人心灵共振

历史的潮汐退去后，海滩上总留下一些耐人回味的波纹。现在回想起来，十年前那场一烧多年的特大火灾渐渐熄灭时，在欢呼的人群中，最先沉静下来，悄然抓起一把焦土，久久地揉搓、沉思，终于发出沉重的诘问的，主要是一群中年知识分子。这一批早醒的文人，在当时扮演了新的启蒙者的历史角色。

这一代人，决不是偶然地闯到历史前台位置上来的。当时的中国，除这群人之外的其他各社会阶层，均还不觉悟或不成熟；只有这一代人，才具备了扮演这种角色的诸条件。这些生当中国社会大变迁之前夜或黎明时分的知识青年们，早年是充满济世热情的一代；然后是虔信的一代。五十年代中期之后，对社会前景的高度乐观思潮，使他们逐渐放弃了知识分子向有的忧虑意识。只是在接连地遭遇了两次大规模的政治迫害之后，在漫长的流放、劳教生涯中体验了肉体的饥寒劳苦，特别是精神的迷惘、绝望之后，他们中的大部分才被迫开始惊心动魄的自我反省和对极左政治的怀疑。他们终于挺直了腰杆，昂起了人的头颅，成熟了。虽然，成熟得太晚了一些。

就像五四时期革命知识分子后来发生了分化一样，在十年来旷日持久的拉锯式思想交锋中，这一代知识分子里有相当一部分人，陆续放下锋利的刀枪，离开思想疆场，拿起五彩画笔走进了艺术园林；也有人汲取血的人生教训，投师于庄禅，一面把玩掌故、古玩，一面斜睨着时代的走向，作出一副超然现实状；还有一部分，索性放弃学术、艺术。唯有其中最执着的一小部分，才不惮于纷飞的箭镞，独行的孤独，把双倍的责任放在自己瘦削而坚硬的肩上。与那些可以轻易放弃责任感的形形色色的同代人相映照的是，这些在复杂的有时甚至是惊险的思想交锋中益发清醒起来、坚定起来的人们，内心深处始终不渝地"充溢着民族、国家和人类的痛苦，这些痛苦使他们时常辗转不安，自觉地背负起历史的十字架"。①他们歌哭呼吁，皆为民族的中兴；他们急欲铲除封建思想的千年堆积，恨不能毕其功于一役。在风吹雨打的日子里，他们读着马克思和鲁迅的书，表现了真正的硬骨头精神。可以说，在当今知识分子队伍中，这一部分人，是真正地承继了以鲁迅为代表的中国现代知识分子的精神传统的。

谢冕，庶几可说是他们中间的一个。兴许出于偶然，谢冕侥幸不曾体验过"象牲口一样活下去"的惨痛情境。可从五十年代到七十年代末，他与他的同代人们一起阅览了共和国的几度沉浮，有过同样痛苦的精神蜕变历史。时代变迁的犁尖，一样在他曾经十分光洁的做过许多绿色梦的额头刻下了深深的忧患。在同样的社会政治、文化背景上，谢冕最终形成的基本的社会观、人生观、价值观，大体上与前述的中年知识分子中的精英们相接近。他的心律，与同代人的脉搏共振。对民族命运的深切关注，使他在沉寂二十余年后重操批评之笔时，首先发生的，不是对诗艺本身的自觉，而是社会批判意识的觉醒。可以说，他的新时期以来的文艺思想，就是从这里起步的。不仅他在新时期最初几年中对新中国成立以来直至"文革"十年的诗走向的批判性反思，以及对以天安门诗歌运动为起点的诗的批判意识的回归的大力褒扬，是建立在他对社会痼疾的批判意识之上的，并且，他后来的一系列批评活动、批评现象，都可以从这里得到合理的解释。譬如，对于"朦胧诗"，他更多地注目于它的情绪指向与成色，而始终未能深入地论及它对诗语言诗艺术的变革实绩（而这一点，恰恰是不能低估的）。又如他对"后崛起"诗群的缄默与回避态度等等。他的诗批评是一种基于民族忧患意识的社会历史批评。对民族命运的忧虑与思索，始终笼罩着谢冕全部诗批评。

---

① 许纪霖：《中国知识分子群体人格的历史探索》，《新华文摘》1987年第2期。

反思与追踪：为恢复现实主义精神呼号

新时期文学第一阶段的中心课题，是现实主义精神的恢复。诗歌领域也不例外。谢冕作为第一批冲上瞒和骗的文艺滩头阵地的突击队员，为此作了成效卓著的努力。

恢复现实主义精神这一文艺思潮在重获生机的中国大陆上首先出现，自然不是凭空而来的。而是因为，站在一片焦黑的现实废墟上，回眸旧日金碧辉煌的文学蜃楼，当时的文艺家们，首先感到了文艺的虚假。于是呼吁真实性，呼唤批判意识的声浪滚滚而来。

那时候，重新援笔评诗的中年诗歌批评家不少，其中有相当一部分，是编辑或诗人。与这些编辑诗人出身的诗评家不同，谢冕是一位研究新诗的学者。学者自有学者的优势。凭着对中国新诗六十年历史的稔熟，也凭着与那些书卷气过浓的学究们不同的鲜活的思想和思路，谢冕先后对新诗史、特别是建国三十年诗歌创作的脉络，进行了富有思想穿透力的诊察。这就是后来收集在《共和国的星光》中的三篇兼有史家气魄和批评家之敏锐的力作《和新中国一起歌唱》、《历史的沉思》、《论中国新诗传统》。这三篇论文的特点十分明显：它们都是直接针对当时新诗创作面临的形势，来总结历史教训经验，树立美学楷模，为创造真实多样的诗局面而鸣锣开道的。在人们尚对新诗发展的道路缺乏清醒的认识与估价的时候，谢冕以十分严峻的态度指出：五十年代，我们的诗歌跨进了"颂歌时代"，"歌颂光明者有意无意地当作唯一的和绝对的"，发展到极致，诗便走上了虚假的绝路；诗歌抒情主人公的形象在五十年代发生了根本的变异，诗中的"我"更多地为"我们"所代替，它带来了"形象的萧条"。他认为，"当代诗歌是逐步走向统一的诗歌"，而这种统一，不啻是将诗驱向了一条越来越狭窄的道路。这些结论，在当时，堪称是空谷足音，令人大为吃惊又耳目一新，不能不为作者严峻诚实的历史态度以及流露于其中的对新诗的殷切期望所打动。自然，这样一种不同流俗的看法，也引起了一大批诗人和批评家的不安甚至愤怒，但事隔数年之后，我们回过头再来审视谢冕这些充满批判意识的观点，觉得它的确是一针见血地切中了三十年诗歌病体的要害，从而为新诗的发展扫清了道路，扭正了方向。

接下来的一个问题是，大一统的僵滞局面如何打破？新诗到底如何前进？对此，谢冕自然无法设计出一幅具体的图样来。但他心中却藏有一幅丰富灿烂的图景，这图景久久温馨着他的心。站在历史的制高点上，他满怀神往地遥指远方，向诗界指示了另一派蓬勃的诗景象——"五四"时期的诗局面。借着这种旧日的壮丽景观，他实际暗示了自己理想中的诗前景——"它写着两个大字：创造"、"多样而丰富的艺术探求"、"始终活跃着战斗的生命"。

当然，当谢冕写下"多样而丰富的艺术探求"这样的字样时，后来被称为"朦胧诗"的一批青年诗人，事实上已踏进了没有人迹的处女地。他们的"艺术探求"无疑是异样的、有重大意义的，进一步说，诗的生机就蕴藏在这里。可惜，这种现象并未引起谢冕的特别注意。准确点说，那时的谢冕的诗观念，还属于现实主义范畴，他还不能认识新的诗观念的价值。

那时候，谢冕以重炮轰击颂诗的虚假的伪饰，轰击诗的统一化趋势和非自我化倾向，都是为了使诗重获真诚的品格，进而展开对社会阴暗面的深邃的批判。这一时期，谢冕特别强调："诗对生活进行监督的社会职能"，期望"把诗歌导向于现实有用"，"以诗救国救民""对病痛进行治疗"。这种意识，不仅在他的"中国新诗现阶段综论"之一、之二、之三中有明确的宣示，而且也明显地流贯于他散见的诗评中。一个突出的现象是，在这一阶段的诗评中，他论述最多的几位诗人，是白桦、公刘、邵燕祥、流沙河、雷抒雁，以及叶文福等。这几位诗人当时的作品是以浓重的批判意识和独立的人格而卓然于诗坛的。共同的忧患感、使命感乃至殉道精神，共同的精神经历，使得他对与自己同代的这几位中年诗人的情绪的解悟，格外深切、透彻。事实上，当他解说这一代诗人的诗作时，又何尝不是在解说自己，解说自己的失落、哀痛、愧悔、愤怒、挚爱与思索。当然，在这种解说中，谢冕总不免也暴露了残存于他的精神底层的那种为这代人所共有的奴性意识。譬如他对《我不怨恨》的那种真诚的虚假实质，就缺乏清醒的认识。

作为诗评界的一员骁勇的主将，谢冕的上述努力，对诗歌中现实主义精神的恢复，无疑产生了重大的影响。

多元并存：流动、开放的诗歌观

强调诗的真实性和批判性能，这是对诗的艺术品格的回复，无疑是至为重要的。但是，严格地说来，这种强调并没有真正接触到诗这种文学样式的美学特性。很显然，真实性原则与批判精神同样适用于文学中的任何部类。换言之，谢冕这一时期的工作，还不是完全为了诗本身，他不过是伙同其他文学领域中的批评家，为包括诗在内的文学争得一个起码的品格而努力。这只能称得上是一种恢复，一种重新颠倒，而不能视作是对诗自身的建设性工程。

真正接触到诗的审美特性的，是他对诗的"自我表现"本质的强调，是对诗创作中日渐明显的个人化、自传化、心灵化倾向的毫不迟疑的历史性肯定。在检讨三十年诗歌运动史时，他认为，时代的风尚，使得新中国成立以来的诗歌中的"我"逐渐被"我们"的集体群像所代替，这种变异导致了诗歌中的真实情感、诗的个性的消失。这是三十年诗歌史提供给我们的重大教训之一。在后来的一系列文章中，他更加鲜明地强调诗的"抒情特点往往与诗人的自我抒情不可分"，带有"极大的主观的性质"。与此同时，他对中年诗人们创作中日益明显的自传性、个人化倾向，给予了有力的支持。如果说，在三十年新诗运动中，诗人"自我"的消失关于诗的生命的重大失落的话，那么，谢冕和为数不多的几位中年诗评家对诗中"自我"的回归的慧眼独具的肯定，的确具有不同寻常的意义。它使诗的生命得以重新恢复，使诗的审美特性又一次得以凸现，从而使诗又一次有资格以自己的特殊性而成为独立于小说等再现艺术之外的一门艺术。

对谢冕来说，坚信诗的"表现自我"的合理性与重要性，其意义，也许还不止于此。当诗歌创作进一步趋向心灵化时，也就是说，当新的诗群打着向人的内心世界进军的旗帜向他走来时，这种观念对于他理解和接受新诗潮的新观念，是起了内应作用的。或者说，他对诗本质的这种把握，成了引渡他到达新的诗美原则彼岸的桥梁。

一九八〇年，诗坛上发生了划时代的事件。被称之为"朦胧诗"的潜流从地下的喷涌而出，第一次对当时流通的诗美学构成了最尖锐的挑战。

这是一种貌似十分新异的诗。对于习惯于诗观念的缓慢地、有秩序地流动的中国读者来说，这种诗无疑是一种大跨度的跃进。但事实上，在我看来，与其将"现代主义"的桂冠强按在它的头上，毋宁说，它是一位穿起了考究的西服的中国人。不能不承认，这类诗在它的外形，即其表达手段、语言组合方式上，是突破了旧的一整套模式的。对传统的诗语言系统的"现代"化改造，使得它的一只脚跨进了现代主义艺术边界。但是，真正决定诗的品格的，应当是它所表达的恩情意绪。这类诗的思情内核，与前述的一部分优秀的中年诗人批判化、个人化的诗倾向，几乎可以说是一脉相承的，是它的一种长足的延伸。也即是说，这一诗群虽然在批判和忧患的深邃、广远程度上，对自我开掘的深度上，比前一个浪潮走得更远、更深，但是，这两者仍然基本上属于同一个思想文化体系。这个宣称"我不相信"的一代人，从其基本的济世态度，民族责任感、使命感、忧患感，以及在此基础上产生的悲剧英雄式的献身精神，从其价值观念、道德意识，从其对理想、爱情，崇高的精神境界的苦苦追求等方面看，无疑与上一代人同属一个精神链条。他们始终未脱离当代中国最优秀的知识分子的思想轨迹。所不同者，只是比上一代人更少一点虔诚和迷信，更多一层独立意识、怀疑意识罢了（如果将他们与"后崛起"诗人——中国真正的现代主义——作一点对比，情况就更明白）。在对诗歌本质的理解上，这一代人强调"诗是诗人心灵的历史"，认为诗的本质特点在于它的心灵性。并动用一系列新手段，重造一个与人们的经验世界迥异的高度主观化了的诗的世界。而谢冕从一开始就主张诗要袒露心灵，表现自我。这样，他由鼓励中年诗人们的个人化、自传化倾向，过渡到接受主张充分深入地表现人的隐秘情绪的朦胧诗，便是一个合乎逻辑的过程了。

由此可见，在忧患意识和表现自我这两个最根本的问题上，谢冕的观念与朦胧诗人们的观念是相衔接的。换句话说，谢冕对诗的理解，在短时间内发生跃变，本来就是他与青年诗人们在对诗的理解上的相同点的某种叠合，是他原来的诗观念的合乎逻辑的延伸。这样，在当时的诗坛上，他和不多的另几位诗评家首先对这一代诗伸出理解的双手，就不是偶然的了。自然，由于朦胧诗血液的输入，他自己的诗观念，也得到了大幅度的更新、丰富和再延伸。

发生在八十年代初的那一场绵延数载，波及整个文学界的诗歌大论战的硝烟，如今渐渐飘散了。站在继续向前奔腾的诗的河岸，回味那一段历史，我们不能不深深地感受到，在中国大一统的诗局面行将被打破，新诗开始大裂变，开始萌发新的生机的历史时刻，在新与旧的诗观念发生殊死格斗，统一化的艺术欣赏趣味被破坏的痛苦而又充满希望的日子里，谢冕总给予朦胧诗群的理解和支持，对这一诗现象出现在中国新诗历史上的意义作出的历史评价，以由此引发的他对多种多样的诗探索的大声呼吁，以及他为强化诗的"自我表现"性质而区分泾渭、力排众议的理论行为，都给人留下了极深刻的印象。这些批评活动已经足够地显示了他作为一个优秀的批评家的胆识、理论坚定性和战略眼光。这是那些仅仅依据自己 "懂"或"不懂"来判断诗的优劣，或从单一凝滞的诗观念出发来苛责新生的诗萌芽的所谓批评家，所望尘莫及的；更是那些依靠鼻子来臧否诗，甚至从僵硬的政治标准出发来践踏诗的人们所无法望其项背的。

观念的开放、流动，对一个批评家来说，是摆脱狭隘的唯一途径。但观念的开放，又是有条件的，有极限的。从浅层的自我表现（诗的个人化）流向深层的自我表现（向意识深层进军），诚然是合乎逻辑的延伸。那么对于"超越自我"（这种所谓"超越"，在很多人那里其实是对自我的淡化乃至剔除，是一种个人意绪思情的抽象化，哲学化），又将如何呢？对以"超越"、"寻根"为由，来回避人置身其中的现实的苦难，超脱人生的困扰与忧患，又将如何呢？一味的认可，未必就是批评家的最佳精神状态；过分地娇宠与宽容，也容易陷入审美选择上的盲目性。谢冕近期对一些诗流向的追踪、判断给人一种心存狐疑、知之不深不透又勉力投赞成票的假象，这，不能不在一定程度上削弱了他的批评见解的鲜明性和思想穿透力。

自然，这并非谢冕开始变得含糊其辞。内在的原因也许是，随着诗的多支触角的向远方、向纵深延伸，谢冕已经在文化蓄存、知识结构等方面渐渐显露出了某种亏空，某种距离。尽管他仍勉力追踪诗的发展方向，但仅仅对全国诗坛划分出七个群体，七股诗流① 而不对诗美的嬗变迹象作出深刻的比较分析，抑或紧紧尾随在北京青年诗群后面，以杨炼、江河们的"现代史诗"为诗坛主流，断言中国诗歌已由横向的借鉴转向纵向的寻根，显然已远远不够，远不能涵盖和说明目前中国诗天地的变动状态了。

仿佛是无数匹不羁的野马，诗，已经从一代宗师谢冕均把握之中挣脱了缰绳，向四面八方狂奔而去。一阵阵杂沓的马蹄与嘶鸣声渐渐远去之后，一股无从把握的茫然感似乎悄然地潜入谢冕心头。

到了"后崛起"时期，他曾为之鼓与呼的北岛、舒婷们（其实也应当包括谢冕自己）的社会观、人生观、诗歌观、价值观已被列入否定、超越之列。谢冕陷入了两难境地。他自然不愿充当一名新的诗萌芽的狙击手。因为他很懂得"一个诗歌时代的停滞，同时宣告着另一个诗歌时代的勃兴。面对着这样的时代，面对着这样的读者，要求诗的新的内容，新的情感，新的艺术方式以及新的诗歌语言是必然的"② 。但这一代人诗中所

---

① 谢冕：《谢冕文学评论选·中国最年青的声音》。

② 谢冕：《诗的探索与探索的诗》，同上书。

流贯的思情基调，处世哲学，又使谢冕的确难以认同。于是，面对这一群五花八门的诗，他渐渐沉默了。

谢冕与"后崛起"们到底在什么地方发生了观念冲突？这个问题虽然无文字可查证，但我们也不妨根据自己对双方的观察理解，作一点追究。换言之，朦胧诗之后，企图对诗来一次更大规模、更彻底的变革诗，是"后崛起"诗群。虽然"后崛起"诗人如麻，山头林立，仅明确地打出旗号来的，就有二十九种之多，但据青年诗歌评论家徐敬亚分析，就其哲学意识、诗观念来看，这些所谓"流派"其实可以归并为大学生派和东方整体主义两大股。后一群诗人及其追随者们，经受了西方现代哲学思潮和文化思潮的一阵冲刷泡洗之后，逐渐失望，开始向东方的古老文化回归。他们企图在东方的佛道哲学中，寻找到一种超度一切苦难的佛光，认为"内心的解脱足以代表世界的终极解放"（徐敬亚语）。这皈依佛老的遁世派，似与小说中遗世逍遥的汪曾祺们脉气相通。大学生诗派，是更具有破坏性的一群。"捣碎一切"是他们的全部目的与手段。他们以为自己的诗"所有的魅力就在于它的粗暴、肤浅和胡说八道。""它要反击的是：博学和高深"①。他们试图对覆盖中国诗坛的朦胧诗美学来一次大反动。他们反技巧；抛弃北岛、舒婷、顾城们意旨深远的象征和立体的意象，以及奇谲的想象，追求一种无技巧境界。而事实上，他们又回到了基本上是写实加口语的诗的初级阶段。在诗的思想情绪上，他们反理想、反道德、反英雄、反崇高、反对既往的诗人们庄严而痛苦地抒写过的一切圣洁崇高的情感意绪。他们写本能，写无聊，写凡人的一切荒诞、平庸的念头和生活情态。平心而论，这些摒弃写大写的人，而向写底层小知识分子情绪的道路上疾跑的人们，这些试图对中国传统文化进行全面爆破的人们，其行动自有其历史的合理的一面。但与前一群殊途同归、趋于一致的一点是，他们完全卸去了前代诗人对于整个民族的深深的忧患感。

一方是寻觅后的失望，失望后的双手合十，向东方佛道哲学皈依，另一方是对自身和世界明确答案的彻底幻灭，对追寻的绝望和放弃，权且在西方后现代主义式的荒谬感和黑色幽默中找到精神落点。这皈依遁世的一群和嘻笑嘲谑的一群，以其被扭曲、被迷惑的精神风貌，而与前两代人发生了严重的精神断裂。无论向东向西，他们都不约而同地放弃了诗对民族、对人民的深沉关切，放弃了知识分子的忧患意识。他们已经走到谢

---

① 《诗选刊》1987年第2期。

冕、北岛们的精神对立面去了。在我看来，这种"三足鼎立"局面，事实上是儒家积极入世的精神与佛老遁世的精神以及西方缺乏社会责任感的嬉皮士精神之间的一种文化对峙。三十余年历史以及文化熏陶赋予谢冕的极为深刻稳固的入世意识，使得他无法与这更年轻的一群诗人们相沟通了。

另一方面，"后崛起"诗群在变革诗的语言方面，具有十分值得注意的意图和实践。在运用已有的诗语言进行创作的过程中，对"内在生命"的表达的困难，使他们中的相当一部分人意识到，作为传达工具的"传统的语言模式实质上已成为人们进入本体世界的巨大障碍"，于是，一种对通用诗语言的深刻的怀疑意识产生了。于是，"中国当代新诗对传统文化的反拨，已经从艺术观念、文化意识、审美理想、人格精神，文体样式的冲击转向另外一个方面：瓦解传统的文化语言模式"①。他们试图寻找一种摆脱了通用的语法规范、逻辑性、理性的约束的"纯粹"的诗语言，和以此种语言建筑起来的"纯诗"。对这样一种重大的变革意图与行动，谢冕亦未作出相应的反应。这使我又想到谢冕当初对新出现的朦胧诗美学，朦胧诗在诗艺术自身方面的重大变革，也缺乏及时的和深入的探究。这些现象似乎又表明了谢冕的另一种弱点，谢冕似乎是那种善于追踪、阐释的批评家，而不是那种善于对诗艺术作出建设性想象的批评家。换言之，随着中国新诗美学的跳跃式延伸，谢冕因缺乏对它的系统深入的思考而渐渐失去感应，渐渐落在创作实践的后面了。

诗，面临着比前一次严重得多的挑战。作为一代诗评家，谢冕的社会观、人生观、诗歌观，统统受到"后崛起"们的挑战。面对无可逾越的精神代沟，面对这驳杂多样的诗现象，谢冕将别无选择——不在沉默中爆发，便在沉默中消失。而我想，也许，作为中国新诗自"五四"以后第二个开创期的权威发言人，他已经完成了自己的历史使命。

《当代作家评论》一九八八年第六期

---

① 野渡：《语言的困境与诗人的尴尬》，《诗歌报》1987年4月6日。

智者的理论

——孙绍振的思想风度

谢十架

为自成理论体系的（这在当代只有少数人做到了）文艺美学家、幽默理论家孙绍振教授写评论，一直使我感到为难，以致我几个月来都无法下笔。为难的原因不是因为我与孙绍振之间有深厚的师生情谊而碍于说话（事实上，我批评他越凶，他的笑声越高）。[①] 也不是因为我没有将他的著作全部读完；而是因为在孙绍振那娴熟的辩证法和杰出的逻辑修养面前，几乎没有什么东西经得起他的检验，我为此而感到恐惧。在所有的中年理论家当中，我以为，孙绍振是最有理论建树的一位。他在向传统、向权威挑战的勇气上，在思维的广阔、敏捷和深度上，在强大的艺术感受力和理论体系的自足上，在抽象思辨的能力和对不同文本经验的积累和比较上，所表现出来的综合的理论素养，在他那一代人中间无人能出其有右。[②] 难以想象的是，孙绍振最初还是一个与人合出过诗集的诗人，而诗人与理论家似乎从来都是无法兼得的。由于他在《诗刊》1981年3月号上发表的《新的美学原则在崛起》太出名了，结果使得文坛许多人只记住了"崛起"，而忘记了孙绍振后来更重要的成就。当我准备写作此文之前，许多个知名人士都对我说应该重新估量孙绍振的意义，我想是的。

---

① 这句话是在一次会议上，孙绍振以一名著名教授为例所说的，我用来说明他自己，是再恰当不过了。

② 我尽量对孙绍振作出公允的评价，因为我与孙绍振一样，都非常厌恶吹捧的文字。

一

让我们从《新的美学原则在崛起》一文开始回忆一下孙绍振的理论勇气吧。在那个意识形态压力还非常强大的时候，孙绍振以一个寂然无名的讲师身份敢于提出那些大胆的、富于创见又充满战斗精神、至今都还有借鉴意义的理论主张，是多么不容易的事。据孙绍振自己回忆，这是一篇连分段都忘记了的一气呵成之作，但里面充分显露出了他那雄辩、深刻的理论气质。《诗刊》编辑部在给《新的美学原则在崛起》一文所加的"编者按"中，概括了"新的美学原则"具有以下特点，虽有点断章取义，却简明扼要地帮助了"新的美学原则"在日后的广泛流传，不妨抄录如下：

> 他（孙绍振）认为这个崛起的"新的美学原则"有如下特点：1."他们不屑于作时代精神的号筒"；"不屑于表现自我感情世界以外的丰功伟绩"；"回避……我们习惯了的人物的经历、英雄的斗争和忘我的劳动场景"；"不是直接去赞美生活，而是追求生活溶解在心灵中的秘密"。2. 提出社会学与美学的不一致性，强调自我表现，理由是："既然是人创造了社会，就不应该以社会的利益否定个人的利益，既然是人创造了社会的精神文明，就不应该把社会的（时代的）精神作为个人精神的敌对力量……"3."艺术革新，首先就是与传统的艺术习惯作斗争"。作者向青年诗人指出："要突破传统，必须……从传统和审美习惯中吸取某些'合理的内核'"，但又认为他们当前面临的矛盾，主要方面还在于旧的"艺术习惯的顽强惰性"。

现在看来，孙绍振所提出的"新的美学原则"论依然还是崭新的，甚至关于"追求生活溶解在心灵中的秘密"，自我表现以及"与传统的艺术习惯作斗争"等方面，到现在我们还是强调得很不够的；也正是因为"新的美学原则"合乎艺术的内在规律，具有持久的真理性，孙绍振才在那次大论争中成了最终的胜利者，并以此作为理论起点，开始进一步建构"真善美三元错位"的著名的美学体系。通过"崛起"，孙绍振这位大器晚成的理论家的激情和坚持真理的勇气给人们留下了深刻的印象。他把关于"朦胧诗"的论争推向了一个反对者所难以逾越的理论高度。当时，不少知名人士都在孙绍振那无与伦比的辩论才华中哭了，有的还当场放弃自己的反对立场，我想，这不单是孙绍振的胜利，更是真理的胜利。"孙绍振此文（指《崛起》）所提出的问题，无论是理论勇气上、见识上，以及论述深度上（不是系统架构的深度，而是触及问题本质的深度），都超越了同时期或相继的有关讨论（包括一九八〇年在《美术》杂志围绕吴冠中提出在艺术表现中，'形式即内容'的讨论，以及后来的文学界'五只小风筝'事件），可以视为现代主义思潮对八十年代中国社会影响（不仅仅是对文学的影响）的最重要的文献之一而载入未来的历史"。[①]

　　或许，正是因为这次论争，使孙绍振作出了恰当的自然定位，让他觉察到思想的自由，是理论和创作要出成果的关键。而由此引起的理论围剿，更是坚固了孙绍振探索真理的信心。我相信，孙绍振后来所表现出来的巨大的理论创造性，与他那不妥协的探索精神是密切相关的，他不盲目崇拜权威，不屈服于传统的偏见，恰恰相反的是，他的创造性都来源于对权威与传统的挑战。只要稍稍翻一下孙绍振的著作《文学创作论》、《论变异》、《美的结构》、《孙绍振如是说》，我们便会发现，无论是哪一个伟人，哪一个著名论点，也无论这人现在还活着不活着，孙绍振都敢于提出怀疑、质问，并以此为起点，发展出令人耳目一新的观点来。在他看来，许多权威的命题，经常武断，其原因在于这些命题不能逆推。曾经威震中国五六十年代论坛的旧俄理论家车尔尼雪夫斯基，有一个著名的论断叫做"美是生活"，这个命题是周扬文艺理论的核心，也是所谓"新美学"逻辑的起点。可孙绍振说，他当时"作为一个大学生就不买他们的账"。生活并非都是美的，不美的人、事、物比比皆是；生活中的美在艺术中可能变为丑，而生活中的丑在艺术中则可能是美的，这里面有一个艺术转换的问题。本来这是一个常识，可至今未见有人对它提出正面挑战。故此，孙绍振在《美的结构》一书的开头，就嘲笑了这个命题：

　　　　如果有人问花是什么，我们回答说花是土壤，我们会遭到嘲笑，因为我们混淆了花和土壤最起码的区别，或者用哲学的语言说是掩盖了花之所以为花的特殊矛盾。同样，如果有人问酒是什么，我们回答说酒是粮食，我们也会遭到嘲笑，因为粮食不是酒，这个回答没有触及粮食如何转化为酒的奥秘。然而在文艺理论领域

---

① 苏炜：《西方现代主义文学对中国八十年代作家的影响》，《知识分子》（香港）1992年第2期。

中，当人们问及形象是什么、美是什么时，我们却不惜花费上百年的时间去重复这样一个命题：美是生活，形象是生活的反映。[①]

在孙绍振看来，"美是生活"的逆反命题——美不是生活——可能还更深刻；同样，研究形象也不能只用单一的反映论，而应与本体论结合起来研究，因为不研究事物本身的结构、内在特殊矛盾，就不能获得更深刻的认识。"我认为思路的转移远比观点的转移要深刻"。[②] 由此，他继续质疑朱光潜教授有过的一个著名的美学观点——"美是想象"；孙绍振说："首先，想象并不一定是美，也可能是丑的，其次，想象也不一定是艺术的专利，自然科学、政治学、经济学同样需要想象。问题不在于想象，而在于什么样的想象才是美的，什么样的想象不美，或者说，美的想象、艺术的想象有什么不同。这就叫做特点，不讲不同点，只讲科学和艺术的想象的共同点，就不是特点，也就谈不上艺术。"[③] 那么，为解救这种美学危机应运而生的"美是主观与客观的统一"这个命题，孙绍振怎么看呢？"主观与客观的统一并不属于美的范畴，仍然属于真的范畴。""主观与客观的统一强调的仍然是美与真的等同。不过作了一点哲学的补充，那就是如何才能达到真的境界，而并没有涉及真向美的转化。从方法论来说，它所揭示的仍然是矛盾的普遍性，而一切学科的研究对象主要应该是矛盾的特殊性。""既然真就是美，真和美的内涵没有任何区别，这个命题在逻辑上就犯了同义反复的毛病，把美和真的有限统一性变成绝对等同就必然使美的范畴变成了一个失去自身内涵的空壳。这就等于是取消了美的范畴。"论到这点时，孙绍振的广阔思维显露出了辉煌的战斗力：

美是主观与客观的统一，是统一于主观，还是统一于客观呢？

统一于主观，有一个不可逾越的障碍，那就是主观可能歪曲了客观，失去了真，也就谈不上美了。

统一于客观，客观的内涵需要分析，统一于客观的现象还是本质呢？

如果统一于现象，现象是具体的、特殊的，形象也是具体的、特殊的，有统一

---

① ② 孙绍振：《美的结构》，第9、11页，北京，人民文学出版社，1988。
③《孙绍振如是说》，第195页，香港，三联书店（香港）有限公司，1994。

的条件。但是，现象与本质是矛盾的。现象是真的，本质却可能是假的。

不能统一于现象，那么统一于本质。可是本质的真是抽象的、普通的，与形象的感性、特殊性又有矛盾。统一于抽象的普遍的本质很难不流于公式化和概念化，很难防止产生"高大全"的绝对精神……

而且本质虽较之现象有比较强的稳定性，但也是处在永恒的运动之中的。……它的表现形式是现象与本质的转化，在低一层次上是本质的，到了高一层次成了现象；高一层次的本质，到了更高层次又成了现象……①

这只是孙绍振论述的开端，精彩的部分还在后头，但限于篇幅，我不能再引录了，有兴趣的读者可去读《美的结构》中《审美价值结构及其升值和贬值运动》一文。这是我在中国理论家笔下迄今所读到的最富有建树和在逻辑层次上最复杂、深入的论文之一，它将孙绍振的抽象思辨能力发挥到了极致。是的，我不必再举其他例子，也足以说明孙绍振的勇气和锐利了。我察觉到，孙绍振在众多理论家当中显得与众不同的原因，在于他的理论背面有深厚的哲学基础，这对于只有知识、没有方法，只有学者、没有思想家的中国理论界来说，无疑是占着绝对优势的。

二

支持孙绍振的哲学基础主要是黑格尔的辩证法（正反合思维模式）、波普尔的"证伪说"以及康德的哲学和价值美学。② 正是这些哲学方法的训练，赋予孙绍振超越的洞察力，使他能够发现真知，并将问题推向深入，乃至反面，从而建构起属于他自己的理论体系。孙绍振对黑格尔的辩证法的运用所达到的娴熟程度是令人吃惊的，加上波普尔的"证伪说"给他的深刻影响，表现在写作中，他往往习惯于运用爱因斯坦所倡导的"两面

---

① 以上有关"美是主观与客观的统一"的反驳，见孙绍振《美的结构》中《审美价值结构及其升值和贬值运动》部分。

② 黑格尔、波普尔和康德三人对孙绍振的影响主要是哲学方法上的，而不是精神本质上的。譬如，黑格尔与康德两人都有强烈的宗教精神，而孙绍振注重的只是美学与艺术的形式，即使康德的价值美学对他的影响，也还是形式层面上的。

神”思维方法，亦即总是把事物放在正反两极中来检验，举例时通过正例肯定论点，再通过反例发展论点，这种正反合证所带来的效果使孙绍振的观点总是能够层层递进，螺旋上升。读孙绍振的著作，无疑能获得一种智者的快乐。

和康德盼望在本体世界（意义和价值的观念）与现象世界（有重量、可量度外在的世界，即科学的世界）之间建立一个“统一”的知识理论①所不同的是，孙绍振反对绝对统一性，他更愿意运用对立统一的矛盾法则，来分析事物的特殊矛盾。“死死揪住矛盾的特殊性不放，这就是我的出发点。不管它面临着多大的困难，也要把对特殊矛盾的分析进行到底。正因为这样，我在这本著作中（指《美的结构》）才那么强调形象本体结构的特殊性，作家智能结构的特殊性，不同文学形式审美结构的特殊性，不同历史时期审美规范的特殊性”。②

这并不等于说孙绍振在分析矛盾的特殊性时，就置普通性于不顾了，孙绍振总是习惯辩证地看问题的，这使得他的笔像一把锐利的手术刀，能够很快地切入问题的要害。我还记得孙绍振在一九八七年的《文论报》上发表了一篇题为《陈涌同志理论上的三大误区》的辩驳文章，其雄辩而有力的战斗力，用我一个同学的话说是——陈涌同志碰到这么厉害的孙绍振真是糟透了的！对于站在谬误一边的人来说，那是糟透了；对于真理的发现与陈明来说，这却是幸事。譬如，上面所提到的对“美是生活”这一命题的质疑，使孙绍振看到了反映论的局限；从生活与艺术的矛盾出发，孙绍振在形象的研究上强调主体性、自我表现，认为形象的胚胎产生于生活和自我的二维结构，这样，生活与自我之间互相制约、互相同化的过程，就使作家的情感、感受力、观察力获得了内在的自由，作家在阐明这种自我的内在自由时，再主动地调节自我的本质与生活的本质之间的不平衡关系，从而从现实层面上完成了形象的内容。然后，在形式的作用下，自我感情特征和客体特征脱离现实的层面，进而在想象中发生变异，这就是形象结构的第三维——想象和形式的作用。有了第三维的作用，形象就进入了更高的审美层次。作家在

---

① 从黑格尔的《精神现象学》、《逻辑学》、《哲学史讲演录》、《法哲学》等书中也可看到，他也知道将“本体世界”与“现象世界”统一起来的需要。他运用一连串复杂的宗教观念，艰苦地去建立起这个统一，但结果他留给我们的只是一大堆宗教字句。黑格尔的这些思想显然是在孙绍振的视野之外。

② 孙绍振《美的结构》，第5页。

形象的三维结构里一旦把握了成熟的形式规范，也就形成了成熟的风格。①这就是孙绍振著名的形象结构理论，完成于一九八五年，这对于当时还沉溺于"形象是生活的反映"这一僵死模式中的理论界来说，无疑是一次重要的艺术解放。它使形象不再被僵化地图解，而是回复到了形象的本质——在现实生活、作家内在自由、想象与变异的形式这三者的协同作用下产生的。这无疑是新时期文学创作论领域的重要收获。

更重要的收获还在于孙绍振在康德价值美学的影响下，所提出的"真善美三元错位"的美学体系。在我认为，孙绍振得出的真善美并非等同而是互相错位的结论，把中国当代的美学研究推向了一个新的发展阶段。孙绍振首先看到，美与真不但在量上是不相等的，而且在质上也是不完全统一的，美与真属于不同范畴：美作为价值判断，真作为存在判断，二者是有不同的，真要向美转化，必须与主体的目的性发生关系，这样才有价值。可是，在价值领域，除了审美价值之外，至少还有科学（认识）价值和实用功利价值，这三者都与人的主体需要和目的有关，但这三者在统一的方面是有限的、不完全的、相对的、有条件的；科学（认识）价值的对象是客体的内部矛盾和转化，它反对任何的主观情感的介入，所以科学家不相信自己的感觉、知觉，不敢相信自己的耳朵、眼睛、鼻子，宁愿去相信仪器的指针和刻度；而科学价值与审美价值之间是有"误差"的；只有当科学的认识激活了主体的情感世界，主体的情感对科学的理性有所超越之时，才有可能进入审美的层次。这种"误差"说明艺术家所追求的并不完全是客观的真。同样，审美价值与实用价值（包括道德的美和生理的满足）之间也是有差异的：审美只有超越了功利目的和生理需要所代表的实用价值时才有意义。接着，辩证法使孙绍振得出了这样的观点："真善美都是一种价值判断，三者的关系并不是同位的重合的关系，并不是半径相等的三个可以互相重合的同心圆，作为价值判断，它们属于三个不同的范畴，对于同一对象，它们从主体的不同方位出发，有不同的价值方位……它们既不是同位关系，也不是异位关系，而是一种错位结构，它们之间却有一部分是互相交叉的。"②

---

① 关于形象结构的完整论述，见孙绍振《美的结构》中《形象的三维结构和作家的内在自由》部分。

② 见孙绍振《美的结构》，第48—49、61页。

在形象的审美价值结构之中，情感的美在逻辑上、价值上必须超越于真和善，这三者之间的误差越大，审美情感的超越性就越大，同时其回归性也越大，审美价值量的增值幅度越大。（当然，这种错位不能超过极限，造成与科学、实用价值脱离的程度。）这种审美价值结构与具体的艺术形式联系在一起，就能产生真正的艺术。"正因为这样，曹雪芹不让林黛玉与贾宝玉之间的感情错位重合，不让二人的感情差距消失。托尔斯泰也不让安娜与伏隆斯基之间的感情差距消失，一切爱情小说动人的秘密都在于让相爱的人情感保持乃至扩大差距，有时至死都不让他们完全心心相印，而在诗中则写恋人的心心相印，情感没有误差，则是天经地义的事，在诗中，恋人的心一旦拉开差距，就可能散文化，导致诗的审美价值的下落，而在小说中主人公心与心的误差一旦消失，不是小说应该结束了，就是小说的审美价值贬值了"。[①] 在这个基础上，孙绍振得出了他的重要结论：

> 不但说美是主观与客观的统一是句空话，而且说美是主观、客观统一于审美价值也是一句空话，就是说美是主观客观统一于审美价值的错位结构，仍然缺乏科学的严密性。应该说，当主观与客观统一于审美价值的错位结构时还要准确地定位于具体的艺术形式的审美规范，……不能光在主观——客观这两个极点中间，或者两个方向（维）中间打转。由于美学长期依附于哲学，两极思维或二维思维已经成为美学家的一种思维定势，弄来弄去总是逃不脱美就是真的框架，……在二值逻辑之外还有多值逻辑，既然在两个维度之间统一，不可能产生美，那么它就不能在另一个层次上找到与之交叉的第三维吗？
>
> 这个统一的第三维就是艺术形式的审美规范，这个规范制约着主观情感，也制约着客观生活，使之符合审美心理的超越和回归的要求，符合这个规范的就美，背离这个规范的就转化为丑。[②]

一般的理论家，能够将观点发展到这个地步，已经是非常了不起了，可孙绍振对观

---

①② 见孙绍振《美的结构》第48—49，61、61—65页。

点要求非常科学严密，他继续在这个观点上深化下去，进一步论到不能对形式规范简单化理解，原生形式和规范形式对内容有不同的作用，要使主观与客观的统一不统一于真而统一于美，就要把价值方位的错位与形式规范的精确定位结合起来，这个精确定位在真转化为美的过程中起决定作用。到这里时，孙绍振还不满足。"主观与客观统一于形式规范是动态的过程，一方面统一于形式规范的确立和稳定，一方面又统一于形式规范的瓦解和更新。因而这种统一是历史的统一……形式规范不得不从封闭走向开放，以往为形式规范所拒斥的生活和情感便有进入形式规范的可能。由于这个要素的变动，便引起了三维结构内部结构的自调节、自组织的过程"。①

三

到这里，我们不得不佩服孙绍振思维的严密性与深刻性，他的美学思想也因此而经得起时间的检验。显然，孙绍振是在用他的广阔视野来建构属于他自己的文艺美学体系。这个体系中，除了我上面论到的形象的三维结构、真善美三元错位的重要理论之外，孙绍振在"作家的心理结构"的论述上也是有重要贡献的。孙绍振从"作家的智能结构与非智能结构"、"作家的观察结构"、"作家的感受结构"②三个方面详细地论述了作家心理结构的特征，"当时国内对创作心理的研究刚刚起步，孙绍振从美学理论的高度全面剖析创作心理状态，令人耳目一新"。③还有孙绍振那著名的"变异"理论，我至今认为它是解读作品和分析作家创作心理的最好的途径之一。④只是，限于篇幅，我不能在此详尽地阐明孙绍振的妙论，但我要重点说到在评析艺术形象时，孙绍振所创造的"艺术分析的还原法"。

孙绍振的"还原法"，已经成了他的文艺美学体系中的重要组成部分。什么是"还原

---

① 见孙绍振《美的结构》，第79—80页。

② 关于"作家的心理结构"的详细论述，可见孙绍振的鸿篇巨制《文学创作论》，沈阳，春风文艺出版社，1987，或见孙绍振《美的结构》第二编。

③ 见吴三元、季桂起著《中国当代文学批评概观》一书的"孙绍振"部分，北京，知识出版社，1994。

④ 关于"变异"，孙绍振曾专门出版过一本著作，叫《论变异》，广州，花城出版社，1988。

法"？就是在分析艺术形象时，要求读者把作者省略了的、被感知和想象排除了的部分，用你自己的推理和想象"还原"出来，从而帮助你准确地理解艺术形象的奥秘，这样才能真正明白艺术家为什么该这么写，不该那么写。"举一个最简单的例子。李白的《早发白帝城》说是'千里江陵一日还'，被动的评论家是不会提出问题的，因为他不会还原：这样的速度在当时是绝不可能的，这是第一；第二，即使可能以这样高的速度航行，当时长江三峡中的巨大礁石还没有炸毁，船越是快速，则越是凶险……哪里可能'轻舟已过万重山'呢？这时，作为一个评论家的起码本领乃是敏锐地通过还原，分析出李白感觉知觉的特点：正是高度夸张了的船的速度而排斥了速度带来的凶险程度"。①

还原可以说是一种自觉的理论意识，它可以把对艺术的想象转化为一种分析方法。我想，这对于当下批评界以感想代替分析的不足是有借鉴意义的。在孙绍振看来，方法比经验更全面更深刻，光凭经验也许能还原比较单纯的形象，但却不能还原比较复杂的形象。所以，还原不是单一的，它可以分成"感觉的还原"、"逻辑的还原"、"价值的还原"几种，"因而作为艺术欣赏的方法首先就是通过想象把科学的感觉、知觉、逻辑还原出来，找到二者的差异，然后进行分析，分析到最后就可以看出，艺术形象地感觉、知觉、逻辑虽然不科学，但是并不是没有价值，反之，在一定限度之内它越是与科学的真拉开了距离，越是动人"。②

细心的读者也许已经发现，还原法就是寻求差异的方法的方法，这种方法的方法在孙绍振那里又成了原理论，与他的"真善美三元错位"的理论体系遥相呼应，可见，孙绍振是有理论"野心"的。甚至他这些年才开始的幽默理论研究，也很快就形成了自己的理论体系，当之无愧地成为中国第一个真正的幽默理论家③。但是，如果我们对孙绍振的认识只停留在这里，只对他的理论体系和抽象思辨能力留下深刻印象的话，那我们还只认识了孙绍振的一半，孙绍振杰出的另一半还表现在：他有强大的艺术感受力和微观分析能力。"读孙绍振的评论文章，还有一个惊奇的感觉，他对很多作品的评述，虽然往

---

① ② 孙绍振：《作品分析的还原法》，《名作欣赏》1994年2期。

③ 孙绍振出版有两本幽默理论著作，一是厦门大学出版社1992年出的《幽默答辩五十法》，二是香港镜报文化企业有限公司1991年出版的《你会幽默吗》。两本书均多次印刷，印数高达几十万册，其中还不包括不计其数的盗版本。因篇幅有限，其幽默理论略去不谈。

往仅三言两语，却深刻隽永，恰到好处"。① 这确实是令人感到惊异的。在当代，能够像孙绍振那样具有高度的抽象思辨能力的人是少数的，能够像孙绍振那样具有强大的艺术感受力和微观分析能力的人也是少数的，而能够将二者结合得这么完美的人，可以说是凤毛麟角了。读孙绍振著作，可以看到表现孙绍振艺术才华的段落随处可见，这里我要略去读者所熟悉的他的其他著作，以他新近出版的《孙绍振如是说》一书为例来说明这点。②

《孙绍振如是说》里收的几乎都是一千五百字左右的短文，是孙绍振为香港《新晚报》写的专栏文章集子。孙绍振在该书的"自序"中说："这本是一种戴着镣铐的跳舞，可喜的是我越跳越感到自由，越来越能想象出在一颗米粒上雕出几百字的艺人为什么感到幸福……"确实，要在一千五百字的篇幅里施展出理性与感性兼顾的才华是不容易的，尤其是对于一个写惯了大文章的人来说，更是艰难，但孙绍振做到了。譬如，他在《戴望舒为什么不是一个浪漫主义者》一文中，探讨了这样一个问题："所有戴望舒的诗都可以归入抒情诗之列，为什么一般文学史家还有诗学家都不约而同地把他归入象征主义之列呢？"我相信许多人都无法在艺术本身上回答这个问题。孙绍振以《雨巷》为例，指出《雨巷》所显示的是把主观的情绪变成客观对应物的技巧，这就属于象征主义的方式，它与浪漫主义强调强烈的激情是不同的；《雨巷》中那个有"太息一样的目光"的姑娘，正是戴望舒自己内在的无声的哀愁的外在对应物。"这种内在情绪的外在感觉化，特别表现在他后来在日本人监牢中所写的《我用我残损的手掌》中。本来，人面对世界抒发感情，可以运用眼、耳、鼻、舌、身等至少五种感觉来传达，但戴望舒却别出心裁地把他对于祖国半壁河山沦陷和大后方仍然在抗战的整个感觉不是通过眼、耳、鼻、舌、身等全部感觉来传达，而是把它集中在一种感觉（触觉）中的一个部分——手的感觉来表现。所以他强调了对于灰烬，对于血染的泥土的触觉感受，他摸到了河水的凉意和长白山透骨的冰寒，特别是黄河泥沙之滑，江南秧苗的柔，用这样的感觉来表现他对于沦陷于日寇之手的人民的感受是很有象征主义的特点的"。③

---

① 见《中国当代文学批评概观》，第320页。

② 孙绍振除著作外，还写有大量的诗论和作家论文章，他说多已散失，我也不想费力地去查找，故本文的评述略去他在这方面的成就。

③ 见《孙绍振如是说》，第8—9页。

这是非常有新意和艺术眼光的，这样的段落在《孙绍振如是说》一书中俯首可拾，试举几例：

> 其实《白鹿原》的作者才气平平，……根据概念和历史情势的发展安排人物作木偶式的表达。在大革命失败以后，需要表现国共分化，于是，白灵和鹿兆海的爱情就因纯粹理性的考虑而解决了，为了表现大革命后一部分曾经革命的队伍沦为土匪这样一种历史复杂性，作者就让农民协会的狂热分子黑娃一下子变成了土匪，历史自然是很复杂的，但人物在这里却简单得既可笑又可叹。问题不在于黑娃会不会变成土匪，而在于他在一种什么样的感觉和幻觉中进入了土匪这个角色，……陈忠实在这方面几乎没什么准备。于是他几乎习惯了轻率地摆布人物，突然让人物的行为发生重大转折，而毫无铺垫。最可笑的莫过于让黑娃的老婆在没有多少逼迫的情况下，跑到戏台下一把抓住白孝文的生殖器。这个女人当时的感觉和情感等于零，陈忠实的艺术修养在这里也反映出是等于零。
>
> ——《〈白鹿原〉彻底失败》

> 贾平凹对于西京的社会文化背景，似乎非常着迷，……一个最突出的例子是为了让庄之蝶和他的情人唐婉儿去集市买一只鸽子，他居然花了好几页的篇幅把集市上所有的土产包括蟋蟀之类都描写了一通。……但是这种百科全书式的描写在文化价值和小说的艺术价值都产生了矛盾，因为其中的文化场景，人物心理和情节的发展并非有机统一的而是游离的。至于作者最着力刻画的主要人物，从性格来说，虽有一定广度，但过分集中在男女之事上面。因而显得和作者的原意有些出入。本来，从肉欲的放纵导致失败，在这种失败中透露出他精神的毁灭，……但是这仅仅是小说结尾时透露出来的意味，可在具体行文中，作者对于性关系的描写又缺乏某种超脱性，因而显得很矛盾。
>
> ——《谈贾平凹的〈废都〉》

> 钱先生（指钱钟书）的特长是幽默，但这种幽默有两个缺点：第一，它几乎完全靠比喻，过多的比喻造成一种渲染效果，与钱先生叙述的暗示力是矛盾的。而且

这种幽默比喻大都以"无类比附"造成怪异之感，反复运用，失之单调。其次，这种幽默仅限于叙述以及部分对话；而不及于情节的构成和场景的组合，因而这种幽默是浅层次的：没有喜剧性的情节，光靠叙述，不能摆脱表面性；再次，钱先生的幽默，往往过分尖刻，因而虽超越于滑稽，但常迹近于讽刺，还缺乏幽默大师之雍容。

——《〈围城〉为何未列入"经典"》

这些显然不是孙绍振最精彩的段落，在此，我只不过是为了说明孙绍振这个艺术至上论者是有很强的艺术鉴赏力的。能够将短文写得这么漂亮，简练，有内容，有逻辑深度，在当代批评界还是少见的。我自己就在孙绍振的艺术分析能力上得益甚多。记得孙绍振曾说："中国小说艺术常常有这样的悲哀，影响相当巨大的作家的基本艺术观念居然有根本的错误。这不仅是文学的悲哀，而且也是号称过分发达的评论的悲哀，许多素有盛名的大评论家，在宏观理论上出语不凡，但是到了微观切实的分析时，常常掩饰不住外行的眼光。"[1] 我想，孙绍振是有权利这样说的。

四

孙绍振的能力是多方面的。除了优秀的抽象思辨能力和微观艺术分析能力外，我们甚至还可以在他的文章中读到渊博的学识，还有他那清新幽默、富于激情的文风等，都给我们留下了深刻的印象。因着孙绍振有广阔的视野，使得他的行文气势非常大，往往论古说今，妙语连珠。他的现代文学修养非常好，对许多外国文学作品很熟悉且有自己独特的看法，对中国古典文学他也是很有研究的；在从事当代诗论研究以前，孙绍振曾写过《我国古典诗歌节奏的动态结构》、《绝句的结构》等，在古典诗歌的形式规范和艺术结构的研究上，是很有创见的，它与孙绍振的当代诗论一起，为我国诗歌形式结构研究奠定了基础。正是有了这些感性的积累，具体的分析，才使得孙绍振的理论既有历史的宏观概括，又有精到的艺术分析作为其理论的"血肉"，理论基础显得非常结实。中国

---

① 见孙绍振《作品分析的还原法》。

当下的理论界，要么是只有宏观描述少微观分析，要么是只有琐碎的分析缺乏理性的抽象概括能力，不能令人满意。孙绍振是各方面的修养都较全面的一位。他既有诗人般的激情，又有理论家当有的冷静与客观，是一个令人尊敬的学者。

但是，在肯定孙绍振在美的结构研究上的巨大成就的同时，我也愿意对孙绍振的美学体系提一点批评意见。诚如孙绍振自己所说，美学研究的大限在于美学长期依附于哲学（这主要是指西方美学说的），这当然有其不足之处，但孙绍振将美学从哲学中分离出来①，是否考虑到它也会失去许多东西呢？譬如，西方的美学因为有哲学背景，美学就有了一种高贵的美学精神，美学不单与艺术形式发生关系，也与存在形式（对人的精神境遇的探查方式）发生关系，甚至后者还更重要，这样的美学就不单有学术上的气质，还有一种精神气质，我以为，这对于美学是不可少的；在东方，因为缺乏大哲学背景，美学就成了方法学、策略学，只能停留在美的规律或形式结构的层面上，没有美学精神。这种方法论意义上的美学虽有其自身的意义，但在我认为，它触及的还只是美学的现象（或许是深层的现象），而不是美学的本质。譬如，孙绍振说"当主观与客观统一于审美价值的错位结构时还要准确地定位于具体的艺术形式的审美规范"，可为什么要"准确地定位于具体的艺术形式的审美规范"呢？难道仅是方法论层面上的问题吗？不，这里面肯定与人对这个世界的体验有关。人作为一种独特的存在，他对美的要求是因为他心中有了一种美学秩序（可能是潜在的，也可能已遭破坏只留下痕迹），有了趋向美的愿望，就如马克思所说，人是按照美的法则创造的。这个先存的事实决定了人对美的体验，所以，忧伤、残缺、破碎也可能是美的，这不是错位的结果，而是因为忧伤、残缺、破碎唤起了人对存在之不幸的体验，更内在地说，它还包含对欢乐、完整、完美的期待，因为起初不是这样的。为此，西方有"审美与伦理统一"的美学精神，有人还将基督在十字架上的事件看做是至美的，说明一切的艺术形式都是为了到达这种精神形式。又如，《创世纪》里记载，耶和华创造好一切之后（是按着美的法则创造的），"看着一切是好的"，我相信，"好的"就是美的，这是意味深长的。

精神与方法的区别（二者也可以统一）不仅表现在东方的美学中，还表现在东方的

---

① 我说过，哲学对孙绍振的影响主要是方法论上的，而非精神本质上的，从另外一个意义上说，这其实是忽略了哲学。

科学与东方的历史研究之中：因着没有哲学背景，东方的许多科学家与历史学家都是技术论者，只有操作的能力，但没有体验，而西方的许多科学家与历史学家同时却是哲学家。所以，西方有科学精神、有系统的科学理论（他们的实验、操作方法是由此而派生的），而东方却只有具体的零碎的科学发明（如"四大发明"）；西方有连贯的历史精神，东方却只能陷到无休止的历史考证之中，只能解释历史的现象，不能解释人存在的本质问题。中国的哲学、理论、科学一直不发达，我想这是一个致命的原因。中国人很早便对物质世界有深入的了解，但中国的科学一直不能发展成熟，原因在于他们没有信心说人能够揭开大自然规律的真相，因为他们不肯定一位比人更有理性的神，已经将这个规律安排好，使人能够了解。

可见，光有方法是不够的，到达任何一样事物的本质，靠的不单是方法，更重要的是靠精神的力量。就如任何一个伟大的作家能创作出伟大的作品来，不单是靠他掌握了某种成熟的写作技艺（这当然也是不可少的），更重要的是靠他对人、对世界、对存在的深刻体验，以及他的人格力量。从这个角度上说，我觉得孙绍振的理论中方法论的味道太浓了。（这其实是所有中国理论家的大限，所以我说，中国只有学者，没有思想家，这是让人很失望的。）方法论有什么局限呢？因为它只能解释局部的现象，将之策略化，对整体的精神它是很难把握的。所以，孙绍振的理论可以对某些局部的艺术分析妙语连珠，但我们很少看到他对某个作家的整体体验发言；孙绍振只回答了一个艺术家在形式层面上为什么该这样写的问题，但他没有在精神的层面上回答这个问题。譬如他常提到的托尔斯泰、陀思妥耶夫斯基，他们在艺术上的杰出成果当然是无可非议的，可是，他们所写到的人性冲突，罪与罚的问题等，为什么他们在那个时代是那样体验，而到了加缪、卡夫卡、福克纳等人那里却是另外一种体验？我想这里光有艺术分析是回答不了问题的，因为这个变迁不是艺术上的转换，而是存在上的转换，世界与人的图景在作家的视野中变化了，这才是主要的原因。所以，普列汉诺夫、丹纳、克罗齐这样的理论家从来不会带来艺术界的革命，而尼采、叔本华、克尔恺戈尔等思想家却成功地发动了艺术的政变。正是存在的转换才最终带进艺术的转换，这在人类艺术史上是非常清楚的一条线索。靠孙绍振所分析的托尔斯泰式的艺术才华（局部的）是无法写作出好长篇来的（它对提高作家的艺术修养无疑是有用的，但非常有限）。据我的了解，一个作家要写长篇，他必须首先获得一种精神能力、精神势力，有了这种整体的把握，接着才是操作的问题。尤其是在现代派作家那里，精神体验是常常决定他的艺术形式的，譬如，卡夫卡是先有人变成甲虫的体验还是先有人变成甲虫的形式经验呢？这是不言而喻的。

当然，体验能与艺术完美结合是最好的。我不是说艺术是不重要的，我乃是说如果失去了对整体的把握，其艺术趣味有时是不可靠的。譬如，孙绍振给叶兆言那篇在我认为趣味恶俗的小说《蜜月阴影》比较高的评价[①]，还有把王蒙那首蹩脚的诗（鱼儿在海里是多么自由／鱼儿被红烧是多么难受／我多愿意是一只小鸟，栖在树上梳理羽毛／我多么不愿意做一只小鸟，蹲在树枝上叨啄羽毛）说成是"属上乘之作"[②]，都是用局部的分析代替了整体把握后的结果。

这其实就说出了另外一个问题：美的位格是什么？孙绍振在形式层面所定义的美当然是有学术价值的，但这还不能使我满足，它更多的还是诉诸美的表现，没有揭示出美的终极形式。在我认为，终极的美（从美学精神上说）一定是与真、善合一的，虽然到达这种美的过程可能有孙绍振所分析的错位结构，但最终的目标一定是三者合一的，因为美若不以真、善作为位格，就会发展出颓废也是一种美的观念，道德的标准就全然瓦解了，这时我们就不能再指责川端康成写玩弄少女的题材不是一种美了。实际上，孙绍振也承认真、善、美三者也有互相交叉的部分，但他没有对此作出任何分析。这交叉的部分究竟是什么呢？它是没有意义的还是美的最终形式？我相信那个交叉的部分也肯定是美的，为什么孙绍振关于美的定义却无法将它涵括进去？虽然这是形式层面与精神层面上的两个不同范畴的问题，但在那个交叉的部分，美的形式与价值的形式重合了，这究竟是美的不幸还是美的大幸？从终极意义上说，美与真与善之间是统一的，错位结构只说出了趋向终极之美的过程，因为若不存在一种统一，又有什么"错位"可言呢？并且，人的心都趋向那个统一的美，希望"错位"的美的结构永远不发生在自己身上，也说出了美的最终形式是走向统一的。

这个结论当然是不合乎辩证法的，但我要继续追问的是：辩证法是否能真正解决问题？辩证法的目的作用在于搅乱那些特殊的东西，其进行的方法在于揭示出特殊的东西的有限性及其中所包含的否定性，并指出特殊的东西事实上并不是它本身那样，而必然

---

① 见孙绍振《作品分析的还原法》。
② 见《孙绍振如是说》，第128页。

要过渡到它的反面，它是有局限性的，有一个否定它的东西，而这东西对于它是本质的。这种思想的运动早在柏拉图那里就出现了，但黑格尔给予了继续发展。在黑格尔看来，宇宙是逐渐呈现出来的，人对宇宙的了解也是如此。没有一个单独的命题，足以将"实有"的真相全部说出来，而每一个命题所包含的真理核心，都有一种相反的论证，称为"反"，把真相呈现而和"正"相反。无论是"正"或是"反"都包含着真理，当"正"、"反"成立后，一个"合"便产生了，于是一个新命题又出现了。新的命题说明一个新状态，当中又出现同一样的矛盾（对立）形态，周而复始，正、反、合就这样无休止地发展下去。宇宙以及人对它的了解便在这种辩证的方式下得以明朗。简而言之，宇宙带着它的意识——人，一起演化。

这种辩证的结果，就把一切的立场都相对化了。可是真理如果不是在"反"中发现，那真理、道德、正义就只是在历史之流中"合"的结果，这样的话，我们似乎对希特勒的暴行也不能下最后的判断了。一旦放弃了绝对的原则，哲学、政治、个人道德都可以从"合"着手，人们心目中的真理就没了。遗憾的是，真理从来就没有越辩越明过，现在的人类已经非常的灰暗了，这就是"合"的结果吗？我想，这已经是另外一个哲学问题了，我的文章就此结束吧。

一九九六年四月二十六日于福州

《当代作家评论》一九九六年第四期

在历史机遇的中心和边缘

——舒婷的诗和散文在当代文学史上的地位

孙绍振

一

当舒婷开始写诗的时候，她根本就没有想到发表。当她看到自己的诗在知识青年枕头下珍藏着，日记本里被传抄着，昏暗的煤油灯下默读着，已经十分满足了。在政治运动把人与人的心灵的扭曲，互相之间不是敌视就是戒备的气氛使得她感到痛苦。然而她并不绝望，她相信人与人之间的善良本性是可以达到沟通的。她觉得用诗来沟通是最好的方法。

当"四人帮"文化专制达到高潮的时候，中国几乎所有的著名作家都被横扫了。这是中国当代文学史上一个特别荒凉的时期。

到了八十年代，当舒婷在诗坛上以明星的姿态出现的时候，人们在她的诗中几乎看不到革命诗人颂歌和战歌的影响。她的抒情格调是那样奇异，把读者一下子分化为狂热的欢呼和愤怒地反对的两类。说来可笑，直到一九八〇年以前，没有什么正式出版的刊物接受她的诗。幸而，福州市马尾区有一个油印的刊物叫做《兰花圃》的，创造了一个奇迹：不仅发表了她的诗，而且吸引了全国各地的诗歌爱好者对她的诗展开了争论。争论已经在民间展开了。《福建文艺》的魏世英先生很有见地地决定于一九八〇年正式在《福建文艺》上发表舒婷的诗作，并且公开讨论。起初，舒婷对于"讨论"是不是会演变成一场围攻还没有把握。出乎她意外的是在厦门非难她的理论，在福州遭到了迎头痛击。争论相当激烈，有一次一个心胸狭窄的理论家甚至把舒婷弄哭了。然而舒婷还是节节取得了胜利。影响扩散到全国，推动了中国当代新诗史上波澜壮阔的朦胧诗讨论。

争论之所以重要，是因为：舒婷的诗所体现的美学原则与传统的权威的诗歌美学原则几乎是迎头相撞。

在起初，连艾青都没有意识到舒婷的意义。传统的理论话语权威性太高了：诗歌应该是时代精神的号角，诗人所抒发的不应该是个人的、私有的情感，而是人民大众的、集体的情感。人民大众的感情是无产阶级的，而个人的感情则是资产阶级、小资产阶级的"自我表现"。人民大众的情感在传统的诗歌中总是在英勇劳动、忘我斗争中，奏出慷慨激昂的旋律的。而在舒婷的诗作中却时常表现出某种个人的低回，她明显地回避着流行的豪迈。她在诗中公开表示蔑视那种"佯装的咆哮"，同时也厌恶某种"虚伪的平静"。她所师承的是何其芳的传统，何其芳早年就一直回避"嚣张的事物和感情"。舒婷时常沉浸在一种沉默的孤寂之中，忍受着深沉的精神的苦难。

当争论在《福建文艺》上相持不下的时候，孙绍振写了一篇文章，正是这篇文章把舒婷的讨论引向了全国的视野。他认为舒婷的诗的重大意义在于"恢复了新诗中断了将近四十年的、根本的艺术传统"。由于盲目的反对小资产阶级的自我表现，要求诗中的自我应该是一个"一个高尚的人，纯粹的人"（《一九五三～一九五五年诗选》序），这一切再加上政治运动中激化了的捕风捉影的索隐式的批评，诗人们在确保安全感和随俗惰性的作用下，往往有意无意地在回避自我，伪造自我。"这样就造成了一种可悲的情况，那些在三十年代、四十年代抒情个性十分鲜明的诗人不是销声匿迹就是越来越丧失了他们特殊的风格。至于五十年代的诗坛新秀们本来就不及他们的前辈们那样个性鲜明，在回避、伪装自我的风气统治之下，到了五十年代末期，即使很有才情的诗人也很难不在浮夸诗风的裹胁之下丧失了自我，用假嗓唱着言不由衷的颂歌。"这就是统治中国诗坛数十年的假大空诗风。奇怪的是，当真理像烈士张志新一样被割破了喉咙的时代结束，权威诗人恢复歌唱的权利以后，他们仍然在习惯了的模式中徘徊。中国当代诗歌从四十年代以来形成的危机并没有在美学原则上突破。

谁也没有想到这个历史的任务竟然由一个黄毛丫头（和她的同辈诗人）承担起来。她的诗作所展示的不仅是一个独特的个性，而且是中国新诗自从四十年代以来中断了的艺术传统。这就是忠于自我内心真实，忠于生活的传统。舒婷和她的同辈们"从未浮夸地美化自我，也不盲目地美化生活。比起虚伪的生活，他们更厌恶虚伪的心灵。他们唯一可以自夸的是他们的诚实，他们甚至诚实到不掩饰自己的软弱、幼稚和愚蠢"。孙绍振在那篇文章中热情洋溢地指出舒婷的诗歌在文学史的重大意义说："舒婷像一股从原野上长驱直入的清风给我们这个仍然摆脱不了'沉迷的欢欣'的诗坛以莫大的冲击。她把几十年的新诗的优良传统一下子带到了我们的面前。她不是从'纯粹的人'，不是从高昂的时代精神出发，而是从具体的有个性的人出发，从溶解在活生生的心灵中的真实生活出发。……她不掩饰自我沉迷的一面，也不美化自我觉醒的一面，她遵循着特殊的抒情个性对自我，同时也是对生活的现象和本质进行着诚实的探索。"（引文见一九八〇年《福建文艺》四月号）在这里，实际上已经接触了舒婷不仅仅是继承了而且是发展了新诗的传统的课题了。后者，要到后来他写《新的美学原则在崛起》的时候，才得到明确的阐释：以舒婷为代表的新一代诗人提出了传统美学价值所否决了的命题。关于个人的幸福、人与人之间不是斗争而和谐，集中起来就是人的价值和尊严问题："表面上是平常原则的分歧，实质上是人的价值标准的分歧。"这样，舒婷的诗就接触到了一个时代转折点上敏感的神经，因此，在历史精神的艺术坐标上，就打下了她的烙印。

舒婷是幸运的，在历史需要突破的时候，她的诗把历史的冲突吸引到自己身上来。她就处在一代诗风转折的中心。她和她的同辈诗人标志着人的价值和尊严的崛起，新的美学原则的复活，也意味着新诗从古典和民歌的行政模式的禁锢中解放出来，向世界诗歌开放。这样她就在新诗乃至中国现代文学史上占有一个划时代的地位。舒婷碰上了一个难得的历史机遇，在这之前或者之后，就是有了比她更高的成就，也不能在历史上有这么重要的地位。

舒婷自己有时漫不经心地用"上帝的青睐"来形容这个机遇。但是，这个说法似乎并不完善。上帝的青睐，历史的青睐都只是一种千载难逢的可能性。如果没有足够的才华，也是白搭。恩格斯说，文艺复兴时期是需要巨人也产生了巨人的时代。但是并不意味着需要巨人就一定有巨人出现。当楚辞时代结束以后，到了伟大的汉王朝巩固统治的时候，在诗歌领域里是需要比屈原更高大的巨人的，但是这样的巨人没有出现。舒婷并非完全靠历史的机遇，同时她还具备了与历史需要相应的才华。可以说，一个大作家的出现是机遇与才智的猝然通合的结果。在她后来的作品中，尤其是到了八十年代、九十年代，她对于生活和自我个性和生命有了不少更为深刻的发现。这一切无疑在她个人的创作历程上标志着新的高度，但是，机遇毕竟是难得的。拂晓已经过去了，新诗的天宇上已经不是只有启明星，而是群星灿烂了。她的才华仍然是那么耀眼，甚至有些诗写得比之当时更为深刻，更为成熟，但是，却没有原来那些诗的历史的重要性了。

她不是小作家，她多少有一点大家风范。她的创作生命的开花期和结实期和她的营养期交织着，因而相当漫长。她一出现就成熟的风格并没有把她的自我监禁起来，她的才华的活力使她没有不断重复自己，模仿自己。她不时发表超越已有成就的诗作，令热爱她的读者惊喜。然而总的说来，她最旺盛的创造力已经不完全集中在诗歌上，有很大一部分转移到了散文，尤其是幽默散文边疆的开拓上去了。

二

艺术的奥秘是如此艰深，即使很有才华的作家，往往只能在一种文体、在一个特定的时期笔阵横扫，换一种形式，常常难免平庸。难能可贵的是，舒婷除了诗歌，她还在中国当代幽默散文史上提供了一种独特的风格。把她在诗歌和散文两个方面的创造结合起来，舒婷的灵魂就以理想化和现实性的二重组合构成了丰富的完整性，她的智能结构就显示了更为强大的功能。

可惜的是，她的散文至今还没有引起评论家足够的重视。这不是因为她的散文艺术上没有突破，没有宝贵的创造，也不是完全缺乏历史的机遇。也许是她不在历史机遇的中心。此外，在散文领域里从来也没有像在诗歌领域中那样耸动远近视听的争论。没有一种缘由把她卷入漩涡。没有这种漩涡，就不能成为文化视点的中心。在这传媒高度发达的时代，散文篇幅短小，而且分散。评论家和读者光凭在报刊上自发地阅读，很难统观其艺术创造的分量。好在去年江苏文艺出版社做了一件好事，将舒婷全部的诗歌和散文（除了几首散文诗）系统地编纂起来，分为三集，第一集是诗，曰《最后的挽歌》；第二、第三集是散文，分别以《梅在那山》和《凹凸手记》为书名，这就使我们有条件来系统研究、评价舒婷的散文的历史价值了。

舒婷的散文以幽默见长，这是许多行家共同的观感。当然，舒婷的散文不完全是幽默的，其中也不乏一些抒情的篇章，而在《丽夏不再》那样的作品中，舒婷甚至创造了一个性格扭曲可爱而又可恨的复杂的人物。从中可以看出舒婷具有小说家的上乘修养。就艺术创造力来说,她的幽默散文不但在她的作品中,而且在当代幽默散文史上具有不可低估的地位。虽然中国当代散文的幽默传统一度在大陆中断,但是幽默传统的恢复的幸运却没有降临到她的头上。最初在中国大陆散文以幽默风格引起激赏的是杨绛的《干校六记》。

在舒婷的幽默散文引起注目的时候,中国现代幽默散文的传统已经得到恢复,许多遭受长期冷落之后幽默散文大家已经备受瞩目:钱钟书式的与社会人生的讽刺相结合的犀利的硬幽默,梁实秋、余光中、王了一式的自我调侃的软幽默散文被反复重印。孙犁那样富于智性沉思的,杨绛超脱困境的轻松的,汪曾祺式的充满佛性达观的,李敖刀子一样泼辣甚至残忍的,柏杨以玩世姿态表达愤世之情的,还有后现代黑色幽默的评论已经被批评家反复称道。

舒婷如果没有自己独特的风貌,是不可能不被这些大家所淹没的。然而她还是从这么多前辈之中脱颖而出了。

她的幽默散文最擅长自我调侃。她不同于余光中、王力先生,余、王二先生的自我调侃,往往集中表现自己的无奈、尴尬。而舒婷的自我调侃却常常不仅仅表现自己的无奈,自己的尴尬,而且还有对于朋友亲人的嘲弄、挖苦。然而这种挖苦又与柏杨不怕丑的自称"老泼皮"不同,她在戏谑中所渗透的是亲情和友情的融洽,这里充满了她的任性,暗含着朋友对她的姑息。正是由于这样,就她的幽默的情绪结构来说,不是单纯的嘲讽。就她自己来说,交织着自嘲和他嘲,反讽和调侃,任性和耍赖,尖刻的挑剔和无限的欣赏等等的复合情绪,就被她调侃的朋友亲人来说,则显示了对她的宽容和姑息,无奈和怪嗔,不认真的反击和自作聪明的傻气。她在幽默散文的情绪结构中渗透了这么复杂的成分,创造了一种可以称之为复调幽默散文的风格。她的朋友,一个不乏幽默感的作家(据说是张洁)对她的幽默说了一句相当中肯的话:"舒婷,你把我挖苦得好不快活!"

舒婷的幽默从表面上看是带进攻性的,但是这种进攻是软性的,因为在她的进攻中,绝对是虚拟的,极少现实批判的色彩。她不像鲁迅、钱钟书,以小说家的眼光对人性被扭曲作冷峻刻画,也不具有王力、梁实秋、余光中学者的渊博和雍容,没有杂文家柏杨、李敖面对丑恶现实和人性的勇猛气概。她的特点是善良:即使在浩劫期间,她身陷困境，她也没在人性的邪恶方面耗费多少心智。令她有兴趣一写的更多的是知青友情的美好，就是写到农民由于贫困而造成的扭曲的婚姻、不自然的男女关系，也不是血与火的冲突，而是充满了纯朴的和谐。就是在不得不表现的悲剧中，她所强调与其说是控诉，不如说是对于纯洁情感、心灵沟通的渴望和珍惜。在她笔下，虽然有痛苦，但是却很少对心灵的丑恶的揭露。不论是在浩劫期间还是在新时期，她都乐于用幽默的语言去把她珍惜的情感艺术化。她用她幽默调侃的语言创造了一个自由的、任性的、不管多么调皮都会受到朋友、亲人赞赏、原谅的真诚的情感氛围。

她的幽默与她抒情的心理素质有着水乳交融。在似乎任性地"丑化"的甚至是漫画化的夸张的笔墨中，她把她的生活圈子表现得总是充满着美好的诗意。幽默的"丑化"与诗意的美化在许多场合互为表里。可以毫不夸张地说，她的散文创造了一种特殊的幽默，也许可以把它命名为抒情性幽默。虽然在中国现代散文史上，美化与丑化结合的幽默并不一定自她开始，但是，在她的散文中得到如此饱和、丰富多彩的表现，完成了一种文化人格的塑造，却是不可忽视的事实。

生活中的丑和恶不在她的调侃与嘲讽范围之中，人与人的隔膜个性的扭曲也很难引起她的兴趣；倒是她所欣赏的、她所钟爱的品性却有可能进入她幽默调侃的境界。不论是她丈夫的书呆子气还是她妹妹、外婆显而易见悖谬的行为逻辑，都不但是可笑的而且是可亲的。至于那些和她在一起出席会议，在国外旅行的朋友，从她所尊敬的邵燕祥，到她视为莫逆的傅天琳，一个个都显得呆头呆脑、傻里傻气。她所创造的精神氛围是，在这些朋友面前她可以尽情地任性，用词可以尽情地尖酸；她友情寄托甚深的诗人吕得安送给她的画发霉了，她竟然说，可能是吕得安把画笔浸在尿桶里的结果。就是对她自己，也常常故作蠢言：和儿子送别她丈夫上飞机以后，儿子和她同样思念不已，儿子向她诉说很想念爸爸。她问为什么？答曰：因为爸爸在家时，会背儿子上楼。她接下去写了一句：我不想，因为他不背我上楼。不管什么大名鼎鼎的作家到了她笔下，莫不有弄巧成拙的故事或者自作聪明的失误。越是她所钟爱的对象，她越是有兴致去显示他们的可笑可恨中有多少妙不可言的可爱可亲。她用一种嘲讽的，有时甚至是居高临下的姿态，调侃她所热爱的一切。表面上对人用语相当挖苦，但是并不给人以刻薄之感。其奥秘就在于这种挖苦充分显示出她在浓郁的友情中，她是多么的任性，多么的放肆，多么的顽皮，她是多么的自由。在这样的友情的圈子里，精神多么的放松，互相之间是多么的不设防。

她的散文充满了谐趣，这种谐趣在她的诗中是很难得到表现的。原因是在诗中她致力于把心灵理想化，而在散文中她所表现的是在世俗生活她的自由心态的自如、自得、自然的表现。

这实在是一个不可忽视的美学现象。在诗中，她是严肃的、深沉的、超脱于世俗的、遨游在精神圣殿中，为灵魂升华而苦苦地追求的；而在散文中她习惯于把一切都当做好玩的事情拿来调侃的。她把调笑最亲密的朋友、亲人，和她自己当做一种最美妙的乐趣。她不厌其烦地叙述为了儿子的一百架玩具小汽车，为了丈夫对于她的发型的漠不关心，为了操劳不已的家务，为了一切鸡毛蒜皮的琐事，耗尽了心血。这一切似乎与她作为一个诗人的精神追求形成反差；她淋漓尽致地描述了做家庭主妇的许多尴尬，并不因此而感到过分的委屈。她每每以一种相当轻松的笔调来表现这种尴尬。她在用流水账式的笔调写了她面对的琐碎家务以后，非常警策地概括道，

"做一个女人真难，却也乐在其中。"

正是因为这样，写到极尴尬时，她极自得；在极劳累时，极甜蜜；讲到极倒霉时，掩饰不住极幸运之感；挑剔丈夫极迟钝时，流露出极欣赏；说教育儿子极操心时，简直是极自豪；写自己极不走运时，显然极自信，所有这一切，集中起来构成了她把幽默的"丑化"和诗情的美化结合出水乳交融的心态。

在中国当代散文中，尤其是在五六十年代的散文中，诗的美化与幽默曾经水火不容。杨朔式的诗化模式风行天下使得幽默散文几乎遭到灭顶之灾。到了七十年代以后，诗化散文走向式微，而幽默散文大为振兴之时，许多幽默散文家，不是囿于诗化散文的美化，有点放不开，就是有点不怕丑，热衷于煞风景，甚至耍贫嘴。一时幽默散文大兴，弄到作家毛志成都发出了对于"幽默痞"的忧虑（《作品与争鸣》一九九八年第一期75页）。这说明幽默的"丑化"和散文的诗化、美化二者在美学上历史的鸿沟是多么深，要把这二者结合起来，其难度是多么地大。值得庆幸的是，在这个美学问题还没有引起散文理论家的焦虑的时候，舒婷却以她近二十年的努力，用她抒情性的、诗化的、美化的幽默散文在这中断了数十年的美学鸿沟上架起了一条艺术的桥梁。

虽然如此，舒婷在散文方面的创造，其历史的重要性似乎还不能和她的诗相比。不能说没有历史的机遇，中国当代散文曾经在杨朔模式里窒息多年，重大的突破的机遇对

于每一个作家是平等的，但是在这一方面，上帝把他的青睐投向了余秋雨。舒婷并没有和这个机遇失之交臂，只是，她不处在这个历史的旋涡的中心，她是在边缘上，丰富了历史的突破。写到这里，我愿意向读者提出一个问题：就此，我们能够断言舒婷的散文才华不及诗歌吗？也许她的对手太强大了，光是一个王小波就不但幽默的风格比较丰富，而且在智性的深度上超过了她。

《当代作家评论》一九九八年第三期

今天的诗意
——在渤海大学"诗人讲坛"上的讲演

王小妮

　　大概十天前，我在中山大学的讲座比较正式地谈到了文学。我不太愿意谈文学，特别是谈诗，这些应该是一个人很内心的东西，不适于大庭广众间交流。但是今天我愿意选择这样一个非常困难的题目《今天的诗意》。虽然，这个题目非常困难，我还是做了准备，想在这里把我断断续续的想法和你们谈一下，你们来判断它是不是有某些道理，我也以这种方式来清理我自己，我喜欢像讲故事一样和你们来说话。

　　诗歌，在我们人类历史进程中很长久地伴随着各个民族，但是诗歌和我们中国人的关系是特殊的。你们慢慢想，我们从小到大的生活，还没开始读书到渐渐长大，人是跟着诗歌走过来的。再长远地看，这个民族几千年以来就是跟着诗歌走过来的。虽然，其他的种族也都有诗或者歌的过程，但是中国是不一样的，我们的诗歌几千年来变化非常小。我们知道《诗经》里面的诗歌是四个字的，然后有五言、七言，有汉乐府，有长短句，然后再回到五言、七言，大概就在这么样一个框架之中走了几千年，为什么几千年里没有一个人出来说：诗歌是不是可以不这样，是不是可以打乱。我们的古典诗歌在一种几乎没有变化的格式之中、悠远地伴着这个民族走到了现在。它在体例上，形式上几乎没有变化，我记得李清照用了那样一些叠句的时候，还有人说，哪有这样用的？

　　这样一个延续的重要的文体形式对我们这个民族究竟造成了什么，好像一直听到的都是肯定。我记得不久之前有年轻人批评说：中国没有什么新诗，中国的诗歌就是古典诗歌，古典诗歌才是美的，等等。后来，又有老先生说中国的新诗实验是失败的，一小一老，说的都是结论性的话。

临来前，我做了一个实验，从唐诗三百首的十个体例中各选出了第一首，十首唐人的诗歌，八首都直接写到了山河，都借助山河来"起兴"，另两首之一是唐玄宗的诗，大意是他经过孔子出生地的感受。唐玄宗的这首诗里没有写到山河，我想这其中的道理是：他已经拥有了这个山河了，所有的山河通通都是他一个人的，他也就不再感慨这个山河了，他已经时刻感觉着山河自在我心中，所以他想写什么就直接写，不必要再借助山河说话。

都说我们这个民族的古老哲学是与自然和谐，当然我们现在不是生态的论坛，但是，我们现在和自然的关系已经到了最恶劣的程度。我没去过西藏，中国其他的省我都去过，很多地方都是直接去普通的乡村，坐长途大巴去。我们去甘南的郎木寺坐了九个小时的长途车，亲眼看见一个民族把自己的河山糟蹋到如此程度，简直是不可思议的。当然，还有任意地对待自己的下一代也是相当罕见的，今天不谈它。

古典诗歌的经典们，大家都知道曹操的《观沧海》，还有杜甫的"国破山河在，城春草木深"。国破，还有山河在呢，我觉得读出这样的句子心里挺沉重的，国破了，山河还有，如果国在，山河没了，太可怕的一个说法了。还有李煜的"独自莫凭栏，无限江山。别时容易见时难，流水落花春去也，天上人间"。这就是和唐玄宗相反的感觉。李煜已经没有江山时候，他写到的江山又是另一种感觉了。当然，还有李白在黄鹤楼送孟浩然的"孤帆远影碧空尽，惟见长江天际流"，还有苏轼最著名的《赤壁怀古》："惊涛拍岸，卷起千堆雪……江山如画，一时多少豪杰"。古典诗歌的精髓和我们的山河关系异常密切，但是，现在哪里还有那些山河呢？面目全非了。

第二点，我们来看古典诗歌的"模式性"。一个有着严谨操作模式的文学形式它的创造性势必会受到制约，比如，我们今天这个会场，很多人拥来拥去，我们用新诗可以写这个场面，而在古代看来很可能它是完全不入诗的。我刚刚听说，会场外面有一片湖，还没有名字呢，可能人们都希望给它起个有诗意的名字，湖的名字是希望可以入诗的，而走廊里拥了很多人，有人没有座位却不入诗。我记得宋朝的柳永写过被认为不入诗的诗，当年就有批评。一些泄露人的基本感觉的，被认为粗陋的、隐秘的、不合时宜的，甚至是得罪朝廷的，肯定不能随意写到诗里去。哪个皇上的名字，你把其中的字写进诗里很可能就会带来杀身之祸。不入诗的限制，一定使很多可以写成诗的感觉被我们古典诗词抛弃在外。

第三，在几千年这样漫长的过程中，都没有一个别的形式来颠覆古典诗歌的五言七言这个基本格局。乐府和宋词都有长短句，但是都没有构成颠覆，是不是这个文化有问题？它是不是困扰我们太久？是不是它太缺少自我反省和自我更新的能力？你们来帮我，我们一起想一想：它是不是太固若金汤了？像固定标号的棺材一样把我们活的人、把我们一代代孩子们都搁在里面不能自如地活动？格式的固定，使历代的文人骚客把文采全用在堆砌好词好句上，不断地制造出优美的词句来，认为这些东西堆在一起就是诗意的。就在今天上午的发言里，我还提到了“真善美”的问题，我始终质疑好词好句，也质疑真善美。所谓的真善美，这三个家伙之间也是冲突的，真实，不一定是善，也不一定是美，如果它们之间都冲突了，是不是会有问题？真实有的时候是恶的、是丑的。

我相信，真正的诗意不在好词好句之中，也不一定在真善美之中。那我们中国的诗意，它呆在什么地方呢？我觉得在我们中国古典文学中有一些并没有变成诗的东西，它本身是充满了诗意的，我随意给你们举两个例子：《世说新语》有这样一段，我全把它翻译成现代汉语吧。一个人喜爱钱财，另一个人喜欢木屐，这样两个人远近闻名，都会亲自打理自己喜欢的东西。大家在背后议论说，这两个有嗜好的人，谁的境界更高呢？于是有人来刺探。先来到喜欢钱财的人家中，那个人恰好在家里点钱，他看到来人之后，他的手前正好放了两个小竹箱，他把这两个箱子推到了身后，用身体遮住，然后才和别人谈话，眼色有些慌乱。同样的人又到了喜欢木屐的人家里去，那个人正在“吹火”——给他的木趿拉板涂蜡，涂一层蜡，可能相当于给皮鞋擦鞋油吧。他看见客人来了说：“请坐吧，木屐啊，真是好东西，我不知道这辈子能穿几双啊。”这人说话时候神情舒畅而自若。这段原文是：神色闲畅。悠闲舒畅的，于是众人认为两人的高下，自然就区别出来了。虽然《世说新语》的故事都很短，但是我们能感觉到中国古代叙事作品里是埋藏着诗意的。还有一个故事很悲壮。有一个君王战死在沙场，身体被切割成无数块，一个下属的将军看见自己的主人的惨死之后，就过去从碎的石片里把君王的心脏拿出来，托在自己手上，然后剖开自己的腹部，把主人的心脏放在自己的肚子里边，很快他也死去了。我们看见，中国古代曾经有这样的将士，为自己君王的尊严的不丧失，愿意把君王的心寄存在自己的体内。这中间包含着的就不是真善美，肯定不是美好，但是它是很壮烈的。

　　显然，上面的故事用古典诗歌不好表达，不容易入诗。类似的东西在古代典籍中大量存在着，不是以诗的形式，却包含着一种气息、氛围，一种笼罩，以它特有的"非诗"的形式呆在那儿，谁说这其中没带有诗意？如果硬把它写成诗，可能它另有的某种诗意，会被形式严格的诗给破坏掉了。你们可以试试，用那个七言五言的方式把它套一套，然后再去找找《世说新语》，还能不能有那些美，那些含量，那么不受拘束和开阔。

　　下面，我们进入新诗百年。我们的新诗，一下子就打破了几千年形成的东西，对仗呀，押韵呀，全部推倒重来，构建还是原来的那些，陶罐还是原来那个陶罐，它的内涵已经是完全不同的，是新鲜的东西了。假如山河不再，新诗和古典诗歌简直是没有可比性的，我不知道你们怎么看，我觉得完全没有可比性。

　　有很多人说，只有古典诗词才是美的，永远流传的，永恒的经典，而新诗一塌糊涂什么都不是，它们之间不可比。将来的发展，它们将并驾齐驱，那是未来，我们暂不推断，百年是不能和几千年去对抗的。但是，这百年来的颠覆性是伟大的，几千年的一成不变被一下子就颠覆掉了，新的诗意的大门敞开着。

　　究竟诗意是什么东西呢？刚才，已经说过了山河，我们出沈阳南下这一路上，山都是秃的，几年前，我去朝鲜，看见朝鲜的山是秃的，我觉得我们这边应该好一点，原来也是秃的。我们的山河，只能慢慢等它恢复。除了山河的破坏之外，我们处在前所未有的一个金钱年代。有人愿意回忆八十年代，好像那是个诗意盎然的时代，有人喜欢追忆那个年代，中国的新诗多么繁荣。我一点也不怀念那个年代，那个年代问题依然很多，任何年代的具体经历者都很难感到不同，八十年代也是平庸的，也是无聊的，并不是像现在的回忆文章里那么辉煌。经常，是时间把隐藏着的光芒和辉煌发现出来。

　　在这个金钱年代之中，好的感觉不断地被破坏，诗意自然在衰减。我举一个例子，有一个农民，生活在宁夏，叫张联。前年，就在四月份，就在这个时候，我找到他的电话，想问问他那里种地了没有，没想到他的回答是，什么时候下雨什么时候种地。我问，不下雨呢？回答是，不下雨就不种地。因为，那里严重缺水。我买了飞机票去了宁夏，见到了这个叫张联的人的家乡。张联是个诗人。他写了一千多首《傍晚》诗，一千多首都是一个题目，就叫《傍晚》。我临来前还翻了他贷款自己印制的诗集《傍晚》，我发现他不写大地。宁夏的大地没什么可写的，他多数写的都是天空，各种各样的云啊。宁夏那个大地，你不知道，一股风沙起来，稍稍有点小草苗，就这么一点点高，那是好东西，是甘草，黑天后，农民们成群结队到地里盗挖卖钱。在这种生活中，张联保持着自己，写他的傍晚。但是，在他的一千多首诗歌里，有几首非常刺眼的，写的是：我进了城，城里全是有钱人，我提着我的皮在这市集上。他的诗歌里，不断地重复着出现"我提着我的皮走"。我问，你的意思，是贫困的人提着自己的皮囊吗？他说，不是，我的皮，就是我的羊皮。这样，我才知道不是人的皮，是羊的皮啊。不过，我不喜欢给诗歌一个固定的解释，最好是只感受不解释。就是说这个皮可以是这个，也可以是那个，是不确定的，这样，诗意才自如地存在。但是，我说到张联，不是想说诗意，我看到了金钱社会，对张联这样一个爱好诗歌的西北农民的巨大打击。他一进那个小小的县城，就觉得满街走动的都是有钱的人，而他每年种葵花的收入只有两千块，这个钱要养两个小孩子读书，刚刚上中学的孩子。你们都知道农民家里要养一个大学生有多难，靠下雨才能下地种葵花的农民那就完蛋了，简直没法活了。这样，张联已经为了他的孩子而离开了乡村，到县里去，为孩子受到好一些的教育。而他的傍晚诗就很难再坚持写下去了。一个人，不可能不追求好生活，而只顾写诗吧。

那么诗意呢，诗意还在吗？

去年的十月份，我去了黄山，去黄山下面的旅游点宏村。那天正好是一个周末，旅游的人很多，进村以后，有一片湖，一个不大的水面，十月下旬了，荷叶基本都干枯了，湖中间有座桥，进村的人都要经过这个小拱桥，所有人都这样走，一字排开，小桥很窄，不能并排走，只能走一个人，一个跟一个，像蚂蚁搬家一样走。走在我前面的一个人，突然停住了，大家走的节奏忽然被他打断了，他停住，站在那儿，在桥中间最高那个位置上，四面看了一下，朝天说了一句："江山如此多娇"，说完了这句话之后，他赶紧继续往前走，人流也跟着畅通了。当时，我觉得特别好笑，就是这样一个人，那个样子像个乡镇干部，腰上戴着一个盒子，盒里装着手机，这样一个胖胖的人走到那儿，看到一片干枯了的水，打乱了整个人流的行进的节奏，他一停，所有人都要停啊。他站在桥头，发了一句感慨，他感觉到了诗意，还不是他自己的，是毛泽东的那句"江山如此多娇"，他都没造出一个自己的句子来。他自己的诗意被毛泽东的好词好句给代替了。

宏村的经历让人觉得，今天也照样有诗意，甚至今天不受拘束的诗意，比过去古典诗歌的时候更多。

今天的诗意，对诗人的要求更高了，当什么都可以写成诗的时候，你必须得抓到真正的诗，这个时候，它是有相当难度的，而当一个套路给你，谁都使用的时候，诗意可能被理解为一个格式了。

当我们不再依赖任何技术，没有对仗，没有押韵，没有典故，也没有词汇的各种限制，什么都能写到诗里，靠的就是我们人类基本的敏感，人的基本的能力再次被强调，一句话，在这一刻是诗，在下一刻就不是了。刚才，走廊里很多人，也许我能把这些人写在诗里，也许别人写它就不是诗了。诗意永远是转瞬即逝的，所以诗也只能转瞬即逝，绝不能用一个套路和一个什么格式把它限定住。所以诗意是不可解释的，它只是偶然的，突然的出现，谁撞到，它就是谁的，谁抓住，它就显现一下，它只能得到一种瞬间的笼罩，瞬间的闪现。

第四，真正的诗意和真正能够追求到诗意的人必然边缘。上午我们的讨论里面，很多人都在讲那个宏大的、主流的东西。当然，他们让我讲一讲诗歌，我不太愿意，不太想说话，我觉得诗和诗人和那个场合是完全不同的。诗人和诗必须心甘情愿地呆在边缘，这是必须的，你如果是主流，你就不是诗。因为，只有边缘，才是稀有的、独立的，没有被另外的东西干扰影响，你的脑子始终保持着的是新鲜感，徐老师说也是悲惨的。而悲惨是一种美，在有的时候。

最后想对你们说，今天的诗人靠着诗意保持着自身最新鲜最单纯的状态，这是我要跟你们强调的，这是人类最美的东西。可能将来的生活不断磨灭人身上的诗意，但是，只要有某些自己感受的小的片断保留下来，它就是最美好的东西。写诗的人和社会的关系，我觉得永远在这种戒备的、紧张的、敏感的状态中，在"我不相信的"这样一种状态中。这是诗人，也是你们年轻的知识分子和社会的根本关系，如果离开了这个关系，就没有任何的诗和诗意可谈了。

二○○八年四月二十三日

《当代作家评论》二○○八年第五期

飞翔在"日常生活"和
"自己的心情"之间
——论王小妮的个人化诗歌创作[①]

罗振亚

在诗歌创作的竞技场上，有两类写作者比较容易引起人们关注。一类速度和爆发力惊人，他们往往禀赋超常，才情横溢，一出手就可以在诗坛立万扬名，哪怕之后迅即消隐；一类则属于"马拉松"型，他们的耐力与韧性均佳，既跨越较长的时空范畴，又能使高潮不时迭起。王小妮兼具两种能力，相对而言后一种能力更为突出。八十年代初，她刚操起缪斯的琴弦，就以《我感到了阳光》、《风在响》、《碾子沟里蹲着一个石匠》等文本，对瞬间的眩晕感和北方农人坚忍性格进行了纯净的描述，在当时隐约蕴藉的时尚之外别开新花，其素朴清朗的抒情个性不时逸出朦胧诗的苑囿，说不上如何耀眼，却也风光一时。尔后，在同期起步的诗人们或搁笔从商、或转场海外、或改弄其他文体，渐次逃离的情境下，她一直痴心依旧，坚守诗歌，视之为灵魂栖息的净土、抗拒现实对人物化和俗化的精神家园，终成一只盘翔于诗空的"永远的青鸟"。并且近二十年来历久弥坚，气象非凡，越写越好，她的写作经历和骄人实绩，打破了诗歌永远属于年轻人的迷信，也为诗坛留下了无尽的悬想和启迪。

---

① 基金项目：国家社科基金项目"个人化写作"——1990年代先锋诗学的建构与对话（08BZW065）。

"只为自己的心情去做一个诗人"

那种以为个人化写作时代推助、成就了王小妮的观点，是一种严重的误读。事实上，是个人化写作影响了王小妮，还是王小妮在某种程度上引发了个人化写作，尚可商榷。因为诗坛在一九八九年后才出现明显的断裂和转型；而王小妮早在八十年代中后期即确立了个人化写作的诗歌立场："只为自己的心情去做一个诗人"[①]，一九八八年后这种立场愈发坚定与自觉（所以本文重在论述王小妮一九八八年以来的诗歌创作）。

八十年代中期，诗坛群星闪烁，诸侯四起，充满"美丽的混乱"，可王小妮却正在精神上饱受坎坷心理戏剧的折磨。爱人徐敬亚的《崛起的诗群》事件铸成的那场"社会雪崩"，使她经历了短暂的心理迷乱，写下《恶念如洞》、《谣传》、《定有人攀上阳台，蓄意篡改我》、《有歹人在迎面设七把黑椅》等诗，这些诗作从阴郁怪诞的题目、不安虚空的情绪，到善恶转换的视角、尖锐冷漠的语汇，都不无西方超现实主义诗歌的色彩，和诗人此前的"阳光"形象判若云泥。但是"凡是最非人的一刻／痛苦便使灵魂四壁辉煌"（《完整》），清醒、柔韧的主体心理个性，和"哪怕只有一分钟／我也和你结成一个家庭"（《家》）的爱情支撑，让她在一九八八年就彻底从那个"冷秋天"中穿越而出，获得《一走路，我就觉得我还算伟大》那种自明而自信的飘逸感，进入了平和、达观、睿智的境界。苦难的精神炼狱，给诗人的生命思维添了几许沧桑，但也意外地"挽救了一个行将渺茫的朦胧诗人"[②]，为她实现艺术涅槃，再度问鼎创作的黄金时期提供了可能。

在商品经济与大众文化甚嚣尘上的非诗语境中，王小妮同样面临着一个噬心主题的拷问：写还是不写？如果写该如何保持写作的有效性？她有过强烈的心理震荡，搁笔五年。待到一九九三年重出江湖时，已悟透诗的内里堂奥，方向感更强。她认为女诗人绝非什么"女神"、"圣女"，她和普通人没有根本区别，诗也不像人说的那样可以陶冶性情，写诗只是一种生存方式和自娱性的行为而已。所以能把自己定位为家庭主妇和木匠一样的制作者，首先是妻子与母亲，一个游走在灶台、卧室和超市间的平凡女性，"一日

---

① 王小妮：《重新做一个诗人》，《作家》1996年第6期。
② 徐敬亚：《王小妮的光晕》，《诗探索》1997年第2辑。

三餐／理着温顺的菜心／我的手／漂浮在半透明的白瓷盆里。／在我的气息悠远之际／白色的米／被煮成了白色的饭"（《活着》）。做完家务琐事的间隙，才坐在桌前"写字"，把自己变成"意义只发生在家里"的《不工作的人》，觉得"诗写在纸上，誊写清楚了，诗人就消失，回到他的日常生活之中去，做饭或者擦地板"①。这样就谐调好了诗与日常生活的关系，既平淡充实，毫不矫情，又在高度物化的空间里保持了心灵的独立性。

有了如此的主体定位，"中国、大众、当代诗歌、当代处境"那些"大词大意思，和个人关联太少的大东西"自然"不适于个人关注"②了，因为王小妮要做一个没有背景和企图、完全自由的只对自己感觉负责的诗人。而异于"大词大意思"，和个人心情和感觉离得最近的是什么？无疑就是身边的事物，每天具体的日常生活。在这一点上，王小妮和那些精神高蹈的诗人不同。由于古典诗歌理想的浸染，那些诗人心中已缩成一个"生活在别处"的精神情结，总觉得诗意存留在古典田园的记忆中，和钢筋水泥、汽笛虹霓支撑的现代文明格格不入。而王小妮却以为"诗意就呆在那些你觉得最没诗意的地方"，呆在周遭俗事、俗物构成的"此在"琐屑中；并且"在看来最没诗意里，看到'诗意'，才有意思，才高妙"③；"诗歌本不需要'体验生活'。我们活着就永远有诗。活着之核，也就是诗的本质。手拿着本质，还左顾右盼什么？"④在她那里诗和生活原本是合二而一、浑融无间的。在这种观念支配下，她置身于巴士、煤气、电缆、卡拉OK和米饭、自来水、菜叶等织就的异化情境，从没想到拒斥，更没想到逃离，而能和它们和平共处，悠然自得。在对"此在"世界的关注和抚摸中，体会浓郁的人情味儿、生活的价值和意义，在形而下的物质表象里发掘被遮蔽的诗意，在最没诗意的地方建构晶莹剔透的诗意空间，甚至宽宥了生活的一些缺陷。只要浏览一下诗的题目，就会发现它们凡俗、日常得可以。《我拿到了所有的钥匙》、《一个少年遮蔽了整个京城》、《看望朋友》、《坐在下午的台阶上》、《会见了一个没有眼睛的歌手》、《十枝水莲》、《等巴士的人们》、《一块布的

---

① 王小妮：《木匠致铁匠》，《现代汉诗：反思与求索》，第361页，北京，作家出版社，1998。

②③ 王小妮：《诗不是生活，我们不能活反了》，《半个我正在疼痛》，第224、223页，北京，华艺出版社，2005。

④ 王小妮：《我的纸里包着我的火》，第233页，沈阳，春风文艺出版社，1997。

背叛》、《致鸟兽鱼虫》……远离宏大、神圣题材的诗，不再像天边的云、雾中的花那样缥缈。白菜、土豆乃生活中熟视无睹、习焉不察的俗物，但诗人却从中激发出了诗意。她"看见遍地大白菜／向我翻开了／鲜嫩青脆的心。／抱白菜的人全部向后仰倒了／抚着他们的／是一片半透明的薄金"（《抱大白菜的人仰倒了》），字里行间透出一股欣喜，对田里劳作者自然安详生命状态的认同宛然可见；看到土豆诗人"高兴成了一个／头脑发热的东北人"，"身上严密的缝线都断了……没有什么的打击／能超过一筐土豆的打击"，是啊，生活在高度发达的都市，哪一位精神沧桑者思想深处不充满挥之不去的漂流感，不刻骨铭心地忆念故乡的土地和往事？面对如亲戚、邻居、熟人一般的"土豆"自然会亲切、高兴异常了，那卸去冷静伪装后的本真心态流露，再现出诗人悲喜交加的复合情愫。王小妮就是这样，在这种人间烟火琐屑和平淡的穿梭中，被日常生活的丝丝缕缕，甚至是一些无关紧要的事物动心、感发，发掘令人意想不到的诗意，以一颗朴素之心和"低语"的方式，展开与世界、现实的对话，平静地书写自己的生命状态和世俗感受，审视都市现代人之间的冷漠、隔膜，人对自然、环境的悖反，以及她对万物存在的体恤和尊重，对世界的理解。这一方面表明她超常敏感，能从偶然、倏忽即逝的感觉中捕捉诗意因子；另一方面诗中气定神闲的平和、从容、恬淡和自然，透露出摆脱骄娇二气的诗人主体在精神上已达本色淳朴的修炼化境。如《在安静里失眠》一诗从题目看似是被失眠所苦者肉体和感觉状态的书写，可诗人却能在寂默中安然悟道，"为什么总是出现没法入睡的夜晚／安静让人们把什么都看见了"，烦躁的失眠夜转为难得的福分，诗人因之进入宽广博大的智慧境界。对一般失眠者难以忍受的森林里的风声、空荡的长廊和细瓷互相碰撞的身影，也因和诗人安静宽容的心态浑融，走向了历史和时间的深处，宁静的背后凸显出了诗人的坚韧。

应该说，诗人以对生活的敏感表现日常感觉，只为自己的心情做一个诗人的选择，无意中暗合了属于高度个人化的内视点的诗歌艺术实质，在把诗歌从职业化的困境中解放出来同时，和朦胧诗充满使命感、崇高意识的情思世界划开了界限，并成为王小妮最终出离、超越朦胧诗的关键所在。但是，如果王小妮的诗仅仅如此还说不上怎样出色，毕竟在九十年代个人化写作已成有识之士的共性选择。她的超拔精妙之处在于，其个人的日常性感觉和体验不是闭锁狭隘的，而总能暗合人类经验的深层律动，贴近个人又能上升为对人类的大悲悯和终极关怀，对人类生存境遇的洞穿，抵达人类共同性的精神境地。如"让我喜欢你 / 喜欢成一个平凡的女人。/ 让我安详盘坐于世 / 独自经历 / 一些细微的乱的时候"(《不要帮我，让我自己乱》)，写了一个女性具体的心理视境。但它没走当时红火的女性主义诗歌路线，因为把个性看得比性别更重要的王小妮压根儿就没强调过性别对立，也就无须做去性化努力，诗中无可奈何的"烦"心理，是诗人瞬间的感觉，更契合了现代人渗透骨髓的普遍的空虚和绝望心理。《那个人的目光》延续了这一精神命题，"我从来不会要求光 / 就像不要求为我伸过来的手 / 那是别人的东西"，平静的叙述里隐含着诗人对人心隔膜、世事冷漠现象的感喟，那也是许多人一种共同的心理不满情绪。"我的心里涨满着 / 再没有人能把空白放在我这儿 / 再没人能铺开一张空床单 / 从今天开始 / 我已不怕天下所有的好事情 / 最不可怕的 / 正是那些坏事情"。谁的父母都会生病，最终死去，《和爸爸说话》处理这一题材时那种意念、语言、想象和表达方式，具有鲜明的个人烙印；但它节制感情的意象和情境转化，把诗引入的则是一个更深广的心灵境域，在貌似不经意中把人生的窘境与困境传达得醇厚无比，面对生死离别的从容姿态，和所带来的凄美的死亡感悟、思想风度，又是那些饱经沧桑的人都十分认同的。也就是说，王小妮的诗歌多从个人的视角、普通的物象和日常的事件出发，但它没像某些女性主义诗歌和"七〇后"、"八〇后"诗歌那样，或迷失于纯粹个人琐屑和喜怒哀乐的言说，或迷失于肉体狂欢和官感沉醉，或迷失于后现代的语词消费和文本游戏；而能借助书写对象完成对现实、历史和人的命运等问题的思考感悟，道出时代精神内伤的疼痛和自我灵魂的反思，从而放射出诗意的光芒。

日常性的直觉还原

世界在进入创作主体的观照和阐释之前，原本是客观自在的，它并没什么生命或意识可言，人类的感觉最初也基本处于一片澄澈状态，至于既定的文化、历史因素的渗入，都乃各种教育后天浸淫的结果。正是有鉴于此，海德格尔等人提出诗的本质是对事物的敞开和澄明，诗的产生过程是一个去蔽的过程，它既是对世界的还原，又是对人的真实存在的还原。从这一理论维度看，王小妮的诗歌完成的就是一件还原与去蔽的工作。

谈到王小妮诗的感知特征，有人准确地指认她"理解世界的最基本方式是'看'，而不是哲学家的'思'"①。八十年代后期，王小妮似乎渐近禅境，生活方式简单、随意、自然，思想沉静，漠然于潮流、圈子，祛除了功利之心，世俗的荣誉、地位、金钱和纷争，乃至命运、磨难和死亡都被看淡，所以能以超然宁静的风度和不介入的中性立场，对一切事物进行"远观"。同时，出于对那种"越来越要显得玄虚高深，弯来转去"②的装腔作势诗风的悖反，正像于坚"拒绝隐喻"一样，王小妮在某种程度上拒绝修辞，她只用女性特有的直觉，对日常生活中的所见、所想进行还原式书写，很少执意究明对象之外的隐喻、象征意义，更不刻意追寻对象的形而上文化内涵，甚至不像多数诗人那样在诗中拷问人生的终极价值和目的。这种"文化去蔽"倒和"第三代诗"的"回到事物中去"理论有许多相通之处。

由于诗人运用静观思维，在场主体的所感同所见之物、之事遇合，在空间上就赋予了王小妮诗歌一个显豁的特征，即"物"的状态和片断澄明通透，有很高的能见度和一定的静态美。所以李震说她很多诗像内涵丰富而简单明快的"静物速写"③。不少人发现王小妮惯用"我看见"的写法，《我喜欢看香烟的排列形状》、《我看不见自己的光》、《看足球赛》、《卸在路边的石头》、《今天，我看到很远》、《我亲眼看见》、《许许多多的梨子》、《我看见大风雪》……它们有如一幅幅简笔素描，剔除浓墨重彩后的干净、疏朗的图画。如"金属铜也像死去的身体／工人的手上越变越沉。／那个人只能气愤地走／寒冷中头像的卷发在飞扬／／头像突然掉下去／又冷又老的普希金眼睛里含着雪／搬运工吃力地滚动铜块"（《普希金头像》）。偶遇的生活场景，在粗线条的勾勒中，流动而立体地映现在读者面前，促使人对诗歌、诗人的处境与命运产生联想，平淡的生活敞开了自在的诗意。"光／降临在／等巴士的人群中。／毫不留情地／把他们一分为二。／我猜想／在好人背后／黯然失色的就是坏人。／／巴士很久很久不来／灿烂的太阳不能久等。／好人和坏人／正一寸一寸地转换。／光芒临身的人正在腐烂变质。／刚刚猥琐无光的地方／明媚起来了"。这首《等巴士的人们》的"物"和"心"的能见度更高，细节、碎片、局部剪贴起来的画面，伴着诗人随意而不无宗教色彩的猜想转换，触及了诗人神

---

① 向卫国：《论王小妮的诗歌》，《云南社会科学》2005年第6期。
② 王小妮：《一九九六年记》，《诗探索》1997年第1期。
③ 李震：《"活着"及其方式》，《作家》1996年第10期。

秘、怪诞的无意识深层，折射着生活和生命中某些复杂、辩证的本质。王小妮有时在"物"的凝视和出入中抒放自己的情思感觉，有时则与喜爱之"物"主客无间地融合，"物"成了自我的镜像。她诗的园地里，长着许多植物，"稻子"（《到乡下去》）、"石榴"（《我没有说我要醒来》）、"森林"（《今天，我看到很远》）、"蒲草"（《晒太阳的人们》）……《十枝水莲》组诗竟有一种物化的冲动，其中的《谁像傻子一样唱歌》写到，当窗外的声音像"云彩的台阶"，"鸟们不知觉地张开毛刺刺的嘴"，"有人在呼喊"，"风急于圈定一块私家飞地／它忍不住胡言乱语"，"一座城市有数不尽的人在唱"时，那终于开花的水莲却十分安静，"我和我以外／植物一心把根盘紧／现在安静比什么都重要"。这里的花和人已泾渭难辨，彼此可以互换，水莲那种不事张扬的内敛、简单、安静，不正是诗人的象喻吗？

"我看见"是观察的视角，更是审美的心态外化，它标明诗人是静坐下来后仔细、平和地有距离地观照事物，所以才能以过人的敏锐，捕捉到那些和都市、现代生活同速度同节奏的人感觉不到的瞬间、场景与诗意，将动态的外在世界静态化，把不无沉重和沧桑的生活转化成一种"轻"而"慢"的艺术方式。这从本质上讲是一种对快捷、嘈杂的都市速度感主动背弃的诗学选择。

王小妮诗歌"文化去蔽"带来的另一个突出特征，是常致力于事态、过程的复现和凸显，有一定的叙事品质。王小妮有过相当抒情的艺术季节，转向个人化写作后，为和烦琐平淡的日常生活呼应，为控制"在场"自我的激情喷发，她走上了反抒情的道路，在文本中融入客观事态、心理细节等叙事因素，体现出一定的叙事长度和流动过程，冷静地还原生活和感觉的本来面目。如"骑各色毛驴的人总在前方／我们没可能超过他。／我们走的是路／他走的是张着嘴的山梁。／毛驴转向哪／哪就成了正前方。／／圆脸的姑娘给我们擀面／更圆脸的姑娘给我们加油／时速一百三十公里／我们穿透半白半黄的山西／真感觉像箭一样。／／天黑了雪也紧跟着黑了／我们急着进城／骑毛驴的早在自家院里卸鞍／悠悠地仙人们先睡了"（《我们箭一样要去射中什么》）。该诗基本采用叙述语调摹写游览山西的经历和感受，虽仍有毛驴、山梁、姑娘、箭等意象闪回，但构成诗歌主体、引发读者兴趣的，却是一系列带地域风俗特点的细节和氤氲着人性温暖的事态。"在北京最冷的这一天。／我几乎是／退却着走向了你"，"我看不见温度。／看不见你身体里的病。／穿过／深藏着你的四合院。／在你昏迷的床前／我自己就是散不开的迷雾。// 还活着的手背 / 透着月亮表面那样平软的白光。"（《看望朋友·我的退却》）在这里词意象已向行为事象或句事象转换，诗被演绎为一组细节、一种行为、一段过程，若干具事（动作、子情节）的联络，使诗获得了某种小说化、戏剧化倾向。并且，有时这种心理细节和过程描写已沿着诗人的感觉路线，深入到超越浅表意识和经验性情节的无意识领域，微妙而神秘。这是不奇怪的，王小妮多次提及诗就是她的"老鼠洞"、"安静的躲避处，自言自语的空间"①。诗人涉足日常生活同时从没停止对灵魂与自我的凝视，所以其心理发掘的精微、深邃自然为一般的诗人所不及。"一走路 / 阳光就凑来照耀。/ 我身上 / 顿然生长出自己的温暖……你从快车道上来 / 你低着你的头。/ 唯一的两只手 / 深插进了口袋。/ 连太阳和鲜花 / 都受不了这种插进。"（《一走路，我就觉得我还算伟大》）诗袒露的心理感觉过程，朦胧、飘忽，自己生长温暖、生长光，太阳和鲜花受不了"你"傲然的插进，来得随意，转得突兀，那瞬间闪动、诉诸感觉的心理图像，连诗人自己也不一定能恰切地说出它的内涵；但超越光之后的模糊混沌的自明感，诗人意识深处的感觉及过程的敞开与呈现，却蛰伏着自在的诗意。"森林巨大的涡漩 / 把人连夜磨成一盏长明灯"，"空无一人的长蛇形拱廊 / 铜灯摇荡着如同老蝙蝠……我看见凯旋门正在解散 / 石头跑回家乡的采石场。"（《在安静里失眠》）万籁俱寂之时，诗人心随深夜出走，大脑中活跃的思绪和影像，实有的、虚拟的、当下的、过去的交织，纷繁而凌乱，想象和幻觉瞬间、片断的浮现和铺展，构成了一个全官感或超官感的"心理格式塔"，把诗人多元素、多层次的心理流程渲染得动静兼有，亦真亦幻，其纤细微妙、纵深广博的程度鲜有可比者。王小妮的无意识书写有时犹如梦境，离真实原则相去甚远，但又是感觉中不时出现、符合艺术真实的存在。

王小妮诗歌对叙事文学所作的扩张，是事态的，但骨子里仍是诗的。它具备地点、人物、情节、细节等叙事文学的一些要素，但从没将叙述故事或塑造人物作为文本的重心，事态并不完整，情节或细节也多为不连贯的时空片断，并且在细节、过程、片断的背后，诗人时时注意以素朴、平和的心境和情感对它们的渗透和照亮。因此说穿了它是一种情绪化叙事、一种诗性叙事。

---

① 王小妮：《诗不是生活，我们不能活反了》，《半个我正在疼痛》，第217页。

不论是物和感觉的澄明，还是事态与片断的呈现，书写对象先在面目的敞开、凸显与还原，都在一定程度上使王小妮的诗歌回到了世界之初和感觉的原始朦胧状态，完成了对文化的去蔽。如为骚人墨客钟情不已的"月亮"，曾是乡愁、孤独、纯洁的载体与象征，最富文化包蕴；但到王小妮的《月亮白得很》里，却遭遇了一次彻底的文化清洗和文化变奏。"月亮在深夜照出了一切的骨头。// 我呼进了青白的气息。/ 人间的琐碎皮毛 / 变成下坠的萤火虫……月光来到地板上 / 我的两只脚已经预先白了。"只开头一句"月亮在深夜照出一切的骨头"，就剔除了附在月亮之上的所有文化积淀，月亮就是月亮，白得很，沉静地照射人间，它的存在不为什么，也没什么言外之响，全诗只是月亮本身清晰的伸展和敞开，自带一种澄明、通透和宁静。至于说诗人的素心观照是否透着一贯的优雅，月光是否闪烁着常有的神性光辉，则要靠读者自己去参悟了。《回家》、《晴朗》、《最软的季节》等对此在世界的观照，也都抑制象征和隐喻等高层意旨的设定，总体倾向比较淡漠，缺少文化诗的痕迹。

我们这样判断王小妮的诗并非说它没有文化色彩，或必要的思想高度。事实恰好相反，她的许多日常性书写，都言近旨远，隐含着人类生活的本质和独特的人性理解，理趣丰盈深邃；只是它们没走哲学的分析道路，而是以直觉化的"看"的方式表现出来的。因为在直觉中，诗人可以"置身于对象的内部，以便与对象中那个独一无二、不可言传的东西契合"[①]，透过事物的表层和芜杂，进入本质的认知层面。王小妮的直觉力超常，她抚摸生活中的事象和细节，又能不为其具象所粘连，而做超越性的领悟和提升，在"日复一日、年复一年的生存磨盘里"，"磨出了生存和诗性智慧的大彻大悟与诗歌精米"[②]。如《十枝水莲·花想要的自由》，从"十张脸全面对着墙壁 / 我没想到我也能制造困境"的发现，到决定"做一回解放者 / 我要满足它们 / 让青桃乍开的脸全去眺望啊"，彰显了诗人宽广仁爱的悲悯情怀，也寄寓着对命运、时间、自由等问题的思考。"十个少年在玻璃里坐牢。/ 我看见植物的苦苦挣扎"，和充满隐性困境的人相比，作为植物之花的生长是快乐自由的，其困境也是显性"透明"的；但它们仍不满足不快乐，"最柔软的意志也要离家出走"。从中人们不难悟出，自由，那种天人合一、物我融会的自由是相对

---

① 柏格森：《形而上学导论》，《西方现代文论选》，第83页，上海，上海译文出版社，1983。

② 燎原：《水晶的诗光：王小妮诗歌创作论》，《特区文学》2004年第5期。

而有限度的，自由就是永远不满足。《有意义这东西吗》的质疑，全然是沿着感性的"物化"路子走的，有过深入体验的读者能够体会到诗的深层旨归：意义在于过程而不在于结果，在于现象而不在于思考，"假设那晶体能成为飞行器 / 一个人也不能达到他的远方"，人一生永远无法抵达理想的境地。至于像"辉煌 / 是一种更深的洞"（《不要把你所想的告诉别人》），"疼痛也是生命。/ 我们永远按不住它"（《半个我正在疼痛》）等类似的感悟就更多。它们都没有刻意经营思想，可是在词与词、词与物、物与物的感性碰撞中，仍闪烁出给人以启悟的智慧火花。诗人这种通过直觉静观走近深刻的"看"的感知方式，简单却丰富，直接而锐利，有一股难以仿效的举重若轻之妙；它使主体动作与客体事物自我呈现结合，洞开了世界和灵魂的本性。

朴素的力量

诗人的每种情思与感觉都呼唤着相应的语言形态赖以物化。而语言是什么？它是诗人的故乡、诗歌存在的居所，它本身就体现存在，就是存在，甚至可以说不是诗歌创造了语言，而是语言创造了诗歌，诗人的使命就是让语言顺利"出场"。那么何谓理想的诗歌语言？在一些人的观念中诗与美乃孪生兄弟，其语言符号应如月之皎洁、花之妩媚，典雅、朦胧、含蓄，才具有现代感。可在王小妮看来，那种所谓的诗的语言总让人感到"假模假样"，和生命、生活"隔阂"。于是她一开始就有意用自然素朴得近乎"土气"的语言对抗贵族性优雅，并且硬是把口语化的路子持续地走到今天，越走越沉稳，越练达。

翻阅王小妮的诗，这样的句子俯拾即是，"到今天还不认识的人 / 就远远地敬着他。/ 三十年中 / 我的朋友和敌人都足够了"（《不认识的就不想再认识了》）；"要喊他站起来 / 看看那些含金量最低的脸 / 看看他们流出什么颜色的汗"（《十一月里的割稻人》）；"我不愿意看见 / 迎面走过来的人都白发苍苍。/ 闭紧了眼睛 / 我在眼睛的内部 / 仍旧看见了陡峭的白。/ 我知道没有人能走出它的容纳"（《我看见大风雪》）……它们是最不端架子的语言，不炫耀知识，不卖弄文采，没有艳词丽句，没有象征与隐喻等高难的技巧，毫无"装"的感觉，技术上不显山不露水，完全是随意的、谈话式的语言，不温不火，煞是亲切，那些大白话的起用更使诗本色天然得一如诗人的性情；但它们却直接、健康、有力，在散淡从容中十分到位地道出了灵魂的隐秘感受，和被理性遮蔽的无意识状态，透着洗尽铅华的明朗与清新，显示出一种无技巧化的力量。应该说一个诗人炼就出如此炉火纯青的语言已不容易；但如若王小妮仅停留于此也便一般化，因为口语化在戴望舒、废名、纪弦、余光中乃至于坚、韩东等人那里都似曾相识，并已渐臻化境，也多有人论及。王小妮的口语化追求自有她令人刮目之处。

因为王小妮的诗具有明白如话、朴素如泥的口语化趋向，加上她多次申明写诗那种一闪而过的东西，不耗时不耗力，速度较快，像《十枝水莲》"没有事先的'要表达'，写到哪儿算哪儿"[①]，无形中让一些人觉得她写诗是笔随心走，信手拈来，疏于技巧的讲究，和精警深邃无缘。殊不知这是表层的假象。其实王小妮很清楚写诗是在语言刀刃上的舞蹈，在实践中把寻找词和词、句子和句子碰撞的那种在刀刃上擦过的感觉都当做享受，"在炒锅的油烟中，她能飞快地抢救出那一闪而过的句子"，"甚至在黑暗中用左手摸写，以至于把那黑暗中的蝌蚪写上了床单"[②]，对诗如醉如痴的热爱，使她时刻注意诗艺的打磨。正因为她不刻意求新又在表现上下功夫，所以诗写得简单但精确，明朗而含蓄，拙朴又奇巧，语义清白却内存丰富，形成了一种貌似清水实为深潭的个人化风格。

一是能在出色语感的驱动下，迅疾地明心见性，"直指人心"，洞穿事物的本质。如直觉力的强弱决定着诗人成就的高下一样，一个人能否成为真正诗人的关键在于其语言感觉如何，优秀的诗人从生命里直接涌动出来的语言未经处理就诗性盎然，徐志摩、韩东等即为范例。王小妮与生俱来的骄人悟性和直觉，使她"在命中被选定做一个诗人"（《告别》），从唇舌之间吞吐出的离感官最近的言语，就能凭借下意识的直感神助，自然呈现出生命的感觉，在瞬间达成语言与生命的同构，洞开事物和心灵的深层、核心所在。"从来没见过 / 你有这种不可收拾的神情。// 透明的物体由上而下破裂 / 一切瓶颈正断成碎片"，"你的神情吓坏了我 / 我真不知道 / 你的脆弱 / 为什么会来得这么快"（《脆弱为什么来得这么快》）。无须再去向诗索求什么意图，它充满生命意味的语感，已能让人听到诗人惊诧、怜爱的呼吸和起伏，看到她见对方突然脆弱那片刻的表情和神态，出色的语感即是诗感、生命感。"粮食长久了就能结实 / 一个人长久了 / 却要四分五

① 王小妮：《诗不是生活，我们不能活反了》，《半个我正在疼痛》，第222页。
② 徐敬亚：《王小妮的光晕》，《诗探索》1997年第2辑。

裂／五个我中／总有一个最固执地出列／正朝着乡下走去。"（《到乡下去》）在这里人和语言已消除利用和被利用的关系，而因相互砥砺渗透合为一体，作者灵魂里喷发出来的才情，使语言固有的因素获得了对事物直接抵达的能量。不是吗？和长久了就能结实的粮食相比，人却时时要遭遇自我矛盾和分裂的精神苦痛，固执的"返归"冲动是快乐也是折磨。"吃半碟土豆已经饱了／送走一个儿子／人已经老了"（《一个少年遮蔽了整个京城》），不能再平白的口语，不能再单纯的句式；但在自然天成的语感流动中，却把母亲离开儿子那种失落和怅然传达得无以复加，枯涩中见丰润，的确本色质朴地"直指人心"了。也就是说，直觉式语感因艺术的浸润、推动，已具有"点石成金"的神奇魅力，诗人对它出入裕如的运用，使诗简洁到只剩下灵魂树干的程度。它使诗人的口语化追求超越了生活口语的变相移植，进入提纯升华的状态，在情绪节奏中创造一种"散文的音乐"，规避了口水化的泥淖。这也正是王小妮在九十年代口语化浪潮中出类拔萃、引领潮头的内在根由。

二是巧妙借助各种艺术手段，虽运用口语却常出人意料之外，造成陌生化、多义性的效果，"极多岔路"（徐敬亚语），颇具现代风韵。口语化充满陷阱，稍不留意就会流于直白，诗意寡淡。针对口语固有的弊端，王小妮接受拟人、远取譬、改变词性、整体象征等一系列技巧的援助，以避免诗意的稀薄，增加感染力。"猜不出它为什么对水发笑。／站在液体里睡觉的水莲。／跑出梦境窥视人间的水莲。／兴奋把玻璃瓶涨得发紫的水莲"（《十枝水莲·不平静的日子》）；"栀子花跑出卖花人的衰衣／转弯的路口都香了／我没招手花就悠悠地上楼"（《重庆醉酒》）。拟人手法的运用把水莲的鲜脆、娇嫩和富有灵性写得自然而质感，令栀子花那份柔媚娇美惹人心痒，神往不已。远取譬在王诗中更是大面积的存在，"我从没遇到／大过拇指甲的智慧"（《清晨》），"冷的时间／比蟒蛇还要长"（《故乡》），诗中隐喻的比喻两造——本体和喻体之间的关系距离很远，作者硬性地把之拷合，又间以通感和虚实交错，陌生而简约，"反常"又"合道"，它们打破了传统比喻以物比物的想象路线，大胆峭拔得"无套路可循"。在改变词性这一点上王小妮的诗堪称一绝，她对动词的选择十分挑剔，形容词则好易性使用，"我的床上是太阳味了"（《有人悲怆地过生日》），"晴朗，正站在我的头顶／蓝得将近失明"（《晴朗》），"怎么也叫不出／你疼了几年的名字"（《看望朋友·我的退却》），诗中动词、形容词的用法基本都超出了读者的想象范围，谨慎节制，在遏制激情滑动同时，又提供了诸多的诗意联想方向，加深了诗意浓度。至于整体象征效果的出现和王小妮的拒绝修辞原则并不矛盾。因为正如叶芝在《绘画中的象征主义》一文中所言，一切艺术只要不是单纯地讲故事或单纯地描写人物，就都会有象征意义；这一特质与诗作的悟性发生机制结合，使王小妮的诗时而成为一种充满弦外之响的复调系统，不同人从中会悟出不同的东西。这种整体象征不是作者硬性追求所致，而源于诗人心性和体验融入文本后的自然生发；她落实到字面上的语境具体、质感、透明，而语汇间碰撞、组构为一首诗时，又常氤氲出形而上的象征氛围，俘获一种抽象、高远乃至神秘的审美旨归。如《十枝水莲》即为多声部意趣的复合体，它既是植物的静观，又是母性光辉映射的载体，也可理解为诗人的自我镜像，或诗人借水莲展开自我和世界、自由和限制之间的思考，水莲为婴儿的生命体，玻璃与水乃困境的象喻。当然作者还能作出另外的解读。《飞是不允许的》也是每句语义清明稳定，全诗却构成高层结构的诗，对之同样允许作出或此或彼、亦此亦彼的诠释。诸多现代性艺术手段的介入，使王小妮的诗歌既充满口语的原汁原味，又韵味迭出，张力无穷。

三是充满丰富、多元的语言美感，但无不随意赋形，意形相彰。王小妮诗的题材与手法多种多样，其语言也丰富多元，写实的、抽象的、超现实的兼有；但都能由题材出发选择相应的表现方法，实现意味与形式的共生。如《和爸爸说话》和《重庆醉酒》就呈现出完全不同的风貌，前者朴素亲切，真的像与爸爸说话一样，它去掉了外在的修饰，直接裸露灵魂，体现了王小妮诗的主色调。爸爸是"一个终生都没有得到舒展的人"，他病重后为了不增添亲人的痛苦，故作轻松，"你把阴沉了六十年的水泥医院／把它所有的楼层都逗笑了。／／太阳每天来到病房正中／在半闭着的窗帘后面／刺透出它光芒的方尖碑。／我认识你有多久了？／和我认识天空上的光明一样长"。作者用这种满溢着生活气息、随意平常甚至有点絮絮叨叨的方式，把父女间的深情，把对父亲的依恋、挚爱和叹惋表现得自然、平和而深厚，给人一种亲历感。而后者则和醉酒的内涵契合，改为另一种姿态，"满眼桑林晃得多么好／雨是不是晃停了？／闪闪发光／从玻璃杯到玻璃杯／我上路比神仙架云还快……朝天门这盒袖珍火柴／挑担子的火柴头儿们全给我跳动。／火种不断钻出水。／／是什么配置了笑酒／我一笑／这城市立即擦出了光"，其中意识流似的多变视点、思维结构随意的跳跃、怪诞想象的自由无羁，可视为诗人醉酒后断续起伏思想感觉碎片的载体，外化、折射出了诗人隐秘又活跃的心理动感，通透而有余味，信息密度大，先锋味道浓。王小妮这种多色调的语言，增强了她诗歌整体风格的肌体活力与绚烂美感，开拓出读者多样化的期待视野。

在《从北京一直沉默到广州》一诗中，诗人写道："在中国的火车上／我什么也不说"。岂止在车上，王小妮在诗坛上也始终是一个边缘的沉默者，从不表白什么，也不拉帮结伙，更不做炒作宣言。进入喧嚣、浮躁、欲望化的九十年代后，一方面人们嘲笑诗人，一方面很多诗人的文学史焦虑日发严重；而王小妮却以一颗平常心，淡化一切，要重新做一个诗人，没有企图地为自己一个人写诗，那种"水"一般沉静的姿态和她的诗歌一道，对诗坛构成了绝妙的启迪。作为女性诗人，她的诗歌内质和视境远非女性诗歌所能涵盖，其更为博大、普范化的超性言说，对一度嚣张不已的女性写作不啻于一剂清醒的药方。在如今崇尚先锋、努力把诗写得像诗的时尚性潮流中，她返璞归真的朴素向度，既是一种有力的制衡，也将唤起人们对诗歌和生活深层关系的重新思考；置身于诗歌滑坡的尴尬语境，她虔诚地视诗为宗教，以其独创的个人化比喻和语汇体系，为重新认知、表达世界和情感，打开了一条新的途径。至于她诗歌本身那种纯粹的内质、从容的气度、自然的风范，更非一般人所可企及。难怪翟永明发出没有想到朦胧诗里还有王小妮这样出色的女诗人的感叹了。当然，王小妮时而潜入无意识为诗，直觉力过于快捷，也把一些读者挡在了诗之门外。

《当代作家评论》二〇〇九年第二期

诗人离现实有多远?

翟永明

一

对于一个习惯于用诗的语言来表达的诗人,对于一个习惯于用诗歌修辞来创造艺术幻象的人来说,站在这个位置上发言,试图用另一种方式来传达我思索的东西,是一件很窘迫的事。原因是多方面的。首先是我要谈论的题目——诗人和现实的关系——带来的窘迫,对我来说,尽管有吸引力,但它仍然显得有点大。其次,我对用诗歌语言谈论的现实和用散文语言讨论的现实是不是同一个对象,一直心存疑问。而这样的疑问也会带来某种窘迫。不过,在窘迫的同时,我想我也感受到了一丝挑战。也许我可以就这种关系,谈谈我自己的经验。因为经过多年的写作,我认为我自己的诗歌一直没有偏离对现实的关注。我一直在以我的方式处理语言与现实的关系。

我记得布罗茨基(Joseph Brodsky)曾说过:作家不能代表作家说话,诗人尤其不能代表诗人说话,他们只代表自己说话。一九九二年在伦敦举行的一个当代中国诗歌研讨会,带给我一种奇特的经验。我感到了一丝不安。因为有一瞬间,我不知道我们在会上讨论的东西到底与什么有关?我们在会上谈论中国当代诗歌或是朗读自己的作品,但是我脑子中萦绕的却是我前几天接到的电话。我知道有几个四川的诗人(他们有的是我的朋友,有的不是)被公安局抓走了。有的虽然没有被抓,但是生活在困窘之中,这种困窘一方面来自精神上,一方面来自经济上。总之,他们在一个偏远的地方,一个在伦敦

265

绝对不被人所知的地方，默默地，只不过是为自己内心的一些激情写诗。而我那时站在伦敦大学的一个巨大的阶梯教室里，面前坐着的是许多压根儿不知道"四川"这个地名的听众。在内心深处，我的确感到了与现实有关的某种荒诞。无论是朗诵自己的诗，还是就中国当代诗歌的问题发表什么看法，我都觉得我的发言是无力的、荒唐的、毫无意义的。那一次我站在讲台上语无伦次，陷入一种失语状态。而让我感触最强烈的是，如果没有特定的现实经验，我的听众能够理解我所谈论的事情吗？那一刻，我感到的窘迫也同样强烈，因为我担心，由于某种交流的障碍，我谈论的东西会作为一种强制性的现实经验给我的听众造成认识上的错觉。

十年过去了，我发现我又一次面临这种失语状态。我能感到，对一个中国诗人来说，谈论诗歌和现实的关系，实在太难了。但是更为奇怪的是，从另一方面说，谈论这样的话题，又太容易了，因为当代中国诗歌和现实的关系一直是错综复杂的。不过，有一点，我能肯定，当代中国诗歌和现实的关联比以前更密切了。当然，这里，首先要说明的是，必须对诗歌处理的"现实"作开放的理解。此外，我想，也必须对当代诗人对"现实"的表达方式作更细心的观察和阅读，才能理解这一点。因为当代最优秀的中国诗人都力图革新那种所谓现实主义的表达现实的诗歌方式。

十年当中，当代中国诗歌无疑发生了非常巨大的变化，这种变化涉及到现实生活本身的变化，也涉及到当代中国诗人和他们需要面对的社会现实的关系的变化。诗歌的历史语境也有很大的变化，诗歌的边缘化已经成为一件非常明显的文化事件。另一方面，随着新的世纪的降临，跨身份跨文化的诗歌交流也已到来，这种状况肯定会对当代诗歌产生影响。所有这些变化都和诗人面对的现实有关。或者，说得更准确点，和诗人身处的现实环境有关。当年，我在伦敦惦记的朋友处境各有改变，他们有的已经改行投入中国的经济潮流之中，有的仍然在四处漂泊，为生存奔忙，有的经商之后又重新回到书桌旁潜心写作。他们中的有些人无法在这个时代获得现实感，只能在幻想中攫取能量；另一些人也许在现实中获取能量，但无论如何也需要将它转化为对诗歌的欲望。我不认为处境的改变、和身份的置换就能解释诗人在现实中的一切，对于诗人来说，他的职业和身份都是不确定的因素，唯一确定的是诗歌对他的意义——而这当然是一种现实。

这也让我想到，要谈论当代中国诗歌中的现实，那么，应该意识到诗人面对的"现实"是非常多样的。

二

进入九十年代之后,中国当代诗歌一直受到来自两方面的诘难:其一,关于当代诗歌与时代、与生存状况的关系,关于诗歌所必须承担的道义,人们习惯斥责中国当代诗歌漠视社会现实。当代中国诗人真的远离过他们所处的社会现实吗?我认为,优秀的当代诗人都没有远离他们面对的现实。我不希望我这样说,会被误认为是在表态。这些责难的地方,也让我想到了另一个问题。诗人面对的现实,和其他领域里的人士看到的现实是否是一样的?比方说吧,我们已经习惯说,中国正在经历某种"全球化"的过程:在一个国际文化宽带网中,每一种文化都从不同的角度向世界提供可辨认的标识。当环境问题、贫困问题、文明的冲突、殖民化问题等随着全球一体化到来的若干人类共同面对的问题出现在诗人面前时,诗人感到的"现实"和社会学家或者记者眼中的"现实"是完全一样的吗?我本人的感觉是,它们很可能是不一样的。这样,问题很可能就产生了。如果一个诗人坚持他自己对现实的看法,他就会和其他领域里的人士的现实观相冲突。这种冲突,有时会被说成是远离现实。但我认为,一个诗人不应该在此问题上做任何妥协。诗人有自己的应对现实的方式。所以,我本人并不同意这样的说法——诸如诗人正在远离时代,远离生活,远离现实,我想诗人对此类问题的思考和阐释肯定与别的艺术门类是有差别的。

人们希望在当代中国诗歌中看到怎样的"现实"呢?我非常担心,诗歌的读者对"现实"的理解被一种惰性的阅读期待所腐蚀。比如,在我动身来美国之前,我突然想到一个问题。中国的当代艺术、当代电影,一直在向世界提供某种以"多元"为依托的所谓"当代中国"的现实景观。在一种奇怪的交流视角中,中国的当代现实,在西方的文化屏幕前呈现的是一个遥远落后国度的存在:只包含着极权政体、贫困腐败、人口爆炸、环境污染……对此,我是有疑问的。作为一种关乎中国的现实,似乎很难说它不真实,但我完全有理由这样问,它在多大程度上是真实的。这种真实,又是相对于什么标准才显得真实的。当然,表面上也许充满了能够代表中国的"当代现实"的元素和符号,但是诗人面对的现实很可能与此有很大的距离。没有人能够告诉诗人,什么是现实,什么不是现实。或者,这样表现出来的才叫现实,那样展示出来的就不是现实。

艺术与生活，现实与诗，并非"yes"和"no"这样的问题。我喜爱的美国诗人伊丽莎白·毕肖普（Elizabeth Bishop）曾经这样写道：

> 我们的目光，是两种目光：
> 艺术"抄袭生活"而生活自身
> 生活和关于生活的记忆
> 如此紧压着，它们已变成了对方。
> 哪个是哪个？
> 生活和它的记忆互相妨碍

在这里，毕肖普清楚地表明，诗人观察现实的方法是一种艺术的方法，它和新闻报道处理现实的方法有根本的差异。诗歌中的现实，是一种记忆的现实。或者说，它是经过记忆重新整合后而呈现的现实。但是，在以往的中国诗歌中，我们不太尊重这种处理现实的方式，许多诗人和批评家都喜欢对现实采取新闻主义的态度。这就涉及到"写什么"和"怎么写"的问题。

这个问题也一直是让中国诗人感到焦虑的事情。从屈原以来，"入世"和"出世"，"先天下之忧而忧"和"独善其身"的矛盾，一直在撕裂着中国诗人的写作。某种意义上，这种矛盾造就了中国古典诗歌的伟大。好的诗人不应回避这个问题，也不能抱怨产生了杜甫、屈原这样的伟大诗人的国度，要求后来的诗人担当民族代言人身份的愿望。但是，我有时也感到，他们的这种代言人身份被过度神话了，或者说，被仅仅简化为一种"忧国忧民"的诗人身份。我觉得在他们内心深处，真正牵系他们的艺术感觉的可能是，爱尔兰诗人希尼（Seamus Heaney）在《诗歌的纠正》中所说的那种情况："具备这种精神耐力的人物，独具特色地偏向于对他们成就中的英勇神态轻描淡写，并在他们天职的核心中坚持严格的艺术戒律。"就我本人而言，我能感觉到自己经常面临这内心的矛盾，我也希望自己能在这样的承担挤压下，不要单纯地变成对方，而始终保持两种目光：现实感的获得和严格的艺术质量。当代优秀的中国诗人大都是这么做的，尽管具体的做法会有很大的不同。

今年四月，我在上海同济大学DAAD留学生的一个会议上，我朗读了自己关于母女两代对话的作品《十四首素歌》。朗诵结束后，一位学理工出身的妇女拦住我，责问我为什么不像某些诗人那样用母亲这一形象来歌颂祖国，同时认为我所抒写的"母亲"这一形象是她（她使用的'我们'，意即与她一样用惯性思维把"母亲"这一名词指称为某个固定理想的一群人）所"不懂"的。我惊讶地发现，在"文革"过去二十多年后的今天，仍会出现这种体制话语对个人话语的斥责。对这妇女来说，在诗歌的现实中，"母亲"固定地等于"祖国"。不应该有任何变化，如果有变化，那么，一定是诗人缺乏现实感受，或者完全背叛了社会现实。这当然是一种极端的情形。但涉及到当代中国诗歌和现实的关系，它又是一种非常普遍的话语。并且，这种话语显得非常专断，它完全不顾及一个诗人对"母亲"的独特的现实感受。

这不仅是一个如何辨认诗歌中的现实的问题，而且，它也是一个和诗歌教育有关的问题。

在中国，许多父母从孩子很小时就开始教他们学习中国古典诗词，但学校的教育往往跟不上；而且，从中学开始即分科学习，文理科各自为政。就我所知，理科学生大都对文学和艺术不感兴趣，他们对文学的知识深受现行教育体制的蒙蔽，对艺术的常识有时接近于零。而中国当代诗，由于种种原因，很难进入到普通教育领域。这种情况造成许多人，包括相当一批在各种机构任职的"知识分子"对当代诗歌的误解和排斥。当代中国的知识分子尤其是非文学领域里的知识分子，常常在诗歌与现实的问题上充满了偏见，而并不反思自己对诗歌中的现实的认识。他们太急于在当代诗歌中辨认他们所熟悉的"现实"的符号和形象，丝毫不顾及诗人独特的发现与感受，而一旦感到稍有隔阂，就不由分说地称"不懂"，或给诗歌扣上"远离现实"的帽子。

对于一个有着巨大的诗歌传统的国度，出现这种知识不平衡是让人感到悲哀的。诗人欧阳江河曾经说过：当代诗在许多情况下都显得像是一种冒犯，这是由于当代诗的写作性质和质量没有在同时代人的阅读行为中得到充分说明，这种情况在任何时代都会碰到，没有什么可值得抱怨的。常常听到这样一种理直气壮的说法："像我们这样的知识分子都看不懂的诗，怎么能叫诗?"如果说，当代中国诗歌有什么危机的话，我倒是认为这种蒙昧状况是一种危机。一旦发生理解上的困难，不去深入地研究或了解，一味责怪对方，责怪诗人没有按照他们对现实的理解来描绘时代，这是一种奇怪的方式。

其实，中国当代艺术同样存在着与诗歌类似的问题：脱离时代，看不懂，与大众无关等等；但由于美术的可操作性、当代艺术认同的功利性和艺术的市场化，使得众多的策展人、理论家、画廊和经纪人和主流媒体，乐意充当大众的阐释者、中间人、引导者，乐意充当大众的启蒙老师和美学教育者。因此，所有与诗歌相似的问题，似乎也就"解决"了。当他们对公众大谈"艺术拯救世界"或类似的命题时，对于无任何功利可言的诗歌，则始终被大众排斥在这一命题之外。遗憾的是：我们生活在一个毫无诗意，也不需要诗意的时代，人类自身携带的诗意，诗的感受力都在高科技、现代消费的生活格局中丧失了，诗歌的"无"在强大的全球化、物质化的"有"面前更显无力。所以，我觉得，在对当代中国诗歌中的现实进行责难的声音里，更多的，反而不是诗歌对现实的漠视，而是这些声音自身包含的对现实的麻木和对现实的功利心态。

三

过去和未来，我们都遇到这种问题，诗人要表达什么？诗的目的是什么？

"她被重新发现了"，法国诗人兰波这句话，很好地传达了我心目中诗歌所具有的功用。这个"她"既是文字，也是社会；既是经验，也是生活。"重新发现"就意味着一种特殊的对待世界和对待事物的方式，意味着对人类普遍生存境况的更深的洞察，意味着一种诗性的参与，一种自由思索的方式的参与，它是与时代和生存境况有关的，虽然它不是最直接地反映现实，但却是以一种不同于人们普遍认同的方式在回应生活和时代。这也是我刚才已经谈到过的，诗歌的现实，是一种经过语言和记忆双重整合过的现实。

八十年代中期以降，第三代诗人、后朦胧诗人以及更年轻的新生代诗人，他们都致力于倾听来自于诗歌自身的诉求，同时又与现实生活保持一种密切关系的写作。"日常生活"已作为一个诗歌母题持续地出现在诗人笔下。不管几年前引起剧烈争论的"知识分子写作"或与之对立的"民间立场写作"，都在用不同的方式关注和阐释当代生活。经过一九八九年政治风暴之后，当代诗人更多地从描绘当代生活形态来展示自己个人化的社会批判姿态。进入九十年代，这种状况更加显著了。可以说，九十年代后的当代诗歌比八十年代诗歌，在描绘现实和塑造现实方面，更具有一种综合的气质，表现方式和修辞手法也显得更多样，更丰富机敏。

在这方面，引起剧烈论争的"口语写作"，可以说突出地加强了当代诗歌与当代生活的紧密关系。曾经提出"诗到语言为止"的诗人韩东,从八十年代到九十年代的写作一直在生活这个脉络中,坚持自由的创造和探索,他在九十年代后期的诗作《机场的黑暗》、《在深圳的路灯下》堪称对这个时代最敏感的反诘和思考。另一位年轻诗人朱文的诗作,被台湾诗评家黄梁称为"时代和命运的显影者",事实上他的诗作也一直用一种静观的或调侃的方式,在关注当代生活的真相和中国人生存境况中的无奈感。比如他的诗《物业管理员》、《南湖的三个问题》。诗人臧棣也曾在他的诗作《神话》中写下这样的诗句:"对于美貌必须实行高消费 / 这已经没有秘密可言,像今年的通胀指数"。他的诗中有大量类似的对日常现实强烈的反讽,对社会转型中的中国现实状况的意味深长的描述,比如《北京地铁》等。还有一批更年轻的诗人,如颜峻、胡续东等,也像这几位诗人一样热心于描绘当代中国的日常生活场景,不仅仅是描绘,更主要的是从经验整合的角度,对诗人自己关于现实的经验进行分析和消解。他们的写作都包含对生活和现实的介入,在修辞策略上采用叙事性手法,从而酿成了一种"个人写作秘密与公众的日常话语构成的既相互抵制又相互吸收的复杂关系"(欧阳江河语)。这多少从一个侧面表明,当代中国诗歌不仅没有脱离现实,反而加强了与现实的关联。在这些诗人的诗作中,诗歌与现实之间充满了一种既暧昧又富于戏剧性的张力。

即使是声言"站在虚构这边"的欧阳江河也认为:"诗引领我们朝向未知的领域飞翔,不是为了脱离现实,而是为了拓展现实。"他所坚持的"虚构"是一种文学立场,同时,我这样理解,他的话也多少表明,许多优秀的当代中国诗人已经意识到,现实也是一种"虚构",也就是说,诗人必须发明现实。

当代中国诗人在处理现实方面,确实表现出了与以往几代诗人截然不同的态度与雄心。也不妨说,他们的诗歌的"胃口"显得很大,对现实的各种状况都充满了兴趣。我认为,当代中国诗人在对待现实的态度上,很接近美国诗人辛普森(Louis Simpson)所指出的那种情形:当代诗歌不仅应该有能力消化"煤,鞋子,铀,月亮和诗,而且还必须有办法消化'红旗下的蛋',后殖民语境以及此起彼落的房地产公司"。"九一一"事件之后,这个诗歌的胃口,还将消化新的时局、新的国际化问题、新的理论对话,它会被撑得更大,大到把整个地球装进去。在这一点上,我相信,当代中国诗歌和我在汉语译本中看到的其他语种的诗歌,没有太大差异。

当然,当代中国诗歌呈现出来的多样性,并不意味着没有价值上的差别。我相信意大利诗人蒙塔莱（Eugenio Montale）的一句话，特别适合用来观察仍然烙有意识形态色彩的中国诗歌。他说，两种诗歌是共存的，其中的一种即刻完成自己的使命，消失了；另外一种却能安静地长眠，如果它富有活力的话，总有一天会苏醒过来。

四

下面我想谈谈诗歌交流上出现的问题。

一个引起广泛争议的话题是诗歌的读者问题。人们经常说，当代中国诗歌缺少读者。言下之意，当代诗歌出了严重的问题。或者，认为当代中国诗人自身出现了写作上的危机。就我所知，在中国，并非没有诗歌读者。当然，我不想在算术这个定义上考证究竟有多少人在读诗。由于社会的变化，九十年代的诗歌读者或许比八十年代的少了很多，但是，真正热爱诗歌的读者仍然很多。官方的中国作家协会前些年曾做过一个统计，在地区级刊物上发表过诗歌的中国诗人就有七十万人之多。这些写诗的人，肯定是诗歌的读者。当然，他们喜欢什么样的诗歌是一个问题。除此之外，还有一些更纯粹的喜爱阅读诗歌的人。他们不写诗，也没有当诗人的愿望，但是，他们在认真地读当代中国诗歌。因此，我觉得，用读者来判定当代中国诗歌的发展状况是困难的，也不怎么可靠。

如果说，当代中国诗歌的现状中有什么问题，我倒是觉得令人担忧的是，中国没有专门的固定出版的诗歌刊物（那些由官方控制，由体制内的庸人控制，用于编辑之间相互交换发表他们作品的诗歌刊物，当然不被我算在内）。而国内一些较好的综合性文学刊物，仍然把诗歌当做可疑的文体，随意地点缀在刊物的空白版面上，或者在年度的某一期里胡乱搞一个诗歌专辑，象征性地给诗歌一席之地。这应该说，从交流渠道上，极大地损害了当代中国诗歌的形象。

对诗人来说，写作与出版之间确实存在着严重的脱节。许多优秀诗人的诗集出版无望。因此，在某种意义上，当代中国诗歌仍然处于一种地下状态：私人交流，自费出版，自印诗集仍是诗人之间最主要的交流形式，也是当代中国最可靠的阅读诗歌的方式。最好的诗歌刊物仍然是诗人自己创办的民间刊物，比如《翼》（近些年，它们中有极少也通过购买书号的方式正式出版，如臧棣等人编辑的《中国诗歌评论》，哑石等人编辑的《诗歌档案》，韩东、何小竹编辑的《中国诗年选》等）。这些民间诗刊也拥有一定数量的读者，肯定不如八十年代的读者多，但肯定比目前西方诗人的读者多。在这样一个消费主义盛行的全球化时代，所有的游戏规则都体现的是买卖公平，诗歌也是如此，只不过诗人应该具备自负盈亏的能力而已，没有什么值得抱怨的。我想，当代中国诗人正在适应这种状况。

另一方面，中国的网络诗歌在近几年里也有很大的发展。更多的诗人和读者都可以寻找到他们所喜欢的文学网站。在中国大陆，已有许多民间诗歌网站成立，并日渐形成固定的读者群。这些诗歌网站的出现，改变了传统的阅读方式，也改变了诗歌作品的发表空间。有许多诗人和诗歌爱好者放弃了在官方文学刊物上发表诗作的方式，转而在自己喜爱的诗歌网站上发表作品。由于网络的信息反馈远远快于杂志，诗人能够更自由地发表作品并更快地得到读者的回应。近年来，几个国内大型民间诗歌网站《诗生活》、《橡皮》、《诗江湖》、《灵石岛》等，都有自己相当固定的读者群和相当高的点击数。个人诗歌网站更是不计其数。这样的交流方式，对当代中国诗歌已经产生了很大的影响，特别是对七十年代出生的诗人群体。一个重要的变化，就是当代诗歌的口语化趋势越来越严重，有的论者已在忙于区分所谓的"口语诗"和"后口语诗"。

网络诗歌也给当代中国诗歌带来了某种戏剧性，一方面是"大众"认为诗歌已失去读者，诗歌的末日就要来到；一方面是诗人对现行的诗歌格局强烈不满：由于摒弃写作技术，由于传播媒介的改变，一个诗歌大生产，或诗歌卡拉OK的时代正在到来，部分诗人为之振臂高呼，部分诗人表示怀疑和厌倦。

我个人认为，中国当代诗歌的这种发展新格局蕴含了更多的可能性，我们暂时无法解决诗歌的许多问题，但可以肯定，诗的写作方向、阅读期待和价值判定都会有一个新的思路。我觉得诗歌在现实层面上从八十年代喧哗的位置退回到它的被遮蔽的隐身处，会获得某种新的活力，"重新做一个诗人"（王小妮语），意味着更冷静的思考，更澄明的坚持，更独立的写作。换言之，诗歌回到它的正常位置，才会带给我们一种持久的迷恋和真正的热爱。

五

现在我要谈到的是更具体的问题，也是更接近自己的问题，关于我本人在巨变中的中国社会现实里从事写作所面对的若干问题。

　　诗歌于我一直是内心的个人宗教，如同中国古典诗人一样，我写诗也是为我心中的某些人写作，所谓的"知音"，所谓的"无限的少数人"，他们是我身边的朋友，或是心有灵犀而面目神秘的对象。也可以说，诗人既是为他真正的读者写作，但又永远不知道自己有没有读者；与读者的相遇，想来也是一种缘分。我不喜欢有些坚持写作的当代诗人爱说的什么"苦苦坚持"或"挺住"一类的话，这些话似乎表示写作只与受众有关，与自己无关，当写作的功利性未显现时，写作自身是一件困难而痛苦的事情。

　　写作，尤其是写诗，对我而言是一桩快乐的事，不仅仅是因为有了读者，有了回应，而是在写作过程中，在写作结束时，词语的流动，词语与自己发生了直接的情感关系，一种性感的具体的关系。有位德高望重的批评家指斥当代诗人的写作是"自我抚摸"，话是反话，但从诗歌的本性来理解，也许不无道理。优秀的诗人无一不是通过语言这个道具来抚摸内心。当然，这内心，也是一个无限广阔的现实，正如象征派诗人把它恰当地命名为"小宇宙"那样。触觉、手感，它不是别的，它也可以成为心灵的一种阅读方式，这种快乐是最高的愉悦。如果诗人自己不能从写作中获得快感并把快感传达给别人，又何以去打动读者呢？从某种意义上，这是一种更为真切的现实。

　　当然，为自己写作，并非不考虑个人经验与时代和历史的关系，个人的人生经验总是包含有时代和历史的经验的。我相信，只要我在写，我的写作就与时代有关。我不会刻意去营造所谓的现实使命感，而只会在创造性的自由前提下去关注和考虑更大、更有力的现实。

　　八十年代在我的写作中，我以为，现实感不是最重要的因素，我更关注的是内心的表达，如《女人》、《静安庄》。但是，今天再回过头来看这些作品，我又发现它们其实包含了强烈的对现实、特别是女性作为一种独特的现实范畴的关注。我发现，在我对女性自身的观察与描绘中，实际上，已经深深地渗透了我对于女性在现实中所处的地位和所扮演的角色的判断。九十年代以后，我对现实的现场情景有了更强烈的感受，在《咖啡馆之歌》、《莉莉和琼》、《小酒馆的现场主题》中，我有意识地探索了女性与现实的空间关系。《十四首素歌》中，更是把母亲的历史也作为一种现实经验来挖掘。

　　对我来说，八十年代的写作、九十年代的写作、二○○○年以后的写作，在与现实发生关系的程度上是一样的。从写诗的初期到现在，写作的性质、艺术的性质肯定有所改变，因为世界已经改变，时代已经改变，大众传播媒介也飞速地改变着人们思考和鉴赏的能力，但是，一个敏感的诗人，不会完全漠视这样的变化。

我不喜欢追问诗歌未来的命运。诗歌自有诗歌的命运。诗歌也许将与时代同步，也许成为时代的化石，谁能按下"确认"这个键呢？我唯一可以肯定的是，这两种情形都不会影响和左右我个人的写作。处在中国目前种种矛盾交织的社会形态中，对我来说，更重要的不是面对外部的纷乱，困扰我的仍是内心，就像我八十年代曾经在一篇文章中说过的一样："完成之后又怎样？我无数次地被这个问题所困扰，又无数次地追求完成，并竭尽全力地靠近新的完成。"我所说的新的完成，其实是指每一次的完成，都促使我去寻找新的变化，这种变化不是去改变，而是更贴近自身的认识。

现在对我来说，最大的问题就是：我已写了太多的诗，这个问题的反面就是：你到底写了些什么东西？当一个人写作太多时，他一定会面临一个困境，那就是你是否还有新的话要说，你是否仍然要因袭不变地重复自己？你在质疑世界的同时是否也应该质疑自己？你所关注的问题和诗歌的意识怎样才能持续地与你的语言、形式、诗歌品质达成默契，使写作始终保持鲜活而不使自己和别人厌倦？我现在经常要做的事，就是克服写作中时时冒出来的无聊感和诗人在现实中的无助、无力、无奈之感。"世界这样，诗歌却那样"，这是诗人欧阳江河新近发出的喟叹。我的喟叹与之相近，在我的近作《潜水艇的悲伤》中，我表达了一种我面临的诗歌写作的宿命。这种悲伤，我开始以为是一种绝望，现在我能感到其实它也是一种坦然。诗的最后一节，可以作为我的这篇文章的结束：

> 正如你所看到的
> 现在　我已造好潜水艇
> 可是　水在哪儿
> 水在世界上拍打
> 现在　我必须造水
> 为每一件事物的悲伤
> 制造它不可多得的完美

二〇〇一年十二月三十日

《当代作家评论》二〇一〇年第六期

谁是翟永明?

唐晓渡

这当然不是在明知故问。我质疑的并非是现实中的某位女性,而是某位诗人;尽管二者使用了同样的符号,却不应混为一谈。可是,作为诗人的翟永明难道不是和现实的翟永明一样确凿吗?由于与之对应的是一系列作品,她难道不是更不容置疑,更具有独一无二性吗?未必。在涉及对具体诗人的评价时,往往会发生某种类似诗歌修辞中的"借喻"或"转喻"现象;换句话说,喻体成了主角,而喻本却退隐其后。事实上,一九八三年最早介绍我和翟永明认识的朋友就是这样说的:"这是我们四川的小舒婷。"他热情地向我推荐当年《星星》诗刊隆重推出的翟永明的一个大组诗:"你好好读一读,就会知道此言不虚。"

没有人会怀疑这位朋友的善意。然而,正是这样的善意使一个诗人成了另一个的"副本",而这个"副本"的最大价值就是为强化或放大其"正本"聊尽义务。自然,那时翟永明还没有写出《女人》和《黑夜的意识》,还没有成为"女性诗歌"的"头羊"和"重镇",因此尽一尽义务也无妨;但此后的情况又如何呢?

一九八六年我写了《女性诗歌:从黑夜到白昼》一文。据我所知,这篇首先评论《女人》的文章也最早涉及了"女性诗歌"的话题。这么说倒不是要标榜自己有"为风气先"之功,而是意在将它当做一个案例,以揭示有关"女性诗歌"的讨论从一开始就存在的问题。这篇文章有一个黑格尔逻辑学式的开头:"当我想就这部长达二十首的组诗说些什么的时候,我意识到我正在试图谈论所谓'女性诗歌'";接下来我描述了"在一个远非公正而又更多地由男性主宰的世界上,女性诗人似乎更不容易找到自我,或者说,更容易丧失自我"的种种现象，然后试图给"女性诗歌"下一个可能的定义："追求个性解放以打破传统的女性道德规范，摈弃社会所长期分派的某种既定角色，只是其初步的意识形态；回到和深入女性自身，基于独特的生命体验所获具的人性深度而建立起全面的自主自立意识，才是其充分实现。真正的'女性诗歌'不仅意味着对被男性成见所长期遮蔽的别一世界的揭示，而且意味着已成的世界秩序被重新阐释和重新创造的可能"；在文章的结束，我如此概括《女人》的意义："如果说翟永明是通过'创造黑夜'而参与了'女性诗歌'的话，那么可以期待，'女性诗歌'将通过她而进一步从黑夜走向白昼。"

整整十年后，在"女性诗歌"似乎早已成为一个不争的事实，而"女性诗歌"的队伍也早已蔚为大观的背景下重读这篇文章，我发现我犯了和那位朋友相似的错误：无论当时是否意识到，也无论可以指望在具体论述中得到什么样的补偿，当我试图把所谓"女性诗歌"表述成一个孤立存在的、高高在上的运动主体时，我实际上也使它变成了一个新的"喻体"；在这个新的"喻体"面前，不仅翟永明，几乎所有适合讨论的对象都有可能成为另一意义上的"副本"或"注脚"。这个错误由于在试图给出关于"女性诗歌"的定义时缺少更有效、更充分的诗学考虑，并且仅仅以"男性成见"为唯一参照而显得格外不可原谅。现在问题已变得足够清楚：正如在反观并重构任何思想、文学流派或哲学思潮的发展历史时会发现的，当我们反观并重构"女性诗歌"迄今的历程时也会发现，"与作者和作品那种坚实而根本的单元相比，这些思想、流派、潮流反而变得相对脆弱、次要并成为附属的了"。[①] 在读到翟永明以下的一段话时，我庆幸我后来没有再就"女性诗歌"发表更多的看法，因而不致在错误的道路上走得太远：

　　我不是女权主义者，因此才谈到一种可能的"女性"的文学。然而女性文学的尴尬地位在于事实上存在着性别区分的等级观点。"女性诗歌"的批评仍然难逃政治意义上的同一指认。就我本人的经验而言，与美国女作家欧茨所感到的一样："唯一受到分析的只是那些明确讨论女性问题的作品。"尽管在组诗《女人》和《黑夜的意识》中全面地关注女性自身的命运，但我却已倦于被批评家塑造成反抗男权统治争

---

① 米歇尔·福柯：《什么是作者》，《后现代主义文化和美学》，第287页，北京，北京大学出版社，1992。

取女性解放的斗争形象，仿佛除《女人》之外我的其余大部分作品都失去了意义。事实上"过于关注内心"的女性文学一直被限定在文学的边缘地带，这也是"女性诗歌"冲破自身束缚而陷入的新的束缚。什么时候我们才能摆脱"女性诗歌"即"女权宣言"的简单粗暴的和带政治含义的批评模式，而真正进入一种严肃公正的文本含义上的批评呢？事实上，这亦是女诗人再度面临的"自己的深渊"。①

在某种程度上翟永明恐怕言重了。就我视野所及，似乎并没有哪篇文章"简单粗暴"到把"女性诗歌"直接等同于"女权宣言"的地步，更谈不上这样的"批评模式"了。事实上，正如引进女权主义理论并没有导致一场当代的女权主义运动，而几乎所有的女诗人都否认（或不承认）自己是女权主义者一样，也不存在什么像模像样的当代女权主义诗歌批评。或许是不得已，或许是缺乏相应的兴趣，或许是出于更复杂的历史原因，诗人和批评家们几乎是合谋式地悬置了，至多是曲折表达了"女性诗歌"作为一个批评概念本身具有的女权内涵。这是一个有趣的、尚待研究的现象。当代对"女性诗歌"的批评大多还停留在玛格丽特·阿特伍德所指出的"奎勒—库奇症状"阶段，②充其量可以看到一些西方女性主义文学的片断主张，或女性社会学、人类学、文化人类学、神话学研究片断成果的临床应用。这种批评的软弱涣散对"女性诗歌"的发展未必不是一件好事。

但是翟永明仍然有充分的理由表示她的不满和焦虑。因为无论有关"女性诗歌"的批评有多么软弱涣散，在"唯一受到分析的只是那些明确讨论女性问题的作品"这一点上，却表现出了惊人的一致（女权主义者们立刻就能从中发现即便是变形和升华了的"窥视癖"）；而只要"女性诗歌"一天不能进入"一种严肃公正的文本含义上的批评"，女诗人们就一天不能摆脱被形形色色的"喻体"所遮蔽，成为其不同程度上的"副本"或"注脚"的命运。显然，隐藏在这种命运中的、"事实上存在"的"性别区分的等级观念"，本质上并不比那种赤裸裸的性别歧视（比如我们一再看到的、指认某些女诗人由于使用了"身体语言"而"有伤风化"的道德批判）来得更公正，它所造成的伤害较之后

---

① 翟永明：《再谈"黑夜意识"和"女性诗歌"》，《诗探索》1995年第1辑。

② 见玛格丽特·阿特伍德《自相矛盾和进退两难：妇女作为作家》，《女权主义文学理论》，第133页，长沙，湖南文艺出版社，1989。

者也毫不逊色。具有讽刺意义的是，这种伤害往往采取对"女性诗歌"不分青红皂白一律肯定，并通过一套几乎对所有的女诗人都统统适用的赞词而恭维不暇的方式，以至相比之下，倒是女诗人们自己，尤其是翟永明，显得更加冷静。[①]然而这并不能保证她免受伤害。说"仿佛除《女人》之外我的其余大部分作品都失去了意义"也许有点"牢骚太盛"；但若把《女人》改为"女人"，把"其余大部分作品"改为"作品中的大部分意义"，则所去不远。在这种情况下，"谁是翟永明"难道还不足以成为一个问题吗？

可是，当我把"女性诗歌"推为背景，重新阅读翟永明迄今的作品，认真追问"谁是翟永明"时，却发现这实际上是个无法回答的问题。我不仅不可能复原一个本真的、完整的、金瓯无缺的翟永明，相反，随着阅读的深入，那最初看来极为鲜明的翟永明的形象（无论她自我分裂到什么程度）也慢慢变得模糊，难以分辨，以至不时从作品中消失。这似乎证实了米歇尔·福柯关于作者和写作关系的一个观点："写作就像一场游戏一样，不断超越自己的规则又违反它的界限并展示自身。在书写中，关键不是表现和抬高书写的行为，也不是使一个主体固定在语言之中，而是创造一个可供书写主体永远消失的空间。"[②]

福柯所言的"写作"是"只指涉自身"的写作；即"符号的相互作用与其说是按其所指的旨意还不如说是按其能指的特质建构而成"的写作[③]。如果这确实可以成为解读翟永明迄今作品的某一角度，以回答"谁是翟永明"这一无法回答而又必须回答的问题的话，那么，它显然还需要叶芝的一个著名观点来予以平衡。在《在学童们中间》一诗中叶芝写道："栗树啊，根子粗壮的花朵开放者，／你就是叶子，花朵，或树身？／随乐曲晃动的躯体，明亮的眼神，／怎叫人把舞者和舞蹈分清"。

这一平衡对像《女人》这样的作品来说尤其必要。它使得这部作品即便是在不考虑其摆脱权力美学控制的阴影，于主题和题材方面有重大突破的翘目优势时，也仍然保持着在诗歌史上无可动摇、无可替代的地位。尽管有时在表达上过于夸张、粗放和咄咄逼人，并且有明显的借鉴痕迹（不仅仅来自美国"自白派"女诗人普拉斯，也不仅仅是像

---

① 见翟永明《"女性诗歌"和诗歌中的"女性意识"》，《诗刊》1989年第6期。
②③ 米歇尔·福柯：《什么是作者》，《后现代主义文化和美学》，第288页。

她那样，从灵魂／肉体的双重施虐—受虐体验，或生／死的边缘和裂隙中提炼尖新奇诡的意象，尤其是那些无所不在的黑色象喻），但作品本身呈现的天、地、人、神错综交织的内在结构；体现着这一内在结构、在不同的层面和向度上充分展开、彼此冲突而又彼此容涵的复杂生命／审美经验；不可遏止地从这种经验的深处源源涌出，又反过来贯通、滋养着种种经验的巨大激情；以及节制这种具有不择而流倾向的巨大激情，把作品综合、凝聚成一个有机整体的结构能力，所有这一切都表明，《女人》的轰动一时并成为人们长久关注的语言事件，自有其超越历史语境的原因。多年后重读这部作品，我依然震惊于它变化无端的活力、难以言说的神秘和浑然自在的实体性。作为一种基于生命个体和大化宇宙内在同构的意识，即所谓"黑夜意识"的产物，它就像那些由宇宙所孕生的恒星一样，什么时候你把目光朝向它，什么时候你就会感到在它虚无的内部那受控聚变式的猛烈燃烧，感到那在抛射和收缩、转折和回旋之间奇幻莫测的光和影的运动。这种运动犹如印度教中的湿婆之舞，不仅"周身体现出整个世界的女性美"，① 而且在生命—语言的临界点上，使我们同时看到了诗歌之树的叶子、花朵、树身和它粗壮的根。

把这样一种形象归之为翟永明本人的形象，正如把舞蹈归之于舞者一样，是一种常见的视觉思维"短路"。我相信没有人在读到这样的诗句时不会产生类似的"短路"：

> 我来了我靠近我侵入／怀着从不开敞的脾气／活得像一个灰瓮
>
> ——《荒屋》

> 我，一个狂想，充满深渊的魅力／偶然被你诞生……／／我是软得像水的白色羽毛体／你把我捧在手上，我就容纳这个世界……／／以最仇恨的柔情蜜意贯注你全身／从脚至顶，我有我的方式
>
> ——《独白》

> 我微笑像一座废墟，被光穿透
>
> ——《秋天》

---

① 翟永明：《黑夜的意识》，《磁场与魔方》，第141页，北京，北京师范大学出版社，1993。

> 我是诱惑者。显示虚构的光 / 与尘土这般完美地结合
>
> ——《人生》

就作品本身而言，由于通篇使用第一人称和穿透打击力极为直接而强烈的自白语气，很容易使"我"如同磁铁般把周围的形象吸向自己，构成其丰满性的一部分。除此之外，出现频率甚高的疑问和反诘句也有助于在看似间离主体与话语关系的同时强化主体自身的形象。这当然是一个诗歌史上前所未有的超级女性——女诗人的形象。

《女人》中这一形象的塑造是如此成功，以致诗还没写完，诗人已经意识到，这一形象将和这首诗一起，成为她继续写作所亟待逾越的障碍和新的焦虑根源。在组诗的末篇《结束》中，"我"如同完成了创世行为的上帝（自己的上帝!），"又回到 / 最初的中心点"，在那里她"睁开崭新的眼睛""并莫测地微笑"；她一遍又一遍小声而固执地问："完成之后又怎样?"

以此作为"我"形象塑造的最后一笔是意味深长的。其结果是在这个创世神话将圆（从《预感》到《结束》，确实像是在呈现一个圆）未圆之时留下了一个可供诗人"倾心注视黑夜的方向"的缺口；而这首采用一咏三叹、复沓回环方式写成的诗，也就成了嵌在这个缺口中的一个小小的、关于写作自身的寓言——正如 T. S. 艾略特在《四个四重奏》中所说的，这里"我们称为开始的经常是结束，/ 作一次结束就是作一次开始。/ 结束是我们的出发之处"。

有一点翟永明当时或许没有意识到，或许比谁都清楚，那就是：尽管她可以写出更成熟、更优秀的作品，但像《女人》这样充满神性的诗将难以复得。《女人》产生于这样一个特定的时刻：这里被偶然的创作契机所触发的，是一种同样受到致命压抑、并具有典型的女性（不限于性别意义上的女性）受虐性质的个体经验和人类经验、个体幻觉和集体幻觉、个体激情和历史激情的奇妙混合。犹如在地底奔突的岩浆，它巨大的能量积蓄已久；犹如宿命，它早晚会由于"既对抗自身命运的暴戾，又服从内心召唤的真实"[1]的矛盾冲突而被写上天空，成为黑暗和苦难的想象奇观。在这一过程中命名者不仅"注

---

① 翟永明：《黑夜的意识》，《磁场与魔方》，第141页。

定成为女性思想、信念和情感的承担者"①，而且被允许扮演先知和造物的角色。扮演这样的角色当然有赖于卓越的个人诗歌才能，却又为即便拥有最卓越诗歌才能的个人所不可及。在这个意义上，命名者又只不过是一个签名者而已。

"被允许扮演"和"乐于扮演"在任何时候都不是一回事。这不是说存在着一个更高的仲裁者，而是说存在着某种写作过程中主体置换的现象。很可能，正是这一点区分开了"只指涉自身"的写作和把诗视为"成功之道"或"反抗之道"的写作——尽管渴望成功和立意反抗是两种无可厚非的写作原始驱动力。"媚俗"和"愤世嫉俗"是当代写作中最常见的模式；奇怪的是，并非仅仅由于语境的变化，二者之间的界限有时显得非常模糊，甚至可以互相转化。对于那些不惜被形形色色的思潮、流派和理论搞昏了头的写作者来说，就更是这样。当热衷此道的人们"在应当沉默的地方坚持一片喧嚣"（这句话本身在特定的上下文中无疑是一个应予高度评价的局部真理）时，诗的真实领域实际上遭到了忽视，而写作的本义也因此被弃置一旁。写作在或许有违写作者初衷的情况下重新落入了意识形态化的窠臼。

与此相反，"只指涉自身"的写作始终是打探、叩问沉默，并向沉默敞开的写作。它唯一能保持长久兴趣的，是使那些隐身于沉默中的——那些尚未被人们觉察和认识，或被人们忽略和遗忘（包括故意遗忘和被迫遗忘）的——东西显形，发出自己的声音。它对所有"来自时代的指令"一无例外地保持着距离，而宁愿倾心于更古老、更原始、更朴素的艺术态度，即静观和倾听。不难想象，长诗《静安庄》出现在诗坛鼎沸的一九八五年需要怎样的定力。在某种意义上，这首先是一部"倾听"的诗。起手《第一月》中有关"听"的意象比比皆是：

> 我来到这里，听见双鱼星的噪叫 / 又听见敏感的夜抖动不已
> 昨夜巨大的风声似乎了解一切
> 已婚夫妇梦中听见卯时雨水的声音 / 黑驴们靠着石磨商量明天
> 我听见公鸡打鸣 / 又听见轳辘打水的声音

---

① 翟永明：《黑夜的意识》，《磁场与魔方》，第141页。

在《第二月》中，我们看到了一个更大的、被动式的主题性听觉意象：

> 从早到午，走遍整个村庄 / 我的脚听从地下的声音 / 让我到达沉默的深度

《第四月》以强调语气再次重复了这一意象：

> 我的脚只能听从地下的声音。/ 以一向不抵抗的方式迟迟到达沉默的深度

"静安庄"本是诗人多年前插队劳动的所在；但这肯定不是它来到诗人笔下的主要动机。从诗歌写作的角度看，不如说它在更大程度上是翟永明所谓"黑夜本体"的一部分。很显然，诗人着意的并非是那个她曾于彼度过一段青春岁月的、在成都市郊确切存在着的静安庄，而是一个介乎确切存在和子虚乌有之间、只可能在诗歌地图上找到其坐标的"静安庄"；她所要做的也不是通过追忆将那些曾经经历过的再经历一遍，而是为记忆中那些令人不安而又喑哑失语的声音找到一个象征性的结构，通过重新命名"静安庄"显示她所抵达的"沉默的深度"，亦即命运的深度。由此，"怎样才能进入 / 这时鸦雀无声的村庄"被同时赋予了过去和当下、经验和文本的双重意味：

> 仿佛早已存在，仿佛已经就绪 / 我走来，声音概不由己

对结构的重视是翟永明诗歌创作的一大特色。当代诗人，尤其是女诗人中能像她那样强有力地处理作品结构，特别是长诗结构的，确也为数不多。这不仅是指根据表现需要而灵活把握诸如虚实、疏密、浓淡、徐疾、冷热、轻重，以及主题与变奏、骨干与肌质、语势和笔触、发展与照应等整体和局部的关系，也包括一些突兀的、反常规的、"别出心裁"的手法。在《从死亡的方向看》一文中我曾说到，《静安庄》的"结构的考虑主要是通过使诗人内心的节奏和律动、诗的节奏和律动与自然的节奏和律动彼此呼应来实现的"，"十二个月份的设置既不是物理学意义上的时序划分，也不是一个供诗句凭附的外在框架，而是意味着一个心理上完整的来去入出过程"，最终使"一个莫须有的、'鸦雀无声'的村庄变成了一个巨大的空间隐喻"；但重读此诗时我发现，《第九月》的开头

四句实际上是一个插入部分：

> 去年我在大沙头，梦想这个村落 / 满脸雀斑焕发九月的强度 / 现在我用足够的挥霍破坏 / 把居心叵测的回忆戴在脸颊上

这里角色出人意料的转换很像小说中"叙事主体突然现身"的策略。类似的转换同样发生在全诗的结尾，虽然第一人称变作了第三人称：

> 最先看见魔术的孩子站在树下 / 他仍在思索：所有这一切是怎样变出来的，/ 在看不见的时刻

《第九月》的插入导致了回忆幻觉的中断；末尾这个从天而降的"孩子"则具有某种文本"自我解魅"的效果。这种效果是由双关性的"魔术"一词来体现的。它既可以指那种"使我强有力的脸上出现裂痕"的不可知的力量，但也可以指作品本身。因为诗在某种意义上正是一种"在看不见的时刻"使不可见成为可见的"魔术"。一般说来，诗人们不愿意看到自己的作品中出现"自我解魅"的现象而倾向于幻觉的完整性，这似乎也是诗这种主观性很强的文体自身的要求；考虑到《静安庄》事实上具有自传片断的性质，就更是如此。那么，翟永明干嘛要拆自己的台呢？

在我看来，这恰好是翟永明的不同寻常之处。正如《第九月》的插入引出了一个主题变奏，即"是我把有毒的声音送入这个地带吗"的追问，从而凸出了在"发育成一种疾病"的"我"和"此疫终年如一"的静安庄之间，"保持无边的缄默"的"我"和"鸦雀无声"的静安庄之间，既奇怪默契，又紧张对峙的复杂关联一样，全诗结尾处的"自我解魅"也有效地破除了（对那些足够细心的读者而言）把一首用第一人称写成的诗认作作者自传的"意图谬误"，从而使阅读的注意力回到（或在重读时集中到）诗本身的陈述方式，以及由这种陈述方式所构成的"巨大的空间隐喻"上来。

相对于《女人》那种激烈的、充满颠覆性和伸张欲望的自白方式，《静安庄》显然致力于另一种诗歌话语的可能性。"我"在诗中并不像前者那样，处于发话者的绝对中心位置，而更像一个集受话、对话（包括潜对话）和陈述者于一身的复合体；其语境也不像

前者那样尖锐、白热、眩目，而是更为从容、隐曲、暧昧，并且由于更多叙事的成分（它们主要被用来营造某种神秘的、不可理喻的氛围）而大大扩展了客观的广延性。这两种话语方式对翟永明来说都是必须的；因为

她的目光无法同时贡献 / 个人和历史的幻想

——《人生在世》

换句话说，她需要这两种话语方式同时满足她对个人和历史的幻想。前者在经过削缩后主要被运用于组诗《人生在世》，长诗《死亡的图案》、《在一切玫瑰之上》等，后者则在另一首自传性的、令人惊讶地混合着成人和婴孩双重目光的长诗《称之为一切》中得到了更充分的发展，并预示了她九十年代的风格变化。当然二者的分别并不严格，在许多情况下不如说它们是互相渗透的；使二者更紧密地联系在一起的则是压抑和受伤害的经验，以及试图通过想象来疗治、矫正被扭曲的内心世界而发展出来的一种多变的、以极端求平衡的、常常充满自嘲和反讽的修辞风格：

漂亮、茁壮，一个女人的病例 / 内部不断蛀空，但又装满世界的秘密

——《人生在世·研究死亡》

当我们亲尝死亡 / 发现这可怕的知识： / 诞生只是它恶意的摹仿

——《死亡的图案·第六夜》

现在当然有老年的风景 / 确保我们死去的感情

——《称之为一切·当年是历史名城》

这种修辞风格的一个副产品是可以在作品中"犯忌"，大量使用成语和习语而非但不令人生厌，反倒有一种意外的新鲜感，以至横生出种种妙趣：

没有靠山，不会哭哭啼啼 / 天幸也还强壮，不会早夭 / 那么，把自己变得有条

有理，竖起旌旗／然后日月飞渡，大显身手。／但是——／无法达到公众的愿望／不能使家人称心如意／因而被一些眼光镇压／无法自得其乐，只好将计就计

——《人生在世·夏天的阴谋》

这或许算得上是翟永明的一项小小"专利"。仅仅将其视为某种诗歌才华是不够的；它还是诗的智慧晶体的一个剖面。尽管从一开始就被归入"先锋诗歌"的行列，但翟永明从来不追求表面的"先锋"效果，更不会将其视为某种特权而滥加使用。正像她总是凝神于静观和倾听一样，她也总是专注于语言本身：不仅从其固定陈规的鞭短莫及之处，而且从往往为那些一味"创新"的人们所忽视的、陈规自身的罅隙中发现新的可能性——对"只指涉自身"的写作来说，这几乎是一回事。

我不知道"只指涉自身"的写作是不是很容易被理解成"象牙塔"中的写作；如果有人这样责难，那是他自己的事。话说回来，"象牙塔"这一譬喻早就因其过于奢侈而失去意义了。在当代写作中我没有看到过"象牙塔"，充其量只见过一些"单身牢房"——除非我们把"象牙塔"同时认作心灵和语言的炼狱，或史蒂文斯所谓"俯瞰公共垃圾堆和广告牌"的地方。[①]但即便如此，把"只指涉自身"的写作与"象牙塔"中的写作混为一谈也仍然有点不伦不类；至少前者没有后者那种道德／美学洁癖的意味。"只指涉自身"的写作首先关注的当然是作品的内在性，却无意据此画地为牢。这种内在性与其自身无限敞开的外在性是一致的。在二者的互动过程中把握变化的活力甚至比关注某种风格的成熟更为重要。

同样，"只指涉自身"的写作"按其能指的特质建构而成"也不必然导致削弱作品指涉现实的力量，相反有助于强化这种力量。能指和所指总是同时出场的。突出"能指的特质"并没有改变这种关系，而只是取消了所指作为一种先入为主的"旨意"的特权（由于这种特权，所指不但规定了作品现实的内涵，而且成为意义阐释的边界和最终归宿），使能指—所指的关系始终处于不确定状态，从而为作品文本构建更丰富、更饱满，具有更多可能的感悟维度和更大阐释空间的语言—现实的"结缔组织"（梅洛—庞蒂语）

---

① 见《史蒂文斯诗集·后记》，第189页，北京，国际文化出版公司，1989。

开辟了道路。就翟永明而言，即便是在她那些最具有"纯诗"意味的作品中，例如在长诗《颜色中的颜色》中，也不难看出她对人们普遍的生存境遇，对这个充斥着"有劲的大厦"、"忧郁的白痴"和"公开的暴行"的时代的关顾和推拒、吸纳和反刺。我们甚至可以说诗中"白色"这个主题性的语词本身就是一颗从命运之火和骨血的余烬中提取出来的"舍利子"；它随着主题的展开和变奏缓缓转动，呈现内在的复杂光谱，其中凝聚着生命、艺术、时间和死亡的秘密。自然，只有具备"分裂的眼光才能看清／那些抽象的白色"；但是，只有既具备这种"分裂的眼光"，又懂得"虚弱的事物在等待"，懂得创造的"更为纯洁的要求"的"冬天的否定者"，才能体会"在白色中建造白色之塔"这"极端的风景"究竟意味着什么。

翟永明从不根据市场的"行情"，尤其是报刊的眼色制定写作日程。这种绝对自主的意志保证了她作品的内在连续性。她对长诗和组诗的特殊兴趣与其说表明了她写作的勃勃雄心，不如说体现了罗兰·巴尔特所说的"欲望的真理"。总是这样："有多少欲望，就有多少语言"；① 有什么样的欲望，就有什么样的语言。因此，无论翟永明阶段性探索的主题是什么，也无论她探索的方式发生了什么样的变化，都不会妨碍我们辨认其作品整体上的"史诗性"，不会妨碍它们从内部透露出巴尔特式的"文本的欢欣"。因为所谓"史诗性"，在当代无非是指个人对其精神和语言历险的叙述；而"文本的欢欣……产生于不仅仅是心灵的，而且是身体的节律"。② 如果说"错位同裂断、撕裂、裂变"对二者同属题中应有之义的话，那么，把所有这一切不断转化成写作的新的可能性，就恰好是"欲望的真理"本身。

这一点在九十年代诗歌所面临的、某种程度上始料未及的新情境中甚至看得更加清楚。无论这种新情境是否如欧阳江河所说，具有"把我们的写作划分成以往的和以后的"③ 的严重性，它都构成了对诗人们的有力挑战。翟永明对此做出的最初应对看上去几乎是本能的刺激—反射式的。在《我策马扬鞭》一诗中，"来自遗忘之川"而又因绝望的驱策获得加速度的"内心的马"疾驰过令人沮丧的诗歌低谷和恐惧的深渊：

---

① ② 转引自伊哈布·哈桑《后现代景观中的多元论》，《后现代主义文化和美学》，第142页。
③ 欧阳江河：《'89后国内的诗歌写作》，《今天》1993年第3期。

　　我策马扬鞭在有劲的黑夜里 / 雕花马鞍在我坐骑下 / 四只滚滚而来的白蹄 // 踏上羊肠小道落英缤纷 / 我是走在哪一个世纪？哪一种生命在斗争？ // …… / 我策马扬鞭在揪心的月光里 / 形销骨立我的凛凛坐骑 / 不改谵狂的禀性

　　然而"我"并不是一个斗士，连堂吉诃德式的斗士都不是；倒不如说他是一个真正的梦幻骑士。他"在痉挛的冻原上""纵横驰骋"，不是要寻找寇仇交锋，而只是在踏勘他梦境的疆域。正因为如此，那些无一不与战争、血腥和暴力有关的场景才显得格外触目惊心。它们在诗中如一连串电影镜头剪辑般次第掠过，直到最后隐入"一本过去时代的书"；而这本书上"记载着这样的诗句"：

　　在静静的河面上 / 看呵来了他们的长腿蚊

　　"长腿蚊"的意象借自叶芝的名作《长腿蚊》。它一方面在上下文中构成了对"我策马扬鞭"的反讽，从而有效地节制了诗中的浪漫激情；另一方面又保留了叶芝诗中关系创造心态的"踪迹"，从而显示了成熟的写作在任何时候都不会丧失的透彻眼光。在这种眼光的凝视下，正如伟大的歌德所言，一切都将归于"寂静"和"安息"，包括风波险恶的历史。

　　这首充满戏剧性的诗并没有结束或开始一个时代的写作；它只是预示了某种既与我们正在经历的时代相对称，又与个体经验（包括写作经验）和诗的想象类型相适应的方法转换。如果可以勉强称之为"戏剧化"的话，那么很显然，这种"戏剧化"和我们熟悉的例如英美"新批评"所推崇的"戏剧化"并不是一回事。在某种意义上毋宁说这是一种"反戏剧化的戏剧化"：它敏锐地捕捉并呈现矛盾和冲突，但既不展开，也不探究，同样不寻求"象征性的解决"（勃克语）。它的内在张力不是来自"各种成分在冲突之中发展，最后达到一个'戏剧性整体'"（布鲁克斯语）的"一致性"，而是来自不但无法构成，相反不断消解其整体性的、各种成分彼此之间的漠不相干和连续错位。在最为显著地运用了这一方法的《咖啡馆之歌》中，作品的"一致性"仅仅维系于抽象的地点（域外某一咖啡馆）、时间（从下午到凌晨）和事件（阔别多年的朋友聚会）；而本应为此提供主要保证、从一开始就由一支歌曲暗示出来的怀旧主题，却因聚会者始终找不到相关的新鲜话题和恰当的交流方式，以及由此产生的、横亘在"我"和交谈者之间无可逾越的心理距离而变得支离破碎、软弱无质。正如"我"在诗中更像是一个心不在焉的旁观者和旁听者一样，这场聚会也更像是一幕角色的面目模糊不清、并因缺少导演和必要的情节而各行其是的皮影表演；结果令人印象深刻的反而是叙述者（一个不在场的"我"）冷静、克制而又细致入微的叙述，包括那些在旁白和独白、铭文和对话之间摇摆不定，像不明飞行物般孤立、突兀、来去无踪的引语。换句话说，叙述本身吸收了作品可能具有的戏剧性，它在把一次不成功的怀旧聚会成功地转述为一首诗的过程中扮演了唯一的主角。

翟永明自认"通过写作《咖啡馆之歌》，我完成了久已期待的语言的转换，它带走了我过去写作中受普拉斯影响而强调的自白语调，而带来一种新的细微而平淡的叙说风格"，[①] 可见她对这一转换是相当自觉的。进一步说，这一转换所带来的并不仅仅是某种新的风格，它还标志着翟永明真正形成了她的"个体诗学"。由于篇幅关系，这里不拟过多涉及；我只想指出一点，即尽管《重逢》、《莉莉和琼》、《祖母的时光》以及《乡村茶馆》、《小酒馆的现场主题》等作品不同程度上都运用了上述"戏剧化"的方法，但对这一方法的理解却不应只停留于现象的层面。在某种意义上，它不过是翟永明基于她始终深切关注、并事实上构成了其个体诗学核心的一个更为根本的问题，即本真的写作在当下语境中是否可能，以及怎样成为可能的问题所作的某一方面的尝试而已。显然，对翟永明来说，所谓"本真"既不是无条件的但又不带有任何附加条件。她以此区别于那些简单的虔信者，就像以此区别于那些独断的虚妄之徒一样。前者往往把海德格尔或荷尔德林当做一个跳板，指望借此一跃就可以飞越生存—语言的险境，径直切入一种被事先允诺的"本真状态"；后者则往往在适当地向拉康或德里达脱帽致敬后，转身就把问题一笔勾销。翟永明的态度更像是"试错"式的，介于狂放和谨慎、笃诚和怀疑、前瞻和后顾之间；并且她总是着眼于由写作行为所牵动的经验主体和语言现实之间既相互敞开又彼此隐匿、既相互澄清又彼此遮蔽、既相互诱导又彼此遏制、既相互同化又彼此异化的复杂关联展开其探索意向，以始终保持住问题及其难度。从这一角度去解读《道具和场景的述说》和《脸谱生涯》会是饶有兴味的。这两首诗直接涉及了不同的"戏剧化"因

---

① 翟永明：《〈咖啡馆之歌〉以及以后》，未见刊。

素，表面看来与当下语境毫无干系，并且在旨趣和语言上有一种奇怪的"退步"色彩，但依我看来其中恰好渗透着翟永明对上述问题的深切感悟。在某种意义上不妨将它们看做是对此借题发挥式的讨论，尽管它们并不提供任何有关的结论：

戏中距离不是真实的距离 / 体内的灵魂是否是唯一的灵魂

——《脸谱生涯》

万物与万物之间有一个名字 / 一卷书把这一切推向将来

——《道具和场景的述说》

为了不致使这篇业已过分冗长的文章更加冗长，我不得不放弃对翟永明新近写的《一首歌的三段咏唱》、《编织的三种行为》、《三首更轻的歌谣》和《十四首素歌——致母亲》作单独分析的最初计划。这几首集中处理女性主题的诗无疑体现了翟永明写作的另一重要策略。它们与《女人》(不止是《女人》)的遥遥呼应和对照不仅极大地加强了其作品整体上的互文性，而且表明，通过这种互文性，"个人和历史的幻象"可以怎样从一种"不变的变化"中，由于"缓慢地靠近时间的本质"被有力地创造或重新创造出来。说"策略"也许是不贴切的，因为"大脑中反复重叠的事物 / 比看得见的一切更长久"(《盲人按摩师的几种方式》)。这同时也修正了本文第二节开头说到的福柯的观点：正如这几首诗的标题中反复出现的"三"这个数字在中国文化传统中代表着万物无穷变化和再生的神秘力量一样，主体并没有、也不会"永远消失"在写作所创造的空间里。他(她)注定要以不断变化的面貌和其作品一起重新出现。在这个意义上，真正能回答"谁是翟永明"这一问题的，最终还是她的作品：

我所做的一切被称为谎言 / 与生命一道活下去

——《称之为一切》

一九九六岁末至一九九七新年

《当代作家评论》二○○五年第六期

"一个种族的尚未诞生的良心"

吴晓东

二十世纪九十年代以来的王家新是中国乃至国际诗坛上的一个独特的存在，其特殊性在于，他既在断续的异域生活经历中获得了反思本土的视野，又与故土之间有一种血脉相连的感同身受性。也正是在这个意义上，王家新与北岛一类的真正的流亡者构成了区隔，因此，无法把他完全纳入流亡者的精神谱系中。尽管有时王家新也赋予自己的身份以想象性的"流亡"内涵，但王家新在诗中更多传达的是一种自我漂泊感，漂泊在语词之中，漂泊在内心的孤寂之旅中，漂泊在跨语际与跨文化之间的复杂体验中。这种阶段性的漂泊的域外生活方式使王家新获得了超越性的视角，以一种有距离的眼光重新深思母语与诗性、个人与社会以及现实与历史。这种思考又与王家新在域外的孤独体验相结合，从而使他的诗思伴随着对存在的切身性的体悟。然而，当这种漂泊的域外孤旅都以回归本土而告一段落的时候，一切漂泊中的体悟最终都化为"进入大地，从属大地"的感受，这种回归于祖国土地上的栖居之感，恰是那些真正的流亡者们所很难获得的体验。

在这一创作阶段，王家新赋予自己作为一个诗人的身份定位既是一个僭越语言边界的"伟大的游离者"，[①]同时也是一个历史的承担者。这种一以贯之的承担者的姿态，最终指向的是"一个种族的尚未诞生的良心"。

---

① 王家新：《谁在我们中间》，《游动悬崖》，第222页，长沙，湖南文艺出版社，1997。

寻找词根的诗人

无论怎样估价《瓦雷金诺叙事曲》在王家新的"天路历程"[①]中的意义都是不过分的。这首诗的写作，在某种程度上标志着诗人王家新八十年代的终结以及诗歌写作历程的新的原点。这个原点是从王家新在《瓦雷金诺叙事曲》中怀疑"我们怎能写作"开始的。当"从雪夜的深处，从一个词 / 到另一个词的间歇中，/ 狼的嚎叫传来，无可阻止地 / 传来"，"当语言无法分担事物的沉重，/ 当我们永远也说不清，/ 那一声凄厉的哀鸣 / 是来自屋外的雪野，还是 / 来自我们的内心"的时候，以往的诗歌写作方式，甚至是写作本身，都变得需要质疑，需要重新加以定义了，就像阿多诺在"奥斯维辛之后写诗是野蛮的"这句著名的判断中所表达的那样。

无可阻止地传来的狼的嚎叫，逼迫诗人重新面对历史面对生存面对语言以及面对内心，这诸种维度的重新面对，预示着一个有着大承担的民族新诗人有可能将在脱胎换骨般的蜕变中诞生。于是，诗坛开始出现了人们前此很少读过的诗句。

譬如《帕斯捷尔纳克》：

> 这就是你，从一次次劫难里你找到我
> 检验我，使我的生命骤然疼痛
> 从雪到雪，我在北京的轰响泥泞的
> 公共汽车上读你的诗，我在心中
>
> 呼喊那些高贵的名字
> 那些放逐、牺牲、见证，那些
> 在弥撒曲的震颤中相逢的灵魂
> 那些死亡中的闪耀，和我的

---

① 王家新：《回答四十个问答》，《游动悬崖》，第190页。

自己的土地！那北方牲畜眼中的泪光

在风中燃烧的枫叶

人民胃中的黑暗、饥饿，我怎能

撇开这一切来谈论我自己？

尽管诗歌界已经对这首诗有着太多的言说，以至于王家新反感《帕斯捷尔纳克》"几乎像标签一样被贴在我的身上"，[1]但是，从一个诗人的诗艺轨迹和思想历程着眼，这首《帕斯捷尔纳克》依旧相当于北岛的《回答》，以及海子的《五月的麦地》或者《面朝大海，春暖花开》在他们各自的创作道路上的意义。"从一次次劫难里你找到我／检验我，使我的生命骤然疼痛"，诗人把与帕斯捷尔纳克的相遇描绘成一次神启，仿佛上帝找到他的摩西，从此，俄罗斯的精神之光，那些"在弥撒曲的震颤中相逢的灵魂"开始了与诗人的漫长的心灵对话的过程。从此，诗坛上闪现出一个在世纪的黑暗中求索良知，沉湎于自己的内心叙事的旅人的身影，就像半个世纪之前横空出世般诞生的冯至的诗体小说《伍子胥》的结尾，经过磨难、死亡、克服与新生的漫长旅途之后，出现在吴市的那个集启悟与承担于一身的伍子胥的形象。

再譬如《尤金，雪》："一个在深夜写作的人，／他必须在大雪充满世界之前／找到他的词根；／他还必须在词中跋涉，以靠近／那扇唯一的永不封冻的窗户，／然后是雪，雪，雪。"

可以把"在词中跋涉"的王家新喻为"寻找词根"的诗人，这"词根"构成的是诗歌语言与诗人生命存在的双重支撑。对"词根"的执著寻找因而就给王家新的诗歌带来一种前所未有的深度：隐喻的深度，思想的深度，生命的深度与历史的深度。

其中"雪"的意象在王家新九十年代之后的诗作中的位置太过显著，以至任何一个评论者都无法视而不见。

只有痛苦是真实的，它仍从

肖邦的夜曲开始，迫你走到阳台上；

---

① 王家新：《回答普美子的二十三个问题》，《为凤凰找寻栖所》，第286页，北京，北京大学出版社，2008。

一场雪，一场大雪
从此悬在了灰蒙蒙的空中。
>　　　　　——《致一位女诗人》

我爱这雪，这茫然中的颤栗；我忆起
青草呼出的最后一缕气息……
>　　　　　——《日记》

在那里你无可阻止地看着她离去，
为了从你的诗中
升起一场百年不遇的雪……
>　　　　　——《伦敦随笔》

如果你想呼喊——为人类的孤独，雪
就会更大、更黑地降下来……
>　　　　　——《孤堡札记》

在这一系列以"雪"为词根的诗中，"雪"不仅构成的是诗人的生存背景，也是存在的编码，是生命境遇的象征，是诗性语言的隐喻，是诗人的存在与诗性世界的相逢之所。寻找到"雪"，诗人也就找到了自己的"语言"。尤其在九十年代之后诗人屡次异国旅居的日子中，"雪"的背后还拖曳着母语的长长的投影，横亘着诗之故国的千秋雪岭，同时也辉映着异域的里尔克或者帕斯捷尔纳克的冰雪般的诗心。靠"雪"的语言，王家新与祖国的诗圣、西方的诗哲晤谈，竟不需要语际间的翻译和转换。诗歌语言乃至存在语言的某种"普世性"正累积在"雪"这一词根的深处。也正是在这个意义上，王家新说："在任何一个我所喜欢的作家那里都有着他们各自的'基本词汇'。这是他们的风暴，他们的界石、尺度、游动悬崖与谜语：这是他们一生的宿命。"[①]这种有时要倾注毕

①　王家新：《谁在我们中间》，《游动悬崖》，第217页。

生之力去寻找的"基本词汇"既是一个艺术家的生命密码，又是开启诗性之门的钥匙，在凡·高那里是疯狂的向日葵，在海子那里是五月的麦子和麦地，在卡夫卡那里是永远进不去的城堡，在塔尔柯夫斯基那里是山坡上的孤树和原野里的废墟。这些"基本词汇"有如一块块基石，铺就了通往诗性和存在的小路，最终升向神启世界和本体之域。因此，"基本词汇"凸现了一种生命、语言与诗性的多重的本体意义。

"雪"作为王家新的词根与基本词汇，也具有这种多重性的语义，并衍生为诗人的一种独有的诗歌景观。尽管别的诗人也会状写雪景，但是，只有在王家新这里，"雪"才真正构成了一种诗性和存在的符码；一种与存在的本质相契的诗性也在王家新的"雪"这里，找到了显形的方式。如他经常在诗歌和诗论中所表述的那样："这只能是从你的诗中开始的雪"，[①]"雪从你的诗中开始"，"从你的诗中／升起一场百年不遇的雪"，[②]"接着是雪，／从我的写作中开始的雪"。[③]"雪"从而深入到诗歌的内部，构成了诗歌的语法，诗境的景深，语言的根基，诗性的隐喻。

王家新在诗中因此往往以一种隐喻的方式与缪斯对话。这种以词根的凝聚和累积为表征的隐喻的语言，生成的是一种深层的地质构造，也使诗境往往指向深度模式：精神的深度，心理的深度，历史的深度。对价值和意义的探问也由此凝聚在一个个"词"的呈现过程中。正像罗兰·巴尔特所说："在现代诗歌的每个字词下都卧有一个存在的地质构造，在那里，聚合着名称的总和内容。"这些字词下所卧着的"存在的地质构造"正隐喻着诗歌的深层机制。

王家新的诗境的深度因此需要在隐喻中探寻。不妨看看王家新的这首"谈诗"的诗《答荷兰诗人Pfeijffer "令人费解的诗总比易读的诗强"》：

> 令人费解的诗总比易读的诗强，
>
> 比如说杜甫晚年的诗，比如策兰的一些诗，
>
> 它们的"令人费解"正是它们的思想深度所在，

---

① 王家新：《谁在我们中间》，《游动悬崖》，第222页。

② 王家新：《伦敦随笔》。

③ 王家新：《日记》。

> 艺术难度所在；
>
> 它们是诗中的诗，石头中的石头；
>
> 它们是水中的火焰，
>
> 但也是火焰中不化的冰；
>
> 这样的诗就需要慢慢读，反复读，
>
> （最好是在洗衣机的嗡嗡声中读）
>
> 因为在这样的诗中，甚至在它的某一行中，
>
> 你会走过你的一生。

无论是"诗中的诗，石头中的石头"，还是"水中的火焰"和"火焰中不化的冰"，都隐喻着一首诗的思想的深度和艺术的难度，甚至会在一个人的整个一生中起着决定性的作用。因此这首谈诗的诗也可以看成是王家新诗歌观念精髓的夫子自道。不过，接下来这首诗又出现了这样几句：

> 比如我写到"去年一个冬天我都在吃着桔子"，
>
> 我吃的只是桔子，不是隐喻；
>
> 我剥出的桔子皮如今还堆放在窗台上；

诗人对"桔子"的非隐喻性的指认，似乎有祛魅化的意味，多少显露出对生活的日常性的体认。然而，当我们回到这句"去年一个冬天我都在吃着桔子"的出处《桔子》一诗的时候，就会发现隐喻依旧构成了这首诗的核心语言：

> 整个冬天他都在吃着桔子，
>
> 有时是在餐桌上吃，有时是在公共汽车上吃，
>
> 有时吃着吃着
>
> 雪就从书橱的内部下下来了；
>
> 有时他不吃，只是慢慢地剥着，
>
> 仿佛有什么在那里面居住。

　　当诗人写出"仿佛有什么在那里面居住"的时候，就依旧在赋予桔子以某种内在的意义和深度。勃兰兑斯曾经分析过浪漫主义者对神秘的内在的关注："歌德曾经说过：自然无核亦无壳，混沌乍开成万物。浪漫主义者一味关注那个核，关注那个神秘的内在。"①王家新当然不能简单以浪漫主义视之，但对神秘的内在的关注，仍使他成为一个隐喻型诗人。在《桔子》中，一句"仿佛，他在吞食着黑暗"，也恰显露了诗人对生活的黑暗本性的追索。这种黑暗的本体，只能以隐喻的方式探知。

　　"雪"的作为隐喻的深度也正与它在王家新诗中一直指涉着一个黑暗域有关，常常触发诗人对"黑暗"的思索："看看这辽阔、伟大、愈来愈急的飞雪吧，只一瞬，室内就彻底暗下来了……"②又如《临海的房子》："在冬天尚未结束时，我怎能写雪？这意味着，雪不仅仅是某种飘落的东西……而为了它的洁白，有一个词就必须变黑——当它变得更暗时，雪，就下下来了……"

　　王家新诗歌意象谱系中的另一个词根正是"黑暗"。在某种意义上，"黑暗"范畴在王家新的诗学中承担了更重要的诗性内涵。与之相对应的是复现率同样高的"光亮"、"明亮"等字眼："而无论生活怎样变化，我仍要求我的诗中有某种明亮：这即是我的时代，我忠实于它"，"当我爱这冬日，从雾沉沉的日子里就透出了某种明亮，而这是我生命本身的明亮"。③在王家新这里，黑暗与明亮构成的是一对相辅相成的范畴，但相对来说，黑暗更具本体性。没有黑暗的存在，光明就无法生成，光明是黑暗的衍生物。这正如加缪对苦难的有些偏执的热爱，因为阳光也正是在苦难中孕育和诞生。王家新曾经阐发过叶芝的一句诗"攀登入我们本来的黑暗"："'攀登'（climb）一词，它强有力地逆转了'堕入黑暗'之类的修辞成规，不仅显示了一种向上的精神之姿，也使'黑暗'闪闪发光起来，使'黑暗'变成了一种富于生产性的原生状态。"④王家新式的"黑暗"，正是这样一种"富于生产性的原生状态"。诗歌固然是照亮黑暗的光焰，但如果没有本体论的

---

① 勃兰兑斯：《十九世纪文学主流》，第2分册，第139页，北京，人民文学出版社，1988。
② 王家新：《反向》。
③ 王家新：《词语》。
④ 王家新：《奥尔弗斯仍在歌唱》，《游动悬崖》，第244页。

黑暗，诗歌与光明都会无从"生产"。"黑暗"由此构成了王家新式的本体论范畴。

在王家新这里，黑暗有时是一种专注于诗性思考的沉静而孤寂的心态，在一个充满喧嚣的时代，只有沉入黑暗独自倾听的诗人才能听到来自生命和世界深处的声音。"雪"的深处就是这种黑暗的深处，只有甘于孤寂的诗人才能捕捉雪的深处的脉动。

黑暗有时也指涉着一种自我的本体状态："了望，总是了望；我们就这样被赋予给更远的事物：海，或别的。但我知道，我唯有从我自己的黑暗中诞生。"[1] 这个从"自己的黑暗中诞生"的"我"，正是一个与存在的本性最为接近的"我"，而黑暗，也构成了这个"我"的真正的皈依："远到黑暗的中心，那或许才是真正的庇护所在"。[2]

在王家新这里，黑暗也是一个诗学的关键词，意味着诗歌对存在深处的抵达。

> 你还必须忍受住
> 一阵词的黑暗。
> ——《布罗茨基之死》

> 言词的黑暗太深。
> ——《孤堡札记》

词的深度最终必然是黑暗的深度，而词根最终也必然与黑暗域关联，正像叶芝所追寻的民族的大记忆是集体无意识的黑暗域一样。当叶芝"把神话植入大地"，也正是在大地的深处获得黑暗的力量的时刻。黑暗近乎于庞大和深厚的潜意识，一个诗人的潜意识越黑暗和深广，他的艺术创造力也就越强大，越能表现出厚积薄发的力量。艺术家最终的成就，以及他是否具有持久的创造力，最终都可能决定于这种内在的潜意识的黑暗。只有经历过黑暗中的忍受和磨砺的诗人，才能最终从黑暗中脱颖而出，正如王家新说的那样："要从语言内部透出光亮，首先要能够吸收黑暗。没有那种里尔克式的'忍受'，就不可能把语言带入到一种光辉里。"王家新也正是从这个角度观照"今天派"："只有今

---

[1] 王家新：《临海的房子》。
[2] 王家新：《雪的款待：读策兰诗歌》。

天派诗人（包括受他们影响的）不再只从社会而是从他们自己内心的黑暗中重新寻找创作的动力时，他们才有了新的发展。"①

王家新曾经这样回答访问者关于"基本词汇"的设问："这种'对词的关注'，不仅和一种语言意识的觉醒有关，还和对存在的进入，对黑暗和沉默的进入有关。"这使诗人对黑暗的探询，具有了更深刻的本体论的意义，可以证诸王家新翻译保罗·策兰诗歌的体验："当我全身心进入并蒙受诗人所创造的黑暗时，我渐渐感到了死者所递过来的灯。"②王家新的写作，正是"在对时间黑暗的深入中寻找灵魂的秘密对话者"，③并最终从死者那里接过闪亮着诗歌与存在的秘密的灯盏的历程。作为旅人形象的王家新因此也是一个随时在黑暗深处触摸自己的灵魂的旅人，沿途的一切风景都内化为心灵的一部分，仿佛阳光沉入大海黑暗的深处，最终则化为一种与自我的内心黑暗的对话，化为与中外同样沉湎于黑暗境界的诗人的对话。

从诗片断到长诗

对词根以及对"基本词汇"的追寻，使在王家新诗中占主导位置的隐喻性语言，往往只能以断片性的形态显现。奥地利学者海勒曾经说过："一双靴子，或画家阁楼上的一把椅子，或山坡上的一棵孤树，或一座威尼斯教堂里的一行模糊不清的字会突然成为本来没有焦点的宇宙的中心。"④宇宙的意义因此得以附着在人类的经验片段上。海勒提到的"靴子"的意象，使人联想到凡·高的画《农靴》。海德格尔的著作《艺术作品的起源》对这幅《农靴》有过堪称经典的阐释：一双旧靴子最能反映人诗意地栖居在大地上的本质，反映人类的劳作以及人与物、人与土地的关系。一位农妇穿着这双靴子，在田地里劳动，在土地上行走，终于踏出了一条"田野里的小径"，这"田野里的小径"是关

---

① 王家新：《游动悬崖》，第213页。

② 王家新：《从黑暗中递过来的灯》，《没有英雄的诗：王家新诗学论文随笔集》，第224页，北京，中国社会科学出版社，2002。

③ 王家新：《回答四十个问答》，《游动悬崖》，第203页。

④ 埃里希·海勒：《卡夫卡的世界》，叶庭芳编：《论卡夫卡》，第180页，北京，中国社会科学出版社，1988。

于人类生活的象征，象征了人类怎样在无意义的世界留下自己的足迹，创造出不同于物质世界的存在，这就是意义，也是人类生存的目的。世界的意义恰恰是在凡·高以及荷尔德林这类艺术家笔下片断性的形态中得以彰显的。

这就是王家新所谓的"诗片断"的《词语》、《反向》、《游动悬崖》、《另一种风景》、《变暗的镜子》、《冬天的诗》等"诗文本"所负载的寓意：在"没有焦点的宇宙的中心"使宇宙的意义在诗人的这些经验片段上得以显现。正像王家新引用巴塞尔姆的话所说："片断成为唯一信赖的形式。"[①] 在王家新这里，片断还与"伟大的事物"相涉："我们一再被告知：'诸神离去，此乃世界的黑夜。但我依然感到仍有某种伟大的事物在我们中间，虽然我们永远不可能再以伟大的语言把它们说出……'"[②] 不可能以伟大的语言说出，就代之以片断的语言呈露。而这种断片诗的形态本身也恰恰昭示着宇宙的意义世界是弥漫在一个个人类经验和言语的片断中的。诗人捕捉到的尽管不过是诸神离去后伟大的事物的零碎的遗存，但却依然暗示一个伟大的事物的意义整体。正像斯蒂芬·欧文说的那样："整体的价值集中在断片里。"[③] 王家新的这些诗片断因此类似于卡夫卡遗留下来的那些著名的格言，在只言片语中闪现着人类最黑暗的智慧之光。也恰如王家新在《回答四十个问答》中阐述的那样："只要是文本的构造，无形中自有章法，或者说残缺中自有完整，一种通过修补反而会失掉的完整。更重要的是我看到：'词'的显现是必须伴之以代价的——整个诗歌甚至还有哲学的无畏历程都让我看到了这一点。二十世纪构造了什么，比起但丁和黑格尔？但是它的深刻，却体现在维特根斯坦的'哲学口吃'和策兰晚期那愈加破碎的诗歌语言中……"[④]

九十年代凭借对"诗片断"的实践与探索，王家新找到了与时代、现实和自己的诗性理想相吻合的诗歌形式。"我感到它不仅在形式上，也在精神上为我打开了一个新的空间。是的，我发现这种形式特别适合我，它能调动我的写作欲望和想象力。它能持续不断地对我构成一种'召唤'。换言之，我感到我可以在艺术上把它写成一种'王家新式'

① 王家新：《当代诗歌：在确立与反对自己之间》，《没有英雄的诗：王家新诗学论文随笔集》，第105页。

② 王家新：《谁在我们中间》，《游动悬崖》，第222页。

③ 斯蒂芬·欧文：《追忆》，第93页，上海，上海古籍出版社，1990。

④ 王家新：《回答四十个问答》，《游动悬崖》，第205页。

的。因为它不单是一种形式，而且它和一种写作方式及诗学意识结合在一起，在艺术经验上也具有了更大的包容性。"① 所谓"王家新式"的，意味着诗人对诗片断中所蕴涵的富有创造性的个性气质的体认，而诗片断中的这种"更大的包容性"的生成，则与其中对叙述情境的营造有关。诗片断因此往往不是一些抒情短章，而更是一则则容纳了哲思、睿智、反讽、玄想、细节、场景和经验断片的随想。某些篇章还有赖于动词的叙述推动力以及诗中建构的叙述化情境。如果说，对词根的追寻赋予了诗歌以深度，那么正是这些叙述情境使诗境获得了生命、生活和历史的广度和宽度。在《游动悬崖》中，诗人对叙述情境的探索开始了自觉。如其中的《叙述者》：

> 如果我作为一个叙述者，我就会忍不住在我要叙述的故事中出现。我会在火车启动前的一分钟挤上去，但是当我在那里坐稳后我将发现：另一个自己正在站台上向我挥手告别……

王家新的诗片断中经常表现两个"我"的对话性，分身的主体是诗中叙述情境得以产生的一个话语根源。诗人在许多诗篇中营造了一种"我"与"你"或"我"与"他"的情境，"你"与"他"或者是大师的灵魂，或者是另一个"我"。"你"和"他"的运用，是使诗歌情境戏剧化的方式，在自我的对象化以及自我的他者化的同时，最终生成的是一种反思性，诗境由此充斥了自我的辩难，具有某种巴赫金意义上的对话性特征。整篇《游动悬崖》也正是"我"与"你"的对话，"你"的人称贯穿始终。在多数语境中，"你"可以理解为诗人自己，但"你"也会偶尔引向一个虚拟的对话者，甚至引向文本外的理想读者。正是"我"与"你"的对话情境的拟设，使诗歌具有了包容性和伸缩性。

王家新对自己诗歌中的叙述性的成分的重视，与对九十年代以来的"叙事危机"意识的体认有关。② 这种意识可能从一九八九年冬天创作《瓦雷金诺叙事曲》时就有所自觉了，正如作者自述所说："我有意识在诗中加进了一些'叙事'因素和自我对话的情境，

---

① 王家新：《回答普美子的二十三个问题》，《为凤凰找寻栖所》，第294页。
② 见王家新《从一首诗的写作开始》，《没有英雄的诗：王家新诗学论文随笔集》，第23页。

但又使这首诗有别于传统的'叙事诗'。"①但实际上王家新更擅长的是叙述一种心灵史诗,在这个意义上,加进的"叙事"因素使这些自我对话的情境与其说接近小说的叙事性,不如说更接近于内心戏剧。尤其是"你"的频频引入,更有助于心灵的自我对话性的生成。于是这种对话情境最终就还原为一种内心叙事的宣叙调。

尽管王家新诗歌中叙述性的成分多表现为内心叙事的宣叙调特征,但仍使其诗歌风景既有景深,向外直到广漠的宇宙的黑暗,向内则逼视自己心灵的黑暗;同时也有幅展,拓向与历史和社会生活的对话空间。这是单凭词根的追寻和词语的捕捉所无法胜任的。"词"的范畴固然构成了王家新诗学的核心元素之一,"词根"在王家新这里固然意味着仿佛宇宙大爆炸之前的那个原点:诗的原点、语言的原点,甚至是生命的原点;但是他的《另一种风景》中的一则诗片断不经意之间显露了对词根的追寻所可能暗含的困境:

站台是一个词,而无尽的句子就在这一个词里。

在随后的一则诗论中,王家新把这个"站台"喻为"祖国":"这即是说,在某种命运里,站台即祖国——记住这一点。"②这种解说为"站台"赋予了具体的所指和语境。但是如果脱离这个语境,单是审视这首片断诗,"站台是一个词,而无尽的句子就在这一个词里"表述的堪称是一个近乎玄学的命题。与之相互印证的是王家新对老子的"一生二,二生三,三生万物"的援引。然而这种从一衍化到万物的玄学逻辑毕竟只能在隐喻的意义上唤醒诗性的逻辑。而当一个诗人进入具体诗境的营造过程的时候,从技术上说,词的发现也许难以直接抵达无尽的句子的生成。词的思维也许不尽等同于句子的思维。词与物,词与世界之间或许还隔着某种需要跨越的中介。从词到无尽的句子之间,是有如一纸之隔,一步即可跨越,还是横着千山万水?《词语》中有这样一个片断:"我触到的是一个词,却有更多的石头,从那里滚落下来……"在诗中肯定是可以存在这种多米诺骨牌一般的效应和景观,但问题是,谁预先摆放好了这些骨牌,等着诗人去触碰

---

① 王家新:《为凤凰追寻栖所》,第294页。
② 王家新:《游动悬崖》,第215页。

第一张？

当王家新处理篇幅更长的诗作，如《回答》、《孤堡札记》、《伦敦随笔》、《一九七六》、《少年》等，就难以把这些诗仅仅理解为基本词汇的衍生，否则可能会限制诗境的拓展。词汇之外，还有句子、篇章和诗的结构，同时还有内在的语法和布局，最终则是具有统一性的诗的视景。在这个意义上，笔者个人比较重视《伦敦随笔》、《回答》等长诗的写作，更体现了王家新的某种"整合式"的追求，诗歌图景的广度也有较大的拓展。《伦敦随笔》的"整合性"在于把伦敦这样一个浓缩了历史、文化与文学的多重意味的都市以"随笔"的形式进行叙说。伦敦在诗人笔下首先成为一个文本，是在"文本的互文性"的视野中加以呈现的。对于这样一个历史悠久文化丰富的都市，只有借助一种互文性的方式，才能凸显它的本来的面目，继而呈露与诗人自己的关系。文本的互文性因此也成为这首诗叙述视野的核心地带。在诗人笔下，伦敦是莎士比亚、狄更斯、劳伦斯、普拉斯，甚至马克思的伦敦，同时，王家新也把荷马、屈原、杜甫、但丁、易卜生、卡夫卡、凡·高带入了自己的视景。因此王家新在诗中花费大量篇幅处理的也正是文本中的伦敦以及想象化的伦敦。但是，如果没有诗人自己的经验视野的介入，这个伦敦就是别人的伦敦，因而这首诗在后半部分，更多的是把自己的个人性的经验叠加在伦敦之上，而文本中的伦敦也同时为诗人自己的经验提供了背景。个人性的经验只有在这个背景上才显示出独特性来。《伦敦随笔》的最后一节引入了凡·高：

> 临别前你不必向谁告别，
> 但一定要到那浓雾中的美术馆
> 在凡·高的向日葵前再坐一会儿；
> 你会再次惊异人类所创造的金黄亮色，
> 你明白了一个人的痛苦足以照亮
> 一个阴暗的大厅，
> 甚至注定会照亮你的未来……

正像凡·高的向日葵所闪耀的"人类所创造的金黄亮色"以及凡·高本人的痛苦对美术馆阴暗的大厅的照亮一样，它们也照亮了诗人的未来。伦敦的意义也可以这样理解，它是属于欧洲文化的，也是属于人类的，也恰在这个意义上，它才属于诗人自己。

　　我尤其看重《回答》在王家新写作历程中的阶段性意义。《回答》不仅仅是个人性经验的凝聚和喷发，同时叙事性情境的营建，还使这首诗具有了个体生命史诗的意味。"苦难的诗学"以及"冰雪一样震撼人心的力量"更能在这种长诗中获得表现。在一定意义上说，《回答》意味着王家新对"诗片断"阶段的某种自我超越，也意味着诗人在面对新的"艺术的难度"的挑战。在《回答普美子的二十三个问题》中，王家新称："在我看来，'写作的难度'就体现在这种整合式的写作中。杜甫和叶芝中晚期的写作往往就是一种整合式的。这不仅体现了他们对自己人生和艺术经验的总结，甚至也体现了对一个时代的诗艺和整个诗歌史的某种整合。我愈来愈认同于这样的写作。灵机一动的诗，单一风格的诗，我想我都可以写，但它已不足以体现我对生活和艺术的全部体验。写到今天，需要去面对真正的艺术的难度。我也需要有一种写作方式，能够把自己的全部经验、想象和技艺都投入进去。我所渴望的就是这么一种写作。"①而《回答》一类长诗，或许正是这种"能够把自己的全部经验、想象和技艺都投入进去"的新的写作形态。

　　在上面这一段引文中，王家新还表现出对"文学中的晚年"话题的关注，他也一直在谈诸如叶芝的晚年、杜甫的晚年、里尔克的晚年，这些大诗人一生的艺术和思想的累积都在晚年表现出更具包容性与整合式的活力。在王家新这里，所谓的"晚年"，"不是一个年龄概念，而是文学中的某种深度存在或境界。这样的晚年不是时间的尽头，相反，它改变了时间——它在时间中形成了一个可吸收时间的'洞'；它会使时间停顿，并发生维度和性质上的改变。这样的晚年才是'无穷无尽'的。"②"晚年"由此意味着一种更为丰富的可能性，一个终极性的时间点，甚至会把以往的全部时间照亮。这是一种诗艺和思想的年龄，内涵着晚年的生命意识与审美体验，意味着集大成，意味着炉火纯青，意味着思想的深度与艺术的高度。

　　王家新晚近的诗作中也经常出现"晚年"的意象和主题，同时又频频回溯诗人自己的童年与少年，频频出现孩子的意象。晚年意识的凸显，或许预示着王家新自我超越的又一个契机的来临，在某个黑暗的冬夜或明亮的清晨，如叶芝的神一般突然降临，同时

---

　　① 王家新：《为凤凰找寻栖所》，第290页。

　　② 王家新：《文学中的晚年》，《取道斯德哥尔摩》，第16页，济南，山东文艺出版社，2007。

来临的还有晚年的凝重感。王家新写于二〇〇四年的《晚年的帕斯》，状写的是晚年的诗人经历了一场大火，"烧掉了一个人的前生／烧掉了多年来的负担／也烧掉了虚无和灰烬本身"。

> 现在他自由了
>
> 像从一场漫长的拷打中解脱出来
>
> 他重又在巴黎的街头坐下
>
> 落叶在脚下无声地翻卷
>
> 而他的额头，被一道更遥远的光照亮

大火带来的是弃绝，弃绝一切之后，获得的反而是神启，如一道更遥远的光。王家新笔下帕斯的晚年因此多少印证了萨义德在一部遗作中的论述。萨义德把大师们的晚期风格分为两类，一类如伦勃朗、巴赫、瓦格纳等，晚期作品确实炉火纯青明澈如水。而另一类如阿多诺所讨论的贝多芬和托马斯·曼等艺术家，晚年并非在形式上更臻纯粹与完美的境界，却显出"不妥协、艰难和无法解决之矛盾"。[1] 其间透露出的深刻的冲突和复杂性反而意味着大师们在晚年迎来了新的可能性，表明了艺术的探索本身的持续性和未完成性。在此一意义上，晚年其实更意味着未完满和进一步的超越。换句话说，晚年写作其实也应该蕴含了诸种不可避免的张力，甚至内涵难以解决的困境。大师们尽管已经处在了自己生命的终点阶段，但是历史和社会生活却匮乏这种阶段性的终局，存在的困扰和历史的困扰依旧可能在纠缠着诗人与艺术家。王家新给自己晚近的诗集取名叫《未完成的诗》，其寓意也当在这个意义上来理解吧？

承担者的诗

王家新是在一个特殊的历史阶段遭遇帕斯捷尔纳克的，并通过对帕斯捷尔纳克以及对俄罗斯传统的亲和，完成了对自我形象的体认："我不能说帕斯捷尔纳克是否就是我或

---

① 见萨义德《论晚期风格》，北京，生活·读书·新知三联书店，2009。

我们的一个自况，但在某种艰难时刻，我的确从他那里感到了一种共同的命运，更重要的是，一种灵魂上的无言的亲近。帕斯捷尔纳克比曼德尔斯塔姆和茨维塔耶娃都活得更久，经受了更为漫长的艰难岁月，比起后两者，他更是一位'承担者'。"①

九十年代的王家新无可替代的诗学品格正表现在他的执著的姿态、内在的气质以及"承担者"的意识之中。尤其他在诗歌领域中重新发现和诠释了俄罗斯精神：对苦难的坚忍承受，对精神生活的执著，对灵魂净化的向往，这一切塑造了俄罗斯文学特有的那种高贵而忧郁的品格。对这种品格的体认和传达构成了王家新创作的一种内在的精神特征。他的诗歌在历史的特殊年代选择了负荷与承担，在诗心深处，流淌的是一种悲悯甚至忏悔的情怀。

《瓦雷金诺叙事曲》以及《帕斯捷尔纳克》正表明了王家新在自己的九十年代诗歌历程中开始发掘俄罗斯精神谱系。在帕斯捷尔纳克之外，他还找到了普希金、契诃夫和曼德尔斯塔姆，找到了阿赫玛托娃和茨维塔耶娃。王家新曾经几次谈及在伦敦泰晤士桥头的路灯下读茨维塔耶娃的《约会》的体验："只读到前两句我便大惊失色：'我将迟到，为我们已约好的相会；/当我到达，我的头发将会变灰……'这是谁的诗？再一看作者，原来是茨维塔耶娃！我读着这样的诗，我经受着读诗多年还从未经受过的颤栗，'活着，像泥土一样持续'，我甚至不敢往下看，往下看，诗的结尾是：'在天空之上是我的葬礼。'一首诗就这样写出了一个诗人的命运：活于大地而死于天空。""这样的诗之于我，真像创伤一般深刻！从此我守着这样的诗在异国他乡生活。我有了一种更内在的力量来克服外部的痛苦与混乱。可以说，在伦敦的迷雾中，是俄罗斯的悲哀而神圣的缪斯向我走来。"②

在这篇创作于二〇〇六年的诗学论文《承担者的诗：俄苏诗歌的启示》中，王家新进一步梳理这一俄罗斯的诗歌脉络。"曼德尔斯塔姆、阿赫玛托娃、茨维塔耶娃、帕斯捷尔纳克等诗人，对近一二十年的中国诗人具有特殊的意义。我们不仅在他们的诗中呼吸到我们所渴望的'雪'，而且在某种程度上，正是通过他们确定了我们自己精神的在场。我甚至说过这些诗人'构成了我们自己的苦难和光荣'。显然，这不是一般的影响，这是

---

① 王家新：《回答四十个答问》，《游动悬崖》，第205—206页。

② 王家新：《承担者的诗：俄苏诗歌的启示》，《为凤凰找寻栖所》，第163页。

一种更深刻的'同呼吸共命运'的关系。"①

　　其中帕斯捷尔纳克以及他的《日瓦戈医生》在王家新诗艺和思想转变的道程中尤其扮演了举足轻重的角色。在王家新的视野中，帕斯捷尔纳克是俄罗斯民族精神在二十世纪上半叶的代表。帕斯捷尔纳克的创作深刻表现了一个具有俄罗斯精神传统的知识分子虽然饱经痛楚、放逐、罪孽、牺牲，却依然保持着美好信念与精神良知的心灵历程。这种担承与良知构成了衡量帕斯捷尔纳克一生创作的更重要的尺度。从王家新的诗中可以感受到他也正是以这种尺度检验自己和要求自己。他从帕斯捷尔纳克的目光中读出的是"忧伤、探询和质问／钟声一样，压迫着我的灵魂／这是痛苦，是幸福，要说出它／需要以冰雪来充满我的一生"。②"冰雪"的意象也正是由此开始成为王家新诗中的重要"词根"。它启示读者，阅读王家新的诗，仅从技巧上把握是远远不够的，王家新的诗歌已被视为当代中国诗坛的启示录，象征了诗歌领域的一种内在精神的觉醒。

　　《瓦雷金诺叙事曲》以及随后的王家新的诗作，在思考方式上，在诗歌形式上，在思想和内在气质上均显示出帕斯捷尔纳克的影响。王家新的诗片断的方式，即有《日瓦戈医生》的《瓦雷金诺》一章中主人公日瓦戈所写的札记的影子。在札记中，日瓦戈对俄罗斯作家中的两类传统的划分也一度影响了中国文化界："在俄罗斯全部气质中，我现在最喜爱普希金和契诃夫的稚气，他们那种腼腆的天真；喜欢他们不为人类最终目的和自己的心灵得救这类高调而忧心忡忡。这一切他们本人是很明白的，可他们哪里会如此不谦虚地说出来呢？他们既顾不上这个，这也不是他们该干的事。果戈理、托尔斯泰、陀思妥耶夫斯基对死做过准备，心里有过不安，曾经探索过深义并总结过这种探索的结果。而前面谈到的两位作家，却终生把自己美好的才赋用于现实的细事上，在现实细事的交替中不知不觉度完了一生。他们的一生也是与任何人无关的个人的一生。"③王家新在九十年代所亲和的传统，无疑是普希金和契诃夫的一脉。而王家新九十年代以后的诗歌给我的阅读印象，也是禀赋了这种从普希金到契诃夫再到帕斯捷尔纳克的气质，有一种"腼腆的天真"，本性中不失固有的谦逊，既执迷于探寻人生的意义，又不流于空谈和

① 王家新：《为凤凰找寻栖所》，第162页。
② 王家新：《帕斯捷尔纳克》。
③ 帕斯捷尔纳克：《日瓦戈医生》，第344页，长沙，湖南人民出版社，1987。

玄想，也远离布道者的真理在握。他更致力于从一个谦卑的生命个体的意义上去承担历史。在《承担者的诗：俄苏诗歌的启示》这篇文章中，王家新指出："帕斯捷尔纳克完全是从个人角度来写历史的，即从一个独立的、自由的，但又对时代充满关注的知识分子的角度来写历史，他把个人置于历史的遭遇和命运的鬼使神差般的力量之中，但最终，又把对历史的思考和叙述化为对个人良知的追问。而这，也正是九十年代中国诗人要去努力确定的写作角度和话语方式。"①

王家新曾引用过希穆斯·希内的一句话："锻造一首诗是一回事，锻造一个种族的尚未诞生的良心，如斯蒂芬·狄达勒斯所说，又是相当不同的另一回事；而把骇人的压力与责任放到任何敢于冒险充当诗人者的身上。"②换句话说，真正敢于冒险充当诗人的人，就是一个勇于承担"骇人的压力与责任"的人，这使诗歌不仅仅是对诗艺的自足性的"锻造"，而是必须承担"锻造一个种族的尚未诞生的良心"的使命。这也恰恰是王家新所激赏的诸如里尔克、阿赫玛托娃、索尔仁尼琴、帕斯捷尔纳克等诗人和作家身上所负载的历史使命。所谓的"尚未诞生"，意味着每一代以及每一个承担的诗人都面临着民族良知的重建的境况，意味着在自己的历史阶段提供对时代的忏悔的经验。因此，民族的良心对一个有承担意识的诗人来说，必然表现为未来式，是一种尚未抵达的远景。而对于当今的历史时代来说，这种"尚未诞生"则具有更迫切的现实性。

这些勇于承担"骇人的压力与责任"的诗人，在对黑暗、良知、承担以及历史的罪愆的关注和思考过程中，表征的是对人类更本体问题的诗性关注，体现了一个"承担者"的写作伦理。美国作家爱默生说过："一个时代的经验需要一种新的忏悔，这世界仿佛常在等候着它的忏悔者。"如果说但丁是中世纪的忏悔者，卢梭是十八世纪的忏悔者，波德莱尔是十九世纪的忏悔者（徐志摩语），那么，二十世纪的忏悔者的形象在王家新的诗中是里尔克，是帕斯捷尔纳克，是阿赫玛托娃，是保罗·策兰，是叶芝。在缺乏这种世纪罪愆的忏悔者的形象的时代，王家新以对这些具有深深的悲悯情怀的诗人的亲近，重新为自己的诗歌塑造了一种精神和人格理想，正如他在《奥尔弗斯仍在歌唱》中称："就如何在我们这个时代坚持一种诗歌精神而言，叶芝会永远是我们的守护人。"叶芝也是

① 王家新：《承担者的诗：俄苏诗歌的启示》，《为凤凰找寻栖所》，第170页。
② 王家新：《阐释之外》，《游动悬崖》，第263页。

"超出现代混乱与无意义之上的某种诗性灵魂的人格象征"。①

王家新在一系列诗歌情境中外化的正是对一种良知与人格的自觉。诗人常常对自我有一种道德的逼视，对芸芸众生的生存处境则有一种发自灵魂深处的共感：

发霉的金黄玉米，烂在地里的庄稼，在绵绵秋雨中坐在门口发愣的老人。为什么你要避开他们眼中的辛酸？为什么你总是羞于在你的诗中诉说人类的徒劳？

终有一天，你会忆起京郊的那家苍蝇乱飞的小餐馆：坐在那里，望着远处希尔顿大饭店顶层的辉煌灯火，你第一次知道了什么叫做对贫苦人类的侮辱。

——《变暗的镜子》

坐大巴穿过村镇；

在尘灰和泥土里生活的百姓，

在屋檐下，或在突突冒烟的拖拉机上

失神地望着远道的访客。

我看着他们，我相信了这个传说。

我相信了这个传说，

如同我在这颠簸的尘埃飞扬的路上，

在一阵揪心的悲痛中，

再一次相信了贫困、孤独

和死亡。

——《传说》

这种对自我的拷问和对贫苦底层的悲悯，这种对历史的负荷者的形象的渴慕和认同，在某些专注于诗歌技巧的"后现代"和新时代的高蹈派诗人的眼中或许是陌生与不屑的。王家新自我塑造的形象常使人想起里尔克的一首诗中所写："每当时代想最终总结自己的价值时，这个人总会生还。他举起时代的全部重任，掷入自己的胸渊。"在这个意

---

① 王家新：《游动悬崖》，第242页。

义上，一个作为价值依托的承担者，在任何时代都不会很多，对当今的中国更有不可替代的历史意义。王家新的这一段诗歌历程，印证了一位研究者早在一九九三年就曾作出的预言："一个真正从心灵上趋向伟大诗人气质的人，将会出现于二十世纪的最后十年之中。"①

王家新的意义还在于，对一个诗人来说，这种价值和历史承担，首先是通过诗歌的承担。正如王家新所自觉体认到的那样："我想我首先仍是一个从内部来承担诗歌的人。诗歌撞上了历史，它下沉了，但却由此获得了自己的深度和重量，或者说，这一切迫使我们和语言建立了一种更深刻的关系。""诗歌撞上了历史"，诗歌由此不再是纯诗化的自我封闭的衍生物，也不是一味在历史之外或者历史之上的高蹈。诗歌在"下沉"的过程中也因此触到了大地，获得了深度和重量，诗人也由此获得了对历史的承担。但这种承担是一种诗性的承担，承担的诗中必然暗含政治因素，但却不是政治家式的直接参与性的政治。承担的诗歌所负载的"自己的深度和重量"是一种良知的深度和重量，是一种信念与精神，恰恰来自于从"内部来承担诗歌"的尺度意识。

海德格尔称："写诗就是去接受尺度。"②创作于一九九二年底，标志着王家新诗学理想的较大转变的诗片断《词语》中，集中映现的，正是诗人的尺度意识：

当你来到空无一人之境，你就感到了一种从不存在的尺度：它因你的到来而呈现。

自但丁以来，到帕斯捷尔纳克，诗人们就一直生活在诗歌的暴政之中，而这是他们自己秘密承受的火焰，我已不能多说。

而当我唯有羞愧，并感到在这之前我们称之为痛苦的，还不是什么痛苦的时候，我就再一次来到诗歌的面前。

而无论生活怎样变化，我仍要求我的诗中有某种明亮：这即是我的时代，我忠实于它。

---

① 程光炜：《王家新论》，《程光炜诗歌时评》，第174页，开封，河南大学出版社，2002。
② 转引自王家新《谁在我们中间》，《游动悬崖》，第217页。

王家新称："我们——这些所谓'后现代'时代的写作者们——仍生活在一种严格的尺度下。"① 这是王家新从帕斯捷尔纳克等俄罗斯诗人那里为我们这个古老的种族重新带来的良知与道德的尺度，王家新对晚年杜甫的精神遗存的强调汇入的也是这种尺度。这种尺度是良知、精神与诗性的统一。

生活伦理学的重建

在《游动悬崖》中，王家新写下这样一则诗片断："当你因写作疲倦下来，你想起黄昏花园里的契诃夫，疲倦而宁静的契诃夫。你骤然闻到一股桦树林的气味。你似乎从一种囚禁中出来，回到久别的事物之中。你知道你仍是和一些词而不是别的居住在一起……此刻，你就是独自潜入花园的契诃夫。你就在那里，不再思考任何事情，而是在暮色中松开自己，回到大地的怀抱之中……"诗人追慕的是在历史的残酷和阴郁的氛围中能使人回归安静，回归大地，"回到久别的事物之中"的契诃夫，有如日瓦格医生回归瓦雷金诺。

当政治性挫折产生之后的时代，在诗人那里往往有一种回到内心的归趋。柄谷行人在《日本现代文学的起源》中讨论明治二十年代"心理的人"的出现时指出："当被引向政治小说及自由民权运动的性之冲动失掉其对象而内向化了的时候，'内面'、'风景'便出现了。"② 就像日瓦戈医生选择在瓦雷金诺的心灵的沉思一样，在九十年代初告别革命的历史语境中，中国文坛以及知识界也有一种回归室内回归内心的趋向。这种把对暴力与革命史的反思向存在和心理深处沉潜的潮流，当然具有历史的某种必然性甚至合理性。但是，对内心的归趋，并不总是意味着可以同时获得对历史的反思性视野。对历史中的个人性体悟和个体性价值的强调在成为一种历史资源的同时，有可能会使人们忽略另一种精神传统固有的永久性的价值。当本文前引的帕斯捷尔纳克在《日瓦戈医生》中借助主人公所写的札记把源于普希金、契诃夫的传统与果戈理、托尔斯泰和陀思妥耶夫斯基相对峙的时候，问题可能就暗含其中了。普希金和契诃夫的气质是否真的与托尔斯

---

① 王家新：《游动悬崖》，第248页。
② 柄谷行人：《日本现代文学的起源》，第29页，北京，生活·读书·新知三联书店，2003。

泰等人的精神传统相异质？有研究者质疑过帕斯捷尔纳克的二分法："托尔斯泰有更加伟大的人格和灵魂，这个灵魂和人格保障了托尔斯泰的文学是为人类的幸福而服务。俄罗斯作家布洛克说托尔斯泰的伟大一方面是勇猛的反抗，拒绝屈膝，另一方面，和人格力量同时增长的是对自己周围的责任感，感到自己是与周围紧密连在一起的。"①罗曼·罗兰也曾经说过："托尔斯泰的现实主义体现在他每个人物的身上，因为他是用同样的眼光来看待他们，他在每个人的身上都找到了可爱之处，并能使我们感到我们与他们的友爱的联系，由于他的爱，他一下子就达到了人生根蒂。"②如果说帕斯捷尔纳克"从一个独立的、自由的，但又对时代充满关注的知识分子的角度来写历史"具有值得珍视的历史价值的话，托尔斯泰这种融入人类共同体的感同身受的体验，也是今天的历史时代中不可缺失的。它启发我们思考：个体的沉思与孤独的内心求索的限度在哪里？对历史的承担过程中的"历史性"又在哪里？"历史"是不是一个可以去抽象体认的范畴？如果把"历史"抽象化处理，历史会不会恰恰成为一种非历史的存在？历史的具体性在于它与行进中的社会现实之间有一种深刻的纠缠和扭结。九十年代之后的中国社会表现出的其实是一种"去历史化"的倾向，在告别革命的思潮中，在回归内在的趋向中，在商业化的大浪中，历史成为被解构的甚至已经缺席的"在场"。当历史是以回归内心的方式去反思的时候，历史可能也同样难以避免被抽象化的呈现和承担的命运。

而当王家新在晚近的诗作中思考伦理重建问题的时候，这些思考构成了对九十年代初期回归内心叙事的某种超越，也展示出新的诗学取向和新的历史视野。在二〇〇二年的一篇答问录中，王家新说道："个人与历史从来就存在着一种深刻复杂的连结。从古到今，在诗人与他的时代之间，也一直有着一种痛苦的对话关系。"③王家新进入二十一世纪后的诗歌如《一九七六》、《少年》、《未完成的诗》、《柚子》等便表现出这种个人与历史的更"深刻复杂的连结"。

王家新善于把诗中的叙述情境与历史之间建立关联。但是近些年的诗中也常常浮现出一些日常性的场景，展露了审美与伦理一体化的质素，以及一种新的诗学可能性。这

---

① 薛毅：《当代文化现象与历史精神传统》，第370页，桂林，广西师范大学出版社，2007。
② 转引自薛毅《当代文化现象与历史精神传统》，第371页。
③ 王家新：《为凤凰找寻栖所》，第286页。

种生活性的场景因此更有美学的光芒。如这首《二○○二年圣诞节》："看着四川火锅店
的伙计抬着一棵圣诞树进来／抬进满屋的翠绿和雪意／我心里一阵湿润"。又如《从城里
回上苑村的路上》："家仍在远方等待着／因为它像鸟巢一样的空／像鸟巢一样，在冬天
会盛满雪／啊，想到冬天，想到雪／便有长尾巴的花喜鹊落地，一只，又一只／像被寒
冷的光所愉悦／像是要带我回家。""家仍在远方等待着"以及"像是要带我回家"都把
家园体验赋予了生命的皈依的色彩。这首诗表现出人"栖居在大地上"的本质，甚至超
越了海德格尔借助于荷尔德林所阐释的所谓的"诗意"的栖居，使人联想到的是王家新
在一次对话中的表述："我自称是'燕山脚下的居民'。乡村生活会促使一个诗人'进入
大地，从属大地'，这是海德格尔的一个短语，从而和存在的根基相接近。"①栖居本身的
内在的维度正指向一种存在的根基，指向一种生活伦理学。与审美救世主义相比，一种
日常生活的伦理学的重建，在今天的中国更有迫切的历史意义。

王家新写于二○○○年的《变暗的镜子》中有这样一句："热爱树木和石头：道德的
最低限度。"但另一方面，也可以说热爱树木和石头是道德的"最高限度"。因为一个热
爱树木和石头的民族，一个热爱树木和石头的个体，会把这种热爱泛化到更多的人与物
上面，进而有可能扩展为一种热爱的伦理学。其中"石头"的意象，是王家新早期诗歌
中酷爱的意象，它有如九十年代之后的"雪"，是诗人艺术化地把握生活世界的方式。如
果说，早期诗歌中的石头是诗性的存在物，那么《变暗的镜子》中的这块"石头"则涉
及了他的沉甸甸的写作伦理。王家新的相当一部分诗，也的确适于批评者就诗歌的写作
伦理问题进行思考，进而思考关于生活伦理的重建的大问题。王家新的一组关于牲畜主
题的诗作就关涉着这种动物伦理以及生命伦理问题。如《田园诗》写诗人在京郊的乡村
路上遇见装在卡车上的羊群：

> 这一次我看清了它们的眼睛
> （而它们也在上面看着我）
> 那样温良，那样安静
> 像是全然不知它们将被带到什么地方

---

① 《面对王家新》，《东方》2003年第9期。

对于我的到来甚至怀有

几分孩子似的好奇

——《田园诗》

这些是无辜的过冬的畜牲，

在聚来的昏暗中，在我的内心里

它们已紧紧地偎在了一起……

——《孤堡札记》

老马的尾巴甩动

马的眼中，坚忍不拔的悲哀

——《夏》

马啃着盐碱皮。马向我抬起头来。马眼里的黑暗，几千年来一直让人不敢正视。马比我们更依恋土地。

为什么当一个诗人要告别人世时，他的马会踟蹰不前，会一再地回头嘶嘶哀鸣？马，我们内心之中的泥土；马，牲畜中的牲畜。

——《反向》

生活的伦理正体现在一种与大千世界的共感之中，这种与石头、树木、老马、羊群、过冬的畜牲之间的共感，是一种健全的社会伦理学的基础，一种健全的伦理学和健全的社会生活只能以这种内在的悲悯的情怀作为自己的底蕴。

王家新写于二〇〇七年十二月的《第一场雪》也表现出值得关注的诗艺取向：

第一场雪带给你的激动

早已平息了，现在，是无休无止的雪，

落在纽约州。

窗外，雪被雪覆盖。

肯定被肯定否定。

你不得不和雪一起过日子。

一个从来没有穿过靴子的人，

在这里出门都有些困难。

妻子带着孩子

去睡他们甜蜜的午觉去了。

那辆歪在门口的红色岩石牌儿童自行车

已被雪掩到一半。

现在，在洗衣机的搅拌和轰鸣声中，

餐桌上的苹果寂静，

英汉词典寂静，

你那测量寂静的步子，

更为寂静。

抬头望去，远山起了雪雾。

　　这首诗意味着日常生活语境在诗中的介入，凸现了诗与日常生活的关联性。尽管王家新称自己"一般不卷入"所谓"日常性"的话题，更喜欢用"诗歌的具体性"，认为"日常性不是诗歌的一个标准"。[①]但是，这种日常性问题不仅仅关涉到王家新所谓"一种'重新回到事物本身'的努力"，而且在很大程度上，关涉着诗中生活伦理学的向度。九十年代以来中国社会最严重的精神性危机是道德伦理层面的崩毁，是价值的缺失和伦理的失范。文学艺术家们对伦理问题的逃逸，客观上加剧了这种生活危机。当艺术家仅仅把生活伦理看成是艺术个性以及艺术先锋性追求的障碍和对立物的时候，也是使生活伦理学的重建更加艰难的时刻。王家新也曾把艺术与生活视为一种二元论的关系："叶芝有句诗写得很好，工作的完美还是生活的完美，一个艺术家必须做出选择。里尔克也讲过，在作品和生活之间存在着一种古老的敌意。他们都敏锐地意识到这些问题。创作本身对人是一个巨大的消耗，它当然会与一个人的正常生活发生冲突。有时你写出一些作

---

① 王家新：《回答普美子的二十三个问题》，《为凤凰找寻栖所》，第298页。

品以后，真像生了一场大病一样。当然你还是乐意看到，你的作品的世界在壮大，即使你为此付出再大的代价。"①

但是，里尔克所谓"作品和生活之间"所存在的这种古老的敌意不仅仅会损害生活本身，也进而会损耗诗歌。当一个艺术家不再把艺术与生活看成某种对立物的存在的时候，也是伦理和美学真正统一的时候。这种统一的境界中也许会丧失一些尖锐与犀利的艺术先锋性，但其中美学与生活的某种平衡对于生活伦理学的重建却有不可忽视的价值。

"窗外，雪被雪覆盖。／肯定被肯定否定。"在《第一场雪》中，诗人似乎还无法完全适应这种仅仅只有"肯定"的生活形态，无法完全适应这种生活的日常性的幸福和寂静。也许他本能地从中寻求似乎更为"深刻"的"否定"的因素。诗人也许是无意识之中在妻子和孩子安睡之际把目光投向日常景观，而生活甚至生存的意义却恰在这种日常图景中闪现出来。意义世界就在妻子和孩子"甜蜜的午觉"中，在被雪掩到一半的"那辆歪在门口的红色岩石牌儿童自行车"上，在"洗衣机的搅拌和轰鸣声中"，在寂静的"餐桌上的苹果"中和同样寂静的"英汉词典"中。而雪依然带给诗人"激动"，但是，留在诗境的近景中的，如今更是激动"早已平息"后的寂静，是诗人"测量寂静的步子"。而"洗衣机的搅拌和轰鸣声"也使人想起《答荷兰诗人Pfeijffer"令人费解的诗总比易读的诗强"》一诗中"洗衣机的嗡嗡声"。日常生活在某种意义上说，其实构成了诗人的拯救的方式，无论诗人对此是否有所自觉。如果说，勇于承担的诗人，似乎为了道德的勇气和对黑暗的着迷，为了对内心的求索和对语词的关怀而有可能牺牲尘世的幸福，这在长诗《回答》中也隐约闪现；那么，《第一场雪》多少显示出回归日常生活的朴素的诗美，其中正隐含了生活伦理学的既平凡又深刻的寓意。

《第一场雪》也表现出"转喻修辞"在诗中的主导性位置。如果说隐喻修辞追求的是诗歌语言的深度模式的话，那么转喻修辞则把诗学重心转向日常生活，转向日常空间的毗邻感。雅各布逊称现实主义作家的描写可以从情节写到气氛，从人物写到时空中的背景。②如果加以引申，可以说这种"背景"构成的是诗人更开阔的生存背景与环境，一切

---

① 《面对王家新》，《东方》2003年第9期。
② 见雅各布逊《隐喻和转喻的两极》，伍蠡甫、胡经之主编：《西方文艺理论名著选编》下卷，北京，北京大学出版社，1987。

在这种生存背景中存在的事物，都可能纳入到诗人与世界相遇的诗性情境中而获得审美和伦理的双重意义。于是，我们在王家新晚近的诗中看到了诸如《桔子》和《柚子》这样的诗题。这是创作于二〇〇五年的《柚子》：

> 恍惚间
> 我仍是那个穿行在结满累累果实的
> 柚子树下的孩子
> 身边是嗡嗡唱的蜜蜂
> 远处是一声声鹧鸪
> 而一位年轻母亲倚在门口的笑容
> 已化为一道永恒的
> 照亮在青青柚子上的光

这首诗写的是童年的神启，年轻母亲的笑容所化的那道永恒的照亮在柚子上的光，已经有了圣母之光的意味，我更倾向于把它阐释为伦理之光。而伦理学的重建，恰体现在桔子和柚子这类日常事物的重新发现之中。

前引的《桔子》中也闪耀着这种平凡的日常性之光。书橱内部的"雪"已经多少失去了在《帕斯捷尔纳克》等诗中的重量，成为日常生活中的风景，而这也许恰恰是雪之常态。雪不再担荷以往那种重量，却显示出同样动人的品质。但是，诗人即使在吃桔子，也同样在体验超验之感：

> 他有的是时间，
> 仿佛，他在吞食着黑暗；
> 他就这样吃着、剥着桔子，抬起头来，
> 窗口闪耀雪的光芒。

生活的意义也许就徘徊在日常性与超验性之间。没有超越感的生活是过于凡俗的，而没有日常感，仅剩沉思的生活则或许是枯燥的。诗人或许在无意识地寻求着两者的平衡。王家新的诗集《未完成的诗》以这首写于二〇〇六年的作品结束，也许具有一种阶段性的象征意义。当王家新称"我希望写作能够是一种'伦理与美学的合一'"[①]的时候，这种伦理与美学的结合，对于价值失落道德缺失伦理失范的当今之中国，就显示出尤为值得珍视的历史意义。

二〇〇九年十二月四日于京北育新花园

《当代作家评论》二〇一〇年第一期

[①] 王家新：《回答普美子的二十三个问题》，《为凤凰找寻栖所》，第290页。

向诗歌的纯粹理想致敬！

周伦佑

　　首先要感谢刚才几位同学在这里朗诵我的诗歌。他们的朗读又唤起了我写作这些诗歌时的特殊体验。现在来看，我十几年、二十几年以前创作的诗歌至今仍然被同学们阅读着，并在这里朗读，说明这些诗歌作品中有某种超越时间和空间的东西，它能超越时间和空间而感动我们。这里牵涉到一个问题：那超越时间和空间而感动我们的神秘力量是什么？这也是我今天要在这里和同学们一起探讨并共同来寻求解答的。

　　要想搞清楚这个问题，我们需要回到诗歌的最基本的定义上来。

　　只要是言说诗歌，就不能回避一个简单而致命的问题：诗歌是什么？在许多人看来，这个问题似乎是不证自明的，或者已经得到了圆满的解决。诗歌存在着，中国的、外国的、古代的、现代的，不同的读者以各自的方式阅读着它们，感受着它们，不同的研究者、评论者解读着不同的诗歌。大家似乎都知道诗歌是什么，这样一个显而易见的问题难道还值得我们花费精力去深究吗？再说了，搞清楚了"诗是什么"，对于写诗、读诗乃至诗歌研究有什么意义吗？所以，在许多人看来，这个问题是不值得我们去耗费心思的，甚至，这简直就是一个伪命题。但是，在我看来，这个问题并不这么简单。首先，关于诗的定义，也就是"诗是什么"的问题，几千年的中外诗歌史，到现在为止并没有一个确切的定义，或者说，有许多定义，但没有一个大家公认的标准和说法。

　　如果我们检索有关诗的定义，可以找到这么一些现成的答案：精神分析学家弗洛伊德认为，诗歌是人类被压抑的性潜意识的变形或升华，是人类的白日梦；反映论认为诗歌是反映现实生活的镜子；象征主义认为诗歌是精神世界的象征；布勒东认为诗歌是一种"超现实"；蓝波认为诗是"词语的炼金术"；艾略特认为"诗是生命意识的最高点"；布罗斯基认为"诗是语言的最高存在形式"；埃利蒂斯认为"诗是革命性的纯洁源泉"。这里提到的都是外国诗人和他们对诗的看法。中国的文论传统中，有两个广为人知的定义，一个是"诗言志"。"志"指的是志向，也包括志气，我们现在所说的"性情"、"感情"和"理想"等都包含在这个"诗言志"的"志"中。在汉语中，诗字是个形声字，左边是个"言"字，右边是个寺庙的"寺"字。寺庙的"寺"字在《说文解字》里面的意思是"法度"，而《说文解字》解读"诗"字是"言志"。很显然，"诗"的"言志"还包括"法度"（即法则和尺度）的意思。还有一个是"文以载道"。文以载道，就是说文章要阐述某种道理、某种大道理。道字起源很早，在《易经》的《系辞》里就有"一阴一阳之谓道也"以及"形而上谓之道，形而下谓之器"的说法。就是说，诗歌是言说主观的理想、抱负、情感和梦想的，而文章是阐述大道理的。

我们有了这种种定义，诗歌是什么的问题仍然无法从根本上得到解决。由此造成的一个严重问题就是，由于诗歌的内在标准无法建立，诗歌的价值尺度无法确认，致使我们无法判断什么是好诗，什么是坏诗，什么是真诗，什么是伪诗。正是由于诗歌标准的丧失，诗歌价值尺度的缺乏，在我们置身的这个商业化、欲望化、消费文化泛滥的时代，那些口水诗、废话诗、"梨花体"等等赝品才会公然打着诗歌的旗号招摇过市，践踏诗歌的尊严，败坏诗歌的声誉。

也许有的同学不同意这个说法，认为"口水诗"也是诗，"梨花体"也是诗。为了和同学们一起弄清楚诗与非诗的区别，我现在随口作几首这类所谓的"诗"，给同学们念一念。

第一首《逛公园》：昨天／和同学一起去逛公园／星期天的公园／人他妈的真多；第二首《想你》：昨晚上，一夜没睡觉／想你想得睡不着／一只蚊子飞来，嘤嘤嘤／两只蚊子飞来，哼哼哼／可惜蚊子不是你／想你想到大天亮；第三首《有苦瓜的日子》：小时候，母亲经常做苦瓜给我吃——／苦瓜肉丝、苦瓜肉片／干煸苦瓜、凉拌苦瓜……／我因此患上了厌食症／现在母亲不在了／我开始怀念苦瓜／怀念那些有苦瓜的日子。

同学们觉得这三首哪一首像诗啊？（齐声回答：第三首！）说对啦。同学们觉得第三首像诗，我也觉得《有苦瓜的日子》还有点像诗，这说明什么？说明同学们和我心中都存有关于诗的标准。为什么说《有苦瓜的日子》有点像诗呢，是因为它能在我们心中引起某种诗意的联想。

现在我们开始接近诗的边界了。要知道什么是诗，我们必须从领会什么是"诗意"开始。

在我们的日常生活中，我们经常会讲到一句话：有诗意的人生；我们总在憧憬和向往一种有诗意的生活；我们还从海德格尔的后期哲学中读到过"人诗意地栖居"这样的说法。在我们的经验世界或超验世界中，常常会体验到某种无法完全用语言表达的神秘意味。我们在欣赏某一幅画或阅读某一篇小说的时候，常常会说，这幅画很有诗意，这一篇散文或小说的这个片段很有诗意；倾听音乐时也会这样。在音乐中，富有诗意的作品被称为"音诗"，而具有诗人气质的钢琴家则被称为"钢琴诗人"，比如肖邦就被称为"钢琴诗人"。可以说，诗意是无处不在的。从音乐中，我们会倾听到诗意，在绘画中，我们会观看到诗意，在小说的某个片段中，我们也会读出诗意。那么，这里所说的"诗意"到底指的是什么呢？

在我看来，所谓的"诗意"便是我们从日常生活或艺术作品中所体验到的某种"只可意会不可言传"的神秘意味，是我们人类所独有的一种审美体验。这种"神秘意味"和"审美体验"通常是我们感觉到了，体验到了，却无法用语言完全表达出来，所以是无法完全说清楚的。我们在欣赏一幅画时，我们在观赏大自然的美景时，我们在读一首诗时所体会到的某种"只可意会不可言传"的东西，就是我这里所说的诗意。刚才同学们听我随口念的那三首"口水诗"，同学们之所以觉得《有苦瓜的日子》有点像诗，就是因为它有那么一点点诗意。

不知道同学们有没有过这样的体验？当我们第一次看见大海的时候，或者第一次登上泰山观看日出的时候，面对大自然的壮丽景象，我们往往会因过度的激动或震撼而处于一种无法表达的状态，只能张开嘴吐出一个"啊"字，接着就是无边的静默……这就是一种典型的失语状态。但如果此刻面对大海或泰山日出的是一个诗人，他就不会仅仅满足于用一个"啊"字来表达他此时此刻体会到的某种博大而崇高的感情，他一定要超越和打破这种失语状态，努力地把意会到了而难以形容的神秘体验用形式化的语言表达出来，这就是诗歌。诗歌由此产生并流传下来，成为今天我们这个"诗人讲坛"的主题。

为了更好地理解这个问题，我这里举初唐诗人陈子昂的《登幽州台歌》为例。在陈子昂之前，不知有多少人登上过古幽州台，但他们都失语了；唯有陈子昂写出了不朽的

《登幽州台歌》：

> 前不见古人，
> 后不见来者。
> 念天地之悠悠，
> 独怆然而涕下！

　　这首诗，我认为是中国古代最伟大的一首诗——不仅是唐诗中最伟大的一首诗，也是中国古今最伟大的一首诗，无法超越的一首不朽之作。陈子昂的其他诗歌作品我大都读过，觉得并不是很好，只有这首诗歌是最好的。陈子昂在这首诗中所表现的那种抚今追昔，感怀时间空间无限，生命短暂渺小的空茫感和悲怆意识是我们经常体验到但表达不出来而被陈子昂表达出来的！这便是诗人和诗歌的伟大。

　　说到"神秘意味"，说到"只可意会不可言传"，都和一个"意"字有关。在中国古代哲学中，"言"与"意"的关系是一个久远的话题，《易经·系辞》中早就有"言不尽意，故而圣人立象以尽意"的表述，认为："意在言先"或"意在言外"，认为语言是有限的，无法完全表达和穷尽我们体会到的某种言说之外的神秘意味。延续这一条思路，宋代和明代的诗人作诗讲究"神韵"，追求"妙悟"。由此可见，我这里讲到的"诗意"，在中国古代的诗话中，早就有所涉及了。

　　诗人通过语言带出的某种"只可意会不可言传"的神秘意味，便是我们通常所说的诗意，体现在具体的诗歌作品中，便是我们常说的"诗性"。诗性的强弱是决定一首诗好坏的主要因素。一首诗中，表达出来的"只可意会不可言传"的诗意越多，作品就越具有诗性，诗性越强的诗歌作品，就越是一首好诗。用语言表达出来的"只可意会不可言传"的诗意越少，作品的诗性就越差。我们阅读的时候，就可以根据作品中诗性的有无或多少来判断一首诗的好坏。

　　对只可意会不可言传的某种神秘意味的表达，诗意化的语言只可部分地实现，而不可能全部实现。假如你体会到的有十分，通过形式化的语言带出的有五分，就已经是很成功的作品了。

　　既然诗意是某种"只可意会不可言传"的神秘意味和神秘体验，它就注定了不可能在逻辑的框架内通过日常语言来呈现。要想呈现它，便只能在打破逻辑定式和语法规范的前提下，大胆使用违背常理的反修辞技巧，以及"象征"、"意象"、"隐喻"、"暗示"、"通感"、"反逻辑想象"等艺术手法，从时空观，从视觉、听觉、味觉、嗅觉、触觉等多方面，彻底改变逻辑思维和日常语言对我们的感觉及感性系统的制约，挣脱逻辑的桎梏，从人类常识的反面，将毫不相干的、互相对立的事物强行嵌合，打破人的五种官能感觉的界限，使声音有颜色，颜色有温度，味道有形象，冷暖有重量；用小事物来暗示大事物，以具体表现抽象，以有限表现无限，以刹那表现永恒，赋予具体的、瞬间的事物以普遍的、永恒的意义……

从创作论的角度考察，通常在平庸状态下完成的作品，往往缺乏诗性；那些诗性纯粹的作品，则大都是诗人在某种高峰体验的状态下创作出来的。而在某一首诗中，其最具诗性的句子，往往是那些神来之笔。比如我今年写的一首短诗《哲学研究》：

树木被自己的高度折断 / 飞鸟被天空拖累 / 镜子坐在自己的光阴里 / 沉溺于深渊的快感 // 一个帝国的手写体 / 目睹落日的加冕仪式 / 粮食攻陷城池 / 羊群在我身上集体暴动

其中的前四行诗是梦中得到的，只有第三行改了一个字，原句是："镜子坐在自己的光明里 / 沉溺于深渊的快感"，我改了一个字，就是把"光明"改成"光阴"，变成："镜子坐在自己的光阴里 / 沉溺于深渊的快感"。梦中得到的句子往往是神来之笔，这首诗的前四行也确实称得上是神来之笔。我的不少诗歌，很多好的句子都是在梦中得到的。

这首《哲学研究》应该算是一首比较纯粹的作品，前面同学朗读的《想象大鸟》也是一首比较接近纯粹的作品。

如同"戏剧性"之于戏剧，"小说性"之于小说，"散文性"之于散文，"诗性"——诗的唯一性或诗歌的纯粹性，是诗歌之所以是诗歌，并以此区别于其他文学类型的本质性特征。

诗性的充盈达到最高值的作品，便是我们所说的纯诗。

关于纯诗，瓦雷里在他的《论纯诗》一文中说道："我所说的纯，是物理学家所说的纯水的纯。"所谓的纯诗"……是一种没有任何非诗歌杂质的纯粹的诗作"。当然，瓦雷里同时也承认："这是一个难以企及的目标，诗，永远是企图向着这一纯粹理想状态接近的努力。"

美国诗人沃伦则认为，纯诗是力图呈现诗歌的本质，不含有其他杂质的诗。

这种纯诗又被瓦雷里称之为"绝对的诗"。按照瓦雷里的标准，这种纯诗在很大程度上应该是：一、清除了一切复杂的"形而上学"概念的杂质；二、淘汰了对"情感"的依赖，而被一种"纯粹的"美学表达的信仰所取代。

而美国艺术理论家格林伯格则认为，"纯粹性"即意味着自身限定。每一种艺术形式对其"纯粹性"的寻求，都是为了找到属于自己而为其他艺术类型所不具备的独特性，并以这种独特性（即纯粹性）作为确立自身价值和独立性标准的保证。

以上几种观点，我认为瓦雷里的太抽象，而沃伦的又太具体。格林伯格的应该对我们有一定的启发意义。

需要指出的是，在我们的写作实践中，"诗歌的纯粹性"不是已经实现的，而是有待通过艰苦的寻求和去蔽一点一点努力去接近的。作为诗歌的写作理想，"诗歌的纯粹性"有时体现为一种内驱性的精神动力，推动我们朝诗歌写作的某种纯然之境去趋近，有时又体现为某种召唤，仿佛那神圣的蔚蓝深处传来的天籁之音，牵引我们以纯净的语境去和它达成对称。每一个真正的诗人，心中都怀有诗歌的纯粹理想，每个严肃的写作者，都会在自己的写作中，以自己的方式，向心中的纯粹理想致敬；这其中，体现了写作者对终极存在的一种近乎宗教般虔诚的神圣感情。在一个严肃诗人的写作生涯中，往往会有某种力量推动着他，在自觉或不自觉中向这个纯粹的理想之境趋近，而在其一生的写作中，也总会有一篇或几篇作品接近于这种纯粹理想；这些作品既是诗人以自己的方式趋近诗歌纯粹性的努力，也是诗人朝向终极存在的一次漂亮的敬礼。当然，诗人的纯粹理想和文本现实是有差距的。对诗歌纯粹性的追求在多大程度上成为文本现实，则主要靠诗人自己的努力和造化。诗人的生命和精神的纯粹程度，往往决定诗境的纯粹度。所以，诗歌的"纯粹性"追求既是一个写作实践的过程，也是诗人人格修炼的过程。

诗歌是灵魂的事业，而灵魂是超验的与终极价值相关的神秘存在。灵魂内在于我们的肉体，又高于我们的现实生活，通过信仰把我们引向神圣的终极之域。一篇纯粹的诗歌作品，绝不会是无意义的文本形式，而一定会隐含某种思想和意义，但这种隐含的思想和意义不会固化为一种单一的、确定的主题，而是作为某种不确定的精神意向存在于作品之中，让不同的读者——乃至不同时代的读者作出不同的解读，而对一篇作品内在意义的理解和阐释又可以是无限的，在一种理解和阐释之上可以有再理解，再阐释……这便是我所说的"主题的不确定"。并且，任何文本所负载的意义和价值，从其根本上审视，都与终极存在有着某种关联——任何严肃的写作都会在自觉或不自觉中指向终极存在；我们在诗歌写作中对诗歌纯粹性的寻求，便是向终极价值的趋近，朝向终极存在的庄严敬礼。纯粹的诗歌和诗人因此而被时间所铭记。

谢谢同学们！

（感谢四川师范大学文学院二〇〇七级中国现当代文学专业的张志强、邓婧、石兰、张爽、刘婷婷同学根据讲演录音和我提供的电子文本整理出初稿）

《当代作家评论》二〇一〇年第二期

论周伦佑

林贤治

　　周伦佑，他出生于四川的一个偏僻小城西昌，却心雄万夫，一意破关而出，做万山之国的大王；这样仍不足以满足他的支配的欲望，还要挂云帆以济沧海，做众海盗的首领。在他那里，称霸意识中有自由意识，黄土地后面有蓝色背景。这是独特的。他出行必驾三匹马车：刊物、评论、作品，座驾非俄罗斯民间的三套车可比，有王者气派。如一九八六年创办的诗歌刊物《非非》，比起别的民刊，不但刊期长，规模大，而且中经两次停刊，不但锐气不减，而且思想倾向愈加鲜明。只要知道中国的出版环境，就可以知道，一个刊物的坚持需要付出怎样的代价。周伦佑善于创造概念，且具有随意演绎的能力，他的诗论富有原创性质，喜欢宏大、华赡、雄辩，然而，对于他这样先天的破坏性人物，结构主义也即解构主义，只是不像别的中国式的后现代主义理论家那样，动辄挟洋人以自重；与其说他是从理论出发，不如说是从诗出发，从创作实践出发，一切为我所用。至于他的诗，当然可以看作是理论的实证，往往意在笔先，驱遣万物，推波助澜，汪洋恣肆。

　　早在一九六九年，周伦佑就开始写诗，"文革"时期自编过两部诗集。他在后来发表的一篇题作《证词》的文字中这样说道："这些诗编成集时，我没有署真名，只用了化名，还画蛇添足地在诗集的序中假托这是一位死者的遗稿，以便东窗事发时有个退路。"关于当时的政治环境，他说："那时抓人事先是不通知的，都是在会场上突然念到名字，然后由周围几个事先安排好的积极分子扑上来按住头扭住手推搡着揪上台去。所以每次去开会我都特别紧张，就怕喊到自己的名字。甚至平时有人突然喊我的姓名，我也会吓出一身冷汗！那种因极度的恐惧而'心紧'的感觉直到十多年后再次深入我黑白不分的现实梦境，我才最终确认：作为一种制度性的创伤，它于我已是根深蒂固不可分的了。"他最初的诗作已经带有比较明显的暴力——也可读作反暴力——倾向，如《星星的思路》、《誓》、《清泉》、《冬夜随想》、《望日》等，尤其是后一首："我敢，我是后羿的子孙 / ……我射出最后一支箭—— / 太阳一声惨叫，扭动着 / 慢慢跌下黑暗的深渊。"这样的意象及使用，在当时是犯禁的。周伦佑也有另一种倾向，除了情诗，还写过一些形近宣传正统意识形态，充满"祖国"、"人民"一类大词的诗，实质上，那是个人英雄主义的诗，潜藏着一种救世主意识。

到了"非非"时代，所有这些固有的倾向，都被"文化"泥石流所淹没。周伦佑先后写了《变构：当代艺术启示录》、《非非主义诗歌方法》、《反价值》等论文，打出"反文化"、"反价值"的造反之旗，实际上与当时从文学界到学术界的"寻根"——文化学热潮合流。他成了一名狂热的"文化分子"。与此相对应，他写下《带猫头鹰的男人》、《狼谷》、《十三级台阶》、《自由方块》、《头像》等长诗和组诗，集中地以文化典籍的内容、建筑的排列形式，以及怪异的"遣词"，在诗坛产生一定的影响。

> 一只狗追撵一条小路追到一棵树下
> 爬到树上躲藏的路是一条聪明的路
> 咬住自己尾巴转圈的狗是一只通灵的狗
>
> 在在下
> 在树上在树下上树在
> 下上在
>
> 道不可以说出，梵不可以说出
> 陶罐盛满水，著草的牙齿打湿了
> 天心深处那颗星游上岸，我们也上岸吧

以上是《带猫头鹰的男人》中的一节，在分行书写时，突出视觉效果。诗人还有一些诗，有名的是《自由方块》，也都常常摆这类变化不定的八阵图。这里举其中的一个片断：

> 你说李白酒后看见月亮是蓝的他说月亮比
> 李白还白我认定月亮是某种形状怎么打磨都是方的
> 他看见你或我或一个像我的去过那片树林那晚军
> 火库被盗我看见他进山打猎你证明他在家和老婆睡觉
> 我说留长发的是男人你说留长发的是女人他说
> 那是古代现在男女都一样都留长发都不留长发……

周伦佑用词时而典雅，时而俚俗，时而引经据典，时而插科打诨，时而格律化，时而散文化，时而绕口令，时而回文诗，随处制造互文，以期达致语言的狂欢。诗是实验的，但也是炫耀的，暴力倾向就通过这豪奢的语言表现出来。再看《梅花第一章》的开头：

> 雨中不见伊人，只有梅花的疏影
> 毛发躁动的夜晚，我的心情异常平静
> 古代的临安是不会有这样的酒廊的
> 桃木的梯子上我一眼就认出了你
> 无可奈何花落去，是另一种花的凋谢
> 似曾相识的不是燕子，是一种落寞的美……

诗中明显地是对古诗词的仿写，情调是古旧的，价值是很文化的。总之，周伦佑在诗坛的喧哗声中，已然失去了方位感。

这些由文化碎片整合而成的诗歌，以文化反文化，以价值反价值，语义互相抵消，思想是空缺的，从整体来说不具革命性，局部的革命也是属于语法学的。只有当他的文化之梦被粉碎时，内在的暴力，才可能穿透才子气的轻浮的幕墙而激射开来；也只有在这时，当他不是作为洋洋得意的骄纵者，而是作为一个失败者遭到羞辱和打击时，他的叛逆的、反抗的姿态才具备了本来的意义，而不致沦为一种无害的象征。

九十年代，从理论到作品，周伦佑急转直下，"从玄学深处跌回到自身"。他相继提出"红色写作"和"体制外写作"，所谓"体制外写作"，只是更为明确地表示一种立场或姿态，实际上是"红色写作"的延续。红色写作的宗旨是："以人的现实存在为中心，深入骨头与制度，涉足一切时代的残暴，接受人生的全部难度与强度，一切大拒绝、大介入、大牺牲的勇气。""从文本转向现实，从模仿转向创造，从逃避转向介入，从水转向血，从阅读大师作品转向阅读自己的生命。"在充满暴力与对抗的时代，文章标举社会抗议和绝望的主题，同时指出，重要的是反闲适，因为这种传统文人的东西，其要害是消极、妥协和逃避。作为批评的声音，它是及时的、必要的，并且带有自我反思的性质。文章认为，诗人一生的主要意象，与他生命中的重大事件有关。就周伦佑这个时期的作品来说，也确实如此，其中的主要意象：大鸟、兽、钢铁、石头、火焰，都来源于新的经历，并非书斋里的玄想。这时，他有了"火浴的感觉"，因此不可能再像过去那样地"冷抒情"。整个八十年代，他一样陷入才子集团的迷阵里，直到九十年代才脱身而出，从空洞的文化符号进入时代的核心。

我们可以集中地通过下列意象看周伦佑的诗。

火。作为传统的象征物，火是运动，是事件，是光明也是罪恶，是热情也是焦虑，是痛苦的考验，是毁灭或者再生的过程。在周伦佑这里，火同样具有两面性，乃至多面性，既是反革命的，相反也可以是革命的；火代表一种社会现象，也是心灵的表象。《火浴的感觉》写的是"非神话"意义上的一种体验："从他／到我，完全不同的两种火焰／在火的舌头上感受自己的肉体／比看别人点燃手指真实得多。"这是怎样的一场"火浴"呢？诗里写道："火的深入变化无穷／毫不手软的屠杀与围攻。思想／纯正的黑暗，炉火纯青的白／旗的红，杀人不见血的透明……"最后是"抖落身上的灰烬／从火焰中再生的不是凤凰／是一只乌鸦，全身黑得发亮"。沉痛、荒诞，充满反讽意味。《邻宅之火中想我们自己》写的是另一种火，那是远方的火，然而"惊动寐中的老人与水"，它的燃烧使每个人都在火中——

那是我们的火在烧他们的城堡

七十年的结构，用有形无形的

石头，用刺刀、谎言和教条

精心构筑的城堡，在火中摇摇欲坠

这是最后一次机会。看别人流血

而自己感动，然后流泪，然后伤感

然后在悲怆交响乐里默哀三分钟

这还不够。容忍暴行是一个民族的耻辱

我们无耻得太久了，几代人的头发

在等待中脱落，不只是缺铁

需要一次火浴……

好大的火哟！……

　　整首诗是兴奋的、鼓舞的，几度重复出现"我们的火"和"他们的城堡"这样对立的意象，结尾是意外的克制："作为所谓的火种 / 内在的燃着，这便是我们真实的处境 / 低度着，直到紧要关头方才说出一切"。欲飞还敛，骨子里却仍然是跃动着的。

　　《看一支蜡烛点燃》中又是一种火焰：小小的火焰，柔弱的火焰，然而使人惊心动魄的火焰。一支点燃的蜡烛，将一首诗划出前后两度空间：前半部是正剧，充溢信心和光明，众多的手在烛光中举起来："食指与中指分开，举起来 / 构成 V 型图案，比木刻更深"；后半部是悲剧，充塞了围拢的密集的影子，看不清的脸和牙齿，接着是细细的雷声和纷纷折断的手臂，"烛泪滴满台阶 / 死亡使夏天成为最冷的风景 / 瞬间灿烂之后蜡烛已成灰了 / 被烛光穿透的事物坚定地黑暗下去……"诗人在描述一支蜡烛从点燃到熄灭的小小过程之后，说："体会着这人世间最残酷的事 / 黑暗中，我只能沉默地冒烟"，悲愤中仿佛化作了一支残烛。

　　刀、剑、钢铁。典型的暴力意象：坚硬、强大、锋利、杀害、伤痛及死亡。周伦佑的诗《在刀锋上完成的句法转换》、《永远的伤口》、《厌铁的心情》、《剑器铭》，都是把钢铁的铸物当做中心意象的，充满血腥味。诗中反复出现通过钢铁施暴的场面，同时也反复出现对伤口和痛楚的渲染。他强调说，这时刻是"惨重的时刻"，疼痛是"持续的疼痛"——

> 永远的伤口是一滴血
> 深入，广大，没有任何目的
> 死者的名字在伤口外悄然站立
> 伤口感染使更多的人忧心如焚……
> ——《永远的伤口》

诗人仔细辨认刀刃的两面，一面是施暴的手，一面是受难的手；或者与钢铁对抗，或者被钢铁推倒。诗篇明显地倾向于受难的方面，抵抗暴力的方面，如《剑器铭》所宣示的：剑是坚硬的，但有比铁更坚硬的东西。《在刀锋上完成的句法转换》的结尾是："刀锋在滴血。从左手到右手 / 你体会牺牲时尝试了屠杀 / 臆想的死使你的两眼充满杀机。"这是对屠杀的报复，表现了复仇的意志。《永远的伤口》最后写道："在伤口中，在一滴血里 / 我们怀着带伤的心情 / 坚持着每天的水晶练习 // 在伤口中，在一滴血里 / 我们坚持着每天的水晶练习。"这练习是反抗的练习，以复沓的句式出之，意在强调一种韧性。《厌铁的心情》很不同，写的是被钢铁浸透的夜晚如何形成疾病，如何疼痛，如何空虚和颓废。实际上，诗人在这里是通过自我批判的方式，以肯定斗争——反对苟活——的意义，抗恶的目标是一致的。

石头。它代表压迫、禁锢、坚忍。关于石头的诗，对于周伦佑来说，带有自叙的性质。在诗中，石头有两种来历：一种是堆积起来，成为队列和墙，"从四面八方胁迫过来 / 迫使你变小，再小 / 直到躲进石头成为一个名字"（《石头构图的境况》）；另一种"暗示着某种危机 / 如履薄冰的日子无限期地推延 / 生命的紧急状态 / 随时担心头顶的巨石砸落下来 // 想避也避不开了：与生俱来的 / 沉重，成为你生命的主要部分"（《石头再现》）。诗人说，必须热爱并且亲近这些石头，但是，进入石头又不能成为石头。这是人与石头的纠缠，犹如西绪弗斯神话；不同的是，那个受罚的神阐释的是一种形而上学，而诗人阐释的却是一种政治哲学。《对石头的语义学研究》写道："在黑暗中石头被引申为火种 / 在火中，石头被引申为铁的原型。"其实，诗人的思想一直在战胜石头和石头战胜中游走，一面赞颂"水被石头击伤，水包围石头"，一面惊呼"石头保持原样 / 使任何僭越的企图归于徒劳"，神秘的宿命感使他受伤，而反抗宿命的渴望又使他重踏荒芜英雄路。矛盾、犹豫、焦虑、绝望、希望、挑战欲、堂吉诃德精神，在他的"反暴力修辞"中都有不同场次的显现。

《柏林墙倒塌后记》不写墙而写砖，这是诗人在"后柏林墙时代"的独特发现，命意实与歌咏石头相同。"墙倒了，砖不再被追究"，在诗人看来，这是一个严重的问题：

只要砖在，墙就随时可能再次竖起
每一块失意的砖都怀有墙的意图
只需要一位伟大领袖登高一呼
砖集合起来，又是一支钢铁的队伍
百倍的仇恨，比昨日的伤口更深……

这恰恰印证了诗人在另一首诗中的警句："不在者的力量比人更强大。"

然而，不在者与在者是互为加强的。在诗人的笔下，不在者幻化为"象形虎"，在者变作了"猫王"。在《象形虎》中，虎无处不在，它通过文字和图像喂养我们，使我们放弃自己，成为虎的宣传者、协同者和维护者。"虎，愈看不见，愈显出它的庞大／我们无法反抗虎。"但是，临到最后，"一只披挂火焰的虎从我身上脱颖而出"，虎的禁锢教育和暴力修辞产生了反制的效果，而这，正是诗人不屈的心的写照。《猫王之夜》这样写猫王：

这是一只黑颜色的猫
整个代表黑暗　比最隐秘的动机还深
分不出主观客观　猫和夜互为背景
有时是一张脸　有时是完全不同的两副面孔
每种动物都躲到定义中去了
只有独眼的猫王守候着　旋动的猫眼绿
从黑暗的底座放出动人心魄的光芒
使我们无法回避地倾倒

有时感觉良好　　有时彻底丧失信心

……猫王占据着最佳的位置

从万无一失的高度　　用宝石控制一切

它的利爪抓住我们的颅骨和名字……

当人群被恐惧驱赶　　向四面八方逃散

猫王的事业达到了顶点……

　　这首诗的结尾自不同于《象形虎》，当我"知道这只猫和我的关系"之后，仍然无法免除恐惧，以致"夜夜小便失禁"。在人与兽、爱与仇的周旋之间，诗人不能不成为策略家，在艰难中寻找进路。《与国手对弈的艰难过程》，就是有关这一方面的集中描述，"国手"也不妨视作虎或猫的利爪。诗中给出对弈的两种结局：或者变成白痴，坐忘一切，或者以流血为代价，为历史作证。组诗到最后，这两种可能的结局都被删掉了，作者换了一个结尾，即第三种结局：装作若无其事的样子，坚定而从容地与无形的手继续对弈。周伦佑在多处使用"坚持"、"坚守"一类词语，他决心"以生命做抵押，使暴力失去耐心"。所以如此，就因为在他那里，始终不曾失去对大鸟的想象。

　　大鸟。大鸟是周伦佑诗中的一个始基性的意象。它是虚构的、抽象的，但也是具体的。作为钢铁和石头的对立面，它远离中心而居于别一个天空，但又深入钢铁和石头内部，以柔克刚，形成打击的力量。在《想象大鸟》中，大鸟是抽象的，是自由的启示。"当有一天大鸟突然朝我们飞来／我们所有的眼睛都会变成瞎子"，诗人是说，突然而至的自由将使我们根本无法适应，假如我们长期生活在禁锢之中，甚至因此失去自由感的话。在《从具体到抽象的鸟》中，写的是自由的境遇，故而鸟是具体的：

很少有鸟飞过这里的窗口

我的脸上却时常有羽毛的感觉

这是具体的鸟

在高墙下，在射程之内

随时准备应声而落

……

书本上的鸟和天上的鸟

一齐鸣叫,在蔚蓝的天空里飞

……

于是有捕鸟的网目张开

多毛的手沾满鸟的声音

从弓矢到霰弹是一种进步

从翅膀到翅膀是优美的坚持

死去的鸟躲进书本成为文字

更多的鸟儿依然在天上飞……

……

枪声响过之后

鸟儿依然在飞

诗人强调说,能被捕杀的鸟只是具体的鸟,纯粹的、抽象的鸟是捉不到、杀不死的,因为它一直在射程之外。于是,在飞的鸟的形象在诗中一再被重复。作为隐喻,具体的鸟曾经化为鹤、凤凰、乌鸦、鹰或鸽子,所指不尽相同,甚至相反,有的还被赋予特定的背景,如《青铜之镜》中的推镜头:

他总忘不了那场战争

穿过肉体的废墟,一支钢铁的大军

在胜利推进。硝烟,溃散的人群

火光中,他看见一个青年

手里举着一只鸽子

站在

一辆坦克前面,

站着

迫使战争在全世界面前停顿了一分钟

诗的第二节接着把青年与鸽子神化了，他们总是在黎明或薄暮时分给城市的局部带来大火，显然，战争平息了，激情仍在汹涌。第三节说多年之后，青年与鸽子变作了青铜雕像，落成于城市的广场中央。这是一种悬想。把未来的时间提前，按住现实，然后追溯历史——

而那位设计师没等到他的构图

变成青铜，便死了——

死于十年前的一次车祸

这个结尾十分突兀，分明又在意中。设计师的这个结局，恐怖而神秘，不由人不想起《一九八四》，仿佛他的艺术构思早已被窥测清楚，因此必须失踪或意外死亡。

试图将理论家、编辑家与诗人集于一身的周伦佑，在八十年代中期亮相诗坛时，便有了知性过人的展示。他不满足于扮演单一的角色，他要做大导演，调度整个舞台和众多角色，至少自导自演。在他所有的诗篇中，都看得见一只知性之手的大幅度动作，玩词语的魔方，戏仿，反讽，制作哲学楔子，编造寓言。《染料公司与向日葵》、《仿八大山人画鱼》、《读书人的手》，是其中最显著的例子。知性——也可读作理性，这里不必作哲学教师式的细分——的介入可以限制和调节感情的流速，增加语言的硬度，制造陌生化效果。但是，它的危险性也是显而易见的，就是太刚性，太冷静，往往把诗美杀掉。周伦佑不然，他完全获取了知性入诗的长处，而又避免了可能的缺陷。作为天生的霸王或匪盗类人物，生命力（原始冲动、激情，包括意志力和想象力）十分强旺，犹如一团活火，足够消融外加的冰雪；大量的隐喻，保持了阴柔的水性，恰好构成对火的制约。不是水火不容，而是刚柔兼济，虽有火的狂热、钢的强硬而不为所伤。

在中国新诗史上，四十年代西南联大的"九叶派"诗人最早表现出对知性写作的集体性追求。他们的作品，正是以知性的反浪漫、反优美、反灵巧体现现代诗的特色的。

但是，总体上究竟偏于凝寂、冷涩、书斋气，留下过多雕琢的痕迹，诗艺在某种程度上压抑了生命热情。比较起来，周伦佑显得更自如，知性入诗的手段也更独特、更丰富。

对于中国新诗，周伦佑的主要贡献，在于他的"反暴力修辞"。从二十年代歌颂劳工神圣的诗，到三十年代左翼诗人如殷夫、蒋光慈、蒲风的诗，到四十年代"七月派"诗人的诗，都是以集体暴力反对国家暴力，作为诗人个体，只是阶级或集团的传声筒。至于五六十年代产生于政治运动的诗，其语言暴力更是正统意识形态的一部分，合法性暴力的一部分。周伦佑为了打破传统文化制度及观念的刚性、合法性暴力的支配性，他的诗，同样充满了语言暴力。不同的是，这暴力是个人性的。他以想象力对抗现实压力，以来自内部的暴力抗拒外部的暴力，既保护自己，同时维护正义以免遭到侵害。在反暴力的暴力语言深处，隐藏着一枚果核，那就是坚不可摧的自由感；正是这枚果核，给整个失败的季节保留了信心。

周伦佑的诗歌写作是在八九十年代之交出现根本性转折的。在表现形态上，周伦佑的视点往往集中在几个中心意象上。他是宏大的，追求严整和对系统的掌控。他也是竞技的、角斗的，那是赤裸的暴力，虽然也有从容的时候，也讲坚忍，还多次说回到沉默，然而他那逞强好斗的本性，终究不失时机地表现了出来。《模拟哑语》开头说："就这样说：嘴张着／但不发出声音，甚至不张开嘴／让舌头缩回体内，永远封闭"，接着就强调"哑语练习之必要"，强调要"准备说，必须由你说出／这个世纪黑铁的性质"，"以免表达能力因废退而丧失"，"哪一天你被割去舌头／还可以用哑语作第二种表达"。如果说这里是一种蓄势待发的暴力的话，那么在《沉默之维》里，作为对外在暴力，和比这暴力温柔、更切身也更残暴的"商品的打击"的对抗，诗人做不到"与沉默的词根相守"，看看结尾：

> 从思想打开一个缺口，我的沉默
>
> 长驱直入，与世界短兵相接
>
> 几代人怨毒很深的白骨
>
> 闪着磷光，空气开始变硬
>
> 我知道我已经离它很近了
>
> 再走几步，穿过大象的开阔地带

当那匹斑马出现，乌鸦的叫声

将使这些生物建筑顷刻崩溃

在所有诗人中，周伦佑以最饱满、最鲜明的色调，完成了他作为一个抒情主人公的形象："被迫的英雄"。

八九十年代之交是一个关键的历史性时刻。自此之后。整个九十年代，中国诗界同知识界一样，弥漫着一种逃避主义的精神氛围；实质上，这是从八十年代中期开始的非政治化、反崇高倾向的必然性发展。中国知识分子的人格结构，最缺乏的是骨头和自由感，这两者恰好为周伦佑所获得，并被锻炼成一种诗性，一种反暴力修辞，这在一个特定的语境中，是特别值得关注和予以肯定的。这其中的个人主义，主要是反国家主义的，与五四时期建基于反家族主义的"个性解放"颇有差异，但那种不妥协的圣战般的英雄主义，却是一脉相传的，是那个狂飙时代的一个相隔遥远的孤独的回声。

《当代作家评论》二〇一〇年第二期

道成肉身

——最近十年的一点思考

于 坚

老子说，有无相生。一阴一阳谓之道。

一八四〇年以来中国文化一直有一种强烈的焦虑，在我看来，就是对"无用"的焦虑。传统中国虽然肯定儒家的经通致用，但"为学日益，为道日损"，对老子和庄子们的"道""忘机"也是不敢须臾疏离的。传统中国的文化方向是向下的，李白说："大块假我以文章"。道法自然，自然不仅仅是物质空间，也是中国心灵世界的源头，上善若水，随流赋形。道法自然，天地之大德曰生，中国文化尊重经验和历史，时间是永恒的。文学的主题是大地，写作的基本调子是赞美。写作从世界中出来，又回到世界中。

在中国，文化扮演着某种宗教角色。道法自然，写作是对世界的说明，这个说明是"为天地立心"。中国心灵在大地上而不是在上帝那里。文章就是立心。

子曰，人者，仁也。"夫仁者，己欲立而立人，己欲达而达人。"人本来与野兽同处于黑暗的荒野，但人立了心，于是脱离了原始的遮蔽。立心就是写作，就是文章。"己欲立"的这个己，就是作者。

心是先验的。就是孟子说的"人皆有之"。"仁义礼智，非由外铄我也，我固有之也，弗思耳矣。故曰：'求则得之，舍则失之。'"立心，立就是为"我固有之"的心祛除遮蔽，文明之。

立心不是虚构观念、设计世界新图纸。在中国，诗是文化的最高形式，诗是说明，是从世界中出来，"为天地立心"，诗的方向是通过文字使心出场、在场，守护着大地人间，与他民族的宗教不同，中国天堂不在来世，就在世界之中。宗教的方向是向上，终极价值在世界之外，来世。宗教的天堂是虚构的。文却必须回到人间，回到经验，回到大地上，回到世上。文是对人间大地先验的诗性的"明"，诗与宗教，方向和形式不同。诗出于世界，回到世界。宗教只出不回。宗教和诗都在解释说明世界，宗教更倾向于解释，通过"比你教为神圣"的观念，理论、理想、理念、教条。

诗是对世界的说明，文明。"古之所以为诗者，约有四端：一曰幕俦侣，二曰忧天下，三曰观无常，四曰乐自然。"（马一浮《蠲戏斋诗话》）诗言志。志，按照字体结构，士心，可以说就是"己欲立而立人，己欲达而达人"的仁者之心。"在心为志，发言为诗"，心是先验的，人皆有心，但只有士心有所思，思就是心田，心有田了，心动，觉醒，生长，这就是志。志，也是记录，以文志之。志，"志者感也"，通过言记录、说明、文明，就是诗。这个志，并不"比你教为神圣"，这个"志"是顺其自然。诗就是文，就像文这个词起源于文身一样，是顺其自然的顺理成章。"理，治玉也。顺玉之文而剖析之。"（《说文》）"理者，成物之文也。长短大小、方圆坚脆、轻重白黑之谓理。"（《韩非子·解老》）这是中国本源的"理"。现代意义上的"理"是按照发现总结的规律或依据某个标准对事物进行加工、处置，理性、理财、理事、管理、修理、整理的理。

中国诗仙李白说"大块假我以文章"，文章就是赞美，原天地之美。大地人间就是天堂，文章之。这与基督教文化将世界是非化完全不同。"神看见光是好的，就把光和暗分开了。（And God saw the light, that it was good, and God divided the light from the darkness.）"而在中国文化中，大块不是"一张白纸"，光与暗都是自然，都是道的载体。先验的，守护着就好。文明就是守护。文明而不是再造。

传统中国的写作基调是赞美。"诗教本仁，故主于温柔敦厚。"（马一浮《蠲戏斋诗话》）

子曰："小子，何莫学夫《诗》?《诗》可以兴，可以观，可以群，可以怨；迩之事父，远之事君；多识于鸟兽草木之名。"（《论语·阳货》）我以为，兴就是触发。在古代诗歌中，触发汉语诗兴者主要是自然，所以山水诗兴旺发达。"大块假我以文章"，赞美息我以生死的大地是诗的基调。观，就是观点、立场、所在地。群，就是他者，"他人不是地狱"。怨，就是批评，批评是"美刺"，用的是加法。批评与二十世纪的批判不同，批评是因为"大雅久不作"（李白），为的是"再使风俗淳"（杜甫）。批判是非此即彼，破旧立新。兴、观、群、怨，迩之事父，远之事君。是说诗是为人之初，性本善而明，为人伦大道而明，诗是立心，扬善，风雅。诗"可以兴、观、群、怨，必止于无邪"（马一浮《蠲戏斋诗话》）。诗之最末流，是"多识于鸟兽草木之名"，就是将诗作为知识。

赞美基于对有的守护、顺从、喜悦。在一八四〇年以后，中国赞美只剩下无的一面，有被解释为旧。诗还在说，但是已经不明了。文还在复制已经灿烂之极的雅驯，以至腐朽晦暗了，令五四时代的新青年感到窒息，使中国在舶来新世界面前全面失语。自五四开始，自然、历史、经验的旧世界首先被从观念上革命，"文革"是这种革命的极端，进而在空间上被拆除、摧毁。

五千年，色即是空。王国维之死，是因为他意识到这个大空的到来。

有与无，不再是相生的关系，而是彼此对立，水火不容。曾经是知白守黑，现在，白要消灭黑。

基于对无用的焦虑，汉语写作的革命性是重建一个现代性的观念系统，激活僵化的所指，重新解释中国之器。说明已经隐晦不明，但无法涂抹，说明已经积淀在汉语历史的黑土中，只能再解释。我们的写作被抛入了一个解释的时代。解释就是批判。

对无用的焦虑确实为中国写作注入了新的活力。白话文写作就是这种普遍焦虑的一个成果。白话文革命，使汉语在书面重新获得广泛用途，可以为现代中国解释了。以有用为目的工具理性，这是汉语写作之现代性的内在根源。对于现代诗人，这是一个基本的起点。

当代文化的有用，是对各种观念、意识形态、知识的空间性开拓。非历史、对经验的革命、成为当代创造的基本动力。

自鲁迅以降，文学的主调成为批判，人独立寒秋，成为当代文学的主题。

鲁迅是个耶稣式的人物。他为汉语带来了一个新的东西，这就是绝对的批判。说明变成了解释，赞美变成了批判，肯定变成了否定。从鲁迅开始，诗经中国进入了圣经中国（或者说"道法自然"的中国变成了"观念先行的中国"）。传统中国以"中庸"为价值的天平，独尊儒术使"中庸"成为一种绝对，或许正是这种"中庸"绝对性导致了近代中国的衰落，恰恰失去了中的天平。

鲁迅从天而降，他带来的是一种命名方式："不在沉默中爆发，就在沉默中灭亡"。

"地火在地下运行，奔突；熔岩一旦喷出，将烧尽一切野草，以及乔木，于是并且无可朽腐。"这口气与超越经验的"光是好的，就把光和暗分开了"是一样的。这陌生的东西需要强加于世界，因为它超越了生命的普遍经验。基督教的许多思想在今天是日常生活中的普遍真理、常识，但是这些从天而降的观念在开始的数百年中却是通过剑与火来推行的。

鲁迅在中庸世界中树立一种现代性的绝对精神。"中国人的性情是总喜欢调和折中的，譬如你说，这屋子太暗，须在这里开一个窗，大家一定不允许的。但如果你主张拆掉屋顶他们就来调和，愿意开窗了。"开窗，意味深长，它其实使汉语写作在一个更大的空间中去寻求中的所在。

赞美是对世界的原始说明，赞美基于对大地、对器的敬畏、顺应。批判则是对说明的再解释。批判需要无所畏惧。我们这一代诗人是在这个文化背景下开始我们的写作。

赞美是"原天地之美"。赞美是没有是非的，天地无德。赞美是先验的，这种写作道法自然，写作不是赋予世界新的意义，而是顺应"它的意义"，顺理成章。

批判是对经验、历史的批判。批判基于本源性世界（或曰故乡）之外的观念、图纸，更X的全球图纸，以确立新的是非，扬弃、否定或者肯定。有用是衡量一切价值、意义的坐标。

我们时代写作的动力来自是否"有用"。在将近两个世纪的再解释后，"有用"已经成为中国物质和精神生活的基本价值核心。有用创造了一个强大的物质中国。

但是新的焦虑也出现了，压倒一切的"有用"，也令中国产生了巨大的精神空虚。可以说，近两个世纪以来，我们已经将西方一切"用"都搬了过来，现代化在中国的胜利有目共睹。但是，西方的有用、器是植根在上帝中的。上帝代表着西方文化中无这个层面。天职，职业，在西方文化中工作意味着"上帝安排的任务"、"神召"；而在当代中国，工作只意味着"先富起来"、"勤劳致富"。勤劳于某项工作而没有致富呢？就抛弃这个工作，打一枪换个地方，工作本身被视为无用，有用的才是工作，无用的就不是。工作不是神召、天职。我们没有搬来"上帝"这个东西。是我们没有搬吗？一百年来，中国知识分子其实已经使尽浑身解数，教育的普及、各种译文汗牛充栋，但上帝依然在中国精神世界中阙如。上帝这个东西是搬不动的，上帝位于西方文化中无这个层面。无只植根在各民族自己的文明经验中，它无法移植。主义、意识形态、观念、知识都可以移植，但无无法移植。无像生殖活动一样，必须在各民族自己的身体中生成，无是各民族的精神之根。

无是对有的守护，有无相生，知白守黑，文明是无的守护者。文化、经验、审美标准，无不植根于此，无是照亮有的东西。有无相生，有与无的任何一方面的缺席都是对生的摧毁。老子曰："知其白，守其黑，为天下式。为天下式，常德不忒，复归于无极。"如果世界失去了"归于无极"的"常德"，它就抵达了有限，"有"如果没有对无的敬畏、恐惧，没有朝向无的升华，有就是有限。古书说，有是会意字，意思是手中有肉。手中有物而不敢放手，这就是死守，守死。无，最古老的意思就是舞蹈，舞蹈是什么，就是赞美"无"的一组组动作。

我曾经说，"文革"是一场灭心的运动。心就是无。"文革"费尽心机要消灭的就是中国世界的无。所谓"灵魂深处闹革命"。文革盛行的"交代"就是要人们把"无"供出来。消灭于意义之"有"。"文革"中断了中国的形而上的黑暗经验层面。

中国传统在观念上被彼岸化了，无与有分裂，无走向虚无。无先是由于恐惧而隐匿，继而由于无用而被抛弃。

现代性对有的空间性开拓成为时代主流。现代主义是一场空间的量化运动，现代主义试图通过有将无量化、空间化。对有用的焦虑并不是空洞的概念，在写作上，它已经具体地影响到我们，这就是对意义、象征、隐喻的狂热追求，对无意义的恐惧。现代中国其实已经不敢写无用的东西。在二十世纪以来，许多写作看起来就像是一场对"是否有用"的大规模的集体辩护，解释。

最近二十年，中国"文革"新文化中趋于极端的旨在"有用"的泛意识形态化的主流美学体系濒临崩溃，文化价值标准出现了巨大真空。"礼失而求诸野"，各种民间文化力量试图对这一真空进行重建，重建中国当代文化的价值坐标。这种重建在新世纪的最初十年尤为激烈。

今年春天，我曾经从苏州到上海旅行，在这个中国现代化发展最充分地区，我目睹了新世界的全面崛起和旧世界的全面崩溃。在一百年前只是理想、蓝图、观念的东西，今天已经成为坚固的物质现实。在苏州，时隔三十年，我再次拜谒了拙政园等古典园林，上次是游览，这次却是拜谒。我周围弥漫的是一种诚惶诚恐的气氛，太湖石、书法、文言文、画栋雕梁、楼台亭阁、小桥流水……像圣经中的使徒一样被人们顶礼膜拜、叹为观止。这些昔日中国的"寻常百姓家"中的精华如今已经从庸常中升华出来，像教堂一样神圣。无数旅游团组成的朝圣队伍像潮水一样涌向苏州，苏州已经成为梵蒂冈或者麦加那样的中国圣地。另一座伟大的中国教堂则是黄山，朝圣者的队伍也是日夜不绝。

"道法自然"的传统中国世界已经被"彼岸化"了。

我强烈地感受到西方的一句现代格言："Pastis another country"（过去是另一个世界）。

"现代再也不能向历史借鉴模式了，它被迫从自身创造规范。"（哈贝马斯语，赵一凡译）

作为新世界的典范，在上海，我看到一百五十年前崛起的上海外滩，曾经由于崇洋媚外而声名狼藉，如今已经成为中国现代化历史中的里程碑和古典范式。这些具有十九世纪西方风格的建筑，如今再次价值连城，与黄浦江两岸崛起的玻璃幕墙新建筑群一道，已经成为旅游者的另一个顶礼膜拜之地，说它是现代主义的大教堂一点都不过分。

多年前，我读到英国作家伍尔夫的一篇文章，她说，在二十世纪初的某日，世界变了。我当时觉得她很夸张，历史的变化难道有如此具体的时间表？但在二十一世纪的最近几年，或者说在奥运会开幕的前后，我深深感觉到，是的，世界变了，我曾经知道的那个世界，已经是"另一个世界"，苏州不仅仅是建筑物，它是一种生活，一个生活世界。外滩也不是"新瓶装旧酒"，这是一个新世界。我意识到，现代主义在中国已经建立起它的主体性，叫嚣了一百年的"拿来主义"已经不是纸上的口号，而是一个物质和生活现实。

在近两个世纪对中国传统和西方影响的拿来、整合、革命、批判、再解释、不断地反省之后，我以为中国已经有了一个重建"无"的基础。最近十年，那个中国现代的小传统——东西二元对立的简单思维模式已经逐渐被抛弃，中国当代经验已经成为一种更有超越性的东西。其当代性已经使传统的二元对立不再那么尖锐，与上世纪中学为体西学为用有着根本的不同。一种新经验已经成为中国的当代经验，这种新经验不再是一堆抽象的主义、观念，而是一个世界，一个我们已经被抛入其中的物质、社会、文化空间，一个新的器。西方不再是一个彼岸，它已经成为中国世界"第二自然"的一部分。曾经被视为二元对立的西学东渐已经在器的层面成为世界、当下，西方生活的许多方面已经成为此岸，成为中国生活的巨大现实，而不再是遥远的、彼岸的"西方主义"。"文革"将中国传统在形而上的层面上"彼岸化"了，但中国传统依然在身体这个层面发生作用。我体会到的新经验是，过去一直被强调的西方影响或中国特色已经在中国现代化创造的全新现实世界中全面模糊，当代中国其实是一个更为完整的在此岸与彼岸之上的一个超越性经验体。

两百年前，德国哲学家谢林就说过，"现代世界开始于人把自身从自然中分裂出来的时候。因为他不再拥有一个家园，无论如何他摆脱不了被遗弃的感觉"（《艺术哲学》）。

今天中国的新经验其实不过是使我们在两百年后，随着西方，体验到这种被遗弃的孤独感。

公元前三一一年前后，屈原在流放途中写下了悲歌《哀郢》，这位伟大的诗人写道，"去终古之所居兮，今逍遥而来东。羌灵魂之欲归兮，何须臾而忘反"。屈原丧失的只是故乡本土，而我们丧失的是中国世界，是道法自然的古老思想及其载体。而同时，我们丧失了边界，走进了世界。

怀旧已经太迟了，怀旧没有出路，旧已经成为虚无。别无选择，我们已经被抛入新世界。

我们需要适应一个更大的故乡，人类共同的世界故乡。

新经验在空间上已经存在，但是时间没有建立起来。这个时代的观念是维新，维新是空间在平面上的横向无限运动，它总是转瞬即逝，只有时间才可以将经验植根于永恒之中。空间是有，时间是无，孤立的空间是空虚的。人无法只是生活在无穷无尽的有中，人们的有需要升华、命名、说明。

"我们是谁，我们从何而来，向何而去？"如果原天地之大美的传统中国对这一点是"不言自明"的话，那么在新的经验世界中，这一点已经茫然。今天的虚无是时间的虚无。

需要解释的解释。这种解释不仅仅是为空间的无限开发辩护，而是要使人在新经验中安下心来。什么是令人安心的东西，安，就是要使人感觉到生命的意义，活着的意义，某种使你热爱世界的东西，某种来自永恒的庇护。大地是永恒的，生命将生生不息。过去，这种东西存在于故乡中，故乡是一个天地神人四位一体的场。而今天，大地不再是永恒的了，诸神被科学宣布为迷信，人类改天换地的革命已经使我们丧失了那种依托于永恒的先验的安全感。我们已经丧失了故乡，我们在高速公路的尽头和水泥小区中成为没有故乡的陌生人。这是一个新的经验，我们已经迁移到一个新的居中，别无选择，怀旧是没有出路的，我们只有在这个新居，这种新经验中重建故乡，重建时间。

汉语曾经处于一个自足的天地神人四位一体的场中，现在这个封闭的场被开放了，如果我们要在新的场域——世界中，寻找心灵世界的话，那么这是一个中国心灵还是一个世界心灵？我注意到今天人们比以往更频繁地谈论普遍价值。心灵是没有祖国的，只有语言才有祖国。如果没有语言，心就永远处于黑暗，为黑暗遮蔽。心就是无，心是时间性的，有是空间性的。各民族语言追求的是同一个东西，伟大的写作只是各式各样的民族语言与心的距离。"夫文本同而末异，盖奏议宜雅，书论宜理，铭诔尚实，诗赋欲丽。此四科不同，故能之者偏也。"（曹丕）

我庆幸在世界诸语言中，汉语也许是少数距离无最近的语言之一。世界需要各式各样的民族语言来接近无，在这一点上，全球化的"世界语"是一条绝路。

我们失去了原始的地方故乡，但我们走进了人类最后的全球故乡。全球化使人类殊途同归，人类本来就是一个民族。语言是无在场的不言自明，场是具体的，因此各民族的表述不同。

有无相生，通过诗和神灵显形的无缺席的世界是虚无的世界，没有无守护的有只是子虚乌有，有将彻底丧失。

一个多世纪对有的追求已经总结成一个真理，发展就是硬道理。无已经被遮蔽、被遗忘。

过去十年是市场经济及其价值观在中国全面胜利的十年，我们发现，中国生活的一切方面都已经变成以是否有用，是否可以兑现为货币为标准，这种拜物教摧毁了中国当代文化的许多方面。我看到青春是"有用"的，于是"少年中国"的价值观席卷一切。我最近去市中心为八十岁的老母亲买一件衣服，偌大的百货公司竟然没有为母亲设计的时装。人们衡量精神生活的唯一标准是市场价格。一切都要走向市场，已经成为全民共识。这也是那些先锋派艺术家的共识，在美术学院，学生们心目中的大师来自拍卖行的行情。

主流文化今天是如何富起来的文化，它与"常德"的文化精神毫不相干。诗比过去三十年的任何时候都更加孤独，少数诗人孤独地坚持着精神活动的"无用性"。在今天的中国写作中，坚持着"常德"和高品质写作的是一批诗人。新诗在时代的急流中没有垮掉，诗对无用的守护不是一种虚无主义负隅顽抗，附庸风雅。当代诗坚持的是无用，而不是虚无。当代诗成功地抵抗了乌托邦浪漫主义和风花雪月的诱惑，抵抗了"政治正确"的"有用"。这些写作一直被我们时代的主流审美经验证明是有用的，这是当代诗被攻击、冷落的内在原因。

焦虑在诗人内部也很激烈，许多诗人放弃了为永恒写作，而转向为事件、新闻、立即生效而写作。当下，只是诗灵感的一个载体、在场，当下并非诗的终极之地。将当下视为存在，诗成为行为化的语言表演。最近十年各种诗新旗号的建立无不暗藏着对"有用"的渴望，诗人对诗的"无用"发生了怀疑。去年地震时期的写诗热潮，再次证实了诗人们对"有用"的渴望，这是最近十年当代诗最危险的倾向。

法国历史学家布罗代尔将历史分为三个时段，长时段、中时段和短时段。中时段是时代，短时段是事件，长时段是永恒。置身其中，中时段和短时段似乎强大而坚固，其实它们只是过眼云烟而已，三十年前我感受不到这一点，但今天我可以感受了，我相信，我们可以为时间、为永恒而写作了。

我们需要为新经验重建时间。时间就是永恒，就是那些终极性的、到此为止的东西，只有古老的诗可以继续在这个无限进步的时代中继续永恒。诗已经成为永恒的一种隐喻。任何最先锋前卫的诗其创造的基本技艺，无不可以追溯到诗经时代。诗是一种记忆，这种记忆不是意义的记忆，而是写作技艺的记忆，是对赋比兴的记忆。对于赋比兴来说，各种主义意识形态只是过眼云烟，诗守护的是无，赋比兴就是守护无的技艺。

在中国文化里，赋比兴就是那种可以使我们在黑暗中重建故乡、时间，重建无的技艺。我把它理解为建筑房子的技艺一样。故乡是在"人法地，地法天，天法道，道法自然"（《老子》）的经验中生长起来的。

"人法地，地法天，天法道，道法自然。"

在我看来，地就是世界，就是有。庄子所谓"夫大块载我以形，劳我以生，佚我以老，息我以死。故善生者，乃所以善死也"。世界是文明的世界而不是荒野，死是在世界中的死，而不是在荒野上。世界是人的界也是祖先的界，地是人的地，也是祖先的地。祖先就是历史、文明、经验。

天就是命运，不可知但是你必须顺天承命的、将你抛入世界的别无选择的东西，给予你自由与限制的那种东西。君子三畏，第一畏是天命。

道就是无，就是时间。诗意、神灵、上帝都是时间的同义词。这是先验的无，呈现为诗、艺术的语言将它们向世界敞开。语言本身就是敞开，文明，以文照亮世界。文不是通向某种形而上的工具、桥梁，文就是敞开这个动词本身。文（诗）将无向世界敞开，敞开的过程、道路就是有。赋比兴就是无向世界的敞开。敞开是守护，不动。

自然，就是空间和时间的有无同一的状态，永恒，道的在场。

有无相生，在世界中，道就是有无相生。相生就是易。自然是有无相生的场。

我们曾经在古代的荒野中创造了文明的时间，今天，面对新的经验，我们必须再造时间。

今天，发明并发表一个主义、口号、流派易如反掌，小聪明足矣；但对无的守护则是诗的永恒事业。

无，是对时代、事件的根本超越。这里我要说到什么是当代诗写作真正的现代性，新诗的现代性就是对无的重建，就是对时间的重建。现代性绝不是任何新潮的主义、观念、口号、知识等等，写作上的现代性是一种使徒式的、天降大任的、持续的道成肉身的写作。这种写作在观念、主义、意识形态的终极方向上呈现为无。这种写作有的只是写作这个持续的动作，作者赖以为生"养活我自己"的活计。观念、主义、意识形态只是在写作过程中发生的此起彼伏的片段，作者生命的生长过程，它们不是写作的方向或者结局。

道成肉身，就是文章为天地立心。

文起源于古代部落中的巫师将卜卦的结果记录下来，起源于文身。身本是黑暗的，文而明之。人本是黑暗的，语言明之。明什么？心。在中国文化中，文这个活动本身就是精神性的，灵魂附体的，充满萨满气息。汉语的模糊性、不确定性、诗性就源于此。

孔子说"夫仁者，己欲立而立人，己欲达而达人"。仁者，就是那些通过写作来立心的人，立心就是"达人"、"达仁"。在西方，这个是由牧师负责。尼采甫出，宣告上帝死了，他企图将立心的重任转移给文化，因为文化的源头是直觉、神秘性、不确定性、非逻辑、非理性、萨满教、酒神、泛神论……

二十世纪受西方影响，中国出现了知识分子，传统的文人因为放弃了"为天地立心"的古老使命，风花雪月，寻章摘句老雕虫，成为腐儒。"书中自有黄金屋"，获取仕途，改变人生际遇成为文人的终南捷径。文人在二十世纪声名狼藉，导致了鲁迅等文豪的诞生。

但是知识分子依然不能代替文人，古典意义上的文人就是"文身"之人，文是一个动词，当文人之文成为一个形容词、价值词，而不是一个在现场"天地立心"招魂的巫师的时候，文人的末日也就到了。知识分子是通过写作来进行知识的价值兑现，写作是一个积累个人象征性资本的工具。知识分子知白而不守黑。培根说，知识就是力量，力量是有。文不是力量，文是守黑。

兴观群怨，事父，事君，多识于鸟兽草木之名。这个次序正在颠倒，诗越来越向着知识之一类、分类知识发展，只是数、理、化、美术、艺术、舞蹈之一科。昔日，诗通万物，"诗者，志也。志能相通，则无不喻"。实则盈天地何莫非诗？诗通于政事，故可统《书》；以声教感人，故可统《乐》；"迩之事父，远之事君"，故可统《礼》；"天地感而万物化生，圣人感人心而天下和平"，诗之效也，故可统《易》。子夏《诗序》："正得失，动天地，感鬼神，莫近于《诗》。先王以是经夫妇，成孝敬，厚人伦，美教化，移风俗。"（马一浮《蠲戏斋诗话》）

兴观群怨。触发诗兴的世界变了，诗不再兴，而是认识、批判世界。诗日益与自然疏远，不只是作为大块山水的自然，更是道法自然的自然，受到西方智性诗歌的影响，诗越来越不自然了，做作越来越普遍。故乡的丧失，使"生活在别处""在路上"成为诗人的普遍命运。故乡是天地神人四位一体的世界，那是古代诗人在场、立场，出场、所在地。而今天"迩之事父，远之事君"，作为诗的基本价值被革命，"诗无邪"、"不语怪力乱神"式微。诗人热衷的是个人主义、自我张扬、自我戏剧化、自我新闻化，野怪黑乱，漠视他者；古代基于"诗无邪"的怨怼被批判取代。怨怼是加法，批判则是减法，非此即彼。这是一种非历史的经验，我不想只从批判的立场去看它。这个新经验有一个物质世界的主体支持。如果这个依靠革命起家的新经验用的是减法的话，那么对于这个新经验，我宁可用加法，容纳这个摩菲斯特。毕竟，"诗无邪"已经成为过去时代的乌托邦，也许无邪与邪恶同时在场世界才是诗的场，摩菲斯特们其实一直在场，只是古代诗人没有打开这只潘多拉盒子罢了。《易》云："修辞立其诚"，这是一种诚。

当代中国批判的特点是，它依据的蓝图是拿来的或者强加的，而不是本源性的自我批评。这种批判与"怨怼"、"美刺"不同，这种批判有一种天然的暴力性。对批判的批判，这是一个新经验。

自我、个性、乖戾、极端固然是有助革命，但是，文明不能总是破旧，总是跳梁之辈在表演。时间到了，文明在呼唤守成，呼唤高僧大德。

写作其实是为世界守成。

我们时代的诗人只剩下汉语这个最后的故乡，革命到此为止。除非废除汉字，使用拼音。这是最后的故乡，批判必须批判，诗人与汉语的终极关系是美刺、怨怼。从批判回到怨怼、美刺，这是更深刻的现代性，这是汉语终极的"诗无邪"。

最后的汉语故乡，并非残山剩水，与大地被改天换地不同。汉语依然是一个历史的故乡也是未来的故乡。感谢神灵！每个时代，当下的汉语总是与古代汉语同时在场，汉语的这种超越时间的品性使我们最终不会丧失故乡。二十世纪的中国唯新是从，非历史的潮流异常猖獗，但汉语岿然不动，汉语是一种用加法而不是减法的语言。它既坚持着历史，也接纳着非历史。白话文灿烂了，我们也保留着文言文的黑暗仓库，这是汉语的"知白守黑"。当代汉语可以说是汉语古老历史上最丰富、开放的时代。

在"诗无邪"的封闭时代确立的"中"、"雅"可以在更广阔的空间，最后的世界空间中重建"中"，重建"雅"。一八四〇年以来，西方世界给中国树立了一面镜子，通过这面群魔乱舞的镜子，汉语可以重返更深刻的"兴观群怨"，可以更广阔地"类万物之情"。重新确立"中"、"正"、"雅"的位置，"世有治乱，诗有正变，而诗人之志则一于正。故曰'《诗》三百，一言以蔽之，曰思无邪'也"（马一浮）。

我以为在这个时代，汉语作者必须重新回到文人。

"盖文章，经国之大业，不朽之盛事。年寿有时而尽，荣乐止乎其身，二者必至之常期，未若文章之无穷。是以古之作者，寄身于翰墨，见意于篇籍，不假良史之辞，不托飞驰之势，而声名自传于后。"（曹丕）

道成肉身，知白守黑。

文人，就是写一切。"一切法界皆入于诗，恐学人难会此旨，实则盈天地何莫非诗"、"志能相通，则无不喻"（马一浮）。如何可以为天地立心如何写。"文章者，天下之公器也"（姚秋园），而不是某种饭碗、主义、概念、修辞游戏、知识……这个象牙塔之所以越来越成为知识分子的小圈子，就是因为它们放弃了"为天地立心"。

文以载道没有错，这个道是无，是知白守黑。而不是意义、意识形态、观念。文章为天地立心，诗守护的是心灵世界。最近十年的危险是，将心灵等同于各式各样的政治正确、意义、观念，企图无中生有。今天许多人在争论诗标准，我认为任何试图在当下生效的诗标准都只有诉诸权力。马一浮说得好："今人不学诗，诗教之用不显。然其感人不在一时，虽千载之下，有闻而兴起者，仍是不失不坏也。"

文不是将语言作为一个工具，由使用者赋予其意义；意义是文这个动作本身呈现的，意义是文章随物赋形的结果。在神话时代，汉字被创造出来，它们不是被赋予了某种意义，而是直接就是神力。我同意本雅明的看法，"言辞不是传达另外什么东西的工具，毋宁说，言辞就是语言的本质，言辞透露出精神性本质，言辞既非同事物处于偶然性关系中，也非约定俗成为事物设定符号（或对事物的认识）"。

文就是去存在，去匿名，去死亡（不朽），去无。在存在中，"存在的真理""自行发生"（海德格尔）。

我们时代流行的是"一本书主义"的、旨在"成功""被承认"的业余即兴式才子式写作。现代性写作不是一种才华，不是指向成功或者富起来、出人头地，不是改变人生际遇的"书中自有黄金屋"的终南捷径，不是"在野"或者"达则兼济天下"，这一点是现代性写作与中国近代大部分古典写作的根本区别。

现代性写作继承的仅仅是"道成肉身"，"文章为天地立心"，到此为止，激扬文字而不指点江山。在这个意义上，现代性写作可以说是一种专业活计，就像古代部落的巫师，"他生下来，他招魂，他死了"。写作应当是某种非血缘的"世袭"。最近一个世纪，写作上的叛徒可谓多如牛毛，人们总是有更高尚的借口背叛写作，一旦有更光荣正确的机会，在作者中，写作是最先被抛弃的，守护无毕竟是我们时代最寂寞的事业。"经国之大业"只在写作内部，而不是背叛写作的借口，这就是"专业"的现代性写作。

现代性写作是一种生命的重复，通过重复接近道的过程，不是自我复制，而是体积的累积。文本空间的密度不是意义的扩张，而是内在的身体性密度。比如，当我说什么是唐朝的时候，我用的词是肥厚。重复是时间的生长，写作是文本的逐步肥厚坚实，而不是创新。

今天，创造发布一个主义不过是抛弃一只跑鞋。"孔子曰：易者，易也，变易也，不易也。"（《易纬·乾凿度》）这个时代只讲变易，而忽略不易。创新、变易如果没有抵达无的"不易"、守成、不变，那就是死亡。

这个时代的作者普遍渴望承认，承认，比过去任何时候都更为虚无。渴望承认是当代诗的隐秘焦虑之一。渴望谁的承认？排行榜？文学史？选本？教授？这种焦虑在青年一代诗人中很普遍。网络不是已经建立了发表平台吗？为什么对"桃李无言，下自成蹊"如此没有信心？归根结底，这是对经验没有信心，对时间没有信心，对永恒没有信心。

怎么写是没有是非的，但是诗有高下之分。什么是好诗，我以为必须有一个时间和经验的基础。绝对的空间化永远无法确立起好诗的地位。后现代是空间的狂欢，是无休止的对有的开发运动。空间性的无限革命性的写作，在我看来，其实只是业余写作。空间性的意义占有就是打一枪换一个地方，这是虚无主义的写作，总是"一刻钟"就烟消云散。创新，是现代主义带给中国诗的活力，但是经验、时间不能总是付之阙如。

我们是在一种新的经验中写作，经验就是时间，时间不只是未来，也是过去。新的经验，但是重建的是无，是时间，是永恒。这是一个新经验。

诗是无的守护者，不是虚无的表演者。

在今天，诗所隐藏的神性、宗教性日益彰显。在诗性张扬的时代，例如唐朝，神性是隐匿在语言中的。但是在诗意匮乏的时代，诗的神性必须出场，这是一个屈原的时代，招魂是诗人的使命。今天，诗歌重新成为那些追求伟大，自以为"天降大任"的人们的事业。

杜甫说：千秋万岁名，寂寞身后事。杜甫是一个迷信时间、永恒、经验的诗人，他是我们时代的先锋派。

我们已经写了三十年，我们是中国白话诗历史上写作时间持续最长的一代诗人。这是精神衰败的时代，也是写作的黄金时代。水落石出，不是石头自己拱出来，而是因为持续地创造着自身的不动，直到周围垮掉。在今天的写作环境中，我们得承认，我们是有充足时间的一代诗人，我们有足够的时间来像古典诗那样去打造语言的永恒。

桃李无言，下自成蹊，这种信念来自我对汉语的基本信任。

汉语是天然诗性的，它是量化、规范化、精确化、标准化的天敌。因此，在今天，我可以说，汉语本身即是一种拯救。

在汉语中写作，必须道成肉身。

二〇〇九年三月三十一日到四月十四日初写

二〇〇九年九月再改

苏州——上海——昆明

《当代作家评论》二〇一〇年第三期

有诗如巫

——于坚诗歌片论

傅元峰

因为确认诗歌不是可靠的知识，几乎是无原则地迷恋诗歌不择条件的蛊惑力，读于坚的诗，常常在诗中遭遇到与混沌亲和的、不求真解的抒情者。在于坚那里，诗歌不再是追求唯一答案的文化载体和思想载体。这种书写姿态的诗人，在当代诗歌发展史上，品尝过过于漫长的孤独。于坚在诗歌中追求生活极致的形似和神似，却从不诠释和索解。他写状态，写偶然的心动和人生无处不在也永不重复的细节，在先验的对立面，在经验的怀抱里，安心用真实的丰富的生命状态引领母语中最令人神往的诗歌境界。在一九八〇年代，于坚就有这种诗歌能力；如今他将这种表达絮语化，以俭省的、富于跳跃性的絮语召唤在日常生活中习焉不察的心理和生理现象。于坚胶合了因话语的文化类型和历史性状而出现的分层和裂隙，在他这种类型的努力出现之前，人们更习惯于用另外一种政治生成的语言说抵抗政治的话。于坚早于我们很多年意识到，那些成为文化英雄的人，却不能成为对诗语有所贡献的诗人，因为，他们偷窃一些必须长期加以反抗的隐喻。他也许丝毫不助于这种文化生成，却使诗歌获得了语言属性。在一九八〇年代中期，当朦胧诗人的美学遭遇语词的瓶颈的时候，他的诗歌却没有受到话语源性的美学困扰，离开了朦胧诗人，在美学承传上，也可以称为"文革诗人"终生无法推卸的话语镣铐和修辞监禁。

当"流亡诗人"在母语和故国面前都走投无路的时候，胶合了语言常识而在陌生的细节中穿梭的于坚，似有先知附体。由于路向无疑，他已不需要回头，只要有意识地在自己选择的方向上走得更远一点。诗人于坚也是一位诗评家，他的诗歌观念和理论洋洋洒洒，足以令人眼花缭乱。他的诗歌观念、诗学主张和诗歌写作之间，布满了阐释的陷阱，让诗评家们对于坚的诗歌诠释相比同代其他诗人更加五花八门，莫衷一是。虽然诗无达诂，但于坚诗歌确乎存在更多误读的疑虑。他的诗歌混合了二十世纪汉语文学的地方性、民间性以及语体和修辞等众多问题，难以在根本上找到他最为可靠的诗歌动机。但有一点是可以尝试验证的：他不止一次地表明自己有一种近似职业阴谋的心理，怂恿自己成为一名诗巫。

跨界的巫师

于坚叛离文化格式以及相应的话语系统，在修辞沦陷、语义脏污的当代汉语文学背景上一意孤行。他因此是当代汉语诗人中具有诗巫资质的人，这种人为数不多。这些资质包括独特的经验征引、混沌、暧昧与蛊惑力，以及仪式活动中的自信与高度自持。随机抽取他的一首诗，即可以发现这些品质。比如《爵士乐》。诗中中西地理的漂移，今昔的时光闪回，人与物的非情节性的切换，都节奏急促，这些节奏，确实像极了爵士乐。也正如爵士乐一样，在节奏里藏有富足的时光准备，沉浸在音乐中的人以对某种情绪的滞留，心态平和而又充分自持，观看出现在这些节奏里的抽象和具象，安排话语的阶层，浑然不顾文化格式。在非格式化中，于坚呈现出斑驳的精神追求，甚至引领诗歌成功逃离了对自己诗歌观念的印证。诗歌不是观念的。于坚只把握书写的某种状态，而对这种状态的诗歌能动性却充分放任自流。于坚是草原上失速的车马，观念和格式的失控是他在每一首诗都必然呈现的表达特征。在云南、纽约、贝斯、吉他、阿姆斯特朗、毛主席、我、冬天、秋天这些语词之间，于坚丧失了必要的经验，在梦呓一样的陈说中让它们平等；在诗歌王国里，生命是诗的，有机的、无机的，历史的、现实的，人、物，实词、虚词，都有平等成活的权力。于坚此时让抒情者变成征引者，让离开经验肢体的灵魂享有美妙的危险的权力。

但古典的意象却并不在灵魂离体或附体的时候完全破碎。蛊惑发生的时候，于坚保留最淡薄的诗语经验，这些经验鲜嫩，似曾相识却不确切，是回避先验陷阱的最好凭借。于坚诗歌中，那些不可拆分的单位，是意象单位，而不是大多先锋诗人在无限反讽之后剩下的词语碎片；于坚选用语词，并不在意义上伤害它们，将诗歌引领进晦涩的符码的丛林。他的诗歌，有充满眩惑的通道，诗歌主体在前面频频招手，一路留有招魂的灵符。"邋遢的大叔哭什么哎　走过海关我还在猜／密西西比河啊去了大海　月光犹在"（《爵士乐》）这些韵脚的古典风味和意象的民谣气质，使诗歌在意象元素上保留令人舒适的完满感；"秋天刨土豆　装筐时黄昏来了"，这个意境中有令人感觉亲近的乡村生活经验，但诗人将装筐挪用为时间名词，挪用为某一人格化的黄昏的背景，这种对细致到骨缝的生命细节的强烈而富有震惊意味的概括能力，让诗人在一场巫术中成为可以迷信的巫师。

于坚诗中的书写者非常符合弗雷泽的巫师判定法则："他既不祈求更高的权力，也不祈求任何三心二意或恣意妄为之人的赞许；也不在可敬畏的神灵面前妄自菲薄，尽管他相信自己神通广大，但绝不蛮横而没有节制。他只有严格遵从其巫术的规则或他相信的那些'自然规律'，才得以显示其神通……如果他声称有某种驾驭自然的权力，那也只是严格地限制在一定范围之内，完全符合古代习惯的基本威力。"[①] 巫师的自我均衡力和暧昧的中间站位，让他是自由的，跨界的巫师富有更宽裕的活动空间、更多元的意义、更复杂的形体。悬浮的巫师，总是能同时看到传统与现代的目光远大者。

来看巫师于坚是如何在《拉拉》一诗中征引和膜拜"拉拉"而显示那种"古代习惯的基本威力"的。《拉拉》里，充满了预言和谶语。这是一篇引人入胜的关于女人身体的讲述和应验的断语。"嗨　拉拉　迟早要出现在我们中间"，这个预言的口吻就是一名巫师的口吻。于坚的诗中，常有一名这样的讲述者，他拥有先知的智慧，可以断言、预言和诅咒，以及肆无忌惮地絮叨、独语，甚至哭泣。性事在巫术场景中，被咒语化和仪式化了。情欲在官能之外的秘密被诗语很精致地描摹出来，这些秘密是拉拉，一个王国的国土和仅有陈设，但语词证明她并不贫乏。巫师渲染这个王国，并且用絮语膜拜她。"拉拉　你的深处永远／空着　在冥冥中虚位以待　藏起绝望　忧伤"，因为发现了物外的忧伤，获得了孤独感，空洞的灵魂和因放逐而自由的肉体在这场巫术中，都保持着恰到好处的公共性，都节制而隐忍，写意使生活流的片段在诗语中富于暧昧的暗示和挑逗。于

---

① 〔英〕詹姆斯·乔治·弗雷泽：《金枝》，第75—76页，徐育新等译，北京，大众文艺出版社，1998。

坚的忧伤和苍凉感架着它们前行，并将他认为可以抛弃的某一行程抛弃在未完成状态："含着秋波的母狼　出来了低着头　拉拉／答非所问　还在昨夜的边上走神　佳人／永远是别人的女朋友　拉拉　望着"。于坚诗歌中，诗语没有必然的架势，这决定了于坚是习语和格式语的成功逃离者——在当代诗人中，这并不多见。语言的充分独立品质恰恰是因为对生活流的全面接纳实现的，而在二十世纪九十年代，小说的反讽风潮和诗歌的下半身写作都曾在主体姿态上呈现出下沉的诉求，并同时牺牲了诗的语言质地和美感。于坚能够从语言层面着陆，并重新寻归家园，是一件幸事。

被误用的女子拉拉，站在"公子"、"好汉"们中间，站在优雅的美和粗俗的美中间，站在东方与西方中间。和抒情者具有同位关系的拉拉是一个跨界的穿行者，她和抒情者互相引领，时而又形成别致的附属和支配关系。抒情者并不对任何一个因素进行完整的复原，而是征用具有多义性的词，调动最活跃的经验名词，这些词大多没有格式的家族病史，在历代都属于身体、本能和不可重复的细节，在口语中有常新的生命力。

于坚的诗歌维度是依靠冲破日常生活平庸的细节视界形成的。他所实行的语言的变焦留存的最后的尘世根据，除了抒情者所假象的巫仪见证者之外，就是日常生活的细节。很多人在日常经验的墙壁面前止步，但于坚的日常生活是可穿越的，他保留能够同时支持他的视界与平庸视界的跨界细节，这些细节，在于坚手里，是符，是招魂幡，是蛊惑那些畏葸的停留在生活流中、不肯向诗境迈进的莽汉前行的迷药。

这样，于坚的诗歌能够实现维柯所谓"诗性的玄学"[1]。于坚是鄙视推理能力，而具有"旺盛的感觉力和生动的想象力"的诗人。在"文明人的心智已不再受各种感官的限制"的时代，于坚对"抽象词"和虚假观念和格式保持有足够的警惕，不相信时代文学对它们的清洗和锤炼。于坚在最能沉醉于自在和自然以及本真的地界行走，做一个猜测者、占卜者和预言者。对于上帝和天神而言，巫师卑微的灵媒身份，可以让个体丰富的情绪在整个仪式过程中插科打诨，而不影响仪式的神秘氛围。

"企图陶冶芳心"的男人们在拉拉面前最无耻地争取芳心，艳羡她美妙的躯体。这是一幅幅唤醒生命意识，甚至生命尊严感的图景。虽然他们怀抱最卑陋的生存状态，和拉拉一道处于"苍白　胃有毛病　肺是黑的　闷闷不乐"、"十二桥已经拆了　钢筋水泥当

---

① 〔意〕维柯：《新科学》，第158—163页，朱光潜译，北京，人民文学出版社，1986。

道　小乔无处"、"俗物们炫耀戒指"的"黄金时代",但悲剧感已经油然而生:"落花杳
无消息　哦　拉拉　黑暗　我们继续孤单　应付／苍茫"。

于坚诗中有敬畏,有神,有悲哀,但于坚并非虔敬主义者;于坚亵渎和狎昵,但并
非犬儒主义者。在"万有在神"和"万有皆神"之间,他并不区分和判断,而是保留混
沌和不完成状态。怀有宗教的情怀,于坚是一位并不专心的祭司;在追逐神灵的途中,
于坚将行程无限度地放慢,延宕于无边的生活细节和生命触感。他并不反对荷尔德林这
样的"占卜者"和宗教的"中间人"角色,但却是遵循汉语文学传统,在另一条道路上
行走。于坚不是简单意义上的"泛神论"追随者,因为他最想做的事情,不是确认自然
之神、众神和众神之神,而是在神的无边光芒下扯起诗歌的魂幡,完成蛊惑。荷尔德林
在诗歌中区分出另一个祭司,协同他完成神的司仪,并在司仪中通过与他的对语向上帝
倾诉:"你们在上空的天光里遨游……忍受烦恼的世人／时时刻刻／盲目地／消逝、沉
沦,／好像飞瀑被抛下／一座一座的悬岩,／一年年坠入渺茫"(荷尔德林《徐培里昂的
命运之歌》)。荷尔德林的努力是这样的:"诗人能够通过他的词语,在这个世界上召唤
神灵,并使其在场:超人的使命。'唉,我多么的不幸!'——一个'虚假的祭司'精神
错乱中的只言片语。"[1]于坚不这样,他自己"高坐山岗／俯视着巨大的夜晚"(《某
夜》),他处于这个位置,保持着对世界完满的好奇心,并且有顽劣却又真诚的探询冲
动,讲述这种神秘,并完全摒弃揭秘的意图。

"场"中的"难御之醉"

在这类巫术里,发生的事情与诗的生成有呼应关系。事实上,诗人使某一种"场"
出现的能力,正是萨特和巴塔耶在描述波德莱尔诗歌行为时所概括的"一些目标同意自
行消失,以便给其他目标让路","诗在本能的反应中,首先毁灭了它不了解的客体,通
过毁灭把它们还原于诗人不可捉摸的流动生活,希望以这样的代价,重新获得世界与人
的一致"[2]这些特征。呈现在诗语中,先由一位诗巫改变了或遗弃了场外经验——特别是

---

①〔德〕昆·延司:《诗与宗教》,第134页,李永平译,北京,生活·读书·新知三联书店,
2005。

②〔法〕乔治·巴塔耶:《文学与恶》,第28页,董澄波译,北京,北京燕山出版社,2006。

观众的经验——给场内经验让路。在对日常生活和现场的删改和提取中，巫师有所遗弃，并依靠他专注选择的事体作为引诱的法宝和震惊之源。于坚写下的一系列文字，正是从最小的振幅走向密集的哲学鼓点，并瞬间转化为"场"和"氛围"：从"千杆欲森"的原始林子，到"时间"与"时间的象"遮蔽的无名之物（《己丑秋，大理旅次三首》）。在这些奇诡而又平静的转换里，于坚逐渐进入另一维度并弃绝了与现场的沟通，在独语中，藐视实词和虚词之间的桥接行为，使行走一马平川，如履平地。在于坚诗中，消失的不仅仅是"波德莱尔的目标"，还包括经验理性和现实法则，而瞬时出现的场因主事的仪态专注而不容置疑。这种神秘的权威依赖于蛊惑的法事，而巫师必然是在某种庄严的戏剧里率先垂范的人。独语的、表现的，而非对话的诗歌内质，便是诗巫的首要特点。

蛊惑是怎样发生的？或者，诗巫的蛊惑给现场被短暂遗弃（实际上是被攫取）的人群提供了怎样的愉悦？诗歌的蛊惑之道，正是一种巴特所言的"文之悦"，在其中，为了实现场与场之间的"漂移"，巫者在场与场之间进出的过程中，其实质是对"辉煌型"、"英雄式"、"强毅类"的"整体"的抛弃。由于这样的抛弃，"无论何时，语言之幻象、诱惑、逼迫驱动了外表，犹如层层波浪中的浮子，藉此，我保持不动，置身于难御之醉这一枢轴，此醉将我与文（与世界）系在一起"。①一九八〇年代中期，于坚的漂移与众不同，与救赎、狂欢和亵渎以及追寻不同，他在文化英雄与渎神狂潮中尝到了漂移的快乐，终于达到了近于巫师的"难御之醉"："那石窟中储藏着一瓶 / 公元七百零五年的黑暗 / 再没有打开过 / 亮于彼的乃我之心……灰色袭来　诸神的面容 / 更旧　向原料靠近"（《吴哥窟》）。巫师的主体性建立起来，征象世界。当代汉诗，缺少这种仪式类型的恒定主体性，因而缺少风格。诗巫于坚的风格就是这种有敬畏并用敬畏的"难御之醉"，在整体性崛起而主体性丧失、主体性崛起而主体性也最终丧失的文化场中，于坚的主体性建立于无所持的不确定性，如"浮子"一样，在万物在神的前提下，保持着缓慢的语速和悲凉的语气。

于坚常用作品××号与便条××的方式标记他的诗歌。这些"手记"更贴近于一种"生活流"的诗性，但它们的诗歌意义或许更多在于一种脱离历史时间的对生活的狎昵，

---

① 〔法〕罗兰·巴特：《文之悦》，第28页，屠友祥译，上海，上海人民出版社，2002。

一种非时间意义的"连续性"。阿拉伯数字的无名特性和序列特征,并非强化了于坚诗歌的连续性,而是在断片对生活流的无限重新开始和审视中,强调重复和反复对于诗歌的重大意义。于坚并不格外尊重历史,甚至看不见它,因此也就在生活中放弃前驱,安于空中。布鲁姆依据克尔凯郭尔的"重复的辩证法",很机智地将诗人分为两种,一种是写"不连续性"的诗歌的诗人,他们有启蒙的旺盛精力,追求诗的力量;另一种,写"连续性"的诗歌,他们"进入了一种'逆崇高',写出了踏踏实实的大地之诗"。①于坚就是布鲁姆所言写"连续性"诗歌的"准神",布鲁姆对于在反复行为中被抛出圣坛的自我放逐者,有高调的评价,他一定看到了,这种人在其巫术中实现向后的回忆并逆向发现生活,让诗歌真正存在于空中。这种诗人有一种能量,就是确保自身不会陷入"任何单一的生活关系",②他的诗歌也就不再成为某种"生活志",不再成为某种"前驱的诗"。

读《便条集》,更容易体会到于坚一遍遍地重新蹚入生活的环流,它们触角丰富,言语通灵。张望南方的少妇与"达·芬奇家的蒙娜丽莎"在偶然性的注视中互相成为凭证,获得了某种意味深长的沟通(《便条集·五三九》);他感到巫术的必要正是因为"神"的无行:"上面说 死吧 河流 / 它就断流而死"(《便条集·五〇三》);他看到"于灵魂的有无丝毫无补"的世相,言之凿凿地预言十年之后的补课(《便条集·五〇三》);为"没有历史 政治〇分"的少女写赞美诗(《便条集·五一六》);在"单位"会场写诗的诗人,"母亲坐在他身后 / 本单位的最后一排 / 后面是荒原"(《便条集·五二六》),描绘的无疑是最典型的当代生活图景与精神图景;于坚在汉字中寻找文明复活的因素,他成功表达出:在不堪、贫瘠和裸露中,面对"历史"的剥夺,持有青春和生命依据的乡村少年在故乡多有悲哀,少有痛苦:"汉字在黑暗中崩溃 解体 / 横竖撇捺穿着红色芭蕾舞鞋 / 回到原始 跳铁蹄之舞 道生一 / 哪怕只剩下一横 文明也会复活 / 六十六年夏天我在故乡一少年 / 不懂哲学 不知道宇宙玄机 / 我只是紧握着身上 那生机勃勃的 / 一竖 在虚无的包围中 绝不放手"(《便条集·五四三》)……在《便条集》中,遍布这类发酵的悲哀和失去时间和格式压迫的自在知性;它们是客观的,甚至是冷

---

① 〔美〕哈罗德·布鲁姆:《影响的焦虑:一种诗歌理论》,第79—80页,徐文博译,南京,江苏教育出版社,2006。

② 〔丹麦〕基尔克果:《或此或彼》(上),第605页,阎嘉译,北京,华夏出版社,2007。

淡的，而在根本上它们背后仍是一种有奇特格调的缓慢情绪。

巫觋与戏剧性

祭司和巫师为了完成仪式，需要有基本的表演功能。于坚的诗歌，与其说具有浓烈的叙事性，毋宁说是一种戏剧性。于坚的诗歌与散文，都经常有独特的关于细节的悬疑，有戏剧能力的抒情者在某种新鲜感的引导下，在未曾被表述的经验和先验面前，走向于坚诗美的腹地，吸引人们去探悉更多的细节。于坚割裂了平庸的语词链接，嫁接上自己的感触，形成新的语序。这些语序并不牵强："通信十年　从未谋面　我猜想／你的信来自某个秋天午后的土地"，"我读他的诗　那是一个早晨　大海越过高原／背来一袋光芒"，"我看不懂　你的信有某块土地的泥巴味／日复一日　母亲渐瞎　乌鸦发白　祖母去死"（《致西班牙诗人 Emilio Araúxo》）。于坚是一位出色的生活和存在者，全身都是敞开的触须，他也同时是一位语言的地主，深知自己的母语里能埋下哪种土豆，开出哪种花朵。在语言本身所含有的戏剧性和日常生活的戏剧性两方面，于坚得心应手。他的诗，因此遍布从未听到的故事。于坚在散文中描述过巫术中"场"的令人惊悚的生成："他从一只袋子里拿出法器……忽然间，他像公鸡般地腾跃起来，似乎已经超然物外，获得了某种力量，脱离了世界的正常控制，就要飞起来似的，面部绷紧，眼睛看着我们看不到的东西，他显然看到某些在现场但没有显性的东西……最后他慢慢安静，从某个场里面解脱出来，抬腿迈出。"于坚认为，从事这样一场法事的"毕摩"（巫师）"必须保持着激情、创造力和与日常生活的亲和力"，并且坦承"他的那一套就是我的这一套"。①

巫术的表演意在通过对氛围的营造生成一个新的维度。日常生活相对于这个维度来说，此时是被遗弃的材料。在这场法事中，毕摩的法器显然只是一个提醒。他的表情和一往无前的专注，他在人群中瞬间获得的孤独感，他的呢喃和呓语，以及他全身而退的结束，从一个窄的门里重新回到被他抛弃的人群，这个过程中有无比玄妙的戏剧性因素。那些在舞台上必须依靠长时间的情节、语言铺设和场景布置的戏剧，在道具简省、

---

① 于坚：《巍山》，《众神之河》，第90—91页，西安，太白文艺出版社，2009。

蛊惑程度和惟妙惟肖方面，无法与一场成功的法事相比。于坚看到诗并不一定要从仪式中拆解出来，与戏剧和叙事分家，而是应该在诸方面重新回到古老的仪式。

类似于《○档案》、《飞行》这样的长诗，是观察于坚诗歌戏剧性的较好样本。在延长的连续性里，可以发现，诗歌的戏剧性与戏剧的戏剧性并不是一回事。"巫师"在更长的仪式过程中，将他对经验的剪辑能力展现得更加充分，从而更牢固地持有威力。因为在于坚的长诗中，获得完形的，并不是表达的对象，而是有情绪的主体。在《○档案》这样的"词语集中营"①里，呢喃的术师的主体情绪得到了充分的表现。正如马林诺夫斯基所认定那样，"巫术行为的核心乃是情绪的表演"，②在抒情主体语词的堆垛过程中，充满戏剧化的情绪。在长诗中，人们大多期待语词能够成为某种具有公共性的聚落，以期对于坚的诗语进行概括。实际上，他们也基本实现了这种带有惰性心理的预期，因为，标签、范型、甚至格式，确实在《○档案》中出现了。在诗中可以确认的民俗公共性，使得《○档案》成为典型的记忆社区。奇妙的带有蛊惑的印证，几乎要在这首长诗中消失了。

可以想见，一九九四年，于坚写作它的时候，一定经历过类似的困惑：于坚将从这首长诗开始堕入单一的必然性陷阱，而离开他诗中一以贯之的偶然性和丰富性。无论这些偶然性是如何从一九八○年代的确定性中艰难建立起来，它都面临着毁于一旦的危机。《○档案》是具有充分概括性的求同的书写。如果马林诺夫斯基在巫术和偶然性之间的关联是正确的，"凡是有偶然性的地方，凡是希望与恐惧之间的情感作用范围很广的地方，我们就看得见巫术"，③那么，在偶然性消失的时候，作为巫师的表达主体，能否因"希望与恐惧之间的情感作用范围很广"而不黯然退场？

《○档案》没有成功连缀情节，而是描述性地呈现了人生的某种特征。显然，诗中的叙事者并非是在汉语叙事传统中"说经讲史"的那个人。就像在巫术中不讲究故事的完整性和感染力，而追求体验和经验在场内外的呼应，在富有敬畏的神秘"应验"中被攫取而不自知，是于坚这首长诗最大的悬念。这个过程中，充满了玄妙的民俗志意义的表

---

① 张柠：《〈○档案〉：词语集中营》，《作家》1999年第9期。

②③〔美〕马林诺夫斯基：《巫术科学宗教与神话》，第54、122页，李安宅译，北京，中国民间文艺出版社，1986。

演。在现代民俗学研究中的"表演理论"体系，表演是作为一种口头语言交流的模式被认定的。这也非常适用在于坚诗歌中，去寻找一位有表演功能的"巫师"。依靠表演，他使飘扬的细节和崩散的语词碎屑不至于流于虚妄。人们在于坚诗歌中领会到口语的大量构成，而愿意忽略他其实毫不逊色的书面语，将他的诗歌认定为一场语言的革命。但究其实，口语更多是为支撑表演功能而出现的。只有看到口语和代表某种古雅之美的书面语经常混杂在于坚诗歌之中，才能意识到，于坚并非是简单的词语堆垛。由于书写主体具有近似民俗学意义上的表演功能，词语在他的诗歌中，是被有机连缀起来的。诗中的共鸣的核心构成，是某种文化和精神的记忆，仿佛一个文化和时代的祭坛。祭坛上，主祭者情绪的统一性坚定自信，并未有任何暧昧和犹疑。对比移动的、几乎没有序列的细节和记忆碎片的偶然性而言，他是可信的，而具有概括力的准确征引，不断将暗示传递给场外的观众。

指向故事的叙事，是不断赋予名词动感，用各种谓词填充名词空间的过程。在每一个故事，尤其是民间故事中，名词都将因为谓词所赋予的联系以及关系而复活，获得立体感和场性。在于坚诗歌中，谓词和修饰语伴随细节逐渐被实词化，就像诗中所写，"那些来自无数动词中的活动物被命名为一个实词〇"，无论是动词，还是活物，都被引向名词的平面存在。一场巫术中的主祭者，依靠表演呈现可以在场外瞬间应验的行为，在表演中，形成口语孤立无援的切片。巫师需要中断动词在表演中的情节连续性，他尽可能地让一切表象惟妙惟肖，而无情中断表演的情节指向，以提醒场外的人在情节经验上继续下滑，而发生不可控的移情。在《〇档案》中，这类提醒很多，让失去情节的叙事仍然带有类似巫觋表演的蛊惑。这样，《〇档案》的主事者引导观众在名词化的丛林里穿梭，获得丰富的名物的立体感。主事者的意图是明显的，他是引领人们最终通灵的灵媒。诗歌显然不是用词语铺路引导读者走进一个密室，看见最后的符和可以被轻易描述的隐秘——再大的隐秘在本质上说也只是一个简单的事实，主事者的真正意图，却是把他的仪式受众推入到一个氛围中去，他只要确认，他们进入了他们在仪式前不曾察觉的时空，至于每个人具体看到了什么，却是可以心照不宣的。

然而，诗评家们因为理论透析本能不分享这种蛊惑，将于坚从《〇档案》到《飞行》等长诗所呈现的"偶然的集合"解读为"两个诗的超级命名：对二十世纪中国文化专制之典型代表'档案话语'的命名，和对进入现代化之'飞行时代'的世纪末中国文化心态的命名"。① 尽管执着的巫觋不断向生活的最低处潜行，最大限度依靠经验语词的特殊交集，对一个未被命名的世界做各种暗示，不断破坏蛊惑对象与他的经验世界的顽固联系，他的蛊惑对象们却依然在最高处脱节，把混沌的"飞行"钙化为文化命名。于坚对存在本身的终极兴趣，在当代知识体系里不是可靠的，它不是某种定论，拒绝历史书写。事实上，于坚也很少有历史书写的野心。也许正是这些误读，于坚需要在《飞行》中让"我"前所未有地出现，让情绪的表演变本加厉地进行，以矫正和注释，挽救这种孤独："历史从我的生命旁后退着 穿越丝绸的正午向着咖啡的夜晚 / 过去的时间在东方已经成为尸体 我是从死亡中向后退去的人 / 多么奇妙 我不是向前面 向高处 向生长中活着 / 而是逆着太阳 向黑夜 向矮小的时间撤退 / 而我认识的人刚刚在高大的未来死去 佤族人董秀英 / 马桑部落的女人 一部史诗的作者日出时在昆明四三医院死于肝癌"。因为这种挽救，表白甚至一度成为叙事者于坚的写作骨架。如果不计写作的自我指向因素，从《0档案》到《飞行》所发生的一个显见的人称转换，就格外值得玩味。第一人称将《飞行》中的主事者幻化为两重影像。尽管第一人称的独语功能得天独厚，《飞行》的巫术主事却反而具有参军戏的对语性质。于坚很少把诗写得如此雍容华贵，诗中充满了情绪团，充满了粘连缠绕和奔泻的主体情绪。它甚至能够既保持多义性，又在丰饶的形象中穿梭，游刃有余。类似于《0档案》中语词拼贴和组装的节奏荡然无存，主事的表演在语词排列的理性和睿智之外，加入了更多情绪。第一人称的讲述将《0档案》潜藏的表演者呈现出来，形成表演的复调结构，使诗中暗含了某种类似于参军和苍鹘角色的问答形式，但却不失庄重。

由于角色的假定性，《飞行》的自我沉醉不再有狂欢的禁忌，情绪节制也大为减少，祭司行为多有萨满意味。于坚最瑰丽奇幻的想象也随之展示在这首长诗中，充满更加难以预见的诗语的新奇因素。这种深度蛊惑已然带有更为强烈的剧场性质。在更迅猛的联想大潮里，"我"以更密集的语词反叛和更娴熟自在的语流，轻松地在"飞行"过程中在读者与作品之间建立了"一种形而下的关系"。② 于坚对情绪团携裹的"混沌"世相不加节制地喜好，并用崭新的词或让词与词之间凭经验发生从未被语言记述的关系，通过这

---

① 沈奇：《飞行的高度：论于坚从〈0档案〉到〈飞行〉的诗学价值》，《当代作家评论》1999年第2期。

② 于坚、谢有顺：《于坚谢有顺对话录》，第177页，苏州，苏州大学出版社，2003。

种方式实现长诗中因充满蛊惑而并不显得冗长的表演。于坚知道"长诗是一种策略",而持有蛊惑力的关键问题是,"诗人离混沌有多远,他在多大程度上可以用混沌消解策略","诗歌的活力来自诗人与混沌状态的关系",而诗人需要控制混沌的能力。① 《飞行》因主体的角色职责而分担了巫师敬畏感建立的隐忧,向混沌的纵深处下坠。

于坚的诗歌在慢慢地强化这种类巫术的蛊惑,渐渐消除了《尚义街六号》那种生活流的戏剧性,尽量避免将《对一只乌鸦的命名》那种强硬而全面的语词清洁痕迹遗留在诗中。他从写诗的姿势开始,让生活的剧场被巫术的仪式场所侵蚀并挤兑,他对语词的惯性规避渐渐让位于自我语系的形成,并逐渐能在其中涵泳。在于坚确认"诗人必须承认不可知,诗歌具有巫术的特征"② 的时候,就决定了于坚将不和他诗歌的当代背景一致,他虽则古雅,却不能成为一个类似于北岛或其他"知识分子诗人"那样的启蒙者和庄重严肃的抒情者。对比他们而言,有诗如巫,算是于坚的诗歌"立场"和已被他的诗歌部分实现了的诗学追求。这值得在当代大陆汉诗环境中褒扬。当然也应看到,即使他最终能被确证为具有强大蛊惑力的诗歌巫师,他的蛊惑力能延续多久,也是有待审视和证实的。

《当代作家评论》二〇一〇年第三期

---

① 于坚:《棕皮手记·活页夹》,第266页,广州,花城出版社,2001。
② 于坚:《我是一个故乡诗人》,《只有大海苍茫如幕》,第196页,北京,长征出版社,2006。

诗歌写作，如何接近心灵和现实

欧阳江河

我觉得诗歌在任何时代真正能够产生意义、产生影响的写作，一定同时会和心灵、和现实发生联系，它一定是平行于心灵的发生和现实的发生的；它平行于这两者的发生的过程，成为第三种跟世界有关的见证，也是一个发生，它不仅仅是对现实的发生、心灵的发生的一个记录和见证，它自己就是这个发生本身。

诗歌与叙述文学或者与其他的记录性质的语言方式（比如新闻写作）、所有其他写作的最大的区别，是它不是对一个已经发生的事实的描述，或者事后的追述，或者是一种选择，它经常是先于事实的发生，或者当事实的发生已经完全进入遗忘以后，它才出现的一种发生。如果借用美国诗人庞德的一个说法就是"诗歌是永远的新闻"，或者说"诗歌是新闻中的新闻"，意思就是诗歌是关于历史的新闻。因为我们很多人认为诗歌是"反新闻"的，那么这个"反新闻"指的是比如说今天发生什么事，然后媒体去报道、记录出来，选择出来，刊登出来，然后造成一种影响或一种消费，那么这是一种典型的媒体写作、新闻写作。那么庞德这个"新闻中的新闻"和"永远的新闻"指的是新闻已经失去它的时效性以后，依然有效。这也是诗歌写作的第一个定义：它永远是新闻，永远是一个发生。

布罗茨基有一首非常有名的诗《寄至威尼斯的明信片》，第一句就是"为那些从未发生的事情建造一座纪念碑"，他这句诗和庞德的那首诗异曲同工，正好在两个不同的向度上、不同的极端上透露或界定了诗歌写作的一个性质，也就是说诗歌写作是为那些从未发生过的事情建造一座纪念碑，而它所描述和触及的现实则是有可能发生的，也有可能

364

并未发生，或者将要发生、已经发生。所以，诗歌写作可能就是"文学中的文学"吧，一个很重要的定义，就是它不是直接处理现实，或者它也可以直接处理现实，但总的来讲诗歌写作不是为现实而存在的，而是为"现实感"而存在的。它真正关心的是关于"现实感"的问题。经常是这样的，我们看了那么多的新闻报道，它只是报道事件，但是在这些报道里面，最后那个现实感，我们所理解的时代的精神、时代的真正的感觉，也就是定义时代最核心的那些要素，很可能在这些报告中——不管你再真实——出现不了。而在诗歌写作中，它经常所描述的和对应的现实很可能是一个超现实，或者是对现实的抵触和批判，甚至有可能是对现实的逃离。但是无论怎样，真正意义上的诗歌写作，它一定在写作的背后存在一个巨大的场，这个场域所笼罩的和对应的是什么呢？是我们称之为现实感的东西。所以经常是这样的情况，真正的历史的编年史学家、心灵意义上的编年史学家，一定是诗人，如果不是诗人，那就是这个时代出了毛病，有愧于这个时代本身，它将在历史上没有地位，某种意义上可以说这个时代并不存在。这个时代发生了种种事情，有种种灾害和种种幸福，有种种不同于其他时代的特征，但是如果没有杰出的诗人把它升华为一种可以跟这个时代现实相对应的现实感的话，那么从心灵编年史上讲，这个时代是不存在的。

当然在古代，我们经常认为诗人是时代、人类事物的命名者，是一个带有精神巫师、精神立法者的性质的历史角色。比如我们现在所了解的上古时代的西方历史，起源可能就是《荷马史诗》，然后中世纪的意识形态史（比如说心灵的历史），最重要的发明者，或者是最重要的我们所能了解的中世纪或者上古时代的最重要的文本来源，一定就是《荷马史诗》和但丁的《神曲》。那就更不要说在英语世界里的莎士比亚，在二十世纪的几个重要的诗人，比如说叶芝，比如说保罗·策兰，后者是大屠杀以后德语的浓缩过程的一个见证，就是词语怎么浓缩成像石块、矿物一样既沉默、沉重，又黑暗的那样一种存在，那样一种发生过的现实。我们一定是从保罗·策兰的诗歌那里感觉到这些东西，这一切就是和大屠杀有关的，跟反犹太主义、反德国法西斯意识形态有关的人类精神的见证史。我觉得保罗·策兰在这方面提供的力量和现实感，在其他任何关于大屠杀的叙述和报道中都不可能出现，这在整个二十世纪是无人能及的。

如果我们回到汉语的历史，关于中国古代的很多最本质、最核心的认识，我们都会从屈原、陶渊明、李白、杜甫、苏东坡、黄山谷、辛弃疾等等，这样一批杰出的诗人和词人那里得到。从他们的身上，从他们的作品和文本里面我们获得很多认识和种种心灵的感悟，包括我们的文化修养、我们的心灵结构、我们对现实的认知等等，这一切构成我们之所以是一个中国人的传统和来源。当然在这个名单里面，你也可以根据自己的爱好、自己的线索、自己的广阔性和个人趣味，做一些扩大、压缩或调整；但无论如何，我们的文化记忆，甚至我们的现实感都要从这些诗人的创作、写作中得来，因为他们的诗歌是同时和现实、历史贯通的。大家都知道，历史只不过是现实的另一种说法而已。我们是通过对历史的追踪和重新认识来界定我们对当下、对现实的感触的。如果更广义地来讲，我觉得作为中国人，我们特别幸运的一点就是中国的最广阔的历史起源一开始就是诗性的。我们的先祖在上古、中古汉语里面，在诸子时代，文史哲是不分家的，所有的思想使用的语言都是诗意。像庄子、老子就不说了，包括荀子、韩非子等等，在论述、阐述他们的思想时所使用的都是诗一样的语言。并且中国的古汉语在它的源头那里就是一种统治者的语言，这种统治者的语言和当代统治者的语言很不一样，最大的区别就是前者的语言是非常文学的、诗意的语言。包括记述历史、史实、宗教、博物志、算卦、统治术、军事、教育等等，他们所使用的语言都是诗性的，其语言的文学性非常高。而且由于中国当时的物质状况，要想把思想、命令，以及对道德、宗教和生命的基本体验，用文字昭示天下并传播下去的话，需要非常昂贵的成本，比如最初的钟鼎文，一般的老百姓即被统治者能用钟鼎来铸自己的字吗？不可能，只有统治者才能这样做，所以一开始最早的记载文字的昂贵和困难已经决定了它的语言是统治者的语言。随着物质的发展，随着竹简、甲骨、刻石、绢、帛、纸张和印刷术等的发明，语言从最初压缩性非常强的诗歌慢慢变成散文，现在变成网络语言、短信，诸如此类，这个变化过程是非常有意味的。在这个过程中，汉语变成了中文，古汉语是线条的、封闭的，处在不跟其他语言接触的状态中（中间只经历了印度佛教的梵语的影响），直到现代性发生以后，慢慢跟西方接触，有了翻译，有了互文性，在与法文、德文、英文、俄文、日文等等这些语言的接触之中，慢慢才由古汉语变成中文。这个过程中出现的那些比较复杂的外来因素，使得汉语本身的生存方式发生了很大的变化，这种变化涉及到诗歌写作本身的变化，也涉及到我们心灵的变化。

那么在这个变化里面最重要的、最具起源性的变化就是写作本身的变化。这体现在当代诗歌从古代诗歌跳出来以后，进入了一种一定要对应于我们日常所接触的物质现实的写作的格局里面。这不像中国的古代诗歌，最后写作的过程中已经跟事物没有直接的联系了，更多的是关于词和词的关系的一种写作方式、文本方式和思维方式。比如说古代汉语诗歌里面关于典故的运用，典故处理大量的二手现实，比如像辛弃疾的《贺新郎》里"知我者，二三子"，如果翻译成现代汉语，算什么诗歌呢？但它里面由于涉及了一个互文本，也就是孔子《论语》里的同样的一句话，这样就一下把人生晚景的知音难觅、沧桑浩瀚的凄凉感，更诗性地烘托出来了。也包括"廉颇老矣，尚能饭否"，辛弃疾经常用这种典故，如果翻译成白话，这很难称其为诗，但由于有《廉颇传》作为互文本的存在，就使得它不但是诗，而且是诗的化腐朽为神奇的一个典型例子。中国古诗到最后真正的最高境界，就是处理其他文本里面已经出现的那些大量的二手现实，而不是直接处理身边的现实，比如说处理麦克风、自行车、日光灯泡、手机等等，因为中国古诗没有这些东西。而中国古诗本身使用的很多词汇就显得越来越优美，越来越具有一种先天的诗意，那么这种先天的、天然的具有诗意的东西，把中国诗人，尤其是写古诗的诗人变得非常掉书袋，使得诗人跟现实永远隔了一层，隔了哪一层？就是隔了他所读过的诗和那些浩瀚的典籍，这一切成了他和现实之间的一个中介物、一个隔离物，把他和现实隔开，同时也让他通过这个隔开的东西来接触现实，写作最后变成了面对这个中介物，而不是直接面对现实，所以说所有的写作都是间接的写作，不是及物的写作，或者说基本上不是及物的写作，它要通过非常曲折的折射，才能触及现实。

　　当然，中国古诗产生了很多我认为是真正意义上的、人类有史以来诗歌写作最高成就的作品——那是我们当代诗人望尘莫及的，但是也由于它过于地高、过于地好、过于地艺术性，反而让诗人们感觉越来越困惑。因为到最后变成了大家都在写好诗，但是诗人的另外一个天职，也即处理现实、接触现实和心灵，变成了处理和接触其他的文本，或者通过处理和接触其他的文本来接触现实和心灵。这中间的折射对于中国诗人而言，既是一个福音、一个幸福，同时也成了他们的一个羁绊和局限性。所以，当代诗人从汉语写作进入中文写作之后，就抛开了古汉语、古诗的互文性，二手现实的互相渗透，直接面对了现实和心灵。正如刚刚谈到的对汉语和中文的区分，汉语主要指在经史子集、诗词曲赋这样一个纵向的封闭的历史发展过程中形成的一种语言现实，而中文是中国进入现代性和革命之后，通过东西方接触和文化碰撞以后，所形成的一种语言状况。在我看来，我们现在的写作主要用的是中文，很少用汉语，尽管汉语是作为一种幽灵、前文本，或者作为一个巨大的笼罩的对应场出现的，而且越来越多地出现在中国当代诗歌的写作里，但这两个东西是可以互用的，不是完全隔开的。但我们目前的写作主要还是中文写作，这是一个巨大的历史机遇，同时也是一个挑战，因为这个写作的历史太短了，在我的界定中才几十年。当然如果一定要按照过去的文学史来推，可以推到胡适，有一百年了，但我个人的看法是最近三十年，如果稍微早一点，可以最多早到《九叶集》，而且中间中断了很长一段时间，所以说它的历史太短。而且这个写作特别不幸的一点就是，它与作为巨大的、丰富的文化资源的古汉语写作、中国古诗写作之间的历史联系，仍然是一个难题，没有被解决。就是说很多当代诗人，像我，从小时候开始就背诵了大量的古代诗歌，而且我还写书法，但是这一切都没有用。当我真正写作的时候，古代汉语诗歌这么优美、这么丰富、这么难以穷尽的文化宝藏，我几乎用不到从那里面得到的养分。当然，可能在滋味的意义上我会用到一点，我的写作中如果你使劲儿闻的话，可以嗅到古代诗歌的气息。但是像英语诗歌里面，叶芝可以直接从莎士比亚、威廉·布莱克的诗歌那里，甚至从翻译《圣经》所用的中古英语，或者近代英语那里吸取养分、建立联系；或者当代美国实验性很强的诗人，他们从庞德、艾略特、威廉斯，或者最早从惠特曼，再早从欧陆诗人比如莎士比亚那里，吸取的营养都有着明确的连贯性，有一种可以直接出现的征候，那种联系、衔接在中国现代当代诗人和古代诗歌的那种关系衔接上是看不出来的，是完全不一样的，这是一个很大的历史难题。现在很多当代诗人已经意识到这一点，但是怎么来完成这个东西，我估计在我们这一代诗人身上很难完成。

但是，这也给我们一种解放，当我们在面对中国现实的时候，我们经常会因此有一种什么样的自由呢？贾樟柯的《二十四城记》里面引用了我的诗歌。在《二十四城记》上映之前，我曾经组织过《南方周末》的一个讨论会，在那个讨论会上我们请了各界的朋友讨论这部电影，其中我请了当代一个著名的、在当今世界最有影响的、最有成就的艺术家徐冰（《天书》的作者），他看了这个电影后，有一个说法，他说贾樟柯在《二十四城记》里面在挑战电影本身的极限。在我们对电影的基本看法和定义里，电影之所以称为电影一定有它的可看性、娱乐性，它作为一个独立的艺术品的存在，不管怎么做，不管怎么靠近生活，最后一定会涉及电影的定义，一定有娱乐性、可看性，有一定影像上的、艺术上的追求。徐冰认为贾樟柯这部《二十四城记》，在这个方面走到了极端，是尽可能地远离、放弃或者至少是在挑战这个定义。贾樟柯在这部电影当中面对了中国的一个独特现实，那就是工业化，尤其是城市的工业化转入军事的、集体主义的、国家格局的工业化以后，又进入了后国家工业主义时代，也就是市场的、消费的时代以后，这种国家工业所遭遇的命运，以及由于这个命运的变迁所带来的人的命运的变迁。那么贾樟柯在面对这两个巨大的历史变迁的时候，他感到作为一个电影工作者的敏感和疼痛，以及他的无话可说，在这样一种感觉面前，他尽了他最大的努力和可能，放弃了把电影作为一个独立的、完美的、好的艺术品的这样一个企图和努力，或者至少是在努力挑战这个定义。他在放弃了这种想法和企图以后，他的另外一种企图和想法也就出现了，刚才所说的那种现实、中国工业命运的改变，以及这个改变所带来的人的命运的改变，在这两个改变之中电影能够在多大程度上记录和忠实于这种改变所带来的无话可说、震惊，以及这种诗意的东西。而这种诗意的东西，其实就是他想传达出来的一种现实感。在放弃电影作为单独存在的艺术品的定义和抱负之后，它反而在最大程度上触及了人的心灵和记忆，触及了现实。贾樟柯的电影所实现的就不是一个叙述作品、一个新闻报道，甚至不是一个电影作为叙事文学和叙事影像的媒体所能实现的意义，他放弃了这个意义，进入了另外一个层次上的、诗歌意义上的创作。而且，这个电影比较简单，立即道出了诗歌可以在哪种程度上同时接触心灵和现实，同时又放弃它仅仅作为艺术品的这样一种抱负，所以这部电影里面出现了一种完全不同的选择。我们所熟悉的一种选择就是，不管现实多么沉重、黑暗、荒谬，或者多么幸福，都不管它，诗人只想干一件事情，就是写出好的诗歌。这个写出好的诗歌的欲念，最终可以使诗歌脱离你所面对的现实和所面对的自己的心灵，它单独成为词语意义上的文本的发生，它可以永存不朽，它可以变成无论什么时代都打动人心的一个纯文本，孤立的、赤裸裸的文本，这是一种选择。历史上这种选择是永远存在的，比如像李贺的诗歌、李商隐的大部分的诗歌，都是这方面的典范，它是纯文本意义上最高的杰作。那么还有一种选择，就是我们刚刚提到的贾樟柯意义上的选择，这也是很多现代诗人的选择，就是他们不把诗歌从现实、心灵抽离出来，作为一个纯粹的、至高无上的、超越一切的纯文本意义上的艺术品，他们放弃把这个放在第一位，而是退而求其次。其实这个"退"某种意义上也是一个战略、策略，某种意义上可能是更大意义上的进，只把诗歌写作作为一个发生，把它平行于现实和心灵的发生，它更多的是呈现人类的真实的处境，而且揭示心灵在这种处境里真实的感受，在这个选择里面，诗歌作为一个艺术品的单独存在变得次要了。我个人认为两种选择难分高下，而且这两种选择对人类来讲同样是需要的，就看你怎么理解现实、理解心灵，以及怎样界定你的诗歌写作和这些现实心灵的关系，也就是萨特所说的"介入的文学"，你的写作一定要介入人类真实的处境，一定要成为心灵的见证者。

于坚讲到，中国诗人经常只是面对一个比较短的时段进行思考与写作，一个中期的时段，或者一个更长意义上历史的、时间上的维度，在很多当代文人的笔下和头脑里是没有出现的，就是这种文明的、文化的时间维度是没有出现的。这里面又产生了对第二选择的作者来讲，特别危险的问题，就是对很多中国现在的读者，包括小说家、诗人、电影工作者、美术创作者来说，他们都有这样一个问题，就是只被当下的问题所左右，他们的意识形态大量地被媒体意识形态所左右，媒体的意识形态又是靠什么来推动大家的关注力，形成所谓的焦点，成为某种时尚、价值判断和立场的呢？就是依靠事件，一个事件出现了、发生了，然后整个媒体把它变成一个意识形态，一个文本、话题或立场，然后大家都来谈论它，所有的公众的注意力、意见都围绕这个事件，到最后只剩事件、议论，没有思想，没有文学、诗歌意义上的原创性的那样一种文本的在场。比如说美国飞机轰炸南斯拉夫，中国人马上反美国，反西方的、与西方对抗的意识形态就出现了；藏独分子、疆独分子杀人事件后，关于汉族的意识也出现了；在巴黎抢奥运火炬后，爱国主义的东西也出现了；"五一二"大地震时，国家比较美好的、中国传统意识上特别好的那一面出现了，如果没有地震，它出现不了。或者像美国"九一一"一出现，诗歌取代所有的东西，又开始被大家关注，因为之前在美国消费时代里诗歌根本不存在，就比跳蚤还不如，跳蚤咬你一口，还有一个包出现，还要擦擦药水、挠它几下，诗歌连跳蚤都不如；但"九一一"事件后，诗歌立即成为全民关注的中心，到处都在读诗。中国现在也是这样，地震过了、奥运会过了、国庆六十周年过了、新疆事件过了，所有伴随这些事件出现的东西全都烟消云散了，因为下一个事件即将出现，也许下一个事件没那么重要，但由于它的新、它的不可预见性，所以它被制造成新的话题，媒体关注它，大家谈论它，所有的意识形态围绕它形成一个圆圈、一个场域、一个向心力。因此，整个国家显得很浮躁，没有任何东西可以形成一个长远的、时间的维度，心灵的、古老的成分就没有了，永远都是新的。这又跟现代主义的一个绝对的命令有关，现代主义是停不下来，不停地要发展，它是靠发展的幻象来推动的一个历史的现实，那么围绕现代主义形成的文学也是这样的，它最重要的一个绝对的命令就是创新，就像资本的一个绝对命令，就是钱，挣更多的钱，资本的最重要的命令就是利润。现代主义文学的命令就是不停地、绝对意义上的创新，那么古老的、旧的、久远的东西就会消失。所以我们永远处在那样一种节奏之中，不停地重新，不停地有新的事件吸引我们的注意力，形成基本的文化立场、判断力，以及我们的趣味，我觉得这是现代的一个比较悲哀的问题，就是真正经典的东西、影响我们一生的东西会被淡化，我不是说它会消失，但它基本上会被淡化，这是当代人的一个很大的悲哀。

同时，我们要向深处聚集我们的沉默，聚集我们的注意力，它是这个聚集的一个敌人，为什么是一个敌人呢？当然"敌人"这个说法保罗·策兰曾经在他的意义上讲过，因为他是一个犹太人，犹太人是德国人的敌人，而且是天敌，二战是希特勒为从种族意义上消灭犹太人而发动的一场战争，反犹主义最后变成了文化现象、文化立场和意识形态。但是保罗·策兰有一个双重性，因为他不得不用德语写作，当然他也尝试过用罗马尼亚语写作，但总体而言是用德语，所以他是用敌人的语言写作。他最后为什么把德语扭曲得那么可怕，弄得那么沉甸甸的，像矿石，又那么的黑暗，我觉得这和他用敌人的语言写作有关。但是关于敌人呢，我又注意到泰戈尔说过一句话，你一定要非常小心地选择你的敌人，非常谨慎地选择你的敌人，因为到最后你会发现你越来越像你的敌人。这也是一个真理，确实，经常是这样的，我们一生所反对的敌人、以为是敌人的东西，会把我们最后变成它，变成我们所反对的东西。美国实用主义哲学家、大诗人理查德·罗蒂有过一个论断，他认为，假如你想把你的思想从头到尾毫无矛盾地贯穿下来，那么只有一个途径，就是试着用你所反对的、敌人的语言、异己的语言来说出你自己的思想，一定不要用你自己的话语。所以他从这个意义上讲，希特勒不是魔鬼和天然的人类的罪人，希特勒也谈巴赫，喜欢贝多芬、瓦格纳，你不能因为希特勒喜欢，那么这几个人也就是恶魔。希特勒也画画，也喜欢诗歌，他有他的鉴赏力。理查德·罗蒂不是在为希特勒翻案、辩护，但是他从语言的角度，就是从谈论自己思想的角度，他认为假如能把自己的思想用希特勒的语言复述出来，那是非常有意思的事情。如果诗歌对现实和心灵的介入把对敌人的维度也包括进来的话，那么诗歌就有可能在终极的意义上，阐述人类的现实，然后呈现我们的心灵，包括我们的秘密、罪恶、黑暗。所以说，我一直认为诗歌，尤其是用现代汉语所写的诗歌特别重要的两个维度，这是我在谈述中年写作时，已论述过的两个特别重要的向度，第一是把非诗意的东西都包括进来，而不是像中国古代诗人那样，他们所使用的词汇和组织的方法，比如说律诗的对称性、对韵的把握，以及对典故的把握、字和词的顿，所有这些都是事先被规定好的，纯诗的东西；当代诗歌在这个意义上讲更多地触及了非诗意的东西，就是所有我们认为不能入诗的东西，无论从词汇的角度、词与词的对应关系的角度，都可以包括进去，现代诗歌没有什么不可以写的。如果按照布罗茨基的说法，现代英语诗里只有一个坏词是不能入诗的，当然这只是一个玩笑，那个坏词不是"电话"就是"电视"，记不清了。但是同时他认为 Coco Cola 非常好，在声音上已经触及了现实，他为 Coco Cola 专门写了一首诗 *Cod Corner*（《鳕鱼角》），他模仿可口可乐大游行，这个游行的整个节奏变成一种发音的节奏。布罗茨基认为可口可乐不仅作为工业现实，也是一种文化现实、词语现实，甚至可以深刻触及人们的心灵。因为我认识很多朋友，他们生平第一次喝可口可乐的时候，有一种幸福感，世界上还有这么好喝的东西，这已经是心灵的现实，不是物质现实。布罗茨基非常反讽地在写这种现实，他把人的孤独、奇妙的处境写进去。而且 *Cod Corner*，他写的这首诗，也是一个地方——可口可乐游行的起点，读音上也有相似的联想，声音的现实跟现代工业资本的奇迹反讽般地结合在一起，放进了诗人的独特的感受力，所以心灵、现实和词在这首诗里面非常奇迹般地纠缠在一起，混而不分，这是奇迹般的写作。我没有其他的意思，我只是说这首诗里面处理了从中国古典诗歌的角度看来是非常偏离了诗意的东西，是一种把非诗意、反诗意的东西包含进来的写作。这是我讲的第一个向度。

第二个向度是诗歌一定要有一种当代的活力，而这种活力它来源于我们对生命的基本的感悟，来源于我们对现实的认识，我们的接受程度，我们对它的反省和怀疑程度、抵抗程度，也包括对现实的敏感、超越，甚至有时是低于这个现实的。我觉得活力一定是来自这一切。这就和中国古代诗歌写作有很大不同，因为中国古代诗歌不一定来源于现实，只要在阅读的文本里进行穿凿附会，进行相互发明，进行一种互文性的感悟，一种捕捉、处理，这个里面甚至可以显得死气沉沉，像死亡一样地进行写作。在中国古典诗歌里面，你完全可以成为一个死亡的大师。但我觉得，当代诗歌一定不能让这样的写作成为代表这个时代的写作现实和写作文本的典范性的写作。我觉得当代典范的、启示的写作一定要具有活力，至于这个活力是什么，我觉得它一定会唤起我们对生命的基本的感悟、基本的体验，唤起我们对历史和玄学，对最简单的、触手可及的现实，以及现实背后的神秘的、不可捉摸的场的感悟的同时的相遇。所以我在说中国诗歌的现代写作，以及我们对写作的把握和理解，一定要同时具备我刚才所说的这两种向度。

今天我讲的问题大了一点，不够具体，也没有结合具体的文本，其实如果结合具体的文本，可能会更具有可听性，更有意思。但是我宁愿我们的第一次，就是诗人在南京大学的讲演，我更宁愿高估我们的学生和研究者的兴趣和理解力，所以宁愿更高深一点，咱们越过比较有趣性的话题和具体的话题，进入它的超越性甚至是枯燥性。文学，尤其是诗学在它的最高意义上一定有一个特点，就是枯燥，因为专业意义上的东西如果抽离到最终，一定带有枯燥性，这个枯燥性不是条理性的产物，恰好是生命本身的产物，因为生命提高到最高的程度，它一定是枯燥的。它只是在中间程度非常活跃、有意思，有不可捉摸、快乐、愉悦的成分，因为它是持续性、变化的、无常的产物。但是诗学、诗歌到达最高顶点以后，它一定由无常归于一个相对而言枯燥的常态，就像歌德在《一切的峰顶》那首诗里谈到的，它可能是微风轻轻地触及树叶，万物寂静无声，你周围一个人也没有，你在峰顶，你感到的似乎不存在那样一种东西在里面，就像康德所说的人类的三个最高的境界：星空、峰顶、弃绝。如果有了这第三种弃绝，诗歌写作把写得好得不能再好这个想法都弃绝的话，那么就真正地得到了自由，可以无所不为。就是庄子所说的逍遥游，他把大年、小年都包括进去，把鲲鹏和蜉蝣、宏观的和微观的两种生命状态都包括进去，真正成为逍遥，在两者之间构成飞翔，平行地超越，所以他才可以说"无为"。其实在西方，莎士比亚也提到过这种境界，他的一个喜剧，我们中国人翻译成《无事生非》，我觉得这个翻译不对，*Much Ado About Nothing*，做更多，关于什么都没有，就是对虚无、对无，对它能做什么呢？你对它做越多的事情越好，所以这里面有一个悖论，这个悖论其实就是诗人在干的事情。你一定知道你所面对的是"无"，但你面对这个"无"做出更多的事情，写出更多的诗歌，有更多的思考。诗歌光是写是不行的，写只完成了一半，所有的诗歌都是在阅读、思考中完成的，阅读也是诗歌写作的一部分，它不仅只是被动地接受，它一定是参与诗歌创作的一部分。海德格尔也有一个说法，读就是和写一起消失的，两者都是一个消失、一个"无"，但是这个关系一定是存在的。所以，所有的关于诗歌写作的秘密的洞悉，一定是在阅读——我指的是有效的阅读——中间完成的。这样就把诗歌写作带到深处，这个深处可能会产生波浪一样的东西，或者产生一种马雅可夫斯基所说的"穿裤子的云"，想象云穿上裤子会是什么样子？或者一场雨穿上裙子是什么样子？这个可能就是我们最想定义诗歌的时候，最接近诗歌的一种定义。一方面它是人造的、人工的东西，跟身体的联想有关系；另一方面它又是自然的、永恒的、无时间性的、无偿的一种东西，这两者的结合非常有意思。看来诗歌的时间和我们生命所理解的物理时间、生理时间是完全不一样的。

原来我以为十分钟讲完的东西，一个小时还没讲透，我也不可能把它讲透，诗歌就是白居易所说的"犹抱琵琶半遮面"，他指的像是一朵莲花开在了水仙花的一半当中，两个一半形成的开放，这可能就是诗歌。就像我前一段在美国碰到一个佛学大师，他有一本书叫做《是什么不能使我们成为一个佛教徒?》，我就问他，你就从最简单的角度给我讲一下佛到底是什么? 他说：佛唯一没有解决的就是学佛到底要做什么? 有什么作用? 这是谁都没解决的一个问题。我们学了佛，知道有很多好处，但它可以做什么，我浑然不知。这和诗歌太相似了。学了半天佛，读了半天书，它的好处、用处在哪里? 毫无用处。诗和佛可能有一个相同的地方，我们平时所习惯的、被规定的，比如对人生的认识、对成功的认识、对生命向度的认识，你要干什么，作为一个人来到世上，你是谁? 你到哪里去? 从哪里来? 对这些问题的认识，在诗歌和佛教、佛法之外，有一个大致相同的理性规定，西方理性主义在全球的胜利已成为一个不可争辩的事实，我们对此一点办法都没有。但在中国规定中，作为一个人，你的智慧、心灵、对生命的体验只有一半，另外一半是被关闭的，打不开的，佛或者诗歌试图干的事情，是打开这一半，能不能打开，我也不知道。打开之后有什么用，可能毫无用处，没有关系，其实我们对生命的一个定义是你会觉得生命妙不可言，但这个妙不可言很大程度上是依赖它的无用性。诗歌的特权就是它的无用性，毫无用处。小说多有用啊! 小说可以改编成电视剧、电影，可以有市场、发行量、稿费，而且按字数，但写小说更辛苦、更困难一些，我必须承认，也更接近我们这个现实本身。但它逃脱不了它的用处，中国多少好的小说家，他的成功也就是命运的成功，也可以进入体制，等等。其实，体制外的写作、心灵意义上的存在是非常重要的，否则你的写作就有了一个向度，就是进入体制，而且在体制里面爬到一个高的位置，给自己创造一个比较好的、具体的世俗人生。于坚谈到其实中国当代诗人很有意识地做了一件事情，都在诗歌写作之外找到了一种生存方式，某种意义上也具有了逍遥游的前提，这个逍遥游具有了重要的前提，除了在写作之外，找到生存方式。还有一个重要的前提，就是诗歌写作的得与失都与体制毫无关系，都是一种逍遥游，我这里不是在提倡这个问题，它本身也不应该成为一种意识形态，或者一个人生的定义，但是它确实有助于我们理解当代诗歌的处境和它的命运，有助于我们理解像庄子这样的人，中国古代真正意义的诗人，他们的心灵状态，就是我所说的逍遥游状态，它平行于现实和心灵，它本身就是一种发生，它不仅是对现实和心灵发生的一种记录、描述，它本身就是这个发生，这三个发生交缠在一起，构成了我们这个时代，构成了人类任何一个时代的见证和提供。回到我刚才所讲的，如果没有这种诗歌的发生，任何一个时代在其他时代、在人类历史长河面前就没有存在过。所以诗歌在这个意义上讲是最根本的存在。

（录音整理：何同彬）

《当代作家评论》二〇一〇年第四期

亡灵的声音与晚期的界限

——欧阳江河浅议

何同彬

与欧阳江河本人及其各种书写的"相遇"和"交谈",让我产生莫名的恐慌和敬畏,起因则在于他言谈和书写当中高度复杂的智力结构和不断逾越边界的诘问与辩驳。一种不太确切的直觉告诉我:这个人的内心塞满了坚硬的石块。这让我想起策兰所说的:心脏藏在黑暗中,硬如智者之石。那些形如心脏的坚硬石块交错纵横,在挤压中发出刺耳、锐利的声音,这些声音不在任何一处停留、沉思,而是呈放射状朝着不同的方向穿越而行,带着种种强烈的分离的"愿望"。这些声音的雄辩性、"煽动性",使得欧阳江河时时表现得如同一个不再合时宜的"革命者",也让我产生如张清华一样的疑问:谁是那狂想和辞藻的主人?

在欧阳江河的《交谈》一诗中,他有一个形象的说法:一个小时的交谈,散发出银质的寒冷。在我与他的六七个小时的交谈中,我常常在那些寒冷的锋利时刻驻足,当他像一个迷狂的演说家一样阐释着自己新作中那些智力和语言的轨迹时,我深深体会到了曼德里施塔姆所说的那个"不可拂逆的逻辑":"将我们推进交谈者怀抱的唯一的东西,就是一种愿望,一种想用自己的语言让人吃惊、想用那预言的新颖和意外让人倾倒的愿望"[1]。这是一种强烈的"交谈"的愿望,更是一种对诗歌、对生命和灵魂律动强烈关注

---

① 〔俄〕奥·曼德里施塔姆:《论交谈者》,《时代的喧嚣》,第161页,刘文飞译,昆明,云南人民出版社,1998。

的表现，诚如斯蒂文森所言："诗人必须将同等强烈的专注投入诗中，一如漫游者的专注要投进冒险。"① 这的确是冒险的，最明显的误解就是欧阳江河时时散发的那种"自鸣得意的惟我独尊"，但在布鲁姆看来，这种气息恰恰是"诗歌的力量"的来源之一。不是吗？在诗人的专注那里，"自鸣得意"、"自我陶醉"恰是灵魂在场的标志，而灵魂在场于欧阳江河及其诗歌而言，就是他一再言及的"用亡灵的声音发言"。或许，亡灵就是"那狂想和辞藻的主人"吧？然而，冒险又怎么会如此简单呢？

晚期

亡灵，活在生前的阴影中，周身缠绕着死亡给予的"邪恶"和"暴力"，但在这里，也即欧阳江河所讲的那些"词语造成的亡灵"那里，暴力只能施加于自身，施加于诗歌，变成斯蒂文森意义上的那些抵御外在暴力的"内在的暴力"，变成活力、反抗、分离、中断、衰败，乃至死亡本身。正是在亡灵的声音对死亡的迷恋那里，欧阳江河最终寻找到了自身对晚期风格的认同。尽管只是近期欧阳江河才开始专注于对萨义德的《论晚期风格——反本质的音乐与文学》的理解和阐释，但是一旦我们对他八十年代至今的创作做一个简单的梳理，就能清晰地辨识到：他一生都在等候晚期风格的更触目的显现，或者说，他的诗歌创作从最初就具备明确的晚期风格的指向。

从《悬棺》到《手枪》、《玻璃工厂》、《最后的幻象》（组诗），再到《快餐馆》、《傍晚穿过广场》、《哈姆雷特》、《去雅典的鞋子》、《感恩节》，乃至一直延续到最近的《在VERMONT过五十三岁生日》、《泰姬陵之泪》，欧阳江河几乎全部作品都游走在死亡的阴影和烛照中，到处都是词语的亡灵与现实、与历史、与心灵的对峙、和解和相互穿越。在《1989年后国内诗歌写作：本土气质、中年特征与知识分子身份》这样的代表作中言及"死者"、"死亡"、"反复死去"，提出"中年写作"、"词语造成的亡灵"、"先行到死亡中去"等诗学命题，包括在我与他的谈话中提出"诗歌就是死亡"、"没有死亡冲动就不要碰诗"等极端的宣言，他始终以浓厚且深邃的死亡意识为核心来阐释自己的诗学理

① 〔美〕华莱士·斯蒂文森：《最高虚构笔记——斯蒂文森诗文集》，第252页，陈东飚、张枣译，上海，华东师范大学出版社，2009。

想，进而引导自己的诗歌创作。而死亡也正是晚期风格的开端和结局，正如阿多诺在谈及贝多芬的晚期风格时所说的："这种法则正是在对死亡的思索中被揭示出来的"。[①]死亡进入作家晚期作品之后，常常会实现一种"非尘世的宁静"，充满着深刻的冲突和一种难以理解的复杂性，经常与当时流行的东西形成直接的反差，最终的"圆满"却只是留下不妥协、艰难和无法解决的矛盾。萨义德是这样描述他的晚期风格体验的："它包含了一种不和谐的、不安宁的张力，最重要的是，它包含了一种蓄意的、非创造性的、反对性的创造性。"[②]晚期的实现都是灾难性和悲剧性的，它没有明确的动机，躲避一切形式的整体性。我们在欧阳江河的那些代表作中，尤其是晚近那些作品中发现这些诗学特征是不难的。

然而，死亡只是起点，词语的亡灵要经由知识和声音才能嵌入晚期风格的深层结构中，欧阳江河对知识的精确把握、对声音（包括语言和音乐）的敏感和迷恋，保证他的晚期风格最后到达那种"非尘世的宁静"、非创造性的创造性，或者如他自己所描述的"逍遥游"、反现代性的"空的状态"。但是，没有比关于死亡的言说更可疑的了，知识和声音都有明确的边界，而逾越这些边界又是那样地容易，这就使得晚期风格的界限变得既重要又模糊，有时候甚至是漫无边际的，也使得很多晚期风格的作品与对立面的那种兴致勃勃却又空洞的刺激难以区分开来。或者正如阿多诺对晚期的指认：晚期相当于衰退……

死亡

"来到死者的命令和步伐之中"（《阅览室》），对于欧阳江河而言，成为一名死者，或者说是亡灵，不仅仅是宿命，更是律令，对于生者的律令。"反复死去是有可能的：这是没有死者的死亡，它把我们每一个人都变成了亡灵。"[③]反复死亡是否还是死亡？"死者

---

① 〔美〕爱德华·W.萨义德：《论晚期风格——反本质的音乐与文学》，第7页，阎嘉译，北京，生活·读书·新知三联书店，2009。

② 萨义德：《论晚期风格——反本质的音乐与文学》，第5页。

③ 欧阳江河：《1989年后国内诗歌写作：本土气质、中年特征与知识分子身份》，《站在虚构这边》，第63页，北京，生活·读书·新知三联书店，2001。

是第二次死去"(《晚餐》），死亡不再是一种终极体验，它的反复和拖延成了建构生命与时时笼罩自身的毁灭性之间关系的语言结构，有着一种强烈的虚构性。在勒维纳斯看来，"被语言命名为死亡的东西——那被当做某人之终结的东西——也会是一种能转移到自己身上的或然性。这转移不是一种机械的转移，它隶属于自我本身的错综或混杂，它来隔断我自身之持续的连线，或者在这连线上打一个结，就仿佛自我所持续着的时间拖延得很长很长。"① 因此，欧阳江河的死亡意识也不过是当他面对时代及自身的错综复杂性的时候，悄悄地打的一个个结，这些结不代表自身面对混杂性的清醒、勇敢，而是相反，是一种怯懦的表现，是对一种反复到来的衰退、衰败等死亡趋向的经验。

在欧阳江河早期的诗歌作品中，死亡的深刻感悟已经异常触目，尽管仍旧缠绕着一些可疑甚至敌对的力量——来自尚未坍塌的政治整体性，但那些卓异的力量和针对现实的分离性倾向，仍旧让他的诗歌透露着时代罕见的成熟和深邃。萨义德在谈到晚期风格的代笔人物时所列举的品质，比如"不合时宜"、"容易受到责难的成熟"、"可以选择和不受约束的主观性方式的平台"、"一种在技巧上进行努力和准备的一生"② 等，在欧阳江河那里都有着非常鲜明的体现。"人们告诉我玻璃的父亲是一些混乱的石头。／在石头的空虚里，死亡并非终结，／而是一种可改变的原始的事实。／石头粉碎，玻璃诞生。"（《玻璃工厂》）死亡早已挣脱了时代遗留的政治创痛提供的绝望提示，进入到"透明"、"寒冷"、"易碎"的超验性和语言的自觉层面，天鹅之死"是一段水的渴望"、"是不见舞者的舞蹈"、"或仅是一种自忘在众物之外／一个影子摇晃一座围城／使六面来风受困于空谷／使开过两次的情窦披露隔夜之冷"（《天鹅之死》）。死亡在这里成了一段"公开的独白"，一段空无一人的"独舞"，一个主观性虚构的事件，"我真正的葬身之地是在书卷，／在那儿，你们的名字如同多余的字母，／被轻轻抹去。"（《公开的独白——悼庞德》）。作为词语的亡灵，死亡已经开始在语言的虚构性那里获取更多的"时间"。

《最后的幻象》被欧阳江河看做一组"告别青春的抒情诗"，实质上在那之前的某些

---

① 〔法〕艾玛纽埃尔·勒维纳斯：《上帝·死亡和时间》，第16页，余中先译，北京，生活·读书·新知三联书店，2003。

② 萨义德：《论晚期风格——反本质的音乐与文学》，第114、22页。

时刻，他早已远离青春的狂躁、兴奋和强烈的抒情冲动了。在这组欧阳江河少有的抒情诗中，他用死亡最终解构和诀别了抒情的可能性及意义。"花瓶"、"月亮"、"落日"、"黑鸦"、"蝴蝶"、"彗星"、"秋天"、"老人"，所有的意象都是死亡的前兆，到处弥漫着衰退、衰落、衰亡、衰败的气息，"谁能听到我无限怜悯的哀歌?"、"先是一片疼痛，然后是冷却、消亡，／是比冷却和消亡更黑的终极之爱"，这是他"反抒情的抒情"时代到来之前，最后的告白。为了极端的抒情，他把自己肆无忌惮地扔回了青春的核心地带，最像死亡的死亡还可信吗? "我看见毁容之美的最后闪耀。"这是可能的吗? 欧阳江河很快给出了回答。"我们被告知肉体的死亡是预先的。／一个每天都在死去的人，还剩下什么／能够真正去死? 死从来是一种高傲／正如我们无力抵达的老年。"(《快餐馆》) 老人是无力抵达的背影，那看见"毁容之美的最后闪耀"无疑就是虚构的了。"每天都在死去"，死亡不意味着终结，而是一个反复性的事件，"真正可怕的是：一个人死了还在成长"(《纸币、硬币》)。"晚期风格并不承认死亡的最终步调；相反，死亡以一种折射的方式显现出来，像是反讽。"[1] 还有比死亡的反复性、死亡中的成长更有反讽意味的吗? 进入了九十年代，欧阳江河终于把早期死亡意识中那些天才的自发性成分观念化了，这个时候他提出了"中年写作"、"词语造成的亡灵"这样让人震撼的命名。"对中年写作来说，死作为时间终点被消解了，死变成了现在发生的事情。"[2] "中年写作"意味着重复、差异、消解整体、事物的短暂性和一个不断缩减的过程，这正是晚期风格的范畴。在这种成熟的晚期风格的导引下，一种更广阔、更生动，既复杂又清晰的死亡意识缓缓上升，虽有斧凿和经营的痕迹，但却将诗学的探究带向了一个更加难以揣度的无主之地。"关于死亡，人们只能试着像在早晨一样生活／（如果花朵能够试着像雪崩一样开放。）"(《哈姆雷特》) 如此，亡灵才成为尼采所说的"一切来客中最不可测度的来客"，这才是以"亡灵的声音发言"，而不是描述死亡，或者做一个亡灵的他者，我们就是那词语的亡灵。但亡灵真的是一个集体现象吗? 亡灵真的能发出声音吗? 到了声音的最远方，也许只有声音而没有亡灵，或者只有亡灵，声音安在?

---

① 萨义德：《论晚期风格——反本质的音乐与文学》，第114、22页。
② 欧阳江河：《1989年后国内诗歌写作：本土气质、中年特征与知识分子身份》，第63页。

声音

希尼说："诗歌可以被看做神奇的咒语，基本上是声音的一种物态以及声音的威力——它把我们心智和身体的忧惧束成声学的复合体。"① 因此，诗人必须要有敏锐的听觉，一首诗歌发出的声音不仅仅关联于语言的韵律、节奏这些外在的形式因素，它是"神奇的咒语"，它有一种特殊的内在形象几乎不受控制地发出声响。"一首诗靠内在的形象存活，而一首诗却已在鸣响了。这是内在的形象在鸣响，这是诗人的听觉在把它抚摸。"② 没有倾听的直觉和丰富的感受经验的话，就很难为作品塑造那些内在的形象，声音是跨越任何界限和障碍的锐利"武器"，包括政治、道德等社会的律令，甚至包括时间。

欧阳江河是一个聆听的痴迷者，这里的聆听既包括语言，更包括他一生的挚爱——音乐。

在《倾听保尔·霍夫曼》一文中，他说："我认为，在词语世界中，人只能听到他早已听到过的声音，那个声音是不加限定语的，但却具有相当迷人的陌生性质，仿佛你在听到它时也显得像是没有在听。""那个声音带来的震动，甚至不能称之为感情反应，因为它的起点若能在经验世界中找到，其加速度就肯定会受到时间推移的某种削弱，而实际情况是，时间在这里似乎不起作用。我每一次倾听'那个声音'时所感受到的震动与初次倾听时并无区别。"③ 就像死亡的反复一样，词语的亡灵发出的声音将时间取消，或者将时间无限期地推延。然而，欧阳江河显然并不满足反复倾听那些"早已听到过的声音"，即便他们有着某种陌生的快感，他希望得到的是声音最本质上的可能性，或者是纯粹的声音。

欧阳江河与音乐的相遇是一次奇特的听觉体验，这似乎影响了他的一生，这种影响是一把双刃剑。童年，在那个特殊的政治年代，一切都被压制，包括声音，在朋友的家

① 〔爱尔兰〕希尼：《测听奥登》，《希尼诗文集》，第341页，吴德安等译，北京，作家出版社，2001。

② 〔俄〕奥·曼德里施塔姆：《词与文化》，《时代的喧嚣》，第153页。

③ 欧阳江河：《倾听保尔·霍夫曼》，《站在虚构这边》，第236、237、238页。

中，大家用棉被蒙上窗户和门，战战兢兢地偷听老式留声机里传出的贝多芬《第九交响曲》。那样一个密闭的空间，那样一个听觉的官能被伟大的艺术咒语充分激发的时刻，为欧阳江河培育了一种特殊的听觉意识，细微、清晰、异端，而且对音乐、声音中的中止、中断、沉默，乃至彼此的张力有着特有的敏锐感应。他与贝多芬、舒伯特的相遇与此有关，他与古尔德、米凯兰杰利、富尔特文格勒、切利比达克、萨巴塔的相遇有关，他与萨义德和晚期风格的契合同样脱胎于此。

晚年的尼采，音乐是其一切的一切，日常现实让他恐惧，一切现实都如魔鬼，他曾写道：没有音乐，生活就是一个谬误。音乐赋予正确感觉的瞬间。[①] 对于欧阳江河来说，同样如此，他同样极端地说过："没有德国古典音乐，我就活不下去"。而且曾经在与我的谈话中如此清晰地描述了自己迷狂的音乐体验："有时半夜一个人听的时候……听着听着就呆立在那；有时候热泪盈眶，连哭都不知道，浑然不觉，有时候完全感受到一种死亡状态的存在。"尽管欧阳江河说，亡灵是词语造就的，但在我看来，亡灵的灵性和魔性来自他的音乐体验，亡灵的声音某种程度上更是音乐的声音，死亡是一个听觉问题。

欧阳江河的诗歌自八十年代到现在，到处鲜明地彰显着他的听觉体验，如《肖斯塔科维奇：等待枪杀》、《一夜肖邦》、《秋天听已故大提琴家DUPRE演奏》、《聆听》、《歌剧》、《舒伯特》等诗歌，《蝴蝶钢琴书写时间》、《我听米凯兰杰利》、《格伦·古尔德：最低限度的巴赫》等散文作品。当然，这些作品都是在名称这样最浅表的层面上传达着他聆听音乐的历史轨迹，真正深入的聆听则在于诗行中俯拾皆是的与万事万物的声响的深度照会中。"它是声音，但从不经过寂静"（《玻璃工厂》），"节奏单一如连续的枪 / 一片响声之后，汉字变得简单"（《汉英之间》），"站在冬天的橡树下我停止了歌唱 / 橡树遮蔽的天空像一夜大雪骤然落下。"（《寂静》），"男孩为否定那耳朵而偷听了别的耳朵 / 他实际上不在听 / 却意外听到了一种完全不同的听法—— / 那男孩发明了自己身上的聋"（《谁去谁留——给Maria》）……聋也是听觉之一种，正如死亡之为成长之一种。欧阳江河的诗歌整体上就是一场听觉的盛宴，也是听觉的灾变和灾难。

他的近作《在VERMONT过五十三岁生日》是一首靠声音结构起来的"晦涩"的杰

---

① 〔德〕萨弗兰斯基：《尼采思想传记》，第4页，卫茂平译，上海，华东师范大学出版社，2007。

作，他曾经在一辆疾驰的汽车上像一个煽动家一样给我描绘了诗中声音的奥秘，婴儿的尖叫、马克思的尖叫、钻头的尖叫、电话铃声、庄子的脚步、洪荒般的寂静……在这里，欧阳江河最为接近他亲近的艺术的晚期风格，碎裂、漫无边际，但在一种隐性的规则中；远离现实，却又内在于现实，挑衅现实，从而安置一个令人迷惑的、不合时宜的未来。而恰在同样一个时刻，一个容纳了太多话语的阐释性空间中，声音、亡灵乃至晚期的界定都开始变得危险而可疑。

于坚在一篇引起争论的文章中认为："对于诗人，最大的诱惑来自声音的诱惑，诗歌的沉默是被动的，它只是在这，如此而已。但声音是主动的，声音可以通过技术来无所不在地侵入世界。诗歌没有任何技术，但它一旦依附声音，它就可以获得技术的支持。"① 当然，于坚并非否定诗歌的声音，只是在他看来，现代诗歌的声音应当是隐匿的，在这一点上，他与欧阳江河对声音的依赖并无本质的区别。但声音一旦扩大成声音的狂欢，它里面肯定裹挟着一些异质性的，甚至是不言自明的敌对事物。比如说，技术，技术在本质上与知识相关。

音乐一如诗歌当中的语言，有着明确的隐喻的向度，它不过是知识的声音形式之一。正如萨义德所说的："音乐是一种理性的、被建构起来的系统；它是人为的，因为它是根据人的经验和知识建构起来的，而不是天然的……"② 对音乐、声音的迷恋、迷狂当中并非都是非理性的成分，在一种强大的控制性力量后面潜藏着知识的"险境"。

知识会让亡灵丢失声音，也会让声音失去亡灵的反抗、颠覆、自由，乃至"邪恶"的秉性，变得虽然繁茂、庞大、乖戾，但却干瘪、平庸、温顺。

知识

"作为九十年代'知识分子'诗歌的倡导者之一，我坚持认为当代诗歌是一门关于词的状况和心灵状况的特殊知识。"③ 事实上，谁都无法回避诗歌写作对知识的一种常识性

---

① 于坚：《朗诵》，《作家》2006年10月号。
② 萨义德：《论晚期风格——反本质的音乐与文学》，第123页。
③ 欧阳江河：《共识语境与词的用法》，《站在虚构这边》，第271页。

需求，没有知识的诗歌是无法想象的。知识有可能陷入一种语言性的自我愉悦、自我沉溺和自我麻痹，但并不必然导致人与现实之间的诗学阻隔。在欧阳江河那里，"诗歌对于'关于痕迹的知识'的倾听，并不阻碍它对现实世界和世俗生活的倾听"。①现实感的获得不仅是"策略问题"，更是"智力问题"。

但在中国的现实语境和诗学语境中，知识分子的概念要比知识的概念复杂得多，前者关联着更多的政治、道德、责任等权力结构。但知识分子写作只能用知识分子命名，而不可能提出"知识写作"这样的概念。因为，在中国对于一个写作者而言，他面对一个拥有强力效能的政治残缺的境遇，在这个境遇中，所有的压力迫使你向知识分子的向度行走，但你又不可能成为知识分子。尽管欧阳江河在提出知识分子诗人的时候，极力强调它的边缘化、怀疑特征，以及偏离权力、消解中心、个人化写作的立场，但对于他们这一代人而言，似乎谁也逃不脱王家新的界定：在"自由"与"关怀"之间，"纵使他执意于成为一个纯诗的修炼者，现实世界也会不时地闯入到他的语言世界中来，并带来它的全部威力"。②对于欧阳江河的诗歌创作而言，或者对于他的晚期风格的追求而言，他一直在竭力避免这种无意义的关怀，而不顾及因此产生的责难。最终，他放弃了知识分子写作的概念，改用"文人写作"的命名，这不是一种进步，只是一个特殊的策略。

《傍晚穿过广场》是一个分水岭，也是一场告别仪式。这首诗影响很大，给欧阳江河带来了巨大的赞誉——"我们看到了一个当代知识分子的良心"，③但恰恰是所谓的批判性、公共性和知识分子性，让这首诗在欧阳江河的写作范畴中成为一部"失败之作"，或者称之为"悼亡之作"。而在此之后的作品，包括诸如《阅览室》、《快餐馆》、《纸币、硬币》、《去雅典的鞋子》、《一分钟天已老矣》、《舒伯特》等，也包括近期的《在 VERMONT 过五十三岁生日》、《泰姬陵之泪》，构成了一个萨义德在论述晚期施特劳斯时所说的"明确的组群"："它们在主题方面是逃避现实的，在音调方面是沉思性的和自由的，最重要的是用一种精炼、纯净的技巧上的控制写成的，那种控制，相当令人惊异。"④尽管欧阳

---

① 欧阳江河：《〈谁去谁留〉自序》，《站在虚构这边》，第284页。

② 王家新：《当代诗歌：在"自由"与"关怀"之间》，《为凤凰找寻居所——现代诗歌论集》，第19页，北京，北京大学出版社，2008。

③ 刘春：《一个人的诗歌史》，第173页，桂林，广西师范大学出版社，2010。

④ 萨义德：《论晚期风格——反本质的音乐与文学》，第43页。

江河强调《在 VERMONT 过五十三岁生日》等近作是"放弃控制的产物"，但他又强调"写作本身并未放弃走向性和规定性，这是我写作的特点"。显然，这种规定性仍然是一种明确的控制，而且这种控制无论是显得多么具有"天命的自在性"、"不可控制的状态"，它都仍在知识的范畴之中，只是拥有了新的知识形式。

"驻足于隔世的月光，我等待你的足音，／等待一个刹那溢出终极性。""空，落地，我俯身拾起无限多的空。／每一片具体的碎片里，都有一个抽象。／词和肉体，已逝和重现，拼凑／并粘连起来，形成一个透彻。／世界回复最初的脆弱／和圆满，今夜深梦无痕。"（《在 VERMONT 过五十三岁生日》）"诗歌并无自己的身份，它的彻悟和洞见／是复调的，始于二的，是其他事物施加的。／神与亡灵的对视。""是否人在神身上反复老去，死去，／而神／是个新生儿？""或许，你在你不在的地方，而我不是／我是的人。我有两个旧我，其中一个／刚刚新生：一个五十三岁的／吾丧我。""我被自己丢失了吗？"（《泰姬陵之泪》）再联系《舒伯特》一诗中出现的"佛"、"孔子"，我们不觉得似曾相识吗？

中国诗人习惯于在创作的晚期找寻到宗教，宗教在这里仍旧是一种知识的形式，因为我们没有笃定的信仰。我们看到，在欧阳江河的新的死亡意识和亡灵的声音中，晚期风格中所谓"非尘世的宁静"似乎实现了，这使在美学上努力的一生达到了"圆满"，诗歌成为"神与亡灵的对视"，在这种对视之中已经不可能再有仇恨和决裂，红孩儿成了观音旁边的"善财童子"，齐天大圣成了如来旁边的"斗战胜佛"。因此，从某种意义上说，在欧阳江河的晚期那里，亡灵的声音已经喑哑了，或者即便是响亮的，也失去了主体。亡灵，已不再是"那狂想和辞藻的主人"了，或许，它也从未是过。尽管他仍旧在强调："诗歌就是死亡"，但这里的死亡已经成为一种知识。"关于的知识是钥匙，用它才能打开午夜之门"，[①] 正如我们清楚地看到的，北岛拿着知识的钥匙，显然是无法打开午夜之门的。那这种悖谬的境遇是否属于晚期那"不妥协、艰难和无法解决之矛盾"呢？如果是的话，那艺术的晚期风格便无所不包，它的界限何在？

---

① 北岛：《午夜之门》，第75页，南京，江苏文艺出版社，2009。

结语：晚期的界限

在迈克尔·伍德为萨义德的《论晚期风格——反本质的音乐与文学》所写的导论中，关于萨义德本人是否有"晚期风格"，他认为，"他肯定具有他与晚期风格相联系的政治和道德，一种对于不和解之关系的真理的热爱"。①但就"本质的晚期"而言，他显然还没有到达。把政治、道德和真理与晚期相联系，正如萨义德把那些具备晚期风格的艺术家命名为"作为知识分子的艺术名家"一样，本身是极其矛盾的，与晚期的那种分离的、拒绝整体性的界定是相违背的。我们如果认真梳理那些被命名为晚期风格特征的各种界定时，就会发现那些极具蛊惑性但又极其模糊的说辞本身就深陷各种矛盾之中。用萨义德自己的话讲，晚期风格的地带不过是一个不稳定的放逐领域，领会到的只能是"不可领会的艰难"。

我们看到，在萨义德的分析那里，文学的现代主义本身也被他纳入了晚期风格的现象之中，仅仅这一个"纳入"就不知把晚期风格的界限扩展了多远。事实上，晚期风格里混杂着很多现代主义的、后现代主义的特征，无论是欧阳江河自身找寻到的对晚期风格的认同，还是笔者从晚期的角度对他创作的解析，都在极大的程度上仍旧在一个或几个相互缠绕的诗学范畴中绕圈。晚期，不过是一个混杂着各种只能相互解释、相互印证，但却缺乏明确逻辑指向的知识网络。但却不能因此证明欧阳江河努力和探索的无意义，因为这是一个颇有意味的症候，在拒绝妥协、摆脱流行和世俗的创新冲动中——借用晚期风格的命名——感受艺术的衰退性和灾难性。这一路径印证着中国知识型写作艰难而凶险的未来和没有故土的归路，无论他们如何努力，仍旧难以摆脱那些曾经发生和曾经遭遇的严厉的诟病。中国的诗人，也许仍旧是亡灵，是那些词语的神秘亡灵，只怕他们再也发不出任何不祥又动人心魄的声音了。

《当代作家评论》二〇一〇年第四期

---

① 迈克尔·伍德：《论晚期风格——反本质的音乐与文学·导论》，萨义德：《论晚期风格——反本质的音乐与文学》，第10页。

现代汉诗的现代性、民族性和语言问题

柏　桦

　　这个报告从标题可见为三个问题，这三个问题互相关联且又密不可分，下面我将逐一展开。

　　实际上很多中国学者在研究中国现代汉诗的过程中都发现了这样一个问题：西方近百年的整个文学或者诗歌在我们这里仅用了十年一变的时间很快地学习了一遍。几乎就是在很短的时间内把他们的浪漫主义、古典主义、象征主义、超现实主义等等流派学了过来，以期迅猛地跟上世界的步伐。不仅是中国文学，包括日本也是这样。按日本学者柄谷行人在《日本现代文学的起源》一书中所说，就是"以极端短暂凝缩的形式"把西方百年来的诗艺用短暂的十年或者二十几年的时间集中重新学习了一遍。这是很多学者都有的共同看法。历史学家唐德刚，一个在大众心目中炙手可热的历史学家就曾说过，我们鸦片战争以前的中国历史几乎是千年未变。而鸦片战争以后，几乎是十年一变。他说中西文化一旦接触起来，经历两千年无劲敌的汉族中心主义就被摧枯拉朽了。在这之前我们认为自己是天下中心，自以为具有绝对霸主的地位。结果"一八四二年以后的中国近代史，便是一部汉族中心主义向欧洲中心主义不断的让位史——也就是由传统中国的社会模式向欧洲的社会模式让位的转型史"。他说有许多现代史家为了顾全我民族的尊严，其实只是面子，就把这段历史美其名曰为中国现代化运动史。这牵涉到一个众所周知的问题，即我们是被迫卷入到现代性的潮流之中去的。一八四〇年鸦片战争，中国战败，晚清以来的历次惨败从此开始，其中有一个非常重要的事件，就是从一八九四到一八九五年的甲午之战，这是很多历史学家都注意到的一个历史关节点。这一战太重要了，因为好像以前觉得输给西洋人还说得过去但无论如何不可能输给日本，而结果却是全军覆没，彻底输了。甲午之战从某种意义上改写了中国的近代史包括文学，因为在那个时候，甲午战争之后，我们彻底地被迫卷入了现代性的潮流之中。我们可以想象如果我们不被卷进去，我们还自以为是天下的中心，那我们今天可能仍是用古文在书写。现在情况已经彻底改变了，孙中山当年有句名言"世界潮流，浩浩荡荡，顺我者昌，逆我者亡"，这儿所谈的世界潮流，其实就是现代性这个潮流，换句话说，从那个时候起，我们就开始了西方化。所以说唐德刚认为西方化就是现代化，现代化就是西化，但是这个西化为许多学者不满，认为这个失去面子。这样我们的主体性就丧失了，我们作为一个大国应有一种本位主义，或保持主体性的问题。当然这是一个可以讨论不休的问题，在此，暂不作深究。

现代性在中国发生之后，它的路线图大概一般学者公认为经历了三次标志性的转变。第一阶段从晚清以来到五四时期，在那个时间段里，我们对西方的心态比较复杂。既羡慕西方，又狂热地恨自己；既想融入，又要追赶。一时间有很多争论，到底是西学为体还是中学为体等等。当时大致出现了两派，有很极端的，也有保守的，譬如学衡和新文学之争。新文学那边的傅斯年也好，胡适之也好，还有鲁迅也好，都说过很多极端的话。鲁迅甚至说过"汉字不灭，中国必亡"。当时新文学诸家几乎众口一词：唯有灭掉汉字中国才可以兴盛，包括汉字拉丁化，包括后来的大众文学运动，包括中国的文字是最野蛮文字等等。不过那时的焦灼激愤之心态是可以理解的。中国要赶上所谓的世界潮流，反映在中西文化上，一部分人就必然要救亡要启蒙要革命要改造国民性，这些都是从日本输入进来的概念。另外一部分人讲求改良，保持中国本位，出现鸳鸯蝴蝶派的文学，晚清另外一派的文学，这一派是被压抑下去了，后来有人（王德威）说这是被压抑下去的现代性。还有人认为从鸳鸯蝴蝶派到张爱玲是另一条现代性线索，这个线索被后来的左翼文学压下去了。这一切后来又发生了逆转，毛泽东文体和毛泽东思想出现了（中国现代性的第二阶段，后面还将论及）。国外汉学非常重视研究毛泽东思想的遗产，公认他开辟了或者说创造了另一种现代性的叙述方式，是对现代性有所贡献的一个人。在他的文体引导下出现了新的文学风貌，包括诗歌风貌都有所改变。一直到后来改革开放（中国现代性的第三阶段），改革开放又和前面两个阶段不一样了。这时我们的心态发生了巨变，在邓小平改革开放的论述下，对西方开始了全面开放，这一次我们是彻底地认输了，即除了羡慕之外就完全按照你西方的标准来推进我们的整个现代化进程。

前面讲了现代性在中国发生的这么一个大致情况。但有些人却非常霸道，比如杰姆逊就说过，世界上只有一种现代性，就是欧美现代性。从这个意义上说，他认为没有什么印度现代性或日本现代性，当然也不可能有什么越南现代性及中国现代性，也就是说全世界的现代性都必须按照欧美这种模型来执行。在现代性的冲击下，或按照费正清的"冲击－回应"（研究中国的方法）模式下，中国便只能是在西方的现代性猛攻中回应西方的挑战。这种说法引起一些学者的不满，比如王岳川，他认为在当代中国学术研究中，必须具有自身的文化指纹和身份，如果丧失了这种文化身份，这样的现代化和现代性仅仅是后殖民的进程而已。王岳川就曾对杰姆逊这一说法做过如下义正词严的表态："这里隐含的文化霸权问题绝非可以轻轻放过。"王岳川这话说得不错，但是在面对西方文化的强攻的时候，也就是我刚刚讲的现代性的三个进程到了第三个阶段的时候，就是邓小平改革开放的时候，实际上有很多学者认为我们这一段是俯首称臣的，基本上是按照西方的规划来实践我们的现代化的。所以出现了曹顺庆讲的"失语"，所谓失语也就是不会说话了，换句话说，如果没有西方文论来指导我们，我们就不知道怎么说话怎么写文章了。说到这一点，我还注意到一个有趣的问题。北师大教授郑敏年轻的时候非常西化，她在西南联大学习西方哲学，到美国后也学的西方哲学，写诗必师法西方，她自己也承认她年轻时是完全西方化的。到了晚年，她突然对此（对她年轻时的写作）持否定态度，完全否定。一九九三年三月，她在《文学评论》上发表一篇文章《世纪末的回顾：汉诗语言变革与中国新诗创作》，此文当时引起轩然大波。她写那篇文章不仅是反对"五四以来的现代汉诗，更涵括了现代汉语"（奚密），其目的是完全否定新文学，否定新诗，认为现代汉诗是彻底失败的。当然也有人批驳她的观点，美国汉学家奚密就看出她的论述方式和观点是西方汉学家的习见，也不是什么新鲜的东西。这种说法在西方汉学界长期存在，从第一批治中国现代文学的汉学家如捷克的汉学家普实克到后来的兼乐（William Jenner），到最近的宇文所安，观点完全相同。我认识的汉学家都是这样，他们只崇拜和推崇中国古典文学，认为是瑰宝，是可以和西方文学并驾齐驱的伟大文学，他们说了很多赞美的话（甚至包括庞德，雷克思罗斯等），而且发自内心非常推崇中国古典文学。对中国的现当代文学，包括现代诗歌在内，他们就觉得不是那么回事。比如普实克最早就说过，中国包括日本及整个东亚的现代文学根本就不是这个民族的文学，完全是西方文学的翻版。这样的话非常多，就不一一提及了。现在回到郑敏，像郑敏这样的人，在晚年说过这样的一段话，这段话非常令人震撼："今天，经过了八十多年的检验之后，历史已经开始在惩罚我们了，我们一代一代的工作都放在毁灭自己的传统上，到今天，可以说，这种毁灭已经几乎完成了……今天我们已经切断了去继承遗产这条线，我们没有了后备。我们每天都在等待西方提供给我们明天的去向，这是非常可怕的。我们几乎自觉地沦为文化殖民地"（郑敏：《遮蔽与差异》）。我刚才说过，早年的郑敏是一个非常西化的人，后来却完全变了。这也有点像王岳川，他早年也是一个非常西化的人，后来也变成一个很保守很传统很"士"的一个人。这个题目也算一个研究课题，这种转变很有意思，包括刘小枫等许多人早年都很西化，后来全部都回来读中国经典。老年的郑敏在《新诗评论》的访谈中有一节说，当年包括她自己看到朦胧诗很亲切，一点都不隔，很像四十年代袁可嘉、穆旦，以及她自己当时写的诗。其实和传统的断裂在四十年代的时候就完成了，在他们手上结束的，在《九叶集》中结束的。她自己就承认当时他们是非常西化的，完全没有中国传统。从那个时候开始（她提醒我们注意那个时间点），中国现代汉诗就停止了向中国古典诗歌的学习，停止了这个冲动，再也不向中国古典诗歌学习了。

中国现代汉诗从胡适开始，胡适写《尝试集》的时候，他也有很大的焦虑。他说了这么一段话："大概我们这一辈子半途出身的作者，都不是做纯粹国语文学的人；新文学的创造者，应该出在我们儿女一辈里。他们是正途出身，国语（白话文）是他们的第一语言，他们大概可以避免我们这一辈的缺点了。"[①] 由于"我们这一辈"写的不是纯粹的白话文或白话新诗，由于这个所谓的"缺点"，这成为胡适的一个焦虑。胡适也好，刘半农也好，他们这一代人都是有深厚的国学基础，然后去西方留学，他们本身是中西合璧的；但是从胡适这段话感觉得到他想把中国古典的这一面完全切割掉不要，而要纯白话的文与诗。他的这个焦虑其实是杞人忧天，没有必要。他写的白话诗到了闻一多等新月派那里就出现了一次纠偏，新月诗人开始走中西合璧的路了，并不是扬西方而压中国。

---

① 引自曹聚仁《文坛五十年》，第14页。

闻一多的名言是希望中国的新诗成为中西艺术结婚后产生的宁馨儿。到了卞之琳就明确提倡化欧化古，化欧化古到今天仍然是至理名言。但胡适也很复杂，他一方面提倡纯白话诗，一方面又提倡整理国故，国学在胡适的提倡下成为当时最时髦的学问（有关论述，可见我另文《对失去汉学中心的焦虑》）。

现在我回到现代汉诗这个问题上来，在我的好几次访谈中，我说过这样的话："现代汉诗应从文言文、白话文（包括日常口语）、翻译文体（包括外来词汇）这三方面获取不同的营养资源。文言文经典，白话文，翻译文体，三者不可或缺，这三种东西要揉为一种。"既然现代性已经在中国发生了，我们不可能回到古典了，我们也不可能用古文来书写了，我们只能用白话文来书写。这一点没有办法，当年的很多实验有些被压抑下去了，有些被开发出来了。被压抑下去的没有成为我们的传统，而成为我们传统的是一九四九年之后的东西，毛泽东思想也好，毛泽东文体也好，或者新华社文体也好，在这样一种思路下形成了一种并非永恒的传统。改革开放，西方文艺的涌入是伴随着翻译文体的进入，这些实际上都成为我们临时的可启动的写作资源，这种资源也不可能完全放弃。我们说的白话文，除白话书面语外，还牵涉到日常口语，这是一个非常棘手的问题。日常口语是写作中最有生机活力的部分。但在中国诗歌写作当中，又是最困难的，非常困难。为什么困难呢？我们的文字不是西方文字，西方文字跟着声音在走，话同音；我们是跟着文字走，书同文。现在有人提倡口语诗，我认为真正意义上的口语诗，好的口语诗应该是方言诗。这一点，以前的学者诗人做过努力，包括新月派。新月派诗人是非常资产阶级化的，非常布尔乔亚的，都是留洋的，都是教授，他们写过很多口语诗、方言诗。如果口语诗不是方言写成的，我认为是伪口语诗。打个比喻，每个诗人在写作的时候会发出默默的声音，他用什么话在说，是用四川话在说吗？闽南话在说吗？还是广东话在说？还是吴语（苏州话）在说？这一点对写作是非常重要的。比如普通话说"谁"，即"哪一个"，广东话却说"宾果"。一个人写诗也好写小说也好，如果你叙述一个人物描写一个人物，你不是跟着声音在走，你就不敢写"宾果"，你一定会不自觉地把它翻译成普通话，那么实际上你笔下的人物就丧失了一种在场的感觉，一种可触摸的在场的感觉就完全消失了。说得严重一点，你作为写作的主体也已经丧失了，因为当你将你的方言翻译成普通话的时候你就隔了一层。我也碰到过这样的问题，比如我写东西，塑造一个人物，我写完以后，有些地方我感觉很精彩，但有些地方我马上感觉不统一，和人物形象完全不吻合。后来我发现了原因，原来是有些地方我会情不自禁地冒出四川话，这反而是对的，但许多地方又是普通话，这样一来语感就完全乱了，所写人物也不是那个人物了。还有些时候，新华字典里没有这个四川话发音的字，我不敢用，怎么办，实际上，我马上在内心里把它翻译成为普通话，翻译成普通话之后一下就别扭了，感觉这个人物就不对了。所以在这个意义上，现在提倡口语诗，我不是不提倡，我十分提倡，可是实际上口语诗是最困难的，名堂也是很多的，非常困难。真正要写口语，我个人认为首先得用方言来写。满足口语诗的第一条件是方言，没有方言何来口语，而颠覆大一统的普通话写作更无从说起。我现在看到的所有学术文章没有谈这个问题。如果有兴趣的同学完全可以按照我的思路写一篇学术文章。我不反对白话文写作，白话文写作中有白话书面语，就是普通话，以新华字典上的字为主。那么纯粹的口语、方言写作是非常困难的，除非为方言立法，各方言区编出自己的字典。很多人研究新诗，却忽略了新月派的诗人居然做过这种方言诗（即口语诗）实验，我吃了一惊（颜同林博士做过这方面的开拓性研究）。比如徐志摩在诗歌中，就曾大量运用过他的家乡话（海宁硖石方言）来写作。他的这类诗大致可以看懂，比如说在这首诗《一条金色的光痕》中开篇写到："得罪那，问声点看"，"得罪那"还听得懂，"问声点看"就勉强知道是问一问的意思。再说一个叫蹇先艾的贵州诗人，他用贵州遵义方言写诗，贵州遵义方言其实就是四川话。这些人都是当年真正的大学者，却用了很多纯正的方言来写作，实验出了一批可观的口语诗，再比如说蹇先艾的诗歌《回去》，"哥哥：走，收拾铺盖赶紧回去"这是第一行，"乱糟糟的年生做人太难"，"年生"四川人才懂，上海人也好，广东人也好，看不懂的。什么是"年生"？他们就不知道了。第三句"想计设方跑起来搞些啥子"，我就有过这种情况，当我写"搞些啥子"时，我就会自动地翻译成"搞些什么"。所以说这个里面的问题（指方言转换成普通话的问题）很大。接下来一句："哥哥，你麻利点"，"麻利点"这个人家也不懂的，包括后面的"这一扒拉整得来多惨道"，"这一扒拉"必然使其他方言区的人困惑。"男人们精打光的龇牙瓣齿"，这个在理解上还好点。包括《飞毛腿》，闻一多用北京土话写的。从以上总总，可见当时高雅的新月诗人们的确不简单，各自用方言做过很多实验。如今我仅发现一个北京大学的博士——现在已经留校了，北京大学外语学院副教授——胡续冬，四川人，他写了很多四川方言诗，写得非常棒，极有意思。而现在很多诗人根本不敢用方言写诗，头上总潜在地悬着一把"普通话"的剑，虽然他们口头上反普通话写作，而实际上却是完全的普通话写作，因为"尤其是新中国成立后，在普通话写作占绝对主导地位的语境中，（他们）认为普通话写作是正宗……至于它好在哪里，有没有弊病，则很少深加思索"（颜同林）。他们其实内心怀有一种方言的自卑情结，而绝非认识到这个世界上一切伟大的诗歌与文学都是方言所写。

另外，文言文作为一种资源，把它放弃是非常可惜的。清一色的白话我们会觉得太贫乏、太顺溜了。文言中有一些遒劲紧凑以及硬语盘空的感觉，这在白话文中不是特别明显的。而翻译体就没有办法了。翻译体是一个大工程，它不仅是晚清以来开始进入的，从佛教征服我们时就开始了。中国文字经历过两次大的震荡，第一次是佛教，佛教进来，我们翻译佛教经典引进了很多词汇，而这些词汇后来我们都习以为常了。如"刹那"、"宇宙"等都是来源于佛教，不一一列举了，要有由专门的学者来做这个事，当做大工程来做，当做学术专著来做。到了晚清和五四以来也发生了很多改变。五四时候对传统的舍弃首先意味着对文言的舍弃，认为文言是死文字，这个文字已经死去了，要灭掉汉字，等等。从新月派开始到卞之琳到张爱玲到胡兰成，他们觉得这个不是什么问题，也不存在胡适当年的焦虑，他们把这一切统统化解了。对文言文也好，对翻译体也好，也不觉得有什么问题。刚才讲过，灭掉文言就是灭掉一个可贵的资源。它的灵活多变的词语组合和可观的词汇量以及硬语盘空的感觉对我们来说太宝贵了。尤其是词汇量，白话文的词汇量本来就少，因此必向文言中求得。但是为什么大部分向文言的学习都不成功？这个问题非常值得我们深思。艾略特曾说过，传统根本就不是轻而易举就可以继承的，他有一篇非常重要的文章《传统与个人才能》，这篇文章让人百读不厌，至今仍属于源头性的文章。他认为传统是一定要通过很辛苦的劳动才可以得到。传统一直很难被打开，它偶尔被打开了，但这几个孤单的人（紧见其后）被另一种大叙事压抑下去了，没有形成一个就近的传统来引领我们。比如这个传统，曾向孤单的卞之琳敞开过，向张爱玲敞开过，向胡兰成敞开过，包括向丰子恺敞开过，等等。当然还有些人，可惜这些人没有成为我们文学的主流。当然后面也有些人在做这个工作，但都是孤单的。

那么我们再回过头来说这个翻译体，因为翻译体是绝对绕不过去的一个问题，我刚才讲到佛教征服时期所带来的震荡，那么五四前后或晚清末年却是第二次震荡，这次震荡远超前者，这一时期的翻译体对中国语文的改造可谓天翻地覆。大家都知道，当然很多专家也说过，我们现在说的话，用的很多词汇，几乎全是从日本翻译过来的，如今我们只是习以为常罢了。如果不是习以为常的话，如果我们取消现在很多外来的词汇，我们几乎无法开口说话，包括我们的语言、用词、语言的结构，这些都是西方的（如on one side…on the other side…），包括"刹那"、"宇宙"。我刚才讲过，宇宙这个概念最初是从佛学进来的，但是后来从日本重新引进之后，变成了西方人对宇宙、对时空的一个看法，成为了另外的一个科学概念，一个天文学的概念，就不是佛学意义上的了。那么，从晚清末年始，就有许多（可用排山倒海来形容）西洋新词通过日本开始进入中国，这一次的进入，是引起了相当大的震荡，不亚于第一次佛教词语输入进来的时候的那种震荡，对中国的语言文字，包括书写，都引起了极大的震荡。所以说到了今天，我们可以这样说，很多学者也这样讲，如果我们拒绝用外来词和翻译体说话，或者说是作文，那么我们就不能作文了，不能开口说话了，当然也更加不能写诗了，工作都要瘫痪了。所以我们可以感觉到翻译体本身的无处不在，不是我们要去学那个翻译体，翻译体已经强行进入了，就看怎么学，包括翻译体怎么改变了我们古典的生活方式。我看过一个书，鸳鸯蝴蝶派的一个重要作家包天笑的作品，包天笑老年的时候在香港写过一本回忆录，叫《钏影楼回忆录》，在回忆录中包天笑讲述了一个有关张之洞的故事，在二百一十二页，他是这样讲的：在晚清的时候，当时的外来词"如同洪流的泛滥到了中国，最普及的莫过于日本名词，自从我们初译日文开始，以迄于今，五十年来，写一篇文字，那种日本名词，摇笔即来，而且它的力量，还能改变固有之名词。譬如'经济'两字，中国亦有此名词，现在由日文中引来，已作别解"。在这里我也想起这么一个事情来，比如我们说的民主，民主自由的民主，中国古代就有民主，但是和现在的意思完全不同，古代民主的意思是民的主人，现在和古代刚刚相反，我们现在的民主是民主自由，谈论的是人人平等，是人权，完全与古代不一样。所以包天笑说对了，经济一词在古代就有，但是从日本进来之后，就有一些另外的意思了。再譬如"社会"两个字，中国亦有此名词，现在这个释义也是从日文而来。诸如此类甚多。包天笑还说了一个笑话："张之洞有个属员，也是什么日本留学生，教他拟一个稿，满纸都是日本名词。张之洞骂他道：'我最讨厌那种日本名词，你们都是胡乱引用。'那个属员倒是倔强，他说：'回大师！名词两字，也是日本名词呀。'张之洞竟无言以答。"我们从这里可以看出，这些词汇的进入是势不可挡的，翻译体这个资源我们不能舍弃的，作为现代汉诗，是必须要保留，古典汉语和文言文也应该有部分的保留，只是一个取舍问题。

　　还有就是白话文，白话文是现代性的大势所趋，必须是白话文，不可能回到用古汉语写的时代了。那么怎么写出一种好的语言，不管诗、散文、小说、论文，怎么写出好的语言是一直困惑我们的问题，我认为是一个最大的问题，而这个问题被很多中国人忽视，反而一个外国人正视起来了，他就是顾彬。前段时间炒得很热闹，他说"现代文学是五粮液，当代文学是二锅头"。顾彬谈论的一直是语言问题，他觉得中国的作家也好外国的作家也好，都不太磨炼自己的语言，我刚才讲了那么多，就是要回答究竟用什么样的语言来书写一篇文章，一篇散文，或者一篇诗歌，这里面大有讲究。也就是说，传统要靠大家一代一代地来积淀。但是现在现代性已经发生了，已经回不去了，根据这个情况，我们来回头梳理一下。比如说，我们在现代性的第一个发生时期，也就是晚清末年和五四前后，那个时候也出现这么一个人，现在提及这个人的也比较多了，在当时是批评居多，这个人就是李金发。李金发这个人是个怪才，他几乎不受五四影响，跟五四无关。他在法国，启蒙他的是法国象征主义，是波德莱尔这些人。但是现在去看他的诗歌，里面文言词汇居多，整个语言节奏还是有中国本位，有中国主体，还不完全是西洋，所以他的出现在当时的中国形成旋风。因为这么多年过去了，我们无法还原当时的历史现场。我问过现在的很多老人（当时还是中学生），如已去世的方敬先生，他们年轻时都非常喜欢李金发，疯狂地喜欢着。可以说，李金发身上最早出现了中西合璧的东西，包括文言文，他的文言文的资源也非常丰富。后来有的人说李金发中文也不好，西文也不好，写得不文不白，其实，个中问题大可深究，并非那么简单。我个人认为从李金发到新月派再到卞之琳曾经是一个非常好的传统，尤其是在卞之琳那里，可谓结了一个很大的硕果，又可惜的是卞之琳的这一脉传统没有得到继续，他的传统被后继承者破掉了，如果沿着卞之琳的这个传统再继续，现代汉诗的前景可能会非常好。因为卞之琳是化欧化古的高手，既有现代性也有古典性，他那近乎完美的诗篇我就不在此一一展开了。

　　回到民族性上来讲，我有个问题，提到民族性，民族的面向是非常丰富的，一个民族的文学风貌是非常多姿多彩的，它不是单面性的。比如说我们有屈原的传统，有道德，有良心，有担当，有责任，有天下兴亡匹夫有责的文学传统，有左翼文学、启蒙文学、革命文学，这些都没问题，但是还有其他的文学面向，我们好像已经把它忘掉很长的时间了。比如说文学当中的逸乐观，逸乐作为一种文学观、美学观和价值观，还有颓废等等，颓废也是现代性的一个面向，现在也有人在研究中国古代的颓废，如浙江大学的江弱水教授，他就在研究现代性与中国古典诗歌的关系以及中国古典文学中的现代性。逸乐作为一种文学观、美学观和价值观，实际上被我们忽略了，这条线索可以从古到今进行梳理的，是一个伟大的传统，并不亚于所谓的启蒙、救国救亡、道德良心、担当责任等等，这两者是并驾齐驱的，没有所谓的高低贵贱之分。文学应该有多翅膀和多面性。要知道一个鸟儿一个翅膀是飞不起来的，比如我们只提倡文学的伦理学，但是还有文学的美学，要两个翅膀飞起来才是完整的。我举个例子来谈逸乐，你们就会很清楚了。逸乐作为一个中国文学非常核心的价值观、美学观自古有之，它可以追溯到孔子的"食不厌精"。比如说白居易，我们从小到大对白居易是一个什么样的观感？我们对白居易的印象可能只是停留在小学时期学过的《卖炭翁》，就是那种类型的，现实批判的，对劳动人民的同情，可能我们已经习惯用这样的话语去规范他了。其实白居易根本就不是这样的人。那么白居易到底是一个什么样子的人呢？白居易的文学传统在中国实际上是被断送了的，其实白居易的文学传统是一个了不得的文学传统。白居易真正的文学品味和整个文学资源在日本得到了非常好的传承。我们都知道在日本平安朝出现了一些惊人的文学名著，比如说《枕草子》，是我非常推崇的女作家清少纳言的作品，还比如说最伟大的小说《源氏物语》，这两部著作都得力于白居易，日本乃至世界都承认"没有白居易，就没有日本平安朝的文学"。这两部书真正非常地精美、颓废，它们的标准就是唯美，没有别的标准。现在我们才明白原来白居易不是我们想象中的那么一个人，那么白居易究竟是个怎么样的人？白居易这个传统是在宋代才发扬光大，宋孝宗、宋徽宗都非常崇拜他，天天都要写他的诗。后来有些学者认为，他是中国头号闲人，头号"快活人"，是一个非常逸乐的人，比如他任官杭州时，几乎无事可做，仅行他那日以继夜的诗酒文会，难怪他要说："月俸百千官二品，朝廷雇我做闲人。"他在杭州和苏州做官时，相当于现在的市长，杭州三年，苏州二年，他这样形容自己的生活："两地江山游得遍，五年风月咏将残"。他当官时的日课就是天天玩乐，喝酒写诗，看风景，诸如此类，还有很多。我马上要出版的书《日日新——我的唐诗生活与阅读》里面提到白居易怎么买房子。他要和自己的诗歌兄弟元宗简买在一起，买了房子怎么装修、庭院怎么布置、什么时候在什么环境下喝酒、喝什么酒都有写进去。白居易是一个生活专家，一个享乐专家。话说回来，把这些东西抽象一下，白居易的任务就是书写惋惜时光这样的文学，白居易深懂"人，终归一死"，因此他要"旁以山水风月，歌诗琴酒乐其志"。我也有这样一个观点，如果人不死就没有文学了，因为人终归一死，所以才有了文学。说到这里，又想到了日本人，日本人就特别喜欢惋惜时光，日本人每到看樱花的时候，几乎都是举国出动，花开花谢，一期一会，确是"良辰美景奈何天"。包括日本人对事物细节的完美追求，对风景的感怀，对光阴流失的轻叹，很多都是从白居易那里学来的。白居易在欧美受到的推崇也是一样，就不用多说了。我只想说白居易的文学传统被近现代的革命文学压抑下去了，这个传统在宋朝曾被发扬光大，元明清也发扬光大，后来"赶英超美"的呼声遮蔽了白居易的歌声，因为我们要启蒙、要救亡，当前的任务仍然是要改造我们的国民，要废弃古文和古书，要灭掉汉字，在这样的传统下白居易只能消失。我们不理解白居易，但并不能说我们的古人不理解。那么按照白居易的诗歌线索往下推，就连宋徽宗（也是大艺术家、大画家）也不能不叹服白居易的生活与艺术情调，他曾以他的"瘦金体"书法，手书白居易的《偶眠》，"放杯书案上，枕臂火炉前。老爱寻思事，慵多取次眠"。可以说他几乎是按照白居易的人格来锻炼自己。南宋孝宗也曾在亲笔抄录了白居易的《饱食闲坐》后发出感慨："白生虽生不逢时，孰知三百余年后，一遇圣明发挥其语，光荣多矣。"再往下排，元明清也有很多白居易的崇拜者，晚明那就更不得了，到了现代，大家都知道，林语堂是传承了白居易的传统的，但是他是被批判的对象，后来当然也得到了某些嘉许。可以说，中国的文学有很多面向，就刚刚提到的逸乐而言，这也是中国的一个民族性特征，为什么我们要把这个民族性压抑下去呢？再比如说，《红楼梦》这部小说，现代有些学者就敢这么说了，李欧梵就曾经说过："红楼梦是一部中国最伟大的颓废小说"，从这个面向也可以研究，颓废就是过度精致，过分沉湎和耽溺，沉醉于某片风景，沉醉于某个细节或一朵花，这个就是颓废。颓废是一个中性词，不要认为这是一个贬义词。后来现代性在中国的进程变得比较单一了，被另外一个东西取代了，这就是下面要讲到的现代性的第二个阶段。

第二个阶段就是毛泽东文体的出现，毛泽东文体是一个非常有意思的题目，国内也有很多学者在研究，比如李陀就研究过。李陀的文章《汪曾祺与现代汉语写作——兼谈毛文体》和《丁玲不简单》，发表在《今天》上，都谈到了毛文体。谈到现代汉诗就不能不谈到这第二个阶段，因为现代汉诗在这个框架中呈现出来的已是另一幅画面了，它只能在这样一个历史语境下呈现出来。那么这里就可以稍微地说一下毛泽东文体，也不能完全展开来谈。毛泽东早期著作是文言和半文言，后期都全是白话了。毛泽东有几篇文章非常重要，《改造我们的学习》、《反对党八股》、《在延安文艺座谈会上的讲话》，这都是不得了的文章，当时在中国乃至全世界都有着巨大的影响，包括影响了我们的行文方式、谈话方式，表达方式和思维习惯、姿态、风姿，都被这几篇文章深刻地影响着。包括福柯晚年也受着影响，垮掉派的金斯堡每天要看的都是毛泽东的《在延安文艺座谈会上的讲话》。从一九三七年到一九四五年，毛泽东文体进入了一个相当重要的时期，这个时期可以毫不夸张地说，毛泽东对中国文学，对中国诗歌的发展具有超强影响力，《改造我们的学习》、《反对党八股》、《在延安文艺座谈会上的讲话》这些文章可以算是现代汉语的里程碑。当然，功过是非可以论，但是不管怎么说，他的影响力是不容置喙的。毛泽东的文章为我们统一了一个社会的口径，约定了我们说话的口气和思考表达的方式，从此新一代的人用起来就很方便。我们的报纸，包括新华社文体，新华社文体的创立和我们的电影和恋爱几乎都采用这样的一个语法和修辞，换句话说，毛泽东通过自己的文章形成了一个非常完美的学习制度。在毛泽东文体的影响下，发生了很剧烈的改变。我们都知道何其芳，何其芳是一个非常唯美、古典的诗人，既西化又传统，有些评论家如江弱水认为何其芳是"雌雄同体"的诗人，一个每天都做梦的人，一个生活在晚唐的人；那么纤细的一个人几乎一夜之间就被毛泽东文体改变了，这从何其芳后期的作品中可以看出。包括卞之琳也被改变了，多多少少都受着毛泽东文体的影响。李陀在《丁玲不简单》里面有一句话说得很好，为什么毛文体那么厉害，可以把已经被塑造定型的人一夜之间改过来，"毛文体有一个优势，他的话语从根本上是一种现代性的话语，一种和西方话语有密切关系却被深刻地中国化了的中国现代性话语"，所以说不仅中国人受毛泽东文体的影响，西方也受着影响。连胡适后来也对唐德刚说过，白话文写得最好的是毛泽东（见唐德刚《胡适杂忆》）。

我们是毛泽东时代成长的，我认识一个学音乐学的朋友付显舟，现在是音乐学博士，在跟他交流的时候，他曾经说过这么一段话，我现在都还记得，也就是谈论了毛文体对我们这代人的影响，他说："很奇怪，我一写文章很自然就是毛文体，是规定了的那套话语"。无可厚非，这跟他的成长有关。瓦雷里说过一句话："任何一个人，任何一个写作的人，只要他在决定性的年龄读到一本决定性的书，就能改变他的命运。"我的朋友曾经说过，他最初是想尝试用一种经过现代汉语翻译的西方现代散文语言来写作，或者五四时期的语言，但是语境已经不相同了，场景已经变了，已经写不出来了，用那些语言经常词不达意。最明显的是，用毛泽东的文体就得心应手，这个当然跟他早年熟读毛泽东著作有关，而毛的著作可是在他决定性的年龄读到的呀。我还看了一本书，是美国的一个后现代主义专家、一个女学者写的，书的名字我忘记了，她是专门研究话语权力的。她认为毛泽东是话语权力的首创者，后现代的源头要追踪到毛泽东那里。她举例说明了，毛泽东在一九四二年写作的《反对党八股》中为话语权力做了最准确的解释，"一个人只要他对别人讲话，他就是在做宣传工作"。从这个意义上说，《反对党八股》是阐释话语权力的经典著作。从延安开始，一直到七十年代末，毛泽东的文体在全国形成了空前大一统的局面。这点我们都知道，很多诗人和文学家都是前赴后继地感受到了毛泽东文体作为一种中国式的现代性的一种魔力。这种中国现代性可以说是另辟蹊径，也被西方人认为是一种另类的现代性。

那么到了第三阶段，随着中国国门的全面打开，西方思潮的全面进入，这个时候又出现了另外的一番景象，这个时候就有朦胧诗的出现了。朦胧诗的出现也是很有意思的。朦胧诗当时是一个什么姿态？他们要从毛泽东文体、从新华社文体、从大字报文体当中脱颖而出。那么就形成了一个交战和对抗，它要出来就必须启动另外的资源，不然还是在这个资源当中，那就不行，就不能成功。那么怎么从这个资源出来？就像两军对垒一样，启动什么部队和另外一个部队作战，他们自己都有现身说法。在许多访谈和采访中，北岛说过，其实我们当时靠翻译体起家的，没有翻译体出不来。翻译体像是一个应急系统一样，这个在当时很重要。这个资源是个临时性的资源，但也是非常管用的资源，可以立竿见影，拿来就用，所以北岛他们通过翻译文体和毛泽东文体在某种意义上进行了一次正面的发难，所以他们可以脱颖而出。这个不需要过多地展开，从这点上我们至少可以看得出来，因为当时他们读了很多翻译书（这方面目前有很多资料很多文献可以供你们去查阅了解），基本上都是翻译诗歌、小说、散文、哲学著作，他们就是通过这些开始起来的。又回到前面所说，比如说北岛早期的那些诗，从对抗美学这个意义上讲非常有意思，但是它进入国际资本流通的时候，即被翻译后，就受到有一些汉学家的挑剔，比如宇文所安在一篇文章《什么是世界诗歌》里就谈论了北岛的一本英文诗集，其中谈到了文学的民族性问题，而且就直接认为北岛的诗歌是缺乏民族性的。这篇文章一九九一年发表在《新共和》上面，发表之后引起很大波动，论战也很多，有持相同意见的，也有持不同意见的。在这篇文章中，他还专门批评了北岛的一些诗，比如《雨夜》，他说像《雨夜》这首诗是写作者应该学会避免写出的诗，因为这种伤感正是现代中国诗歌的病症，这首诗歌出现在政治性诗歌当中是一种很幼稚的写法，应该避免。《雨夜》这首诗歌大家都知道，其中有如下几行："即使明天早上／枪口和血淋淋的太阳／叫我交出自由、青春和笔／我也绝不会交出这个夜晚／也绝不会交出你……"。这正是我想谈的另外一个问题，这个也是老生常谈。杰姆逊也谈过第三世界文学有个特点，第三世界文学是一个民族寓言，政治和艺术不分，公和私不分。举个例子，比如鲁迅的《狂人日记》，如果一个西方读者来读的话，他只会读成是一个精神病人的内心独白，但在中国文学的语境里当然应读成是"吃人"，鲁迅在此是对中国古典文学和古典文化的一种彻底批判，"吃人"也就顺理成章地具有了这样一个象征意义并成为了一个民族寓言。那么《雨夜》也可以说是一个民族寓言，它虽说是写爱情，但不单单是在写爱情，这个爱情牵涉到了某种政治对抗、某种英雄形象，血淋淋的太阳要我们交出青春、自由和笔，而我绝不会交出这个夜晚，也绝不会交出你，这里如按照杰姆逊的读法也有一定的道理。我们都知道一般人总是这样来谈论朦胧诗，好像他们的诗比较政治化，其中的潜台词就是沾上政治的诗就不是好的艺术。真是这样吗？如再按杰姆逊所说的，第三世界文学是艺术和政治不分，那这一点正是它与众不同的力量之所在，它也是中国现代文学的一个特点。那么我们从古代来讲，其实也是这样的。这里我想到了一个问题，即从古到今的中国文学主要特征是个什么样子。我刚才讲过了有很多特征，有颓废的特征、逸乐的特征、兼济天下的特征，还有现代性的特征。有的西方人甚至认为，第一次以"零度写作"姿态写诗的人是王维，后现代第一个作家是王维，这是很多西方学者的共识。的确如前所述，中国文学有很丰富的容貌，不是简单的一个面孔。那么到底什么是中国文学的主要特征呢？中国文学自古以来的最主要的一个特征就是它的政治性特征，我认为它是一个深远的传统，这点我前不久也正好在一个日本汉文学家吉川幸次郎的一篇文章中读到了。他说："中国文学以对政治的贡献为志业。这在文学革命以前，在以诗歌为中心的时代就已经是这样了。诗歌的祖先《诗经》，是由各个民谣及朝廷举行仪式所唱的歌组成的，后者与政治有强烈的关系。这不用说，前者也常常有对于当时为政者的批判，这就成为中国诗的传统一直被保持下来。被称为伟大诗人的杜甫、白居易、苏东坡，也是因为有许多对当时政治批判态度的作品才成为大诗人的。一般来说，陶渊明、李白对政治的态度比较冷淡，但大多数的中国评论家又说，其实两人都不是纯粹的不问世事的人，他们也有对当时政治的批判和想参与政治的意图。这是符合事实的。当然，这并不是说没有只写个人情感的诗人，但这些都是小诗人，不会给予很高的地位，这是中国诗的传统。"他这席话很有意思，当然可以辩难，可以讨论，不过我在这里的意思是指，不能以一个政治性就把今天派、朦胧诗给否定了，好像政治性强的文学就是一个很差的文学。这可不一定，政治性当中有非常优秀的文学，吉川幸次郎那段话中所说的那些大诗人便是证明。政治性中也有很好的书写，比如萨特的行动哲学，它就具有很强的政治性，但其文学性也是一流的。还可以举出很多的例子。我就说到这个地方，时间也差不多了，都说了一个多小时了。

（录音整理：罗惊环　汪雪莲　雷秀强　王瑛）

《当代作家评论》二〇一〇年第五期

诗人讲坛

柏桦：笺注自己诗作的那个诗人

李振声

一九八〇年代中期前后，无疑是中国文学一段不世出的好年景：先锋文学以其意识、感觉、文体实验的激进姿态，惊世骇俗，异军突起，攻城略池，迅速占据各方要津；九十年代以降，随经济、社会结构的急遽转型，"告别革命"由当初夜枭般的恶声刺耳，不旋踵间为集体无意识所接纳，并消解成为一曲安魂的小调，先锋文学也渐渐地呈露出了它强弩之末的一面。出走的浪子要回头了，曾经骁勇无比、势不可挡的先锋诗和先锋小说，开始偃旗息鼓、解甲归田，分头调整或干脆放弃了它们之于现实的惊怵、疑惧、焦虑、对峙、批判的紧张立场，纷纷打起了重归旧好的主意，准备"执子之手，与子偕老"，与现实、与传统，重修"亲密"乃至"甜蜜"的金兰之契。

正是有着这样一重背景作为衬托，封笔几近十五年之久（一九九三～二〇〇七）的柏桦，挟诗文本《水绘仙侣——一六四二～一六五一：冒辟疆与董小宛》郑重宣布重返诗坛，而汇聚在他所提交的这个久违了的诗文本中的那些相当罕见的文体上的实验特征，才使得事情显得格外的意味深长。尽管诗题本身及整个诗境的抒写指向，同样不可违拗地带有上述九十年代以降世风转移的明显迹象，也就是说，勉力向日常归顺、对传统输诚的倾向，在这个诗文本中同样也是那样的历历可数，以致有意无意之间，那些有可能招致对峙、紧张的因素，都尽可能地事先被开释或排除。这一点，我准备放到后面去再谈。

毫无疑问，作为柏桦这个诗文本的读者，我最先承受到的心理上的冲击和压力，即来自于它的文本内部构成在体量上的严重失衡。诗组《水绘仙侣——一六四二～一六五一：冒辟疆与董小宛》，满打满算，不足一百五十行，仅占十一个印刷页码。整个诗文本，算上江弱水那篇才情四溢的序文《文字的银器，思想的黄金周》和作为附录附在最后面的余夏云那篇同样出色的长论《挽留与招魂》，共计二百二十五个页码，其中第十五至一百八十七页则为笺注，共计九十九条，十数万字，足足占去了一百七十二个印刷页码。你想，你所面对的这诗组与它的笺注，两者之间竟至于如此的不成比例，而事实上，你在你已有的阅读经验那里或别的什么地方，又根本无法找到可以与之相匹配和比拟的例子，以便稍稍纾解由于完全陌生而一时不知如何应对的窘迫。在这样的情况下，除了挢舌不下、束手无策、一筹莫展，你还能做出别的什么反应呢？

像这样的诗组与笺注之间的篇幅之比，几乎接近于夸张的悬殊，即便是放到古今中外诗歌史的范围去看，也不能不说，差不多可以算得上是，一个绝无仅有的特例。

就这样，从一开始，这个文本就以其内部构成在体量分配上的严重失衡，一举颠覆了我们已有的成见，即笺注在整个诗文本中，充其量只能作为正文的诗作的某种衍生品和分泌物，最多也就是一个附录而已。眼下的这个诗文本完全出乎我们的意料。柏桦似乎从一开始就已经打定了主意，他要把他的笺注抬举和安置到整个诗文本的支柱、主体和中心的位置上去。相形之下，诗组的这一块，即传统意义上的正文这一部分，反倒显得势孤力单，缺乏相应的支撑，成了一种容易被忽略的存在，明显地被边缘化了。至少在文本的篇幅和体量上，是这样给人以强烈的暗示的。

柏桦在电子邮件里叮嘱我留意这个诗文本中的笺注，他说这部分"很有意思"，还说，笺注的写作所带给他的愉悦和满足，一点也不比诗组那部分来得少，甚至是"有过之而无不及"。待我读完全部文本，心下明白柏桦所言洵非虚言。的确，这个诗文本的笺注，同样是，甚至很可能是一种更值得期待的写作，它所提示和所涉及的问题和意义，绝不在诗组所能提示及涉及的问题和意义之下。

用典隶事，原本是中国古诗书写中常用的手段之一。古代的诗人、近人和今人中擅长写古体诗的诗人，如果打算在他的诗作里另藏玄机，即抒写不便明说或不易说出的东西，或者觉得直接说出反而不如间接暗示来得更有感染力的时候，往往是会借用典故，含蓄而又有力地传递自己的所思所感的。与此同时，他们通常也会蜻蜓点水一样，替自己诗中的隶事用典，顺手点出若干的来龙去脉。这固然有炫示自己属事比类的手腕之工巧的一面，或者说，也是借机展示腹笥丰盈（所谓文史娴熟）的有效途径之一；不过，倘若遇到余英时在笺注陈寅恪晚年诗文时所格外看重的"今典"的那种情形,他们大多又会选择"不着一字,尽得风流"作为对策,对其有意识地三缄其口,作讳莫如深状。谁让你《诗》三百篇,偏偏要奉"温柔敦厚"作为宗旨呢?中国诗一向讲究蕴藉,讲究自己写在诗里的那点意思,最好交由读者,由他们各自随顺自己的心智、身世、处境,以及由此而生的情怀,去感触、琢磨、吟味和体悟,并且相信一经自己道破,反而如同嚼饭哺人,恐怕只会导致诗的象征意义或诗意蕴涵的无端端的损耗,最终起到负面的作用。

但就是在这个关节点上,眼下的这个显然是柏桦本来打算用来向他心仪的传统表示敬意的作品,这个准备对一段历史,对过往岁月中的人与事、生活范式与美学情趣殷殷致意的诗文本,却以倾注了写作者大量心力的笺注文写作。它那占据了诗文本差不多百分之九十五的绝对体量的笺注文本,清清楚楚地证实了柏桦骨子里的非传统的一面。

或许柏桦的天性里自有一份过于古道热肠的基因,也可能是他对旁人的知解力始终有点放心不下,唯恐因为各种各样的原因,轻慢和耽误了他们对于诗中万种风情的知解和会意,因而对自家的诗作,始终不免有一份类似于元好问所咏叹的"诗家总爱西昆好,独恨无人作郑笺"那样的悬心,以致终于决定攘臂奋袂、破门而出,自告奋勇地充当自己诗作的笺注人。

诸如,诗句背后那一条又一条思想和诗学的来源,它们与整个世界文明的构成之间,究竟有着怎样的息息相关的关联?诗境所涉及的时代氛围、生活场景,人物行踪所在的时间和空间,所谓的天文、地理、人文,都得一一为之擘画、设立标识。他执意要把自己诗作中所有在他看来需要加以留意的地方,统统做出分梳,尽可能地不给解读留下任何一处死角。

柏桦在笺注文中提醒我们,诗组上来的第一句,"这一年春天太快了",表明的是一种"心理时间"。这一年,指崇祯十五年,即公元一六四二年。这之前的三年,是二十九岁的翩翩佳公子冒辟疆前往秦淮河畔举试,由方以智、侯朝宗撺掇着初识董小宛,但冒氏心下真正中意的却是陈圆圆。这一年春天的再赴秦淮,本是为了践履他之前对陈许下的婚娶约定。不料造化弄人,陈已被豪强万金劫走,而其后不久吴三桂因她而起的"冲冠一怒",又成为了压垮明王朝这头老骆驼的最后一根稻草。(明清鼎革易代的余波所及,甚至影响到了古老中国后来整个近代化进程的滞迟和屡屡受阻。孙中山、黄兴、章太炎等一代革命家、思想家，不正是基于这方面的焦虑，毅然发起了"驱除鞑虏，恢复中华"这场波澜壮阔的民族革命的吗？）遭此打击的冒辟疆，遂有了郁愤夜游、浒墅重访董小宛之举，而诗组的男女主人公，其后所有的命运，似乎都是在这个春日的夜晚，开始悄然绽开。柏桦告诉我们，这一切来得太快了，以至于如果你想对此有所知觉，须得等到女主人公九年后香销玉殒的那一刻，才有可能略知端倪。

为了说明什么是"心理时间"，柏桦特地征引了"拉美魔幻主义"小说的中坚、秘鲁作家巴尔加斯•略萨（Mario Vargas Liose）的《中国套盒》一书中的一段话。其实类似的意见，钱钟书早已在《管锥编》中提到过，也许说得还要好一些。钱先生穿行于整个世界载籍的密林深处，顾盼流连，别有会心，含英咀华，乐而忘返，并且其源于渊博学识的精神态度上的从容裕如，也是小说家略萨所难以比肩的。

随后我们又被告知，有心将"时间"作所谓的"心理"和"物理"的界分的，是二十世纪初期法国的"创化论"哲学家柏格森，与他同期或稍后的哲学家怀特海、小说家普鲁斯特、画家莫奈、音乐家德彪西，都曾是他思想的受益人，不惟宁是，他的哲学著述的文笔也别具魅力，以至向来严肃刻板、一丝不苟的瑞典皇家科学院诺贝尔文学奖评委，也不禁为之倾倒，执意要把"雄伟的诗篇"的赞辞和本来只用于表彰文学天才的奖项，都一齐颁发给他。

在诗组的结尾处以及相当庞杂的笺注文里，柏桦还不厌其烦地告知他的读者，整个的诗文本是怎样地以冒辟疆本人的追忆性著述《影梅庵忆语》、《梦忆》作为底本，搜集、爬梳了与冒、董同代或生年稍后的文人骚客有关水绘园及其居停主人的记述文字，以及怎样地将台湾学者李孝悌的相关著作，如收入李著《恋恋红尘——中国的城市、欲望和生活》一书中的《冒辟疆与水绘园中的遗民世界》和《儒生冒襄的宗教生活》两文，还有美国汉学家梅尔清的《清初扬州文化》，用来作为其必不可少的参证的。这一方面表明了柏桦的严于自律，为诗为文力避留下任何掠人之美的嫌疑。柏桦写作的洁癖，于此也可以略见一斑。

柏桦似乎总是在努力地标记着诗文本中的文字的来影和去踪，他把整个诗文本实际上是由多重文化中心的引用所构成的织体这一事实，毫不躲闪地向人直白道出。他告诉它们的读者，这些令他们抚掌而叹、啧啧称奇的短语或者片断的四周，其实都是簇拥或者环绕着其他写作物的影子的，它们本身已经是彼此难解难分的复合性产物。诸如此类的道理，我们在T. S. 艾略特那篇最早也许是由卞之琳一九三〇年代译成中文的《传统与个人才能》一文中已经有所风闻：诗写作不仅仅是一种当下的书写行为，事实上，它始终与已有的诗史、文学史之间，既相互吸收又相互抵制，彼此穿插、交错、替换、借用、反哺、承诺、赋予、诘难、冒犯、和解、冲突、恢复、致敬……处于相生相克、互渗互动的纠结之中。艾略特还特意拈出"历史意识"一说，他所谓的"历史意识"，是要诗人不仅理解过去的过去性，而且还须理解过去的现存性，诗人写作时不仅要意识到他自己时代的著述背景，而且还要意识到自荷马以来的欧洲整个文学史，早已与他构成了一种共时性存在的局面。一个诗人单独构不成完整的意义和价值，他是在与历史的关联中，以及以自己的创造对已有的典范有所调整和有所扩展的过程中，才能显示自己完整的价值和意义。

柏桦在他的笺注文中，如此有意识地、密集而又坦然地征引那些过往和现有的文本，在我看来，至少有以下的双重意义：一是他以他的笺注，对可能是来自于艾略特的思路（即"互文"之于文本的生产，一如现实经验之于文本的生产，都是文本的生产和再生产所不可或缺的重要源头），提供了一个明显带有柏桦自己特征的实践性的范例。道理不用多说，我只建议大家稍稍回想一下我们曾经对毛泽东做过的一个评价："把马克思主义的普遍原理与中国革命的具体实践相结合"。柏桦所提供的这一将普世性的文学生产原理加以中国化的实践性个案，它的意义完全可以参照这个现成的例子去加以理解；二是柏桦的实践性个案，明显地将艾略特的"互文"说做了有力的扩展和延伸。艾略特的"互文"，基本上是以可以纳入文学史框架的文本为限，外延不会逸出在这样的文本范畴之外。柏桦当然也看重并且熟谙这样的文本，但显然又不为其所囿。

柏桦引陶渊明，引唐诗（柏桦前些年写过一本不薄的唐诗导读的书，[①]引到唐诗自然是驾轻就熟，信手拈来），唐诗中则以老杜的诗引述最为频繁。柏桦的外语本科出身，又足以保证他与欧美现代诗文之间，无须借助转译中介就能直接沟通。他引里尔克的《贫穷与死亡之书》，引俄罗斯白银时代到苏联以及后苏联时期的诗，从曼德尔斯塔姆，到帕斯捷尔纳克，再到布罗茨基。他引阿根廷盲诗人博尔赫斯的诗，也引与他一起出道的

---

① 柏桦：《原来唐诗可以这样读》，北京，中国广播电视出版社，2006；柏桦：《日日新：我的唐诗生活与阅读》，南京，江苏文艺出版社，2009。后者系前者的增订和改写。

"第三代"诗人，引陆忆敏的《死亡是一枚球形糖果》以及今年刚刚遽然去世的张枣的《镜中》。他当然还会征引到宇文所安暴得大名的著作《追忆》中对羊祜和堕泪碑的讨论，以及孟浩然据此留下的诗句（见笺注八十三条："忆"字决定了我们的命运——回忆是一种命运）。不过，柏桦援引得最多的，却是《山河岁月》、《今生今世》和《禅是一支花》，而柏桦格外耽嗜的这个胡兰成，恰恰是我所不喜欢的。且不说这是个处处滥情而又总以为可以找到开脱责任的借口的荡子，也不去追究他在民族大义的问题上有过认贼作父的斑斑劣迹，这些所谓于公于私皆大德有亏的一面，即便是在不少人的眼里，所谓其人可废、其文却不可因人而废的"文"，就既有来自江湖的习气，也有来自古时文人的滥调，即使再怎么故作潇散和摇曳，骨子里也还是既俗且滥的。但就是这些就连晚年张爱玲也忍不住要在《小团圆》里有所揶揄和鄙夷①的文字，我实在不明白，何以冰雪聪明如柏桦者，竟也至于如此的倾倒？不可思议啊。

一百一十一至一百一十四页，笺注第五十二，即"气味（诗人笔下所描写的气味）"这一条，全部由引文构成，只是将众说纳入自己的论说体系，并在适当的时候略加补充和引申罢了。笺注者柏桦笔走偏锋，将冒辟疆对气味的敏感，与一种强烈的悼亡之情关联在一起，一路铺陈繁衍而来，那种兴致袭来时的征引式书写，完全用得着挪用他评说江阴诗人庞培的一节话语来形容他自己："……行文有一种灿烂广大而又波涛汹涌的功夫，但更多的却是一种挡不住的急迫，他要热烈地表达，不管虚或实；他要精神饱满地行走在江南大地上，无论歌声的古老或新鲜"。②只见他放出全部的身心和手脚，踏勘和追踪着：诸如普鲁斯特这位气味的遍及奢华的记忆者，如何在记忆深处追寻有关莱姆花茶和玛德琳蛋糕气息的笔触；把可莱蒂带回到童年花园和母亲身边的花香；维吉尼亚·伍尔夫所嗅到的城市气息；乔伊斯记忆中婴儿尿液和油布、神圣与罪恶的纷杂交糅；吉卜林雨湿刺槐的叙述所引发的对家和军营生涯复杂气息的钩沉；陀思妥耶夫斯基的"彼得堡恶臭"；柯勒律治忆及书桌抽屉气味的笔记；梭罗在田野月光下漫步所闻到的玉

①《小团圆》中写到盛九莉（张爱玲以自己作为原型的人物）将与邵之雍（胡兰成化身）情断义绝前，对邵的品性做有入木三分的评断："其实他从来不放弃任何人，连同性的朋友在内。人是他活动的资本。"在另一处则写到："她根本没想通，但是也模糊地意识到（邵）之雍迷信他自己影响人的能力，不相信谁会背叛他。他对他的朋友都是占有性的，一个也不放弃。"

② 柏桦：《夜航船：江南七家诗选》序，上海，上海文艺出版社，2007。

米长须的干燥气和越橘丛散发的霉臭；波德莱尔对鸦片氤氲的沉溺，他的"恶魔"诗笔对现代"英雄"身上所散发出的颓废和纵情气息的强悍记述；上帝神圣的鼻孔和嗅闻腐尸的一流高手撒旦，各自之于嗅觉对象的趋避；惠特曼赞赏汗液，而莫里亚克则经由气味忆及豆蔻年华；莎士比亚之于花的芬芳的精美艳绝伦的譬喻，米洛什的亚麻橱柜如何地"充满了记忆沉默的喧嚣"，以及于斯曼对嗅觉幻想又是怎样地沉迷……柏桦笺注中上述"气味"篇章的征引式书写，出入于真幻、虚实之际，对心智和官能愉悦一面的追求，几乎到了走火入魔的边缘。再譬如三十六至四十页，笺注第九，"银色的秦淮（秦淮旧院）"条，为了营造和烘托出秦淮旧院的风情，柏桦竟致开列出一份印度名妓所必须研习的六十四种技艺的节目单作为参照。诸如此类的引文，就像大片大片甜美艳丽的郁金香，色泽味香同时扑面而来，足以唤动多愁善感的读者为之出神入化、迷离惝恍，并为其类书般的渊博和浩瀚，想入非非、感动伤神。而这些仍然不妨看做是精心设计的文体，并且依托于柏桦所特有的性情和学识。

或许是本着"举贤不避亲"的古训吧，柏桦还会在笺注中引用他自己以往的诗作。这种对自己诗作的毫不避忌的重新编织，表明了这个基本上是由庞大的笺注文做主体与支撑的诗文本，在指涉意向上的"双向"性质，即：它既指向历史主体，也指向当代主体：既是对某一历史时段的致意，对"他者"的致敬，同时又是对诗文本的写作者，即柏桦所置身的我们这个时代的可理解性的一种建构，一种对写作者自我主体的可理解性的建构。

另一方面，正像我在前面已有所提及的那样，更值得注意的是，在柏桦这个诗文本中显得异常活跃的"互文"性因素，显然已不是诸如文学史或著述史的文本所能范围，它们时常会逸出这样的文本的藩篱，随意出没、穿插、腾挪在尚未形成为书写文本的现实的经验世界之中。或者说得更确切一些，柏桦事实上是在把整个现实世界，征用来作为他这个诗文本的"互文"的文脉与语境。他的"互文"的外延异常开阔，以至远远逸出在了艾略特的范围之外。

当笺注文中涉及以下情景，即钱谦益、柳如是，如何赶至横塘，亲为擘画，了断债主的纠缠，"买舟，亦手书并盈尺之券"，送董小宛来归如皋，时值江南冬天的清寒和落寞，柏桦随即联想到自己曾经的扬州之行以及当时有过的一番感慨：

　　而扬州冬日的清冷逼走了多少向往繁华的年轻人，烦热的青春和急迫的理想催迫他们奔向异域他乡，留下的多是平和气静的人。在扬州广陵刻印社，我认识了一对青年夫妇，他们从北京大学毕业后又回到故地扬州，他们在古籍、围棋、垂柳、清茶间过着安静的家居生活，平实恰切，独善其身，并不想入非非。而我认识的另一位出身扬州的小说家却告诉我他受不了扬州的清与静（那清、静几乎让他疯掉），早已插翅飞去南京。南京虽也有扬州的禀性，但它更大，更兼备大都市的各种特征和消遣方法，扬州却是一座中年或老年人的城市，青年人呆不住。这里没有繁忙的商业、先锋的理想，它与世无争，修性养心，悄然流逝，那种美不是一般人所能体察入微而娓娓道来的。

　　……我后来与很多朋友谈起扬州，其中中国社会科学院外国文学所的李伟曾问我："如果你用一个词来概括扬州，你会想到哪一个词？"我告诉他："爱情。"他先稍有吃惊，但后即有所悟。"爱情"——回忆与轻叹，就像这个扬州的冬日，江南的冬天，就像烟雨迷茫的市街，就像这里的生活，我将与谁在此度过平凡……我身边又响起了个园冬日午后的围棋声……

　　　　　　　　——笺注第二十三条："冬天的江南"，第六十一至六十四页

再譬如第五十六页，笺注十八，"十年就是一个时代"条：

　　……十年正好是一个恰当的周期。比如，中国当代诗歌自一九七八年肇始至今已达约有三十年了，在这三十年的时间里，先是北京"今天派"以其英雄之姿隆重登场（一九七八～一九八五），接着这股气脉被四川接引，很快，川人就以巫气取而代之，并迅猛地在中国诗歌版图上形成另一格局（一九八五～一九九二），在接下来，诗歌风水又往东移，而后抵达江南这片锦绣明媚的大地。十年刚好是一种转变，刚好是一个时代。

你看，当代的经验（注意！是经验，而非是文本），总是这样地被柏桦不失时机地征召而来，纳入、穿插、闪回在他对历史的注释之中。也就是说，在柏桦这里，所有的历史，都不再简单地只是历史自身，同样，所有的当代，也绝非只是当代，它们一定是被

打通、整合在同一整体之中，以至彼此纠缠、难分难解。中与外、古与今，文采与知识、见闻与经验，都是错综、辐辏在一种共时性的视野里被打量和处理的。

这样的一种混杂性写作，是缘于某种条分缕析能力的匮乏所导致的失控呢？还是别有所图，因而须得细加寻绎其意义的一种努力？我以为应该沿着后者的线索去寻找答案，才不至于迷失方向。因为我分明意识到，柏桦心里显然隐藏着一份呼之欲出的"野心"。毫无疑问，在如此广泛的引用、如此混杂的"互文"的背后，蕴藏着的是某种试图诉求于整体、完整的指涉和表达的野心。柏桦是想尽其所能，重建诗组与其所直接指涉的那段历史世界之间的关联的丰富性，不仅如此，或者说仅仅做到这一点还不行，他还想借助这样的机会，在诗组所指涉的那个历史世界与诗人此时所栖身立足的当代世界之间，构架种种纵横交错的关联。他要努力促成诗与文、与整个庞杂的历史、与纷繁的当代现实之间，俨然形成一种彼此指涉、辩证，互为触发、互为注释的泛"对话"的关系。柏桦的"胃口"真够大的！这也就是为什么我要忍不住把他的这份心思称之为"野心"的原因之一。

笺注将诗组的解读，诉诸诗中的字、词、意象、场景、氛围……所直接间接关涉的历史、文化及当代现实的密码的解读，在诸如此类的解码过程中，诗作的意义赖以不断隐现、消长、流溢和扩散，最终造成某种几乎无法可以明确限定的边界，有点类似于德里达所讲的"播撒"（dissemination）的情景。诗组不可能再是一个封闭的结构，而只能成为一个开放的系统。它的意义内涵不是已经给定和固定了的，而是需要在与外部不断延展的语境之间、一场又一场的交往和对话中，不断地变化、转换、繁衍，被发现、被开掘，借用当代经济学的夸张说法，是边际效应不断增加，附加值呈不断弥散和增扩之势的意义结构体。

这样的笺注文的写作，显然既是用来"肯定"和"确立"诗组的，又是用来"创造"诗组的，它们扩展了诗组的指涉范围和意义的关联，与此同时，它们还是用来"打破"诗组的，因为它们力图提示给我们各种各样新的阅读和联想的方法和途径，而不是仅仅加强我们原先已有的方法。它们似乎始终是在这样示意我们，你看，除了我已经告诉了你的这些细节和关目，其实还有更多的、我一时还顾及不到的，以及也许为我的知识范围所难以企及、但却正好是你所能企及的种种细节和关目，正在等待着你的介入呢。也就是说，它所留下的、所提示的、有待填补的注释空间，甚至要远远大于它已经提供了的那些笺注文本的空间。

无形中我们受到了鼓励和策动。一个本来我们正在全神贯注阅读着的诗文本，就这么一转眼的工夫，俨然转换成了激发和鼓动我们的"创意"的一个动力性的源头，它邀请我们以与原作者平起平坐的姿态，主动参与到笺注的写作中去。在隐约恍惚和不知不觉间，我们作为读者，却受到了某种不可思议的力量的牵引，由一个诗文本的被动的"消费者"，神奇地"摇身一变"，变成了这个诗文本的积极、主动的"生产者"，一个写作的主体。

譬如说，你会声言，柏桦的笺注中对冒辟疆的赈灾活动的钩沉，实在是过于地轻描淡写了。在你看来，这种地方实在是很值得大书特书的关目所在。因为不仅可以借这个机会考知灾变中社会财富的分配以及社会各阶层生活的实际状况，可以借此考知士大夫阶层经由赈灾活动得以展开的民间政治活动的轨迹，还可以借此考知士大夫的民间组织能力及其与官府机构之间的关系，乃至进而考知赈灾在技术性操作层面上的诸多事项……简直就是一个可以就此写出一部有分量的著述的话题。

再譬如，为祈求运势、阻断流言和替母亲禳灾祛祸，冒辟疆在关帝、观音面前的祷祝、许愿，笺注文在这方面所做的钩沉（第九十条"关帝"，九十二条"梦示恶兆"，以及九十三条"万善誓愿"、九十六条"上元劫难"、九十七条"做了交换，命赴黄泉"），涉及对民间宗教层面的勾勒，并将由此涉及人生中所充斥着的太多的偶然性、不可知性，甚至超自然的神秘，当然还有世事无常……同样也留下了诸多有待拓展和深入的空间。

你甚至还可以有证有据地出来指摘某些笺注的毛病，在于东拉西扯、泥沙俱下，引文有失节制，甚至完全偏离了方向，引入的东西未必切合主题，不仅让整个诗文本的主旨难以凸显和明晰，反而歧路亡羊，有抵消和背离诗文本初衷的危险。要是换了你，整个情形就该如何如何重新加以擘画了，等等，等等。

就这样，诗文本变成了一个可以、并且鼓励人们续写和重写的文本，一个具有生产和再生产性质的文本，而不再只是徒然供人消费的文本。读者和作者，不再是发生在施舍人与食客之间的一个简单的施惠与受惠的关系，读者的创造性心智得到了鼓励和激发，甚至从原作者那里学到了就连原作者本人都未必清楚的一些东西。它让每一个读者都找得到他应该在和想要在的位置，由此在创造性乐趣上与原作者之间达成最大程度的共享。也就是说，作者和读者之间的关系，被恢复成了一种类似于同一个利益共同体成员之间的关系，而不再只是像生活在当今社会、政治、经济这些现实层面的人们那样，不得不去应对那种无处不在的窘迫和压抑的处境，即被人想方设法地做出等级的"区隔"。

诗文本《水绘仙侣》着重抒写冒辟疆谢幕明末的金陵，偕同江南名姬董小宛，开始他水绘园半遗民生涯中闲隐、逸乐的一面。这份抒写固然有受到所择定的人物在特定时段的生活性质的制约的一面，但也确实暗含了抒写者本身的态度。对错陈、荟萃于水绘园的种种竭尽精致与华美的耳目声色之娱以及山水诗文之乐，对那些晕染了末世颓废色彩的良辰美景，柏桦并不想掩饰自己之于它们的情有独钟。他状写这些情景的文字，大多显得思理活泼，议论风发泉涌，里边清楚地寄存并透露出柏桦的价值态度。他清楚他所倚重与所看轻的东西，究竟是些什么样的存在。

这样的一种书写文体，由于并不是一味刻意地去向早在曹丕那里就已被定了高调的"经国之大业"的方向作努力，毋宁相反，由于其文字表达的直接性、明确性以及相当的私人性，而更属于某种急于偏移和逃离那个方向的"个人化"写作。柏桦无疑地将他与这样一份历史情景之间的联系，做了相当明显的个人化并且内在化了的处理。正像江弱水的序文已经做过的辩护那样，它们的意义可以从补阙的角度和层面上来加以领会，即对于以往的正史和已有的史学研究而言，它们足以构成必要的补充。

传统正史的书写，往往过于偏重政治和生存的伦理意义，而对生活的物质层面则过于淡漠和忽视，这些特点既有它的长处（"抓纲治国"、"纲举目张"，便于当政者掌控和镜鉴，所谓"资治"之"通鉴"），也有它的短处。就短处而言，其后果造成了我们后世所能读到的有关这段历史的叙述，不仅显得支离，而且相当单一，以致我们想要稍微完整地了解其时其地相关物质性日常性的生活内容及其概貌就不得不面临这样一份尴尬：你不得不去海外汉学家的著述那里，才有可能获取若干索解。正像江弱水所提示的那样，你要了解宋元之际中国日常生活的情趣、氛围及其具体规模和生动形态，那你从卷帙浩繁的《宋史》那里，从已故宋史研究权威邓广铭先生以及女承父业、目前有望成为中国大陆宋代政制官制研究祭酒的邓小南教授那里，恐怕也会觉得少有所依凭的，而只能在法国汉学家谢和耐（Jacques Gernet）的《蒙元入侵前夜的中国日常生活》那里多少窥得一些端倪。同样的，海外女汉学家如高彦颐（Dorothy Ko）的《闺塾师》、伊沛霞

（Patricia Ebrey）的《内闱》、曼素恩（Susan Mann）的《缀珍录》、艾梅兰（Maram Epstein）的《竞争的话语》，里边之于宋、明、清各代中国女性颇为丰富的物质、文化生活层面所作的仔细梳理和发掘，往往也是我们在国内史学家的著述中所读不到的。传统史法、正史书写的既定格局，限制了对历史丰富、复杂层面的应有的叙述，致使大量同样重要的历史素材被中途过滤或弃置一边。由于无从纳入史书和史学研究那狭窄而显得苛刻和势利的框架，它们的体貌特征终至无从获得保存，更不用说对于其意义和价值的确认和辩证了。不夸张地讲，在诗文本《水绘仙侣》，尤其是笺注文部分的书写中，柏桦的确是在以他所理解的"丰富性"，扩大了我们有关这段历史的生活概念，激发并增长了我们对于这段历史的日常生活层面的知识兴趣。

但我也不打算就此将我的一份挥之不去的隐忧屏蔽了事。这是整个阅读过程中始终萦绕在我心头的一份顾虑。那就是，易代之际的政治暴虐、丧乱中的生死体验，以及掩映在遗民故国之思深处的对于国运、世运以及个人命运遭际的沉痛之感，诸多的精神炼历、人物的性情，这些由极为具体的人文交织而成的此一时期的士人阶层之间的复杂关联；它们是不是也有似被有意无意做了简约和淡化处理的危险呢？对水绘园中诸多竭尽精致与华美的耳目声色之娱及山水诗文之乐的过于倾心，是否也相对模糊和消解了冒辟疆"现世儒生"的一面，即作为一位议论时政、不畏强权的士大夫和忠实履践经世济民志业的地方绅士的冒辟疆的那一面？幸好在笺注文中，柏桦还多少保留了这方面的一些资料和消息，这才多少弥补了一些缺憾。

不错，"逸乐"同样也是人性和人生中相当重要的构成部分。事实上，我们也很难用社会、政治、经济之类的重大话题就能穷尽它的意义，或者越俎代庖、取而代之的。人生如果只是一味高度地紧张、激烈、急切和亢奋，就不免令人有气象荒寒、气脉仄迫之感，也不像是一个可以细水长流、从从容容把日子过长了的日常之境。但是，人生若是天天"天上人间"、"逸乐"不止，那也同样会因此而少去诸多的分量。我想在这里适度地援引本雅明一九四〇年草就的《历史哲学论纲》中的一个看法，可能有助于问题的凸现和清晰。在本雅明看来，危机感是人类进入历史的最佳契机，你不是置身在危机的时刻，你没有为危机意识所攫住或击中，你不具有对危机时代刻骨铭心的感受和记忆，那么，这表明你的心灵尚处在怠惰的状态，也就意味着在历史的真实形象闪回的瞬间，你将不可能对之予以真正的理解和捉握。

要真实地呈现明清易代这一惊心动魄、创巨痛深的重大历史时段，尤其是其中的广阔的社会生活图景，又是谈何容易的事？！但这实在是一个既让人深感繁难，却又是十分诱人的话题。柏桦所格外敬服和信任的台湾学者李孝悌，就曾对冒辟疆的"整体面貌"，有过如下相当周到的概述：

> 除了风流名士这个让人印象深刻的面相之外，冒辟疆同时也是一位议论时政、不畏强权的士大夫和忠实履践经世济民志业的地方绅士。更有意思的是，正是在忠实地扮演现世儒生这个角色的同时，冒辟疆以惊人的细节，展现了他狂乱而超现实的宗教信仰。儒家的道德观念，士绅的现实关怀，超自然的神秘信仰，极耳目声色之娱的山水、园林、饮食、男女和戏曲，共同构成了冒辟疆生活的整体面貌。（《恋恋红尘》）

就冒辟疆、董小宛所在的文化人群落而言，置身明清易代这段历史时刻，原先赖以安身立命的基本前提都发生了根本的问题，不仅涉及到其作为群体得以存在的基础及其个人的进退存亡，而且关乎全部的文化和道德系统，都无一不遭遇到了前所未有的严峻的质疑和拷问。处在这样巨大的危机之下，对现实、对历史、对民族、对个人、对自己所属的文化人群体，自然需要有通常年景所难以想象的道德勇气和承当力量作为支撑。而在巨大的危机的挤压之下所展开的生命伦理和写作，却又会不期然地生长出它本应有的真实到刻骨铭心和丰富到复杂的层面。异常强烈的焦虑，真实地勾勒出了人的主体世界的骚动不安，并把人的失重的心理和潜在的无意识以及各种精神的困苦，都巨细靡遗地充分裎露了出来。此时此刻的思想和写作可能并不那么"纯粹"，但因为无不深深介入到现实的危机情境之中，这就使得原本只是被严格限制在书面上的著述活动，重新绽放出与危机撞击下显得特别真实有力的生命活动直接相通的种种可能，从而透出其特有的思想的犀利和透彻。如顾炎武《日知录》中对"封建"、"井田"的讨论，黄宗羲《明夷待访录》对公私及君臣伦理的讨论，还有王夫之的寓政论于史论（如论"篡"、"弑"，说"进退出处"等等）的著述，均是在借助古代经典的"还原"和"发覆"，对明亡的原因做严峻的追究和反思，其所涉及的命题的严峻和重大，以及反思者自身所拥有的视野和激情，多可见出精神的光彩和令人震撼的力量。正是凭借这份直接投身、参与明清易代之际政治危局的惨烈经验，使得他们在处理已有的思想资源时，处处显示出为往时所极为罕见的思想力度。诸如此类的史实梳理和意义抽绎，在北京学者赵园的《明清之际士大夫研究》及其续编中，都已有过相当密集、深入的讨论和展开，而我上面的言述，自然也多有借重于这两部著作的地方，特此谨致谢忱。顺便说一句，赵园的这两部厚重的大著，[①] 是我近十数年来所能读到的少数最为耐读的著述之一。

属草本文的原计划里边，本来还有就以下各项一一有所论列的打算：如，柏桦笺注文写作所具有的明显的"片断性"写作特征，及其所涉及的问题和意义；如，柏桦去年暑期完成的一部诗作，一部对当代中国史有着相当"另类"的记忆和记述，并且特意取了和太史公司马迁的著述同样的书名的诗作，及其所涉及的问题和意义，等等。孰料此文时续时辍，几近难产，眼看最后的截稿期已经迫在眉睫，好脾气如林建法、何言宏两位，也都忍不住一而再、再而三地前来催促，只好就此打住，匆匆交稿了事。余下的部分，且留待日后再作分解吧。

二〇一〇年七月十六日

《当代作家评论》二〇一〇年第五期

---

① 赵园：《明清之际士大夫研究》，北京，北京大学出版社，1999；赵园：《制度·言论·心态——〈明清之际士大夫研究〉续编》，北京，北京大学出版社，2006。

多多诗歌的音乐结构

李章斌

一

在现在这个诗歌的网络化时代，尤其是在现代汉语诗歌越来越趋于口语化乃至口水话的当下，重提诗歌的音乐性的论题不仅不是多余，而且显得十分迫切。因为目前日趋泛滥的口语化诗歌已经威胁到了现代汉诗作为一种文体的合法性：如果说几句分行的口语就是"诗歌"的话，那么把我们平常说的大白话分行抄下又何以不能说是"诗歌"？类似这样的质疑要求我们寻找诗歌真正区别于日常话语的特质，并再次回到其真正的内核中去，而音乐性无疑是这个内核的重要组成部分。然而自现代汉诗诞生以来，音乐性的问题就一直给它蒙上了巨大的阴影。在传统汉语诗歌的光辉之下，现代汉诗一直以其音乐方面的缺陷而饱受诟病，这种诟病到现在仍未止歇。目前要给新诗的音乐性问题提供一个通盘解决方案或者划定一个总体方向显然是不现实的，但是在具体的个案研究中探寻一些新诗音乐性的可能方向并非完全不可能。

在当代诗人当中，多多是公认的少数几个具有较强的音乐性的诗人之一——如果说不是唯一的一个的话。黄灿然较早地注意到了多多诗歌中音乐的地位和作用，在黄灿然评论多多的一篇著名文章中，他观察到多多"把每个句子甚至每一行作为独立的部分来经营，并且是投入了经营一首诗的精力和带着经营一首诗的苛刻"，"但是，以行为单位，如何成篇，也即，这样一来，他的诗岂不是缺乏结构感？换上另一个诗人，很可能是如此。但多多轻易解决了这个问题，而且是用一种匠心独运的方法解决的——它刚好是诗歌的核心之二：音乐。他用音乐来结构他的诗"①。黄灿然对多多诗歌中音乐与结构的关系的观察颇具眼力，在多多诗歌中，音乐确实是主要的组织和结构方式，这种做法在当代诗人中是很少见的。不过，虽然黄在文中对多多诗歌的音乐颇有独到的分析，但是他的论述和枚举例证都不是很充分，而且他对多多具体如何用音乐来建构诗歌却没有做充分的讨论，而这正是本文关注的焦点。

多多是个艺术手法较为多样化的诗人，正如其名字所暗示的那样。任何一个熟读多多诗歌的读者，都会惊讶于他面前所上演的语义与音乐的双重奇观。而多多诗歌的音乐也有很多个层面，我们这里着重论述的仅仅是多多最经常用来构造诗歌的那些音乐手段②。具体而言就是：一、相同或者相近的词组和句式；二、押韵以及其他类型的同音复现。前者是句法结构方面的相近关系，后者是语音方面的相近关系。当然，它们并不仅仅是"手段"；更重要的是，它们只是为了分析方便而做出的简单分类，且不说它们在概念上有相互交叉之处，它们在多多诗歌中是作为一个整体而出现的。因此，这两个类别只是我们在论述时依循的两条线索，而不是论述的全部对象和主题。本文真正的论述对象是：多多诗歌中作为有机的整体而出现的音乐。

二

多多诗歌中句式与词组的重复与转换方式其实与我国律诗中的平仄安排或者英语诗歌中的音步设计在原则上是类似的，只不过其构建单位不是平仄音组或者抑扬音步，而是词组和句式。正如律诗在平仄音的重复和转换中形成节奏，多多的诗歌也在词组和句式的重复、转换中获得明显的节奏。这种节奏显然受到了狄兰·托马斯的"词组节奏"的

---

① 黄灿然：《最初的契约》，《多多诗选》，第258页，广州，花城出版社，2005。
② 黄灿然在《最初的契约》一文中曾把音乐性分为普遍的音乐性和独特的音乐性，而前者又分为两类：说话式的和依靠修辞手段的。笔者虽然对这种分类体系持保留态度，不过笔者亦承认本文所论述的音乐只是诗歌音乐的一部分——主要是黄所谓的"依靠修辞手段"的那一类，也是他没有予以充分讨论的一部分。

影响。[①] 先来分析《北方的夜》（一九八五）这首诗，这是其第二节：

> 夜所盛放的过多，随水流去的又太少
>
> 永不安宁的在撞击。在撞击中
>
> 有一些夜晚开始而没有结束
>
> 一些河流闪耀而不能看清它们的颜色
>
> 有一些时间在强烈地反对黑夜
>
> 有一些时间，在黑夜才到来
>
> 女人遇到很乖的小动物的夜晚
>
> 语言开始，而生命离去[②]

　　虽然在读过这些诗行几年后，笔者至今对它们的"意义"仍然存有疑惑，但想必有不少读者会同意笔者初次读到它们的感受：这些回旋的韵律确实是现代汉诗中不多见的大手笔。这些诗句的动人的力量既来自于诗句中那些令人印象深刻的意象、隐喻，也来自于诗中大量的"空白"和暗示，更来自于诗歌的节奏与行进方式，而后者正是多多有别于大多数当代诗人的原因之一。稍有语言敏感的读者马上就会发现这些诗句中有很多重复使用的词组和句式，如："夜所盛放的"、"随水流去的"、"永不安宁的"，"有一些夜晚"、"一些河流"、"有一些时间"。还有一些对称的句式——一种特殊的重复方式："开始而没有结束"、"语言开始，而生命离去"。然而从整体来看，与新诗中的那些习见的排比诗句相比（典型的如艾青、臧克家等人的作品），多多的这些词组与句式的重复并不显得单调，更不会让人觉得刺眼——多多不会刻意地显露这些重复。更重要的是，多多对结构的重复往往同时包含着转换和不同的句式之间的衔接。例如，第二行在重复了第三个"的"结构的句式之后，又把前面的"在撞击"重复了一次，并且和下面的几个"有一些"句式衔接。又如第三至六行，第三、四行都是以"而"连接构成对称，然而多多

---

　　① 多多自己也曾透露过"词组节奏"对他的影响，见《我的大学在田野——多多访谈录》，《多多诗选》，第272页。

　　② 本文所引多多诗歌，均依据《多多诗选》。

并没有把这种句式使用到令人发腻的地步，第五行又转换了句式，但紧接着第五行的"强烈地反对黑夜"又与第六行的"在黑夜才到来"构成对比，因此可以说五、六行在更大的意义上重复了三、四行的对称。可以看到——当然更可以"听"到——多多的这些诗句环环相扣，往复回旋，与那些单调生硬的排比句式赫然有别，而后者在笔者看来，是相当多早期"朦胧诗"的通病之一。

即便是结构的重复，多多所进行的也绝不是简单的重复和排列，而是在重复中有变化，更有冲突——这也是笔者不把这些重复称为"排比"的原因之一。请看《北方的夜》第三节：

> 雪，占据了从窗口望去的整个下午
>
> 一个不再结束的下午
>
> 一群肥大的女人坐在天空休息
>
> 她们记住的一切都在休息
>
> 风景，被巨大的叶子遮住
>
> 白昼，在窗外尽情地展览白痴
>
> 类似船留在鱼腹中的情景
>
> 心，有着冰飞入蜂箱内的静寂

第二行的"下午"看起来是在重复前句的"下午"，而实际上是在翻新乃至颠覆我们前面得到的"下午"的印象。三、四行更是如此：在写下"一群肥大的女人坐在天空休息"之后，换了别的作家可能会加上一句描写别的正在"休息"的人或者动物——只有动物才能"休息"，而多多立刻又在下句给我们一个惊喜——"她们记住的一切都在休息"！动物可以"休息"，记忆如何休息？是休眠，遗忘，还是埋葬？无论如何，后一个休息直接颠覆了"休息"的意义，乃至使得前一个"休息"也变得很可疑。是的，多多绝不会等到一个意象、句式或者词语重复得让读者发腻的地步，他往往先读者一步变换他的魔术并再次给他们一个惊喜：读者在上一行中可能会得到的"固定反应"很难在下句实现。① 多多则服膺于约翰·阿什贝利关于每一句都必须有两个"兴奋点"的苛刻追求，决计不会"让你觉得他在唠叨"。② 类似的诗句在多多诗歌中举不胜举，如：

> 看海一定耗尽了你们的年华 / 眼中存留的星群一定变成了煤渣 / 大海的阴影一定从海底漏向另一个世界 / 在反正得有人死去的夜里有一个人一定得死
>
> ——《看海》

> 她们做过情人、妻子、母亲，到现在还是 / 只是没有人愿意记得她们 / 连她们跟谁一块儿睡过的枕头 / 也不再记得。
>
> ——《常常》

在我看来，这些突转与冲突对于多多诗歌这种存在大量重复的音乐结构来说是非常必要的，如果没有这些重复中的突转与冲突，没有这些不断出现的"惊喜"的话，这样的结构对读者来说可能会变成一场灾难，而不是狂欢。

然而如果仅仅把多多诗歌中的这些句式与结构的安排看做一些"手段"，或者是一种把意象、词语"悦耳"地组织起来的方式的话，那么我们仍然低估了音乐，尤其是节奏，在多多诗歌中的作用和意义。回到前引《北方的夜》第二、三节诗，应该注意到多多在这里不断地提到"时间"以及一些时间概念（如"夜晚"、"黑夜"、"下午"等），值得回味的是，时间在这里并不是直线前进的牛顿力学式的"时间"，而处于难以言状的美妙的律动之中："有一些夜晚开始而没有结束"、"有一些时间，在黑夜才到来"。回味这些句子让我们不得不认真对待多多在此诗第四节的一行看似是游戏的断言："时间正在回家而生命是个放学的儿童"，时间是这些诗句真正的主角，它以"生命"的面目出现，而节奏则是时间之律动的体现，是这个"放学的儿童"或急或缓的步伐。这让我们想到布

---

① "固定反应"是克林斯·布鲁克斯和潘·沃伦提出的概念，见 Cleanth Brooks & Robert Penn Warren, *Understanding Poetry*, 3rd edition, New York：Holt, Rinehart and Winston, 1960, p.289.

② 《我的大学在田野——多多访谈录》，《多多诗选》，第 280 页。

罗茨基在评论曼德尔斯塔姆诗歌时的一个著名的判断："歌，说到底，是重构的时间"。[①]并非偶然的是，在曼德尔斯塔姆诗歌中，词、字母，乃至于停顿，都成了时间的形式或者载体，节奏作为时间的体现者，它对诗歌不仅仅是工具，更是目的，是诗歌的存在本身。

而在多多的《北方的夜》中（以及相当多的其他诗作中），节奏的控制也极为自觉，与时间之律动同一。不妨再来做一次技术分析。"有一些时间在强烈地反对黑夜／有一些时间，在黑夜才到来"。这两句虽然有重复和对比，但是也有微妙的变化。请注意第二句中间的逗号，这在节奏上是停顿，在时间上则是延缓，这恰好模拟了诗中的"时间"本身的律动：前面一句的"时间"在不断地"反对黑夜"，而后一句的另外一些"时间"则到了黑夜才姗姗来迟，诗中的停顿模拟了这种状态，这样的节奏安排简直到了一字难易的地步！

再看多多另一首著名的诗歌《居民》的最后三节：

> 他们喝过的啤酒，早已流回大海
> 那些在海面上行走的孩子
> 全都受到他们的祝福：流动
>
> 流动，也只是河流的屈从
>
> 用偷偷流出的眼泪，我们组成了河流……

这首写于海外的诗真正的主角依然是时间，然而是无情地流动，而我们只能"屈从"的时间，"偷偷流出的眼泪"一语甚至带着忍气吞声的意味。然而屈从中也有抗拒，抗拒中又带着无奈。这种复杂的感受集中地体现在"流动"的重复中。在说出第一个"流动"后，多多空了一行（跨段），然后再说第二个流动，在节奏上是很长的停顿，在这个停顿中，仿佛流动在这一瞬间已经停止。这个幻觉透露出一点虚幻的希冀，仿佛河

[①] 约瑟夫·布罗茨基：《文明的孩子》，第92页，刘文飞译，北京，中央编译出版社，2007。

流之流动和时间之流逝都可以停止，何其悲哀之感受！多多不会像孔子那样感叹"逝者如斯夫，不舍昼夜！"也不会像歌德笔下的浮士德那样高喊："瞬间，请你停止，你真美！"他仅仅在节奏的一张一弛中，就已经说出了全部。

当然，并不是所有多多诗歌的音乐结构安排都可以上升到如此高度。但是在最基本的意义上，它们至少可以和诗歌的意义和情绪保持一致，这种音乐上的自觉在当代诗人中依然是凤毛麟角的。看这首典型的"多多式"的诗《没有》（一九九八）：

> 没有表情，所以支配，从
> 再也没有来由的方向，没有的
> 秩序，就是吸走，逻辑
> 没有止境，没有的
> 就在增加，
> ……
>
> 河，就会有金属的
> 平面，冰的透明，再不掺血
> 会老化，不会腐化，基石会
> 怀疑者的头不会，理由
> 会，疼不会，在它的沸点，爱会
> 挺住会，等待不会，挺住
> 就是在等待没有
> 拿走与它相等的那一份
> 之前，让挺住的人
> 免于只是人口，马力指的
> 就还是里程，沙子还会到达
> 它们所是的地点，没有周围
> 没有期限，没有锈，没有……

这首诗通过一些相似的词组和短句式（如"没有……"、"会……"），营造出急促的节奏，表现出一种疯狂辩论的语态——当然是和自己辩论——这反映出其内心激烈的矛盾与巨大的危机。虽然这首诗的写法接近于"反内容"，然而其节奏却成了意义的来源之一。尽管它在总体上是急促的，甚至有点紊乱，但总体上依然张弛有度。细读倒数第八至倒数第四行，并对比它们的前后几句，可以看出它们并不是像其前后几句那样一气呵成的节奏和不断重复的句式，而是相对较为凝滞。在这四行，全诗一冲而下的气势突然收住，而就在这个当口，全诗发出了其最强音："挺住 / 就是……让挺住的人 / 免于只是人口"，它以强硬的姿态回应里尔克那句著名的诗："有何胜利可言？挺住意味着一切。"在这样一种"没有来由"的矛盾中，"挺住"本身就是意义。而在这些接近于"没有来由"的呓语中，节奏已包含着意味，它的起伏就是诗歌的意义和情绪的起伏。[①]

三

如果说前面论及的词组、句式安排是一种结构重复的话，下面我们要讨论的则是一种语音上的重复，后者最明显的体现当然是押韵。但是，多多诗歌中从头到尾压尾韵的诗歌几乎没有，这种定期在每行末叮当响一下的音乐在他的诗歌中并不常见，他有自己的韵律法则。在多多诗歌中，往往在某些部分出现大量的内韵（即在句中押韵）与尾韵的联合使用，甚至还会同时卷入其他的同音关系如双声、叠韵，以及同音字，当然，最极端的同音情况是同一个字词反复使用。这些手法在英语诗学中一般被称为"头韵法"（Alliteration，即在一系列连续的词或者音节中重复使用某一些元音或者辅音）。在汉语韵律学中，除了译名以外，笔者目前还没找到与"Alliteration"完全对应的术语，因此拟称其为"谐音"。[②]

例如："当记忆的日子里不再有纪念的日子 / 渴望赞美的心同意了残忍的心"（《解

---

① 关于多多诗歌中句式、词组重复出现的结构，笔者还在另一篇文章中论及，见李章斌《语言的灰烬与语言的革命——从多多海外诗作〈归来〉与〈依旧是〉说起》，《扬子江评论》2009年第6期。

② 广义上的"谐音"指的是声韵的相同或者相近，但是在目前的用法中，"谐音"一般仅指谜语、对联、广告等艺术中同音双关的使用情况，同音原则仅仅是添加一些额外的小趣味的佐料，在我看来，这实际上是现代汉语的不幸。

放被春天流放的消息》），这两句重复的不仅仅是"日子"和"心"，而且是"记忆"和
"纪念"（同音）、"赞美"和"残忍"（内韵），这不仅增强了诗歌的节奏，而且给这两行
诗增添了曼妙的对称之美，这与我国古诗中的"当句对"有异曲同工之妙，如李义山的
一联："池光不定花光乱，日气初涵露气干"（池光对花光，日气对露气，且涵与干谐
韵）。虽然没有直接的证据，我相信正是同音原则让多多在写下"记忆"之后想到了"纪
念"，在"赞美"的对面摆放了"残忍"，也就是说，语音，而不是语义，才是这些词语
之间联系的纽带。在这个意义上，所谓诗歌的"结构"原则实际上就是构思原则（两者
均有"构"字），明显以同音原则"结构"的诗句在多多诗中还有很多（下划线为笔者所
加，下同）：

死人死前死去已久的寂静

——《他们》

而四月四匹死马舌头上寄生的四朵毒蘑菇不死 / 五日五时五分五支蜡烛熄灭 /
而黎明时分大叫的风景不死

——《五年》

读者不妨把这些诗句朗读一遍，可以发现，第二段第一行中"四"与"死"的刺耳
的谐音（或许叫"不谐音"①更确切些）有着绕口令般的难度。不过显然会有读者如此质
疑：为了造成如此强烈的音响效果，诗人岂不是有硬凑词语、意象之嫌吗？答曰：对于
不是多多这种超现实主义式的诗风而言，或者对于不是像多多这样的"苦吟"诗人而
言，如此建构诗行很可能会变成"硬凑"；然而多多的意象与措词本来就以出人意表制
胜，在诗人与词语的漫长搏斗中，②这种苛刻的结构方式反而成了刺激想象的"兴奋

---

① 英语诗学中有"谐音"（euphony）与"不谐音"（cacophony）的区别，前者指一连串和谐的
音节，后者指一连串刺耳的音节，它们与汉语中的"谐音"概念含义完全不同，不可混淆。

② 多多坦言他的每一首诗都要写几十遍之多！见《我的大学在田野——多多访谈录》，《多多
诗选》，第275页。

剂"。在前面的《五年》这首写于诗人流亡海外五年后的作品中，去国怀乡之恨与逝者如斯的感慨以一种疯狂的语言表现出来，"四"与"死"之间的谐音关联让多多迷狂不已，他在这两者之间堆砌了一道海市蜃楼般的意象奇观，以此来辨明"不死"之生命，抵制时间的流动。

而同一字词的反复使用在多多诗中有更精彩的体现：

> 在树上，十二月的风抵抗着更烈的酒
> 有一阵风，催促话语的来临
> 被谷仓的立柱挡着，挡住
>
> 被大理石的恶梦梦着，梦到
> 被风走下墓碑的声响惊动，惊醒
> 最后的树叶向天空奔去
>
> ——《什么时候我知道铃声是绿色的》（一九九二）

读者想必和笔者一样，读到这两节诗时立即就被那三对动词的"联袂演出"给抓住了——"挡着，挡住"、"梦着，梦到"、"惊动，惊醒"。它们不仅在节奏上气势磅礴，更重要的是，它们以语言的线性前进序列成功地实现了对动作和场景的摹仿：一开始是风被立柱挡着，然后是停顿（逗号），过了一会儿才被"挡住"。而写风的声响的惊恐景象亦极其细致，先是被"惊动"，过了一会儿才被"惊醒"——仿佛一场噩梦就在我们眼前！相反，如果这几句诗歌写成"挡着和挡住"，则动作间的时间间隔没有体现出来；而如果直接写成"被谷仓的立柱挡住"而省略掉"挡着"，则其间细微的过程没有描绘出来，时间的脉搏亦无法听到。因为对运动的模仿本质上就是对时间的模仿。不妨借此机会再次回味一下前引布罗茨基那句断言——诗歌是重构的时间。可以说多多这样的诗句已经在接近重构时间之艺术的极致。在短短的一行诗内能描绘出如此复杂的动作与节奏的细微变化，这样的诗艺难道还不足以令我们"惊动，惊醒"？

多多诗歌中同声、同韵、同音以及同一字词的反复使用在语义上最经常造成的"后果"就是词语之间的矛盾乃至相互厮杀——诗歌内部的战争。这在修辞上经常表现为反讽和悖论。例如：“在曾经／是人的位置上／忍受着他人／也是人”（《忍受着》）。“人”在这里所暗示的巨大的张力和矛盾让我们联想到法国哲学家列维纳斯的一个认识：《圣经》中的人是能够让他人在我面前通过的人。在这里，诗歌的特权之一——跨行，一种停顿和转折——再次体现出它的价值：当我们读到第二行时，我们会想他在“曾经是人的位置上”干吗呢？读到下一行时才发现他在忍受着他人！那忍受他人的什么行为呢？停顿之后，读到下一行，我们才发现他忍受的是“他人也是人”！如此迂回曲折的矛盾！而如果这句话不进行三次跨行，则它的迂回与跌宕将被去除无余。“他人”当然也是人之一种，然而强调“他人也是人”，则暗示了“他人”有并不被当做人的可能，而这种感受居然是在“人的位置”上产生的。而在多多另一首诗中的“人”则更为纠结：“一种酷似人而又被人所唾弃的／像人的阴影／被人走过”（《我始终欣喜有一道光在黑夜里》），这个似人非人的“阴影”与“人”纠缠在一起，欲为“人”而不得。

词语之间的“战争、搏斗、厮杀”，在多多看来，是“诗歌最本质的东西”，也是“诗歌最高级的地方”。[①] 在一九八六年的一首诗歌中，多多就向我们展露了词语之间的这种战争；“它们是自主的／互相爬到一起／对抗自身的意义／读它们它们就厮杀”（《字》）。当然，这场战争在多多诗歌中遍地开花，并不仅限于同音字词之间。但是，正是在同音字词之间，它们之间的搏斗才显得空前激烈。例如这两行：“你望着什么，你便被它所忘却／吸着它呼出来的，它便钻入你的气味”。“忘却”显然站在“望着”的对面，并像回音一样回应着着后者。如果“望着”与“忘却”中的两个字不是分别同音和同韵，而是诸如“注视”或者“观察”这样的意义接近的词语的话，这种对应与回响的效果显然不会那么强烈，而“望着”与“忘却”之间的矛盾也不会显得那么突出，语言之张力远逊。可见韵律对语义领域的战争发挥了火上浇油的作用。当代英语大诗人西默斯·希尼也屡次谈到这种情况，例如菲利浦·拉金的《晨歌》（Aubade）：

> Unresting death, a whole day nearer now,
>
> Making all thought impossible but how
>
> And where and when I shall myself die.

---

① 《我的大学在田野——多多访谈录》，《多多诗选》，第282页。

Arid interrogation: yet the dread

Of dying, and being dead,

Flashes afresh to hold and horrify. [①]

希尼评价到："当'恐惧'（dread）与'死亡'（dead）谐韵，它与其全部语义的对峙几乎达到了顶点。而动词'死去'（die）也在动词'恐吓'（horrify）中引爆出自身的激情。"[②]再看多多的另两行诗："冬日的麦地和墓地已经接在一起 / 四棵凄凉的树就种在这里"（《依旧是》）。辛笛的《风景》可以与之对读："比邻而居的是茅屋和田野间的坟 / 生活距离终点这样近"。"生活"与"终点"之间的临近关系非常微妙，辛笛的后一行诗用来阐释多多的这两行诗也恰如其分。不过辛笛的第一行比较而言则略显拖沓，而多多以两个声音极其相近的词语（"麦地"和"墓地"，"麦"、"墓"为双声）简练地显示这种对比，效果显然更明显，节奏亦更为响亮。

对词语的语义与音韵效果如此执迷，在我看来，这并不是一种诗歌技艺的炫耀——至少主要不是如此——它体现了多多对词语与音乐的高度敏感，甚至隐含着一股复活语言生命的冲动：

船是海上的马，遗忘向着海上的村庄。

循着麦浪滚动的方向，落日

也盛装，旧翅膀也能飞翔。

从罗马的凉台往下望，

比流亡者记忆的土地，还要宽广，

比等待镰刀收割的庄稼还要焦急：

① 笔者试译："不安的死亡，现在又逼近了一整天， / 使人无法思索任何东西，除了关于 / 何时，何地，我自己将如何死去。 / 枯燥的质询：死亡 / 与垂死的恐惧 / 再次闪现，抓住并恐吓我。"

② 西默斯·希尼：《希尼诗文集》，第334页，吴德安等译，北京，作家出版社，2001。该文译文（姜涛译）谬误较多，笔者略作改动（引文改"战栗"为"恐吓"，并在"身"前面添加"自"字）。

只有一具装满火药的躯体！

让脾气，如此依赖天气；

让脑子，只服从犁沟。

——《五亩地》（一九九五）

这两节诗歌中内韵与尾韵的联合使用和较为平稳的布局让诗歌的节奏非常稳健、恢弘，一读便知。尤耐寻味的是这两个诗节的韵部的选择：上节为"ang"，下节为"i"。"ang"韵读起来非常响亮、庄重，这恰好与这一节诗歌辉煌的意象相互配合，音与义交相辉映。这两节诗歌的分节显然是依照韵律，而不是句法或者句义（多多相当多的诗作都是如此）。下节所押"i"韵在声响上相当地刺耳、激越，这也与本节诗歌所表现的焦灼、激烈的情感互为表里。正是同一个原因，前引《五年》中的"四月四匹死马……"一句也同样反复使用"i"韵来配合诗中紧张、激烈的情绪：可见多多对于韵部的选择并非是随机的，至少在相当多的诗歌中是如此。①

多多诗歌中这种追求声义并茂的努力实质上是一种回到语言之本源或者原点的努力。实际上，这种音义之间的关联是我国文字的一个固有的性质。在我国的文字学中有种观点叫"佑文说"，即认为在形声字的形成过程中，读音相近的声旁往往被用来组成意义相近的形声字，如在古音中声旁读音相同的"钟"、"江"，声响都比较洪亮，两者都用来表示宏大、壮阔之物，而形旁则用来区分两者的事类范畴。在西方诗歌中，音与义也经常有这种类似的联系，然而这种联系在现代汉诗中几乎被遗忘了。虽然"佑文说"在文字学上尚有疑义，但是这对现代诗歌的语言艺术的发展却极有启发性：现代汉语在西方语言因素的不断融合和现代社会的不断冲击下，虽然可能性极大地增加了，但同时也变得日趋芜杂，这种状况在现代汉诗于古诗的对比当中体现得很明显。作为语言艺术之极致的体现者，诗歌有必要随时回到原点，恢复和更新语言与世界的最初联系，激活语

---

① 英语诗歌中这种音义相互配合的手法相当常见，如雪莱的《奥西曼迭斯》（*Ozymandias*）："Nothing beside remains, round the decay / Of that colossal wreck, boundless and bare / The lone and level sands stretch far away"。此诗堪称英诗"头韵法"之典范："round the……"一句屡次以辅音k和其他辅音以及元音相互摩擦，形成刺耳的声响（不和谐音），以表现残破、狼藉的荒凉景象；而最后一行则以和谐而平稳的语音表现出自然的永恒与壮阔。

言之根的生命力量。

四

分析诗歌就好像是一瓣一瓣地掰开花朵，很可能是件扫兴的事情，而对于本文这样的结构性分析而言，尤其会有"掰开花朵"之嫌：结构性分析往往是将作品的有机整体——拆散来解析，就如"分析"一词本身所暗示的那样——"分"而"析"之。另外，多多的诗歌很多都极为复杂，其完整和有机的特性几乎让拆解性分析变得几乎不可能。因此，对于那些已经完全进入到多多（也包括其他优秀诗人）的诗歌世界的读者而言，分析性的文章对他们并不是十分必要；而对于那些被多多诗歌的复杂性拒斥于门外而无法"登堂入室"的读者而言，则这样的文章不失为一种"推血入宫"的手段，何况多多诗歌的很多特性至今未得到学界的充分认识。

那么，我们姑且对前文已经分析出来的一些多多诗歌的音乐特性"姑妄"论之。上面所分析的这些音乐结构只是多多诗歌音乐的一部分，而且是最容易辨识的那部分。无论是词组、句式的重复与转换，还是押韵或者同音字词的使用，它们都有章可循：其规律无非是重复与变化。变化可以是句式的衔接、转换，词义的扭转、翻新，同音字词的冲突、对立等等，这些变化让重复超越低层次的平面排列，而呈螺旋式的上升运动；另一方面，重复是任何音乐（包括诗歌这种词语音乐）的核心原则。对于诗歌音乐而言，保持一定的可复现性和一贯性是必要的，否则不独诗歌声响会凌乱、琐碎，各个部分也会像散落的珠子一样不成体系。这对于那些追求夸张的意象组合和词句的跳跃性的诗人而言是尤其重要的一点。在谈到一些诗歌中的跳跃性组合时，布罗茨基分析到，"正是韵律原则使人们感觉到了貌似不同的事物之间的相近。他所有的组合如此真实，因为它们都是押韵的。"① 在我看来，不独押韵如此，其他音乐形式（如词组、句式的重复，同音字词重复等）也有类似的效果。多多诗歌的意象如此夸张和繁复，词语之间的断裂如此明显，而意义又如此隐晦，但是作为一个整体却不给人以凌乱、突兀之感，其奥妙首先就在于音乐，尤其是本文所讨论的显性层面的音乐结构。

---

① 约瑟夫·布罗茨基：《文明的孩子》，第177页。

　　类似句式、韵式、谐音之类的音乐结构，有学者可能会认为它们只是一些"雕虫小技"而不屑一顾——尤其是在当代文学批评界如此盛行"主义"、"理论"的背景下。然而笔者以为这些"雕虫小技"关涉到的正是诗歌发展过程中最核心的东西。西默斯·希尼在论及奥登时一针见血地指出，奥登与马克思、弗洛伊德的渊源关系并不是像有些批评家所炒作的那么重要，而其诗歌中"类韵、头韵联合使用以制造一种新的语言现实，就像由岩块和石英构成"，"才是对长久的诗歌进程最有价值的东西，因为它们对语言的艺术有着最本质的敏感"[①]。而当我们考虑到新诗是一种以新生语言（现代汉语）为载体的新生文体（其历史不足百年）时，尤其是在艺术上（如音乐方面）还未积累足够的"雕虫小技"时，那么类似多多诗歌中这些富有成效的艺术实践，是不是值得备加珍惜呢？

《当代作家评论》二○一一年第三期

---

① 西默斯·希尼：《希尼诗文集》，第352页。

传统在此时此刻

西 川

一

在人民文学出版社出版的《列夫·托尔斯泰文集》第十五卷中收有托尔斯泰写于一九〇五年的一篇长文《论末世》。该文指出："所有这些人——帝王、总统、爵爷、大臣、官吏、军人、地主、商人、技师、医生、学者、艺术家、教师、僧侣、作家——都了解，想必都了解，我们的文明是洪福，因此，根本不能设想它不仅会消失，而且会改变。但是请问一问从事农耕的广大人民群众——斯拉夫人、中国人、印度人、俄国人，问一问十分之九的人类，那个在从事非农耕职业的人看来如此珍贵的文明究竟是福不是福。奇怪的是，十分之九的人类的回答完全相反。"在这里，托尔斯泰将作家、艺术家与帝王、总统、爵爷们划入了同一个维护所谓"文明"的阵营，也就是文化守成者的阵营，虽有一棒子全打死的偏颇，但的确触及了一个大问题：文明——不是人类学、考古学意义上的那个含义广阔的文明概念——是一种富含品位、记忆、不愁吃不愁穿、讲究层次的生活方式，是一种特权，你需要跳起来才能够到；但在某些时刻，甚至某些相当长的时间段，它拒绝你的靠近，尤其当你是一个跳不起来的人时。由于托尔斯泰所说的"文明"涉及本文题旨，有时甚至与本文题旨重叠在一起，所以我把他老人家的话首先引述在这里，想看一看它能带给我们什么样的启发。托尔斯泰所面对的，当然是十九世纪末二十世纪初的俄国现实，他以农耕职业划线，一边是人民群众，一边是其他几乎所有人（但又是少数人）。而且，他提到斯拉夫人、中国人、印度人、俄国人，意指这些是受苦受难的民族。在这里，他既暗示了东西方的差异，甚至敌对，也暗示了阶级问题；而且显然，他还在此展示了其对生存道德的持守。在面对文化道德和生存道德的时候，他显然是把生存道德放在首位的。这是他的现实感使然。托尔斯泰的这样一种态度，对于今日中国那些为五四一代文化革命人大发惋惜之声，认为五四运动切断了中国的文脉，进而摆开架势重估，批判五四以来的"新文化"的人们，可能是一个很好的提醒。一个时代会激发一个时代的现实感，至迟到清代中晚期，中国已经被拖上了寻求现代国家之路。这是中学历史课本里就已经交代过的。但中国的现代性是一种被迫的现代性，产生自对于种种危机的应对，有别于在其发源地的西方。这一点需要特别点到，因为到今天我们差不多已经忘记了这一点。

二

现在时过境迁了。当我们已远离一九一一或一九一九年的社会、文化、政治现实时，当我们的生存道德已经有机会让位于文化道德时，当我们觉得我们已经是世界市场、世界消费的一部分时，不同的现实感、不同的文化、政治诉求呈现出来。仅在我所熟悉的诗歌界，几十年来，要求重建新诗与传统之关系的声音便一直不绝于耳。老诗人郑敏教授在二十世纪末发表过一篇名为《世纪末的回顾：汉语语言变革与中国新诗创作》的论文（她还有其他讨论类似问题的论文）。她在文中感慨道："今天在考虑新诗创作成绩时能不能将二十世纪以前几千年汉诗的光辉业绩考虑在内？我的回答是不能。"郑敏教授甚至为简体字取代了繁体字而多次表达过惋惜之情。我想她的观点颇能代表一些人。一九九八年底，上海文艺出版社出版了两卷本的《杨炼作品一九八二～一九九七》（后来又补出了一本《杨炼新作一九九八～二〇〇二》）。这是杨炼创作的一个阶段性总结。但是，据杨炼本人讲，该书的出版带给他"一种莫名的恐怖"。为此，他写下一篇名为《诗，自我怀疑的形式》（二〇〇〇）的文章。诗人说："当代中文诗，一开始就面临绝境：不仅是外在条件的贫瘠，更在内部人为的空白——切断文化传承的有机联系……某种意义上，我们的写作，犹如真空瓶里培育的植物：一、没有语言，只剩大白话加一堆冷僻枯燥的翻译词。二、没有传统，除了一个关于'过去'的错觉。事实是，遗产即使有，我们继承它的能力也失去了。三、没有诗，我指的是，诗的历史感和形式感所包含的评价标准。故事中的过去和译文中的西方同样遥远。我们的悲惨，在于不得不发明自己的血缘，持续一个毫无依托、既疲倦又看不到尽头的'发明运动'……只活在创世纪里，一点都不伟大。当每个人都是先知、每首诗都自命不同凡响，那是一个多么狂妄而可怜的世界！"——这样的文化焦虑乃至愤怒已经到了字字血、声声泪的地步（开个玩笑）。杨炼看重古汉语作为书面语的传统，认为正是书面语的相对稳定形态保证了中华文明的延续。杨炼拒绝使用"大白话"的风采我领教过一回（我自己亦警惕大白话意义上的大白话）：数年前，我们一起出行（好像是在英国威尔士），看见了一尊石狮子。杨炼脱口而出的是"石狮"，我脱口而出的是"石狮子"——完全不同的语感。

三

杨炼长期生活在西方。他肯定迫切感受到文化身份的重要性。从一个写作者的内在文化需要来说，他肯定也意识到了任何文化创造都离不开创造力之根（传统）。而且，一个作者，在越过了完全依赖个人才华的阶段以后，会领悟到，个人的创造必须融入一个更加广阔的背景：传统是与现实感同样重要的东西——我这样说肯定会遭到不少人的赞同，但我不是故意要讨好一种文化主流或者什么人，我和同意我观点的人不一定有同样的出发点和关注领域。近年来随着国内经济的发展，文化自信正在重返我们的生活现场，重口味的民族主义正在通过网络和其他传统媒体传播着。小学校里的孩子们已经被重新鼓励背诵《三字经》了（尽管有些人要求对《三字经》进行删改）。不过，中国的事情往往需要深入分析才有意思。当下中国民族主义的来源其实并不简单，数一数大概有七八种（也许更多）：一、产生于供货与世界市场（在此特指世界文化市场）的民族主义；二、身份认同危机（即在世界上自问"何谓中国人"的问题）刺激出的民族主义；三、由爱国主义教育强调的历史屈辱感所反弹出来的民族主义；四、一些人对本土文化的批判指向全盘西化，而另一些人对西方文化的批判亦导致民族主义（托尔斯泰有言："中国不应模仿西方民族，而应该以他们为借鉴，免得陷入同样没有出路的境地。"）；五、在国际政治领域被西方政府围堵所刺激出的民族主义；六、数千年连绵不断生生不息的文化驱策出充满自豪感的民族主义；七、当下经济发展物质变精神也驱策出了民族自豪感；八、简单的思维惯性使然……这些殊途同归的民族主义不可避免地会向过去，也就是传统，寻找我们发展的动力和可能性，寻找我们生活方式与生活质量的标尺。继承传统作为一句响当当的大话对多数人来讲没有问题，但真正考验人的是对传统的辨认以及取舍以及改造。这牵扯到我们有无成熟的、能够面对当下种种社会、政治、文化问题与进展与可能性的历史观。当然，就是在诗人圈子里我也认识倾心向往西方文明而对中国文明采取一种虚无主义态度的人。我曾在饭桌上听到一个人小声嘀咕："中国哪有什么文明？"这种对待中华文明的浅薄态度肯定会促生其看起来强烈的社会历史批判意识。浅薄与批判，多好的一对兄弟！遗憾的是，事情往往就是这样。另一种社会批判意识来自于只认同中国古代文化，但又不是尊崇先王大德的古代文化，而是怪力乱神、奇技淫巧、胡僧媚药的古代文化，怀有这种批判意识的诗人我也认识。怪力乱神当然也是传统，但是——

四

已经看到了戴着"互文性"高帽而缺乏真正的历史观的"寻章摘句"式的所谓现代诗；已经看到了能将古诗、古文倒背如流（也能将汉译莎士比亚、拜伦倒背如流）而又将新诗写得一塌糊涂的所谓诗人；已经看到了站在古诗一边并且完全不在乎自己对现代诗写作一无所知的事实而对现代诗创作横加指责的嘴脸；已经看到了为古代文化大唱赞歌而其实对自己所歌唱的东西仅有点点常识性了解的闹剧表演者；已经看到了文学中对性情、语词、感觉、故事、事物、人物的"晚世风格"的细腻把玩，这把玩牺牲掉了文学在当下所应该蕴藏的精神和思想；已经看到了电影、电视剧中的真假古文化卖点；已经看到了一脸古风的矫情和酸腐；已经看到了孔子、庄子的娱乐化；已经看到了生意人胸有成竹地将孔子、庄子，再加上孙子，变成了自己的生意经；已经看到了某种程度上的国家社会思想意识形态上的慌张，好像古人能够提供全部的价值观；已经看到了天安门广场东侧历史博物馆北边那个本不该表达创作者艺术个性的笑眯眯的像个方盒子似的孔子塑像。对传统的神圣化于此可见一斑。传统既变成了权力，也变成了时尚。那么何谓传统呢？如果不起哄，认真想一想，许多人其实不一定能答得上来。印度思想家阿什斯·南地（Ashis Nandi）在《谈印度》这本书中明确讲道：一、传统是对生活持续性的保持力量；二、传统是我们从先人那里继承下来的知识体系；三、传统是对现代性的否定依据。这面向印度现实的第三条在被我们挪用来讨论中国现实时也许需要审慎打量：现代性是否应该被否定（涉及如何看待东西方文化差异，以及殖民主义、后殖民主义话语）？是否能够被否定？在多大程度上否定？如何否定？否定了以后由什么来替代现代性空缺？美国犹太政治学学者雷奥·斯特劳斯（Leo Strauss）是这样谈论传统的："对传统的真正忠诚并不等同于泥古的传统主义，两者水火不相容。忠诚于传统并不在于单纯地保持传统，而是在于维护传统的连续性。"（转引自徐戬选编的论文集《古今之争与文明自觉》）。斯特劳斯在这里虽是就政治问题而发言，但我们似乎也可以将其观点引向文学与文化。这里面蕴含了一个激活传统的话题。我对"中国的即是古代的"这样一种世界性的定见时常感到郁闷。有没有一种可能：中国的-现代的？

五

"中国的-现代的"，不是"中国的-前现代的"。二〇一〇年秋天在香港浸会大学，我读到了在内地读不到的张爱玲的小说《秧歌》。这部小说描写的是一九五〇年代饥饿的中国乡村。乡村里饥饿的农民因为反对政府而遭难。张爱玲在这部小说中所使用的语言依然像她在《金锁记》、《倾城之恋》中使用的语言那么细腻和敏感，一个比喻就可以写成一段，你不得不佩服她的才华。但我还是要说，这却是一本水平有限的书，尽管它得到了胡适的赞扬，尽管夏志清在《中国现代小说史》中断言"《秧歌》在中国小说史上已经是本不朽之作。"（复旦大学出版社，多人合译，第254页）从《秧歌》的题材看得出张爱玲的写作抱负和悲天悯人：她似乎不甘心只成为一个凯瑟琳·曼斯菲尔德或凯瑟琳·安妮·泡特（都是夏志清用来定位张爱玲的英美作家）。但她的"晚世情怀"、"晚世趣味"看来妨碍了她成为一个能够驾驭历史题材的作家，无论她与《红楼梦》有多么密切的关联（也是夏志清的观点）。夏志清勇敢地拔高张爱玲，称赏张爱玲："张爱玲天赋灵敏，受的又是最理想的教育。她的遗少型的父亲，督促她的课业很严，她从小就熟读中国旧诗古文。她的文字技巧实得力于此。""凭张爱玲灵敏的头脑和对于感觉快感的爱好，她小说里意象的丰富，在中国现代小说家中可以说是首屈一指。"（第258—259页）。但是很可惜，张爱玲的一切优点同时也造就了她的缺点，被夏志清不期然地点了出来。她是一个身处末世而情在"晚世"的作家。何谓"晚世"呢？晚唐、南唐、南宋、晚明、晚清，这些时代的诗人、作家们共同酿造了一种细腻哀婉的文学调调，这种调调既不属于朝代的青春期，也不属于朝代的壮年期，也不属于动荡、暴烈的朝代"末世"和更迭期。晚世文学本身无可非议，它甚至具有一种无可替代的优美、细腻、哀婉、颓废，甚至透辟，在某些人那里还要加上博学。张爱玲将"晚世趣味"抓在手里完全顺理成章，借用一个由美国学者史景迁（Jonathan D. Spence）发明的概念：她是一个"不在地地主"（或不在地女地主）。"不在地地主"有时也会展开犀利的讽刺："中国也有中国的自由，可以随意的往街上吐东西。"——这就是聪明人用下巴看世界的浅薄了。张爱玲以此趣味处理末世、乱世、改朝换代，其力量的不足便显现出来。文学不仅是文学的事，它也是思想的事、存在的事，与历史粘连在一起。我知道在今天，张迷大有人在。这些人大多将"晚世情怀"与"小资情怀"掺和在一起，形成了一股文学鉴赏势力。而这是一股什么样的势力呢？在书写明末清初江南文人张岱的《前朝梦忆》一书中，史景迁将中国地主区分为"在地地主"和"不在地地主"。我要说属于这两种地主的文化构成了如今许多人所理解的中国传统文化的主干（似乎唐以前的文学是不存在的）。非常有趣的是，现如今大河拐大弯，而"不在地地主"的文化却被深深喜爱着，好像"不在地地主"文化为"生活在别处"提供了方向。但更有趣的是，喜爱"不在地地主"文化的人基本上全是"无地地主"或"租地地主"（矛盾修辞）。惭愧，这其中也包括我自己——我们每一个人都多多少少地沾染着"不在地地主"的习气。

张爱玲一九二一年生于上海，一九五二年去香港，一九六〇年代定居美国。上海这个地方，依《中英南京条约》于一八四三年被辟为通商口岸，此前在文化上无足轻重。上海虽不是传统文化意义上的"江南"之核心，但因地利之便，又因商贸经济之势，遂成东南文化最重要的表达窗口。张爱玲既不免于上海的"不在地地主"文化，也便不免于整个的江南文化。我曾多次到过江南地区。每到江南，必按图索骥，去看一看那些对我来说主要存活于典籍和诗歌中的胜迹和非胜迹，当然也少不了注视街道上的行人和街道边的店铺。江南山清水秀，历史上中原文化界数次大规模的南迁其实也就是对江南文化的数次大规模的塑造，致使江南数次成为中华文明中汉文化的最后庇护所——晚世情怀由此而来。在晚世情怀中既蕴藏着伤感，也蕴藏着骄傲，而这根深蒂固的骄傲，当它走到极端，便不免于封闭——封闭而悠然自得，使灵秀的更灵秀，使颓靡的更颓靡；封闭而蔑视蛮夷，一种文化的优越感促成了一种文化信仰，可以任凭风吹浪起，而所谓"气节"就是这么来的。但江南也不是世外桃源。历史的演进真让人喘不过气来。二〇一一年四月我去安徽池州参加一个小诗歌节。走出合肥机场，迎面扑来的一面面巨幅楼盘广告着实给了我一个下马威："居中央，御四方"、"云端上的总统套房"、"法兰西宫殿群"、"新加坡花园城"——这不仅仅是楼盘广告，这也是价值观——中西合璧的帝王思想走红在社会主义的市场经济大潮中——你不能假装看不见。一位年轻诗人曾给我来信说："生活早已不是诗歌中写的那个样子了！"套用一下这句话：今天的江南早已不是李白说的那个"看花上酒船"的江南了，而是一个被管理的江南，被发展的江南，被旅游化的江南，被公司化的江南…… 在这种情况下，当传统说话的时候，并不总是在顺风之中，有时也是逆风的。那么逆风中的传统是怎样一种传统呢？除了现有的语言方式和诗篇，它还有可能激发出什么样的语言方式、什么样的诗篇呢？这一次我去的池州一带是李白曾三度盘桓的地方。他在那里写下《秋浦歌十七首》、《赠崔秋浦三首》、《游秋浦白笴陂二首》以及《秋浦寄内》等诗篇。李白并不是江南人，但他塑造的江南——具体来说——秋浦，成了秋浦河的文化记忆，不仅被现在的诗人所珍视，也被当地的老百姓、企业家和党员干部所享有。我记得在作为旅游点的秋浦渔村，面对融入暮色的寂静的秋浦河，我为我不能进入李白的状态而内心尴尬。

六

自东晋以来，中国历史的变迁逼迫晚世文学主要生长在江南地区。而"江南"，对于持守正统汉文化观念的人来说，是多么杏花春雨的一个词，一个文化的核心词。但近十余年来清史研究的进展可能会启发我们更复杂地看待我们接在手上的中国文化。二十世纪末，清史研究界曾发生过一场争论：一派认为清朝的建立不过是既存的以汉文化为中心政治社会体制的又一种表现形式，满人被汉人同化乃有其稳定的统治；另一派研究注意到清代创造性地将中原传统与亚洲腹地相结合。这后一种研究被称作"新清史"研究，而它所批判的"汉化模式"产生自近代民族主义的排满思潮。自二十世纪末以来，"新清史"研究特别关注清朝在疆域拓展和控制方面所取得的成就。他们发现清朝的鼎盛时期似乎并非视中原和江南地区为核心，其关注视野放在远为辽阔的亚洲腹地：蒙古、西藏、新疆，再加上同属边疆的东北；中原和江南只是其全盘"大一统"规划下的一个组成部分，清朝同等对待亚洲腹地和中原江南地区。历史学者杨念群在其《何处是江南？——清朝正统观念的确立与士林精神世界的变异》一书的导论中回顾了这场争论（上面转述的内容见该书第三至八页）。但杨念群本人认为，不论是"汉化模式"论者还是"新清史"研究者，都陷入了"满汉二元对立"和"同化霸权"的同一种论述模式，最终纠缠的不过是谁比谁更优越的问题——满人还是汉人？尽管如此，我想，"新清史"研究还是打开了我们的视野。清朝面向亚洲腹地的举措影响到我们传统上以中原和江南为文化核心的惯性思维。当蒙古、西藏、新疆以及更广阔的中亚进入我们的思维，我们不变也得变，中国不变也得变。连慈禧太后在面对海防和塞防的两难抉择时都不敢放弃塞防。当然清朝不是第一个将国家视野远扩到中亚的朝代。汉人、唐人已经这样做了。而且唐人的边塞情怀直接影响到他们的文学创作。但与汉人、唐人相比，清人的所作所为对我们的影响更迫近一些，更直接一些。中国人思维的此一历史性变化如今当然也是我们传统的一部分，它至少可以使"晚世情怀"获得一种平衡。清人留下的这个话题尚有待进一步讨论。耶鲁大学教授彼得·C. 柏杜（Peter C. Perdue）在二〇〇五年出版过一本名为《中国西进：清代对于亚欧腹地的征服》（*China Marches West: The Qing Conquest of Central Eurasia*）的书，曾经颇获好评。

七

我们不仅被清朝所改变，我们也被革命、文化革命、"文化大革命"、无产阶级文艺、毛泽东《在延安文艺座谈会上的讲话》、移风易俗、社会主义简体字、社会主义小道消息、社会主义市场经济等等所改变。一般人说到传统往往指的是数千年的大传统，《诗经》、《楚辞》、唐诗宋词、典章制度、二十五史。但除了大传统我们另有一个小传统是许多人关注不够或故意回避的。"小传统"的概念可大可小，因人而异：你可以将我们的小传统一直追溯到鸦片战争，但在这里，我愿意主要谈一谈我们的社会主义经验。"文革"刚结束的时候，社会主义经验是被当时的启蒙者批判的对象。但是到今天，在文学艺术领域的非主旋律同时又非普世的话语中，它成了被遗忘的东西。这很可惜。因为只要我们问一问，是什么使我们区别于与我们同在东亚的日本、韩国，甚至朝鲜？我们就会想到我们特殊的社会主义经验。一九九八或一九九九年印度作家希达塔（Siddhartha）来中国访问，他最感兴趣的问题是：中国市场经济的快速发展是否与此前的社会主义铺垫有关？而此前我还从未想过这个问题。俄国人、东欧人也有他们的社会主义经验，但我们的社会主义经验与他们的社会主义经验肯定不完全相同。东欧的社会主义经验产生了日比格涅夫·赫伯特、切斯瓦夫·米沃什、申博尔斯卡、米罗斯拉夫·赫鲁伯、米罗斯拉夫·塞弗尔特，以及米兰·昆德拉、伊凡·克里玛等许多重要的诗人和作家，但我们的社会主义经验在当下文学中似乎还没有被充分利用（商业目的不算），并且存在被有意无意地忘却的可能。我曾经在一次文学会议上谈到社会主义经验，但立刻遭到了质疑，质疑者以为我要回到文学为政治服务、文学要反映工农兵的汗水和红脸蛋儿的老路上。但我不是这个意思（有趣的是，一旦我搬出福柯的知识考古学，质疑我的人立刻改口——幸亏我还知道个福柯）。我的意思是，我们今天所使用的语言其实是被我们的社会主义所塑造的，我们的简体字和从左往右的横写格式其实是社会主义的（它们带给我们简体字现实，不同于港澳台的繁体字现实），我们的牢骚和不满、一本正经和玩世不恭也是社会主义的，我们在饭馆里听到的大声喧哗、我们走在路上看到的灰蒙蒙的天空、树叶上的尘土、遮挡牌号的小汽车、用金盒子盛装的月饼、贪官污吏的毫无廉耻、电视剧里的皇上、纯爷们儿、小骚货，也是社会主义的，甚至媒体上对"草根"、"小人物"的鼓励与颂扬，也是社会主义的。这就是我们应该具有的现实感。如果我们坚守这样一种现实感，我们的文学将在世界上独一无二。米沃什曾经表示过他从不曾脱离巴尔干的历史现实来谈论诗歌。而我们的历史现实其实已经构成了某种小传统。这小传统既是语言的，也是道德的，也是生活方式的。你越反对它，越证明你与它密切相关。我曾经认为共产党革命、社会主义是与中国的大传统截然对立的，但二〇一〇年夏天我在湖南洪江古商城游览时醒悟到，也许那种看上去的对立中蕴含着某种内在的延续性。观察历史事物的退潮或许比观察涨潮能够让我们发现更多的东西。在洪江古商城，看着褪色在老旧木门、木墙上的黄颜色老宋体简体字的毛主席语录，我惊讶于毛主席语录与明、清、民国昏暗窨子屋的浑然一体。当然，毛主席语录所代表的是高威权时代的社会主义。而现在——

八

我在别处已经谈到，当下中国是一个巨大的矛盾修辞。矛盾修辞本来是一个语言学概念，意指由意义相反的两个词所构成的陈述，它们之间相互限定，如"行尸走肉"（复合矛盾修辞），如"苦恼人的笑"之类。我把这一概念借用到社会生活领域，并希图找到我们语言的生长所可能利用的社会生活资源。不用往远处看，只需观察一下身边的事物，我们就会发现矛盾修辞比比皆是：比如咱们广播里的"说唱广告"——说唱是街头的、源于黑人的、具有反抗色彩的艺术形式，广播电台却高高兴兴地拿它来为商业服务；比如"红色旅游"——又是红色的又是消费的；比如"党员资本家"——你究竟是个资本家呢还是个要打倒资本主义的共产主义者（你又不是恩格斯并处在恩格斯的时代环境）？比如"社会主义市场经济"——与"资本主义计划经济"是同样的修辞结构，但当然没有"资本主义计划经济"这么个东西，而"社会主义市场经济"居然就成了现实；比如"多元一体"（费孝通用以定位多民族中国文化、政治形态的概念）——这一体的多元肯定不同于不在乎一体性的多元。不知可不可以这样讲：我们今天的矛盾修辞与五六十年前的矛盾修辞并没有什么本质的不同，它们其实是矛盾修辞的不同表现。一九五〇年代我们的矛盾修辞是"人民民主专政"——又是民主的又是专政的；"民主集中"——只民主也不行，只集中也不行……毛泽东和邓小平全是运用矛盾修辞的高手。似乎我们所有的庄严感、创造性、牺牲、滑稽、荒诞、无奈、不得已，统统蕴藏在这些我们挥之不去的矛盾修辞当中。外国人常常看不懂中国，因为他们总是一根筋的，而且是理性的；我们自己也不一定总能看懂，因为我们常常根本就不想看懂。按说看不懂的，就是晦涩的，但你又不能说哈哈大笑的、哇哇大哭的、一本正经的、闷骚的、指桑骂槐的、政治问题道德化的、自私自利而喜欢唱高调的中国，是一个晦涩的国家。中国不晦涩，只是它有比各国唐人街多得多的矛盾修辞，任何单向度的思维都难以把握这样一个国家，而它恰恰是在矛盾修辞中发展成为如今世界上的第二大经济体。绝了！这么大一个经济体又实在不好定位。报纸上曾有学者称中国"既是一个发达国家又是一个不发达国家"。绝了！美国诗人乔治·奥康纳尔（George O'Connell）曾经向我建议：中国应该出狄更斯了！中国的这样一种现实，应该是与其自近代以来对现代性的被迫寻求有关。既然是被迫的，便是应对性的、模仿的、左右不适的，而现在，我们要从政治到经济到文化告别"山寨版"而达到真正的创新，却发现创新是如此之难。但如果换一种思维方式，那么，矛盾修辞也许恰恰是我们创新的源泉。所以韩非子能发现矛和盾的矛盾，真是了不起！现在不是战国时代，但却是一个大河拐大弯的时代。这个时候重读诸子百家，我们会理解诸子的焦虑和现实感，而他们居然把自己的焦虑、现实感化作思想动力，将思想本身和他们的"业余"写作推上了那样炫目的高度。这就是传统。由于肇源于白话文的现代汉语从以字为基本语义单位的古汉语转变为以词为基本语义单位，我们想变成"章句之儒"其实已经不那么现实，但是，古人的思想在那里、古人的表达方式在那里、古人的高度在那里。这就是传统。对诗人来说，传统不仅仅是唐诗宋词，正史、野史、书札、笑话、诸子百家，全是传统，全都必须面对。

九

一些诗人们和一些虽不读现代诗却能吟两句唐诗的人们（甚至黑豹乐队）总是梦想回到唐朝。但唐朝是那么好回去的吗？这个问题我在别处也已经谈到了。诗人们回到《唐诗三百首》就等于回到唐朝了吗？在我看来，要想真正回到唐朝，须回到《全唐诗》才是。《唐诗三百首》呈现了唐诗的伟大，但这不是一个为后代文学、文化创造力准备的选本，它成就的是一种知识形态。创造力时常是处于开创状态的、混乱的、盲目的、忽高忽低的、自相矛盾的，有时处于平庸状态的，而《唐诗三百首》掩藏了所有这些问题；是《全唐诗》将这些问题暴露出来。只有当我们走近唐诗的缺点、问题、不完美时，我们才能发现并且把握唐人创造力的秘密。一味地烧高香，你也就是个香客而已——我想，这不仅是我们在吸收唐人诗歌精华时所应明白的事，在面对其他传统事物时我们亦应持此态度。二〇〇七年上半年我在纽约大学东亚系任教一学期，所教课程为"翻译中的二十世纪中国文学"。为了备课，我翻阅由美国教授伊安·P. 麦克格里尔（Ian P. McGreal）编辑的《东方世界的伟大思想者》（*Great Thinkers of the Eastern World*）一书。这本书让我为自己的一个发现大为惊讶——不是书中写了什么，而是该书没写什么——怎么会呢？——唐朝没有思想家！以前我从未从这个角度来认识过唐代文学。再查冯友兰的《中国哲学史新编》，其中涉及唐代思想的章节，除了讲到佛经翻译、禅宗，世俗思想者，冯友兰只讲到四个人：韩愈、李翱、柳宗元、刘禹锡。拿这几个人与其他朝代的思想者相比，太勉强了！韩愈算一个有头脑的人，但不是一个深刻的人。这一点从他的《论佛骨表》就能看出。他迷人的地方在其诗歌语言和韵脚的危险性、诗歌趣味的反诗意特征、用以文为诗的方式对诗歌戒律表现出的蔑视、对造物主和人之由来等问题的大胆而又不靠谱的猜想。尽管如此，他还是模仿《孟子·尽心下》为他之前的中国文化勾画出了一个道统谱系，并在致友人的信中大言"使其道由愈而粗传"——这样的使命感当然是令人感动的（让人联想到陈寅恪的诗句："吾侪所学关天命"）。但总体来说唐人是"拙于闻道"的——苏轼就已经看出了这个问题。于是我有了疑问：唐人不需要思想吗？他们只要感受就够了吗？他们只要喝得尽兴、玩得有滋有味，然后为国家吞声哭泣就够了吗？那么这样的诗歌在今天是可以被重复书写的吗？当下中国的社会生活正在发生巨大而深刻的变化。如何面对这样的变化是唐诗能够应付得了的吗？今天的诗歌与唐诗是不一样的诗歌（至少不完全一样），今天的诗人与唐代诗人拥有不一样的身份，今天我们使用的语言与唐人使用的语言也不一样。即使唐人不需要思想，我们恐怕也不能那样做。而思想的品质势必影响到我们文学写作的姿态。

十

忘了顾炎武是在哪本书——也许是在《日知录》——中表达过这样的看法：恢复圣王三代的语言，就是恢复圣王三代的道。这里，他将道和语言联系在一起。而将道与现代汉语联系在一起，似乎要求太高了，甚至是不可能的。我们可以小声自问一下：我们现在使用的语言有"道"吗？不必给出答案，问一下就行了，问一下我们就向传统靠近了。我们的现代汉语如今变成了多么实用的语言！而如果你放弃了道，你要传统究竟有什么用呢？除非你认为我们需要传统是为了面向未来（符合斯特劳斯的看法），那么这就意味着你在彻底地改造中国文化，因为传统上的中国文化是面向过去的。只是在"现代性"这个魔鬼闯入了我们的思想、我们的存在，我们才迫切地想知道未来的事。传统是什么？每一次对传统的反对、批判、质疑，其实都打开了传统，打开了那被反复整理过的传统，作为知识而不是创造力源泉的传统。清代带给了我们边疆视野，五四运动带给了我们白话文和传统文化中的支流文化，社会主义经验带给了我们简体字、民间文化权利，市场经济和国际信息带给了我们重新回到地方方言和诸子百家的可能性。所有这一切也进一步打开了我们的思维：诗人不仅需要诗歌传统，也需要散文传统以改变我们的诗歌，画家不仅需要绘画传统，也需要古代思想以帮助他们甩脱掉他们的伪中国符号，电影和戏剧导演们不仅需要古代戏剧作为创作资源，也需要古代诗歌作为他们成就的坐标，而对传统的容纳吸收与改造，考验着各种媒体的品位——除了直线继承，交叉继承也是重要的，甚至比直线继承更重要。于是我们有了下一个问题：我们要拿传统干什么呢？在所有可能的答案中我选择这样一个回答：传统可以帮助我们再一次想象这个世界和我们的生活。如果我们能够最终形成这样一种想象，我们就有资格与其他文化对于世界和生活的想象——甚至其他文化借助中国古代文化元素（比如王维或者寒山）所提供的对世界和生活的想象——展开真正的对话了；而与世界的对话其实也是与自己的对话。这既不是一个较低级的使东西方文化相结合的问题，也不是一个更低级的"越是民族越是世界"的问题，我们毋宁说这是对歌德有关"世界文学"的想法的呼应。传统，这是一个绕不过去的问题，不仅我们这一代人绕不过去，在我们之前的多少代人也没能绕过去，在我们之后的许多代人也将绕不过去。当传统成为一个真问题时，传统也许就在我们心中了。

二〇一一年二月二十七日，四月十六日

《当代作家评论》二〇一一年第四期

小海的诗学

王　尧

　　现代人似乎已经不喜欢用"背井离乡"这个词，"流亡"、"逃难"、"逃亡"的使用频率越来越高。但是，对于小海和我这一代人来说，我们确是背井离乡的一代。今天我们寄居江南，正如我们的父辈和祖辈当年在农闲时到江南耕种一样，或者如我们的左邻右舍到安徽落户一样。和他们不同的是，我们有了"文化"，"文化"成为我们"背井离乡"的"行囊"，成为我们有可能自由飞翔的"翅膀"。当有这么一天打开行囊时，收拾出了称为"诗"的东西，而那两只翅膀总在诗的天空中犹豫彷徨。我不知道诗人小海和我们这一代人能飞多远。

　　这些年来，那个在诗坛上早熟的小海，放弃了他业已操练得自如的话语，甚至也和"他们"若即若离。"记得国内诗坛八十年代可谓旗帜翻飞，如他们，莽汉，知识分子写作等等，其实留下来的仅是其中个别优秀的诗人，对此我是深有体会的。一开始就确立流派意识，我心里还是有点疑问，总感到不太大气，应该抛弃这个意识，也许最后的努力能成就这个意识。"小海的坦率让我惊讶，因为我觉得今天的许多诗人其实是很狡猾的。在我和小海有限的接触中，我知道他是个能够发现狡猾的诗人，但他常常宽容别人的狡猾，他能够做到的就是不被别人的狡猾所利用。这就是小海在日常生活中的隐忍、质朴与机智。当这些素质表现得平淡无奇时，不少人把小海视为一个"自生自灭"的诗人。正如小海恐惧自身的盲目一样，许多人在打量小海时是"盲目"的。在重新读了他这些年写的诗以后，我相信他真的是那样："独自一人／在明亮的天光下干活／难道不比一群人更强／他不伤害任何一种想法／他除去部分植物（据说有毒）／而另一些被普遍接受"。当然，只有在黑夜才有天光："在我劳动的地方／我对每棵庄稼、每棵草／都斤斤计较／它们看见我／在自己的田园里／劳动，直到天黑／太阳甚至招呼也不打／黑暗把它们吓坏了／但我，在这黑暗中还能辨清东西／因为在我的田园／我习惯天黑后／再坚持一会儿，然后沿着看不见的小径／回家"。他把他的恐怖，也把他的孤独永远留在黑暗的界限内。

九十年代以来，小海有了一系列关于"海安"的诗歌，"村庄"与"北凌河"、"串肠河"，成为小海诗歌的主题原型，这就有了"小海与海安"的话题，而小海的诗学都与此相关。在通常的评论中，论者喜欢并列地说小海诗中的村庄、河流与平原，但是如果不太拘泥于这些语词的差异，而更多地在诗与生命的本源上来讨论问题的话，我觉得，这三者是可以互相替代的，村庄在平原之上，河流绕过村庄穿过平原。现在的问题是，村庄是否就是小海的归宿？如果是归宿，他当年的离乡与今天的还乡有什么差别？如果不是归宿，村庄之于小海的意义在哪里？

其实，我们常常误解诗人，犹如我们常常误解村庄和河流。是的，小海说过，"我是田园之子／这是我梦想的日子／我生来注定美满入梦"，小海还说过，"而我是不愿意成为女人之身的女人／将在村庄上渡过虚幻的一生"，如果我们把这些看成是小海的精神景象，那我们还应当注意到，这不是小海关于村庄的记忆，而是小海关于村庄的想象。我觉得，指出这一点是必要的，如果不能区分出"在乡"的小海和"还乡"的小海，我们也就不能发现小海究竟在多大程度上虚构了"村庄"，这里的"区分"和"发现"当然是比较模糊的。在同一首诗中，"回家"的"我""留下那片土地／黑暗中显得惨白／那是贫瘠造成的后果／他要照耀我的生命／最终让我什么都看不见／陌生得成为它／饥饿的果腹品"，但接下来诗人又说："我的心思已不在这块土地上了／'也许会有新的变化'／我怀着绝望的期冀／任由那最后的夜潮／拍打我的田园"。

小海和我们这一代人都是带着"创伤"离开村庄的。小海在诗中告诉我们："没有人解雇，我自动离开了海安的土地／古老、失神的村庄／水面上轻烟摇动／和平的生活，没有悲伤"。预言般的土地有一个预言："我要重新生活，享有黄金"。所谓"伤害"，这不仅是指村庄的贫困与愚昧，对一个村庄之子来说，当他对"村庄"之外的世界浑然无知时，当他对"北凌河"究竟带自己走多远存有疑问时，"村庄"对他是一种"囚禁"。村庄不是我们的童话，童话在村庄之外，如果村庄一开始就是我们的童话，那就没有当年的"背井离乡"，我们应当看到，昔日的离乡与今天的还乡，其实都是在寻找"金矿"。小海的《萤火虫》并不太为人注意，但在我看来，在诗中让萤火虫重新发光，正是诗人最初渴望自由并挣脱村庄囚禁这一记忆的复苏："萤火虫／撒满了河面／纵横、壮观／像打开了桎梏的囚犯／找到了身体的语言／也像令我们心醉的母爱／一闪、一灭、一灭、一闪／电击着我们濒死的心脏／远离了故乡冰凉的水井／就像口对口的方言／准备熄灭"。有了"萤火虫"这个亮点，诗人才在后来的返乡之途中，洞察了那个村庄真实的面目："那被损害和凌辱的美／腐败和怜悯的美／惊慌一生缄默的美／永远朝着低处流通河流的美／困难的芬芳抵达自性圆满的全体人类的美"（《恒久之约》）。对一个未走出村庄的人而言，他的感觉是"损害"、"凌辱"、"腐败"和"怜悯"。只有在走出村庄之后，他才能重新发现"美"，他才能高屋建瓴地说："困难的芬芳抵达自性圆满的全体人类的美"。这也是一种"置换"。"损害"、"凌辱"、"腐败"和"怜悯"曾经"电击"过诗人的灵魂，因为有了这样的"创伤"，才有了诗人的"背井离乡"。只有在那个村庄疼痛过的人，才知道村庄对自己的抚慰。一个人的乡愁孕育在诗人心灵深处最初的疼痛中，而成长则在此后漫游迁徙的岁月。有这么一天，小海听到了"北凌河"对漫游者的训谕："你们不过是这里的外乡人／在他乡流连忘返／最终你们都要回去、回故乡去……"这就是"神"的召唤。我想，这对小海是一个漫长的过程，在诗歌中则是抹去了时空界限的瞬间，小海就在这个过程中成熟了，他能够捕捉到那个瞬间，因此能够在诗歌中写下永恒。重返村庄已经有条条大路。我想起小海的《边缘》之一："一条路穿过村庄／返回。黎明前／熟睡的阴影／把大地焐热／醉酒的村长趴在地上／寻找回家的道路"。小海的路在哪里？小海摆脱了"流浪与回归"、"母与子"式的感情模式，感恩、忏悔、赞美、拥抱、亲吻等方式没有出现在小海的诗中，他没有对"村庄"作任何的"修辞"，他试图回到"村庄"的本原，并因此获得了"心灵的圆满和宁静"。这对小海来说是一次超越，甚至摆脱了艾青的方式。我觉得诗歌的大气于此可见一斑。小海重新用诗性的方式叙述了村庄的故事、表达了对村庄的爱。不变的是村庄，变化的是诗歌。也许，永恒不在诗中，永恒在"村庄"。村庄、河流、平原或者炊烟、鱼儿、麦田并非因为诗人的歌唱而存在（这就是"本原"），它们也不是医治"乡土病"的处方，只有那些没有在村庄真正生活过的人才会如是看待。小海在《北凌河》中写道："河流也会在我身边停下来／因为我是他们的一员／虽然我对他的确是一无所知／一条完整的河流好比一个白昼／我的命运即在他恒久之中 / 河流没有任何改变"。在另外一首同题诗中小海还是那样写道："五岁的时候 / 父亲带我去集市 / 他指给我看一条大河 / 我第一次认识了 北凌河 / 船头上站着和我一样大小的孩子 // 十五岁以后 / 我经常坐在北凌河边 / 河水依然没有变样 // 现在我三十一岁了 / 那河上鸟仍在飞 / 草仍在岸边出生枯灭 / 尘埃飘落在河里 / 像那船上的孩子 / 只是河水依然没有改变 // 我将一年比一年衰老。不变的只是河水 / 鸟仍在飞 / 草仍在生长 / 我的爱人将和我一样老去 // 失去的是一些白昼、黑夜 / 不变的是那条流动的大河"。如果村庄能够改变什么，那就是："我看见她带着自身的寂静 / 载着这个世纪肮脏的河水 / 降服了我的情感"。

"村庄只是我的一个借口"。小海说。他又一次说了实话，也说出了他创作的"秘密"。其实，我们已经不可能还乡，当我们真的以为故乡就是"精神家园"时，只要反复朗诵陶渊明的诗就可以了。我们许多人就生活在这种虚构的还乡世界里，从来没有真正走近大地，他的低吟浅唱比不上乡村夏日的一声蛙鸣，但许多人还是喜欢学青蛙叫。就像小海在诗中所唱："但此刻，这河流 / 依然只是河流的概念 / 依然只是漫游者空洞的家园"。我觉得诗人只能在返乡的途径中寻找接近"神祇"的可能，如果我们已经清晰知道神的准确方位，那么所有的信仰之旅就成了度量自己起步的第一只脚与庙宇与教堂的距离；一个杰出的诗人当他意识接近"神祇"的必要时，一定已经意识到自身的困惑（这是诗人的犹豫彷徨），意识到在认识人的生存状态本质时的贫乏、盲目和迟钝，并试图消除这些障碍，恢复和强化人与村庄、田园、河流对话的能力。小海在这一点上是清醒的，他在消除诗人的贫乏、盲目和迟钝方面的努力与成就在他们这一代诗人中是突出的。我愿意在这个意义上来理解"村庄"之于小海的意义，而不是习惯地说这就是什么"归宿"。我不否认工业文明给人的精神带来的危机，我也不否认小海作为一个知识分子处于某种文化冲突中，但以此来解释一个诗人对故乡的选择是非常公式化、也是非常空洞的。因为对真正的诗人来说，他内心的冲突是永远的。当历史已经延伸到今天，我们仍然只是把"村庄"作为"精神"的对应物，不能不说是一种迂腐，一个人如果在"城市"中同样能回到生命的本原，回到诗人自身，"城市"未必不是他的"故乡"。

小海的诗学确立了小海的诗人身份，这是一个与"北凌河"谈话的人。如果把他置于"村庄"的背景上，村庄和他的关系如他的诗题："北凌河和他的谈话人"。这是怎样的亲切和自然。这个谈话人多自在，他在想象中赤脚北凌河岸，他的裤管上滚着澄明的水珠："多么遥远的故乡／只有那远去的河流给予我温暖和宁静／汹涌的河流／此刻，就像造物时那样庄严、肃穆"。其实，这还不重要，重要的是"自我的现身"："我看见田野里一把被遗忘的工具／为了能够找到我，我走向田野／这是一个发明事物极限而组成的黄昏"，"我为我所见到的事物／现身"。

《当代作家评论》二○○二第六期

"融汇"的诗学和特殊的"记忆"
——从雷平阳的诗说开去

陈　超

　　在我的阅读记忆中，雷平阳从上世纪八十年代末即开始发表诗歌。但他的作品真正给人留下较深刻的印象，却是九十年代末期以降的事。进入新世纪以来，诗人日益精进，以独特的生命经验之圈和个人语型，成为现代汉诗写作中的少数翘楚之一。一般地说，诗歌这一特殊文类与小说不同，抛开话语形式和接受效果不谈，仅从发生学上看，它也多具有垂直发生，瞬间撬开人们审美视线的特性。或许正因如此，那些优秀的诗人，也大多属于早慧的"天才诗人"。而雷平阳与此不同，他不属于一起步就迅跑的诗人，而是像地质探勘者一样勤谨，踏实，自信而不争，一步一个脚印，在旷日持久的对经验和语言的深入涵咏中，最终才探到了属于自己的矿脉，捧出了自己生命经验中的贵金属。《雷平阳诗选》[①]主要收入了诗人成熟期的作品，它们总体质量稳定，很多诗具有令人震悚和喜悦的效果。这是一个心中有石头（精神重力）而"大器晚成"的诗人，值得我们持久信任和认真期待。

一

　　雷平阳是具有良好的综合能力的诗人，其作品给我最鲜明的印象，就是真正做到了

---

　　① 雷平阳：《雷平阳诗选》，武汉，长江文艺出版社，2006。

情感、经验和智性的融汇。这体现了他扎实的精神和写作技艺的成长。作为"新生代诗群"之后出现的诗人，雷平阳与大多数同时出道的先锋诗人不同，他没有采取走"偏锋"的方式，刻意强化某一方式（或强力抒情，或零度叙述，或玄学，或反智），以表面的风格的极端来夺人眼目。他写诗是为了认识心灵隐秘的纹理，使生存经验和情感记忆在语言中扎下根。在此，建立个人"风格"的考虑就成了第二义的问题，它理应让位于对诗歌中经验、情感和智性的准确而精敏的表达。然而令人感到"吊诡"和喜悦的是，正是这种情感、经验和智性的融汇所带来的"准确"和"精敏"，却显赫地成为雷平阳诗歌的风格。而且，这里的"风格"，不仅仅是表面的语言修辞效果和结构形式，还通向诗人复杂地盘结着的灵魂。

> 去年的时候它已是废墟。我从那儿经过
> 闻到了一股呛人的气味。那是夏天
> 断墙上长满了紫云英；破损的一个个
> 窗户上，有鸟粪，也有轻风在吹着
> 雨痕斑斑的描红纸。有几根断梁
> 倾靠着，朝天的端口长出了黑木耳
> 仿佛孩子们的欢笑声的结晶……也算是奇迹吧
> 我画的一个板报还在，三十年了
> 抄录的文字中，还弥漫着火药的气息
> 而非童心！也许，我真是我小小的敌人
> 一直潜伏下来，直到今日。不过
> 我并不想责怪那些引领过我的思想
> 都是废墟了，用不着落井下石……

这是雷平阳的《小学校》。这首诗是将"怀旧"、"反思"与"当下"的感悟扭结一体表达的。由于雷平阳是云南乡下出来的小伙子，我打趣地将这首诗中的"说话人"比喻成一头云豹。诗中那徐缓而逡巡的语势，像是豹子踩着柔韧的趾垫儿在走。诗中充满鲜润和破败感的小学校场景，像是映照在豹眼中，真切而恍惚。诗中迂回盘绕的节奏和心思，既有豹子的机敏狐疑，又有豹子的木讷和天真……这只豹子在旧地址低回徜徉，安静而伤怀，就要沉入习见的"趣味"写作……就要落入俗套啦……突然，它（他）的双眼一闪，鬃毛猛地抖动，写出了最后四句。这四句，使结构犹如峰回路转或异峰耸起，恰当而有力地打入读者的眼眸。在此，我内心的云豹也复活了，涌出一股"呛人的气味"。

雷平阳的《小学校》，就是"融汇"得很好的例子。诗人通过一件"本事"，表达了个人化纠结的情感、复杂的经验，和内在的智性。在"废墟"之下还有更多的"废墟"断层，诗人怆然写出了自己精神的来路，和当下的困境。无疑，他深度反思和反讽了极权年代和"仇恨教育"对自己的影响，但又不仅于此，"融汇"的诗歌真正使得"整体大于部分之和"。此诗意味是丰盈的，但诗人没有怪异的措辞和情绪，能在几乎是公共性的话题场域写出精彩的诗，在今天并非易事。雷平阳这首诗巨大的承载力，正是由"融汇"带来的。他写出了公共经验中个人的特殊性，而非用个人去图解公共经验。这首诗用不着笔者再"细读"，每一个有着起码敏感的成人，都不会不理解它。它既是"怀旧"的、"反思"的，也是"当下"的、"质询"的。特别是在当下拜金主义和"富人、能人、强人"肆意呼啸的时代，在"谁的公正和自由"需要深究的历史语境下，"那些引领过我的思想"或许会被某些人进行温情的误读。"也许，我真是我小小的敌人……都是废墟了，用不着落井下石……"所以，它的当下感或曰有效阅读期待，是足够的。我反对美化"引领过我的思想"，那些煽情的所谓"新左派"，是没脑子的。我同时反对美化今日不择手段的实利放纵主义，富人恶人当道的时代，那些玩"政治正确"的"自由主义"者，是没心肝的。这首诗从立意到结构都是很精审的。这么说并非是我分别肯定这二者，而是说这二者（立意／结构）是同步发生，互为因果、互为表里的。我读到过许多诗，立意独特，但没有好结构；另一些诗，结构不错，但似乎不值得为那个无聊或干瘪的立意使用之。非常遗憾，写诗这件事并不比画画容易，它需要真正的综合才能。

谈到"融汇"的诗歌，笔者不妨借此多说几句。进入上世纪九十年代后，中国先锋诗人开始重新打量"抒情"在诗歌中的价值。过去，"情感饱满，表达生动"就可以成就一首较好的诗了，现在，"情感"却成为一个需要严苛审视的问题。我以为，抒情本身不会自动给诗带来成与败，关键是抒情的内蕴，抒情的技艺高下。因此，我从来不将"抒情"这个语词本质化、体制化乃至"妖魔化"。我反对的只是表演式的滥情，比如十年前我指出了"颂体调性的农耕庆典和感伤的自我迷恋"的抒情，给先锋诗歌带来的伤害。

重新打量"抒情"是有道理的。就我指出的滥情和表演性来看，这是许多中国诗人的宿疾。似乎身为诗人，就应像一锅开水，咕嘟咕嘟挺热烈。但最终一切都蒸发了，"诗本身"没啦。这种宿疾也反映在读者那里，比如对戴望舒的作品，人们只是迷恋于"雨巷"，而完全没有能力欣赏或感悟他真正出色的"我的记忆"系列。正是中国诗人和读者的双重宿疾，导致中国诗歌的水准仪只定位于"情感"。作为对此"宿疾"的纠正或诊治，有敏识的诗人如雷平阳等强调将"经验"和"智性"元素融入作品，并容留诗歌的抒情精神，以扼制新一轮的极端诗潮，是恰当而及时的。

如何防止情感被"蒸发"？要有货真价实的经验和感觉、智性的加入。接着"一锅开水"的比喻，我想引申到一锅豆浆。如果说情感像豆浆，那么本真的经验就是盐卤，它使诗凝成块。而智性，则像是肉眼看不着的营养成分。现代诗与流行诗的不同点有许多，其中较为重要的一点是，现代诗是"成人读物"，而不是青春期的自恋抒情和老人的放弃追问的"无可无不可"。成人，要交流要磋商要沟通，就不能"转文"和"玩人"，更不能"撒娇"。你要书写的东西，应是你的经验和心智的确想表达的。在此，内容和写作技艺是相互发现相互选择的。要使你的诗具有更可靠的价值，就应考虑让自己的情感、经验与智性化若无痕地融为一体。近年来，我一直在关心诸如"综合创造力"、"融汇"、"异质扭结"、"包容力"等问题，就是基于对诗歌活力与有效性的捍卫而发。在这点上，雷平阳做得较为自觉，也基本是成功的。我认为，先锋诗歌草创期已经结束，"允许玩极端而写得不好的时代"应该过去了。

经验、情感和智性的融汇，还需要诗人在质朴的话语中藏有真正的心灵敏感，在经验的呈现中藏有过硬的"判断力"。雷平阳的诗，就有着对高水准的质朴境界的追寻。这种质朴是对曾经炫技和滥情的拒斥，可他并不排斥技艺和情感本身。他对生存和生命的敏感，并未因着质朴而有所降低。比照之下，我看到，当下许多先锋口语诗人普遍有一种对"意义"的恐惧，他们鹦鹉学舌地说，"诗就是对意义的消解"，并引西方后现代诗歌为自己张本。其实，后现代诗并非以消解意义为圭臬，金斯伯格、奥哈拉、海森毕特尔、帕拉、克劳斯、柯尔索等等，有哪一个是惧怕"意义"的呢？雷平阳的诗，正是在恰当的"融汇"中，保持了对意义和形式的双重关注，"舞蹈和舞者不能分开"。说到底，诗的意义，就是本真心灵的全息显现，而非简单的"理性思辨"。"欲辩已忘言"，不是没有，而是让诗呈现出只能经由诗歌才能呈现的"此中真义"也。所以，我宁冒误读的危险，对雷平阳的诗提出"判断力"这个硬词，意在陈明，重要的还不止是意义，还在于诗人对"意义"的判断——它是属于生命深层体验之诗吗？还是只是枯燥的"哲理"？雷平阳不少作品的意蕴是丰富的，诗人不是在"是"与"非"的二元间简单站队，他容留了心灵的矛盾、迟疑，也葆住了现代诗歌异质融汇带来的深厚的"底气"。

卖菜人的脸色偶尔有明亮的

衰枯的占了绝大多数。有一个人

他来自闷热的红河峡谷

黑色的脸膛，分泌着黑夜的水汁

我一直都想知道，他成堆的麻雀

从何而来，他的背后

站着多少在空中捉鸟的人

但每一次他都丧着脸

并转向黑处。他更愿意与卖瓜人

共享寂静，也更愿意，把分散的

麻雀的小小的尸体，用一根红线串起

或者，出于礼貌，他会递一支

红河牌香烟给我，交谈

始终被他视为多余

把这么多胸膛都剖开了

把这么多的飞行和叫鸣终止了

他的沉默，谁都无力反对

现在，他只是一个量词

死亡的香味，不分等级

可以斤斤计较，讨价还价

我没有劝诫什么，反而觉得

麻雀堆里，或许藏着

我们共同的、共有的杀鸟技艺

——《卖麻雀肉的人》

这首诗在克制陈述中，更搅得我们的情感、经验和心智深深不安。诗人择取了在故乡菜市场出现的一个场景，具有"本事性"甚至是现场"目击感"。这个来自闷热的红河峡谷的黑脸汉子，在售卖成堆的麻雀。他阴郁而机械、木讷，不屑与人交谈。他将脸转向别处，不是因出售麻雀而愧疚，而是完全的麻木，除去买卖外，一切交流悉属多余。此诗带有某种程度上的"生态美学"主题，人对飞鸟的残酷屠戮令人发指。麻雀作为一个"转喻"，可以指向与生态有关的一切方面。然而，还不仅于此。人对大自然生态链条的疯狂拆断，已足够使我们忧惧了，就在我们的心智快要承受不住时，审判和自审还在继续："转喻"进一步深入，进入到更开阔也更犀利的"隐喻"空间——"死亡的香味／不分等级／可以斤斤计较，讨价还价／我没有劝诫他什么，反而觉得／麻雀堆里，或许藏着／我们共同的、共有的杀鸟技艺"。在表面上波澜不惊的日常生存中，"他的背后／站着多少在空中捉鸟的人"，有多少"胸膛都破开了"，有多少"飞行和叫鸣都终止了"？在此，诗人陡然划开了另一重更纵深的自审和忏悔层面，谁是绝对的无辜者？谁能自诩为占有清洁无辜的道德制高点？诗歌戛然终止于这个自问，却带着更致命的"电荷"在我们心中继续展开，将伤痕更深地烙进了我们灵魂中自我躲闪着的晦涩的角隅。

的确，能将内在的情感、显豁的日常生活经验，与恰当的形而上引申作扭结一体的游走，在质朴中藏有真正的敏感，在"小叙述"中伴以强大的心智判断力，是雷平阳诗歌独擅的胜场。在阅读《杀狗的过程》、《贫穷记》、《战栗》、《昭通旅馆》、《秋风辞》、《一头羊的孤单》、《圣诞夜》、《废墟酒吧》、《父亲的老虎》、《郊区》、《流淌》、《当代妓女》、《四吨书》等作品时，我都强烈地感到了诗人不凡的"融汇"才能。在我看来，在青年一代先锋诗人中，不乏出色的修辞技艺和个人语型的实验者，不乏"另类"经验的拓殖者，甚至也不乏怀揣个人化诗歌结构秘密的"元诗"创作者。但是，却缺乏拥有综合能力的成熟的诗人。

是的，"成熟"，就是这个词。它不是指一种为诗的"大方风度"，四平八稳的吟述。与其说这是"成熟"，毋宁说其是"成俗"尔。在我眼里，有质量的成熟，是指诗人经由自觉的摸索，摆脱了风格学上的争强斗狠、立派归宗情结后，所呈现出的稳定而有方向的探询。它包容了有关好诗的"要素",但在内部并未使异质的要素彼此间发生抵消和抹平。它们各自都在较充分的意义上发挥着自己的能量,相互协调,相互激发,相互召唤,最终保持了整体诗歌语境深邃而又浑然一体的效果。让我们看《杀狗的过程》:

> 这应该是杀狗的
>
> 唯一方式。今天早上十点二十五分
>
> 在金鼎山农贸市场三单元
>
> 靠南的最后一个铺面前的空地上
>
> 一条狗依偎在主人的脚边,它抬着头
>
> 望着繁忙的交易区。偶尔,伸出
>
> 长长的舌头,舔一下主人的裤管
>
> 主人也用手抚摸着它的头
>
> 仿佛在为远行的孩子理顺衣领
>
> 可是,这温暖的场景并没有持续多久
>
> 主人将它的头揽进怀里
>
> 一张长长的刀叶就送进了
>
> 它的脖子。它叫着,脖子上
>
> 像系上了一条红领巾,迅速地
>
> 蹿到了店铺旁的柴堆里……
>
> 主人向它招了招手,它又爬了回来
>
> 继续依偎在主人的脚边,身体
>
> 有些抖。主人又摸了摸它的头
>
> 仿佛为受伤的孩子,清洗疤痕
>
> 但是,这也是一瞬而逝的温情
>
> 主人的刀,再一次戳进了它的脖子
>
> 力道和位置,与前次毫无区别
>
> 它叫着,脖子上像插上了
>
> 一杆红颜色的小旗子,力不从心地

蹿到了店铺旁的柴堆里

主人向它招了招手，它又爬了回来

——如此重复了五次，它才死在

爬向主人的路上。它的血迹

让它体味到了消亡的魔力

十一点二十分，主人开始叫卖

因为等待，许多围观的人

还在谈论着它一次比一次减少

的抖，和它那痉挛的脊背

说它像一个回家奔丧的游子

此诗有对本真的日常经验乃至事态过程的"超级细写"，有隐忍着的异常起伏的内在情感，同时也化若无痕地拥有对人的生存的揭示，乃至隐喻意义上的对"极权主义群众心理学"的剖析。诗中的潜台词似乎毋庸我来说破。雷平阳的大多数诗歌对生存和生命的揭示，是通过个人的隐语世界建立起来的，它们不是预设的观念的推衍，而是一个个独特的心象–情境，每个心象–情境都有经验、情感和智性融汇，是言说有根、引申有据的。正是在这种融汇里，与人的存在密切相关的语言深渊被缓缓举起，更深地捺进了时代和人心。

二

众所周知，雷平阳的诗歌还有一个重要特征，即鲜明的"地方性"。如果说写诗就是给自己的灵魂盖一所房子，雷平阳的这所房子，使用的材料不是"先锋"、"实验"的集装板块。他更乐于从他的故乡，那浑莽凝恒的西南边地开采出一块块粗粝的青石，把它们安放结实。对故乡深入而持久的观照，决定了雷平阳的诗基本姿势不是前倾的，而是立足于当下去回溯、追忆并命名。他要处理的，不是即将"到来"的东西，而是那些与历史记忆、心灵烙印密切相关的东西，或是那些笨重壮硕、憨朴温热的快要"失去"的东西。但雷平阳诗歌的调性，又不是挽歌式的。一般地说，诗歌整体语境构筑于回溯或追忆之上，诗人往往会以失落、怅惘的情致贯穿经络，这几乎是相沿不替的种族诗歌审美性格。长期以来，众多乡土诗人铸形宿模，延续了这路"感伤乡土诗"的语境。众口一声的挽歌合唱，天长日久会渐渐损坏我们的听力。

雷平阳则在这种情势下不为所动，他拥有独立的言述角度，坚持笔随心走，水到渠成。对他而言，回忆或追溯故乡的人与事，是对有关自己灵魂和身体来路之谱系的归属感和自豪的认同，而不是自怜于伤害或精神分裂的变格表述。这样一来，他就"如其所是"地写出了故乡的人与事的本真面目，即使在书写悲悯、苦难时，骨子里依然显出一种抱朴守真的健康生机。春夏养阳，秋冬养阴，诗人的情愫一如故乡古老村落的厚重又疏达，虽不追求灵机四溢，却常常是感人至深的。我认为，雷平阳这类诗歌的写作，主要不是着重于对幻象的营造，对隐喻的捕捉，他的才秉或兴趣，更多在于对此在经验"纹理"的本真表达。故乡的人与事、情与景在他笔下，就不再是被剥夺了的精神缩宴，甚至也不是终极关怀的"家园"，而是活生生的"当下"、"手边"，他并没有失去它。在我看来，他写得最好的一批作品如《母亲》、《云南之书》、《里面》、《凉山在响》、《灌木丛》、《河流》、《在日照》、《在会泽迤车看风景》、《澜沧江在云南兰坪县境内的三十三条支流》、《上河上河》等，都具有这种特点。正是这些更切实的本原物象，具有着令人震悚和迷醉的阅读效果。它们与其说是雷平阳寻找到的"客观对应物"，不如说就是他直接面对的、有质量、有温度的现实。这一切都在眼下和心中，它们不是镜中之像，不是乡愁中的心灵"卧居"之地。对故乡题材的持久深入开掘，使雷平阳的诗歌写作历程呈现出明确的方向性。他不同的文本也似乎是向着一个总体的大境界归拢，把我们引向对一个精神大势的凝神。他能稳妥地左右自己诗歌的经验之圈，不断扩展、加深，但绝不会旁逸斜出。他的诗已摆脱了那种青春期的即兴写作、灵感写作、炫技写作，而渐渐呈现出自觉的精神修持的"纯于一"状态。我认为，这种有方向有母题的写作，是一个诗人成熟的标志。

揭示生存，眷念生命，流连光景，明心见性，这是汉语诗歌亘古迄今一条未曾中断的金链。如果说不同的诗人其"空间"线索，源于其不同的地缘文化、事象纹理、经验细节的话，那么，其"时间"线索，则大致相似——源于对逝去的时光的倾心追忆。美国著名汉诗专家斯蒂芬·欧文曾以《追忆》为题，写有一部研究汉诗的专著，他说，"在诗中，回忆具有根据个人的追忆动机来构建过去的力量，它能够摆脱我们所继承的经验世界的强制干扰。在'创造'诗的世界的诗的艺术里，回忆成了最优的模式"，"回忆的链锁，把此时的过去同彼时的、更遥远的过去连接在一起。有时链条也向幻想的将来伸展，那时将有回忆者记起我们此时正在回忆过去……通过回忆我们自己也成了回忆的对象——成了值得为后人记起的对象"。①

在雷平阳全部的诗里，我认为最有价值的部分就是这类命名、回溯或追忆"故乡"的诗。从诗的情感上看是这样，从语言成色上看也是如此。由于雷平阳的诗歌不是那种垂直降临的精神幻象，而是一种情有所钟、魂有所系的本真的故乡"经验圈"的纵深投射，在此，题材是"小"的，但穿透力是大的，这就使之具有更扎实的境界，内凝的骨力，淳朴的情韵，浑重的气格。对他而言，诗歌之"气"，源于与故乡土地的交感注息、升沉开合。诗之生，气之聚也。聚则为生，散则为死。他很清楚这里的玄机。因此，尽管他写诗已有多年历史，但大抵始终把握着自己认准的那个要害穴口：固持"实境逼而神境生"的审美性格。这是雷平阳智慧的体现。

在《亲人》一诗中，诗人近乎偏执地吟述道——

> 我只爱我寄宿的云南，因为其他省
> 我都不爱；我只爱云南的昭通市
> 因为其他市我都不爱；我是爱昭通市的土城乡
> 因为其他乡我都不爱……
> 我的爱狭隘、偏执，像针尖上的蜂蜜

我认同诗人对"针尖上的蜂蜜"的表述，但我宁愿从最朴素的视点来理解"蜂蜜"说，而不想将此简单地整合到当下"以地方性对抗全球化"的时髦理论谱系中。我认为这一谱系才是真正利用了"全球化"的舆论背景，它在很大程度上也是后现代理论中的"东方主义"的小人书版。在我看来，"蜂蜜"在此暗示的更多是大地、故乡、个人记忆、经验、灵魂履历，乃至母语，如此等等。这本是那些忠实于个人经验的自觉的诗人写作的通则。正如里尔克所言，"这是我们的任务：以如此痛苦、如此热情的方式把这个

---

① 斯蒂芬·欧文：《追忆》，第54、22页，上海，上海古籍出版社，1990。

脆弱而短暂的大地铭刻在我们心中，使得它的本质再次不可见地在我们身上升起。我们是那不可见物的蜜蜂，我们任性地收集不可见物的蜂蜜，把它储藏在那不可见物的金色的大蜂巢里。"①沿着对乡村的本真记忆的线索，诗人低回徜徉，沉思感悟，为那些在他生活中打下戳点的事物一一命名，他创造了平凡事物中的灵魂以及审美奇观。这里，追忆首先通向个体生命的经验，同时又具有对整体性的乡土中国的奥秘的揭示，和对民族诗歌精神特性的承继和现代变通。

> 张天寿，一个乡下放映员
>
> 他养了只八哥。在夜晚人声鼎沸的
>
> 哈尼族山寨，只要影片一停
>
> 八哥就会对着扩音器
>
> 喊上一声："莫乱，换片啦！"
>
> 张天寿和他的八哥
>
> 走遍了莽莽苍苍的哀牢山
>
> 八哥总在前面飞，碰到人，就说
>
> "今晚放电影，张天寿来啦！"
>
> 有时，山上雾大，八哥撞到树上
>
> "边边，"张天寿就会在后面
>
> 喊着八哥的名字说，"雾大，慢点飞。"
>
> 八哥对影片的名字倒背如流
>
> 边飞边喊《地道战》、《红灯记》
>
> 《沙家浜》……似人非人的口音
>
> 顺着山脊，传得很远。主仆俩
>
> 也藉此在阴冷的山中，为自己壮胆
>
> 有一天，走在八哥后面的张天寿
>
> 一脚踏空，与放映机一起

---

① 里尔克：《说明》，《里尔克诗选》，第3—4页，石家庄，河北教育出版社，2002。

落入了万丈深渊，他在空中

大叫边边，可八哥一声也没听见

先期到达哈尼寨的八哥

在村口等了很久，一直没见到张天寿

只好往回飞。大雾缝合了窟窿

山谷严密得大风也难横穿……

之后的很多年，哈尼山的小道上

一直有一只八哥在飞去飞来

它总是逢人就问："你可见到张天寿？"

问一个死人的下落，一些人

不寒而栗，一些人向它眨巴眼

——《存文学讲的故事》

　　这里似乎毋庸我来"解读"这首佳作的意义了，读着雷平阳这一类诗，我们无言而深深感动，仿佛随诗人一道溯回了以往那些艰辛而温暖、清贫而不乏义德的乡村岁月。我们看到，在表面上滞缓、寂寥的边地乡村，竟在其细部纹理中蕴藏着那么多人性的沟沟壑壑，活跃着那么多啸傲或倔强的生命景观，容留着那么多日常生活的神奇。他的大部分诗，从骨子里都表现出了对具体事象的朴素叙述能力，但在具体事象之上，却又有恰当的"神奇"感。我一直认为，这是雷平阳最见本领的地方，也是他诗艺的特殊价值所在。在这些诗中，最打眼的往往是一系列准确、本真的细节提炼。你简直就无需用所谓"思"的方式进入，也不必调动你的"知识"，它快捷跳脱，不留余地，"呱唧"一下就撞在你心上，同样重要的是随后它会迅疾发出奇异的灵韵之光。说实在话，使不饰险崛的细节提炼和灵韵闪光同时出现，是衡量一个诗人"手艺"的重要尺码之一，因为它难以蹈袭，愈显其功实倍。雷平阳诗歌中有许多类似的吟述，它们宽阔而又细腻，使我们恍如直接面对了这些人与事，地缘的南高原，和高原之魂的拂动。它们是复归大地的"在者"之歌，以其感觉细节生动的还原力量和灵韵，向生存敞开，使世界发光和鸣响。

　　雷平阳的"追忆"，不依赖素材上的洁癖，新旧事物异质混成，因而显得真实可信。追忆，并非单向度地钩索往事，在有承载力的诗歌中，它一定会通向对"当下"源流的寻索和双向激活。雷平阳没有忽略这一点。在他的许多诗里，往事与今天是彼此关联的，这有效加深了诗歌语境的深度。诗人由故乡的一方水土，折射出乡亲们顽强的生存意志，他为之感动；同时在另一些诗中，他又为故乡（乃至"乡土中国"）存在的滞重、压抑而发出深长的叹息乃至批判。诗人准确地吟述着他本真的乡村记忆，使人们见惯不奇的生命和大自然的细枝末节，重新焕发出陌生而奇异的艺术光芒。

与叙述性文类不同，诗歌的"追忆"，要在真实描述和"心灵的内视"之间达成恰当的平衡。没有真切细节的诗，会给人以凌空蹈虚之感；而没有主体心灵的浸渍的诗，则会显得板滞单薄。而在具体的技艺环节上，要将"真实描述"与"心灵的内视"化若无痕地融为一体，则有很大难度。我们往往看到，在许多诗中二者生硬的拼接，既损伤了真实性，又损伤了体验性。而在雷平阳这里，我以为它们达到了真正的忻合无间——

卖水人曾经去过我的村庄，他挑着
两桶水，满脸汗珠，站在大树到处漏光
的阴影里。他问刚从地里归来的

我的母亲："水缸空了吗？这里有水。"
我的母亲因过量的劳作而身体变形
她弯着腰，一声不吭，肩上的锄头
碰着了卖水人的桶绳

满天的阳光照射着地上的两桶水
两只水桶在斜坡上渐渐滚远，我的母亲
在水迅速渗透的瞬间回过头看了一眼

她看见了水中有一张支离破碎的脸
并且眨眼之间就被土地汲走了，而卖水人
正在斜坡上追赶他的水桶，拖着的扁担
不停地打击着他那奔跑的影子

461

我的母亲对着斜坡大喊："嗨，卖水人
我没钱，但可以煮顿饭给你吃。"
那顿饭我还记得，吃的是土豆和南瓜
外加一碗火烧辣子。卖水人

坐在我父亲的旁边，始终很少说话
像一尾跳到岸上的鱼，干渴的身体上
看不到一点水分。他走的时候

夜已经深了。他跟我的父亲说
我的村庄是一个开裂的村庄，然后
挑着两桶月光消失得一干二净

——《地上的阳光》

这样的诗，最大的特点是既真实又有灵韵之光。真正的行家里手都不会小看类似的笔墨，这是一种有极大难度的综合性书写。读着这些诗，我感到了"原在"意义上的大地和村庄，生存和生命。它们仿佛不只是等你去一段段地赏读，而是以整体的氛围弥漫、浸渍过来，它们主动扑向你，裹挟你，使你置身其间，低回徜徉。诗歌艺术的"真实"是最遥远的，有写作经验的人都会知道，能做到"既真而灵"的境界相当困难。那些"转文"和"玩人"诗我们就免谈了，就是那些力图真实地叙说事物原样的诗作，又有多少是把"真"给生生写"假"了，写得美学生气全无了呵。所以，诗的"真实"，不只是个内容问题，也同时是个技艺问题。在此，"写什么"和"怎么写"已难分孰轻孰重，二者要么同时呈现，要么不呈现，它不容滑头，难以回避。雷平阳的那些描述和追忆故乡人与事、地缘与民风的作品，诗艺上的难度就体现于此。

上面说到，雷平阳许多成功的作品是对故乡生活的"追忆"。追忆，也是眼下文坛炙手可热的"圣词"之一。这个本来素朴的词语，由于批评界的"形而上"宿疾，变得日益凌空蹈虚。似乎作家一旦去"追忆"，就一定得带上形而上的"文化升华"，作品中对日常生活的描述，也就须有"生存寓言"乃至"神话"意味。

这里不妨再引申几句。面对写作中真实性的丧失，记得诗人于坚说过：其实普鲁斯特的《追忆逝水年华》，应该老老实实地按原意直译为"追忆逝去的时间"。的确，译为"年华"，暗示着夸张或藻饰的文化升华感、文化价值感；如果用"时间"则是中性而求实的。"追忆"在此，只意味着对本真的经验世界的揭示，对时间的挽留。对这部小说名字的不同译法的接受，的确透露了不同艺术理念的深刻差异。我本人并不反对诗歌中的文化意味，我反对的只是那种故作高深、硬性"焊接"（而非有机地"嫁接"）上去的文化意味。这样的诗，没有对世俗生命的真切感悟，和心灵的赤裸的照面——似乎由于"文化升华"不容分说的价值感，就可以突然取消了生命经验的真实性似的。

在我看来，雷平阳的诗并不缺少文化胸襟，他的文化关怀是潜含在事象中的，和限制"音量"的。他的许多故乡题材的作品，都不乏深厚而内在的文化况味，可这种况味是化若无痕地渗透在诗歌款款的吟述中，令人在审美沉醉中顿悟，自我获启，而非诗人自诩为"启蒙"、"引领"、"升华"。正因如此，在雷平阳笔下，文化的事物，就不只存在于"文化"之中，很可能在庸常的"没文化"的甚至"不洁"的事物里，富含着更有穿透力的文化信息。我们看到，许多诗里，诗人似乎只是"复述"了一个个发生在故乡的故事，他没有硬性将之"升华"，但更感人至深。在被遗忘的角隅，在低层人们卑微的生命中，更有着震人心魄的东西，而诚朴率真地直接面对它们，不加藻饰，恰恰会达到"无情无不情"，"限量"表述却天地同参的效果。在这些作品中，我们几乎也看不到诗人的"理性话语"嵌入，也没有可供讨巧地"句摘"的警句，而是以艺术的独特劲道，整体性地焕发出诗人文化心智的闪烁。他在流连人生光景，捕捉卑微者粗粝畅朗的生命元气时，笔随心走也就自然而然地表达了自己的文化关怀。这样的诗，对那种易感的和说教的"文化升华"，进行了有效的提醒和抵制。这里，我们面对的是一个阅历丰富，文心善良的性情中人，在他的诗中，人、情、事、理达成了气韵的贯通。

雷平阳是固持于货真价实的本土写作者之一。一部中国诗歌史，概言之，可分为"诗经语型"和"楚辞语型"。前者拙朴，后者峭拔；前者重于内敛，后者重于舒放。当然这是仅就约略的审美感受而言。对民族诗歌精神共时体的体悟，使雷平阳后来的诗，逐渐形成一种融凝重与轻逸于一体的风神。但一般地说，雷平阳的诗更接近于诗经传统。他的诗，一般是用恰切成熟的口语，真实地表达内在经验，于诚朴中求真味，于直接中求隐奥。这意味着诗人对语言的挑战进入了另一个量级。特别是近年来，他的写作，不再追求烈焰的效果，而更像是恒久的木炭，不会纷扰我们的视线，使人凝神。他的诗只用基本词汇写作，然而正如布拉克墨尔在《现代诗歌的形式与价值》中所言，"如果诗人精确地知道他的词代表什么，那他的写作很可能比懵懵懂懂、随便乱用字眼时，显得新颖奇特——甚至难以理解。这是因为，当每一个词都有确定的性质时，糅合在一起便不能不独具特色"。①语言的除幻功能来源于诗人内在经验的压强量，正是求真求新把雷平阳逼成了像是有些"守旧"的诗人。我看到，那些素朴的语词都被他组合得踏实又腴润，淬砺又似脱口而出，单纯又有着让人深入玩味的细密纹理。他写出了货真价实的"汉语诗"——汉语内部复杂的韵味，汉语充满活力和魔力的血色素，汉语审美的高傲，经由诗人之手汩汩而出。雷平阳自觉地使写作成为朝向明朗与精确的摸索，他的诗篇，大都具有真实、内在、湿润而不乏灵韵闪光的美质，平和、深邃、不再蛊惑，亲切、友善，触动你的心房。

在一首近作中，诗人不无高傲地说：

> 有人在我的梦中，不停地绕圈
> 苍茫的云南忽远忽近。那是令人赞叹的
> 黄昏，落日的火，烧红了山峦
> 我问绕圈人："能否停下，让我在寒冷
> 抵达之前，多收集几筐火焰？"
> 他缄默不语，低着头，继续绕圈
> 瘦弱的身体里，仿佛正在建设
> 一座秘密的小水电站
>
> ——《秋风辞》

是的，故乡大地，不仅是诗人情之所钟、魂之所系的自发地抒情的地方，我们看

---

① 赵毅衡编选：《新批评文集》，第379页，北京，中国社会科学出版社，1988。

到，诗人还能将自我"对象化"，使诗中的"我"成为我观照和命名的准客体——一个"他"。诗人说"他"在我的梦中不停地绕圈，但须臾未曾离开云南故乡，我本想让他停下，以"多收集几筐火焰"，但这个缄默的蒙面人却低头继续他固执的行旅。最后，诗人从自己的内心挖掘出了答复，那岂止是几筐取暖之火，而是整个"一座秘密的小水电站"——它正是雷平阳诗歌的情感之源、动力之源、光明之源！正如另一位云南诗人于坚所言，"每个诗人的背后都有一张具体的地图。故乡、母语、人生场景。某种程度上，写作的冲动就是来自对此地图的回忆、去蔽的努力，或者理想主义化、升华、遮蔽……有些人总是对他的与生俱来的地图、他的'被抛性'自惭形秽，他中了教育的毒，千方百计要把这张地图涂抹掉，涂抹到不留痕迹。"[①] 而雷平阳的诗歌，就是有具体地图的写作，甚至是有地层图、地质图的写作。

在本文中，笔者选择了两个方面对雷平阳诗歌特殊的意味和形式进行了论述，充分肯定其"情感、经验和智性的融汇"，和别有天地的对本真故乡记忆的"吟述"。当然，雷平阳的诗歌也有诸多有待精炼、打磨之处，其"耳感"模式也较为单调，这里不再一一指出。作为一个真正有内力的年轻诗人，我相信他在今后的写作中会不断精进，为读者提供更多的现代汉诗佳作。

《当代作家评论》二〇〇七年第六期

---

① 于坚：《于坚集》第4卷，第337页，昆明，云南人民出版社，2004。

乡愁：一种生态主义的焦虑

——关于田原的诗之独白与潜对话

汪剑钊

在代序的《书前十条》中，诗人田原告诉我们，他拒绝了一位诗友关于"精选"的郑重建议，而在自己十几年创作中随机性地"抽拿"出一部分诗歌，其中包括某些"尚未成熟"的转型期作品，力求"不被遮蔽"地编成了一部《田原诗选》，目的是展现"一个相对完整的自我"。[①] 于是，我们现在看到的这部诗选在编排上既不是编年性的，也不是主题性的，多少显得有点率性、不合常规。乍一看来，它给人的印象是，没有精心的构架，也没有什么刻意的布排和经营。就某种程度而言，它折射出作者对归纳逻辑和实用理性的怀疑，对流行的包装和"同化"的警惕。诗人渴望选本能够保留诗歌本身的随意和自由，甚至保留受众对诗歌阅读期待的随意和自由。应该承认，这种编选恰恰因其"散乱"反倒显示了一定的开放性，读者在具体阅读中无须按照页码顺序翻阅，不需要强行纳入某种理论预设，也不需要画蛇添足式的主题提示，只需要如"清风翻书"似的直接面对一首首诗，因为，每首诗自成一个世界，它本身就是一个值得关注的文本。当然，这也意味着，整部《田原诗选》仿佛在拒绝一种循规蹈矩和程式化的评论和解读，更愿意做絮语式的对话。由此，我们不妨也以一种放松、随意的心态来面对田原的作品。

对一名诗人来说，观察能力的大小是一项很重要的指标，它涉及的是作者能否真正触及生命之核心的问题。优秀的诗人往往能从熟视无睹的景物中看到被常人所忽略的意

---

① 见田原《田原诗选》，第1页，北京，人民文学出版社，2007。

味，在熟悉中找到新奇与潜在的美，在腐朽中探索生命的极限，以此营造出一个翻旧出新的语言场，让词与词如珠玉般冲撞、滚落，闪烁炫目的光彩。我们信手翻到的《春天里的枯树》便是这样一首诗。春天通常是绿色的季节，草木回春，一切呈现蓬勃的气象。诗人却将散步的步履停在了依然是冬天模样的"枯树"旁，把目光集聚在它枯光的枝桠上，深情地为枯树吟唱赞美的挽歌。枯树没有了血液和呼吸，树根也可能正在地底腐烂，仿佛成了绝望的象征与符号。然而，田原却告诉我们：

> 只要空中有风
> 它枯瘦的手指
> 便会弹奏出铿锵的旋律
> ——《春天里的枯树》

在诗人看来，这是最真实的风景。枯树是沉默寡言的，没有任何修饰，只是单调地裸露着唯一的颜色。田原相信，生活就是一棵疯长的树木，哪怕它顶破天空，也仍有可能被自天而降的雨水淹死，至于人，就像洪水中漂流的树叶。可是，"在春天叶片的遮掩里"，枯树显露了诚实的品格。枯树之死亡是黑色的，却是真实的黑色，它的"真实"恰恰是"生命的旌旗"。

当今，普通读者（甚至诗坛内部人士）对现代诗最大的责难是"晦涩"、"难懂"，把它看做是准自我娱乐的存在："这种以自我为模式写作非社会的、令人费解的作品的诗人，有什么理由在这个极端忙碌的社会中存在呢？"[①]针对这种指责，桑原武夫认为，从接受者的角度来看，这是一个合乎情理的想法，无须指责和讥讽；但他随即为现代诗辩护，指正理解与否无关乎文学的价值认定，也无损于诗人的荣誉。在《文学序说》中，他引证了这么一个例子，据说，济慈曾经说过，英国国民之所以造就了世界上最杰出的作家，最大的原因就是他们虐待活着的作家，才培养出了名垂千古的作家。因此，"理解的人对之欣赏固然好，难以理解的人表示冷淡也未尝不可。即使表示冷淡的人增加，那也不意味着文学贬值"。[②]诚然，诗人使用的是社会的通用语言，但他依靠独特的组合，

---

① ② 桑原武夫：《文学序说》，第41页，孙歌译，北京，生活·读书·新知三联书店，1991。

创造了与任何社会性的语言不同的、仅属于自己的语言。这样创造出来的语言，本身是一个整体，是自足或能自行合拢的语言，它是拒绝分析、拒绝拆解的，让个性、自由得到了最好的体现与张扬。诗歌具有内在的抗压能力，面对外部世界的肆虐，以柔韧的心灵之光照亮。"语言本身在诗歌里是'耀眼的事实'。然而，这个事实并不表明任何东西，也不以任何东西为基础，它在运动中是不可把握的。既无终点也无时辰。"① 这就是说，语言本身具有创生能力，它的"自转性"将给人们带来巨大的创造空间，同时也留下了巨大的阅读障碍。在田原的创作中，同样存在一部分被常人当做"晦涩"、"难懂"，从而对读者的智力和知识储备提出较高要求的作品，《声音》便是其中一例。粗粗浏览，《声音》容易给人以空气般缥缈、不可捕捉的印象，这或许跟现实中声音本身的不确定性有极大的关联。就某种意义而言，它是沿感觉自由流动的"自动写作"的典型。作者由对"声音"的色彩开始对"诗性"的捕捉，展开自由的联想，验证汉语的巨大能量。"奔跑"一词似乎作为点题，在流畅的节奏中依次展开，由现实进入"梦境"，再突破"睡眠"的桎梏，跳跃至"失眠的瞳孔"，从而引出"声音被剁得粉碎"，"白色的血在大地上凝固"，"血"与"雪"的谐音渲染肃杀的气息，"一大片的盐碱是时间长出的霜"如神来之笔沟通了现实与想象的通道，再以"寂静""覆盖一切"喻示死亡的恐怖。"声音"一词的第三次出现是以"在声音中颤栗"强化了悲剧性的情调，在随后的铺叙中是"麂子皮"在"朝阳的墙壁"上的"开放"，少女懊悔、枣红马客死异乡、采蜜的蜜蜂扑空等四组平行的陈述：

> 四只眼的麂子皮在朝阳的墙壁上开放
> 让采蜜的蜂扑空
> 背叛诺言的少女在梦里懊悔
> 驮过爱情的枣红马客死他乡
>
> ——《声音》

叙述语言烘托了全诗的灾难性预感，在自然的"炭黑色"中经由"历史的炉口"而

---

① 莫里斯·布郎肖：《文学空间》，第27页，顾嘉琛译，北京，商务印书馆，2003。

"变红"、"变黑"，仿佛漫不经心地过渡到"无色的时间"。诗的末节一反前此的平静口吻，以抒情的追问把整个力量集中到全诗唯一的一个标点符号——问号，在神秘的茫然中结束，将问题留给读者，让答案直接渗入灵魂。

就个人趣味而言，我特别欣赏《田原诗选》中那些由短章或片断组成的作品，如《与冬天无关》、《瞬间的哲学》、《断章》、《此刻》和《无题》等。这些短制在篇幅上接近于中国古典的绝句和日本传统的俳句，隽永、简练，以小写大，宛如在一颗沙中雕刻世界，自一朵花里展现人性，每小节自成一个境界、一个天地，同时也在相互的缀连中辐射较大的意味。它们就像一棵棵美丽的樱花树，各自在枝杈上绽开一朵朵叶瓣细小的樱花，在群芳竞艳中抒发或如烈火或如冰雪的激情，形成诗意的绚烂或平静。

关于日本的俳句，钟敬文先生有过一个简要的介绍："俳句是日本传统诗歌形式的一种，是其中形体最小的一种——整首只有十七个音，句调是五、七、五……作为一种独立的诗体，成立于十五世纪中，到现在已经四百多年了。据说它是从形体较长的'连歌'的'发句'脱离出来的。"[①]一九九四年二月，初履岛国的田原写下了一首题为《松尾芭蕉》的作品。对于松尾芭蕉这位心仪已久的日本俳圣，田原情不自禁地代表汉字投去了深刻的敬意，感慨在整个岛国，芭蕉的气息和身影似乎无处不在，人们在画纸上、在石头上，都留下了"太多的画像"，并且，无论濒临大海还是驻足小溪，都可以听到他"握笔的声音"，听到在幽静的池塘传出的蛙声。接受过日本文化熏染的田原通过对俳句的学习和吸收，感悟到内在的韵味，接续了中国唐代诗歌的简约、干净、朴素的遗风，以及后者含蓄、饱满的风情。

《丽日》组诗的第二首，其结构和韵味活脱脱就是一首变体的现代俳句：

> 木鱼自寺院里游出
> 沉闷的钟声　加重了
> 担水和尚的脚步
>
> ——《丽日》

[①] 见林林译《日本古典俳句选》，第5页，长沙，湖南人民出版社，1983。

木鱼本身是静止的，但受到和尚的敲击，发出了游动的声音，形成了动与静的交错，而在寺院的古老性衬托下，仿佛有了历史的质感。另一首收入于《瞬间的哲学》的小诗则在寥寥三行中捕捉了某种神秘的气息，在哲理感悟中释放了瞬间的诗意：

> 真正的雨落下来
> 淋湿蹄音，路
> 疲倦得想消失
>
> ——《瞬间的哲学》

显然，田原原本就对语言抱有深深的敬畏和尊重，在接触了日本文化，尤其是俳句以后，更自觉地意识到了这一写作的承担。在《文明》一诗中，其惜墨如金的写作诉求，甚至被压缩成了一行："时间与废墟的私生子"。这行箴言式的文字是对世界历史和文明发展的高浓度提炼，为读者留下了无限的遐想空间。文学是语言的艺术，诗歌向来被视作文学王冠上的明珠，其对语言的要求应是最高规格的选择。日本文艺学家浜田正秀认为："用语言来表现在现实的贫困面前所燃烧着的生命的神秘之火及其燃烧变化过程的艺术，这便是文学。文学是激起人们恢复生命全部权利的一炬烽火。"[①] 那么，浜田认为的"现实的贫困"是什么呢？那就是"现实生活中的矛盾斗争与凄凉悲惨，货币的贬值和不堪入目的紊乱，慈祥正直之心的受难与绝望，美好之物的丧失和损毁，以及遭到充满敌意者的谋算和攻击"，等等。[②] 田原那首题为《乞丐》的诗总共只有三行：

> 露宿城市的乞丐
> 邋邋遢遢的梦
> 压死一块文明的草坪
>
> ——《乞丐》

---

① ② 浜田正秀：《文艺学概论》，第37、36页，陈秋峰、杨国华译，北京，中国戏剧出版社，1985。

它以极简的词语火花映照出了华丽的现代化城市的死角，抨击着现代社会悬殊的贫富不均。

通过上述的阅读和分析，人们很容易就会想到他那诗人兼翻译家的双重身份，以及多年旅居东瀛的生活经验。无疑，特殊的身份给了田原一份特殊的语言经验，他的思维在汉语和日语的不同的场域里不断地转换，刺激他在双语写作的交错中不断地寻找个人专属的词汇表，在语言的对比中分辨汉语和日语、日常语言与诗歌语言、口语和书面语各自的活力与局限；他对双重文化的吸收为自己赢得了一个丰富的营养库，前述那些精巧如经典俳句的诗作便是这种学习和努力的成果。

如今，全球化的语境提供了资源共享的可能，它也同样存在着抹煞个性的危险，更险恶的是，它还以强势的经济来剥夺弱势经济背景下的优秀文化成果，从而形成某种文化单一性发展的后果。因此，对于一名诗人而言，精通外语和熟悉异域文化并不必然地总是一件好事，它实际是一柄双刃剑，有利的一面是，直接阅读外文典籍可以帮助诗人拥有开阔的视野，丰富他对语言的多重感受，汲取不同文化的养料；不利的一面是，它会起到一定的干扰作用，在诗人原本纯粹的母语构成中埋下异质性的因素，从而引发内部的骚乱与暴动。这就需要诗人本身具有较强的平衡能力，明确两种或两种以上的语言的本质特征，夯实自己的艺术基座，厘清写作中的主要元素和次要元素。

毋庸讳言，中国现代诗在近百年的成长过程中，曾经蒙受过翻译的巨大恩惠，但同时也感染了不少食洋不化的后遗症，许多诗人在对外国诗（实际是翻译诗）的学习中沦为"邯郸学步"的低能者。对此，田原有着清醒的认识："文学的表现力首先取决于自己母语的表现能力……母语是与生俱来的东西，它是诗人的另一种血液，流经肉体和灵魂的各个角落，直到生命终止。"[1]为这样的认识所驱动，田原自觉审视着自己远离母语的现实处境，也就是诗人所称的"在母语的边缘"，这种独特的境况给了田原一个独特的视角，他可以更冷静地端详和反省它的优劣，在比较中发现母语在表达上的长处与不足，从而选择最贴近内心的词与节奏。在某种程度上，田原远离母语现场的处境帮助他躲开了本土诗歌在后现代主义文化熏染下的某些语言狂欢和精神暴乱的喧嚣，是在以退为进

---

① 田原：《田原诗选》，第229页。

地贴近母语的中心，贴近诗歌写作的秘密。我们在《与死亡有关》这首诗中看到了一种地道的现代汉语的表达：

> 一双黑手掏着梦中的土
> 一座长方形的坑越挖越深
> 那块长过玉米的田地
> 将是我的坟墓
>
> ——《与死亡有关》

诗中的文字清新、干净、利落，没有多余的赘词，也没有时下很多诗歌那种拗口、臃肿、佶屈聱牙的欧化句式，诗人在简洁的陈述中把"与死亡有关"的生命意识从抽象的形而上塔顶轻轻地放下来，在细节中具体、形象地显示了从口语中提炼出的流畅与舒展，把哲理内化为诗意，由此造就了整体和谐的节奏，并使结尾的问句极其自然地提出：

> 是谁赋予船一双飞翔的翅膀
> 是谁剥夺了石头的想象
> 是谁站在山顶上冥思苦索
> 孤独又是在谁的骨头里奔跑
>
> ——《与死亡有关》

最后以颇具张力的平静语调绾结全诗：

> 死亡说
> 我们活着我们都是暂时的
>
> ——《与死亡有关》

在一篇创作谈中，田原重申了母语的重要性，他把母语和诗人的关系比作肉体和血液的关系，并且认为，肉体和血液是与生俱来的东西，宿命地密不可分。它们有着在自

472

身中循环流动的"命运"，不同血型的血液是不能随便混合在一起的。因此，"母语对于诗人也是命中注定的。对于母语，诗人是被动的。不是诗人选择母语，而是母语选择诗人；对于诗人，母语是在不知不觉中形成的诗歌声音。这种声音是否独特和卓越、是否动听和洪亮、是否超越了时空和诗人的个体生命、是否揭示了人性的普遍规律和与更多的读者产生共鸣等等决定着一个诗人的质量"。①

客居他乡，田原时不时地体验着因"汉字远嫁"东方而浮现的那种复杂的感受，听着似是而非的乡音，辨析着对同一事物不同的发声。心与耳的失衡带给诗人奇异的乡愁，内心的撕扯惊醒了沉睡的大梦。乡愁不是一个抽象的大词，它是与客观、具体的事、物、景和人紧密联系在一起的，在田原的诗中，它们体现为"老屋"、"古陶"、"家族"、"大地"、"河流"、"异国的电车"、"四季"等，亦即"乡愁从码头开始"，在无法判断自己的归宿时，让双脚像鼓槌似的擂响"大地这张疲惫的打鼓"，从而为诗歌的浪漫精神奠定了现实主义的基石。以"二月"为例，俄罗斯"白银时代"诗人帕斯捷尔纳克这样书写道：

二月，饱蘸墨水就放声痛哭！
哽噎着书写二月，
扑哧扑哧的雪泥地上，
春天闪现着黑光。
——帕斯捷尔纳克《二月》

由于俄罗斯特有的地理环境，春天的来临引发的不是欣悦，不是喜庆的心态，而是伤感、悲悯、忧愁等情绪。帕斯捷尔纳克声称自己是"哽噎着书写二月"，坚信："愈是不事雕琢，愈加显得真实。"在这位诗人的眼底，"二月"不是一个单纯的季节概念，它与人类的生存状态、一个人的精神历史密切相关，暗合着俄罗斯人对"解冻"气候的呼唤。帕斯捷尔纳克的这首诗以夸张和故作喧嚣的音调述诉乍暖还寒的冷意，取得了十九世纪巡回展览派风景画一样的美学效果，在白描式的勾勒中，刻画了丰富而复杂的内心

---

① 田原：《母语与越境》，《星星诗刊·理论版》2008年第7期。

世界：

> 那里，成百上千的白嘴鸦
>
> 仿佛一只只焦梨，
>
> 从树枝落向一个个水洼，
>
> 把枯干的忧愁倾注进眼底。
>
> ——帕斯捷尔纳克《二月》

　　同样是季节转换的不适应，同样是描绘冬春交替的临界体验，田原笔下的早春"二月"则与"乡愁"联系到了一起。他看到浮冰撞击浮冰的景象，仿佛在追寻着鲸鱼的踪迹，于是，把情感投射到了自然的"物"上，故乡与异国如同"幻影"交错在心灵的屏幕上显现。作者在叙述的夸张中抒发着孤独、寒意，心理与现实构成了强烈的反差，任"故乡的歌谣"磨破"游子的嘴唇"。

> 被冰划破的水平线
>
> 流着太阳的血
>
> 凉里透暖的风
>
> 一道道幻影
>
> 升起在春的临界线上
>
> ——帕斯捷尔纳克《二月》

　　这种反差使得诗人哪怕住在"零上十七度"的屋子里，仍然觉得寒意一阵阵袭来，远离祖国的孤独成为某个深寒的伤口，流淌太阳般鲜艳的血液，将人事的短暂和痛感的深长构成了对比。"快点醒醒"不仅是对春天的呼唤，也不仅是郁结于心的爱国情绪的流露，更是对人生意义的一种重估。

　　台湾诗人痖弦曾把阅读田原诗的过程看做是一次惊艳，对他的创作寄予深切的厚望。在一篇短论中，他说道："人生的归属、悯世的态度、文化的悲情、历史的乡愁，是田原诗歌艺术的构成条件，也是我对田原诗的总印象。由于他常涵咏于中华历史文化的长河，所以不管他写甚么，宏观的或微观的，总有一种时代的感性与寄托存在，从而突显出民族与伦理的情爱。"①这段话当属对于田原创作的"诛心之论"。需要指出的是，在田原的内心深处，始终潜伏着一种更深层的焦虑，那就是人对自身处境的担忧，也就是痖弦指出的"文化的悲情"和"历史的乡愁"。这种"乡愁"由于世界生态环境的恶化，几乎成了久治不愈的顽症。诗人放眼现实，发现世界被异化，连鸟鸣声都不像鸟鸣了，大地长满了思念的青苔，诗人只能在"寸草不生的"都市里呼唤茂密的"草原"。由此，我们可以获知，田原的语言表述实际植根于他的生命意识，它来自于人的永恒性追求，出自内心深处超越生死的渴望。

关于生命，关于人在宇宙中的位置的思考，使得田原的诗歌自始至终烙印着强烈的生态主义忧虑，以及第三世界民族共有的后殖民生存危机。《车过长江》便是典型的例子。诗人透过车窗与太阳一起打量江水，替代美丽风景进入眼帘的是一艘疲惫的拖船，拉着千年的历史，笨重地逆水而行——向西。诗中的"西去"，暗示的乃是一部分国人对现代化的乌托邦想象，以及对西方的全面接受与膜拜的畸形心理。诗中的"大桥"作为象征，为之架设的是蕴含一连串吉凶未卜的前程，也就是作者所称的"未知的风景"。这首诗的抒写主题令人想起中国现代诗的先驱者郭沫若的一首诗。二十世纪初的某天，郭沫若登上日本的门司市西的笔立山，以天狗吠月的姿态对工业文明高唱赞歌：

> 大都会的脉搏呀！
>
> 生的鼓动呀！
>
> 打着在，吹着在，叫着在，……
>
> 喷着在，飞着在，跳着在，……
>
> 四面的天郊烟幕蒙笼了！
>
> 我的心脏呀，快要跳出口来了！
>
> ——郭沫若《笔立山头展望》

那时的郭沫若热情地为文明的进步而由衷地高兴，尚未认识到高科技、现代化带给

---

① 痖弦：《天空·大地·河流——读杨平、冯杰、田原三家诗小引》，《创世纪》1996年秋季号。

世人的副作用，更不曾想到它们对生态环境的损毁和破坏，而是天真地将它们看做是人类的希望，是"万籁共鸣的symphony"、"自然与人生的婚礼"。他为此感到振奋、激动，以至于表现得语无伦次、口不择言，甚至把实际是工业污染的煤烟称作"黑色的牡丹"，看成"文明的严母"，仰天高呼：

> 一枝枝的烟筒都开着了朵黑色的牡丹呀！
> 哦哦，二十世纪的名花！
> 近代文明的严母！
>
> ——郭沫若《笔立山头展望》

数十年的斗转星移之后，人类对现代化的本质有了更深刻的体认。比利时的生态学家迪维诺针对高科技引发的后果发出了痛彻心扉的感叹："人们的生活越来越活跃，运输工具越来越迅速，交通越来越频繁；人们生活在越来越容易气愤和污染越来越严重的环境之内。这些情况使人们好像成了被追捕的野兽；人们成了文明病的受害者。"[①]于是，我们发现，与郭沫若当年对未来抱有深切期待，坚信科学将带给人们福祉的信念完全不同的是，诗人田原面对烟雾缭绕的烟囱，口中发出的不再是赞美，而是忧心忡忡的感慨：

> 烟囱里喷出浓郁的白烟
> 使变低的天空压痛大地
>
> ——《车过长江》

正是在这样的预感中，诗人告诫人们：

> 船将载着太阳
> 于西天长江的上游里沉没
>
> ——《车过长江》

---

① 保尔·迪维诺：《生态学概论》，第333页，李耶波译，北京，科学出版社，1987。

关于人与生态的问题，是田原写作的主要关注点之一，它在《蝈蝈》中也有体现。这是一首准寓言诗，作者在第一节给出了一个童话式的开头，"秋天"、"玉米叶"、"触须"和"阳光"等词渲染了美好的存在，诗的第二节出现了一个转折："蝈蝈被人盯上"、"蝈蝈被装进笼子"，从此，蝈蝈便迎来了悲剧的命运，它企冀以声音去"包围"城市，去"取悦城市的欢欣"，但始终挣脱不出城市和笼子的"囹圄"；原本很希望只是在城市"走一走"，然后回到田野，完成和庄稼一起成熟的梦想，但是，城市令它水土不服，蝈蝈在城市里渐渐消瘦，它在笼子里的叫声也渐渐低哑，最后是凄惨的结局：

> 蝈蝈从笼子里倒出
> 连同留着它齿痕的秋天
>
> ——《蝈蝈》

于是，我们看到，在城市冷漠的风景里，"一具柔软冰凉的尸体静静泛出绿光"。这首诗令人想起如今在中国大小城市工作和生活着的许许多多农民兄弟和姐妹，他们携带自己的青春，怀揣自己的梦想，进入城市，为城市的繁荣作出了不可抹煞的贡献，最终却像蝈蝈似的"用尽了最后的力气"，被迫"用自己的声音埋葬自己"。难道这意味着农业文明向工业文明转化所必须付出的代价？

日本当代著名诗人谷川俊太郎写有一首题为《树·诱惑者》的作品，他这样写道：

> 会让羁旅者梦见天堂树以它的绿色？
> 让我们的目光去彼岸遨游？
> 那庞大舒展开的枝干？
> 使我们怀抱动荡不安的未来？
> 树以它叶片的沙沙絮语？
> 向我们的耳鼓里窃窃诉说永恒的贴心话？
>
> ——谷川俊太郎《树·诱惑者》

　　在谷川的心目中，"树远比人类更接近神"，是无可抗拒的诱惑者，所以我们不得不向它祈祷。作为谷川诗歌在中国最重要的译者和传播者，田原笔下的《树》却并非是对这首诗的模仿和因袭，而在谷川思考的终点又向前推进了一步。诗的开篇便说道："树是我们死后的衣服"。在朴素的陈述句之后，诗人展开他充满想象的阐述与论证，它以"各种形状套穿在我们僵硬的身上"，随着尸身的腐烂而腐烂，或者在烈火中化为灰烬。树是多种多样的，它们或生长在陆地，或伫立于沙漠，或沉浸于湖水，以它们沉默的叶片告诉人们最诚挚的爱。可是，人们享受着"树"带来的各种益处，却作出了忘恩负义的举动：

> 我们活着时
> 在树下乘凉、避雨
> 或伐倒树取暖、造屋、制作家具……
> 我们给予树木的伤害
> 远远超过了大自然
>
> 　　　　　　　　——《树》

　　诗的末节在解答"为什么我们死后要穿着树木的衣裳被埋在地下"这一出人意料的问题时，作者以反诘呼应了首句的非常识性判断，表达了渴盼在地下与树根相拥抱的美好愿望，从而为树与人的命运给出了一个理想化的解释，再一次肯定了树的形象，寄托了归化自然的美好愿望。

　　在自己的博士论文中，田原在对法国诗人篷热和谷川俊太郎的写作进行了对比后，指出了他们各属于不同的"母体"，有着各自的差异之根："篷热与谷川之间不仅存在法语和日语的隔阂，更存在文化背景上的差异和作为诗人对世界体认的不同。"[①]正如田原在面对篷热和谷川之间生发的感受，田原本人的诗歌"更接近于我们的思维和生活、生命和身体"，这种"微妙"的差异自然会对来自不同母体的两位诗人产生影响，他们在同一个"树"主题中所填充的内涵也显出了不一样的风景：谷川的"树"是一个不乏善意

---

　　① 见谷川俊太郎《定义》，第78页。

的"诱惑者"，而田原的"树"则将成为人类"灵魂的归宿"。

文艺复兴以来，人类中心主义成了社会价值观的一个重要出发点，它鼓励和默许人成为世界的主宰，对人和自然的关系进行颠覆性的调整，将人为的假定看成宇宙的必然，人们在浮夸的幻象中似乎忘却了自然的真正价值，更在迈进文明的同时迷失了自己的生命意义。十九世纪以后，随着欧洲帝国主义意识在世界性范围的蔓延与扩张，这一价值观也自觉不自觉地渗透到了东方各民族的价值体系中，东方式"天人合一"、"山水是道"和"物各自然"的理想也受到了前所未有的冲击。但不久，人类控制自然的欲望遭到了自然猛烈的报复，整个世界的生态平衡遭到了重创，自我发展的企图面临了自我毁灭的尴尬，生态危机引发了社会危机，从而带来更严重的精神危机。

二十世纪六七十年代，在西方社会，一批有识之士发现人类文明进程中所面临的生态危机时，指出了"生态权利"的问题，开始反省"人类"为满足自身利益而犯下的"过错"。他们污染了自然的纯洁，"将一个原本生机勃勃的、甜美的和野生的花园变成了一个人造的玻璃温室"。[1]田原曾在《城市》一诗中表达了与麦克基本极其类似的思考：

> 谁不知道城市像脆弱的玻璃不堪一击
> 谁不知道城市经不住火的烧烤和洪水的洗礼
> 谁不知道城市在高价拍卖着文明、低价出售着虚伪和野蛮
> 谁不知道独裁者和伪善的总统暗地里搞着一桩肮脏的交易
>
> ——《城市》

在诗人的眼里，城市简直就是一座"垃圾场"，是一块"葬人的墓地"，它的下水道寄生着无数的耗子，是凶杀、火灾、偷盗、绝症滋生的场所。为此，他用拟人的方式说道：

> 金子说有一天它会在城市的金柜和银行里腐烂

---

① 比尔·麦克基本：《自然的终结》，第91页，孙晓春、马树林译，长春，吉林人民出版社，2000。

木头说有一天它会被城市烧成灰烬四处飘散

火焰说有一天它会变成尖利的牙齿吞噬尽城市所有的生灵

土地说有一天它心中的种子会颠覆它身上的城市

水源说有一天它会干死城市的喉咙

——《城市》

"金木水火土"是中国传统的五行学说，它以相生相克的原理，象征了世间万物的结构和运动的形式，诗人以这五者的发言说出了一个可怖的结局——自然之和谐的被破坏，预先布告了人类与世界的末日。

作为文明病的精神受害者，诗人把特异的感受写进了《钢琴》一诗，表达了精神受到污染后的愤怒。在诗人的心目中，钢琴如同一匹怪兽的骨架，高贵地占据城市的某个角落，在对它的出身之追溯中，他醒悟到"钢琴"与自然的密切联系，它的"乡村"身份，"钢琴的轰鸣是乡村一棵大树上的声音"，同时也与"虫子在田野里的歌唱"十分接近。在诗人的心目中，钢琴真正的故乡是在乡村，它的梦想也在荒凉的大地和乌云密布的天空游荡。在城市人荒凉如沙漠的精神领地里，钢琴并没有得到应有的使用与尊重。

诗人叹息的是，钢琴并没有在城市找到它栖息的所在，不过是陷入了世人"装饰的图圄"。附庸风雅者之所以把它摆放在客厅、琴房，并非是出于对音乐的热爱，也不是出自对钢琴的爱护，而是来自虚荣，来自对内心深处一种扭曲了的摆阔意识的展示。常年的被闲置，终于使这一高贵的乐器成了失声的哑巴，遭到了被抛弃的命运。它最终逃脱不了"被焚烧成灰烬"的命运。

钢琴总使我缅想起远离城市的树木

被伐倒后豁然阔朗的天空

和树木被刨去根后

遗留在大地上的深坑

——《钢琴》

因此，

它很想变成一匹怪兽

长出翅膀，飞逃

——《钢琴》

田原在城市中对大地的缅怀令人想起美国的利奥波德，这位著名的生态学家和环境保护主义理论家坚决反对那种人类对自然的经济主义式利用，他在《沙乡年鉴》中指出："人只是生物队伍中的一员的事实，已由对历史的生态学认识所证实"，"土地的特性有力地决定了生活在它上面的人的特性"。"我们滥用大地，因为我们把它看成是属于我们的商品"。① 因此，他呼吁建立秉有生态良知的"大地伦理"，把它看做是我们生活于其中的生物共同体，重建人类与自然和谐共存的新关系。人只是大地共同体的一个分子，而不是可以为所欲为的统治者。他认为，这个世界的启示存在于荒野，是荒野中狼的嚎叫真正的内涵，"它已被群山所理解，却还极少为人类所领悟"。

人类原本只是自然的一个极小的部分，它在生物的演变中脱颖而出，逐渐成了自然的疑似主宰者，狂妄地希望自己单列出来，甚至取代上帝而改变整个世界。美国诗人肯明斯有一句名言："发展是一种令人舒服的疾病。"它深刻地抨击了人类发展至上的价值观，对现代人只顾眼前利益，以"发展"为幌子极尽对自然和环境的剥夺与摧毁，从而在实际上放弃未来、遗祸后世的短视行为给予了适度的怜悯，对以发展为名破坏生态、破坏自然的构造的发展计划痛心疾首，揭开其舒适、快乐、惬意的外衣，指出其中所掩盖的地狱般的前景，这是一种不存任何希望的绝症。

与社会学家、人类学家习惯于运用政治、经济手段的做法不同的是，诗人对贫困的社会、世态的痼疾的批判往往借助的是语言本身，其中，关于词语编码的想象力则是最强大的推动力。日本文艺学家浜田正秀认为："现实越是贫乏，想象则越为丰富。宗教的形象是如此，艺术的形象也是如此。由于填补这一空白的是个人的精力，这一形象理所当然地带有个人的偏爱。"② 我们知道，一个人在贫乏（包括精神与物质）的生活里待得

---

① 利奥波德：《沙乡年鉴》，第195页，侯文蕙译，长春，吉林人民出版社，1997。

② 浜田正秀：《文艺学概论》，第34页。

太久，其想象力非常容易衰退，这在所谓的"图像时代"尤为明显。因此，我们常常会发现，在那种简便化、粗粝化的思维支配下，一部分读者在捕捉诗歌线索时会表现出经常性的手足无措。在我看来，一部分指责现代诗"晦涩"、"自闭"的人士实际就属于此列，其因循守旧已到了麻木的程度。作为一名现代诗人，他的任务就是要激活这种想象力，在词与词的魔方组合里体验神奇的美，哪怕"诗歌、思想、记忆和我的一切注定要化为泥土和肥料"：

> 那泥土和肥料有一天也将变为白色
> 或者，被风化为风
> 在天空下呼啸
>
> ——《梦死》

即便为此付出的代价是死亡，诗人也认定"地狱之门是白色的"，他也绝不放弃自己关于美、关于纯洁的信仰。

行文至此，这篇起笔于仲夏的文章已经陪伴着作者进入初秋，走进中国人通常所谓的"秋收"季节，是该跟诸位说再见的时候了。最后，我想借用一下诗人的原话来和大家做一个共勉性的道别："真正的诗人和不朽的诗篇超越着时代，穿越着时空，昭示着一个世代的精神向度。它拒绝陈腐和媚俗、拒绝虚伪和逃避（包括情感、思想、现实、心灵、理想和生存空间的逃避），拒绝着各种各样冠冕堂皇的命名，更拒绝为它扣上一顶具有政治色彩的'帽子'进行旁敲侧击。"再见，祝愿大家都能"透过时间的尘埃发出自己本来的光彩"！①

二〇〇八年八月十五日

北京西三环　厂洼

《当代作家评论》二〇〇九年第四期

---

① 见田原《我的诗歌国际观》，《文论报》2001年6月15日，第2版。

精灵的名字
——论张枣

宋　琳

> 哟，好一只蝴蝶呀
> 最狡黠和斑斓的一只
> 你制造的雪床上，落梅已经销魂
> ——摘自某女士的诗

　　在当代中国诗人中，没有谁的语言亲密性达到张枣语言的程度，甚至在整个现代诗歌史上也找不到谁比他更善于运用古老的韵府，并从中配制出一行行新奇的文字。他留存下来的诗作如此之少，这种吝啬与他平日在夜深人静的酒精中的挥霍形成强烈对照。由于过早离世，他来不及进入一个"光芒四射而多产"的时期，诚然是一个巨大的遗憾，但一本薄薄的《春秋来信》足以展露他卓越的诗歌天赋，集中任何一首都值得细细品读，它们作为经验聚合具有物自身的稠密，呼吸着他倾注其中的生命，而那些词语的星座形成的星系，正朝着我们播放他精神宇宙的神奇音乐，祝福着善于倾听的耳朵。

　　张枣的语言亲密性当然有作为南方人的先天因素之作用，即所谓"音声不同，系水土风气"（《汉书·地理志》）的地脉影响。楚方言的口舌之妙与饮食、气候一样自有别于北方，而张枣个人语调的甜润、柔转这一内在气质则既归之于原始的诗性智慧之血缘，又与他在写作中形成的诗学态度有关。每一个诗人的成长都是神秘的，早熟天才的成长更为神秘。张枣的无师自通与曼杰斯塔姆在俄国同时代人中的情形相似，阿赫玛托娃称后者的精神进程缺乏先例。一个诗人的卓然自立与他接受什么，拒斥什么关系重大，是态度而不是权宜之计导致一个时代的诗歌风气之变化。在汉语言内部，正当五四时期"反传统"的进化论思潮在"文化大革命"中再度泛起，达到极端，至后毛泽东时期（平行概念是后朦胧诗时期）的八十年代，诗歌界依旧普遍缺乏对传统的重新确认，政治抗议和反文化的呼告掩盖了人们对传统的无知。此时张枣下面一段自白显然出现得非常及时，它见诸《中国当代实验诗选》（唐晓渡、王家新编，一九八七）：

> 而传统从来就不尽然是那些家喻户晓的东西，一个民族所遗忘了的，或者那些它至今为之缄默的，很可能是构成一个传统的最优秀的成分。不过，要知道，传统上经常会有一些"文化强人"，他们把本来好端端的传统领入歧途。比如密尔顿，就耽误了英语诗歌二百多年。
>
> 传统从来就不会流传到某人手中。如何进入传统，是对每个人的考验。总之，任何方式的进入和接近传统，都会使我们变得成熟、正派和大度。只有这样，我们的语言才能代表周围每个人的环境、纠葛、表情和饮食起居。

笼而统之地谈论传统容易，辨析传统之源流困难。济慈早就对弥尔顿式的"文化强人"怀有敌意，他在一八一九年的一封信中说："《失乐园》虽然本身很优秀，却是对我们的语言的败坏……我最近才对他持有戒心。他之生即我之死……我希望致力于另一种感觉"（《济慈书信选》二百六十九页，百花文艺出版社，二〇〇三）。张枣与济慈的不谋而合至少表明两个不同时代，不同国度的诗人可以拥有完全相似的诗学抱负，其着眼点都是语言。马拉美在谈到雨果的写作时也陈述过一个相近的观点："一旦形成风格，诗便被声调与节奏所加强。诗，我相信，怀着敬意，那期待以顽强的手把它与别的东西合一并加以锻造的巨人最好越少越好，以便它自行断裂。"（*Crise de Vers*）年轻的张枣并未在弑父情结的驱动下，像许多第三代诗人那样急切地对作为前驱并形成广泛影响的朦胧诗发难，相反，他在多种场合表达过对朦胧诗的欣赏，我想这绝不是他的策略，而是因为他的目光越过当代，落到了比同代人更远的地方。

传统的认知对于诗人而言既涉及创作之源的认知，也需要对我们置身其中的文化系统的整体把握，只有当精神的回溯被视为一种"归根复命"的天职时，断裂的传统才可能在某部作品中得到接续，尤其是当一个民族对它普遍淡忘和漠然的时候，卜者这一古代诗人身份的回归，使丧失的过去复活在一个新的预言家身上成为可能。张枣正是一位卜者，一位现代卜者。他的前瞻性体现在对"构成一个传统的最优秀的成分"的意识的唤醒，这"最优秀的成分"应该是能够与"周围每个人的环境、纠葛、表情和饮食起居"对应的一种语言，它曾经澄明如镜，现在却黯淡了。这种语言带有乌托邦的性质，但它又涵容并呵护着日常性，恰如"道不可须臾离，可离非道"这句话所象征性地揭示的，这种语言可以让我们在其中栖居，使我们无论在哪里都有在家的感觉，它亲切地在场，并随时随地迎候你：

只要想起一生中后悔的事

梅花便落了下来

比如看她游泳到河的另一岸

比如登上一株松木梯子

危险的事固然美丽

不如看她骑马归来

面颊温暖

羞惭。低下头，回答着皇帝

一面镜子永远等候她

让她坐到镜中常坐的地方

望着窗外，只要想起一生中后悔的事

梅花便落满了南山

从《镜中》这首诗的梦幻气氛中我们看到了 T. S. 艾略特称为"客观对应物"的东西。这首写于一九八四年的诗，即使现在读，也会感到，一如艾略特在《批评的界限》文中所说，"以前出现过的任何东西都不能解释的东西"。它宣告了某种不同于单纯的意象拼贴而是注重句法的诗歌方法论的出现，它一气呵成，没有任何拖泥带水的痕迹，故对读者不构成强迫性，似乎一个天赐的瞬间自动获得了展开的形式，它奇迹般地满足了"好诗不可句摘"的完整性的古典主义信条，与当代常见的那些呼吸急促、乱了方寸的胡诌诗或意识形态图解式的口号诗拉开了足够远的距离，以至于一个久违的美丽灵魂被召唤了回来，舒缓地进入镜子般通幽的文本。"危险的事固然美丽／不如看她骑马归来"，我们不知道这个"她"是谁。自从刘半农发明了"她"这个人称代词以来，女性在汉语中首次得到阴性的命名，赎回了女儿身。现在，"教我如何不想她"这一"命名的庆典"（张枣语）在六十四年后一首新写出的诗中出人意料地以灵视的超验方式再现了内在可能性的外化场景。于是，依旧缺乏专名的"她"变成了神话主体的一个面具。这个神话主体是"一生中后悔的事"的一个未明言的诱因，而隐去通常作为发声源的"我"恰是此诗的高明之处，这使得一行诗成为另一行诗的声音的折射。特别是首尾句式呼应的回旋结构，制造了一个回音壁的效果，是此诗最显著的特点。

我不能确知《镜中》的灵感来源，仅从设境来看，它的联想空间完全不受限于历史时间，戴着多重声音面具的主体在文本中淡进淡出，转换自如，其主题的不确定性不是靠缺乏过渡能力的藏拙或玩弄闪烁其词的暧昧，而是由出自生命呼吸的"声气"创造的。一般来说，张枣不表现暧昧，而是表现微妙。正如钟鸣所说，"张枣写作讲究'微妙'，在我理解，这'微妙'首先表现在善于过渡"（《笼子里的鸟儿和外面的俄尔甫斯》）。不知不觉的过渡技巧避免了将诗变为宣谕的武断，往往旁敲侧击地接近所言之物，在"表现自己和隐藏自己"之间使词的物性得以彰显。而正是个人语境对当代公共语境的疏离造成这首诗理解上的困难，将《镜中》当做宫体诗的现代版肯定是一种误读，而读作一则爱的寓言——严酷的社会规训下不可能之爱的现代寓言或许更接近作者意图，"因为一首诗是一个象征行动，是制造它的诗人的象征行动——这种行动的本质在于，它作为一个结构或客体而存在下去，我们作为读者可以让它重演"（肯尼斯·勃克）。诗中的一系列动作只是"象征行动"的若干步骤：一、游泳到河的另一岸，登上一株松木梯子；二、骑马归来，低下头，回答着皇帝；三、坐到镜中，望着窗外。它们简直是被保守的新儒家斥之为"淫奔"的《诗经》"郑风"或"卫风"中的一幅图景。倘若将诗中的"她"置换成"我"，以虚拟的女性主体说话，那么首句和尾句就不难作为内心独白来理解，而这种手法恰恰在"郑风"里是颇多运用的，例如"子之丰兮，俟我乎巷兮。悔予不送兮！"（《丰》首章）。朱熹评价说"卫犹为男悦女之辞，而郑皆为女惑男之语"（《诗集传》），进而以此为据认为"郑声之淫，有甚于卫矣"（同上）。这里我暂不就历代对《诗经》的误读发表意见，因为那不是本文的目的。对一首诗的道德归罪中外都有案例，可见阅读伦理常凌驾于写作之上，诗人亦常因冒犯了公众趣味而遭谴，从这个角度看，写作本身不也是一件"危险的事"吗？在这首仅十二行的短短的诗中，诗人讲述的是一个匿名者的故事：一个女子的越界行动。她的感应力大到可以叫梅花应念而落，与其让巨大的悔意埋葬一生，不如在惩罚降临前做点什么。可待追忆的一生中的"后悔"，乃催生成一次"无悔"的果敢。设想，那女子为何"面颊温暖／羞惭"？回答皇帝的问话时为何低下头？要知道，"皇帝"这一关键词素，在诗中可是规训的一个提喻，代表着可以向任何私密之行动行使权力的约束性力量，这一点可以从"她"和"皇帝"的不对称见出。"她"始终是一个匿名者，她的形体即使作为镜中的影像，也是匿名地在场。当然，书写者的匿名状态不局限于某一首诗中的人称变化这一层面的技巧运用，具有诗学发现价值的是，匿名化意味着隐身于神话原型和历史元叙事之中，从而使书写者让位给书写。

张枣致力于恢复的"成熟、正派和大度"的传统，不借助冠冕堂皇的道德优势感，也不关乎政治，而是以深海采珠人的勇气去勘探那些曾经繁盛现在变得荒芜的地带，所谓荒芜主要指人心的荒芜。美的人心本是"天地之心"的化成，诗，乾坤元气在诗人生命中的聚合，元气无处不在，于诗何在？在乎接引。诗人自身必须成为接引元气的工具，一个容器、一个通道，与此相适应，诗人不应挡在文本前面，而应隐蔽于文本之中。明人徐渭有言："古之人诗本乎情，非设以为之者也，是以有诗而无诗人"（《肖甫诗序》），主体的匿名就是归回"有诗而无诗人"的原初淳朴状态，艾略特的"非个人化"理论所反对的也正是"设情以为之"的"放纵"，我理解他反对的不是感情，而是感情的无节制；不是个性，而是个性取代所表现的对象。所以他又说："只有有个性和感情的人才会知道要逃避这种东西是什么意义。"（《传统与个人才能》，卞之琳译）

在回顾八十年代的诗歌运动时，不少诗人和批评家都提到一九八四年、一九八五年是关键年份，我个人认为，之所以称为关键主要是因为一些成熟的观念已经在比朦胧诗后起的第三代优秀诗人身上发生，现代性的意识、传统的意识从主观的分离到在写作中结合，实现了真正意义上的语言转换，被意识形态压倒一切的政治需要中断的三四十年代的文脉，第一次得到了接续。这是新诗这个小小传统在汉语言内部的二次革命，它使得新诗在向前开展的同时具备了回溯的能力。将来的人们会看到，第三代诗人把握住了历史循环中这一天赐的良机。张枣和他早年的知音柏桦等诗人这一时期的写作，除了受益于它们之间友谊的激励（相似的双子星座在北方则有海子和骆一禾），也受益于既唯美又具有乌托邦性质的诗学抱负。一方面怀着向伟大的东方诗神致敬的秘密激情（犹如阿克梅派在俄罗斯的情形），一方面悉心勘探西方现代主义源流，从天命的召唤中发现个人在历史金链中的位置，从而能够清醒又从容地在技巧王国各司其职，是新诗在当代运程中的一个吉兆。对荣格和庞德的重视，间接地引发了对被五四一代知识分子否弃的中国传统价值观的再度检验，无论汤铭的自励精神还是《易经》的变化之道，都如同从秦火的灰烬中归来的凤凰，向伤痕累累的心之碧梧垂下彩翼。据柏桦回忆，在《四月诗选》那个仲春的酝酿期之后，一九八四年秋天，张枣迎来了个人写作史上的第一个收获季。《镜中》、《何人斯》、《早晨的风暴》、《秋天的戏剧》等一批诗作，给焦急的诗友带来了怎样的惊喜啊！这些向在黑暗中摸索的写作发出的信号，将日后的诗歌带入火热的、持续的话语新发明中。

当九十年代初期国内一些诗人提出"个人写作"的主张时，张枣的"元诗写作"主张却很少有理论呼应，我想这恰是国内语境中的批评对域外写作不够敏感的地方。什么是元诗？在《朝向语言风景的危险旅行》这篇论文中，张枣写到：

> 当代中国诗歌写作的关键是对语言本体的沉浸，也就是在诗歌的程序中让语言的物质实体获得具体的空间感并将其本身作为富于诗意的质量来确立。如此，在诗歌方法论上就势必出现一种新的自我所指和抒情客观性……这就使得诗歌变成了一种"元诗歌"（metapoetry），或者说"诗歌的形而上学"，即：诗是关于诗本身的，诗的过程可以读作是显露写作者姿态，他的写作焦虑和他的方法论反思与辩解的过程。因而元诗常常追问如何能发明一种言说，并用它来打破萦绕人类的宇宙沉寂。

张枣的"元诗写作"与欧美现当代诗人如马拉美、史蒂文斯、策兰的写作之间存在着呼应，即叩问语言和存在之谜。诗歌行为的精神性高度是元诗写作的目标，而成诗过程本身受到比确定主题的揭示更多的关注。元诗不一定是纯诗，他在《死囚与道路》中写道："一个赴死者的梦，／一个人外人的梦，／是不纯的，像纯诗一样"，这是一个悖论式表达。所谓不纯，并非精神的芜杂，而是指诗歌文本的自足不必排斥现实因素，包括现实中的否定因素，这当然主要是就诗的功能而言，开放性的诗歌文本可以理解为具有最大程度地吸收"外部世界"的一种精神样本，一种异质性的心灵聚合，一种能量。元诗写作同时是对超级倾听能力的召唤，那个倾听者的存在甚至是诗人写诗的唯一理由，他经常隐身于周遭，随时准备纠正你的发音，当他离去，诗人便沦为"苦役"，像哑嗓子的黄鹂"苦练着时代的情调"。这位隐身人，张枣有时叫他"空白爷"，相信自己的写作乃是回答着他的"口令"，因为他掌握着打开词语的"万能的钥匙"：

> 我递出我的申请：一个地方，一个遥远的
> 收听者：他正用小刀剔清那不洁的千层音。
>
> ——《一个诗人的正午》

元诗即初始之诗、心智之诗、叩问寂寞之诗。"元者，始也"（《易传》），"元，体之长也"（《左传》），元诗写作在认识论上是对诗自身之诗性的原始反终，在方法论上是确立抒情的法度以使成诗过程与呈现客观性同步。元诗写作是一种难度写作，通过选择障碍并排除障碍，一步步接近那个几乎由掷出骰子的偶然之手来决定的必然的格局。屈原"发愤以抒情"是不得已，正如他的流亡是不得已，故古人言"夫诗者，无可奈何之物也"（李流芳《檀园集》）。不得已而为之的诗也就是济慈所谓赢得"消极能力"并将之转换的诗。张枣的域外写作较之国内时期显示出更多的"消极能力"，语言在与现实的抵牾中涵摄了更多更深的现实性，这种现实性应首先理解为心灵的现实性。张枣是当代中国大陆诗人中最早侨寓域外者之一，他于一九八六年离开他读研究生的重庆外国语学院远赴德国特里尔留学，这一个人生活中的事件让他想起往昔"仗剑去国"的游侠那种壮举的凄美。在初抵德国后写下的最早一批诗中有一首《刺客之歌》，记录了他当时的复杂、矛盾、前途未卜的意绪和孤怀独往、慷慨悲凉的心境。

> ……
> 河流映出被叮咛的舟楫
> 发凉的底下伏着更凉的石头
> 那太子走近前来
> 酒杯中荡漾着他的威仪

> "历史的墙上挂着矛和盾
> 另一张脸在下面走动"

> 为铭记一地就得抹杀另一地
> 他周身的鼓乐廓然壮息
> 那凶器藏到了地图的末端
> 我遽将热酒一口饮尽

> "历史的墙上挂着矛和盾
> 另一张脸在下面走动"

　　普拉丁曾说"所有感知世界的形式都来自彼方"（《九章集》），一地和另一地在感知主体那里互为彼方，主体欲获得感知世界的崭新形式的最好方法，只能是从一地到另一地，诗人在大地上的漫游属于一种灵魂的现象，这并不限于浪漫主义，马拉美就说过"对大地作出神秘教理般的解释是诗人唯一的使命"（《自传——给魏尔伦的信》）。在《秋天的戏剧》里作者曾感叹："瞧瞧我们怎样更换着：你和我，我与陌生的心／唉，一地之于另一地是多么虚幻"。空间的无限绵延、大地的幅员和道路的阻隔不仅增加了种种劳顿困苦、生离死别，对它的冥想还直接产生了伟大的文学和诗歌，因为空间感乃是诗的形式奥秘之所在。《刺客之歌》的对比结构以及交叉性话语的运用，将同步性原理具体地贯彻在诗人本人的去国体验和与之相对应的"刺秦"原型合一的象征行动中，与刺客的脸同构的是"另一张脸"，它也在走动，它也受到一个秘密使命的激励。司马迁心中真正的英雄侠士是"修行砥名，声施天下"的能为知己者死的人，众所周知，荆轲的行迹所以被传唱千古，为无数心怀历史忧患的人士所扼腕，为历代诗人所重新塑造，在于他的悲剧形象投射出人们对暴政的恐惧、仇视、对峙乃至绝望的深层心理。古代侠与士本不分，侠的精神亦为儒墨所尚，袁中道曾说："侠儿剑客，存亡雅谊，生死交情。读其遗事，为之咋指砍案，投袂而起，泣泪横流，痛苦滂沱，而若不自禁。"（《李温陵传》）

李白甚至慨叹："儒林不及游侠人，白首下帷复何益！"（《行行且游猎篇》）。侠骨往往兼具柔肠，张枣对荆轲感遇燕太子丹而从容赴死的历史一幕可谓心有戚戚焉，但对那惊心动魄的一幕的改写并不仅仅是发思古之幽情，恰是他自己的处境引发了历史对应性联想并设法从中找到一个名称。钟鸣认为"刺客在这里是处境诗意性的名称"（《笼子里的鸟儿和外面的俄尔甫斯》），换句话说，是"刺客"这个词命名了某种新的匿名状态，这个词穿越历史尘埃来到案头，恰如那凶器藏到了地图的末端，终于要完成一次现身。

远离母语环境对张枣来说是一个人的自放行动，他内心承受着"历史的矛和盾"的重负或许不亚于那些进入集体记忆的历史中的个人，怎样"修行砥名"毕竟全属个人造化，然而它的难度是可想而知的。司马迁写《游侠列传》据说是因为遭李陵之难，无人出死力救助，所以慕古之义士的豪举，意欲称颂他们的美德，虽然后人评说不一，我们似可将他所言"此人皆意有所郁结，不得通其道，故述往事，思来者"（《报任安书》）视为下自家笺注，何况"屈原放逐，乃赋《离骚》"（同上）之语则几乎是为天下诗人之天涯共命下笺注了。倘若抒情诗人分赞歌诗人与哀歌诗人两种，那么张枣气质上主要属于哀歌诗人之列。《刺客之歌》是一首典型的英雄挽歌，它通过对一个古代刺客的诗人身份的追认，将自己在母语中的诗人身份的验证提升到急迫的义无反顾的时刻。而在《薄暮时分的雪》中，我们仿佛看到那个时刻在每个用母语写作的当代杰出诗人身上的折射：

> 你看他这时走了进来
> 像集中了所有的结局和潜力
> 他也是一个仍去受难的人
> 你一定会认出他杰出的姿容

走进意味着上场，意味着从外面介入，一个陌生人带来了一场测试，历史之眼与"所有的结局和潜力"一道都集中到了他身上。这里的视觉引导发生于室内，不加渲染，却让在场的一切呼之欲出，是"近而不浮"的一个极佳的实例。没有内心的从容就不可能在方寸之间还原那史诗般的壮阔。原型改写属于张枣擅长的领域，既是他个人诗学的一个主导方面，也体现着他诗歌"化古"无迹可寻的卓越技艺。《何人斯》之于《诗经》中的同题诗、《桃花园》之于陶潜的《桃花源记》、《楚王梦雨》之于宋玉的《对楚王问》、十四行组诗《历史与欲望》之于中外神话传奇人物，匿名主体的"色身"与"法身"频频更迭，自由出入于众多不同的场合，将历史时空中流星般沉寂的光束再次引入我们的视野。抒情诗的特性与规模决定它不可能像史诗、戏剧或散文中的历史叙事那样汪洋恣肆，铺排场面，将情节的起伏跌宕与命运的波诡云谲按照时空的序列来能动地加以摹拟，抒情诗这种轻盈的文体，神行无方，惟变所适，故能腾挪幻化，隐微伸缩，寓言假物而不物于物。作为原型的神话和历史碎片，像黯淡的语言之镜，改写是使它恢复澄明的补救性的工作，改写也意味着重现那些本不该被遗忘的瞬间，将被囚禁的诗性元素重新播撒于意识。问题不在于是否越古老（或越不古老）就越现代，而在于怎样从古老而地久天长的事物中发现现代，即赋予原型以新的感性形式，这取决如里尔克所说的那种能力：选择而能达成。

张枣的原型改写一方面是对往昔的追忆这一传统本身影响的结果，例如"过去乌托邦"的观念在写作中的渗透、"思美人"的文人情怀、山水的韵致、"知音"的元诗动力学原理作用下对虚拟或真实的"唯一读者"的期待等等；另一方面，他对原型的利用从来不是往而不返的泥古，而是因地制宜地使之与现实对应。或许有人认为他的域外写作因不在中国现场而缺乏现实性，这无疑是一种偏见，正如将所谓"中国话语场"限定于本土范围无异于是一种画地为牢。我毫不怀疑他处理现实的能力，关键是如何理解生活世界的重量定律与一首诗的反重量定律之间的不可见关联。长期孤寂中的坏天气般的恶劣心境算不算一种现实？当他写下"十月已过，我还没有发疯"（《夜半的面包》），这是否不该被当做一个自传性证言的片断来读？张枣的语言风格出国后更为直接，更难索解，更多隐蔽机境而非外部事境的变化，词锋时而指向天外——"如此刺客，在宇宙的／心间"（《椅子坐进冬天……》），时而指向自己——"我最怕自己是自己唯一的出口"（《跟茨维塔耶娃的对话》），始终不放弃形而上追问，又紧扣着一个个具体。诗句俯拾即是，但禁绝习惯性的流畅。比如"我有多少不连贯，我就有多少天分"，仿佛是对晚期荷尔德林式咿咿呀呀和策兰的"最后的话"的一种阐释。

异域生活与本土生活在语言表达、精神状态、信仰基础、交往方式乃至饮食起居上的差异像一堵墙，迫使他在面对失语症的威胁时，重新思考语言与存在、诗人和母语的关系。布罗茨基曾用"密封舱"比喻域外写作的孤立无援状态，他说：

　　我们称之为"流亡"的状态，首先是一个语言事件：他被推离了母语，他又在向他的母语退却。开始，母语可以说是他的剑，然后却又变成了他的盾牌、他的密封舱。他在流亡中与语言之间那种隐私的、亲密的关系，变成了命运——甚至在此之前，它已变成一种迷恋或一种责任。

　　　　　　——《我们称为"流亡"的状态，或浮起的橡实》，刘文飞、唐烈英译

　　布罗茨基的"密封舱"似乎来自曼杰斯塔姆的"漂流瓶"，在形象和寓意上两者是同构的，只不过"密封舱"是更大的"漂流瓶"。我在《象牙色的城堡》诗中曾写道："青春耗尽了，消息尚未传出"，其实也是"密封舱"效应的一种证词。它们给出了一个悖论，即悬浮与着陆、漂流与登岸在意识中的乖离、互斥。当地址变得虚幻，就变成了一个"无地"，当周围的人群视你为陌生人，你就远离了人类。此时若要在那种境遇中幸存下去，就必须为自己勾画出一个远景，以使得虚空中的无尽期漂浮变得可以忍受。就诗人的职业性来说，只有造就了他的母语能帮助他，母语这一可携带者，给予他用于途中辟邪的护身符。这个护身符在张枣的意识中是消极能力的对等物，有时它甚至就是律令般喊出的"不"这个词本身：

　　　　"不"这个词，驮走了你的肉体
　　　　"不"这个护身符，左右开弓
　　　　你躬身去解鞋带的死结
　　　　你掩耳盗铃。旷野——
　　　　不！不！不！

　　　　　　　　　　——《护身符》

　　这里我们再次听到了回音壁的同义反复，这个回音壁是看不见墙的"旷野"，而"旷野"则是"机器创出的小小木葫芦"的某种拓扑形式，"不"这个词像果核一样居住在里面，而"你"又居住在它的里面，"你"希望念着这个符咒，就能"越狱似地打出一拳"。虽然 "木葫芦"是中国读者熟悉的古典意象，但它竟奇怪地是由"机器创出的"，必定丧失了自然属性，蜕变成纯粹人工世界中的一件可复制之物，一个"懒洋洋的假东

西"(《海底被囚的魔王》),它不会是庄子向往的能浮于江湖的"大樽",也不会是召鬼神、卖药治病的壶公那只神秘的、人可以跳进跳出的"空壶"(《太平广记》卷第十二)。"机器创出的小小木葫芦"依旧是一个令人窒息的密封舱,只不过它更具"中国特色"而已。流亡诗篇要从中成功"越狱",只有潜入语言的沉默本性,像策兰那样,坚持"在黑暗中更黑",在词的无尽转化中寻求个人朝向精神自救的突破。

言说之难即存在之难。怎样将个人的漂泊与时代精神中的流亡氛围对应起来,成就一种不同于简单的政治抗议和自我疗伤的存在之诗?这无疑是几代中国诗人都得面对的。张枣在最艰苦难熬的日子曾尝试过自杀,我见过他手腕上的割痕。他总是常常谈起策兰,谈他怎样用刽子手的语言写诗,在一个充满敌意的世界里用"轻柔的德意志韵律"写流亡诗篇。有时他通过翻译策兰来保持对一种诗艺高度的专注,是诗歌帮助他奇迹般地度过了种种危急时刻,细心的读者能从他的诗中找到"母语之舟"划过汪洋所荡起的一层层话语涟漪,正是那些向不确定之边界播放的涟漪拓宽了他的诗性表现空间,将他的歌声送到遥远的另一岸。他不止一次跟我谈到获得中西文化的双重视野的重要性,他称之为"中西双修",这对于当代中国流亡诗人是前所未有的巨大考验。中国流亡诗人既不能像西方发达资本主义时期诗人那样,带着殖民者的优越心态,陶醉于异国情调,又不能像居家者那样悠闲地处理波澜不惊的日常生活。必须把自己确立为一个往返于中西两界的内在的流亡者和对话者,写作才具有当代性与合法性。尽管张枣的诗歌产量不高(这与他相信诗歌是少的艺术而抱着宁为玉碎的态度有关),而在我接触的诗人中,实际上对于写作还没有谁有他那种强烈的急迫感。他是真正的一个潜心磨炼母语之利器的"表达的急先锋"(《空白练习曲》),一个元诗的不懈的"写作狂"。一九九二年在荷兰鹿特丹,他曾就诗人能否既关心政治又写纯诗请教过楚瓦什俄语诗人艾基。一九九八年,在为北岛的诗集《开锁》写的序言中他又重拾流亡背景下诗人的专业性这个话题:

> 我相信是白话汉语的成熟生成了并承担了"流亡"话语,这在四十九年前或未经"文化大革命"的五十年代都是不可能的。同时我也认为,一九八九年出现的文学流亡现象虽然有外在的政治原因,但究其根本,美学内部自行调节的意愿才是真正的内驱力。先锋,就是流亡。而流亡就是对话语权力的环扣磁场的游离。流亡或

多或少是自我放逐，是一种带专业考虑的选择，它的美学目的是去追踪对话、虚
无、陌生、开阔和孤独并使之内化成文学品质。

　　游离于意识形态话语的权力磁场之外，在内心处于"无国家"状态，已经是一种流
亡。策兰的诗句"逝去在外／成为'非祖国'和非时间……"（《带着一本来自塔鲁莎之
书》）就表达了一种人在文化意义上的无归宿感。一九八九年之后，中国知识分子内心
普遍的无归宿感无疑是产生流亡文学的内在条件。为什么说"先锋，就是流亡"？在我的
理解中，先锋未必是政治上的直接对抗，而主要是一种美学的不妥协。八十年代的地下
文学凸显先锋性，从某种意义上说，已经是对格式化的意识形态美学标准的游离，海外
流亡文学的出现，一定程度上呼应了建立亚文化的话语空间的本土性需要。

　　并非流亡导致无归宿感，而是无归宿感导致流亡。因此，流亡话语的承担与身体位
移与否并无显明的因果关联，本土流亡的现象不仅在纳粹时期的德国，在斯大林时期的
苏联和东欧也都存在，即便是身为巴黎大学教授的德里达，由于他的犹太人出身和阿尔
及利亚口音，也依然不免被同胞指认为一个métèque（外国佬）或pied noir（黑脚）。诗人
和艺术家的无国界愿景正如曼杰斯塔姆所表达的，是一种对世界文化的缅怀，因为文化
的同源与多元渗透，表明每个人既都先天性地被某种文化所选择，又可以选择成为融合
不同文化的"混血儿"。我想这就是张枣以"中西双修，古今融通"为己任的原因。超越
国家概念是诗和艺术的跨国界象征行动所必需的，而一个人一旦意识到这一概念的狭隘
性和世俗性，并决定只身远赴异地，其难度不亚于奥尔甫斯深入黑暗地狱的招魂之旅。

　　　　血肉之躯迫使你作出如下的选择：
　　　　祖国或者内心，两者水火不容。
　　　　后者唤引你到异地脱胎换骨，
　　　　尔后让你像鸣蝉回到盛夏的凉荫。
　　　　如果你选中了前者，它便赠给你
　　　　随意的环境，和睦又细腻的四邻。

　　在这首名为《选择》的诗中，我们仿佛又看到了《刺客之歌》中辞别的形象，不过

这里只有一个内心的仪式在进行，自我的答问在交替，从容的音步贯穿首尾，"工丽中别有一种英爽之气溢出行墨之外"（此处引赵翼语），但语义在第五行出现转折，"随意的环境，和睦又细腻的四邻"这一日常图景，对于深知民间生活之传统乐趣的张枣而言，其中的自在之美、鱼戏之乐岂非心所向往？选择意味着别无选择，且绝对区别于一个头脑简单的"革命的僮仆"对"大是大非"的向往（《跟茨维塔耶娃的对话》第二首），"祖国或者内心"这一哈姆雷特式的存在命题的移接与改造成为了个人良心的拷问。这让我想起薇依那个著名的天平的比喻：

> 如果我们知道社会在何种情况下失去平衡，我们必须尽自己所能地往天平较轻的一边增加重量……我们必须形成一种均衡的概念，并始终准备如同寻求公平那样改变两端，而公平则是"征服者阵营的逃亡者"。
>
> ——《重力与神恩》

逃亡者永远是相对的少数，逃亡也就是如薇依所说，不"屈从于重力之恶"。我以为她将祖国定义为某种"生命圈"（milieu vital）是很有启发性的。"它是一种生命圈，但还有其他的生命圈"（《扎根：人类责任宣言绪论》），它们或以天国或以尘世的乌托邦形式承载着人的孤独、无告、苦痛、绝望以及这一切之后的愿景，倘若国家蜕变成一个卡夫卡寓言中凌驾于一切人性之上的体积庞大的"城堡"，那么"不立危墙之下"的一种带专业考虑的选择或许不失为"遁世无闷"之古老心法的一种现代实践，它激励诗人的血肉之躯在"那驱策着我的血"的驱策之下，写就一部新离骚。安于自我救赎的灵魂不会使诗歌蒙羞：

> 从翠密的叶间望见古堡，
> 我们这些必死的，矛盾的
> 测量员，最好是远远逃掉。
>
> ——《卡夫卡致菲丽丝》

"测量员"这个词在希伯来语中与"弥赛亚"谐音，卡夫卡《城堡》中K的身份因为这个隐微的关联而暗示了救主曾如预言所说的那样重返人间。张枣是一个有天下观的诗人，尽管由于世变，也由于最根本的诗性基因的选择，这位远遁异国的"词语工作室"中狂狷的炼金术士，将激情全部交托给了诗歌，"潜心做着语言的试验"，隐忍着"难忍如一滴热泪"的短暂、空白、痛和不准确，隐忍着"恨的岁月，褴褛的语言"，时不时也会像"诡谲橹舰上的苦役"一样对漫长无聊的航海灰心，并发出"我已倦于写作"（《一个诗人的正午》）的咕哝。虽然他的成诗过程总充满跋涉、辩难、犹豫和艰苦卓绝的冒险，他也从未放弃祈祷者的姿态，从未背叛自己的黄金诺言：

> 只有连击空白我才仿佛是我。
> 我有多少工作，我就有多少
> 幻觉。请叫我准时显现。
> ——《空白练习曲》

张枣诗中的祈祷是向一个不确定的终极存在物发出的，除了以虚拟主体的口吻，他似乎从未直呼"上帝"之名，他的诗也不是呈献给某一位缪斯，但由于他相信对话可以在人和人之间进行，即一个他者、同行、知音知道你想说什么这本身是一个神话。他说："真的，我相信对话是一个神话，它比流亡、政治、性别等词儿更有益于我们时代的诗学认知。不理解它就很难理解今天和未来的诗歌。这种对话的情景总是具体的，人的，要不我们又回到了二十世纪独白的两难之境。这儿我想中国古典传统，它的知音乐趣可以帮助我们。这个传统还活着"（转引自 Susanne Gösse《一棵树是什么？——"树"，"对话"和文化差异：细读张枣的〈今年的云雀〉》），他对钟鸣一篇评论的反馈是："它传给了我一个近似超验的诗学信号"（同上），人凭借语言并在语言所象征的世界里相互倾诉和倾听，可以唤起心灵对超验的感觉，诗不完全是经验的产物，没有超验的介入，诗充其量不过是书架上的小摆设，或借用米沃什的一个比喻，是"散文的精致马车"上的小部件。诗并不因为曾经是某种巫术就该留在部落里，相反，在人和人相互隔离的冷漠的现代社会里，诗的符咒力量依然由匿名的精灵保管着，通过它散播于不可见的地方，并在适当的时候像"土豆里长出的小手"那样，帮助迷途的人找到丢失的云雀。《卡夫卡致菲丽丝》和《跟茨维塔耶娃的对话》这两组十四行诗中的对话形式都是虚拟的，后者的"抒情我"尽管与诗人的现实处境对应，也还是一种对庄子意义上的"对话质"的追寻。惠施死后，庄子感叹："吾无以为质矣，吾无以言之矣！"（《庄子·徐无鬼》），可见"对话质"乃是对话的条件。张枣的知音观强调对话中"知音的分寸和愉悦"，而最终是"语言的象征的分寸和愉悦"确保了前者。"诗可以兴"，故诗可以在象征行动中激发沉睡的意识和热情，唤起死者与之交谈，就是吁请一种稀有的"对话质"的归来。我在《主导的循环——〈空白练习曲〉序》中谈及茨维塔耶娃是作为流亡途中的引路人出现于张枣诗中的，与亡魂的对话带有招魂的性质。亡魂的声音的在场当然是一种虚构，但向亡魂倾吐衷肠的行为倘若不是相信此刻缺在的倾听力量实际上以不可见的方式存在着就不可能发生。

> 真实的底蕴是那虚构的另一个，
> 他不在此地，这月亮的对应者，
> 不在乡间酒吧，像现在没有我……
> 一杯酒被匿名地啜饮着，而景色
> 的格局竟为之一变。

正如此在还不是存在，因不完美而带有罪性的此在不过是短暂地"在此地"，所以必然有一个"月亮的对应者"，比月亮更完美，那个无法称名的"他"，像"我"啜饮一杯酒一样地啜饮着月光，这"隐身于浩邈"的终极匿名者有时是"鸟"，有时是"呵气的神"或"神的望远镜"，有时是"宇宙口令的发布者"、"让消逝者鞠躬的蓝"，有时则就是"浩邈者"本身。张枣喜欢将神的缺席称为"空白"，是命名的不精确导致"空白"继续作为"空白"，但"空白"又是"匿名"的别称，那么对神的命名冲动是否人的一种僭越呢？所以张枣倾向于以人的本分信赖未说出的、不可见的事物："像光明稀释于光的本身，／那个它，以神的身份显现，／已经太薄弱，太苦，太局限。／它是神：怎样的一个过程！"柯勒律治称诗歌写作是"神的创造行为的幽暗的对等物"，艰苦的成诗过程幽暗地对称着神作为人的尺度向人显现的过程。《天鹅》、《第六种办法》、《狂狷的一杯水》等诗是这方面的成功范例。在《诗人与母语》一文中他说："母语只可能以必然的匿名通过对外在物的命名而辉煌地举行直指的庆典"，我想张枣诗学的个人独创就体现在以匿名的自由叩问元诗的最高形态，从而超越自我的局限性，达成生死、内外、可见与不可见、至大与至小的深度转化与交流。以诗佑神，大过送死，了无牵挂。"诗在寻找什么？一个听者"，听者是谁？难道不是可信赖者吗？所以他知道什么是谶，但又不留意避谶，一遍遍在诗中与死亡做着猜谜游戏，死亡意象是如此频繁地出现，以至于几乎成了幻觉的替身：

> 我死掉了死——真的，死是什么？
> 死就像别的人死了一样。
>
> ——《德国士兵雪曼斯基的死刑》

人如何获得"一种死亡的先天知识"？或许只有死亡的无常是可预知的，而由此引起的生命缺在的恐惧成为不安、焦虑和虚无之源。说"死就像别的人死了一样"是一种反讽，因为倘若死亡仅是肉身结束的一个事实，那么他人之死顶多给予我们侥幸活着的人一丝慰藉，但人的生命冲动往往来自他人之死的激发，他人之死作为"万物皆有死"的并非例外的一个确证，引起我们对生命现象的短暂、易逝和唯一一次性的关切，让我们学会设身处地，谦卑地善待在他人之死中的自己之死。或许是为了克服死亡之幻觉的催眠作用，张枣才在诗中将死描绘得如此真切，如此迫在眉睫，《德国士兵雪曼斯基的死刑》中的心跳节奏与其说是对人类严酷的刑罚制度的控诉，不如说是卡夫卡式"紧急状态"心灵法则的一次具体化。《哀歌》则从打开一封信的日常动作中提取出类似冯至《绿衣人》的死亡信使到访的不详主题，不过那不速之客的瞬间被压缩成了一声叫喊：

> 另一封信打开后喊
> 死，是一件真事情

张枣是一个从日常生活提取诗意样本，并将散漫性、无序性浓缩进瞬间骤发形式的高手。他的元诗写作充满关于终极事物的形而上追问的机趣，这不是一个风格问题，恰因为他的个人信条乃是"歌者必忧"（《而立之年》），这与前面提到的司马迁的个人信条"意有所郁结"并非偶然的巧合。歌者必忧，故歌者之追问必也满含"某种悲天悯人的情怀",所以当我们听到"是谁派遣了灾难"?或者"为何可见的刀片会夺走灵魂?两者有何关系?"等刻不容缓的追问,我们只有从他环绕着生命与时间、死亡与价值、爱欲与神性这些终极事物的具体关切中去理解,从"等生死"的超然智识与"先行到死亡中去"的存在主义勇气在他的个体生命呼吸中的相互作用去理解。确立对立面并实现其转化是他的诗立于不败之地的法宝。"作为中国文化的一员同时又作为谙熟西方正统文学文化的学者"(Susanne Gösse《一棵树是什么?——"树","对话"和文化差异:细读张枣的〈今年的云雀〉》),张枣对西方诗学传统中的智性特征和独白风格非常了解,对西方哲学与宗教中有关死亡与灵魂的学说肯定也不陌生。但诗的感性抽象是他始终作为一个诗人而非哲学或宗教学者的志趣所在,而在方法论上,"情与景会","思与境偕"的中国古典诗学理想一直是张枣所恪守的,这使得死亡这个生命的对立面不再是一个"空贝壳",而成为了"丰饶角"(此处借用艾尔曼论晚年叶芝时的比喻),即关于死亡的思考不是叫人沉迷于终结,而是在"向死而生"中使死亡自身变成生命丰饶的一个意象:

> 此刻地球在启动,这一秒对我和我们永不再来。诗歌的声音是流逝的声音。文学的根本问题是生与死的问题。世界的本质是反抗死亡,诗歌感人肺腑地挥霍死亡。人不是活着,而是在死去。领悟不到死亡之深刻含义的生命是庸俗空虚的生命。死亡教导我们慈祥、幸福、美丽和永恒。

> ——张枣:《四月诗选·前言》

二○一○年六月二十五日北京

《当代作家评论》二○一一年第一期